唐诗选本题解

于景祥 于 信 著

北方联合出版传媒(集团)股份有限公司

辽海出版社

图书在版编目（CIP）数据

唐诗选本题解 / 于景祥，于信著. —沈阳：辽海
出版社，2020.10
　ISBN 978-7-5451-5592-1

Ⅰ.①唐… Ⅱ.①于…②于… Ⅲ.①唐诗—诗歌研
究 Ⅳ.①I207.227.42

中国版本图书馆CIP数据核字（2020）第017025号

出 版 者：北方联合出版传媒（集团）股份有限公司
　　　　　辽海出版社
　　　　　（地址：沈阳市和平区十一纬路25号　邮编：110003）
印 刷 者：天津雅泽印刷有限公司
发 行 者：辽海出版社
幅面尺寸：170mm×240mm
印　　张：27.5
字　　数：450千字
出版时间：2021年7月第1版
印刷时间：2021年7月第1次印刷
责任编辑：胡佩杰
封面设计：韩　瑛
版式设计：姿　兰
责任校对：丁　雁

书　　号：ISBN 978-7-5451-5592-1
定　　价：60.00元

购 书 电 话：010-86221836
网　　　址：http://www.lhph.com.cn
版权所有，翻印必究
法律顾问：辽宁普凯律师事务所　王伟
如有质量问题，请与发行中心联系调换
盗版举报电话：024-23284481
盗版举报信箱：liaohaichubanshe@163.com

前　言

　　唐诗作为一代文学之代表、中国诗史上的巅峰，由于其魅力无穷，自然成为后世诗人取法的典范，衣被词人，不止一代。所以，从唐代开始，一直到清末，编选唐诗者代不乏人，大量的唐诗选本先后问世，是研究唐诗不可或缺的文献资料。

一

　　从历史的角度考察，唐诗选本在唐代就开始大量涌现，今天我们能够见到的的唐人选唐诗版本就有十多种，如许敬宗等编撰的《翰林学士集》，崔融编撰的《珠英集》；殷璠编撰的《丹阳集》和《河岳英灵集》；芮挺章编撰的《国秀集》；元结编撰的《箧中集》；李康成编撰的《玉台后集》；令狐楚编撰的《御览诗》；高仲武编撰的《中兴间气集》；姚合编撰的《极玄集》；韦庄编撰的《又玄集》；韦縠编撰的《才调集》；佚名编撰的《搜玉小集》。据明人胡震亨《唐音统签》的最后部分《唐音癸签》里统计：诸家集著录的唐代诗人有691家，诗大约两千卷。过去，因为专集不容易购得，所以唐人、宋人、明人都爱编选集，如上面所举的《国秀集》《河岳英灵集》《箧中集》《中兴间气集》《极玄集》《又玄集》《才调集》，此外还有《唐百家诗选》《瀛奎律髓》《三体唐诗》《唐诗品汇》等等；其他如《分类唐歌诗》《二妙集》《万首唐人绝句》《五唐人集》《丹阳集》《文章龟鉴》《玉堂才调集》《正声集》《全唐诗》《全唐诗录》《全唐诗选》《全唐诗逸》《唐七律选》《唐三体诗》《唐百家诗》等等不胜枚举。清朝康熙年间编成的《御定全唐诗》，规模更大，其中诗人2200多家，诗作48900多首。此外还有沈德潜的《唐诗别裁》，王尧衢的《古唐诗合解》，乾隆时期的《御选唐诗》，孙洙（蘅塘退士）的《唐诗三百首》，王闿运的《唐诗选》，民国初年王文濡的《唐诗评注读本》，解放后马茂元先生主编的《唐诗选》等等。时至今日，各式各样的唐诗选本、注本数量之大，要花费很大的精力才能计算清楚。根据初步统计，从唐人孙季良编著的第一本唐诗选本《正声集》开始，到晚清吴汝纶的《评点唐诸家集》为止，在这长达一千二百年的时间里，每两年就产生一部唐诗选本，其数量之多，可见一斑。

当然，必须说明的是：因为时代的不同，特别是诗学主张、诗学风气的差异，选家编选唐诗的倾向和角度也各不相同。

其一，有人从时代着眼编选唐诗，如明代樊鹏编选的《初唐诗》，程元初编选的《盛唐风绪笺》，张谊编选的《中唐诗选》，顾起经编撰的《大历才子诗选》，龚贤编选的《中晚唐诗纪》等等；清代有杜诏、杜庭珠编辑的《中晚唐诗叩弹集》，乔亿编辑的《大历诗略》，查克弘、凌绍乾、杨兆麟编选的《晚唐诗钞》等等。其中不但包括初唐、盛唐、中唐、晚唐四个时期，而且还有人专门编选中唐大历时期诗人之诗。

其二，有人从诗体着眼编选唐诗，如宋代林清之编选的《唐绝句选》，刘克庄选编的《唐五七言绝句》，洪迈编选的《万首唐人绝句诗》；元代李存编选的《唐人五言排律选》，林与直编选的《古诗选唐》；明代吴勉学编选的《唐乐府》，孙鑛编选的《唐诗排律辨体》，敖英编撰的《类编唐诗七言绝句》，王行编撰的《唐律诗选》，刘生和编选的《唐诗七言律选》；清代毛奇龄、王锡编选的《唐七律选》，翁方纲编撰的《唐五律偶钞》《唐人七律志彀集》《七言律诗钞》，曹毓德编选的《唐七律诗钞》，赵臣瑗编撰的《山满楼笺注唐诗七言律》等，其中包括五言绝句，七言绝句，五言律诗，七言律诗，五言排律，七言排律，五言古诗，七言古诗等，范围很广，囊括了唐代诗歌的各种体制。

其三，有人从题材和类别着眼编选唐诗，如五代时期的顾陶于宣宗至僖宗年间编选的《唐诗类选》，宋赵孟奎编选的《分门纂类唐歌诗残本》，明周叙编撰的《唐诗类编》，顾应祥编选的《唐诗类钞》，卓明卿编选的《唐诗类苑》，敖英编撰的《类编唐诗七言绝句》，吴炯编选的《唐诗分类精选》，蔡云程编选的《唐律类钞》，张之象编选的《唐诗类苑》，潘光统编选的《唐音类选》，李维桢编选的《新镌名公批评分门释类唐诗隽》，冯琦编选的《唐诗类韵》，张居仁编选的《唐诗十二家类选》，徐充编选的《唐诗类钞》，戴明说编选的《唐诗类苑选》，杨廉编选的《唐诗咏史绝句》，聂先、蔡方炳、金希仁编选的《唐人咏物诗》等，种类繁多。此外还有清人聂先编辑的《唐人咏物诗》，刘云份编撰的《唐宫闺诗》，曹锡彤编撰的《唐诗析类集训》等，涉及的题材和内容特别广。

　　其四，有人从艺术风格着眼编选唐诗，如明代高棅的《唐诗品汇》，唐汝询的《汇编唐诗十集》；清代鲍桂星编选的《唐诗品》，岳端编撰的《寒瘦集》，黄周星编辑的《唐诗快》等，都是根据自己喜欢的风格来编选唐诗。

　　其五，有人根据自己的诗学主张编选唐诗，如唐芮挺章编撰的《国秀集》，其诗学主张一是在情感内容上强调"雅正"原则，二是在艺术上讲究"风流婉丽"，所以风格豪放、气势壮大之作很少入选。再如唐殷璠编撰《河岳英灵集》，其诗学主张主要是两个方面：一方面强调诗歌应该"神来、气来、情来"，"既多兴象，复备风骨"，认为这是盛唐诗最突出的成就和特征，所以极力推崇；另一方面标举诗歌创作的方向、道路、标准，这就是"既闲新声，复晓古体，文质取半，风骚两挟，言气骨则建安为传，论宫商则太康不逮"，一言以蔽之，就是继承与创新结合，"声律风骨"兼备。其实，这也是他的选诗标准，简而言之，就是既讲兴寄，又重气骨。通观此书，应该说选入的诗作，基本体现了他的主张。其他如元结编撰的《箧中集》，也是依据自己的诗学主张选编唐诗。元结对当时"拘限声病，喜尚形似"的诗歌风气不满，力图复古。所以此集中所选唐人之诗，多有古诗风概。对此，《四库全书总目提要》中作了客观的评价："其诗皆淳古淡泊，绝去雕饰，非惟与当时作者门径迥殊，即其人所作见于他集者，亦不及此集之精善，盖汰取精华，百中存一。"

　　其六，有人从儿童启蒙教育着眼编选唐诗，如宋人刘克庄的《唐五七言绝句》、明王纳善的《唐代伦常诗选》、清张必昌的《唐诗家训》、孙洙的《唐诗三百首》、章燮的《唐诗三百首注疏》、上元女史陈婉俊的《唐诗三百首补注》、胡本渊的《唐诗三百首近体》、于庆元的《唐诗三百首续选》，都是从儿童的启蒙教育出发编选唐诗。

　　其七，有些人对已有的唐诗选本进行整理，其方式多种多样。其中有的对已有的唐诗选本进行评论，如宋刘辰翁的《王孟诗评》、元仇远的《批评唐百家诗选》、明梅鼎祚编选、屠隆集评的《李杜二家诗钞评林》。有的是对已有的唐诗选本进行增补，如宋代时少章的《续唐绝句》，明代朱櫹的《增广唐诗鼓吹续编》，董斯张的《增定唐诗品汇》，清代高士奇的《续唐三体诗》，俞思谦的《全唐诗录补遗》。有的是对已有的唐诗选本进行删削，如清代朱克生的《唐诗品汇删》，吴昌祺的《删订唐诗解》。有的是对已有的唐诗选本进行批点，如宋代时少章的《批唐百家诗选》，明代顾璘的《批点唐音》，高棅原选、桂天祥批点的《批点唐诗正声》，清金圣叹的《贯华堂选批唐才子诗》。就批点的方式而言，有眉批，有尾批，有旁批，有总批，有题下批；少则一二字，多则数百字，甚至上千字的。就批点的态度和着眼点而言，有字斟句酌的，有即兴而发的，有借题发挥的，有画龙点睛的，有疏通文字的，有考察史实的，有专事于章法结构的，有着意于艺术风格的。就圈点的方法而言，有实圈，有虚圈，有单圈，有双圈，有单点，有双点……还有的是对已有的唐诗选本进行笺注，如宋赵蕃、韩淲选，谢枋得注的《注解章泉涧泉二先生选唐诗》，胡次焱的《赘笺唐诗绝句》，元人裴庚的《增注唐贤绝句三体诗法》，杨士弘编选、颜润卿缉释的《唐音缉释》，明李维桢的《新镌名公批评分门释类唐诗隽》，李颐的《镌李及泉参于鳞笺释唐诗选》，林兆珂的《李杜诗钞述注》，高棅原选、郭濬评点、周明辅等参订、谭元春鉴正的《增定评注唐诗正声》，廖文炳的《唐诗鼓吹注解》，清钱谦益的《唐诗合选笺注》，高士奇的《唐三体诗评释》，胡宗绪的《唐诗鼓吹驳注》，清王士禛原选，吴煊、胡棠笺注的《唐贤三昧集笺注》，赵臣瑗的《山满楼笺注唐诗七言律》，殷元勋、宋邦绥补注的《才调集补注》，孙洙原选、章燮注疏的《唐诗三百首注疏》，姚鼐原选、赵彦传注的《唐绝诗钞注略》等等。其笺注方式也多种多样：有详注，有简注，有笺注，有双行夹注，有诗尾总注。就解而言，有题解，有训中带解等，也形式多样。

除了上述几个方面之外，还有从其他角度入手编选唐诗的，如清人纪昀的《唐人试律说》、朱琰的《唐试律笺》等，从科举考试着眼；明人汪琼的《李杜五律辨注》，清人汪森的《韩柳诗选》等则从诗人并称着眼；清人樊新的《新镌草字唐诗》从练习书法的角度着眼，而明人黄凤池的《唐诗画谱》又从练习绘画的角度着眼；宋人李龏的《唐僧弘秀集》、无名氏的《唐帝后诗》都是从唐代诗人的身份着眼；而清人刘云份的《全唐刘氏诗》、李长祥的《全唐诗蟠根集》则从诗人姓氏着眼……，所有这些都说明，由唐代开始，一直到清代，唐诗选本的种类繁多，编选方式、方法、角度更是多种多样。

二

虽然唐诗编选的历史源远流长，贯穿于各个时代，是我们解读唐诗必不可少的文献资料，对于唐诗的研究与欣赏都有启发意义。但是，到目前为止，众多的唐诗选本还尘埋于图书馆的书库中，难以和读者见面。有些版本，即使是专门研究唐诗的学者也难觅踪影，金埋沙砾之中，珠藏尘埃之内，其应用价值未能得到应有的发挥。更何况有些孤存、稀见之版本正处于虫蠹风蚀的状态之中，亟须抢救。为此，本人编辑了这部《唐诗选本题解》，主要目的就是为唐诗的研究和欣赏提供方便。本书选题确立之后，在较短的时间内完成，缺点和错误在所难免，希望广大读者，特别是唐诗研究专家们批评指正。

凡 例

一、本书的主体构成是题解，属于目录学的范畴，意在辨章学术，考镜源流。目的是为读者了解唐诗相关书籍提供方便。

二、本书对收入的每一种唐诗选本均作提要，主要内容包括三个方面：一是简要介绍编选者的生平事迹，二是说明编选者的诗学思想及其选诗标准，三是梳理其版本流传状况。

三、本书对唐诗编选者生平事迹的介绍有详有略：人们熟知者则简略介绍，生疏者则相对详细一些。其生平未做过考证者则尽可能考证，以便于读者了解其人；不可考者存疑，但是也尽可能提供线索。

四、本书对于唐诗选本的介绍和梳理也区别对待：重要者详加介绍，次要者则简略说明；现存而未见者尽量标明所藏之处，未见而可考者则考之，不可考者则存疑。

五、本书对于海外流传的唐诗选本的收集明显不足，以后将在这方面加大力度。待收集较为完备之时，再对本书进行补充修订。

六、本书所收之唐诗选本以现存者为主，散佚者根据现有的材料也做些介绍；不可考者则尽量提供一些线索。

七、对现当代唐诗选本，本书暂时没有收入，待将来酌情补入。

八、本书在为唐诗选本作题解之时参考、吸收了前人、今人的研究成果，因为体例的限制，未能一一标明，在此表示深深的谢意。

目　录

目录

一、唐代唐诗选本题解

《续古今诗苑英华集》

［唐］慧净编选

题　解

唐诗总集，唐僧人慧净编选。终唐之世，唐人选唐诗的数量多达一百三十余种，而此本则是现今所知唐代第一个唐诗选本。《郡斋读书志》载本书为十卷，"辑梁武帝大同年中《会三教篇》至唐刘孝孙《成皋望河》之作，凡一百五十四人，歌诗五百四十八篇，孝孙为之序"。慧净，俗姓房氏，为常山真定人，隋国子博士徽远之侄。慧净十四岁即出家，在隋文帝、炀帝时就有声誉。初唐贞观时期，慧净为长安纪国寺主持，与唐初重臣房玄龄结为法友。高宗李治为太子时，曾请慧净主持普光寺，可见其声名与地位实属不凡。（见《续高僧传》卷三）太宗贞观十九年（645年）卒，享年八十六。此书之外，《新唐书·艺文志》还著录慧净的另一部著作《杂心玄文》，并且介绍说："姓房，隋国子博士徽远从子。"《全唐文》卷九百四载慧净《辞谢皇储令知普光寺任启》《重上皇储令知普光寺任谢启》二文。

因为本选集已经亡佚，加之文献记载缺乏，所以我们今天很难知道其选诗的具体情况，明胡震亨《唐音癸签》称此书所选之诗为"自梁至唐初刘孝孙"。另外，从刘孝孙《沙门慧净诗英华序》中也可以得到一些信息，该文中说："尝以法师敷演之暇，商榷翰林，若乃园柳天榆之篇，阿阁绮窗之咏，魏王北上，陈思南国，嗣宗之赋明月，彭泽之摘微雨，逮乎颜、谢摘藻，任、沈遒文，足以理会八音，言谐四始，咸递相祖述，郁为龟镜……近世文人，才华间出。周武帝震彼雄图，削平漳滏，隋高祖韫兹英略，龛定江淮。混一车书，大开学校。温、邢誉高于东夏，徐、庾价重于南荆，王司空孤秀一时，沈恭子标奇绝代。凡此英彦，安可阙如。自参墟启祚，重光景曜，大宏文德，道冠前王，荙轴之士风趋，林壑之宾云集。故能抑扬汉彻，孕育曹丕，文雅郁兴，于兹为盛。……固请法师暂回清鉴，采摭词实，耘剪繁芜。"可见慧净本人对建安至齐梁的诗歌有更多的关注，同时，也大致可以看出慧净所选之诗起自南朝的梁、陈，北朝的周，以及初唐诗人的作品，由于时代的限制，本集还不能体现唐代诗歌不同于南北朝时期诗歌的独特之处。

《古今诗人秀句》

[唐] 元兢编撰

题　解

　　唐诗总集，唐人元兢编撰。此书已佚。《旧唐书》卷一百九十上《文苑上·崔行功传》后附记元思敬事，谓："元思敬者，总章中为协律郎，预修《芳林要览》，又撰《诗人秀句》两卷，传于世。"其实，元思敬即元兢。"据《说文》，兢，敬也。元兢，字思敬，名与字正合"（李珍华、傅璇琮《唐人选唐诗与〈河岳英灵集〉》）。另外，《文镜秘府论》南卷所载元兢序中称："余以龙朔元年为周王府参军，与文学刘祯之、典籖范履冰，书东阁已建，斯竟撰成此录。王家书既多缺，私室集更难求，所以遂历十年，未终两卷。今剪《芳林要览》，讨论诸集，人欲天从，果谐宿志。常与诸学士览小谢诗，见《和宋记室省中》，铨其秀句……时历十代，人将四百，自古诗为始，至上官仪为终。"可知此集编选颇费心力。元兢序中还称他选诗的宗旨是："以情绪为先，其直置为本，以物色留后，绮错为末，助之以质气，润之以流华。"这一点特别值得注意。从历史的角度上看，此书的编选是在高宗前期，当时的文学氛围是上官仪的绮错婉媚诗风盛于一时，总体特征是"争构纤徽，竞为雕刻，糅之金玉龙凤，乱之朱紫青黄，影带以徇其功，假对以称其美，骨气都尽，刚健不闻"（杨炯《王勃集序》）。但是元兢在编选此集时已经提出"以情绪为先"，"其直置为本"，表明其诗学思想已经不同于当时在诗坛上占主导地位的"上官体"的诗学观念。虽然还落后于当时

"初唐四杰"的诗学思想，但是毕竟比当时主流的诗学倾向更为进步。

《珠英学士集》

[唐] 崔融撰

题　解

　　唐诗总集，《珠英学士集》五卷，唐崔融撰，又名《珠英集》。原注崔融集武后时修《三教珠英》学士李峤、张说等诗、《宋之问集》十卷。《新唐书·艺文志四》著录此书："《珠英学士集》五卷，崔融集武后时修《三教珠英》学士李峤、张说等诗。"《郡斋读书志》所述更加具体："唐武后朝，尝诏武三思等修《三教珠英》一千三百卷，预修者凡四十七人。崔融编集其所赋诗，各题爵里，以官班为次，融为之序。"由这些记载可知：《珠英学士集》是编纂《三教珠英》过程中形成的副产品。关于《三教珠英》，李维《中国诗史》从正面讲述本书编撰的动机："武后奖掖文学，引拔极众，始以北门诸学士，纂集群书，临制后，又有三教珠英之选，预修者，有员半千……诸人，集所赋诗，各顾爵里，以官班为次，而崔融为之序，惟《珠英学士集》已佚，不可考也。当时文人，以沈宋为杰出，每以丽词，邀女后欢喜，上官婉儿又为之染翰着色，朝野争羡，故一时化之。"但是五代刘昫则从批评的角度记载此事，《旧唐书》卷七八《张行成传》附传："以昌宗丑声闻于外，欲以美事掩其迹，乃诏昌宗撰《三教珠英》于内。乃引文学之士李峤、阎朝隐、徐彦伯、张说、宋之问、崔湜、富嘉谟等二十六人，分门撰集，成一千三百卷，上之。"还是《唐会要》说得更客观一些："大足元年十一月十二日，麟台监张昌宗，撰《三教珠英》一千三百卷成，上之。初，圣历中，以上《御览》及《文思博要》等书，聚事多未周备，遂令张昌宗召李峤、阎朝隐、徐彦伯、薛曜、员半千、魏知古、于季子、王无竞、沈佺期、王适、徐坚、尹元凯、张说、马吉甫、元希声、李处正、高备、刘知几、房元阳、宋之问、崔湜、常（《玉海》作韦）元旦、杨齐哲、富嘉谟、蒋凤等二十六人同撰。于旧书外，更加佛道二教，及亲属姓名方城等部。"（《唐会要》卷三十六

《修撰》）显然《三教珠英》，是一部大型诗歌选集类书，编修于大周皇朝时期，共一千三百一十三卷。启动时间是圣历二年（699年），武后诏学士四十七人修《三教珠英》，右补阙张说、定王府仓曹刘知几、给事中徐彦伯皆在其中，当时人称为"珠英学士"。因为这些修撰《三教珠英》的"珠英学士"们都是诗人，又兼学者，所以他们在修书期间，天天谈论学问，并且赋诗聚会，所以崔融便借此机会，编集他们所作之诗，总共收录参加编修《三教珠英》学士四十七人的作品，得诗二百七十六首，成此《珠英学士集》五卷。

《珠英学士集》现在仅存的是敦煌遗书中的两个写本残卷。其一为"斯二七一七"，可见当初便为残卷；其二为写本"伯三七七一"。现存诗作者姓名及其所收诗的数量是：沈佺期，十首；王适，三首；崔湜，九首；刘知几，三首；王无竞，七首；马吉甫，两首，另外还有一断句；高备，四首；元希声，九首；房元阳，两首；杨齐哲，两首；胡皓，两首；无名氏，六首。

《玉台后集》

〔唐〕李康成编撰

题　解

唐诗总集，唐人李康成编撰。康成，天宝时人。本集选诗自庾信、沈约、陈后主、江总、隋炀帝、宋之问、王勃、杨炯、卢照邻、骆宾王而下二百九人，诗六百七十首，汇为十卷，其意在承接徐陵之《玉台新咏》，并且选入了徐陵所遗落者。此书原集已经失传，不过，在宋、明典籍中，引述此书中作品者很多，今人陈尚君先生对《玉台后集》进行了辑录，其中考查出原集中的诗人六十一人，仅为原书的三分之一；诗八十九首，仅为原书的七分之一。所以，今人已经不能见其全貌，也不能具体了解其选诗宗旨。但是细观现存之诗，均为五言，为南朝子夜歌体式，是南朝梁至唐天宝年间文人仿作的乐府民歌。具体考查辑录出来的作者，唐前多为南朝宫体诗人，其生活范围是以宫廷为中心；而唐代的作者皆为开元、天宝时人，并且多是下层文人。从作品的内容风格上看，大都以写情为主，以艳丽为主调。因为选诗范围包括了南朝和唐代多个时段，所以明代胡震亨在其《唐音癸签》中称此集为"唐人选唐诗，其合前代选者"，比较准确。

《正声集》

[唐] 孙季良撰

题　解

唐诗总集，又称《唐正声》，《新唐书·艺文志》记载为孙季良撰，是唐人选本朝诗的第一部。孙季良为河南偃师人，开元中为左拾遗，集贤院直学士。《旧唐书》把孙季良附于《尹知章传》之后，因为他是尹知章的学生。尹知章是当时的一位著名儒家经师，中书令张说于睿宗初曾推荐他"有古人之风，足以坐镇雅俗"，授礼部员外郎，转国子博士，"后秘书监马怀素奏引知章就秘书省与学者刊定经史"。开元六年（718年）卒，"所注《孝经》《老子》《庄子》《韩子》《管子》《鬼谷子》，颇行于时"（见《旧唐书·尹知章传》）。可见他是出入儒道、不拘一格的学者。尹知章卒后，"门人孙季良等立碑于东都国子监之门外，以颂其德"（见《新唐书·尹知章传》）。由此可见孙氏之为人。

仔细考察，孙季良的名字最早见于中唐刘肃之《大唐新语》卷八："刘希夷，一名挺之，汝州人，少有文华，好为宫体，词旨悲苦，不为时所重。善抡琵琶，尝为《白头翁咏》……后孙翌撰《正声集》，以希夷为集中之最，由是稍为时人所称。"《旧唐书》卷一百八十九下《儒学传》下《尹知章传》后附载孙季良之事："孙季良者，河南偃师人也，一名翌。开元中为左拾遗，集贤院直学士。撰《正声诗集》三卷，行于代。"《新唐书》列传第一百二十四儒学中与此记载相同："季良，偃师人，一名翌。仕历左拾遗、集贤院直学士。"不过也有不同的记载，如《唐诗纪事》《全唐诗》皆为"孙翌"，《全唐文》作者小传中的记载最为准确："翌，字季良。"另外今人岑仲勉先生在《金石论丛》中对孙季良所撰的《高延福墓志铭》一文进行考证，指出："考《高福墓志铭》题'丽正殿修撰学士、校书郎孙翌字季良撰'，志为开元十二年立，由其结衔观之，则知未改集贤院前，执事丽正殿者概有学士之称。"可知孙季良其名为翌，字季良。

《正声集》原书已佚，我们无法确知其详细内容。不过，对于此书，唐时就有评价，中唐时期的高仲武在其《中兴间气集序》中说："暨乎梁昭明，载述已往撰集者数家，榷其风流，《正声》最备，其余著录，或未至正焉。"推崇过高。晚唐顾陶《唐诗类选序》（《文苑英华》卷七百一十四，《全唐文》卷七百六十五）中有云："然物无全工，而欲篇咏盈千，尽为绝唱，其可得乎？虽前贤纂录不少，殊途同归，《英灵》《间气》《正声》《南薰》之类，朗照之下，罕有孑遗，而取舍之时，能无少误？未有游诸门而英菁毕萃，成篇卷而玷类全无。诗家之流，语多及此。岂识者寡，择者多，实以体词不一，憎爱有殊，苟非通而鉴之，焉可尽其善者！由是诸集悉阅，且无情势相托，以雅直尤异成章而已。"把此书与《河岳英灵集》《中兴间气集》《南薰集》并列，较为公允。

《正声集》在编撰上比较突出的特征是：不再像以前的唐诗选本那样把唐诗附丽于六朝之后，而是专门选取唐诗，独立成集，真正把唐代诗歌作为独立的发展阶段进行考察和推介，诗学观念与此前唐诗选家明显不同。虽然现在无法通观此集全貌，但是，由唐赵儋为陈子昂作《旌德之碑》，说陈子昂"有诗十首入《正声》"（《陈子昂集》附录），《大唐新语》载"后孙翌撰《正声集》，以希夷为集中之最，由是稍为时人所称"等材料，可以看出该集能够把陈子昂诗与刘希夷不同风格的诗作都选入《正声集》，足见其在选诗上的客观态度。此集之所以为后来的诗选家所推重，这应该是其中的重要原因。

《国秀集》

[唐] 芮挺章撰

题 解

唐人诗歌总集，唐芮挺章撰。主要版本有影印明初刻本、明毛晋刻本。今天常见的是中华书局上海编辑所一九五八年本。该书成于天宝三载，序中称"凡九十人，诗二百二十首"，《四库全书总目提要》又说"实八十五人，诗二百十一首"。其实为八十五人，诗二百十八首。其选诗标准一是在情感内容上要符合"雅正"原则，二是在艺术上讲究"风流婉丽"，所以风格豪放、气势壮大之作很少入选。《国秀集》前序中说得清楚，本集选诗"自开元以来，维天宝三载"，所以都是盛唐诗。明人胡震亨认为此集"合选初盛唐"，"所载李峤、沈、宋、迄祖咏、严维九十人诗二百二十篇，三卷。楼颖序称其谲谪芜秽，登纳菁英，成一家之言"是不够准确的。关于编选宗旨，序中也说得明白："近秘书监陈公、国子司业苏公尝从容谓芮候曰：'风雅之后，数千载间，词人才子，礼乐大坏，讽者溺于所誉，志者乖其所之，务以声折为宏壮，势奔为清逸，此蒿视者之目，聒听者之耳，可为长太息也。运属皇家，否终复泰，优游阙里，唯闻子夏之言；惆怅河梁，独见少卿之作。及源流浸广，风云极致，虽发词遣句，未协风骚，而披林撷秀，揭厉良多。自开元以来，维天宝三载，谲谪芜秽，登纳菁英，可被管弦者都为一集。'芮候即探书禹穴，求珠赤水，取太冲之清词，无嫌近溷：得兴公之佳句，宁止掷金。道苟可得，不弃于厮养；事非适理，何贵于膏粱。"可见，其宗旨大致不出儒家传统的诗教之范围。关于选录的标准，虽然选者提出左思、孙绰（"太冲之清词""兴公之佳句"），但实际上书中所选与此尚有明显的差距。对此，李珍华、傅璇琮两位先生做了非常精彩的分析："但书中所选，实未能相称。首先是断限不明，序中说是：'自开元以来'，而刘希夷为高宗武后时人，杜言审，沈佺期都死于开元之前。如果要兼收初唐之诗，则又须顾及四杰、陈子昂等。开元、天宝间诗人如李颀、常建、孟浩然、张九龄等，所选都非佳作，梁锽的一首《观美人卧》还明显带有宫体诗的余风（如"落钗犹冒鬓，微汗欲销黄，纵使朦胧觉，魂犹逐楚王"）。目录中的官称，疏误殊多，如称刘希夷为'广文进士'，实则广文馆之设乃在天宝时期（并在芮挺章所谓此集下限天宝三载之后），而刘希夷则远在此以前。又称高适为'绛郡长史'，高适除了至德时曾一度任扬州大都督府长史外，更未有任他州长史的。唐人选诗选入编者本人之作，就现今所见，似也以《国秀集》为始作俑者，而书中芮、楼二人所作，也甚平庸。说《国秀集》编于《河岳英灵集》前，但据前所考，其问世恐尚在后，殷璠在编纂《英灵》《丹阳》二集时，当未曾寓目。"（李珍华、傅璇琮《唐人选唐诗与〈河岳英灵集〉》）所以，总体看来，这一唐诗选本无论是从文献价值还是理论价值上看，都不能与殷璠的《河岳英灵集》相比，尤其是在当时，盛唐之诗已经达到兴盛的顶峰阶段，而芮挺章此集之中，没有充分揭示此时唐诗的独特风貌，也没有提出值得称道的理论建树。

《河岳英灵集》

[唐] 殷璠撰

题　解

　　唐诗总集，是盛唐诗的专门选本，唐殷璠撰，分上、中、下三卷，从常建至阎防，共二十四人，诗二百三十四首，起于开元二年（714年），终于天宝十二年（753年）。殷璠本人有《河岳英灵集叙》，专门阐述编选动机、标准、宗旨等等。第一，指出此前唐诗编选的不足："梁昭明太子撰《文选》，后相效著述十余家，咸自称尽善，高听之士，或未全许。且大同至于天宝，把笔者近千人，除势要及贿赂者，中间灼然可尚者，五分无二，岂得逢诗辄赞，往往盈帙。盖身后立节，当无诡随，其应诠拣不精，玉石相混，致令众口销铄，为知音所痛。"要点是指出以前选家在编选唐诗之时，有的失之偏，有遗珠之恨；有的失之粗，玉石相混。所以主张广选精取。第二，明确提出了自己的诗学主张，揭示出盛唐诗歌最突出的审美特征："夫文有神来、气来、情来，有雅体、野体、鄙体、俗体。编纪者能审鉴诸体，委详所来，方可定其优劣，论其取舍。至如曹、刘诗多直语，少切对，或五字并侧，或十字俱平，而逸驾终存。然挈瓶庸受之流，责古人不辩宫商徵羽，词句质素，耻相师范。于是攻异端，妄穿凿，理则不足，言常有余，都无兴象，但贵轻艳。虽满箧笥，将何用之？"其中要点是"神来、气来、情来"，这是他诗学主张的精髓。"既多兴象，复备风骨"被后世称为"兴象说"和"音律说"，不仅是对唐代诗歌审美特征的高度概括，更鲜明地反映了盛唐时代诗歌高峰期的创作特色和理论特色，表明殷璠的诗歌理论已经具备比较完整的理论系统。第三，勾画出唐诗发展演变的轨迹，并且揭示其发展变化的基本原因："自萧氏以还，尤增矫饰。武德初，微波尚在。贞观末，标格渐高。景云中，颇通远调。开元十五年后，声律风骨始备矣。实由主上恶华好朴，去伪从真，使海内词场，翕然尊古，《南风》《周雅》，称阐今日。"第四，指出编撰本书的宗旨，说明此书的体例及其编撰方式："璠不揆，窃尝好事，愿删略群才，赞圣朝之美。爰因退迹，得遂宿心。粤若王维、昌龄、储光羲等二十四人，皆河岳英灵也，此集便以《河岳英灵》为号，诗二百三十四首，分为上下卷，起甲寅，终癸巳。伦次于叙，品藻各冠篇额。如名不副实，才不合道，纵权压梁、窦，终无取焉。"另外，本书有《集论》一篇，指出诗歌创作的方向、道路、标准，其中要点是阐述自己的选诗标准，所以不能不读："论曰：昔伶伦造律，盖为文章之本也。是以气因律而生，节假律而明，才得律而清，焉宁预于词场，不可不知音律焉。孔圣删诗，非代议所及。自汉魏至于晋宋，高唱者十有余人，然观其乐府，犹有小失。齐、梁、陈、隋，下品实繁，专事拘忌，弥损厥道，夫能文者，匪谓四声尽要流美，八病咸须避之，纵不拈缀，未为深缺，即'罗衣何飘飘，长裾随风还'，雅调仍在，况其他句乎？故词有刚柔，调有高下，但令词与调合，首末相称，中间不败，便是知音，而沈生虽怪，曹王曾无先觉，隐侯言之更远。潘令所集，颇异诸家，既闲新声，复晓古体，文质半取，风骚两挟，言气骨则建安为传，论宫商则太康不逮，将来秀士，无致深憾。"概而言之，他主张在诗歌创作上一方面要继承与创新结合，另一方面要"声律风骨"兼备。根据这两点，他提出自己的选诗标准：讲兴寄，重气骨。客观地说，选入本书中的诗作，基本体现了这一主张。

《河岳英灵集》具有特殊的文献价值和理论价值，但是其版本问题也相当混乱。本集殷璠在书前的《叙》中，说明所收诗人二十四人，诗作二百三十四首，分为上下卷，即两卷。唐宋两代的公私书目也多是这样记载，如《新唐书·艺文志》总集类载《河岳英灵集》二卷，《直斋书录解题》卷十五："《河岳英灵集》二卷，唐进士殷璠集常建等诗二百三十四首。"今所见的二卷本《河岳英灵集》，皆藏于北京图书馆。其一，明清之际的季振宜藏本，一册，首尾有缺叶，抄配，又缺《叙》、《集论》、目录。卷末题款："泰兴季振宜沧苇氏珍藏"，有朱色方印"季振宜印"。每叶十行，每行十八字。其二，清末莫友芝所藏据毛斧季校本过录之本，分二册，《叙》、《集论》、目录皆存，卷末署"丙寅初冬邵亭校读一过"。但是到了明代则出现了三卷本，如明嘉靖时人高儒《百川书志》卷十九总集记载《河岳英灵集》，作三卷，且云："旧分二卷。"明末藏书家兼刻书家毛晋汲古阁所刻《河岳英灵集》，也为三卷本；此后毛晋之子毛扆又翻刻过《河岳英灵集》，同为三卷本，卷末毛扆题云："壬戌五月廿一日从旧钞本校一过，毛扆。"今藏北京图书馆善本部，原为黄丕烈所藏，卷首有黄氏乾隆癸丑（乾隆五十八年，1793年）题识："东城任蒋桥顾氏，藏书旧家也。余从其族中得来佳本最多。一日藏书尽散，书友捆载而归，邀阅之，悉为其家藏书之下乘，旧刻名钞，无一存者。惟此本系汲古主人手校本，急检出，以贱直易之，沧海遗珠，竟为象罔所得，喜何为之。"经毛晋父子相继校刻之后，《河岳英灵集》在世上通行的本子主要就是汲古阁所刻的三卷本，而二卷本世人知之者很少。所以，到清代修四库全书之时，四库馆臣们便认三卷本而否定二卷本，《四库全书总目提要》云："《河岳英灵集》，三卷（江苏巡抚采进本），唐殷璠编。璠丹阳人，《序》首题曰'进士'，《书录解题》亦但称'唐进士'，其始末则未详也。是集录常建至阎防二十四人，诗二百三十四首，姓名之下各著品题，仿钟嵘《诗品》之体，虽不显分次第，然篇数无多，而厘为上中下卷，其人又不甚叙时代，毋亦隐寓钟嵘三品之意乎？《文献通考》作二卷，盖字误也。"对四库馆臣之论，乾隆五十九年（1794年）甲寅，黄丕烈在他得到的毛斧季（扆）手校的三卷本时批道："近人撰集书目，仅据俗本分卷之三而为之说，曰推测其意似以三卷分上中下三品，奚音痴人说梦。古书可贵，即此已见。"（见傅璇琮《唐人选唐诗十种》，上海古籍出版社1958年版）其实，殷璠本人在书前的《叙》中，已经说明所收诗人二十四人，诗作二百三十四首，分为上下卷，即两卷，所以，当以此为最有力的铁证，确定殷璠《河岳英灵集》原本为二卷本。

《河岳英灵集》现在存世的最早版本是国家图书馆收藏的宋刻二卷本，国内仅有两部，皆藏于国家图书馆，实为罕见之本。其一曾为清人莫友芝收藏，没有缺损，实为全本；其二为残本，书前书后皆有残缺。这两部宋本之外，较早的版本就是比较多的明刻本，其中有时间记载的主要是：明嘉靖刻本：十行十八字；明隆庆三年杨绦刻本：九行十八字；明万历三十一年张士才刻本；明崇祯元年虞山毛氏汲古阁刻本：十行十八字。没有明确时间记载的主要有：明刻本：十行十八字；明覆宋刻本（即翻刻本）：十行十八字，《增订四库简明目录标注》有著录，台湾中央图书馆收藏有明覆宋刻本。据考宋刻《河岳英灵集》只有二卷本，《增订四库简明目录标注》及台湾中央图书馆以三卷本为覆宋刻本，疑其著录有误。明刻本：九行十七字；明刻本：九行十五字；明程明恕刻本：十行二十字；明刻公文纸印本：十行十八字，现存苏州博物馆。这些都是雕版刻本。《河岳英灵集》也有抄本传世，现存最早的抄本是国家图书馆所藏明代抄本《河岳英灵集》三卷。

清代刊刻的《河岳英灵集》版本明显少于明代，主要是两个版本。其一，清康熙三十二年（1693年）黄虞学稼草堂刻本，刊在丛书《唐人选唐诗八种》之中，每页八行十九字；其二是清光绪四年（1878年）刻本，吉林大学图书馆、复旦大学图书馆、华东师范大学图书馆、北京大学图书馆皆有藏，并且都作了著录，其中北京大学图书馆著录最为准确："清光绪四年辽阳赖氏刻本。"因为《河岳英灵集》的光绪四年（1878年）刻本在内封上有牌记，写明："仿宋本《河岳英灵集》二卷，光绪戊寅，秀水高行笃据独山莫氏藏本手书，辽阳赖丰烈校刊于扬州。"

《丹阳集》

[唐] 殷璠撰

题　解

唐诗总集，唐殷璠撰。据根据陈尚君等学者的考证文章，《丹阳集》成编时间在开元二十三年（735年）后，天宝元年（742年）前，陈尚君先生又依据宋人《吟窗杂录》和明人《唐诗纪》所摘引《丹阳集》诗句考证出其存诗二十首，残句十二则（见傅璇琮：《唐人选唐诗新编》，陕西人民教育出版社1996年版，第77—98页）。此前清乾隆二年重修《江南通志》卷一百九十二《艺文志·子部》中载："《丹阳集》一卷，殷璠辑包融、储光羲等十八人诗。"载此集所收诗家之数。《丹阳集序》中"建安末，气骨弥高，太康中体调尤峻，元嘉筋骨仍在，永明规矩已失，梁陈周隋，厥道全丧"数语之中，可以看出他在此集中也强调诗的"气骨"，说明其精神与其《河岳英灵集》中强调诗歌要"声律风骨兼备"的思想是一致的。

《搜玉小集》

[唐] 佚名撰

题　解

　　唐诗总集，唐佚名撰，是现存十三种唐代人编选唐诗中的一种，一般不大受重视，近年来开始受到关注，如傅璇琮的《〈搜玉小集〉考略》、伊藤正文的《论〈搜玉小集〉》等，一方面对《搜玉小集》进行了校勘和整理，另一方面对此集的成书时间、收诗情况、流传版本等一系列问题进行了考证。从题材上看，本集所选之诗可分为奉和、应制、边塞、闺怨、述怀、岁时应景等；全书选诗六十一首，作者三十四人，多为初唐诗人。就诗体而言，其中有近体诗三十六首，古体诗二十五首。但是，此书在编撰体例上既不以体分，又不以人统篇，参差混乱，重出叠见，很不规范。不过，必须承认，此集确实选录了不少初唐诗坛的优秀诗作，其中特别值得注意的如卢照邻的《王昭君》（合殿恩中绝）、骆宾王《晚度天山有怀京邑》（忽上天山望）、沈佺期《古意》（卢家少妇）、魏征的《述怀》（中原初逐鹿）、刘希夷的《代白头吟》、宋之问的《度大庾岭》《登越王台》、李峤的《汾阴行》、苏味道《观灯》（火树银花合）、李峤的《汾阴行》（君不见）、崔颢的《古意》（十五嫁王昌）等，都是可观之作。

　　此书有明嘉靖刊本，毛晋重刊，收入《唐人选唐诗》，有中华书局上海编辑所1958年排印本。《搜玉小集》最早见载于南宋，首先是陈振孙的《直斋书录解题》第十五卷："《搜玉小集》一卷，自崔湜至崔融三十七人，诗六十一首。"后来《宋史·艺文志》卷二百九亦载："《搜玉集》一卷，唐崔湜至融，凡三十七人，集者不知名。"到了明代，胡震亨《唐音癸签》卷三十一中有曰："《搜玉集》自四杰至沈、宋三十七人，诗六十三篇，不详撰人名，一卷。"这里出现《搜玉小集》与《搜玉集》两个书名，二者是什么关系呢？余嘉锡在其《四库提要辨证》卷二十四《集部五》中做了考证："观《宋志》之注，与《书录解题》略同，而其书只名《搜玉集》，不名《小集》，知今之《小集》，与《唐志》及

《崇文目》所著录者实即一书，但诗只六十一首，何能分为十卷？知其原书所录之诗，必不只此数。南宋至今所存之一卷，盖经后人之删削，只存其精华，故名之曰《小集》也。"大体上认为十卷本的《搜玉集》是一卷本《搜玉小集》的祖本。当代学者如日本之伊藤正文，我国大陆学者陈尚君、傅璇琮、吕玉华、陈坤祥也都认为《搜玉小集》一书源于《搜玉集》（伊藤正文《论〈搜玉小集〉》，李庆译，载《古典文献研究》第十一辑，凤凰出版社2008年版，第456页；陈尚君《唐人选唐诗总集叙录》，中国社会科学出版社1997年版，第189页；李珍华、傅璇琮《〈搜玉小集〉考略》，载《唐代文学研究》第五辑，广西师范大学出版社1994年版，第700—705页；吕玉华《唐代诗选家的独特眼光——由〈搜玉小集〉涉及的问题谈起》，文津出版社2004年版，第239页；张坤祥《唐人论唐诗研究》，载《古典诗歌研究汇刊》，花木兰文化出版社2008年版，第238—240页）。当然，在此书如何编纂的问题上现代学者与余嘉锡之见尚有分歧，现代学者之间的见解也不尽相同。

《敦煌本唐人选唐诗》

佚名整理

题　解

《敦煌本唐人选唐诗》，其实分两个部分，即《敦煌唐人诗集残卷（伯2555）》和《唐人选唐诗》（伯2552和伯2567）。其中《唐人选唐诗》（伯2552和伯2567）即《敦煌本唐人选唐诗》，早期为罗振玉整理，罗氏在其《雪堂校刊群书叙录》卷下，根据伯2567号写卷，将敦煌唐诗选残卷起名《唐人选唐诗》，并且考出这一残卷中有诗人六家，即李昂、王昌龄、邱为、陶翰、李白、高适，无序、无跋、无目录，也无编撰者姓名。后来，赵万里在仔细研究伯2552《诗选》残卷之后又有新的发现，他在《芸盦群书题记》中指出："唐写本高常侍（适）诗四十九首，出敦煌石室，现归巴黎国民图书馆。上虞罗氏辑印《鸣沙石室佚书》时，以原卷首尾俱缺，未详其主名，因以《唐人选唐诗》署之……今以此本勘之,《上陈左相》诗后共脱四十七首。知罗氏所见者实非全本。"这样《敦煌本唐人选唐诗》就不止罗振玉整理的规模。

另外一种《敦煌唐人诗集残卷（伯2555）》，是伯希和所劫敦煌遗书中的一个残卷，其编号为伯2555号，实际上，它不仅选了唐人诗，也有唐文，准确地说是唐人的诗文选集，其正面抄录唐人诗一百七十三首、文两篇，然后在背面还抄了唐人诗三十二首，所以加起来诗总共抄了二百零五篇，文两篇。其中诗一百七十一首、文一篇早已失传，现在见于《全唐诗》的诗只有三十四首，见于《全唐文》的文只有一篇。其实，仔细梳理，从敦煌遗书中辑录的唐人之诗，还不止这些，后来的学者继续发掘，又从中辑出《珠英学士集》和其他唐诗选集若干种，如吴其昱的《敦煌本珠英集两残卷考》、徐俊的《敦煌本珠英集考补》《珠英集》等。更值得注意的是荣新江、徐俊所撰《新见俄藏敦煌唐诗写本三种考证及校录》，书中所考蔡省风的《瑶池新咏》，是在《珠英集》之后，于敦煌遗书中发现的又一个唐人选唐诗残本。此本佚失已久，今日重现，确实值得珍视。

《箧中集》

[唐] 元结编撰

题 解

唐诗总集，唐元结编撰，本集选自己的好友沈千运、王季友、于逖、孟云卿、张彪、赵微明、元季川等七家诗作。元结对当时"拘限声病，喜尚形似"的诗歌风气不满，力图复古。他自己在《箧中集序》中说明了自己的动机："元结作《箧中集》，或问曰：公所集之诗，何以订之？对曰：风雅不兴，几及千岁，溺于时者，世无人哉？呜呼！有名位不显，年寿不将，独无知音，不见称显，死而已矣，谁云无之！近世作者，更相沿袭，拘限声病，喜尚形似，且以流易为词，不知丧于雅正，然哉！彼则指咏时物，会谐丝竹，与歌儿舞女，生污惑之声于私室可矣；若令方直之士、大雅君子，听而诵之，则未见其可矣。"初看起来，元结的这些论断似乎在理，但是从诗歌发展史和批评史的角度考察，则不然。我们知道：元氏此集、此序成于肃宗乾元三年（760年），在这个时期以前，盛唐诸公已经在诗歌理论和创作实践两个方面基本纠正了齐、梁以来香艳绮丽诗风的弊病，对盛唐诗歌的艺术审美特质已经有明确的认识、并且确立为诗歌创作的方向，如殷璠在其《河岳英灵集》中提出的"声律风骨兼备""兴象"，李白追求的清真自然之美等。应该说此时正是盛唐诗歌方兴未艾之时，元结却对当时的诗坛现状进行指责和批判，而且其理论武器明显过时，不合时宜，带有浓重的复古气息，让"声律风骨兼备""兴象玲珑"的盛唐之音复归于质朴、枯槁，开历史的倒车，所以价值不高。当然，元结之序及其所选之诗也并不是一无是处，也有其值得注意的价值。我们再看其序后之语："吴兴沈千运，独挺于流俗之中，强攘于已溺之后，穷老不惑，五十余年。凡所为文，皆与时异。故朋友后生，稍见师效，能侣类者，有五六人。呜呼！自沈公及二三子，皆以正直而无禄位，皆以忠信而久贫贱，皆以仁让而至丧亡。异于是者，显荣当世。谁为辨士，吾欲问之。天下兵兴，于今六岁，人皆务武，斯为谁嗣！已长逝者，遗文散失。方阻绝者，不见尽作。箧中所有，总编次之，命曰《箧中集》。且欲传之亲故，冀其不忘于今。凡七人，诗二十四首。时乾元之三年也。"一方面，序文和编选实际展示出元结独特的视角，选诗的范围扩展到"无禄位""久贫贱"、终生未仕、不得志于当世的诗人群体，其题材范围虽然比较狭窄，但是其诗歌的情感却是真挚浓烈的，反映出盛唐诗歌在慷慨豪迈的主调之外，也有失意的牢骚和愁怨，也有人生如梦、世事艰难的悲哀，对以往唐诗选本在内容和题材上都有所补充。另一方面，元结在序的前部分还强调诗歌要归于"雅正"，这是没有错的。总的说来，此集的诗学理论和选诗实践虽然在当时有不合时宜的一面，不过对即将到来的中唐诗歌，却有一定的指导意义。所以，此集在中唐时期比较受重视就不奇怪了。另外，从文学史上看，这一唐诗选本对后世影响还是比较大的，受到好评。

《中兴间气集》

[唐] 高仲武撰

题　解

　　唐诗总集，唐高仲武撰。史称唐肃宗、代宗两朝为唐代"中兴"时期，这是书名中"中兴"二字的来由。另外，《春秋演孔图》中有曰："正气为帝，间气为臣，宫商为姓，秀气为人。"这可能是书名"间气"二字之所出。本书分上、下二卷，共选唐诗人二十六家，皆为肃宗、代宗两朝诗人。起自钱起终至张南史，共收诗一百三十四首。高仲武为渤海（今山东省滨州市）人，其生平未详。关于诗歌，高仲武强调感而后作，其《中兴间气集序》中有曰："诗人之作，本诸于心，心有所感，而形于言，言合典谟，则列于风雅。"很显然，这是沿续《毛诗序》的儒家诗学观，注重情动于中而形于言。至于本书的编撰起因，他也做了说明："暨乎梁昭明，载述已往，撰集者数家，推其风流，《正声》最备。其余著录，或未至焉。何者？《英华》失于浮游，《玉台》陷于淫靡，《珠英》但纪朝士，《丹阳》止录吴人。此由曲学专门，何暇兼包众善。使夫大雅君子，所以对卷而长叹也！唐兴一百七十载，属方隅叛涣，戎事纷纶，业文之人，述作中废。粤若肃宗先帝，以殷忧启圣，反正中原。"（高仲武《中兴间气集序》）很明显，其编选动机一是因为对已有的唐诗选本不满意，即"《英华》失于浮游，《玉台》陷于淫靡，《珠英》但纪朝士，《丹阳》止录吴人"，都存在问题；另一方面，他明确指出要通过编选唐诗来为政治教化服务："伏惟皇帝，以出震继明，保安区宇，国风雅颂，蔚然复兴，所谓文明御时，上以化下者也。……且夫微言虽绝，大制犹存。详其否臧，当可拟议。古之作者，因事造端，敷弘体要，立义以全其制，因文以寄其心，著王政之兴衰，表国风之善否，岂其苟悦权右，取媚薄俗哉！"（高仲武《中兴间气集序》）其中要点是"上以化下"，"著王政之兴衰，表国风之善否"。关于选诗标准，他也说得明确："今之所收，殆革前弊。但使体状风雅，理致清新，观者易心，听者竦耳，则朝野通取，格律兼收。自郐以下，非所敢隶焉。凡百君子，幸详至公。"（高仲武《中兴间气集序》）简而言之就是要以《诗经》的"风雅"为标准，即"体状风雅，理致清新"。对于本书的选诗范围以及编撰过程和体例，他也做了介绍："仲武不揆菲陋，辄罄谀闻，博访词林，采察谣俗，起自至德元首，终于大历暮年。述者数千，选者二十六人，诗总一百三十二首，分为两卷，七言附之，略叙品汇人伦，命曰《中兴间气集》。"（高仲武《中兴间气集序》）

此集问世之后，既有人批评和抵毁，也有人充分肯定。晚唐郑谷批评说："品题《间气》未公心。"（郑谷《读前集二首》）宋人陆游说"评品多妄，盖浅丈夫耳"，"议论凡鄙"（陆游《跋中兴间气集》）。明许学夷称此书"恶俗尤甚"（许学夷《诗源辩体》）。当然，也有肯定之评，如《四库全书总目提要》便说"仲武持论颇矜慎"，"鉴别特精"，"颇不免逗漏末派，其余则大抵精确"。大体说来，高仲武《中兴间气集》所选之诗，虽然在"体状风雅"与"理致清新"两方面不够平衡，所选之人也有明显失误，如唐代最重要的大诗人之一杜甫，本来就在肃宗朝至代宗大历五年期间达到其一生中诗歌创作的顶峰，此时成就最为辉煌，但是《中兴间气集》却一首不选，实在说不过去。同时书中对诗人及其具体作品的品题也有不当之处，理论表述中也有自相矛盾、前后不一的弊端。但是客观地看，本书基本上体现了他所强调的"体状风雅，理致清新"的审美标准，也比较真实地反映了唐肃宗至德元年至代宗大历末年诗坛的基本状况，展现出了那个时代的基本精神面貌。从诗歌史的角度上看，对于我们认识和了解唐肃宗、代宗时期的诗歌创作及其诗学发展演变的情况还是具有重要的参考价值的，应该给予全面、客观的评价。

本书现存较早版本是影印明翻宋刊本，书后附有清人何焯据述古堂影宋抄本所作校记。此外还有明末毛晋刻本，现在国家图书馆所藏汲古阁影宋抄本即为此本。常见者为中华书局编辑所1958年版，1978年，上海古籍出版社出版的《唐人选唐诗（十种）》也收入此集。

《唐御览诗》

[唐] 令狐楚编

题 解

　　唐诗总集，唐令狐楚编。《全唐诗》小传："令狐楚，字壳士，宜州华原人。贞元七年及第，由太原掌书记至判官。德宗好文，每省太原奏，必能辨楚所为，数称之，召授右拾遗。宪宗时，累擢职方员外郎、知制诰。皇甫镈荐为翰林学士，进中书舍人，出为华州刺史。镈既相，复荐楚为中书侍郎同平章事。穆宗即位，进门下侍郎，寻出为宣歙观察使，贬衡州刺史，再徙太子宾客，分司东都。长庆二年，擢陕虢观察使。敬宗立，拜楚为河南尹，迁宣武节度使，入为户部尚书，俄拜东都留守，徙天平节度使，召为吏部尚书，检校尚书右仆射，进拜左仆射、彭阳郡公。开成元年，上疏辞位，拜山南西道节度使。卒，赠司空，谥曰文。集一百三十卷，歌诗一卷，今编诗一卷。"南宋陆游《渭南文集》卷二十六中《跋唐御览诗》曰："右《唐御览诗》一卷，凡三十人，二百八十九首，元和学士令狐楚所集也。按卢纶《墓碑》云：'元和中，章武皇帝命侍臣采诗，第名家得三百十一篇，公之章句奏御者居十之一。'"本集多名：一为《唐御览诗》，一名《唐歌诗》；一名《选进集》；一名《元和御览》；一名《御览诗》。原有江苏巡抚采进本，常见为中华书局上海编辑所一九五八年本。此书为唐人选唐诗之一种。其缘起是：唐宪宗皇帝李纯本人也是诗歌爱好者，君临天下之余，也不乏吟咏，所以在元和年间命翰林学士守中书舍人令狐楚编录诗歌进呈以供御览，集中所选皆为中唐诗人诗作，诗人三十家，诗二百八十九首；全书不分卷。从体制上看，所选之诗，主要是近体五、七言律诗及歌行，无古体诗，即使《巫山高》等用乐府题者，也都是律诗。由其选诗范围及其标准，可知在当时，五言律诗，特别是七言律诗特别流行，而古体诗在当时不受重视，地位不能与近体诗相比。

　　比较而言，《御览诗》与《中兴间气集》两个选本成书时间相差不远，而且所选的诗人也大都分布在肃宗代宗时期，其实都是中唐诗歌的专门选集。更值得注意的是：这两部诗选都偏重近体。但是，二者在选录诗人和诗作上则大相径庭：《中兴间气集》选录诗人二十六人，选诗一百三十四首，诗人主要分布在肃宗代宗时期；《御览诗》选录诗人三十人，诗歌二百八十六首，诗人也大都分布在肃宗代宗时期，可是在几乎同时代的诗人中间选择诗人、诗作，两者之间差异极大，诗人只有两人重复，即李嘉佑与皇甫冉，其余都不雷同；诗作只有一首重复，即皇甫冉《巫山高》，其余没有一首雷同。

如果分析其中原因，一是二人诗学观念不同，所以选择标准不同。高仲武在诗学观上虽然不离《风》《雅》传统，但是更注意诗歌的情趣、逸致等内在美和与此互为表里的音律、辞藻所形成的艺术效果，所以其选诗标准是"体状风雅，理致清新"，所选之人及其作品皆以此为准的；而令狐楚的诗学观念如《四库全书总目提要》所说的"尚富赡，《御览诗》所录皆富赡……盖求诗于唐，如求材于山海，随取皆给。而所取之当否，则如影随形，各肖其人之学识。"所以其选择之人、之诗与高仲武大不相同。所以毛晋在《御览诗》题跋中说："唐至元和间，风会几更。章武帝命采新诗备览。学士汇次名流，选进研艳短章三百有奇。"二是选家的身份和地位不同，也造成选择上的差异。

高仲武为一般文人，其身份和社会地位决定他主要是从诗学本身评判诗作，着眼点主要是文学的艺术审美特征，与令狐楚相比，受政治因素的影响要少得多；而令狐楚出将入相，地位尊贵，审美情趣与下层文人高仲武自然不同，更倾向于典丽、富赡之作，并且更注意诗作的政治要素，所以《吴礼部诗话》中说："武元衡、令狐楚皆以将相之重，声盖一时，其诗宏毅阔远，与灞桥驴子上所得者异也。"这样自然导致二人选诗在立足点、动机、目的上的不同：高仲武出于对此前的《续古今诗苑英华集》《玉台后集》《珠英学士集》《丹阳集》等诗歌选集不满，要革除其弊端，并且从自己个人的诗学观念出发选录诗歌，着重点在于诗歌的艺术美；而令狐楚《御览诗》则是在宪宗皇帝钦命之下选诗以供御览，这种情况之下选诗，即奉皇命选诗，就决定他一方面必须满足皇帝的审美情趣，另一方面又要不失自己的身份，于是其选诗的标准和角度就不能局限于单纯的艺术趣味，必须考虑思想和政治因素，所以他选择的诗人和作品当然与高仲武迥然有别。

《极玄集》

[唐] 姚合编撰

题　解

唐诗总集，唐姚合编撰。姚为陕州陕石人，元和进士，诗风与贾岛相近。《旧唐书·姚崇传》中云："（姚崇）玄孙（姚）合，登进士第，授武功尉，迁监察御史，位终给事中。"谓姚合为姚崇玄孙；《新唐书·姚崇传》云："（姚崇）曾孙（姚）合、（姚）勖。合，元和中进士及第，调武功尉。"又说姚合是姚崇曾孙，而且将姚合、姚勖列为同辈。但是，在河南洛阳发现的《唐故朝请大夫守秘书监赠礼部尚书吴兴姚府君墓铭并序》，则证明两《唐书》所载皆有误。《墓志》中说："公讳合，字大凝。惟姚氏由吴郎中讳敷，始渡江居吴兴，五世至宋渤海太守五城侯讳裡之，生后魏祠部郎中讳滂。七世至我唐初嶲州都督、赠吏部尚书、长沙文献公讳善意。文献公生宗正少卿、赠博州刺史讳元景，即开元初中书令、梁国文贞公之母弟，而公之曾王父也。汝州别驾讳算，公之王父也。相州临河令、赠右庶子讳闿，公之烈考也。"据此可知姚合实为姚崇之母弟姚元景之曾孙。同时，碑上明标"族子朝议郎守尚书右司郎中上柱国赐紫鱼袋勖撰"，所以姚勖也不是姚合之弟，《新唐书·姚崇传》中所载也误。

本集选诗倾向于个人情怀与流连风景的作品，以五言诗为主，大都为中唐诗人的作品，李白、杜甫的作品居然一首未入。但是姚合本人很自信，他在自序中说："此皆诗家射雕手也。（姚）合于众集中更选其极玄者，庶免后来之非。"意谓他选入此集的诗人都是高手，作品极为玄妙，故名"极玄"。本集现存的主要版本是明代汲古阁刻本，常用的则是中华书局上海编辑所一九五八年本。从诗学观念上看，高仲武在德宗年间编成的《中兴间气集》，分为上、下二卷，共选唐诗人二十六家，皆为肃宗、代宗两朝诗人。起自钱起终至张南史，共收诗一百三十四首，其中重点是大历诗人与诗作，其选诗倾向前推王维，尊之为文章宗主，后推钱起、郎士元，认为王维之后，钱、郎最称雄杰，选诗倾向是重视大历诗风。姚合的《极玄集》编成于开成二年左右，虽然晚了三十年左右，但是选诗倾向则非常相近，上推王维，下尊大历，也对钱起、郎士元倍加推崇。书中选入诗人二十一家，诗歌一百首。其中盛唐只有王维、祖咏，其他十九人如李端、耿韩、清江等皆为大历诗人，在诗学观念上，明显向大历回归。所以，《极玄集》与《中兴间气集》在诗学观念上有明显的共同之处。从选诗体制上看，《极玄集》与编成于元和年间的《御览诗》也有共同点，这就是：所选之诗偏重近体。不过，差异也比较突出：令狐楚在《御览诗》中对五言近体和七言近体没有轩轾，两者并重；而《极玄集》则有明显的侧重点，从其现存的九十九首诗来看，五律诗共选入八十七首，最多；五言绝句八首，位居第二；五言排律一首。相比之下，选入七绝三首，七律一首未选。其重视五言近体、轻视七言近体的倾向非常明显。从思想内容上看，《极玄集》对山水闲适之作格外重视，这是其推尊王维诗作的重要原因之一。其实，这也与当时社会现实影响有关：当年，大历诗人在"安史之乱"后，伤时哀世，心中苦闷，所以转向闲适；历经"甘露之变"后的大和诗人，同样面对严酷的现实，同样伤时哀世，心中苦闷，而且更加失望。所以到山水泉石和佛寺禅院中寻求慰藉和寄托。同时，由于这种心态的作用，《极玄集》所选之诗多苦闷和伤感的情绪和格调，因为国事已经不可救药，诗人没有了参与意识，但是心中又免不了苦痛和折磨。此外，此集中模山范水之作非常精彩，对物色观察仔细入微，刻画也精妙入神，这是王维山水之作受到青睐的又一个重要原因。此集问世后，受到好评，特别是晚唐诗人好评极多。如贯休在《览姚合极玄集》一诗中称赞说："至览如日月，今时即古时。"齐己在其《寄南徐刘员外二首》中亦云："昼公评众制，姚监选诸文。风雅谁收我，编联独有君。"但是，此集不仅于韩愈、元稹、白居易、刘禹锡、柳宗元、杜牧、李贺、张祜、赵嘏皆不收，而且连杜甫、李白也不收，还是过于偏颇。宋姚宽云："顾陶为《唐诗类选》，如元、白、刘、柳、杜牧、李贺、张祜、赵嘏皆不收，姚合作《极玄集》亦不收杜甫、李白，彼必各有意也。"（《西溪丛语》）回护的理由也不充分。

《又玄集》

[唐] 韦庄编选

题　解

唐诗总集，唐韦庄编选。到韦庄编《又玄集》的晚唐后期，唐诗经过几百年的发展、演变，诗歌风格、创作倾向不断变化，但是唐代诗歌的繁荣倒是始终的。而且随着唐诗创作的繁荣，诗学理论批评也在发展、繁荣，其中以选达旨的批评方式，即唐人选唐诗的批评方式尤其流行，正如陈尚君先生于《唐代文学丛考》之《殷璠〈丹阳集〉辑考》中所说："见于历代著录的唐人选唐诗，约有近五十种之多，有姓名传世的唐代选家，也有三四十人之众。"不仅选家多，选诗方式也多，如果按照时代划分，有的专选某一时期的唐诗，如孙正良的《正声集》和佚名的《搜玉小集》，专选初唐诗；殷璠的《丹阳集》专选盛唐诗。如果按照地域划分，刘松的《宜阳集》专选袁州人的诗，黄滔的《泉山秀句诗》专选闽人的诗。如果按照诗体划分，有专选五、七言绝句的《三舍人集》；如果按照内容题材划分，又有王衍的《烟花集》，专选艳情诗。韦庄作为一位具有深厚的诗学素养和较高的艺术审美眼光的诗人，又加朝廷命官的特殊地位，所以自己独立编选唐诗是事出有因的，其动机一是要总结一代诗歌，以选本的方式表达个人的诗学观念，因为他少年之时就怀有"重立太平基"的志向。二是他认识到以前的唐诗选本都有不足，共同特点是范围都比较狭窄：如殷璠之《河岳英灵集》选诗标准偏重兴象、风骨，诗体重古体而轻近体；《国秀集》因为受生活时代的局限，专选初、盛唐人诗，没有中、晚唐诗；《中兴间气集》也受到选家生活时代的局限，选录肃宗、代宗两朝诗，没有初、盛唐和晚唐诗，并且多收五言诗，七言太少。即使是对他产生很大影响的《极玄集》，也有明显的局限，选诗范围也较为狭窄。总之，与他总结一代诗歌的意愿相比，前此的唐诗选本都不能满足他的要求，所以要重新编选。韦庄在《又玄集序》中说："总其记得者，才子一百五十人；诵得者，名诗三百首。"全书选诗人一百五十人家，时间跨度大，包括初唐、盛唐、中唐、晚唐，覆盖面很广。初唐有宋之问，盛唐有李白、杜甫、张九龄、王维等十九人；历中唐、晚唐至郑谷、罗隐，最后选诗僧如皎然、无可、清江等十人；还选有妇人能诗者如李季兰、薛涛、鱼玄机等十九人。选诗规模也相当可观，杜甫诗七首，武元衡、杜牧、温庭筠、贾岛、姚合、李远、李商隐各五首，王维、韩琮、张乔各四首，司空曙、李嘉祐、李贺、钱起、李益、孟浩然、韩翃、苏广文、韩愈、刘禹锡、韦应物、李廓、李郢、李群玉、曹邺、李频、曹唐、刘德仁、于武陵、马戴、崔珏、李涉、许浑、方干、于濆、罗隐、李洞、崔涂、罗邺、鲍君徽各三首，其他则是一二首。共三百首。

关于选诗标准，韦庄在自序中也说得清楚："自国朝大手名人，以至今之作者，或百篇之内，时记一章；或全集之中，唯征数首。但掇其清词丽句，录在西斋；莫穷其巨派洪澜，任归东海。"概括起来说其标准就是四个字"清词丽句"。多年来，对于韦庄这里的"清词丽句"，人们有不同的解释，王运熙先生认为本于杜甫《戏为六绝句》之五："不薄今人爱古人，清词丽句必为邻。窃攀屈宋宜方驾，恐与齐梁作后尘。"并且解释说："丽和清相配合，则作品具有清新风味，而不流于浮靡繁缛。"（王运熙《韦庄韦縠的文学思想》，《河北师院学报》1993年第1期）莫立民先生认为是"提倡文学形式与内容纯净高洁，文学情韵的风雅秀美，文学欣赏的公正客观和闲情逸兴"（莫立民《韦庄〈又玄集〉文学旨趣略论》，《漳州师院学报》1999年第3期）。张学松先生认为"清丽"不是一种诗歌的风格，而是"赋颂歌诗"的基本特征，指诗歌的审美特质。这反映了韦庄轻功利、重审美的文学思想倾向（张学松《〈又玄集·序〉"清词丽句"义辨——兼论韦庄的文学思想》，《北京大学学报》2000年第4期）。其实，"清词丽句"应该是就诗歌的意境风格和题材内容，以及表达方式整体而言的，只有这些要素统一在一起，才能实现"清词丽句"的整体风貌。这从所选之诗中就能体会得到：集中五言律诗（不包括五言排律）就有一百一十七首，居第一，占了总数的三分之一还多，五言律诗多为写景咏物之作，所以集子中总是透出一种淡雅平和之气。除了五律，集中还有七律九十五首、五七言绝句四十七首、排律二十二首、古体诗共十八首，总体上显得清新自然。题材方面也是一样，不论是送别的、寄赠的、咏怀怀古的，还是其他的一些描物写景抒情之作，所绘皆自然之景，所叙皆生活中平淡的小事，清新的诗句中描绘出了明朗的意境，抒发了诗人浓厚的情感。从题材内容和表现方法上考察，无论送别、寄赠、咏史怀古，还是写景、抒情之作，多从清丽的自然景物入手，叙事也多是生活中平淡小事，遣词造句也多自然天成。从诗歌体制上考察，五言律诗一百一十七首，最多，而且题材多是写景咏物，以清新雅丽为主调；五七言绝句四十七首，七律九十五首，古体诗十八首，或写景，或抒情，多以景物为媒介，风格清新，意境明朗，总体上体现了选家韦庄的审美追求。

《又玄集》早已亡佚，上世纪50年代，借助日本清水茂教授赠与夏承焘先生的日本享和三年（1803年）江户昌平坂学问所刊刻的官板本《又玄集》的影印胶片，才得以回归故土，由古典文学出版社影印出版，此后上海古籍出版社又依据这一影印本断句排印。1996年，由傅璇琮先生主编的《唐人选唐诗新编》在陕西人民教育出版社出版，本书得到系统的校勘和整理。傅璇琮先生进一步推断为"南宋时《又玄集》尚完整存世"（傅璇琮主编《唐人选唐诗新编》，陕西人民出版社，1996年版），但是到了元代，《又玄集》的存佚问题则难以理清了。其中虽然有人提到，不过都与由日本回归之本多有不合。如元人蒋易在《极玄集序》中所说："唐诗数千百家，浩如渊海，姚合以唐人选唐诗，其识鉴精矣，然所选仅若此，何也？……《又玄》《粹苑》世已稀睹，况其他乎！"元人杨士弘在其《唐音》自序中云："余自幼喜读唐诗，每慨叹不得诸君子之全诗，及观诸家选本，载盛唐诗者独《河岳英灵集》，然详于五言略于七言，至于律绝仅存一二，《极玄》姚合所选止五言律百篇，除王维、祖咏亦皆中唐人，诗至如《中兴间气》《又玄》《才调》等集虽皆唐人所选，然亦多主于晚唐矣。"明人高棅《唐诗品汇》之序中有曰："载观诸家选本详略不侔，《英华》以类见拘，乐府为题所界，是皆略于盛唐而详于晚唐，他如《朝英》《国秀》《箧中》《丹阳》《英灵》《间气》《极玄》《又玄》《诗府诗统》《三体》《众妙》等集，立意造论各该一端，唯近代襄城杨伯谦氏《唐音》集颇能别体制之始终，审音律之正变，可谓得唐人之三尺矣。"其中杨士弘"多主于晚唐"之说与高棅"立意造论各该一端"之论，都与《又玄集》编撰实际不符，诸多学者认定宋以后此书以赝本流传于世，到了清代，王士祯就是根据当时流传的赝本《又玄集》再加删纂，然后编成《又玄集》一卷，现在国家图书馆所藏《十种唐诗选》中之善本《又玄集》即经王士祯删纂之本。《四库全书总目提要》对此书已经作了辨正："又韦庄《又元集》原书已佚，今所传者乃赝本，冯氏《才调集凡例》言之。"

《才调集》

[五代] 韦縠撰

题　解

　　唐诗总集，五代韦縠撰。韦縠生平不详，仅知曾事后蜀主孟知祥为监察御史。该书是唐人选本中规模颇大的一种，总共十卷，每卷录诗一百首，十卷共达一千首。对此，韦縠在其《才调集叙》中已经说得很清楚了："今纂诸家歌诗，总一千首，每一百首成卷，分之为十目，曰《才调集》。庶几来者，不诮多言，他代有人，无嗤薄鉴云尔。"从时间上考察，其选诗包括唐代各个时期：初唐有沈佺期、王泠然；盛唐有崔国辅、孟浩然、王维、常建、李昂、高适、李白、岑参、刘方平、王昌龄、陶翰、祖咏、贺知章等；而大多数则是中晚唐，白居易《秦中吟》数首，卷九后部分为僧人，卷十全为妇女，总体规模前所未有。从诗歌体制上考察，以近体为主，但是注意各体兼收。韦縠本人也比较明确地说明了自己的选诗动机和标准："余少博群言，常所得志，虽秋萤之照不远，而雕虫之见自佳。古人云：自听之谓聪，内视之谓明也。又安可受诮于愚卤，取讥于书厨者哉？暇日因阅李、杜集，元、白诗，其间天海混茫，风流挺特。遂采摭奥妙，并诸贤达章句，不可备录，各有编次。或闲窗展卷，或月榭行吟，韵高而桂魄争光，词丽而春色斗美，但贵自乐所好，岂敢垂诸后昆。"可以看出，就动机而言，主要是出于个人的兴趣和喜好，即"少博群言，常所得志""但贵自乐所好"；就其选诗标准而言，主要倾向于"韵高"与"词丽"两点，这同韦庄《又玄集》偏重"清词丽句"相似，但是侧重闺情，风格秾艳则又过之。这从其选诗情况便可以看出来，入选之诗多是日常生活情景之作，特别是反映男女之情、妇女生活的艳情诗、艳体诗更多。由此入选之诗多为晚唐，最多的是韦庄诗，其次是温庭筠诗；再次是元稹、李商隐、杜牧之诗；更次则为李白、白居易、曹唐、许浑诗；杜甫、韩愈之诗一首未录。其实这主要是时代风气使然：南宋计有功《唐诗纪事》卷六六中有云："唐诗自咸通而下，不足观矣。乱世之音怨以怒，亡国之音哀以思，气丧而语偷，声烦而调急，甚者忿目褊吻，如戟手交骂。大抵王化习俗，上下俱丧，而心声随之，不独士子之罪也，其来有源矣。"说的就是晚唐国势的不可救药，导致文士感觉前途无望，转而为声色男女，从而影响文风的情况。南宋俞文豹《吹剑录》中说得更直截："近世诗人好为晚唐体，不知唐祚至此，气脉浸微，士生斯时，无他事业，精神伎俩，悉见于诗。局促于一题，拘挛于律切，风容色泽，轻浅纤微，无复浑涵气象，求如中叶之全盛，李、杜、元、白之瑰奇，长章大篇之雄伟，或歌或行之豪放，则无此力量矣。故体成而唐祚亦尽，盖文章之正气竭矣。"确切地说，就是晚唐五代绮靡香艳诗风是晚唐社会风气走向堕落颓废的真实反映。其中以温、李流丽、浮艳之风为主流，形式上追求华美，内容偏重性爱和艳情，主体风格绮靡香艳。同时，由于是从个人喜好出发，又带有一定程度的随意性，所以此书编排明显粗糙：一是次序混乱，没有稳定规则，如卷一，其排列顺序是：白居易、薛能、崔国辅、刘长卿、韦应物、王维、贾岛，中唐在先，盛唐在后，时序特别混乱。二是重复收录，如王昌龄、高适、白居易三人皆两见。这应该是随性所至，随得随抄造成的。所以胡震亨说此书"随手成编，无伦次"（《唐音癸签》卷三十一）是有道理的。

当然，从诗歌批评史的角度上看，《才调集》侧重从才情与香艳的角度选择唐诗，在一定程度上是对有唐一代艳体诗创作的总结，并且比较真实地反映了晚唐五代诗坛风气的变化，所以在唐代诗学史，乃至在整个中国古代诗学史上都有一定意义。

本书现存版本有：影宋写本，汲古阁本，清初冯舒、冯班本，纪昀《删正二冯评阅〈才调集〉》二卷本。今人常用者为中华书局上海编辑所1985年本。

《唐诗类选》

[唐] 顾陶编选

题　解

唐诗总集，顾陶于宣宗至僖宗年间编选。顾陶为会昌四年进士。大中时官校书郎。

其选诗"始自有唐，迄于近殁，凡一千二百三十二首，分为二十卷"，时间跨度较大，规模也非常可观。前后花了三十年的时间，也耗费了很多精力："余为类选三十年，神思耗竭，不觉老之将至，今大纲已定，勒成一家，庶及生存，免负平昔。"对这部诗选，他也非常自信："嗟乎！行年七十有四，一名已成，一官已弃，不惧势逼，不为利迁，知我以类选起序者天也。"（《唐诗类选后序》）在诗学倾向上，顾陶推崇杜甫和李白，认为"国朝以来，人多反古，德泽广被，诗之作者继出。则有杜、李挺生于时，群才莫得而并，其亚则昌龄、伯玉、云卿、千运、应物、益、适、建、况、鹄、当、光羲、郊、愈、籍、合十数子，挺然颓波间，得苏、李、刘、谢之风骨，多为清德之所讽览，乃能抑退浮伪流艳之辞，宜矣"（《唐诗类选序》）；批评齐梁陈隋华而不实的诗风："逮齐梁陈隋，德祚浅薄，无能激切于事，皆以浮艳相夸，风雅大变，不随流俗者无几，所谓亡国之音哀以思，王泽竭而诗不作。"（《唐诗类选序》）以儒家的诗教说为选诗标准："在昔乐官采诗而陈于国者，以察风俗之邪正，以审王化之兴废，得刍荛而上达，萌治乱而先觉。诗之义也，大矣远矣。肇自宗周，降及汉、魏，莫不由政治以讽谕，系国家之盛衰。作之者有犯而无讳，闻之者伤惧而鉴诫。宁同嘲戏风月，取欢流俗而已哉！"（《唐诗类选序》）当然，他也注意诗歌风格的多样性，所以他说："爰有律体，祖尚清巧，以切语对为工，以绝声病为能，则有沈、宋、燕公、九龄、严、刘、钱、孟、司空曙、李端、二皇甫之流，实繁其数，皆妙于新韵，播名当时，亦可谓守章句之范，不失其正者矣。"（《唐诗类选序》）同时，特别值得注意的是，这一选本也有明显的缺点，即忽视近人之作，有些片面性。如元稹、白居易和刘禹锡、李绅，以及李商隐、温庭筠等几位著名诗人没有选入，实在有失公允。顾陶自己在《唐诗类选后序》做了辩解，一则曰："若元相国稹、白尚书居易，擅名一时，天下称为元白，学者翕然，号元和诗，其家集浩大，不可雕摘，今共无所取，盖微志存焉。"意思是元、白诗集太大，无法选取，这显然不能自圆其说。二则曰："如相国令狐楚、李凉国逢吉、李淮海绅、刘宾客禹锡、杨茂卿、卢仝、沈亚之、刘猛、李涉、李璩、陆畅、章孝标、陈罕等十数公，诗犹在世，及稍沦谢，即文集未行，纵有一篇一咏得于人者亦未称所录，僻远孤儒，有志难就，粗随所见，不可弹论，终愧力不及心，庶非耳目之过也。近则杜舍人牧、许鄂州浑、泊张祜、赵嘏、顾非熊数公，并有诗句，播在人口，身没才二三年，亦正集未得，绝笔之文若有所得，别为卷轴，附于二十卷之外，冀无见恨。若须待见全本，则撰集必无成功；若但泛取传闻，则篇章不得其美。已上并无采摭。"意思是刘禹锡、李绅等人去世太早，文集未行，怕选择不当；杜牧、许浑等刚去世，时间太短，也不好选。理由过于牵强，不能让人信服。其中关键在于"微志存焉"四个字，他没有明说，但是他的所谓"微志"其实就是他自己的审美标准、也就是他的诗学思想，这些没有被选入的诗人及其作品就是因为不符合他的诗歌艺术观念，所以不能入选。

《奇章集》

佚名编选

题 解

唐诗总集，编选者姓名无考。《文献通考》与胡震亨《唐音癸签》都提到该集选诗范围是"李林甫至崔湜百余家诗奇警者"。崔湜，字澄澜，定州人。擢进士第，附武三思、上官昭容，由考功员外郎骤迁中书舍人、兵部侍郎、中书侍郎、检校吏部侍郎，同中书门下平章事。后为御史劾奏，贬江州司马。当时因为安乐公主从中申护，又改襄州刺史。韦氏称制后复同中书门下三品。睿宗即位时，出为华州刺史，除太子詹事。景云中，太平公主引为中书令。到唐玄宗李隆基即位则将其流岭外，因为曾经参与逆谋，所以追及荆州，赐死。生前曾参与《三教珠英》一书的编撰，主要生活在初唐时期。李林甫，小字哥奴，出身于唐朝宗室，宰相、长平王李叔良之曾孙。早年历任千牛直长、太子中允、太子谕德、国子司业、御史中丞、刑部侍郎、吏部侍郎、黄门侍郎，后以礼部尚书之职拜相，加授同三品。天宝十一年（753年）十一月病逝，追赠太尉、扬州大都督。李林甫在位时大权独揽，蔽塞言路，排斥贤才，导致纲纪紊乱，是使唐朝由盛转衰的重要人物之一。由这二人可知本书的选诗范围大体是从初唐时期到盛唐时期，其成书时间当在盛唐或者以后。从书名强调"奇章"二字，以及马端临《文献通考》和胡震亨《唐音癸签》的简单记载中，都可以看出其选诗标准主要是"奇警"，因此应该是有些特色的。但是，因为此书早已亡佚，具体情况不得而知。

《起予集》

[唐] 曹恩编

题　解

　　唐诗总集，唐曹恩编，为唐人自选诗，书已佚。曹恩为大历时人，具体生平事迹不详，此书的详细情况也无从知晓。根据现有的文献记载，此书的规模大致可考。《新唐书》卷六十《艺文志》："曹恩《起予集》五卷。"《宋史》卷二百九："曹恩《起予集》五卷。"胡震亨《唐音癸签》卷三十一《集录》："《起予集》，大历中曹恩撰，五卷。"由此可知本书为五卷本。另外，胡震亨《唐音癸签》又云："选盛唐有《河岳英灵集》，殷璠撰，三卷……《起予集》，大历中曹恩撰……"据此可知此集的选诗范围是盛唐诗。从文学史上看，在盛唐诗的选本之中，此本受人关注较少，明人胡震亨在《唐音癸签》中虽然把该集与《河岳英灵集》《国秀集》《箧中集》等并列，但是在论证唐人选唐诗的功过得失之时，则不予置论。其他书籍谈到此书也多是一带而过。《论语·八佾》："子曰：'起予者，商也，始可与言《诗》已矣。'"何晏集解引包咸曰："孔子言子夏能发明我意，可与共言《诗》。"所以，"起予"为启发自己之意。曹恩编辑盛唐诗人之诗，取名《起予集》，当用此意。

《高氏三宴诗集》

[唐] 高正臣编

题 解

唐诗总集，唐高正臣编，集中所收都是同人会宴之诗，以一会为一卷，各冠以序，一为陈子昂，一为周彦晖，一为长孙正隐，三会高正臣都有参与，所以编撰此书。高正臣，志廉子，广平（今安徽省宿州市）人，官至卫尉少卿。《太平广记》又作"卫尉卿"。擅长楷书、行书、草书。习右军之法，唐睿宗甚爱其书，张怀瓘与他交情深厚，在《书断》中称他"隶、行、草入能"。高正臣于唐之东都洛阳建有高氏林亭，多次约诗友来此宴饮作诗，《高氏三宴诗集》三卷就是其宴饮作诗之合集，其中最著名的诗人当属陈子昂，子昂不仅参与宴饮作诗，并为此集作序。序中有云："冠缨济济，多延戚里之宾；鸾凤锵锵，自有文雄之客。"所以，《高氏三宴诗集》是文人雅集的产物，是典型的宫廷诗体。由于题材和场合的限制，除陈子昂的作品较有生气之外，大都缺乏深厚的情感内容，总体上比较平庸，没有多少新意。

此书唐时之本不得而知，《四库全书总目提要》断为宋人又加重雕，并且考定此本即鲍慎由"夷白堂重雕"本。明时也有刻本，如大约在明万历年间，杨尔曾重雕了一部唐人诗集，其中包括《高氏三宴诗集》（三卷），但是入清后可能已经不存于世。见之于记载的版本较多，如有四库全书本，包括丁丙文澜阁传抄本、晨风阁本、孙诒让藏文澜阁传抄本等，另有广韵楼藏汪士钟旧藏清抄本、王闻远（莲泾）旧藏抄本、陈揆稽瑞楼藏抄本、静嘉堂藏陆心源旧藏抄本、国图藏清抄本等，目前常见的有四库本、晨风阁本、广韵楼本、国家图书馆藏本，据刘鹏先生考证，这些版本均出自"夷白堂重雕"本（刘鹏《诸本〈高氏三宴诗集〉考略——兼论广韵楼藏黄易、汪士钟、怡府、翰林院递藏本》）。

《松陵集》

[唐] 陆龟蒙编

题 解

　　唐诗总集,又名《松陵唱和集》,松陵即今江苏省吴江市松陵镇,本集以吴中地望而得名,是晚唐诗人皮日休与陆龟蒙互相酬唱的唱和诗集,由陆龟蒙编成。本集卷首有皮日休序,称共诗六百八十五首。但是据汪如藻家藏本《松陵集》考,皮日休、陆龟蒙各得往体诗九十三首,今体诗一百九十三首,杂体诗三十八首,又联句及问答十有八首。此外,颜萱得诗三首,张贲得诗十四首,郑璧得诗四首,司马都得诗二首,李毂得诗三首,崔璐、魏朴、羊昭业各得诗一首,崔璞亦得诗二首。其他如清远道士、颜真卿、李德裕、幽独君等五首,皆以追录旧作,不在数内,尚得诗六百九十八首,与《序》中所列之数不符,不知何故。从时间上看,本集记载了二人从咸通十年到十二年间创作的六百多首作品。其内容一方面是通过日常交往表现友情,诸如离别赠答、唱和、交流读书心得,以此为交流感情、结交朋友的重要方式,另一方面则表现闲情逸致,多围绕酒、茶、渔钓、赏花、玩石等琐物碎事展开,特别注意将日常生活中的器具、景物、人事作为诗歌创作的材料,借以表现闲适心境,如陆龟蒙的《闲居杂题五首》《夏日闲居作四声诗寄袭美四首》《闲书》《新夏东郊闲泛有怀袭美》;皮日休的《胥门闲泛》《所居首夏水木尤清适然有作》《夏景冲淡偶然作二首》《虎丘寺西小溪闲泛三绝》等等作品都是如此。这与《松陵集》中以皮日休、陆龟蒙为代表的诗人们特殊的身份地位和遭遇有关,他们原来多有兼济天下、造福百姓的用世理想,但是其理想被残酷的现实所粉碎:仕进无门,失意潦倒,即使进士及第却仍为白身。所以便转向山、水、花、草、酒、茶、渔钓、赏花、玩石等琐物碎事以寻求心灵的慰藉,如本集第三卷《太湖诗》二组四十首都是山水诗。第四卷有《渔具诗》《添渔具诗》《樵人十咏》《酒中十咏》《添酒中六咏》《茶中杂咏》共一百二十首诗歌,绝大多数是写景咏物之作。此外,集中也有许多文字游戏之作,如次韵诗、杂体诗、联句诗、限韵诗,如皮日休《秋夕文晏得遥字》《寒夜文晏得泉字》,陆龟蒙《秋夕文晏得成字》《寒夜文晏得惊字》等,在琐细的事物中逞强争胜,目的是玩赏、消遣和排解郁闷。当然,集中的用世之情并没有绝迹,常常流露,如陆龟蒙《徐方平后闻赦因寄袭美》《奉酬袭美吴中苦雨一百韵》,皮日休《寄华洲李副使员外》《太湖诗·崦里》,或者反映现实社会的动荡和混乱,或者表达自己理想和现实的矛盾,总之是剪不断、放不下。

本书版本史籍所载皆为十卷本,如《新唐书·艺文志》、王尧臣《崇文总目·总集类》、晁公武《郡斋读书志》、陈振孙《直斋书录解题》、郑樵《通志·艺文略》、马端临《文献通考·经籍考》所载皆为"《松陵集》十卷"。明、清两代《松陵集》主要有明弘治壬戌刊本、崇祯丙寅刊本、汲古阁刊本、明顾凝远诗瘦阁刊本、清初因树楼重修汲古阁本、湖北先正遗书本三个版本、清初影宋刻本、四库全书本(即明弘治壬戌刘济民刊本,为乾隆年间汪如藻家藏本),其中汲古阁刊本流传最广,此本还有清陆贻典校并跋本、清卢文弨校、丁丙跋本、傅增湘校并跋本、民国武进陶氏涉园影印宋刊本、郑振铎跋本。

《二皇甫集》

[唐] 皇甫冉、皇甫曾合编

题　解

唐诗总集,唐皇甫冉、皇甫曾兄弟合集。冉字茂政,安定人,天宝十五载进士,大历中官至左补阙;曾字孝常,天宝十二载进士,官至监察御史,谪阳翟令以终。此集前有大历十年独孤及《序》,明言此书收诗"三百有五十篇",但是江苏蒋曾莹家藏本中仅有"一(二)百三十四篇",其散佚多达一百十六篇。对于皇甫冉之诗,《全唐诗》说他"天机独得,远出情外",高仲武说他"可以雄视潘(岳)、张(协),平揖沈(约)、谢(灵运)"。独孤及的评价更具体:"盖存于遗札者,凡三百有五十篇。其诗大略以古之比兴,就今之声律,涵咏《风》《骚》,宪章颜谢。至若丽曲感动,逸思奔发,则天机独得,有非师资所奖。每舞雩咏归，或金谷文会，曲水修禊，南浦怆别，新声秀句，辄加于常时一等，才钟于情故也。"（独孤及《唐故左补阙安定皇甫公集序》）其实，从"以古之比兴，就今之声律"，"涵咏《风》《骚》，宪章颜谢。至若丽曲感动，逸思奔发，则天机独得""新声秀句""才钟于情"数语，便可以看出其诗是比较典型的盛唐气象，声律风骨兼备。关于皇甫曾诗歌的评价，独孤及之言是："丽藻竞爽，盛名相亚，同乎声者方之景阳、孟阳。"（独孤及《唐故左补阙安定皇甫公集序》）《唐才子传》中说他"体制清紧，华不胜文"（辛文房《唐才子传》卷三），总体上也是盛唐风貌，所以明人徐献忠在《唐诗品》中指出："皇大诗意在遣情，时出奇瑰，酬应弥多，而兴寄闲暇。高仲武极取《巫山篇》，至于排体所长，乃遗采拾。如《奉和独孤中丞法华寺》，全篇绮密，形神兼茂；而拟骚诸篇，亦皆楚人之致。天宝以后作者虽多，而翙翙然有盛时之风，茂政兄弟皆能使人失步，岂非兰玉森然之会耶？"应该说大体合乎实际。

本集常见的版本是《四库全书》本（取自江苏蒋曾莹家藏本）。

《唐四僧诗》

佚名编选

题 解

唐诗总集，内收唐僧灵澈诗一卷，灵一诗二卷，清塞诗二卷，常达诗一卷，合而辑之，不知何人所编。其中灵澈生于会稽，本姓汤氏，号灵澈，字源澄。从越人严维学诗，当时颇有诗名。灵澈当时与僧皎然游，于是见知于侍郎包佶、李纾，经常来往于长安，其诗结集后，刘禹锡为其作序。从序中可知灵澈一人收入的诗作是"赋诗近二千首，今删去三百篇，勒为十卷"；其诗的时间断限及其主要题材和内容是："自大历至元和，凡五十年间，接词客闻人酬唱，别为十卷。"（刘禹锡《澈上人文集序》）唐皎然对其评价很高："灵澈上人，足下素识，其文章挺拔瑰奇，自齐梁以来，诗僧未见其偶。"（皎然《答权从事德舆书》，中华书局影印本《全唐文》卷九百一十七）灵澈之外的三人中，灵一姓吴，广陵人；常达姓顾，字文举，海隅人；清塞即周朴，其人后返初服，不应列为四僧。此集是佛禅与诗歌融合的产物，其突出特点是诗僧们经常把自己对佛理禅机的领悟同自己对眼前所见的自然风光、景物，特别是山水的切身体验融合为一，以自然契合佛禅，形成空灵静净的特殊意境，丰富了诗歌的表现内容和美感境界，对诗歌创作在展示人的心灵、体味佛理等方面有促进作用。

《薛涛李冶诗集》

佚名编选

题 解

唐诗总集，是薛涛李冶二人的合集，编选者姓名无考，大抵为后人抄撮而成。薛涛，字洪度。长安（今陕西西安）人。是唐代颇具传奇色彩的女诗人，姿容美艳，性敏慧，通晓音律，多才艺，八九岁能诗，早年随其父薛郧来到蜀地，后遇不幸，父亲去世，薛涛自居于成都，因为父死家贫，生活困顿。德宗贞元中，韦皋任剑南西川节度使，曾召令赋诗侑酒，遂入乐籍。后来虽然脱了乐籍，但是终身未嫁。韦皋曾拟奏请朝廷授以秘书省校书郎的官衔，可是格于成例，此举最终没有成功，不过，鉴于她的才能，人们还是称之为"女校书"。中唐时期许多著名诗人如元稹、白居易、张籍、王建、刘禹锡、张祜等人都与薛涛有过唱酬交往。当时她居浣花溪上，自制桃红色的小彩笺，在上面写诗，后人仿制，称为"薛涛笺"。到了晚年，薛涛心静如水，一身女道士装束，在碧鸡坊建吟诗楼，安度晚年。李冶，字季兰，又作秀兰，乌程（今浙江吴兴）人，是中唐时期杰出的女诗人。《唐才子传》说她"美姿容，神情萧散。专心翰墨，善弹琴，尤工格律。当时才子，颇夸纤丽，殊少荒艳之态"，后来不幸成为女道士，晚年被召入宫中。"建中之乱"发生后，因为她曾上诗叛将朱泚，所以被德宗皇帝治罪，下令乱棒扑杀之。

《薛涛李冶诗集》为后人辑录而成，为二卷本。《全唐诗》收薛涛诗一卷及酒令一首，《补编》及《续拾》补三首又一句。上海古籍出版社有1984年版《唐女诗人集三种》，人民文学出版社有 1983 年版《薛涛诗笺》。宋人陈振孙《直斋书录解题》著录《李季兰集》一卷，今已失传，现今仅存诗十六首。

从题材上考察，薛涛、李冶诗多为酬赠遣怀之作。然而其风格则不是平常女儿态。薛涛之诗，"词意不苟，情尽笔墨"（《唐才子传》），以清新爽丽见长；李冶之诗潇洒雄健，有男儿气。对于李冶其人其诗，有的进行批评，如《玉堂闲话》说："李秀兰以女子有才名……父恚曰：'此女子将来富有文章，然必为失行妇人矣。'竟如其言。"但是赞美的也不少。如陆昶在《历朝名媛诗词》赞美说："（李冶）笔力矫亢，词气清洒，落落名士之风，不似出女人手，此其所以为女冠欤！"高仲武则夸她："士有百行，女唯四德。季兰则不然，形气既雌，诗意亦荡。自鲍昭以下，罕有其伦。"（《中兴间气集》）清代四库馆臣认为薛涛"非寻常裙屐所及，宜其名重一时"，而李冶"以五言擅长"，"置之大历十子之中，不复可辨；其风格又远在涛上，未可以篇什之少弃之矣"（《四库全书总目提要·薛涛李冶诗集》）。又认为李冶诗歌的成就在薛涛之上。

《窦氏联珠集》

[唐] 褚藏言辑

题　解

唐诗总集，唐西江褚藏言所辑窦常、窦牟、窦群、窦庠、窦巩兄弟五人之诗，每人为一卷，每卷各有《小序》，详其始末。窦常字中行，官国子祭酒；窦牟字贻周，官国子司业；窦群字丹列，官容管经略；窦庠字胄卿，官婺州刺史；窦巩字友封，官秘书少监。兄弟五人为拾遗窦叔向之子，其中窦群、窦庠以荐辟，其余几人都登进士科，实为家庆。清代四库馆臣对此书比较推崇，指出："盖古人倡和，意皆相答，不似后来之泛应，必聚而观之，乃互见作者之意，是亦编次之不苟耳。"（《四库全书总目提要·窦氏联珠集》）

此集中所收皆为唱和诗，比较集中地反映出中唐文人诗酒唱和的情景及其闲适情怀与雅韵逸兴，对于我们研究和了解当时的文人心态及其思想状况颇有帮助。同时，其文本文献对于我们考知某些诗人的事迹也有一定价值。但是，实事求是地说，其总体思想价值不高，艺术上的创新性也不大。

本书的版本较多，如瞿绍基铁琴铜剑楼藏宋刊本，明毛晋汲古阁刊本，四库本（两江总督采进本），民国四部丛刊本，民国密韵楼刊蓝印本，涵芬楼版本，1958年中华书局上海编辑所编印的《唐人选唐诗十种》中包括此集，为新编版；1993年，傅璇琮、陈尚君、徐俊三位学者重新编选整理了一部《唐人选唐诗新编》，共13种，其中也包括《窦氏联珠集》，2014年三位学者又在原来基础之上加以增补、覆校，重新出版，这是最新的版本，也是目前最完善的版本。

二、宋代唐诗选本题解

《唐百家诗选》

[宋] 王安石编选

题 解

此选本为北宋政治家、思想家、文学家王安石编选，是北宋前期大型的唐诗选本。在众多唐诗选本中也是很特别的一种。王安石本人对这部选本充满自信，他在其《唐百家诗选序》中称："余与宋次道同为三司判官，时次道出其家藏唐诗百余编，诿余择其精者，次道因名曰：《百家诗选》。废日力于此，良可悔也。虽然，欲知唐诗者观此足矣。"这一选本共二十卷，选唐诗人一百零四家，诗一千二百余首，按年代顺序编排。其中选王建诗最多，有九十二首，皇甫冉八十五首。岑参八十一首，高适七十一首，刘克庄《后村诗话·后集》卷一云："荆公选唐百家诗，于高适、岑参各取七十余首，其次王建、皇甫冉各六十余首。"是为误算，抑或为当时之本。此外，选韩偓五十九首，戴叔伦四十七首，杨巨源四十六首，李涉三十七首，卢纶三十六首，孟浩然三十三首，许浑三十二首，吴融二十七首，薛能二十六首，司空曙、雍陶各二十五首，李顾二十四首，贾岛、王昌龄各二十三首，储光羲、郎士元各二十一首，李频十九首，李郢十八首，羊士谔、刘言史各十七首，戎昱十六首，曹松十四首，长孙佐辅、卢仝、张祜各十三首，李嘉祐、项斯、崔鲁各十二首，卢象十首，其余不满十首。很明显，书中所选入的多数是中晚唐诗人。

令很多人费解的是：本选本不但不收王维、白居易、韩愈、刘禹锡、韦应物等诸位名家，而且竟然连李白、杜甫两位都未入选，引起了后人无数的猜测，自宋至清，争议不绝。其中赞美者当然不乏其人，在宋代就有人对此选本备加推崇，如倪仲傅《唐百家诗选序》："音有妙而难赏，曲有高而寡和，古今通然，无惑乎《唐百家诗选》之沦没于世也。予自弱冠肄业于香溪先生门，尝得是诗于先生家藏之秘，窃爱其拔唐诗之尤，清古典丽，正而不冶，凡以诗鸣于唐，有惊人语者，悉罗于选中。于是心惟口诵，几欲裂去夏课而学焉。先生知之，一日索而钥诸笥，越至于今，不复过目者有年矣。顷有亲戚游宦南昌，因得之于临川以归，首以出示，发卷数过，不啻如获遗珠之喜。惜其道远难致，且字画漫灭，近世士大夫嗜此诗者，往往不能无恨，故镂板以新其传，庶几丞相荆国公铨择之意，有所授于后人也。雅德君子，傥于三冬余暇玩索唐世作者用心，则发而为篇章，殆见游刃余地，运斤成风矣。乾道己丑四月望日，兰皋盘谷倪仲傅书。"再如陈正敏，其《遯斋闲览》中有云："荆公《百家诗选序》云：'予与宋次道同为三司判官，次道出其家所藏唐百家诗，请予择其善者。废日力于此，良可悔也。虽然，欲观唐人诗，观此足矣。'今世所传《百家诗选》印本，已不载此序矣。然唐之诗人，有如宋之问、白居易、元稹、刘禹锡、李益、韦应物、韩翃、王维、杜牧、孟郊之流，皆无一篇入选者。或谓公但据当时所见之集诠择，盖有未尽见者，故不得而遍录。其实不然，公选此诗，自有微旨，但恨观者不能详究耳。公后复以杜、欧、韩、李别有《四家诗选》，则其意可见。"（《苕溪渔隐丛话·前集》卷三十六）此后推崇者也不乏其人，如明何良俊《四友斋丛说》卷二十四云："王荆公有《唐人百家诗选》，余旧无此书，常思一见之。近闻朱象和有抄本，曾一借阅。其中大半是晚唐诗。虽是晚唐，然中必有主，正所谓六艺无阙者也，与近世但为浮滥之语者不同。盖荆公学问有本，固是堂上人。"清叶德辉《郋园读书志》卷十五也说："荆公此选多取苍老一格，意其时西昆盛行，欲矫其失，乃有此举耶。所选诸诗，虽不能尽唐贤之妙，亦可谓自出手眼，非人云亦云者。"何焯在《跋王荆公百家诗选》一文的解释虽然不是盲目推崇，但是主要还是为王安石张本："荆公之意，以浮文妨要，恐后人蹈其所悔，故有'观此足矣'之语，非自谓此选乃至极也。后来讥弹之口，并失其本趣。"

与这些人的赞美相反，有些人则对此选本大加批评。如严羽《沧浪诗话·考证》中批评道："王荆公《百家诗选》，盖本于唐人《英灵》《间气》集，其初明皇、德宗、薛稷、刘希夷、韦述之诗，无少增损，次序亦同，孟浩然止增其数，储光羲后，方是荆公自去取。前卷读之尽佳，非其选择之精，盖盛唐人诗无不可观者。至于大历以后，其去取深不满人意。况唐人如沈、宋、王、杨、卢、骆、陈拾遗、张燕公、张曲江、贾至、王维、独孤及、韦应物、孙逖、祖咏、刘眘虚、綦毋潜、刘长卿、李长吉诸公，皆大名家。李、杜、韩、柳以家有其集，故不载，而此集无之。荆公当时所选，当据宋次道之所有耳。其序乃言：'观唐诗者，观此足矣。'岂不诬哉！今人但以荆公所选，敛衽而莫敢议，可叹也。"刘克庄《后村诗话·后集》也有所批评："荆公选唐百家诗，于高适、岑参各取七十余首，其次王建、皇甫冉各六十余首，冉诗佳句如'残雪入林路，深山归寺僧'，如'那堪闭永巷，闻道选良家'，如'借问承恩者，双蛾几许长'，皆不在选中。冉弟曾，诗亦工，如'寒磬虚空里，孤云起灭间'，如'孤村明夜火，稚子候归船'，如'三径荒芜羞对客，十年衰老愧称兄'，皆精妙，亦不入选。"胡应麟《诗薮·外编》卷四中说："荆公《百家》，缺略初、盛。"王士禛在《跋王介甫唐百家诗全本》中批评更为尖锐："余按其去取多不可晓者，如李、杜、韩三大家不入选，尚自有说。然沈、宋、陈子昂、张曲江、王右丞、韦苏州、刘眘虚、刘文房、柳子厚、刘梦得、孟东野概不入选，下及元、白、温、李、皮、陆诸家，不存一字，而高、岑、皇甫冉、王建数子，每人所录几赢百篇。介甫自序谓'欲观唐诗者，观此足矣'，然乎？否耶！世谓介甫一生好恶，拂人之性，此选亦然。"（上海锦文堂刻七略书堂初印本《带经堂集·蚕尾续文》卷十九）在《初跋王介甫唐百家诗选不全本》中又说："盖亦详于中晚而略于初盛。宋人选唐诗，大概如此。意初唐、盛唐诸人之集，更五代乱离，传者较少故耶？"（上海锦文堂刻七略书堂初印本《带经堂集·蚕尾续文》卷十九）沈德潜在其《说诗晬语》卷下指出："唐诗选自殷璠、高仲武后，虽不皆尽善，然观其去取，各有指归。唯王介甫《百家诗选》，杂出不伦。大旨取和平之音，而忽入卢仝《月蚀》，斥王摩诘、韦左司，而王仲初多至百首，此何意也？勿怖其盛名，珍为善本。"批评也比较尖锐。

当然，在这两种态度之外，有些人的分析还是值得注意的，如赵彦卫在其《云麓漫钞》卷八中有云："或云：荆公当删取时，用纸帖出付笔吏，而吏惮于巨篇，易以四韵或二韵诗，公不复再看。余尝取诸家诗观之，不惟大篇多不佳，余皆一时草课以为贽，皆非其得意所为，故虽富而猥弱。今人不曾考究，而妄讥刺前辈，可不谨哉！"认为是笔吏懒惰造成选本的问题。朱熹在《答巩仲至》中指出："荆公《唐选》本非其用意处，乃就宋次道家所有而因为点定耳，观其序引有'费日力于此，良可悔也'之叹，则可以见此老之用心矣。夫岂以区区掇拾唐人一言半句为述作而必欲其无所遗哉？且自今观之，其所集录亦只前数卷为可观，若使老仆任此笔削，恐当更去其半，乃厌人意耳，不知此说明者又以为如何也。"（《四部丛刊》本《晦庵先生朱文公文集》卷六十四）认为问题出在宋次道家原藏本本身上。近代梁启超在《王荆公选唐诗》中也谈到这一问题，他说："兹选在初唐无王、杨、卢、骆，初盛之际无陈射洪、张曲江，盛唐无李、杜及摩诘，中唐无韩、柳、元、白及东野，晚唐无长吉、义山、牧之、飞卿。而荆公自序言欲知唐诗，观此已足者。谓欲知此诸家以外之唐诗耳，不选大家，亦选家之一法，或此法竟是荆公所创也（《全唐诗话》亦无李杜）。然荆公别裁甚精，凡所选诸家，皆能益撷其菁华，吾侪终以其不选大家，不得见其去取为憾耳。"（北京出版社1999年版《梁启超全集》）所见与众大为不同，对待选家比较宽容，又特别指出王氏"别裁甚精，凡所选诸家，皆能益撷其菁华"，总体上以肯定为主。

其实，就王安石的文学观而言，他特别强调文以致用，注重文学的社会教化作用。对杜甫尤为推重，推崇其忧国忧民的情怀，所以在选诗时他不太可能忽视杜甫等大家，之所以选中除高适、岑参以外大量中晚唐诗人的作品，与北宋前期中晚唐诗影响比较广泛有关，有意为当时的中晚唐诗爱好者指示阅读、学习的门径。再一点就是作为选家，他"有权"别具一格，所以梁启超说："不选大家，亦选家之一法，或此法竟是荆公所创也。"从实而论，关于这一选本，四库馆臣的评价还是比较客观的："《唐百家诗选》，二十卷（内府藏本），旧本题宋王安石编。安石有《周礼新义》，已著录。是书去取，绝不可解，自宋以来，疑之者不一，曲为解者亦不一，然大抵指为安石。惟晁公武《读书志》云：《唐百家诗选》二十卷，皇朝宋敏求次道编。次道为三司判官，尝取其家所藏唐人一百八家诗，选择其佳者凡一千二百四十六首，为一编。王介甫观之，因再有所去取，且题曰：欲观唐诗者，观此足矣。世遂以为介甫所纂，其说与诸家特异。案《读书志》作于南宋之初，去安石未远。又晁氏自元祐以来，旧家文献，绪论相承，其言当必有自，邵博《闻见后录》引晁说之之言，谓王荆公与宋次道同为群牧司判官。次道家多唐人诗集，荆公尽即其本，择善者签帖其上，令吏钞之，吏厌书字多，辄移所取长诗签，置所不取小诗上。荆公性忽略，不复更视。今世所谓：《唐百家诗选》曰'荆公定'，乃群牧司吏人定也，其说与公武又异。然说之果有是说，不应公武反不知。考周辉《清波杂志》，亦有是说，与博所记相合。辉之曾祖与安石为中表，故辉持论多左袒安石，当由安石之党以此书不惬于公论，造为是说以解之，托其言于说之，博不考而载之耳？此本为宋乾道中倪仲傅所刊，前有仲傅《序》，其书世久不传。国朝康熙中，商丘宋荦始购得残本八卷刻之，既又得其全本，续刻以行，而二十卷之数复完，当时有疑其伪者。阎若璩历引高棟《唐诗品汇》所称，以元宗《早渡蒲关诗》为开卷第一，陈振孙《书录解题》所称，非惟不及李、杜、韩三家，即王维、韦应物、元、白、刘、柳、孟郊、张籍皆不及，以证其真。"

《唐百家诗选》有多种版本。书前有清宋荦和宋倪仲傅的《序》各一篇，从中可见此书的流传状况。宋荦《序》写于康熙癸未（1703年），主要说明搜得此书的经过：

昔予尝购求王荆公《唐百家诗选》二十卷，堇得残帙八卷于江南藏书家。……吴中毛黼季氏喜刊古本，而家中藏书最多，予因属其勤求是选。黼季敬诺而去，旁搜远索，无日以息。今癸未秋，黼季来谒予曰："日者宬游江阴，亲见王荆公《唐百家诗选》二十卷于某氏藏书家，特来告公。"予惊喜，趣购得之，凡所亡十二卷皆在焉。总数之，得百有四家，而曰百家者，举成数也。有乾道己丑盘谷倪仲傅后序。夫荆公没，至孝宗乾道时，不过六七十年间，而序已云《唐百家诗选》沦没于世，盖由北辕南渡，播迁丧乱中，其所亡失书籍，固不止此也。……

倪仲傅序写于乾道己丑（1169年），序中说：音有妙而难赏，曲有高而寡和，古今通然。无惑乎《唐百家诗选》之沦没于世也。予自弱冠，肆业于香溪先生门，尝得是诗于先生家藏之秘，窃爱其拔唐诗之尤，清古典丽，正而不冶，凡以诗鸣于唐，有惊人语者，悉罗于选中。于是心惟口诵，几欲裂去夏课而学焉。先生知之，一日，索而钥诸笥，越至于今，不复过目者有年矣。顷有亲戚游宦南昌，因得之于临川以归，首以出示，发卷数过，不啻如获遗珠之喜。惜其道远难致，且字画漫灭，近世士大夫嗜此诗者，往往不能无恨，故镂板以新其传，庶几丞相荆国公铨择之意，有所授于后人也。

可见，《唐百家诗选》虽然问世后引起争论，褒贬不一，但是流传很广，影响是深远的。

《唐百家诗选》

[宋] 杨蟠编撰

题 解

　　唐诗总集，宋杨蟠编撰。杨蟠，字公济，庆历六年（1046年）进士。其籍贯史籍记载有所不同：一为章安人。《嘉定赤城志》《东都事略》《宋史》即为此说。一为钱塘人。其中宋王安石《太常博士杨君夫人金华县君吴氏墓志铭并序》最早记载杨蟠祖籍离处州到钱塘，其他如《舆地纪胜》等都从王安石之说。宋王直方《诗话》卷一百七十四有杨蟠《莼菜诗》一条："杨蟠字公济，尝为《莼菜诗》云：'休说江东春水寒，到来且觅鉴湖船。鹤生嫩顶浮新紫，龙脱香髯带旧涎。玉割鲈鱼迎刃滑，香炊稻饭落匙圆。归期不待秋风起，漉酒调羹任我年。'时人以为读其诗，不必食莼羹，然后知其味。余以为可以言咏物，未可以语诗耳。"从中可知杨蟠能诗。

　　杨蟠与苏轼等同时，与王安石也有交情，王安石的《唐百家诗选》就是由他在哲宗元符元年（1098年）七月主持刊刻的，他还曾专门为此集撰序，文中介绍说："公自历代而下无不考正，于唐选百家，特录其警篇，而杜、韩、李所不与，盖有微旨焉。噫，诗系人之好尚，于去取之际，其论犹纷纷，今一经公之手，则怗然无复以议矣。合为二十卷，号《唐百家诗选》，得者几希，因命工刻板以广其传，细字轻帙，不过出斗酒金而直挟之于怀袖中，由是人之几上，往往皆有此诗矣。子将命友以文共求昔人之遗意而商榷之，有观此百家诗而得其所长，及明荆公所以去取之法者，愿以见告，因相与哦于西湖之上，岂不乐哉。"（杨蟠《刻唐百家诗选序》）但是王安石《唐百家诗选》为二十卷本，杨蟠此本则为十卷，二者书名相同但是卷数不同，疑为杨氏在王安石《唐百家诗选》基础上改编而成。《台州经籍志》卷三十八《集部·总集类》中有曰："《唐百家诗选》十卷，宋临海杨蟠编，今未见。"又在本书其按语中做了进一步说明："邵博《闻见后录》谓其书（案指王安石的《唐百家诗选》）乃群牧司吏人定。蟠之删改，或亦因其冗杂之故欤？"清人王士祯在其《蚕尾续文》中说此本"与王介甫所辑二十卷本微异"。此外，清代宋荦之《西陂类稿》卷二十九中有《与朱竹坨论荆公选唐诗》一文，文中指出："窃意此书（案指《唐百家诗选》）非荆公，元本即章安杨蟠所改窜也。"当代学者查屏球先生认为分类本《唐百家诗选》是由杨蟠改编而成的（见查屏球《名家选本的初始化效应——王安石〈唐百家诗选〉在宋代的流传与接受》）。

《唐诗主客集》

[唐] 张为撰，[宋] 佚名重辑

题　解

唐诗总集，唐张为原撰，宋佚名重辑。张为（生卒年不详），闽（今福建）人。起初颇有抱负，但是因为举进士不第，于是四方游历，流连诗酒。后来南游至钓台山访道，此后不知所终。有诗，《新唐书·艺文志》著录一卷，已佚。其《诗人主客图》一卷，原书已佚，后人辑佚，一部分得以保存。清李调元《函海》及近人丁福保《历代诗话续编》中收录了佚存部分。此集按照风格流派选唐人诗，对中、晚唐诗人以主、客编次，分"广大教化""高古奥逸""清奇雅正""清奇僻苦""博解宏拔""瑰奇美丽"六种，每派有一"主"，并有"入室""升堂""及门"和若干"客"。其中"以白居易为广大教化主，上入室杨乘；入室张祜、羊士谔、元稹；升堂卢仝、顾况、沈亚之；及门费冠卿、皇甫松、殷尧藩、施肩吾、周元范、况元膺、徐凝、朱可名、陈标、童翰卿"；"以孟云卿为高古奥逸主，上入室韦应物；入室李贺、杜牧、李余、刘猛、李涉、胡幽正；升堂李观、贾驰、李宣古、曹邺、刘驾、孟迟；及门陈润、韦楚老"；"以李益为清奇雅正主，上入室苏郁；入室刘畋、僧清塞、卢休、于鹄、杨洵美、张籍、杨巨源、杨敬之、僧无可、姚合；升堂方干、马戴、任蕃、贾岛、厉元、项斯、薛寿（按：唐无薛寿，疑为薛涛之讹）；及门僧良乂、潘诚、于武陵、詹雄、卫准、僧志定、喻凫、朱庆馀"；同时又在各家之下均录其诗句或全篇以示例。其中对白居易特别推重，推其为"广大教化主"，"以孟郊为清奇僻苦主，上入室陈陶、周朴；及门刘得仁、李溟"；"以鲍溶为博解宏拔主，上入室李群玉；入室司马退之、张为"；"以武元衡为瑰奇美丽主，上入室刘禹锡；入室赵嘏、长孙佐辅、曹唐；升堂卢频、陈羽、许浑、张萧远；及门张陵、章孝标、雍陶、周祚、袁不约"。虽然其划分有的不免牵强，有些论断不免有失当之处，但是从总体上看则有其独特价值。

《二妙集》

[宋] 赵师秀撰

题　解

唐诗总集，宋赵师秀撰。此本极为少见。赵师秀，宋太祖八世孙，字紫芝，号灵秀，又称灵芝、天乐。永嘉（今浙江温州）人。光宗绍熙元年（1190年）进士，宁宗庆元元年（1195年）任上元主簿，后为筠州（今江西高安）推官，晚年居钱塘（今浙江杭州），后来卒于临安，葬于西湖。其仕途不算通达，而诗则出众，工为唐律，人称"鬼才"，与徐照（字灵晖）、徐玑（字灵渊）、翁卷（字灵舒）相善，专以晚唐贾岛、姚合为法，谓之唐体，因为四人都生长于浙江永嘉（今浙江温州），故称"永嘉四灵"，形成"江湖派"，专意继承晚唐贾岛、姚合诗风，所以此集专选贾岛、姚合二家诗，其中贾岛八十一首，姚合一百二十一首，并且为两位诗人各附小传一篇。所以，《二妙集》的宗旨就是阐扬贾岛、姚合二家诗。

《唐绝句选》

[宋] 林清之 编选

题　解

　　唐诗总集，宋林清之编选。林清之为福清（今福建省福清市）人，字直父，宁宗庆元二年（1196年）进士，祖仲湛，父梘，弟炜，终中奉大夫，直文华阁湖南漕。此书分四卷，选七言绝句一千二百八十首，五言绝句一百五十首，六言绝句十五首。

　　此集为林清之以洪迈《万首唐人绝句》为底本，选其佳者编选而成。洪迈《万首唐人绝句》问世后，一方面受到赞扬，他本人曾说过："迈因以昔所编具奏，天旨惊其多，且令以原本进入，蒙置诸复古殿书院。"（《万首唐人绝句序》）王士禛《带经堂诗话》卷四也记载："宋洪容斋纂《唐人万首绝句》，曾表进孝宗御览，批答甚优，又赐茶一百夸、清馥香十贴、薰香二十贴、金器一百两，当时右文之盛，可以想见。"另一方面，也有人指出其编选的不足之处，马端临《文献通考》卷二百四十九《经籍考》七十六就记载了刘克庄对此书的批评："后村刘氏曰：野处洪公编唐人绝句仅万首。有一家数百首并取不遗者，亦有复出者，疑其但取唐人文集杂说，令人抄类而成书，非必有所去取也。"后来一些人继续关注唐人绝句，以各种方式进行编选，于是有多种唐人绝句选本问世。除林清之这部《唐绝句选》之外，还有刘克庄续补洪氏的《唐五七言绝句》《唐绝句续选》，此外，还有柯梦得《唐贤绝句》、时少章《续唐绝句》等。南宋陈振孙《直斋书录解题》卷十五中对林清之的这一选本进行了说明："《唐绝句选》四卷。仓部郎中福清林清之直父以洪氏《绝句》钞取其佳者。七言一千二百八十，五言百五十六，六言十五首。"马端临《文献通考》卷二百四十九《经籍考》七十六亦云："《唐绝句选》四卷。陈氏曰：仓部郎中福清林清之直父，以洪氏杂句抄取其佳者。七言一千二百八十，五言百五十六，六言十五首。"从这些记载中可知：林清之的《唐绝句选》是从洪迈的《万首唐人绝句》钞取来的。

对此清代四库馆臣也有所说明："盖十分之中，汰其八分有奇。"（《四库全书总目提要·唐人万首绝句选》）可见此集的编成，是经过了筛选的，删去洪迈《唐人万首绝句选》中的大部分诗作，精选出很少一部分。

《唐贤绝句》

[宋] 柯梦得编选

题　解

唐诗总集，宋柯梦得编选。梦得字东海，莆田（今福建省莆田市）人，能诗，宁宗嘉定七年（1214年）特奏名。有《抱瓮集》传世，已佚。《闽诗录》卷十二存其诗三首。其《梦蝶》诗云："一觉千年一转机，觉来还是梦还非。当时梦里知为蝶，便好穿花傍水归。"《陌上桑》诗云："朝采陌上桑，暮采陌上桑。一桑十日采，不见薄情郎。正是吴头桑叶绿，行人莫唱江南曲。"清新俊爽，又有思致，有唐人杜牧风味。从选诗上看，他对杜牧绝句情有独钟，所以选入最多，达二十五首，而李白才四首，杜甫才六首。

《唐五七言绝句》

[宋] 刘克庄编选

题　解

唐代诗歌总集，宋刘克庄编选。刘克庄（1187—1269），莆田（今福建省莆田市）人，初名灼，号后村，初为靖安主薄，后长期游幕于江、浙、闽、广等地，在仕途上，他是以荫入仕，淳祐间赐同进士出身，官至工部尚书兼侍读，以龙图阁学士致仕。刘克庄是南宋时期的著名诗人，为江湖派中的重要作家，其诗数量丰富，内容开阔。刘克庄为诗早年学晚唐体，晚年诗风趋向江西派，有《后村先生大全集》。程章灿有《刘克庄年谱》，对其生平行迹考证甚为详细。但是，他所编的《唐五七言绝句》已经失传。从其序文中可以看出，本集的选诗标准比较注重"切情诣理之作"，认为"切情诣理之作，匹□□女不弃也。否则巨人作家不录也"（《唐五七言绝句序》）。本书的编选动机首先是有感于洪迈《唐人万首绝句》编选之失："野处洪公编唐人绝句仅万首，有一家数百首并取不遗者，亦有复出者，疑其但取唐人文集杂说，令人抄类而成书，非必有所去取也。"概括起来说洪氏所编一是不均衡，"一家数百首并取不遗"；二是有些诗重复。同时，编选此集也是出于家塾教授之需："余家童子初入塾，始遗五七言各百首口授之……童子请曰：昔杜牧讥元、白海淫，今所取多□情春思、宫怨之什，然乎？余曰：《诗大序》曰：'发乎情性，止乎礼义。'古今诗至是而止。夫发乎性情者，天理不容泯；止乎礼义者，圣笔不能删也。小子识之。"可见，这部《唐五七言绝句》也是其家塾课本之一。

《唐绝句续选》

[宋] 刘克庄编选

题　解

　　唐诗总集，刘克庄编选。克庄于选诗一道特别擅长，数量丰富，除《唐五七言绝句》《唐绝句续选》之外，还有《本朝五七言绝句》《中兴五七言绝句》《本朝绝句续选》《中兴绝句续选》等选本。《唐绝句续选》与《唐五七言绝句》的不同之处是增加了六言绝句，涵盖面更广。明人胡应麟评以七字："其学该洽又如此。"（《诗薮·杂编》卷五）关于编选缘起，刘克庄本人在《唐绝句续选序》中说得明白。主要是他的《唐五七言绝句》一书问世后，有人指出此选太严，也简略，遗落不少名作，所以通过此选加以弥补："余尝选唐绝句诗，既板行于莆、于建、于杭。后十余年，觉前选太严，而名作多所遗落。或俄余曰：'子徒知病野处之详，而不知议者病后村之略也。'余曰：'谨受教。'乃汇诸家五七六言，各再取百首，名《续选》。四五言仅得七十首，以六言三十首足言。"同时，他特别指出两点，一是说明六言诗之难，推崇王维、皇甫湜的六言诗，让人们重视六言诗；二是说明《唐五七言绝句》没有选李白、杜甫之作，今又"并屈二公"。大体说来，前选与后选加起来，无论是点还是面都照顾到了，确实更好一些。

《续唐绝句》

[宋] 时少章编选

题　解

　　唐诗总集，宋时少章编选。时少章，南宋婺州（今浙江金华）人，字天彝，号所性。人称他"天才绝出，博极群书"。起初，时少章授丽水县主簿，用荐改授婺州添差教授，兼丽泽书院山长。不久，改南康军教授，兼白鹿洞书院山长。逾年，擢史馆检阅，以凌蹴劾罢，授保宁军节度掌书记，卒，不大显而终。胡宗楙《金华经籍志》一书，分门别类，记载金华典籍非常详备，此籍记载时少章的五部著作：卷一为《周易卦赞》、卷四为《春秋四志八表》、卷十一为《日记》十卷、卷十六为《所性稿》五十卷、卷二十二为《续唐绝句》，但是，遗憾的是均已注明"佚"。此外，《敬乡录》卷十一录其诗十（附存目十三）、赋二、记二、序跋二、碑一、哀辞一、铭一、书一。《金华经籍志》卷二十二《集部·总集类》记载："《续唐绝句》，宋金华时少章天彝辑。"又有胡宗楙所加按语："于洪景卢《万首唐人绝句》外复得千二百篇，辑而续之。"时少章在《与袁广微侍郎书》一文中，说："某少受学于先子，先子之师则东莱先生，因东莱得事张、朱二先生，陆先生从东莱于丽泽，亦复获承事于左右，而又与先生、洁斋先生为同年进士。一时言论风旨，深蔚昭朗。少章幸得窥其一二，不敢自菲，欲从事于其间，沉思静索，胁不沾席者，三十余年于此矣。《易》《诗》《书》皆涉其大趣，而独尝深致意于《春秋》，为书数十卷，虽不敢自以为是，抑不可谓不尽其心也。"可见，时少章不但有家学渊源，而且与宋代大儒吕祖谦、朱熹、陆九渊都有渊源。时少章的诗学主张，可于其《书唐百家诗选后》略见一斑，卷一评薛稷诗云："薛稷诗，明健激昂，有建安七子之风，不类唐人，其字伟丽亦称之。不自珍惜，附丽匪人，至污斧锧，为士君子所戒。有才而无学，良不可哉。"卷四从时代的角度切入："开元、天宝间人，词旨淳雅……元和以后……求其如此等邃远清妙，不可得也"。"时独推毂盛唐，而于晚唐诸子，直目以小才。"由此可见，推崇盛唐是时少章诗学观念的要点。同时，在选诗方面，他也有自己的主张，其《三槐诗集序》中叙述自己为邵宣子整理诗集，其实也反映出他选诗方面的基本态度："夫少则易挟，易挟则传。宣子之作，十倍风雅，抄者疲手腕，携者累箧笥，未保其必传，又可以多累之乎？予不自揆，辄删其繁密，取其精邃者得八百篇，手录为十卷，以行于世。然亦多矣。渊明、康乐篇仅可百十，要与日月争光……""辄删其繁密，取其精邃"是其要点，简而言之就是去粗取精。另外，时少章还强调在诗学上不能以言取人："宪宗将吐突承璀，李绛、白居易争之甚苦，仅能略出之。淮南李涉探上意，知承璀恩顾未衰，遽上言兵不可罢，承璀亲近信臣不可出，知瓯使孔戣责诮不受，涉行货于他径，达之上前。戣奏涉奸阍滔天，遂被远贬。其为人如此，而诗句清熟，有足赏者，世方以言取人，果可信乎？"（时少章《书唐百家诗选后》卷十四）吐突承璀为人不足观，但是时少章并没有因人废言，客观地评价他的诗歌，并且肯定其诗。其他如评论杨巨源、王建在诗学的师承问题上，也有惊人之论："杨巨源始与元、白学诗，而诗绝不类元、白。王建自云绍张文昌，而诗绝不类文昌。岂相马者固不在色别乎？巨源清新明严，有元、白所不能至者。建乐府固仿文昌，然文昌恣态横生，化俗为雅，建则从俗而已，驯致其弊，便类聂夷中。"（时少章《书唐百家诗选后》卷十二）"项斯亦师张水部，自以字清意远匠物为工，然格律卑近，渐类晚唐矣。"（时少章《书唐百家诗选后》卷十六）意思很明显：师法他人，不能只师其皮毛，而应该自具面目。所以，吴师道说他"深知唐人诗法"（《吴礼部诗话》），绝非虚语。

《批唐百家诗选》

[宋] 王安石选，时少章批

题　解

　　唐诗总集，宋王安石选，时少章批。本集的特点比较突出，一是规模大，王安石的《唐百家诗选》共二十卷，选唐诗人一百零四家，诗一千二百余首，时少章一一评批，确实是浩大的工程；二是评批精到，如第四卷批云："自储光羲而下，王建、崔颢、陶翰、崔国辅皆开元、天宝间人，词旨淳雅，盖一时风气所钟如此。元和以后，虽波涛阔远，动成奇伟，而求其如此等邃远清妙，不可得也。"非常精到。再如第二十卷云："子华、致光，著名晚唐，俱直翰苑，以文章领袖众作。方昭宗时，群邪内讧，凶顽外擅，致光间关其间，执义弥坚，如不草韦昭范诏，凛然有烈丈夫之风，非子华所能及也。然其诗过于纤巧，淫靡特甚，不类其所为。或言《香奁集》和凝所作，误归之致光，岂信然邪？"确实细致入微。难怪胡应麟说"其识故未易及"（《诗薮·杂编》卷五）。

《注解章泉涧泉二先生选唐诗》

[宋] 赵蕃、韩淲选，谢枋得注

题　解

　　唐诗总集，宋赵蕃、韩淲选，谢枋得注。赵蕃、韩淲都是饶州（今江西省上饶市）人，蕃字昌父，号章泉，淲字仲止，号涧泉。赵蕃以祖恩补官，终直秘阁，绍定二年卒，谥文节。韩淲出仕不久即归里，嘉定十七年卒。谢枋得，字君直，号叠山，信州弋阳（今江西弋阳）人，宝祐四年（1256年）进士。后来官至江东提刑、江西招谕使知信州，元攻宋时，他力拒元兵。宋亡之后，隐居闽中。程文海荐他到元朝任职，他辞而不就，但并没有被放过，元至元二十六年（1289年），福建行省强迫他北行，到大都后，绝食死，门人私谥"文节"。本书共五卷，专选唐人七言绝句，共一百一首。总的倾向是偏重于晚唐诗人的作品：其中选刘禹锡诗十四首，杜牧八首，许浑五首，李商隐、韦庄各四首，王昌龄二首，贾至、王维、高适、岑参、白居易等亦不过一首。显然，对盛唐诗人不够重视。此书的宋本已佚，国内现存的有两种明刊本，清代版本较多，有同治二年望三益斋刊本、宛委别藏本、清光绪八年《谢叠山先生评注四种合刻》本。在日本，此书也曾流传，民国胡光国重刊本即据日本弘化丁未长满连刻本重刊，此外奉天学务公所铅印版《唐诗绝句注解》底本也来自日本，为日本吉田勿来明治戊申刻本。

《分门纂类唐歌诗残本》

[宋] 赵孟奎编选

题 解

唐诗总集，宋赵孟奎编选。赵孟奎为宋室宗亲，宋太祖十一世孙，字文耀，号春谷，湖州（今浙江省湖州市）人，南宋理宗赵昀宝祐四年（1256年）文天祥榜四甲进士，为奉议郎，直秘阁，咸淳元年（1265年）七月十一日任江阴知军。咸淳二年（1266年）奉圣旨除直宝章阁，本年十月受承议郎。至咸淳三年（1267年）备奉圣旨，除太守寺垂，后转授朝奉郎。本集采取分类编排的方式编辑唐诗，原来规模很大，全书一百卷，其中《天地山川类》三十二卷，《朝会宫阙类》八卷，《经史诗集类》三卷，《城郭园庐类》二十卷，《仙释观寺类》十二卷，《服食器用类》十一卷，《兵师边塞类》二卷，《草木虫鱼类》十二卷。每类中又分子目。但是后来散佚颇多。原来如《朝会宫阙类》《经史诗集类》《城郭园庐类》《仙释观寺类》《服食器用类》《兵师边塞类》等都已不见，只有《天地山川类》五卷、《草木虫鱼类》六卷，共十一卷流传下来。我们只能从赵孟奎所写的序中窥其大概。序中说本集"首尾十余年而后毕"，可见用时之长；又说"得一千三百五十三家，四万七百九十一首"，可见其规模非常大。关于编撰动机与经过，他本人也说得很清楚："先公俾学诗，每相与讲论，叹诸家不可尽见，因发吾家藏手出纲目，合订分类，志成此编。宦辙东西轴，嘱李君足成之，旁收逸坠，募致平生所未见者……大略备矣。列为若干卷，盖首尾十余年而后毕缮而藏之。予惧成之之难而失之之易也，行必携以自随，公暇时复倒箧翻阅。"（《分门纂类唐歌诗残本序》）显然，此集的编辑主要是出于自己学习唐诗的实际需要，而当时的唐诗选本大都存在一些问题，不便使用，所以就在已有的唐诗选本的基础之上合订分类，编成此集。

本集为唐宋时期收录唐诗最多的唐诗选集，收诗四万七百九十一首，比《全唐诗》早四百多年，遗憾的是全本已佚，现存世者有宋刊本十一卷，后世之汲古阁影宋写本、玲珑山馆藏清抄本、宛委别藏本、清曹寅家藏影写宋刊等等皆出自此本。

《王孟诗评》

[宋] 刘辰翁编选

题 解

唐诗总集，宋刘辰翁编选。刘辰翁，字会孟，号须溪，南宋诗人，吉州庐陵（今江西吉安）人。宋理宗绍定五年（1232年）生，早年入太学，景定三年（1262年）登进士第，因为直言，对策之时忤权奸贾似道，因此被评为丙等。曾任濂溪书院山长，度宗咸淳元年（1265年），授临安府学教授、参江东转运幕，后荐入史馆，除太学博士。德祐元年（1275年），宋室危难之际，文天祥勤王，他也参与江西幕府。南宋灭亡后，志不仕元，隐居终老。于元大德元年（1297年）卒，是一位有民族气节的志士。刘辰翁擅诗能文，有《须溪集》十卷、《须溪词》三卷。况周颐评价说："须溪词风格逎上似稼轩，情辞跌宕似遗山。有时意笔俱化，纯任天倪，竟能略似坡公。往往独到之处，能以中锋达意，以中声赴节。世或目为别调，非知人之言也。"（况周颐《蕙风词话》卷二）同时，他还是一位著名的选家与评点家，他评点的对象涉及诗歌、散文、小说，内容包括经部、史部、子部、集部各个方面。有《大戴礼记》《越绝书》《班马异同评》《史汉方驾》《荀子》《阴符经》《老子道德经》《庄子南华真经》《南华经》《列子冲虚真经》《鬳斋三子口义》《刘辰翁批点三唐人诗集》《韦孟全集》《王孟诗评》《盛唐四名家集》《古今诗统》《兴观集》《合刻宋刘须溪点校书九种》《世说新语》《广成子》《古三坟》以及唐宋诗人词人的集本等三十多种，明人胡应麟称："刘辰翁虽道越中庸，其玄见邃览，往往绝人，自是教外别传，骚坛巨目。"（胡应麟《诗薮·杂编》卷五）胡震亨也很推崇刘辰翁的评点："宋人诗不如唐，诗话胜唐。南宋人及元人诗话，又胜宋初人。如严之吟卷，刘之诗评，解会超矣。"（《唐音癸签》卷三十二）本集专评唐王维、孟浩然二家诗也。集中有王维诗七卷，卷一为五古，卷二为七言歌行，卷三为五律，卷四为七律，卷五为五言排律，卷六为五绝，后面附六绝，卷七为七绝；孟诗分上、下两卷，卷上为五古、五律、卷下为五律（附排律）、七古、七律、五绝和七绝。其批点方法也比较丰富：有朱墨套印，还有校正。不过比较而言，多用眉批。其评语多形象而深刻，如："生成语难得，浩然诗高处不刻画，只似乘兴，苏州远在其后，而澹复过之。韦应物居官自愧，闷闷有恤人之心。其诗如深山采药，饮泉坐石，日宴忘归；孟浩然如访梅问柳，偏入幽寺。二人趣意相似，然入处不同。韦诗润者如石，孟诗如雪，虽澹无彩色，不免有轻盈之意。"（刘辰翁《王孟诗评》书后短语）采取比喻兼对比之法评人评诗，鲜明生动，又便于人们理解和把握。

本集常见的有清光绪五年（1879年）巴陵方氏碧琳琅馆刊朱墨套印本，国家图书馆、北京师范大学图书馆、上海图书馆、复旦大学图书馆、山东大学图书馆、四川大学图书馆、重庆图书馆、广东图书馆皆有藏本。

《赘笺唐诗绝句》

[宋] 胡次焱编选

题　解

　　唐诗总集，一名《唐诗绝句附注》，宋胡次焱编选。婺源（今安徽省婺源县）人，字济鼎，号梅岩。度宗咸淳四年（1268年）进士。曾官贵池县尉。德祐元年（1275年），元兵打到贵池。宋军元帅张林献城投降，而次焱则奉母归隐，教授乡里以终。除此书外，尚有《梅岩文集》《朱文公感兴诗注》等。此书原为赵蕃、韩淲二先生所选，共五卷，自韦应物至吕洞宾共五十四人，计诗一百单一首，都是七言绝句，李白、杜甫、韩愈、元稹等名家皆不在选，惟刘禹锡选诗最多，达十四首，其余诸家则寥寥无几。后来南宋谢枋得对此集进行注释。清人阮元曾对谢注大加赞赏："枋得之注能得唐诗言外之旨，可以为读唐诗者之津筏。"（阮元《四库未收书提要》）胡次焱之笺，是在谢枋得《注唐绝句诗》原注本上进行的，胡氏在其《赘笺唐诗绝句序》中对自己为何要再次注释做了说明："叠翁注《章、涧二泉先生选唐绝句》，次焱不自黯陋，复为赘笺。客或谓曰：叠翁所注，博洽正大，真足以淑人心，扶世教，虽然作者初意未必尽出于此也。子复赘笺，不愈支离乎？次焱曰：何伤乎？于以见义理之无穷也。……客谓予赘笺为愈支离，无所逃罪，若叠翁注训，固未敢确然，以为尽得作者初意，亦未敢确然，以为尽非作者初意，其大要主于淑人心，扶世教云耳。客无以诘。遂题卷末。"由"于以见义理之无穷也""大要主于淑人心，扶世教云耳"等语，可以知其笺注有注意教化之意。仔细考察其书，作为蒙学读物，它没有将着重点放在诗歌的艺术和技法等方面，也没有注重诗学理论的探讨，所以，总体看来，创新之处不多，理论深度也不突出。但是，着重教化确实是事实。因为胡次焱生于改朝换代之际，前为宋臣，拒不投降；后为遗民，怀恋故国。所以其笺诗之时，赞美忠臣与家国兴亡之思时有流露，同时理学之思也不免见诸笔端。

　　此书版本较多，主要有明宣德九年（1434年）刊本、正德年间抄本、潘选正德刊本、正德十三年北方关中刊本、嘉靖泉州刊本、日本正保（1644—1648）年间刻本（日本内阁文库、东洋文库、立命馆大学图书馆皆有藏本）。当代学者查屏球先生有《和刻本胡次焱〈赘笺唐诗绝句选〉之渊源与文献价值》一文，对此书版本问题考证详明，可参看。

《声画集》

[宋] 孙绍远编选

题　解

　　宋孙绍远编，唐、宋题画诗总集。孙绍远，字稽仲，自署曰谷桥，但是"谷桥"为何地，不得而知。此书共辑录唐、宋两代题画诗八百零五首，其中选入唐代诗人十九人，诗歌六十一首；宋代诗人八十五人，诗歌七百四十四首。是迄今为止可以看到的最早的题画诗总集。书中根据内容将题画诗划分为二十六门：一《古贤》、二《故事》、三《佛像》、四《神仙》、五《仙女》、六《鬼神》、七《人物》、八《美人》、九《蛮夷》、十《赠写真者》、十一《风云雪月》、十二《州郡山川》、十三《四时》、十四《山水》、十五《林木》、十六《竹》、十七《梅》、十八《窠石》、十九《花卉》、二十《屋舍器用》、二十一《屏扇》、二十二《畜兽》、二十三《翎毛》、二十四《虫鱼》、二十五《观画题画》、二十六《画壁杂画》，虽然本书编次颇为琐屑，参差不齐，但是很多唐、宋诗人的作品赖此集保存下来。

　　孙绍远在《声画集原序》中对此集的编选做了具体的说明，其一，从欣赏的角度说明赏画的功用："画之益于人也多矣，居今之世，而识古之人，知古之事，生长人间，而睹碧落之真容，净土之慈相，市朝而见山林气象，暑刻而观四时变化，佳花异卉，无一日而不开，珍禽奇兽，不笼槛而常存。凡宇宙之内，苟有形者，皆能藏吾室中，世岂可废此哉。……夫玩物丧志，先圣格言，谁敢不知警。而假书画以销忧，昔尝有德于绍远，今虽不暇留意，未能与之绝也。"一方面强调的是画能够使人长见识，另一方面强调画能够"销忧"，即能够调节人的心态和情感。当然他也没有忘记先圣"玩物丧志"的警示，明白赏玩书画应该有度。其二，论述画的优劣："第古今画手，不能一律，如论文章，班马固高矣，韩柳欧苏何歉乎。如论书法，钟王固奇矣，虞褚颜柳何愧乎。学艺精到率可贵，而无古今也。俗士于画，但取烟颜尘容，故暗旧物，至稍新洁者，则以为无足采。窃尝譬之，如见八九十岁人，其老虽可敬，奈愚不解事者何。不满十岁许，而有所谓神童，有所谓奇童者，其可不敬爱乎。此新旧画之别也。"着重指出画的雅俗之别和评判标准，从中可以看出，他关于品画的标准并不拘泥，还是很灵活的。其三，说明此集的编选过程及其取名的内在含意："入广之明年，因以所携行前贤诗，及借之同官，择其为画而作者，编成一集，分二十六门，为八卷，名之曰声画，用有声画无声诗之意也。"要点在于说明此集名《声画集》是取"用有声画无声诗之意"。

其四，说明编选目的："惟画有久近，诗有先后，其他参差不齐甚多，故不得而次第之。然士大夫因诗而知画，因画以知诗，此集与有力焉。淳熙丁未十月，谷桥孙绍远稽仲序。"其中关键是"因诗而知画，因画以知诗"，通过这种相辅相成的方式，强化人们对诗对画的理解。当然，《序》中重点谈的是画，除结尾处点到"因画而知诗"之外，其他处都没有谈诗的问题。这从此书编排体例就能够看出来，书中体例纯是以画为中心来选编诗作，对诗作的分门别类也是以画的题材分类为准。所以，我们只有通过读其书才能认识到它保持唐代题画诗的重要作用。

本集现存的版本有明抄本、清初抄本（该本由清朱彝尊校、王士祯跋）、清康熙四十五年扬州诗局刻本（即清曹氏楝亭刊本，在《楝亭藏书十二种》一书的六十九卷）、清乾隆时期所编《四库全书》本。

《万首唐人绝句诗》

[宋] 洪迈编

题 解

　　唐诗总集，宋洪迈编。南宋淳熙年间，洪迈录唐五七言绝句五千四百首进御，后复补辑得满万首为百卷，于绍兴三年上之。孝宗皇帝降敕褒嘉，许为"选择甚精，备见博洽"八字。宋陈振孙《直斋书录解题》卷十五载本书共一百卷，其中收七言七十五卷，五言、六言二十五卷，各百首，总共万首。洪迈本人在《万首唐人绝句诗序》中对此书的编撰情况做了比较全面的说明。起初，此书的编辑是由家塾教导子弟引起："淳熙庚子秋，迈解建安郡印，归时，年五十八矣。身入老境，眼意倦罢，不复观书，惟时时教稚儿诵唐人绝句，则取诸家遗集，一切整汇，凡五七言五千四百篇，手书为六秩。"可以看出，本书原来类似于家塾课本，从孝宗时开始编辑，规模也不是万首，只有五七言五千四百篇。后来，因为特殊的机缘，此书得到了特殊的待遇："起家守婺，赍以自随。逾年再还朝，侍寿皇帝清燕，偶及宫中书扇事。圣语云，比使人集录唐诗，得数百首。迈因以昔所编具奏。天旨惊其多，且令以元本进入，蒙置诸复古殿书院。又四年，来守会稽间，公事余分，又讨理向所未尽者。"这部唐人绝句选有机会上奏给了孝宗皇帝，得到皇帝的赏识。又过了四年之后，洪迈又继续增补，进一步扩大了规模。在加工、补充过程中，洪迈对以前唐诗选本中的作品也做了考证和辨伪，所以《序》中说："唐去今四百岁，考《艺文志》所载，以集著录者，几五百家，今堇及半而或失真。如王涯在翰林同学士令狐楚、张仲素所赋宫词诸章乃误入于王维集；金华所刊杜牧之续别集皆许浑诗也；李益'返照入闾巷，愁来与谁语'一篇，又以为耿沣；崔鲁'白首成何事，无欢可替愁'一篇，又以为张蠙；以薛能'邵平瓜地入吾庐'一篇为曹邺；以狄归昌'马嵬坡下柳依依'一篇为罗隐，如是者不可胜计。"从这里我们可以看出：宋代的许多唐诗选本已经很混乱了，错误相当多。那么，洪迈此集的情况如何呢？他说："今之所编固亦不能自免，然不暇正，又取郭茂倩乐府与稗官小说所载仙鬼诸诗，撮其可读者合为百卷。刻板蓬莱阁中，而识其本末于首。"一方面说明自己的这部唐诗选本因为没有时间做细致的考证，问题也在所难免；另一方面还说明了本集中部分诗歌的来源，即"取郭茂倩乐府与稗官小说所载仙鬼诸诗"，显然这些选自小说家言和仙鬼之作的诗歌可靠性是有问题的；同时也透露出此集在选诗上的基本倾向，主要是"可读者"。由于没有充分的时间考证真伪，有些诗作来源又不太可靠，所以此集中的错误也不少，受到后人的批评。陈振孙《书录解题》认为书中多采宋人诗，如李九龄、郭震、滕白、王岩、王初之属，有的不经考证，误选入唐以前人诗。刘克庄《后村诗话》认为此集但取唐人文集杂说，抄类成书，琐屑摭拾，以足万首之数，其不能精审，势所必然，无怪后人之排诋："野处洪公编《唐人绝句》仅万首，有一家数百首并取而不遗者，亦有复出者，疑其但取唐人文集杂说，令人抄类而成书，非必有所去取也。"（刘克庄《后村集》卷二十四《唐人五七言绝句序》）批评其取去不精，下的工夫不够。后来程珌在《洺水集》更责怪洪迈不应以此书进御。明人谢榛批评得比较严厉："洪容斋所选唐人绝句，不择美恶，但备数尔。间多仙鬼之作，出于偏稗小说，尤不可取。"（谢榛《四溟诗话》卷二）许学夷则比较具体地列举书中的各种差错："洪魏公迈所编《万首唐人绝句》，取诸家集中五言，六言，七言并传记所载，郭茂倩《乐府》与夫小说伪撰及凡仙鬼之作而辑成之，而真者尚有所遗，又其中有异名重出者，有彼此误入者，有杂于六朝者，有从郭氏删古律为绝句者，有古歌七言用四平韵及两平两仄者……"不过，他还是客观地肯定其价值："但其所载中唐以后之诗，今诸家集中多阙，故知今所传者多非全集。"（许学夷《诗源辩体》卷三十六）公平地说，洪迈这部《万首唐人绝句》不但使许多唐人绝句藉此保存下来，而且开启了宋代专选唐人绝句的热潮，在诗学史上的地位是不能否认的。

本集的版本很复杂，其中原因一是洪迈本人就曾两次刊刻此书，开始是五七言绝句五千四百首，不是万首，这是一个版本；后来又加以补充，定为一百卷本。此后宋人吴格对洪氏一百卷本做了部分修正，汪纲又据此重刻，还特别分出六言诗为一卷，成了一百零一卷本。明代有嘉靖间陈敬学据汪本重刻本，还有万历年间赵宧光校订补充，重新编定本，由百卷改为四十卷。

《众妙集》

[宋] 赵师秀编

题　解

  《众妙集》，唐代五七言律诗总集，宋赵师秀编。《老子》："故常无欲，以观其妙；常有欲，以观其徼。此两者同出而异名，同谓之玄。玄之又玄，众妙之门。"本集取名应该有此含意。赵师秀在诗学方面师法姚合、贾岛，因此尊之为"二妙"，并且专门编选姚诗一百二十一首、贾诗八十一首，合为一集，名之曰《二妙集》。后来，他又编这部《众妙集》，其宗旨与《二妙集》基本相同，只是选诗范围更广，从初唐沈佺期开始，一直到五代王贞白七十六家，共选律诗二百二十八首，其中五律多达一百八十首，其余为七律和五排，从某种程度上看是对《二妙集》的补充。仔细考察，可以看出其选诗倾向是以风度流丽为宗，多近中唐之格，所以书中置李白、杜甫、王昌龄、高适、韩愈、元稹、白居易、韦应物、柳宗元等大家于不顾，而把林宽、薛能、杨发、处默、包何、包佶、秦系、贯休、护国、无可等小家之作选入，不免有些偏颇。虽然是两部诗集，但是总旨和主体倾向是一致的，大体说来，《二妙集》专选贾岛、姚合；《众妙集》主要是以大历诗人和姚、贾诗派的作家作品为主。诗体都是以五律为主，诗的题材都是以日常生活琐事为主，追求隐逸、闲适，情调悲凉、凄苦，风格闲雅清幽，多用白描手法写景状物，极少使用典故。

  此书版本较多，主要有《南宋群贤小集》本、《永嘉诗人祠堂丛刻》本、汲古阁本、《四库全书》本、民国年间影印汲古阁初印本（全一册）等。

《唐僧宏秀集》

[宋] 李龏编

题　解

　　唐诗总集，宋李龏编，选唐代释子之诗，选入皎然、灵澈、灵一、惟审、护国、无可、清塞、文益、可止、清江、法照、宝月、广宣、贯休、齐己、无本、修睦、无闷、太易、景云、法振、栖白、隐峦、处默、卿云、栖一、澹交、良乂、若虚、云表、昙域、子兰、僧鸾、怀楚、惠标、可朋、怀浦、慕幽、善生、亚栖、尚颜、栖蟾、理莹、归仁、玄宝、虚中、惠侃、法宣、文秀、僧泚、清尚、智暹等五十二家。诗共五百首。前有宝祐六年李龏的《自序》，本书采摭颇富，但是个别处也有不检。李龏在其《自序》中首先阐明诗之本质及其功能："古之吟咏情性，一本于诗。"其诗学观念与传统的"诗缘情"之说一脉相承。次言唐代僧诗之盛："诗至唐为盛，唐之诗僧亦盛。唐一代为高道，为内供奉，名弘才秀者，三百年间，今得五十二人，诗五百首。"再次言编辑此书的动机及其编辑方式、体例："或取于各僧本集，或出于诸家纂录，皆有拔山之力，搜海之功，风致不尘，一字弗赘，发音雄富，群立峥嵘，名曰《唐僧弘秀集》。不仅藏于中笥，刊梓用传。识者第毫残松管，灯焰兰膏，截锦扬珠，神愁鬼毒。诗教湮微，取以为继流砥柱，艺苑规衡，非假沽名鼓吹于江湖也。兼禅余风月，客外山川，千古之下，一目可见耳。"其中特别值得注意的是"诗教湮微，取以为继流砥柱"两句，表明他编辑此书的主要动机在于弘扬中国传统的儒家诗教。当然，其中也有保存佛家文献的目的，确如其序中所说，通过此集，"禅余风月，客外山川，千古之下，一目可见耳"（李龏《唐僧宏秀集序》）。

　　此书现存最早版本为宋陈宅书记铺刊本，简称书棚本。此本共二本，一全帙，一残帙。此残本现存北京大学图书馆。明清刊本则比较多，如明嘉靖黄鲁曾刻本，明万历沈春泽刻本，明末汲古阁本，清初汲古阁本，明嘉靖黄鲁曾刻本，现在国家图书馆藏两本。

《三体唐诗》

[宋] 周弼编

题　解

　　唐诗总集，宋周弼编，因为集中专选唐人七言绝句、七言律诗、五言律诗，所以名为"三体"。"三体"之下，又分为"格"：七言绝句分七格，一为"实接"、一为"虚接"、一为"用事"、一为"前对"、一为"后对"、一为"拗体"、一为"侧体"。七言律诗分六格，一为"四实"、一为"四虚"、一为"前虚后实"、一为"前实后虚"、一为"结句"、一为"咏物"。五言律诗分七格，前四格与七言同，后三格一为"一意"、一为"起句"、一为"结句"。

　　本书突出的特征是着重于诗法研究，以诗法结构安排书的编辑体例，比较系统地总结了七绝、七律和五律的诗法结构，并且具体将其归纳为虚实法、起结法、一意法、前对后对法、拗体侧体法等基本规律。此书问世之后，有人提出批评，如宋范晞文就指责说："是编一出，不为无补后学，有识高见卓不为时习熏染者，往往于此解悟。"（范晞文《对床夜语》卷二）

　　潘德舆在《养一斋诗话》中的批评更加尖锐："周伯弼辑《三体诗》，局小识短，不足言。"不过，也有比较客观的评价，如高士奇《三体唐诗原序》："其持论未必尽合于作者之意，然别裁规制，究切声病，辨轻重于毫厘，较清浊于呼噏，法不可谓不备矣。"所以，尽管此书还存在一些不足，但是此书在诗法的研究上还是有开创意义的，对后世有较大的影响。

　　《三体唐诗》于南宋淳祐十年（1250年）成书，较早的刊本是元大德九年（1305年）圆至注后付梓刊行的本子，为二十一卷本，此后又有残缺的二十卷本刊行。元至大二年（1309年）又有裴庾注本，后来还出现了圆至注与裴庾注合刊的《诸家集注唐诗三体家法》和《增注唐贤绝句三体诗法》，两者都是三卷，可惜在中国都已经失传，好在日本有翻刻本传世。清代《三体唐诗》有盛传敏、王谦的《碛砂唐诗》三卷本和高士奇《唐三体诗》六卷本两种刊本，其实是删改圆至注二十卷本而成的新版本。后来收入《四库全书》的《三体唐诗》就是高士奇《唐三体诗》六卷本。光绪十二年（1886年），又有泸州盐局朱墨套印刊刻的何焯批校本。此外，朝鲜和日本也有多种版本。

三、金、元唐诗选本题解

《唐诗鼓吹》

［金］元好问编

题　解

　　唐诗总集，其选编者为谁，历史上曾有不同说法。《四库全书总目提要》中有云："不著编辑者名氏。据赵孟頫序称为金元好问所编，其门人中书左丞郝天挺所注。"赵孟頫在郝天挺《注唐诗鼓吹序》中云："非遗山不能尽去取之工。"认定此书为元氏所编。赵《序》又云："郝公当遗山先生无恙时，尝学于其门，其亲得于指授者，盖不止于诗而已。"但后人持有异议，如沈德潜在《说诗晬语》、罗汝怀在《七律流别集述意》中均对元氏说提出质疑，但缺乏有力的证据。清钱谦益在《唐诗鼓吹序》有云："余谛观此集，探珠搜玉，定出良工哲匠之手。遗山之称诗，主于高华鸿朗，激昂痛快，其旨意与此集符合，当是遗山巾箱箧衍吟赏记录。好事者重公之名，缮写流传，名从主人，遂以遗山传也。"以此书所选作品符合元氏论诗"主于高华鸿朗，激昂痛快"为据，确定为元氏"巾箱箧衍吟赏记录"，即判定此集为元好问所编。元好问（1190—1257）生活在金、元交际，蒙古军之入侵，国家之败亡，使其饱尝丧乱之苦，忧愁忧思，家国之痛，一寄于诗，故其诗充满亡国之痛与家国之思。清人赵翼《瓯北诗话》中有云："唐以来律诗之可歌可泣者，少陵十数联外。绝无嗣响，遗山则往往有之。"其根据在于其诗"感时触事""事关家国""沉挚悲凉，自成声调"。清人翁方纲《石洲诗话》卷五中亦云："曹兑斋《读唐诗鼓吹》云：'不经诗老遗山手，谁解披沙拣得金？'兑斋从遗山游，而其言如此，则《鼓吹》之选，信是遗山用意处耶。"用与元氏同游者的诗作证，颇有说服力。

　　此一唐诗选本特色鲜明，只选唐人七律，且以中晚唐作品为主，影响较大，其问世之后，出现了不少注释本、解评本，如元代有郝天挺《注唐诗鼓吹》，明代有廖文炳《唐诗鼓吹注解大全》，清代更多：有钱朝鼒、王俊臣、王清臣、陆贻典《唐诗鼓吹笺注》，有钱谦益、何义门《唐诗鼓吹评注》；有朱三锡《东岩草堂评定唐诗鼓吹》。到了民国时期，有吴汝纶的《评点唐诗鼓吹》。此外，《唐诗鼓吹》按诗体选编诗歌的编次体例，对后世影响也很大，如元代方回选编《瀛奎律髓》之时，其所选诗均为唐宋五律、七律，取法《唐诗鼓吹》；清代金圣叹选编《贯华堂选批唐才子书七言律》，从选诗体式到作者取舍、选篇轻重以及选篇总数，也多方取法《唐诗鼓吹》。

《唐诗鼓吹》全书共十卷，选入唐诗人九十六家、诗作五百九十七首，偏重于中、晚唐诗人的七律作品，所以集选中、晚唐诗人许浑、薛逢、陆龟蒙、皮日休、杜牧、李商隐、谭用之等七律作品比较多。从内容方面考察，我们发现其所选作品多为伤时感怀之作，客观地说，这些诗作反映了大部分中晚唐诗人的创作面貌，从侧面反映了安史之乱以后，唐王朝政治、经济各个方面衰落的现实。盛唐诗歌那种青春浪漫、豪迈奔放的基调被感伤现实、抚今追昔的伤悼气息所代替，杜甫开创的用七律反映社会民生苦难现实的做法，已被许多中晚唐诗人所继承，编撰者正好把这些忧时伤悼的七律收入此集，如许浑《咸阳城西门晚眺》中"溪云初起日沉阁，山雨欲来风满楼。"真实反映出当时李唐王朝风雨飘摇的国势；薛能《汉南春望》中"几处松筠烧后死，谁家桃李乱中开？"画出战乱中田园荒废的景象；其他如李商隐《马嵬》中"此日六军同驻马，当时七夕笑牵牛"，司空图《淛上》中的"愁看地色连空色，静听歌声似哭声。红蓼满村人不在，青山绕槛路难平"；杜牧《洛阳》中的"侯门草满置寒兔，洛浦沙深见塞鸿"；刘沧《长洲怀古》中的"千年事往人何在，半夜月明潮自来。白鸟影从江树没，清猿声入楚云哀"等，都是中、晚唐时期的社会生活的真实反映，也是当时诗人心态的反映，而这些又恰好与元好问所经历的家国兴亡相类似。赵孟頫在《唐诗鼓吹原序》中说："鼓吹者何？军乐也。选唐诗而以是名之者何？譬之于乐，其犹鼓吹乎？遗山之意则深矣。中书左丞郝公当遗山先生无恙时，尝学于其门，其亲得于指授者，盖不止于诗而已。公以经济之才坐庙堂，以韦布之学研文字，出其博洽之余，探隐发奥，人为之传，句为之释。或意在言外，或事出异书，公悉取而附见之，使诵其诗者知其人，识其事物者达其义，览其辞者见其指归，然后唐人之精神情性始无所隐遁矣。"认定此集为元好问所编撰。又云："嗟夫！唐人之于诗美矣，非遗山不能尽去取之工；遗山之意深矣，非公不能发比兴之蕴。世之学诗者，于是而抽之、绎之、厌之、饫之，则其为诗，将见隐如宫商，锵如金石，进而为诗中之韶濩矣。此政公嘉惠后学之心，亦遗山哀集是编之初意也耶！"应该说是把握住了元好问的心理，也切中此集的肯綮。

当然，此集问世之后，批评和赞扬的都大有人在。

先说批评。明许学夷《诗源辩体》中有云："元遗山《唐诗鼓吹》，所选尽七言律，起于柳宗元、刘禹锡，中复参以开元、大历数子，余皆晚唐诗也。然晚唐纤巧者仅十之一，而鄙俗者居十之五。至杜牧、皮、陆怪恶，靡不尽录，盖选诗最陋者。冒伯麟云：'或谓《鼓吹》《三体》，可供小儿号嘎。余曰：不然。秒习一染，恐来生犹洗不去。'然二集至今犹行者，盖以所选皆律，而中复有注释可观，故初学者好之耳。《三体》较《鼓吹》，《三体》卑，《鼓吹》陋。"总体持批判态度，评价很低。王止仲《半轩集》卷五称："元人为诗，独尚七言近体，迹其所由，盖无裕之倡之于先，赵子昂和之于后，转相染习，遂成一代之风焉。初裕之生北方，不闻大贤之训，信其所好，自以为然。常哀萃唐人此体为《鼓吹集》十卷，以教后学，其徒又为之注释，以广其传。其间抢择之不精，去取之无据，其人乖乱，其世混淆，予每见之，未尝不笑其陋也。"要点是"抢择之不精，去取之无据，其人乖乱，其世混淆"，评价也很低。

相对于批评，赞美则更多。较早的是赵孟頫，其《唐诗鼓吹序》曰："唐人之于诗美矣，非遗山不能尽去取之工；遗山之意深矣，非公不能发比兴之蕴。"评价极高。再如元姚燧《唐诗鼓吹注序》中云："鼓吹，军乐也。大驾前后部设之，役数百人，具器惟钲鼓、长鸣、中鸣、觱篥，皆金革竹，无丝，惟取便于骑作。大朝会，则置案于宫县间，杂而奏之，最声之宏壮而震厉者也，或以旌武功而杀其数。取以名书，则由高宗退居德寿，尝纂唐宋遗事为《幽闲鼓吹》，故遗山本之，选唐诗近体六百余篇，亦以是名，岂咏歌之，其声亦可齿是欤？……公，将种也。父兄再世数人皆长万夫，于鼓吹之陪爆稍而导绣幰者，似已饫闻。晚乃同文人词士以是选为后部，寂寂而自随，无亦太希声乎？其亦宏壮而震厉者，亦有时乎为用也。《兵志》有之，不恃敌之不我攻。走闻江南诗学，垒有元戎，坛有精骑。假有诗敌挑战而前，公以元戎握机于中，无有精骑，孰与出御？走颇知诗，或少数年，使得备精骑之一曲，横槊于笔阵间，必能劘垒，得俊而还。惜今白首，不得公一振凯也。公由陕西宪长以宣抚使巡行郡国淮河之南，欲序，故燧书此。"总体上也是赞赏。再看元武乙昌《注唐诗鼓吹序》有云："唐一代诗人，名家者殆数百，体制不一。唯近体拘以音韵，严以对偶，起沈、宋而盛于晚唐，迄今几五百年，未有能精其选者。国初遗山元先生为中州文物冠冕，慨然当精选之笔，自太白、子美外，柳子厚而下凡九十六家，取其七言律之依于理而有益于性情者五百八十余首，名曰《唐诗鼓吹》，如韶章奏于广庭，百音相宣，而雷鼓管籥，实张其要眇也。"评价也比较高。

入清以后，对此集评价之人也很多，而且多是肯定之语。其中特别值得注意的是钱谦益、四库馆臣，以及吴汝纶之评。其中钱谦益尤其切情入理。其《唐诗鼓吹注解序》中首先论定此集为元好问所编："《唐诗鼓吹》十卷，相传为元遗山选次，或有斥为假托，以谓《遗山集》中无一言及此选，而赵序、郝注真赝错互，是固不能以无疑。余谛观此集，探珠搜玉，定出良工喆匠之手。遗山之称诗，主于高华鸿朗，激昂痛快，其旨意与此集符合。当是遗山巾箱箧衍，吟赏记录，好事者重公之名，缮写流传，名从主人，遂以遗山传也。"所论坚实，令人信服。中间将此集与宋严羽《沧浪诗话》、明人高棅《唐诗品汇》进行比较，指出："世之论唐诗者，奉近代一、二家为律令，《鼓吹》之集仅流布燕赵间，内府镂版，用教童竖。若王荆公百家之选，则罕有能举其名者。盖三百年来，诗学之受病深矣。馆阁之教习，家塾之课程，咸禀承严氏之诗法、高氏之《品汇》，耳濡目染，镂心刻骨。学士大夫生而堕地，师友熏习，隐隐然有两家种子盘亘于藏识之中。迨其后时，知见日新，学殖日积，洞盘起伏，只足以增长其邪根缪种而已矣。"批评宋严羽《沧浪诗话》、明人高棅《唐诗品汇》为"只足以增长其邪根缪种而已矣"，为正面评价《唐诗鼓吹》做好了铺垫，所以接下来说："嗟夫！唐人一代之诗，各有神髓，各有气候，今以初、盛、中、晚厘为界分，又从而判断之，曰：此为妙悟，彼为二乘；此为正宗，彼为羽翼，支离割剥，俾唐人之面目蒙幂于千载之上，而后人之心眼沉锢于千载之下，甚矣，诗之道穷也！荆公、遗山之选，未必足以尽唐诗。然是二公者，生于五、六百季之前，其神识种子皆未受今人之熏变者也。由二公之选，推而明之，唐人之神髓气候，历历具在，眼界廓如也，心灵豁如也。使唐人得洗发其面目，而后人得刮磨其障翳，三百年之痼疾几其霍然良已也，则以二公为先医可矣。"也是有褒有贬，其所贬者为严羽、高棅等人评诗、选诗之方，其所赞美者就是这部《唐诗鼓吹》，兼及王安石的《唐百家诗选》，认为此二书："由二公之选，推而明之，唐人之神髓气候，历历具在，眼界廓如也，心灵豁如也。"评价是相当高的。《四库全书总目提要》著录了此集，其言曰："《唐诗鼓吹》十卷（通行本），不著编辑者名氏。据赵孟頫《序》，称为金元好问所编，其门人中书左丞郝天挺所注，国朝常熟陆贻典题词。

则据《金史·隐逸传》，谓天挺乃好问之师，非其门人。又早衰厌科举，不复充赋，亦非中书左丞，颇以为疑。案：王士禛《池北偶谈》曰：金、元间有两郝天挺，一为元遗山之师，一为遗山弟子。考元史《郝经传》云，其先潞州人，徙泽州之陵川，祖天挺，字晋卿，元裕之尝从之学。裕之谓经曰，汝貌类祖，才器非常者是也。其一字继先，出于多罗别族，父哈赏巴图尔，元太宗世多著武功。天挺英爽刚直，有志略，受业于遗山元好问，累官河南行省平章事，追封冀国公，谥文定；为皇庆名臣，尝修《云南实录》五卷，又注《唐诗鼓吹集》十卷。近常熟刻《鼓吹集》，乃以为《隐逸传》之'晋卿'，而致疑于赵文敏之《序》，称尚书左丞，又于尚书左丞上妄加'金'字，误甚云云。然则贻典等所考，知其一而不知其二矣。是集所录皆唐人七言律诗，凡九十六家，共五百九十六首，作者各题其名，惟柳宗元、杜牧题其字，未喻何故。第四卷中宋邕诗十一首，天挺注以为实出曹唐集中，题作宋邕，当必有据。然第八卷中胡宿诗二十三首，今并见《文恭集》中，实为宋诗误入，则亦不免小有疏舛，顾其书与方回《瀛奎律髓》同出元初，而去取谨严，轨辙归一，大抵遒健宏敞，无宋末'江湖'、'四灵'琐碎寒俭之习，实出方书之上。天挺之注，虽颇简略，而但释出典，尚不涉于穿凿，亦不似明廖文炳等所解横生枝节，庸而至于妄也。据都卬《三余赘笔》，此书至大戊申江浙儒司刊本。旧有姚燧、武一昌二《序》，此本佚之。又载燧《序》，谓宋高宗尝纂唐、宋轶事为《幽闲鼓吹》，故好问本之。案：三都二京，五经鼓吹，其语见于《世说》，好问立名，当由于此。燧所解，不免附会其文也。"这是对《唐诗鼓吹》比较全面的考证和评价。首先考证本书的编撰者，然后介绍本书的编辑体例、规模，以及郝天挺之注中的问题，接下来通过与元方回的《瀛奎律髓》相比较，对此集的编选进行直接评价，认为"去取谨严，轨辙归一，大抵遒健宏敞"，"实出方书之上"。最后对此书版本进行考辨，态度比较公允。

清吴汝纶关于此集的论断也值得注意，其《评点唐诗鼓吹序》中首先考证编者，指出："《唐诗鼓吹》，元遗山所选。遗山友人曹之谦有《读唐诗鼓吹》七律一首。后人因《遗山集》中未尝言及此书，郝经所为《墓志》及《元史》本传亦皆不及，疑非遗山所选。杨升庵又以是书中阑入胡宿，决其非遗山之书。余考其卷首柳子厚诗中即杂有刘梦得《再授连州》之作，不仅胡武平杂入唐诗为可疑。但此等乃后人窜乱，非必元书本然。观郝天挺于诸诗人各立小传，独胡宿无有，知郝作注时尚无胡诗阑入也。遗山《题中州集后绝句》云：'陶谢风流到百家，半山老眼净无花。'此选大率亦以《百家》为蓝本，又所选诗多慷慨激昂、豪迈沉著之篇，与遗山所为诗同条共贯，以此推之，其为遗山所选，决非妄说。况有赵孟頫、武乙昌、姚端父诸人为序，岂得尽目为伪撰者哉？"认定为元好问编辑。又对书的体例、编次等情况做了说明："其诗初盖分类，大约柳子厚至韩致光五人为一类，王右丞至陆鲁望六人为一类，包佶至杜荀鹤十五人为一类，崔颢至罗邺十七人为一类，钱起至姚鹄七人为一类，杜牧之、高骈二人为一类，王初至吴子华五人为一类，李义山、温飞卿为一类，刘长卿至郑准七人为一类，章八元至李山甫五人为一类，武元衡至李远三人为一类，权德舆至卢弼三人为一类，独孤及、苏广文中附胡宿为一类，王建至司空图三人为一类，袁不约至胡曾为一类，王表至徐铉为一类，凡为类十有六。今不知其所以分类之故，以温、李考之，盖犹可窥见涯略。李颀与崔颢为类而不附于右丞，则识过李于鳞远矣。遗山《论诗绝句》以柳州为发源谢客，此选以柳为首，固无足怪。至刘梦得，则《论诗绝句》'刘郎亦是人间客'殆不甚推服，而此选以继柳后者，昔人论刘为豪放，其体为东坡七律所自出，固不得而轻议之也。汝纶记。"其中特别指出本书"识过李于鳞远矣"，其实是以此集与明李攀龙所编撰的《唐诗选》相比较，认为元好问在诗学上的见识远远超过李攀龙。

《瀛奎律髓》

[元] 方回编选

题 解

唐宋诗总集，元方回编选。方回（1227—1307），字万里，一字渊甫，又字先觉，号虚谷，别号紫阳山人，徽州歙县（今属安徽）人。宝庆三年丁亥（1227年）五月十一日生，宋理宗景定三年（1262年）中进士，初为甲科第一，后为贾似道排抑，置乙科首，提领池阳茶盐，调随州教授，累迁知严州。元军将至之际，方回力倡死守封疆之论，及元军至时，则判若两人，望风迎降，改授建德路总管兼府尹，并于至元十四年（1277年）赴燕京觐见元世祖。为人所不齿，不久罢官，寓居钱塘，与宋遗民往来。元成宗大德十一年（1307年）卒。除《瀛奎律髓》之外，主要有《桐江集》六十五卷传世。

本集兼选唐、宋二代之诗，分四十九类，所选之诗或为五言近体，或为七言近体，故名律髓。又取十八学士登瀛洲，五星聚奎之义，故名《瀛奎》。其《瀛奎律髓序》中说得明白："瀛者何？十八学士登瀛洲也。奎者何？五星聚奎也。律者何？五七言之近体也。髓者何？非得皮得骨之谓也。斯登也，斯聚也，而后八代五季之文弊革也。文之精者为诗，诗之精者为律。所选，诗格也；所注，诗话也。学者求之，髓由是可得也。方回者谁？家于歙，尝守睦，其字万里也。至元癸未良月旦日，紫阳虚谷居士方回撰。"本集主旨是倡导"一祖三宗"之说。一祖者，杜甫；三宗者，黄庭坚、陈师道、陈与义。极力排斥"西昆派"。如其卷十六《节序类》陈简斋《道中寒食二首》批语中便明显反映出此种倾向："简斋诗即老杜诗也。予平生持所见：以老杜为祖，老杜同时诸人皆可伯仲。宋以后山谷一也，后山二也，简斋为三，吕居仁为四，曾茶山为五，其他与茶山伯仲亦有之，此诗之正派也。余皆傍支别流，得斯文之一体者也。"此外如卷二十六《变体类》陈简斋《清明》注中又说："呜呼古今诗人当以老杜、山谷、后山、简斋四家为一祖三宗，余可预配飨者有数焉。"其他如卷二十七《着题类》贾岛《病蝉》批道："贾浪仙诗得老杜之瘦而用意苦矣。蝉有何病？殆偶见之，托物寄情，喻寒士之不遇也。"卷四十七《释梵类》杜工部《涪城县香积寺官阁》又批道："老杜七言律，晚唐人无之。凡学诗，五言律可晚唐，只如七言律，不可不老杜也。"总之其尊杜已经到了无以复加的地步。

清人纪昀撰《瀛奎律髓刊误》一书，在序文中对方回此书提出批评，第一，批评其选诗有三弊：一是矫语古淡，二是标题句眼，三是好尚生新。第二，批评其论诗也有三弊：一是党援，二是攀附，三是矫激。虽然有片面之处，但是有的也是合乎实际的。

本书的版本主要有元刻本、明初刻本、明嘉靖间坊刊巾箱本、清康熙吴氏刊本、康熙四十九年陈士泰刊本、吴门吴之振刊本、苏州陈士泰刊本等。新近有上海古籍出版社2005年李庆甲集评校点本。

《批评唐百家诗选》

[元] 仇远撰

题 解

唐诗总集,元仇远撰。仇远,字仁近,号山村,钱塘(今浙江省杭州市)人。咸淳年间以诗名与白珽并称于吴下,人称"仇白"。曾任溧阳儒学教授。当时与赵孟頫、戴表元、方凤、黄洪、方回、吾邱衍、鲜于枢等诸名家交游,结为诗友,互相唱和。此书是在王安石《唐百家诗选》基础上进行评点,对王书的传播有一定贡献。王士禛《带经堂诗话》卷六也谈到仇远:"仇号山村,南宋遗老,有诗名,格调靡靡,远在赵子昂之下,《闺妃园池》《春日田园杂兴》《石屋洞》数首,差可观。"方凤在《仇仁近诗序》中说:"仇远作诗,近体学唐人,古体效法《文选》。"仇远本人在《读陈去非集》后题跋中说:"近世习唐诗者以不用事为第一格,少陵无一字无来处,众人固不识也。若不用事,云者正以文不读书之过耳。"从中可以看出他在诗歌创作上的宗唐倾向,同时也表明他对当时诗歌创作的弊端有比较清楚的认识。不过,也有人不同意仇远的观点,认为诗歌创作应该以自然之美为上,如风行水上的自然之致。但是,瞿佑则对仇远的观点做了客观的评价:"山村手书《唐律三十八首》以赠,皆其自作也。且又题识岁月于后,谓:'近世习唐诗者,以不用事为第一格,少陵无一字无来处,众人固不识也。若不用事云者,正以文不读书之过耳。'其言似有所激,然亦切中寡学而辄谈比兴之病。"(瞿佑《〈律诗三十八首〉跋》)"切中寡学而辄谈比兴之病"确实说到点子上了。

此书清黄虞稷的《千顷堂书目》中有著录,可惜现已不存。

《唐诗选》

[元] 黄玠撰

题 解

唐诗总集，元黄玠撰。黄玠，一作王玠，字伯成，定海人。《新元史》载曰："黄玠，字伯成，定海人，幼励志操卜，筑弁山，号'弁山小隐'。工诗。有《知非稿》《唐诗选》《纂韵录》行世。"（《新元史》卷二百三十八《黄玠传》）其行年大致与赵孟頫、迺贤等为同时。但是其《卞山集》《知非稿》《唐诗选》《纂韵录》等书，今世皆不得见。现在存于世者，有《弁山小隐吟录》，仅有二卷，一般认为是此书之半。此外尚有数十首绝句、律诗，散见于《玉山名胜集》等书籍之中。《四库全书总目提要》中有云："其诗不为近体，视宋末江湖诸人惟从事五七言律者，志趣殊高。中多劝戒之词，其上者有元结遗意，次者亦近乎白居易。虽宏阔深厚不能及二人，要于俗音嘈囋之中读之如听古钟磬矣。"把他的诗同南宋江湖诗派进行比较，认为其志趣高过江湖派诸人："其上者有元结遗意，次者亦近乎白居易。"说明其诗有中唐风概。

《马莹选唐五百家诗》

[元] 马莹撰

题 解

唐诗总集，元马莹撰。马莹字仲珍，建德（今浙江省建德市）人，少颖悟，精研经史，旁及诸子百家，靡不淹贯，延祐设科，马莹再举进士，不第，卒。柳贯《马仲珍墓志铭》明确记载他"生至元庚辰，卒元统甲戌，得年五十五"。他善为诗，其特点是"措意遣辞，初犹稍尚葩泽，晚更脱略边幅，直窥徽妙"（《新元史》卷二百三十七），有《岁迁集》四十卷，文集十二卷。并且有师古倾向："尝仿汉魏乐府辞，唐柳柳州新体，制《皇元铙歌鼓吹曲》十有二章，将橐之走京师，冀尘乙夜之览，而未及脱稿。又尝手选《唐五百家诗》五卷，《宋南渡诸家诗》一卷，别有《讲义》《读书记》各二卷，藏于家。"（柳贯《马仲珍墓志铭》）

由以上材料可知，本集为五卷本，选入唐代五百家诗人的诗作。但是因为此书版本稀少，笔者无缘得见，所以详情不得而知。

《选唐诗》

［元］方道叡撰

题 解

唐诗总集，元方道叡撰。道叡字以愚，宋兵部侍郎方逢辰曾孙，其祖上为淳安（今浙江省淳安县）人，他本人《思台文集序》一文中说："吾郡山水闻天下，以严名州，子陵高节故也。"道叡为元至顺元年（1330年）进士。历官翰林院编修、嘉兴推官、杭州判官，史载他审讯之时，脱掉囚犯桎梏，又给饮食，言语温和。任杭州判官后，因病居家。元之初，朝廷曾两次征召，他拒而不出。在世时，他还有《春秋集释》《愚泉诗稿》《文说》《诗说》等书稿。

《淳安县志》载方道叡"《选唐诗》一卷"，但是没有其他说明，现今也没有见到此书，所以难知其梗概。明人晁东吴也有《选唐诗》一卷，书名、卷数与此书同。明凌迪知《万姓统谱》卷三十"晁东吴"条载曰："晁东吴，字叔泰，翰林检讨瑮次子也。幼负奇，弱冠登进士，选翰林庶吉士，读中秘书，操觚翰，雅道秦汉语，耻与俗轨轩轾。尤善摹古书法，每自心得，偶临作赵松雪书，以散置卷中，明者莫能辨也。在馆中相劘切，必曰强学慎行，宰相以下，折节与交，比之黄叔度云，咸以为卿辅不足为，而得年二十三，当甲寅上书，移疾归，遂以其年冬困笃。父瑮手录其遗文，总四卷，墨迹一卷，名之曰《识痛录》。"晁贻端于清代道光十年刻《晁氏丛书》，其中第一册载有《晁氏丛书总目》，里面载晁东吴的著作有："《诗文集总》四卷、《墨迹》一卷、《选唐诗》一卷、《选本朝名公》一卷、《选乐府小令》一卷。"目前，因为有关这两部书的材料不足，尚无法说明二者之间的关系。

《唐人五言排律选》

[元] 李存编选

题 解

唐诗总集，元李存编选。有清康熙刻本。李存（1281—1354），字明远，一字仲公，安仁（今江西省余干县）人，年少之时便博及群书，好为文章。但是在师从上饶陈苑之后，陈向他传授陆九渊之学，于是尽焚自己此前所著之书，为元代"江东四先生"中名气最大的一位。因为家境贫寒，科举与仕途都不利。延祐初，他一试不第，于是便毕生隐居，潜心学术，以课徒为业。其论学、论文皆本陆氏之旨。故其论学以省察本心为主，而论文则谓唐、虞所有之言，三代可以不言；三代所有之言，汉、唐可以不言。未有六经，此理无隐。前古圣贤，直形容之而已。其《居敬斋铭》中有云："我本敬，何庸居；客他乡，欲所驱。苟知非，问归途。日日行，勿斯须。久则安，圣丘夫。视吾斋，扁不虚。果能然，孔之徒。"清四库馆臣称他"诗文皆平正醇雅，不露圭角，粹然有儒者之意"。

此选本长期以来没有得到足够的重视，其实，它在唐代诗学史上有特殊的意义。提起唐诗选本，特别是谈到唐诗的分期问题，人们一般都会提到明人高棅的《唐诗品汇》，把它看作唐诗学的一部标志性选本，并且对高棅的唐诗"四分"法和"九品"评诗法倍加推崇。然而，元人李存的这部《唐人五言排律选》早已经按照时间顺序选辑唐代的近体五言排律，而且是明确地按照初唐、盛唐、中唐、晚唐的先后顺序选诗。所以，本集在唐诗分期问题上的"四分法"比明代高棅的"四唐说"要早，可以说高氏的划分方法是借鉴了这部唐诗选本的。

此书国家图书馆和苏州图书馆皆有存本。

《唐音》

[元] 杨士弘编选

题　解

唐诗总集，元杨士弘编选。士弘，字伯谦，襄城（今河南省境内）人，《新元史》卷二百三十八说他"好古学，尝选唐诗一千三百四十首，分为始音、正音、遗响，总名曰《唐音》。其自著有《鉴池春草集》。与江西万白、河南辛敬、江南周贞、郑大同，皆以诗雄，名声相埒"。本书的编撰由乙亥（1335年）至甲申（1344年），积十年之力而成，去取颇为不苟。相对于其他选本，此集体系比较完整，结构安排比较合理，对各个时期唐诗都有一个总的看法和论述，总体上对盛唐比较重视，不同于《河岳英灵集》以及以后很多选本重中、晚唐而轻视盛唐的现象。其基本结构是：《始音》一卷，《正音》六卷，《遗响》七卷，而士弘《自序》称十五卷，因为《遗响》有一子卷。其《始音》只录王、杨、卢、骆四家；《正音》则以诗体划分，并以初唐、盛唐为一类，中唐为一类，晚唐为一类；《遗响》则诸家之作都在，而附以僧诗、女子诗。此集的创新之处主要是两个方面：一是把唐诗分为三期，即初盛唐、中唐、晚唐。这是唐诗学史上"三唐说"的开始；二是把六韵以上的律诗定名为排律，这也是杨士弘创始。

关于编辑此集的原由，其《自序》中有所说明，一方面从诸家唐诗选本说起："余自幼喜读唐诗，每慨叹不得诸君子之全诗。及观诸家选本，载盛唐诗者，独《河岳英灵集》，然详于五言，略于七言，至于律绝，仅存一二。《极玄》姚合所选，止五言律百篇，除王维、祖咏，亦皆中唐人诗。至如《中兴间气》《又玄》《才调》等集，虽皆唐人所选，然亦多主于晚唐矣。王介甫《百家选唐》，除高、岑、王、孟数家之外，亦皆晚唐人诗。《吹万》以世次为编，于名家颇无遗漏，其所录之诗则又驳杂简略。他如洪容斋、曾苍山、赵紫芝、周伯弼、陈德新诸选，非惟所择不精，大抵多略于盛唐，而详于晚唐也。"简而言之，就是认为此前的唐诗选本都不完善，都存在这样或者那样的缺陷，所以他要编撰一部唐"诸君子之全诗"，力求全面、完备。另一方面是从诗歌的功能上切入："嗟夫！诗之为道，非惟吟咏情性，流通精神而已。其所以奏之郊庙，歌之燕射，求之音律，知其世道，岂偶然也哉！观是编者，幸恕其僭妄，详其所用心，则自见矣。至正四年八月朔日，襄城杨士弘谨志。"其实，其"用心"就是要通过选诗，来考察世道人情，为政治教化服务。然而本集虽然极力推尊李白、杜甫，指出："夫诗莫盛于唐。李、杜文章冠绝万世，后之言诗者，皆知李、杜之为宗也。至如子美所尊许者，则杨、王、卢、骆；所推重者，则薛少保、贺知章；所赞咏者，则孟浩然、王摩诘；所友善者，则高适、岑参；所称道者，则王季友。若太白登黄鹤楼，独推崔颢为杰作；游郎官湖，复叹张谓之逸兴；拟古之诗，则仿佛乎陈伯玉。古之人不独自专其美，相与发明斯道者如是，故其言皆足以没世不忘也。"但是，在选诗的时候，李白、杜甫、韩愈三家，都没有入选。杨氏自己在《凡例》中特别做了说明，认为这三家世上多有全集，所以不录。对于本书的编辑过程及其体例规模等，《自序》中也做了说明："后客章贡，得刘爱山家诸刻初、盛唐诗，手自抄录，日夕涵泳。于是审其音律之正变，而择其精粹，分为'始音'、'正音'、'遗响'，总名曰《唐音》，九（凡）十五卷，共诗一千三百四十一首。始于乙亥，成于甲申。"大体说来规模较大，用时较长，体例比较完整，是一部精心结撰之书。

从历史上看，人们对于此书褒贬不一。批评者如王士禛："杨仲宏《唐音》，品第略具而又多纰漏，不及高氏《品汇》之详审。"（王士禛《带经堂诗话》卷四）认为纰漏多，不如高棅的《唐诗品汇》。赞美者如虞集："昔之选唐诗者非一家，若伯谦之辩识，度越常情远哉！"（虞集《唐音原序》）再如李东阳也是大加赞美："选诗诚难，必识足以兼诸家者，乃能选诸家；识足以兼一代者，乃能选一代。一代不数人，一人不数篇，而欲以一人选之，不亦难乎？选唐诗者，惟杨士弘《唐音》为庶几？"（李东阳《怀麓堂诗话》）比较公允的是胡应麟，他说："唐至宋、元，选诗殆数十家……数百余年未有得要领者。独杨伯谦《唐音》颇具只眼。然遗杜、李，详晚唐，尚未尽善。"（胡应麟《诗薮·外编》卷四）一方面肯定其成就，另一方面也指出其不足，总体评价比较客观。

此书祖本为元至正四年刊本，只有选诗，没有注释、批点，各家著录俱为十四卷。现存元刊本有中国社会科学院文学研究所藏元至正四年（1344年）甲申尚白斋刊刻本，仅有七卷，其中《唐诗始音》一卷，《唐诗正音》六卷；北京师范大学藏元至正四年（1344年）《唐诗始音》；台湾"中央研究院历史语言研究所"藏有元刊本《唐音》十卷（十二册）。明刻版本明显增多。如明初刻本《唐音》十一卷，于国家图书馆藏；明初魏氏仁实堂《唐音》十卷刻本，图家图书馆藏；明洪武二十二年（1389年）建安博文堂刻本《唐音》十四卷本；明正统七年（1442年）道立书堂刻本《唐音》十一卷本，只存五卷，国家图书馆藏；明成化二十三年（1487年）蹯溪书堂《唐音》十卷刻本，上海图书馆藏；明嘉靖元年（1522年）金台汪谅《唐音》十四卷本；明刻重修蓝印本《唐音》十卷；《唐音》二十二卷本等。辑注本也有多个版本，如明张震十四卷辑注本、清南海孔广陶岳雪楼《唐音辑注》十四卷钞本，中山大学藏；朝鲜刻本《唐音辑注》十四卷，辽宁省图书馆藏。批点本也有若干种，最早的批点本是明嘉靖二十年（1541年）洛阳温氏刻《唐音》十五卷本，其他如明嘉靖四十年（1561年）顾履祥刻四十四年（1564年）李蓘补校本（中国社会科学院文学研究所、南京图书馆皆有藏本）、明刻朱墨套印本《批点唐音》十五卷（国家图书馆藏）、明崇祯三年（1630年）吴钺西爽堂刻本（吉林大学图书馆、台湾国家图书馆皆有藏本）、沔阳卢氏慎始基斋湖北先正遗书本（国家图书馆、中山大学图书馆皆有藏本）、日本亨和三年（1803年）学问所刻本等，现在比较通行的《唐音》版本是明人顾璘批点的本子。

《增注唐贤绝句三体诗法》

[宋] 周弼选，[元] 裴庾增注

题　解

唐代诗歌总集，所谓三体者，指的是七言绝句、七言律、五言律三种近体诗，此本是由元人裴庾在宋周弼原选、元释圆至所注的本子上增注而成。裴庾，字云山，大约生活于元末，其生平事迹不详。关于编选本集的目的及其过程和体例等，裴庾在序中说得清楚："诗自《三百篇》以还，至唐而声律大启。今人作诗，以唐为法。唐诗盖数百家，虽不尽预四库之目，先贤犹虑其繁，欲便后学，乃选为《三体》《四体》《极玄》《又玄》《众妙》《二妙》《英灵》《间气》等集。然其用事原委多有未达，因博采简册所载，参以平昔见闻，训释成编，谂诸同志，咸俾入梓以助启蒙。余尚惧疏舛。或曰朱文公注《楚辞》未免缺疑，李侍读注《文选》亦或相近之谬，况其余者乎？博洽君子庶几补而正之云。"其因是此前唐诗选本过于烦琐，又"用事原委多有未达"，即注释不够清楚，所以要重新编撰。"欲便后学"和"以助启蒙"是编辑此集的宗旨。

此书易见者为明代翻元刻本，日本早稻田大学收藏此本，总共三卷，每卷一册，第一卷为"绝句体"，第二卷为"七言体"，第三卷为"五言体"。此本收诗数与元刊二十一卷本相同，比元刊二十卷本多五律"前虚后实"二十五首，此外又多五律"咏物"八首。京都大学图书馆藏《增注唐贤绝句三体诗法》也是三卷本，宋周弼选编，元释圆至注，与此本当属一脉。此外，中国本土"绛云楼藏"明初刊本也存于世，为线装本，一册，纸本。

关于此书版本问题，陈斐在《〈三体唐诗〉版本考》（齐鲁学刊2010年第2期总第215期）中指出《诸家集注唐诗三体家法》和《增注唐贤绝句三体诗法》"元以后在我国失传，但在日本有翻刻。由翻刻本可知：集注本以裴庾注为主，加进若干圆至注而成，以五律，七律，七绝的顺序编排，凡三卷。增注本以圆至注为主，选出一些裴庾注作为增注，以七绝，七律，五律的顺序编排，亦三卷"。并且进一考证了《增注唐贤绝句三体诗法》的流传情况："增注本是《三体唐诗》在日本最通行的版本。今存日本最早的翻刻全本为明应甲寅（1494）刻本，东洋文库等有藏。笔者所见为早稻田大学藏本。正文界十行二十二字（小字双行同），左右双边。黑口，版心有三条鱼尾。卷首为至大二年裴庾序（无标题），次方回序，次《唐三体诗注纲目》，次《唐分十道之图》等图，次裴庾《求名公校正咨目》，次《诸家集注唐诗三体家法诸例》，次《唐世袭纪年》，次《三体集一百六十七人》（小传）。卷端题'高安释圆至天隐注''东嘉斐（裴）庾季昌增注'等。裴庾注在圆至注后，以阴文'增注'开头。裴庾序后镌一香炉形牌记'季昌（裴庾字）'和一阳文方印'芸山（裴庾号）'。《咨目》《诸例》提到'圣主''天子''皇朝'等字眼时，另起一行顶格排版。这种版式，显然是沿袭元刻本而来。"应该说，这对我们了解《增注唐贤绝句三体诗法》是非常有帮助的。

《唐音缉释》

[元] 杨士弘编选，颜润卿缉释

题　解

　　唐诗总集，元杨士弘编选，元颜润卿缉释。润卿为丹阳（今江苏省丹阳市）人，缉释《唐音》始于1348年，至1353年完成。明宋讷介绍其为人说："幼勤学，老益嗜学。穷经以探圣心，玩史以验时变，义理精彻，古今得失，咸该贯而发挥于后也。有见闻，每论著其说，以成一家之言。箧而藏之，来求者不隐。"（宋讷《唐音缉释序》）又介绍了颜润卿缉释《唐音》一书的成书时间及其做法："至正戊子始见《唐音》取而读之。喜其诸体备，足为学式，恒观不厌，乃考事与景，缉而编之，乃六载而稿始脱焉。盖使观者知某事出某代，某景在某地也。其引经援史，据传摭记，训解注释，略无遗阙。间有正其误、辨其疑者。厚哉，先生之存心也。深有功于唐人之诗，又有补于《唐音》之选也。"（宋讷《唐音缉释序》）要点是"引经援史，据传摭记，训解注释，略无遗阙。间有正其误、辨其疑"，确实下了很大功夫，为人们理解《唐音》提供了极大的方便。

　　明宋讷作《唐音缉释序》的时间为"至正甲午夏六月"，元至正甲午为公元1354年，据此可知颜润卿的《唐音缉释》在元代已完成，但是版本情况不得而知。明曹安在《谰言长语》中说："旧有《唐音辑释》，丹阳颜润卿注，宋祭酒讷为序。"既然他说"旧有《唐音辑释》，丹阳颜润卿注"，说明他见过此书，也从侧面证实此书在明代依然流传。但是到了清代，未见关于此书流传的记载，《四库全书总目提要》中也只是说："选唐诗者，惟杨士宏《唐音》为庶几云云……曹安《谰言长语》称，旧有丹阳颜润卿注，今未见其本，此本题张震辑注。"以后此书情况如何，目前还不清楚。

《古诗选唐》

[元] 林与直编选

题　解

　　唐诗总集，元林与直编选。与直字敬伯，平阳（今浙江省温州市）人，《赤岸祠堂宗谱》中记载其家族迁徙情况："林仲觉，字绍贤，宋淳熙八年（1181）武进士，历官饶州知州，河运石门宰，北部员外郎，礼部郎中。配鲍氏，生二子：林瞻龙（宋嘉定十三年文进士）、林俨夫（宋道州学者，生子：林渌翁，字太玉，元建宁教授，建德推官，生子：林元彬，字文卿，号梅轩，性至孝，隐居不仕，生子：林世光，字彦晖，未仕，生子：林与直，字敬伯，明太祖洪武中以岁贡生入国监，出授蒙阴县主簿）。从苏湖迁平阳县城岭门为肇基始祖。"（《赤岸祠堂宗谱》五）由此可知林与直是元末明初人，曾为蒙阴县主簿。其生平事迹在贝琼《来德堂记》中记载更为具体："与直之少也，其父彦晖出游吴越，故常依之以居，而朝夕有戒，出入有节。既长，从师讲学，通《春秋》大经。洪武八年，至京师补国子生，遂升上舍，皆文卿之教也。"（贝琼《来德堂记》）说明林与直主要是在祖父的教导之下成才的。此书共六卷，总共选诗七百零六首，按照时代的先后顺序排列，因为集中所选之唐诗无论五言还是七言都是古体，所以名为《古诗选唐》。

　　林与直在诗学上主张复古，他曾这样评价古诗与唐代近体诗："窃闻诗缘情而作者也。其部则有风、雅、颂，其义则有赋、比、兴，其言或三、或四、或五、或六、或七，其篇或长或短，初曷尝拘拘于其间哉，又曷尝曰我为风、为雅、为颂也。因事而作，出于国人者则曰风，出于朝廷者则曰雅，用之宗庙郊社者则曰颂。又曷尝曰我为赋、为比、为兴也。成章之后，直陈其事则曰赋，取彼譬此则曰比，托物起意则曰兴，如斯而已矣。奈何律诗出而声律、对偶、章句拘拘之甚也。诗之所以为诗者，至是尽废矣。故后世之诗不失古意惟有古诗，而今于唐诗亦惟选古。律以下则置之。而况唐之诗近古而尤浑噩，莫若李太白、杜子美。至于韩退之，虽材高欲自成家，然其吐辞暗与古合者，可胜道哉。"不仅充分肯定"诗缘情"的传统诗学观念，而且特别推崇以《诗经》为代表的古诗，尤其肯定其或长、或短，伸缩自由的特点，而对律诗则大加否定，认为"奈何律诗出而声律、对偶、章句拘拘之甚也。诗之所以为诗者，至是尽废矣"。所以他编选此集则专选古诗，直接批评元人杨士弘编撰《唐音》一书之时不选古体诗："《唐音》乃皆不之录，今则不敢不录焉。"所以，此集的选诗标准十分清楚，就是以"古"为标准："今于唐诗亦惟选古，律以下则置之。"明苏伯衡在《古诗选唐序》中也说此书"非有风雅骚些之遗韵者不取也"。

本集现今此书已佚。

四、明代唐诗选本题解

《唐人绝句精华》

［明］宋棠撰

题　解

唐诗总集，明宋棠撰。共十卷，但是今不见。《余姚志》卷三十五《经籍·总集》云："《唐人绝句精华》，明宋棠编次。"《绍兴府志》卷七十八《经籍志·诗·总集类》载曰："《唐人绝句精华》十卷，宋棠编次。"宋棠，字思贤，为忠嘉公宋师禹的后代。《嘉靖余姚志》记载他"明《易》学，魁士名人多从棠讲说，益讨论不休，博洽精识，议论超越，元举为新城簿，不赴"。明洪武初年，宋棠以明经召备顾问，不久因病回归，于是自号退翁。《唐人绝句精华》行世，而且还有文集。

《唐诗通考》

［明］徐舫撰

题　解

唐诗总集，明徐舫撰。舫，字方舟，桐庐（今浙江省桐庐县）人。幼年轻侠，好击剑、走马、蹴踘。既而悔之，习科举业。后来又弃去，学为歌诗。又游四方，交其名士，诗益工。无意仕途，行省参政苏天爵将荐之，徐舫笑道："吾诗人耳，可羁以章绶哉。"(《明史》卷二百九十八) 避而不就。筑室江皋，日苦吟于云烟出没间，翛然若与世隔，因自号沧江散人。至正丙午 (1366年) 正月九日以疾卒，年六十八。此书之外，还有《瑶林》《沧江》二集藏于家。《两浙古今著作考》一书中说他："舫博学能文，尤工于诗。少与青田刘基游。"明宋濂《故诗人徐方舟墓志铭》中记载他："睦多诗人，唐有皇甫湜、方干、徐凝、李频、施肩吾，宋有高师鲁、滕元秀，世号为睦州诗派，方舟悉取而讽咏之。"

本书无缘得见，其版本情况不得其详。

《唐律诗选》

[明] 王行撰

题 解

唐诗总集，明王行撰。行字止仲，吴县 (今江苏省苏州市) 人，号半轩，更号楮园，自称淡如居士。洪武初年，郡庠延为经师。王行多才多艺，书法学二王，造诣不浅；画善泼墨成山水，当时人称他为"王泼墨"。此外，他又精通兵法，所以明朝大将蓝玉曾将他荐于朝廷，但以其阔于事，不能用。后来大将蓝玉被诛，王行也被株连处死。

本书专门选集唐人近体律诗，版本稀少，笔者未曾见到，详情不得而知。

《唐诗评》

[明] 王经撰

题　解

　　唐诗总集，明王经撰。经，字孟远，金溪（今江西省金溪县）人。平日治学刻苦，以期深造，夜读经常达旦。曾因为城市喧嚣，在梧山云林建置别墅，境旷神清，文益沛然，有不可遏之势。后被召为陇西知县。但是行至泗州便去世，年仅四十七岁。《抚州府志》载王经撰有《金溪县志》《唐诗评》《诗文杂著》若干卷，但是没有详细说明。现在，由于没有见到《唐诗评》原书，所以其版本、编撰体例等情况尚不清楚。

《唐诗类编》

[明] 周叙撰

题　解

　　唐诗总集，是明代早期唐诗选本，明周叙撰。叙，字功叙，吉水（今江西省吉水县）人，汉末东吴偏将军周瑜三十八世裔孙，曾祖以立曾为元时翰林编修，父岐凤为明初国子监博士。周叙为周岐凤之次子，年少之时便聪明过人，11岁便能吟咏，永乐十二年（1414年）中乡试，为第11名举人；十六年参加会试，为第二名；殿试二甲第一名进士。曾官翰林院编修官、修撰、侍读、侍讲学士，执掌南京翰林院事，居禁近二十余年，于景泰三年（1452年）壬申三月二十日辞世，终年六十岁。其著述有《诗学梯航》《唐诗类编》，两书今皆不传，但其

《石溪集》传世。

《唐诗品汇》

[明] 高棅编选

题　解

唐诗总集，明高棅编选。高棅，字彦恢，后又更名廷礼，别号漫士，长乐（今福建省长乐市）人，为"闽中十才子"之一。永乐之初，他以布衣召入翰林为待诏，迁典籍。本书的编选，起于明洪武甲子（1384年），完成于洪武癸酉（1393年）。《正集》和《拾遗》合起来共六千多首诗，诗人六百八十多家，分体编排，每卷的卷首都有诗人小传。其中《正集》共九十卷，选入六百二十位诗人，诗五千七百多首；《拾遗》部分共十卷，增补诗人六十一家，诗九百余首。其中五古共计二十四卷，七古共计十三卷（附长短句），五绝共计八卷（附六言绝句），七绝共计十卷，五律共计十五卷，五言排律共计十一卷，七律共计九卷（附七言排律）。书中每种诗体之前都有一个《叙目》，可以看作是这一诗体的总论，主要是考镜源流，揭示流变轨迹。

高棅把唐代诗歌划分为初、盛、中、晚四个时期，把唐人诗作列为正始、正宗、大家、名家、羽翼、接武、正变、余响、旁流等九品，在诗学思想上，继承宋人严羽的诗学观念，极力推崇盛唐，不仅是明初诗歌复古的里程碑，而且在中国诗歌史上产生了深远的影响。此书之外，高棅还有《唐诗正声》《啸台集》《木天清气集》等著述传世。

本书的版本以明刊本为多，主要有明成化十三年（1477年）陈炜刻本、明弘治六年（1493年）张总刻本（浙江省图书馆、四川省图书馆藏有此本）、嘉靖十七年（1538年）康河重修本（清丁丙跋，现藏于南京图书馆）、明嘉靖十六年（1537年）姚芹泉刻本（上海图书馆、吉林省图书馆有藏本）、明嘉靖十六年（1537年）姚芹泉刻本清董文焕批校本（其中卷七十一至七十五配清抄本，现藏于山西图书馆）、明嘉靖十八年（1539年）牛斗刻本、明嘉靖年间（1522—

1566）刻本、明屠隆刻本、明万历三十三年（1605年）陆允中刻本、明刻汪宗尼校订本、明末张恂刻本、明崇祯十六年刻本。1982年上海古籍出版社据汪宗尼本影印版，此版为目前比较通行的版本。

《唐诗拾遗》

[明] 高棅编选

题 解

　　唐诗总集，明代高棅编选。在《唐诗品汇》一书整体问世的同时，其十卷本的《唐诗拾遗》也以单行本的方式行于世。本书完成编撰的时间是洪武三十一年（1398年），高棅在《唐诗品汇》已经完成部分的基础之上，又搜补作者61人，诗作954首，为《唐诗拾遗》十卷。从洪武十七年（1384年）一直编到了洪武三十一年，前后总共用了十五年的时间才最终完成。《自怡悦斋藏书目录》载曰："《唐诗拾遗》十卷，十册，明洪武刻本。"《培林堂书目·集部》亦载："《唐诗拾遗》十卷，高棅，二册。"本集体例与《唐诗品汇》相同：其卷一、卷二是五言古诗，总共收入诗歌一百五十二首；其卷三是七言古诗，收诗五十一首；其卷四为五七言近体绝句，其中五言绝句七十一首，七言绝句一百零四首；其卷五至卷七是五言律诗，收入唐人诗作三百四十五首；其卷八、卷九为五言排律，收入诗歌一百二十五首；卷十是七言律诗，收入诗歌一百零五首。总计全书收入诗人六十一家，诗九百五十三首，规模也比较可观。高棅本人在《唐诗拾遗序》中说："初采众作，裒为一集曰《唐诗品汇》，凡得唐诸家六百二十人，共诗五千七百六十九首，分为九十卷，自洪武甲子迄于癸酉方脱稿，其用心亦勤矣。切虑见知之所不及，选择之所忽怠，犹有以没古人之善者。于是再取诸书，深加捃括，或旧未闻而新得，或前见置而后录，掇其漏，搜其逸，又自癸酉迄戊寅，是编始就，复增作者姓氏六十有一，诗九百五十四首，为十卷，题曰《唐诗拾遗》，附于《品汇》之后，足为百卷，以成集，或曰唐诗于此尽矣。"

　　据文献记载本书有明洪武刻本，如《自怡悦斋藏书目录》载曰："《唐诗拾遗》十卷，十册，明洪武刻本。"但是现在所见的版本最早是明宪宗成化十三年（1477年），闽县人陈炜任江西按察使时所刻本，今上海图书馆有藏本。此本之后又有汪宗尼、汪季舒、陆允中、张恂等校订本。1982年上海古籍出版社据上海辞书出版社图书馆藏明汪宗尼校订本影印出版。

《唐诗正声》

[明] 高棅编选

题　解

唐代诗歌总集，明高棅编选。本书是在《唐诗品汇》的基础上，再经精挑细选而成的，评论、注释，都是沿续《唐诗品汇》。书中特别突出李白与杜甫，共选入唐诗人一百四十余人，诗九百二十九首。其中杜甫诗三十八首，李白诗三十五首。当然，此书也引起不少争议，支持和批评的人都不少。本书是高棅任职于翰林、并且是去世前不久编成的一部唐诗选本。明人黄镐在《唐诗正声序》中说得比较清楚："吾闽先辈翰林典籍高廷礼先生，才思超迈，雅好唐诗，留心二十余年，广搜博采，遂得众体具备，而无弃璧遗珠之叹。于是分编定目，以初唐为正始，盛唐为正宗、大家、名家、羽翼，中唐为接武，晚唐为正变，异人为傍流，总为《唐诗品汇》。而又虑其编目浩繁，得其门者或寡，复穷精阐微，超神入化，采取唐人所作，得声律纯正者凡九百二十九首，分为二十二卷。名曰《唐诗正声》。编成先生没。"从中可知，此书编成不久，高棅就去世了。此书编撰的主要动机在于：高棅先前编成的《唐诗品汇》编目浩繁，使用起来很不方便，所以高棅又进行更为精细的筛选，得声律纯正者凡九百二十九首，为二十二卷，名曰《唐诗正声》。从某种程度上来说，《唐诗正声》是《唐诗品汇》的缩编本或精华本。

本书初刊于正统七年（1442年）；成化十七年（1481年），黄镐从彭伯晖后人家里得到《正声》旧版，补全后重新刊行；嘉靖三年，吴人华生于胡缵宗处见到该本，又重新刊刻；嘉靖二十四年，武昌守何城又就此本重刻。明嘉靖年间，此书有了批点本，突出的是桂天祥的《批点唐诗正声》。此书现在常见的刻本主要有正统、成化间书林种德堂熊冲宇刻本、嘉靖三十三年韩诗刻本、隆庆前后明吴氏西爽堂刻本、万历七年计谦亨刻本（桂天祥批点）、明万世德刻本（郭濬评点）、明天启六年郭濬刻本（唐汝询辑）等。

《增广唐诗鼓吹续编》

[明] 朱栴撰

题　解

唐诗总集，明朱栴撰。朱栴为明太祖朱元璋第十六子，封庆王，卒谥靖（《明史》卷一百十七）。史籍载庆王"天性英敏，问学博洽，长于诗文""好古博雅，学问宏深，长于诗文和书法"，著述比较丰富。其诗主要以《西夏八景图诗》最为著名，八首诗皆为七言律诗。其一为《贺兰晴雪》：嵯峨高耸镇西陲，势压群山培嵝随。积雪日烘岩冗莹，晓云晴驻岫峰奇。乔松风偃蟠龙曲，怪石冰消卧虎危。屹若金城天设险，雄藩万载壮邦畿。其二为《汉渠春涨》：神河浩浩来天际，别络分流号汉渠。万顷腴田凭灌溉，千家禾黍足耕锄。三春雪水桃花泛，二月和风柳眼舒。追忆前人疏凿后，于今利泽福吾居。其三为《月湖夕照》：万顷清波映夕阳，晚风时骤漾晴光。暝烟低接渔村近，远水高连碧汉长。两两忘机鸥戏浴，双双照水鹭游翔。北来南客添乡思，仿佛江南水国乡。其四为《黄沙古渡》：黄沙漠漠浩无垠，古渡年来客问津。万里边夷朝帝阙，一方冠盖接咸秦。风生滩渚波光渺，雨打汀洲草色新。西望河源天际阔，浊流滚滚自昆仑。其五为《灵武秋风》：翠辇曾经此地过，时移世变奈愁何。秋风古道闻笳鼓，落日荒郊牧马驼。远近军屯连戍垒，模糊碑刻绕烟萝。兴亡千古只如此，何必登临感慨多。其六为《黑水故城》：日落荒郊蔓草黄，遗城犹在对残阳。秋风百雉薜苔碧，夜月重关玉露凉。枯木有巢栖野雀，断碑留篆卧颓墙。绕城黑水西流去，不管兴亡事短长。其七为《官桥柳色》：桥北桥南千百树，绿烟金穗映清流。青闺娟眼窥人过，翠染柔丝带雨稠。没幸章台成别恨，有情灞岸管离愁。塞垣多少思归客，留着长条赠远游。其八为《梵刹钟声》：觚棱殿宇耸晴空，香火精严祀大雄。蠡吼法庭闻梵呗，铃鸣古塔振天风。月明丈室僧禅定，霜冷谯楼夜漏终。忽听钟声来枕上，惊回尘梦思无穷。关于这组诗的写作缘起，其《西夏八景图诗序》中说得特别清楚："洪武戊寅（洪武三十一年，公元1398年）冬，予自韦州来宁夏，道路凡三百余里。历观经涉之所，因山川之胜概，思所以赋之诗而未得暇。及后欲经营新宅，遂登高眺远，披阅地图，若黄河之襟带东南，贺兰之蹲峙西北，天开地设，雄镇藩畿，亦可谓殊方之胜地矣。徘徊久驻，慨然兴怀。不觉落日之西沉，寒风之袭衣，追思往昔，有动于诗情。因古有八景咏题，又重而删修之曰：贺兰晴雪、汉渠春涨、月湖夕照、黄沙古渡、灵武秋风、黑水故城、官桥柳色、梵刹钟声，随题而赋之诗，以见风景之佳，形胜之势，观游之美，无异于中土也。"朱㮵一生著述颇丰，计有《宁夏志》二卷，《凝真稿》十八卷，《集句闺情》一卷，自编《文章类选》《增广唐诗鼓吹续编》等。另外，庆王的书法也是名闻遐迩，其草书清放驯雅，绝无俗碍，海内传重，视为琪璧。

关于本书的规模，史籍记载差异甚大：《百川书志》卷十九《总集类》著录为："《增广唐诗鼓吹续编》一卷，皇明宗室凝真轩编集，凡四百人。"《千顷堂书目》卷三十一《总集类》著录为："庆靖王凝真轩《增唐诗鼓吹续编》十卷。"前者为一卷，后者为十卷，相去甚远。

此书今已不见，版本情况无从考察。但是从其"凡四百人"的规模上看，选诗在前人《唐诗鼓吹》原书的基础上又扩大了许多，题材、内容当是更加丰富。

《唐律群玉》

[明] 何乔新编选

题　解

唐诗总集，明何乔新编选。乔新，字廷秀，号椒丘，广昌（今江西省广昌县）人，景泰进士，曾官南京刑部尚书等职。清代四库馆臣说他："历仕中外，多著政绩，又以气节刚方为万安刘吉所排，故迄不得大用……然核其立朝始末，岳岳怀方，在成化、弘治之间，不能不谓之名臣也。"（《四库全书总目提要·椒邱文集》）本书共十六卷，其中五言律诗一百七十二首，五言长律四十四首，七言律诗二百三首，五言绝句三十首，七言绝句一百一十四首。何乔新认为周伯弜的《唐三体诗选》、杨伯谦的《唐诗正音》、石溪周叙的《唐诗类编》、新宁高棅的《唐诗正声》等四部唐诗选本在不同程度上存在问题："或精而不博，或博而不精，读者不能无憾焉。"（《唐律群玉序》）所以便在其基础上再进行精选，于是便成此书。除这部唐诗选本之外，何乔新还有《椒丘文集》《周礼集注》《策府群玉》《宋元史臆见》《文苑群玉》《续编百将传》《贤琬琰集》等。

《明史》艺文志载："何乔新《唐律群玉》十六卷。"但是此书已佚，难以知其全貌。

《初盛唐诗纪》

[明] 黄德水、吴琯等辑

题　解

唐诗总集，明黄德水、吴琯等辑，有明万历十三年刻本。黄德水，字清甫，吴郡（今江苏省苏州市）人；吴琯为漳浦（今福建省云霄县）人，隆庆辛末（1571年）进士。本集共一百七十卷，以盛唐为主，占一百五十八卷，而初唐只有十二卷，明显受李梦阳"文必秦汉，诗必盛唐"（《明史·李梦阳传》）诗学思想的影响。方沆在其《初盛唐诗纪序》中指出："谭者曰：初、盛之外，若钱、刘、韦、柳诸家，非不脍炙人口，而不以入兹编，何也？盖初、盛以无意得之，其调常合；中、晚以有意得之，其调常离。由无意而有意也易，自离而合也难。故言江汉者，必首岷嶓；古人祭川，先河而后海。斯刻初、盛唐诗本指也。"这里说明了该书选初、盛唐诗而不选中、晚唐诗的原因。但是在编选过程中，对于初、盛唐诗，编者也不是一样对待的，基本原则是：盛唐为主，而初唐次之。

《唐音统签》

[明] 胡震亨撰

题　解

唐诗总集，明胡震亨撰。震亨，字孝辕，号遁叟、赤城山人，浙江海盐人。明隆庆三年（1569年）生，万历丁丑（1597年）举人，曾官固城教谕、合肥知县、德州知州、定州知州，擢兵部员外郎。清顺治二年（1645年）卒。平生著作甚丰，有《靖康资鉴录》《读书杂录》《秘册汇函》《续文选》《唐音统签》《统考纂》《李诗通》《杜诗通》及《赤城山人稿》等。《唐音统签》总共一千零三十三卷，因为以"签"为名，以"天干"为纪，所以分为十签，即：甲签，帝王诗七卷；乙签，初唐诗七十九卷；丙签，盛唐诗一百二十五卷；丁签，中唐诗三百四十一卷；戊签，晚唐诗二百一卷，又余闰六十四卷；己签，五唐杂诗四十六卷；庚签，僧诗三十八卷、道士诗六卷、宫闱诗九卷、外国诗一卷；辛签，乐章十卷、杂曲五卷、填词十卷、歌一卷、谣一卷、谐谑四卷、谚一卷、语一卷、酒令一卷、题语判语一卷、谶记一卷、占辞一卷、蒙求一卷、章咒一卷、偈颂二十四卷；壬签，仙诗三卷、神诗一卷、鬼诗二卷、梦诗一卷、物怪诗一卷；癸签，体凡、发微、评汇、乐通、诂笺、谈丛、集录，凡三十六卷。清代康熙年间的《全唐诗》赖此集而成，对此，《四库全书总目提要》中已经承认："诗莫备于唐。然自北宋以来，但有选录之总集，而无辑一代之诗共为一集者。明海盐胡震亨《唐音统签》，始搜罗成帙，粗见规模。……是编纂承圣训，以震亨书为稿本。"

本书编成之后，当时没有刊印，直到清朝初期才有刊刻，但是也只是刊出一部分，常见的刻本也只有《唐音戊签》和《唐音癸签》，其他部分则多数以抄本传世。据俞大纲《记唐音统签》所录可知，故宫博物院图书馆所藏的范氏抄补本《唐音统签》，全部为刻本的只是《甲》《乙》《戊》《癸》四签；而《丙签》则是从卷八十七到九十二、卷九十六到一百七十一是刻本，而卷九十三到九十五、卷一百七十二到二百一十一则是抄补之本；《丁签》卷二百一十二到三百二十一、卷四百到四百九十七为刻本，而卷三百二十二到三百九十九、卷四百九十八到五百五十二也是抄补之本；其他各签则全是抄本。

《雅音会编》

［明］康麟编选

题　解

　　唐诗总集，明康麟编选。康麟，字文瑞，顺德（今广东省佛山市顺德区）人，明代宗景泰进士。本集从杨伯谦所选《唐音》中录出五七言律诗和绝句，全书共十二卷，以平声三十韵为纲，分始音、正音、遗响，"以一东、二冬等三十韵分布，以提其纲，取诗之同韵者，以类从类""而足之以青莲、工部、昌黎三家集及周伯弜、遗山、高楝、许仲孚、章泉、涧泉诸选……而详其目名曰《雅音会编》"（《雅音会编序》）。康麟自己在书的序中说："予于案牍之暇，手录诸先正所选之诗，李、杜、韩三家集，特取其五言七言绝律，凡若千首，各以本韵荟蕞为一，名曰《雅音会编》，厘为十有二卷，藏之巾笥，姑以私便检阅而已。"大体点出了本书的要点。本书现存的有明刻本。

《雅音汇编》

［明］康麟编选

题　解

　　唐诗总集，明康麟编选。北京图书馆有明万历二十二年（1594年）刊本。此书与《雅音会编》的编选者同为明人康麟，而且书名仅有一字之差，即"会"

改为"汇",疑为同书异名,或为修改版。《广东通志》载曰:"康麟,字文瑞,顺德人,景泰甲戌进士,授御史。按闽中,发奸摘伏如神,出为金事,廉介无私,豪强屏迹,卒,以刚直见忤,人皆惜之。陈献章为赋介轩诗以赠,麟工于诗,尝以韵类集唐诗为《雅音会编》,又著《世教录》行于世。"说明康麟为《雅音会编》的编撰者。

此书有明刊本,线装一册,端署"羊城康麟文瑞集次,后学剡溪王钝校正"。

2011年12月7日古籍拍卖专场天津立达拍卖责任有限公司古籍部拍卖,今存何处不得而知。清曹寅藏书《楝亭书目》卷四中著录:"《雅音汇编》,明羊城康麟序集四套三十二册。"一个"一册",一个"四套三十二册",显然版本不同。

《唐贤岳阳楼诗》

[明] 佚名编选

题　解

唐诗总集,明佚名编选。现在已经见不到此书,但是文献中确有记载。如明叶盛《菉竹堂书目》卷四曾载:"《唐贤岳阳楼诗》一册。"《四库全书总目提要·岳阳纪胜汇编》中说:"初,元释天镜尝辑录岳阳楼石刻诸诗,其本久佚。嘉靖中,有取岳阳题咏与洞庭分为二集者,芜杂无次。淳因合洞庭君山、岳阳诸作,都为一编,共十五部。又杂著一部,即外纪之类。"可见,编辑岳阳楼上的题咏早有人为之,而此楼唐代即名胜,唐诗人常有吟咏,所以选唐人咏岳阳楼之诗自然在情理之中,遗憾的是今天已经见不到这部特殊的唐人诗选。

《唐诗咏史绝句》

[明] 杨廉编选

题　解

唐诗总集，明杨廉编选。杨廉，字方震，号畏轩。丰城（今江西省丰城市）人，成化末年（1487年）进士，改庶吉士。弘治三年，授南京户科给事中。后历官南京光禄少卿、顺天府尹、南京礼部右侍郎、礼部尚书。《明史》卷二百八十二称他：“为居敬穷理之学，文必根《六经》，自礼乐、钱谷至星历、算数，具识其本末。学者称月湖先生。”后来八次上疏乞休，至嘉靖二年（1523年），赐敕、驰驿，给夫廪如制。家居二年卒，年七十四。赠太子少保，谥文恪。平生主居敬穷理之学，认为为文必据《六经》。对礼乐、钱谷、星历、算数都有研究。除《唐诗咏史绝句》一书之外，还有《风雅源流绝句》《皇明名臣言行录》《月湖集》《大学衍义节略》等著述。但是，《唐诗咏史绝句》一书今已不见，所以版本无从考察。

《唐诗正体》

[明]　符观撰

题　解

唐诗总集，明符观撰。符观（1443—1528），字衍观，号活溪，江西新喻（今江西省新余市）人，弘治三年（1490年）进士，曾官溧阳知县、高州同知、黔江淑蒲学政、广西按察金事，朝廷曾升之为浙江参议、山东参议，但是都未赴任，自愿请老归乡，于正德十二年（1517年）致仕，后来居家十八年终老，享年85岁。符观学识渊博，著作丰富，此书之外，尚有《活溪存稿》《医家纂要》《地理集奇》《宋诗正体》《元诗正体》《明诗正体》。

本集共十卷，以杨士弘《唐音》和高棅《唐诗正声》中的五言律诗、七言律诗和七言绝句三种诗体为基础，凭己意进行取舍而成。此书已佚，其版本状况不得而知。

《唐诗类钞》

[明] 顾应祥编选

题　解

唐诗总集，明顾应祥编选。顾公，讳应祥，字惟贤，号箬溪，吴兴（今浙江省湖州市）人，弘治十八年（1505年）进士，其先吴之长洲人，高祖寿一，生伯通，伯通生克升，克升生公父为恬静翁，挟扁仓术，行游江湖间，悦长兴山水，于是定居今长兴县鸿桥顾家潭村，娶乌程名家女杨氏，即其母杨淑人。自克升及恬静翁，皆因顾应祥而显贵，赠南京兵部右侍郎。当初，杨淑人娠应祥之时，梦麒麟入室，应祥寤生所以取名为梦麟。应祥少而警敏，善属文，逾冠，与计偕连举进士，授饶州府推官，饶故讼地，其人吏狷意，轻视应祥，应祥上任伊始，于治务精，得其情，所谳具狱吏视之，即廷尉牒弗如，于是咸大恐，惴惴来听约束，重足无所受私，应祥于是时有所纵，舍以示宽贷，连摄大县令，令称平府阙守，则又摄守，而会姚源洞大寇起，庽乐平县令汪和众汹汹无所出，公挟一老卒，御羸马，叩贼垒曰："司理来！"贼大惊，争出迎曰："非我顾府君耶，乃肯辱临我！"应祥为缓颊，数语利害，贼立释令去，说："府君活我，不复反矣。"诸台使者，尽皆内愧，称应祥以台谏。征至则年不应格，迁锦衣卫经历。顾应祥为官多年，所到之处，皆有政声，最后官至南京刑部尚书。为政之暇，顾应祥勤奋好学，著述甚丰，所著有《惜阴录》《人代纪》《尚书纂言》《归田诗选》《备查摘录》《授时历法》《测圆海镜》《弧矢算术》《读易愚得》《唐诗类钞》

《明文集要》行于世。

本集以杨士弘《唐音》为底本，又从《唐诗品汇》《唐三体诗》《唐诗鼓吹》《文章正宗》诸集中选择若干诗人的作品，共分八卷，首先按照五古、五律、五绝、七古、七律、七绝各体的顺序编排，然后以时代顺序排列，选录唐代二百三十八位诗人的作品。其中选王维诗一百零六首，里面五古二十二首，五律二十四首，五绝十九首，七绝八首。比《唐音》均有所增加。选入的诗人都有小传，是明代唐诗选本中比较有特色的一种。

本书最早的版本是明嘉靖三十年（1551年）顾应祥自刻本。后来清道光年间广州檀度庵尼文信曾有手抄本。近代著名学者赵藩（1851—1927）在其抄录的《檀度庵志》和《海珠边璅》中对此有所记载。《海珠边璅》中跋云："比丘尼文信名芳，俗姓刘，为某方伯歌姬所生。姬固姑苏名妓，声色双绝，故芳生而丽质，亦工度曲。……"《檀度庵志》中又云："按庵志，芳生于道光乙酉十一月十三日，圆寂于同治癸酉六月九日。有手写唐诗类钞四卷、曲谱一卷、杂记一卷，多识书画文玩之属，今皆在古溶箧衍。溶为芳后进，亦早归檀度庵，亦能诗画，以遭时难感知己，遂还初服，归寒琼居士，此则与芳同而不同者。古溶寄芳观瀑长幅为蚤岁作，此小册六叶为晚岁作，乞我加墨，为分题而还之。古溶复捡得芳所写檀度盦后山之景小帧，邮以饷我，峦树屋庐，荒寒寥阒，如睹芳之生世，尤令人叹想不置也。壬戌十一月廿有八日，石禅老人再书。"可惜，此抄本于今难以见到。

《唐诗汇钞》

［明］卓文通选录

题　解

唐诗总集，明顾应祥选，明卓文通再录。很明显，本集是在顾应祥《唐诗类钞》的基础上而成的。卓文通中举人，历仕鸿胪寺少卿（见龚肇智《扬州卓尔堪——江南卓氏家族研究之八》）。此集之外，卓文通还辑有《明贤诗》，为稿本。

本书有明抄本，封面上写得清楚：顾尚书箬溪选，卓少卿定庵录。

《唐诗续音》

[明] 丰耘编选

题　解

　　唐诗总集，明丰耘编选。耘，字用勤，号西园，郡学教授，约生活于明弘治、正德年间，不仅长于诗学，而且颇善书法，明人丰坊为丰耘后世裔孙，在《书诀》中透露了一些信息："先祖讳耘，字用勤，号西园，封谕德。书学子昂、宋克，依洪武正韵，一笔不苟。"清四库馆臣又根据《书诀》一书，专门考证了丰坊与丰耘的关系："案：书中称其十世祖名稷，曾祖名庆，祖名耘，考名熙，则当为嘉靖间鄞人丰坊所作也。坊有《古易世学》，已著录，其平生好作伪书，妄谬万端，至今为世诟厉。然于书法则有所心得，故詹氏小辨曰：'坊为人逸出法纪外，而书学极博，五体并能，诸家自魏晋以及国朝，靡不兼通规矩，尽从手出，盖工于执笔者也。以故其书大有腕力，特神韵稍不足。'"

　　本书未见实物。但是文献有征，《嘉靖宁波府志》卷二十一《艺文》中有曰："丰耘著《家礼便宜》《唐诗续音》。"此外《浙江通志》卷二百五十二《经籍志·总集》亦载："《唐诗续音》……丰耘著。"遗憾的是今天不见其真貌。

《唐诗二选》

[明] 黄鲁曾撰

题 解

　　唐诗总集，明黄鲁曾撰。鲁曾，字得之，吴县（今江苏省苏州市）人，正德丙子（1516年）举于乡。《四库全书总目》中有云："鲁曾字得之，吴县人。正德丙子举人，五岳山人省曾之弟也。"本书虽然现已不存，但是文献中有确切记载。如《同治重修苏州府志》卷一百三十六《艺文志》："黄鲁曾《唐诗二选》十卷。"此外，《万善堂书目》中亦载："《唐诗二选》十卷，黄鲁曾。"

《唐诗类苑》

[明] 张之象编选，卓明卿整理

题 解

　　唐诗总集，初为明人张之象编选，后经卓明卿整理刊刻。清四库馆臣考曰："《唐诗类苑》二百卷，明张之象编。初，宋赵孟坚有《分类唐诗》，佚阙不完，世无刊本，之象因复有此作。凡分三十六部，以类隶诗，意取博收，不复简择，故不免失之冗滥，盖类书流也。然《文选》及《文苑英华》本有分类之例，故与所作《古诗类苑》仍并入总集。是集未刊之先，其稿为浙江卓明卿所得，割取初、盛唐诗刊之，遂掩为己有。"（《四库全书总目提要》卷一百九十二《集部·总集类》）此外，明人冯时可也做了说明："云间张玄超先生，淹通宏博，寝食于唐诗中，穷搜有年，分部类之，积至二百卷，名曰《唐诗类苑》。先生没，久之，浙人卓澄父偶得其稿，乃割初盛唐梓之，自为名而掩先生劳。里中叔朗王君，慨然谓泳河寻源，宜敦始事，且中晚亦一代制作，宁容榛楛弃也？取先生原稿请于锡山尹赵公肖鹤，公读而多先生劳，谋以月俸佐剞劂。会曹伯安雅志好古，请任其役，因为订疑误，删重复，补遗漏，以付诸梓人。逾年而工始竣，则以命不佞为之序。"（《唐诗类苑序》）这些都说明此集并非卓明卿一人之力也。卓明卿，字澄甫，钱塘（今浙江省杭州市）人，其生活的时期大约在明万历年间。本集选取初、盛唐人诗分类编选，搜罗宏富，明人屠隆称之曰："集唐诗，该综三才，搜罗万物，分部编类，诠为成书，名曰《唐诗类苑》，不立苍素，罕置雌黄，富矣哉！盖大珠之庭，群玉之府，过者目眩，入者神怖。"（《唐诗类苑序》）所以，虽然"割取初、盛唐诗刊之，遂掩为己有"，但是贡献也是不能否定的。

此书较早的版本有卓氏崧斋万历十四年（1586年）活字印本，万历二十九年（1601年）曹仁孙曹氏家坊本。现存有明万历二十九年（1601年）曹仁孙刻本、清顺治十六年（1659年）梅墅石渠阁刻本、清光绪刻本、清吴荣芝重辑《唐诗类苑》二百卷刻本，以及北京大学图书馆藏本、日本内阁文库藏残本和日本国会图书馆藏本等。此外，1990年，日本汲古书院以内阁文库藏本为底本，残缺部分以国会图书馆藏本配补整理后，将《唐诗类苑》二百卷影印出版，日本爱知大学汉学家中岛敏夫专门撰写了《前言》，编制了索引等，成为中岛敏夫整理本。1997年4月，齐鲁书社根据北京大学图书馆藏明万历二十九年曹仁孙刻本影印出版了《唐诗类苑》新版本。2006年4月，上海古籍出版社又根据中岛敏夫整理本重新影印出版，再添一新本。

《批点唐音》

[明] 顾璘批点

题　解

唐诗总集，明顾璘批点。顾璘（1476—1545），字华玉，号东桥居士，长洲（今江苏省苏州市）人，寓居上元（今江苏省南京市），弘治进士。曾官广平知县，擢南京吏部主事，晋郎中，开封知府。期间多次与镇守太监廖堂、王宏不合，于是被逮下锦衣狱，贬为全州知州。秩满以后，又迁台州知府。此后历浙江左布政使，山西、湖广巡抚，右副都御史，在各个任所都有政声。后来，又迁吏部右侍郎，改工部。管理显陵工程完毕后，又迁南京刑部尚书。最后罢归，卒年七十有余。本集保留了杨士弘《唐音》的原貌，十五卷诗没有一首删除，即使是他不满意的作品也一仍其旧，保留了元虞集的《唐音序》、杨士弘的《唐音姓氏并序》，以及《唐音凡例》。虽然依据杨士弘所编《唐音》加以批点。选、评分开，评而不选。但是也有自己的特色。一是在诗人名下进行精要的总评；二是于诗题下有首批，作品结尾处有尾批，诗句之间还有双行夹批，对于诗歌的篇章、字句、音律、诗体、诗风、诗法等一系列问题都有所涉及。当然，评点中比较鲜明地体现出顾璘本人的诗学观念。

本书有明嘉靖刊本，后有沔阳卢氏慎始基斋据明嘉靖刊本影印本。

《类编唐诗七言绝句》

[明] 敖英编撰

题　解

唐诗总集，明敖英编撰。敖英，字子发，清江（今江西省清江县）人，明武宗正德十六年（1521年）进士，中第二甲四十五名，授南京工部主事，后来由南京刑部历陕西、河南提学副使，迁江西右布政使。其为人正直，言语无忌："余平居应酬，往往不当言者言之，不必言者言之，甚或招尤起羞，悔莫能追。每览载籍，于慎言有涉者，辄掇节焉，汇而抄之以自警，命曰《集训》。"（敖英《嘉靖丙戌自序》）敖英有《自述履历》一文，自述其经历："予不幸垂髫丧父，弱冠丧母，横罹诬讼，几丽死狱。……卖卜江湖以糊口，落莫三祀……慨然改图，求为学究。……凡五阅寒暑，归展桑梓。遂……谒见郡大夫秀水项公。公叩蕴试艺，遇以国士之礼，且资送入学，俾乐群焉。于是予之齿三十矣。……正德癸酉（八年，1513）领乡荐，庚辰（十五年，1820）中会试。……辛巳（十六年，1521）……始得赐进士出身。……嘉靖改元，除南京工部都水主事。……越三载考绩，改署刑部员外、礼部郎中，历升陕西按察佥事、河南按察副使，俱奉玺书提督学政。无何，坐岁贡违例，谪湖广左参议，寻升山东按察副使，奉敕整饬天津等处兵备……调四川，不备兵而提刑焉。……升四川左参政，奉敕总理粮储。又升贵州按察使，又升四川右布政使。……"总体说来，其生活经历起伏较大，相当坎坷。

本集专收唐人七绝，分吊古、送别、寄赠、怀思、游览、纪行、征戍、写怀、悲感、隐逸、宫词、闺情、时序、杂咏、道释十五类，诗后大多有简扼评语，为其他选本所少见。其中《唐诗绝句总评》中说出了辑评的理论依据："今此编诸作，能追逐变风，翱翔比赋，又以起承转合为之机轴……动荡心灵，咸极超诣，良名家。"书内题得清楚：清江敖英批点，慈溪王交删订。关于本书的缘起，敖英自己说得也很清楚："昔在宋季，章泉、涧泉二老与选唐诗绝句一百一十，叠山翁从而注之，可谓异代赏音。然诗家犹病其决择过严，而于李、杜大家而或遗。余暇日……复取诸家绝句分类选之，得三百一十首，而谬加批点。"（《类编唐诗绝句》卷首）敖英不仅工于诗，而且学问渊博，著作甚丰，著有《慎言集训》、批点《古文短篇》、批点《类编唐诗绝句》、批点《程文类抄》、《关中教条约》、《论秀策问》、《感旧录》、《绿雪亭杂言》、《霞外杂俎》、《四川钱谷考》、《四川边备志》、《心远堂文草》、《心远堂诗草》、《东谷赘言》等。（敖英《自述履历》，见《心远堂文草》）

本书较早的版本是明嘉靖刻本，后来有明末吴兴凌氏刻朱蓝墨套印本，现藏于北京大学图书馆。2014年，国家图书馆出版社出版丛书《中华再造善本续编》收入此书，据北京大学图书馆藏吴兴凌氏刻三色套印本影印，八开，线装，全一函四册。

《唐雅》

[明] 胡缵宗编选

题　解

　　唐诗总集，明胡缵宗编选。缵宗（1480—1560），字孝思，又字世甫，号可泉，又别号鸟鼠山人。明巩昌府秦州秦安（今甘肃省天水市秦安县）人。不过其籍贯还有其他说法，如《列朝诗集小传》和《安庆府桐城县志》则说他是泰安（今山东省泰安市）人。武宗正德三年（1508年），胡缵宗中进士，任翰林院检讨。本来，他应该是本科状元，因为受人压抑，屈为三甲一名。对于此事，有很多文献记载。乾隆《直隶秦州新志》中说："胡缵宗，字世甫，秦安人。正德戊辰进士。殿试对策拟一甲，有权宰私庇其子，抑置三甲一名。李东阳怜其才，请同一甲，传胪，即授翰林院检讨。"道光《秦安县志》中载："胡缵宗，字世甫，正德戊辰进士。殿试策对拟一甲，有权宰私庇其子，抑置三甲一名。李东阳怜其才，请同一甲，传胪，即授翰林院检讨。"明《胡氏家谱》有更详细的记载："殿试策对拟一甲，时有权宰私庇其子，遂置府君为三甲一名。阁臣试官李东阳先生怜其才，特奏请允同一甲，传胪，授翰林院检讨，后不为例。乃授命，同修参对《孝宗实录》。"《明史》卷七十载："正德三年，焦芳子黄中会试中式，芳引嫌不读卷。而黄中居二甲之首，芳意犹不慊，至降调诸翰林以泄其忿。""嘉靖二十三年廷试，翟銮子汝俭、汝孝俱在试中。世宗疑二人滥首甲，抑第一为第三，以第三置三甲。"胡缵宗为有明一代能臣，行迹遍及江南、中原，曾官嘉定州判官，安庆、苏州知府，山东、河南巡抚，所到之处，均以廉洁辩治、礼士爱民、抚绥安定著称。胡缵宗平日好学，又不因公事而废吟事。公元1534年罢官归里后，更以著书为乐。《明史·艺文志》载胡缵宗著述为：《胡氏诗识》三卷，《仪礼郑注附逸礼》二十九卷，《春秋本义》十二卷，《安庆府志》三十一卷，《汉中府志》十卷，《巩郡记》三十卷，《秦州志》三十卷，《鸟鼠山人集》十八卷，《拟古乐府》四卷，《诗》七卷，《拟汉乐府》《潼川州志》《苏州府志》《羲台志》《秦安县志》《愿学编》《近取编》《读子录》。编有《汉音》《魏音》《晋音》《唐雅》等。《县志》说他"仁达明断，赡文学，多风采……三年政繁，皖合郡攀辕涕而送之"。

本集共八卷，整理方式主要是批点、笺注、校正等。同时在每卷之前，都有关于某一诗题的概论，说明源流演变，有诗史的意义。关于此书的缘起，胡氏本人有所说明："诗自杨伯谦《唐音》出，天下学士大夫咸宗之，谓其音正，其选当。然未及见高廷礼《唐声》也。夫声犹音也。书曰：声依永，律谐声。音即律也，故声成文，音成章，皆谓之诗。夫伯谦所选亦精矣，而廷礼所选加严焉。诗岂易言哉！三复之，伯谦其主于调，廷礼其主于格乎？汉时无调与格，而调雅，而格浑。唐诗有调与格，而调适，而格隽。五代而下，调不谐而格不纯，未见其有诗也。杨未选李、杜，高李、杜亦入选；杨于晚唐犹有取焉，高于晚唐才数人数首而止，其严哉！华生见予是本，求刻焉，予弗许。长洲郭令曰：华生之请，富而好礼矣。许之。"（胡缵宗《刻唐诗正声序》）简而言之，主要是他认为此前的唐诗选本各有各的不足，特别指出杨伯谦之《唐音》、高廷礼之《唐声》这两个代表性的选本也存在缺陷："杨未选李、杜，高李、杜亦入选；杨于晚唐犹有取焉，高于晚唐才数人数首而止，其严哉！"虽然批评得比较委婉，但是决定另起炉灶是肯定的。从诗学主张上看，本集要义是以唐为宗，关于这一点，他本人在《唐雅叙》中已经说明了："诗自《三百篇》后，五七言继作，古今体嗣出，而诗之变极矣。汉近古，魏犹古，晋稍工，唐尤工，诗去《风》《雅》虽远，然大篇短章，乐府绝句，至唐皆卓然成家，诗家谓诸体兼备，不其然哉！《传》谓：周以降无诗，愚亦谓：唐以降无诗。故近代学诗者咸自唐入，由唐入汉，庶可薄《风》《雅》而追骚些尔。故诗截然以唐为宗者，其以是哉？"同时，在选诗标准上，他也做了说明："然唐诗无虑数百，选唐诗无虑数十，缵宗虽不能尽读，然亦皆涉猎之矣。……况诸本或不收杨、王、卢、骆，或不录李、杜、韩，或多入贾、温、许、李，则雅音不纯而或缺，谓为一代之诗恐未可称尽美也。故缵宗所辑，必其出汉魏，必其合苏、李，必其为唐绝倡，否则虽工弗取。廷礼谓：予于欲离欲近而取之，愚亦谓：予于欲协欲谐而取之。故乐府必典则，古体必春容，绝句必隽永，近体必雄浑，铿然如金，琤然如玉，虽不可尽陈之宗庙，然皆可咏之闾巷也，敢不揣采而辑之以就正于大雅君子！"其中要点"乐府必典则，古体必春容，绝句必隽永，近体必雄浑，铿然如金，琤然如玉"，标准非常明确。

此书有嘉靖二十年（1541年）刻本、嘉靖二十八年（1549年）文斗山堂刻本。现存本是嘉靖二十八年（1549年）文斗山堂刻本（卷二、三后刻有"平襄郑珩、杨戬录"，卷八后刻有"藉水郑珩、杨戬书"）。

《参玄别集》

[明] 窦明撰

题　解

唐诗总集，明窦明撰。窦明，字惟远，武乡（今山西省武乡县）人，正德六年（1511年）进士，曾官刑科给事中，后出知裕州，擢凤翔府，累升陕西右布政使，终于山东参政任。所至俱有政声。明高儒《百川书志》卷十九载曰："《参玄别集》一卷。皇明通政参议武乡窦惟远以二十九门选集七朝、盛唐五十四人之诗，又以李贺、王建、温庭筠、白居易、李商隐诗七十六首。别成此集。"从总体上看，本集多选中唐诗人，诗题七律。此后窦明又编《参玄续集》，《百川书志》卷十九载曰："《参玄续集》一卷。窦惟远又以前例编选中唐、晚唐五十二人七言律诗一百七十八首，成此集。"从中可以看出，其编选方式和倾向与初编大体一致。

本书不知现代有无藏本，一直未得一见，所以版本情况尚不清楚。

《唐诗选玄集》

[明] 万表撰

题 解

　　唐诗总集，明万表撰。万表，字民望，生于明孝宗弘治十一年，卒于世宗嘉靖三十五年，号九沙山人、鹿园居士，定远（今属安徽）人，一说为浙江鄞县人。万表才兼文武，确实有"经济"之志，十七岁便袭父职，做宁波指挥佥事。以诸葛亮《诫子书》中"夫君子之行，静以修身，俭以养德；非澹泊无以明志，非宁静无以致远"鞭策自励，一方面诵习兵法与经史，一方面勤修武功，尤重骑射，为以后施展抱负做准备。明正德十四年（1519年）万表中武举，次年第进士，为浙江把总。十几年后，万表迁都指挥佥事兼督漕运，颇有政绩：他特别重视漕运，注意修垫漕路；又体恤百姓，在灾荒之时曾主动赈济淮北饥民。此后又到浙江，掌印都指挥，迁南京大校场坐营、漕运参将、南京锦衣卫金书、广东副总兵、左军都督、漕运总兵、南京中军都督府佥事等。在防倭寇方面贡献突出：正德三十二年，倭寇在沿海一带骚扰，人心惶惶，社会动乱，布政使请万表出山，他散家财，选僧兵，让自己的女婿、杭州卫指挥同知吴懋宣统率，先败倭寇于海盐，后率僧兵救援太仓，在嘉兴白沙滩将倭寇全歼，名震天下。朝廷鉴于他的才能与功绩，再次任命他为南京都督府佥事，抗击进犯苏州等地的倭寇，所战皆捷，他自己也受了箭伤。正德三十四年因病辞去浙直海防总兵之职，并于当年病逝。万表才学兼盛，文武全才，作为学者，他著作宏富，有《海寇前后议》《济世良方》《灼艾集》《经济文录》《玩鹿亭稿》八卷等传世，人称鹿园先生，与罗洪先、王畿等往来，阐扬王阳明之学说，浙中王门中坚之一；作为能臣，他既有抗倭武功，又在任地方官时政绩突出，与明代众多空腹不学之士迥然有别。

　　本选集选盛唐诗人五家，即：刘长卿、韦应物、杜甫、孟浩然、王维，选诗三百四十六首；中唐诗人六家，即：李端、皇甫冉、耿沣、戴叔伦、钱起、郎士元，选诗一百五十五首。对元稹、白居易、柳宗元、刘禹锡、韩愈、孟郊、李贺、杜牧、李商隐、韩偓、韦庄、皮日休、陆龟蒙、罗隐等名家一首未选，但是却将无可、可止、处默、卿云、暮幽、澹交、法照、景云、栖白、护国等许多僧人的作品大量选入。其选诗倾向一是突出"玄"的意蕴，二是比较重视五言律诗。

本集版本甚少，所可知者为明聚好楼钞本。

此集之外，又有《玩鹿亭唐诗钞》，也题为万表撰，如《浙江通志》卷二百五十二《经籍志·总集》载曰："《玩鹿亭唐诗钞》……万表辑。"明施端教《唐诗韵汇》中《唐诗韵汇合辑诸书》中也提到《玩鹿亭唐诗钞》，但是此书现在已经见不到。另外，宁波天一阁藏有《山中集》，题为明万表撰，但是没有见到原书。

《中唐诗选》

[明] 张谊编选

题 解

唐诗总集，明张谊编选。张谊，字履道，青浦（今上海市青浦区）人。据《青浦县志》载，他"好《易》，善占候"，其生活时代在明正德、嘉靖年间。

此集专选中唐诗，因此书已佚，版本情况不详，但是编选者为张谊则有文献记载。光绪五年《青浦县志》卷二十七《艺文志》上载曰："《中唐诗选》《名文拔萃》，俱张谊著。"《松江府志》卷五十《艺文志·总类》亦载曰："《中唐诗选》《名文拔萃》，以上晓麓张谊履道撰。"

此书之外，张谊还有《名文拔萃》《宦游纪闻》等书。

《唐绝增奇》

[明] 杨慎编选

题　解

　　唐诗总集，明杨慎编选。杨慎，字用修，号升庵，新都（今四川省新都区）人，少师杨廷和之子。"慎幼警敏，十一岁能诗。……入京，赋《黄叶诗》，李东阳见而嗟赏，令受业门下。"（《明史》本传）年二十四，武宗正德六年（1511年）殿试第一，授翰林修撰，后为翰林学士。杨慎生平著述非常丰富，《杨升庵外集》卷首列其书目达一百三十八种，其中关于唐诗的书目就有《五言绝选》《唐绝精选》《唐音百绝》《绝句辩体》《唐绝增奇》《唐绝搜奇》《李诗选》《杜诗选》等。所以明顾起元在《杨升庵外集序》中说："国初迄于嘉、隆，文人学士著述之富，毋喻升庵先生者。"

　　本书的编撰动机，源于杨慎对唐人绝句的推崇。他说："予尝品唐人之诗，乐府本效古体而意反近，绝句本自近体而意实远。欲求风雅之仿佛者，莫如绝句。唐人之所偏长独至，而后人力追，莫嗣者也。"（杨慎《唐绝增奇序》，《升庵全集》卷二）认为绝句乃唐人独擅，后世难以企及。其中又特别推崇王昌龄、李白、刘禹锡、杜牧四人："擅场则王江宁，骖乘则李彰明，偏美则刘中山，遗响则杜樊川。"（杨慎《唐绝增奇序》，《升庵全集》卷二）相反，对杜甫绝句则评价不高："少陵虽号大家，不能兼善。一则拘乎对偶，二则汩于典故。拘则未成之律诗，而非绝体，汩则儒生之书袋，而乏性情。故观其全集，自'锦城丝管'之外，咸无讥焉。近世有爱而忘其丑者，专取而效之，惑矣！"（杨慎《唐绝增奇序》）同时，杨慎还认为此前关于唐人绝句的编选不能尽如人意："昔贤汇编唐绝者，洪迈混沌无择，珉玉未彰，章、涧两泉盛行今世，既未发覆于庄语，仍复添足于谢笺。其余若伯弜、伯谦、柯氏、高氏，得则有矣，失亦半之。"（杨慎《唐绝增奇序》）所以他便重新加以编辑："屏居多暇，诠择其尤诸家脍炙，不复雷同，前人遗珠，兹则缀拾，以'唐诗增奇'为标题，以神、妙、能杂分卷帙，

逃虚町卢，聊以自娱，跪石之吟，下车者谁与?"（杨慎《唐绝增奇序》）本书据
传藏于北京故宫博物馆和宁波天一阁藏书楼，但是无缘得见。当然，后人伪托杨
慎著书，或记载有误者较多，需要认真鉴别。

《唐绝搜奇》

[明] 杨慎编选，焦竑批点

题　解

唐诗总集，明杨慎编选，焦竑批点。

本书为一卷本，从诗体上看，专收唐人绝句；从题材内容上看，多收艳情诗
作。清人厉鹗批评说："明杨用修有《唐绝搜奇》之选，专意情艳，所登甚隘，
未为善本。"（厉鹗《中晚唐人七言绝句序》）

有明万历刊本，为北京故宫博物馆藏书，久不得见。

《绝句辩体》

[明] 杨慎编选

题　解

唐诗总集，明杨慎编选，有明刻本。本集专门选编七言绝句，以前人作品为
例，对七绝进行辩体，以齐、梁七绝为典型，按照四句不对、前对、后对、前后
皆对、散起、四句皆韵、仄韵、换韵作体八类分为八卷。特别值得注意的是，杨
慎还专门对关于绝句的错误说法进行了纠正，指出："梅都官《金针诗格》云：
'绝句者，截句也。四句不对者，是截律诗首尾四句也，四句皆对者，是截律诗

中四句也，前对后不对者，是截律诗后四句也，后对前不对者，是截律诗前四句也。'此言似矣，而实非也。余观《玉台新咏》，齐梁之间已有七言绝句，迥在七言律之先矣。然唐人绝，大率不出此四体，其变格则又有仄韵，盖祖乐府；有换韵，祖《乌栖曲》；有四句皆韵，祖《白纻辞》，又有仄起平接而不对者，又一体。作者虽多，举不出此八体之外矣。园庐多暇，命善书者汇而录之，亦遗日之具，胜博奕之为云尔。"（杨慎《绝句辩体序》）一方面对梅都官《金针诗格》的错误论断进行了纠正，另一方面对绝句的体制、来源进行介绍和分析，具有诗歌史的价值。

本书有明刊本，杨慎撰，焦竑批点，八卷，附录一卷；另有上海古籍出版社1995年据明刊本影印本。

《唐诗分类精选》

[明] 吴炯编选

题　解

唐诗总集，明吴炯编选。吴炯，字晋明，松江华亭（今上海市松江区）人。神宗万历十七年（1589年）中进士，授杭州推官。后入为兵部主事，乞假归。吴炯性情恬静端介，不骛荣利。家居十二年，始起故官。过了很久，进光禄丞。明熹宗天启中，累迁南京太仆卿。阉党魏忠贤私人石三畏追论炯党庇宪成，于是落职闲住。崇祯初，吴炯复官。时人称他"以名进士，出为今职，政通人和，歌谣载道，拯物之余，留心文事，不易得"（桑悦《唐诗分类精选后序》）。

本书共二十卷，选诗五千余首，今不见其书，难以概其真貌。

《批点唐诗正声》

[明] 高棅原选，桂天祥批点

题　解

唐诗总集，明高棅原选，桂天祥批点。天祥，字子兴，临川（今江西临川）人，嘉靖乙丑（1565年）进士，授祁门知县，擢御史，出按山西，后又出为顺德知府，考绩为天下第一。卒于任，时年四十五。本集为批点本，有总批、尾批、眉批，对好句时有圈点。在诗人之下有评语，多引前人之评价。书前有高棅的原书《凡例》、胡缵宗的《刻批点唐诗正声序》、《沧浪诗话》六则。

本书现有明刻本，一函四册，二十二卷，用朱蓝黑三色分别批注，西安碑林博物馆藏有此本。

《唐诗乐苑》

[明] 田汝成编选

题　解

唐诗总集，明田汝成编选。汝成，字叔禾，钱塘（今浙江省杭州市）人。嘉靖丙戌（1526年）进士。授南京刑部主事，历礼部祠祭郎中，出为广东佥事，谪知滁州，迁贵州佥事，转广西右参议，罢归。钱谦益《列朝诗集》丁集载其生平事迹及其主要著述："汝成字叔禾，钱塘人。嘉靖丙戌进士，授南京刑部主事，历礼部祠祭郎中，出为广东佥事，谪知滁州，迁贵州佥事，转广西右参议，罢归。叔禾在仪制，肇举南郊籍田亲蚕、西苑省耕课桑诸大礼，各有颂述。归里盘桓湖山，穷探浙西诸名胜。所著书凡一百六十余卷，而《西湖游览志》《炎徽纪闻》，为时所称。"

本集今已不见，但是史、志中有明确记载，如《杭州艺文志》十《集部》六《总集类》："《唐诗乐苑》，明钱塘田汝成辑。"《浙江通志》卷二百五十二《经籍志·总集》："《唐诗乐苑》……田汝成著。"田汝成归里之后，盘桓湖山，穷探浙西诸名胜。所著书凡一百六十余卷，《辽记》一卷，《龙凭纪略》一卷，《行边纪闻》。而《西湖游览志》《炎徽纪闻》，为时所称。

《唐律类钞》

[明] 蔡云程编选

题　解

唐诗总集，蔡云程编选。蔡云程字亨之，临海（今浙江省台州市）人。嘉靖己丑（1529 年）进士，官至刑部尚书。本集并非蔡云程初选，而是从杨士弘《唐音》、高棅《唐诗品汇》中进行选择，总共选出五百首五言律诗和七言律诗，分十五类编排，其中初、盛唐作品为多，其体例颇为用心："予不能诗，藏拙留署簿书，多暇，因取杨伯谦、高廷礼诸家所选唐人诗，举其五七言律尤粹者分类钞之，盖初、盛为多，中唐次之，晚唐间取之，英华典则大略在是。"（《刻唐律类钞序》）要点是"初、盛为多，中唐次之，晚唐间取之"。至于编撰动机，他做了这样的说明："夫作诗固难，识尤不易。予非具目，曷敢轻有崇黜，以速僭妄之诮哉？顾惟时窃吟讽，以觊一知半解之悟，亦所愿效于同好者也。"（《刻唐律类钞序》）初看似乎是出于吟诵的需要，其实更有深意，表明他对律诗情有独钟。为什么要选唐人之作，蔡云程也做了说明："夫诗之有律，盍微诸乐乎？乐律惟六，音惟八，清明广大终始周还之象，琴瑟干戚羽旄箫管之陈，咸若有俪则焉。其归，论伦无患、协比成音而已矣。自《风》《雅》《骚》《选》之选变，律至唐人始以律名家，于体为近，于词为精，于法度森整之中，而格力浑雄，意兴超逸，斯亦善之善乎？……或疑钞止律，所遗不既多。曰：变至律而止，律至唐而止，循是以达诸体，不犹溯流穷源乎？"（《刻唐律类钞序》）认为诗之律同乐之律同样重要，而有律之诗，以唐为最，所以专门选取唐人律诗。但是本集中却没有李白、杜甫的作品，对此，蔡云程说："然则李、杜何以不载？大家未易诠择，当览其全尔。"（蔡云程《刻唐律类钞序》）理由还是有些勉强，选唐律不选李、杜之作，如一出大戏没有"戏眼"，终究是个缺憾。

本书北京师范大学图书馆、宁波天一阁等处藏有明嘉靖刻本。另外，蔡云程还有《鹤田草堂集》传世。

《二张集》

[明] 高叔嗣编选

题 解

唐诗总集，明高叔嗣编选。叔嗣，字子业，号苏门山人，祥符（今河南省开封市）人，少时受知于李梦阳，嘉靖癸未（1523 年）进士，官至湖广按察使。本书专选唐张九龄和张说诗，先是《张曲江集》，后为《张燕公集》，各二卷。关于编撰缘起，高叔嗣特别做了说明："夫诗之作，岂不缘情哉？余读二公诗，方其登台，衡执鼎铉，抽笔兰室，雍容应制，词何泽也。及临荆南，履岳收，怀人寄言，托物写心，又何凄也。……叔嗣游郎署，时览公诗，未觉沉痛，既涉江汉三复焉，乃知意所由兴，复以尝践兹地也。因合刻之，置广视堂斋中。……"（《二张集序》）看起来主要原因是他认为二张之诗富于情感，特别能令人感动。可见在诗学观念上，他是赞成缘情说的。

本书有明嘉靖刊本，此外，高叔嗣还有《苏门集》传世。

《唐诗选》

[明] 李攀龙编选

题　解

　　唐诗总集，明李攀龙编选。李攀龙，字于鳞，历城（今山东省济南市历城区）人。九岁而孤，其家甚贫，赖母张氏纺织度日。但是攀龙自奋于学。稍长为诸生，与友人许邦才、殷士儋学为诗歌。18 岁入县学为诸生，益厌训诂学，日读古书，里人共目为狂生。嘉靖十九年（1540 年），取乡试第二名，举嘉靖二十三年（1544 年）进士，授刑部主事。历员外郎、郎中，稍迁顺德知府，有善政。上官交荐，擢陕西提学副使。乡人殷学为巡抚，檄令属文，攀龙怫然曰："文可檄致邪？"拒不应。会其地数震，攀龙心悸，念母思归，遂谢病。攀龙历顺天乡试同考官、刑部广东司主事、刑部员外郎、刑部山西司郎中，其官凡三迁，辗转郎署，官职闲散，所以与王世贞、谢榛、宗臣、吴国伦、梁有誉、徐中行等诗酒唱和，诗歌主张、旨趣一致，于是便结为诗社。其论诗主张，与"前七子"相倡和，形成一个新的文学流派，史称"后七子"。几人多少年英俊，才高气锐，互相标榜，视当世无人，名播天下。摈先芳、维岳不与，已而榛亦被摈，攀龙遂为之魁。其持论谓文自西京，诗自天宝而下，俱无足观，于本朝独推李梦阳。诸子翕然和之，非是，则诋为宋学。攀龙才思劲鸷，名最高，独心重世贞，天下亦并称"王李"。又与李梦阳、何景明并称"何李王"。攀龙为诗，务以声调胜，所拟乐府，或更古数字为己作，文则聱牙戟口，读者至不能终篇。好之者推为一代宗匠，亦多受世抉摘云。自号沧溟。隆庆改元（1567 年），李攀龙起复，出任浙江按察司副使，隆庆三年（1569 年），诏拜河南按察使，任职四个月，其老母病故，攀龙扶柩归里。攀龙多病体弱，又持丧哀痛过度，于是卧病不起。隆庆四年（1570 年）八月十九日，攀龙暴疾而卒，终年 58 岁。

　　本集为著名的唐诗选本，选入诗人一百二十八家，诗作四百六十五首，极力贯彻其"诗必盛唐"的主张，重初、盛唐诗，轻中、晚唐诗，甚至白居易、李贺、杜牧等成就杰出的中、晚唐诗人之作竟一首不选，其偏颇于此可见一斑。李攀龙《唐诗选序》中云："唐无五言古诗而有其古诗，陈子昂以其古诗为古诗，弗取也。七言古诗，惟子美不失初唐气格而纵横有之。太白纵横往往强弩之末，间杂长语，英雄欺人耳。至如五、七言绝句，实唐三百年一人，盖以不用意得之，即太白亦不自知其所至，而工者，顾失焉。五言律、排律，诸家概多佳句。七言律体，诸家所难，王维、李颀颇臻其妙，即子美篇什虽众，惯焉自放矣。作者自苦，亦惟天实生才不尽，后之君子乃兹集以尽唐诗，而唐诗尽于此。"其所推崇者，主要是盛唐诗人，其倾向性特别明显。

本书版本众多，而且真伪莫辨。常见的本子是这样几种：其一，《唐诗选》七卷附录一卷，蒋一葵笺释，明刻本；其二，《唐诗选》七卷，王稚登评，朱墨套印本；其三，《李于鳞广选唐诗》七卷，凌宏宪辑，朱墨套印本；其四，《唐诗笺注》七卷，题李攀龙、钟惺选评，钱谦益笺释，刘化兰增订，清刻本。其中前两种大体相同，第三种已经有所不同，第四种更为少见。如何弄清本来面目，需要进一步研究。

此外，本书在域外，主要是日本流传也特别广泛，其版本之多，令人惊叹。蒋寅先生对此做了考证，共得93种，分为以下几个系列：

（1）江户嵩山房所刊服部元乔校订本

享保9年小本、宽保3年小本、延享2年小本、宝历3年小本、8年附四声片假名、11年、12年附片假名、明和2年、4年半纸本、安永4年小本、5年附片假名、7年附唐音、天明2年小本、4年、7年小本、宽政4年大字本、5年小本、6年附平假名、8年附片假名、9年小本、享和元年附片假名、2年、文化4年小本、9年、10年大字本、11年、14年、文政元年、9年小本附平假名、13年、天保2年、3年、6年小本、14年、弘化2年、嘉永7年小本、安政2年、万延元年小本、2年刊本、文久元年、庆应3年刊本（明治8年、12年重印）、明治12年铜版印袖珍本、14年附片假名。

（2）其他书肆刊印服部元乔校订本

江户刊晒书楼木活字印本、弘前藩稽古馆木活字印本（明治12年青森神彦三郎印本）、木活字印本（二种）、延享2年刊本、明治间熊本校书楼覆刻嵩山堂天保14年刊本、安政2年刊本、明治25年大阪文赏堂刊本、大正15年东京文求堂排印本。

河岛氏章、岩崎惟武覆校、纪府青霞堂带屋高市伊兵卫重印弘化2年嵩山堂刊巾箱本、明治中东京松山堂藤井利八刊本（东京松云堂书店昭和4年、13年排印本）。

（3）其他人校点评注本

《唐诗选》七卷，神野世猷校，天保4年跋刊本、嘉永2年松篁轩刊本、明治14年东京向井泷藏刊本、14年千叶茂木房五郎刊本、17年东京薰志堂刊本、17年大阪明玉堂冈本仙助刊本、明治19年宋荣堂递修本、明治23年聚荣堂大川锭吉铜版排印本、明治24年薰志堂井上胜五郎铜版印本。

《唐诗选》七卷，庆应元年大佛久远刊本（附片假名）。

《平仄傍训唐诗选》七卷，安倍为任点，明治12年东京共立舍铜版印本、明治14年东京柳心堂铜版印本。

《增补唐诗选》七卷，石川英点，明治13年文华堂铃木满治刊本附片假名、绵荣堂大仓孙兵卫印本。

《增补唐诗选》七卷，钱谦益评，斋藤实颖抄录，明治14年香草书院矶部太郎兵卫刊本。

《标注训点唐诗选》七卷，赤井正一点，明治14年大阪冈本仙助刊本、17年京都半月堂铅印本、17年京都万代书楼刻本、26年大阪藤谷虎三刊本。

《唐诗选》七卷，屈中彻藏点，明治15年东京文盛堂铜版印本、博文馆印本。

《标记训释唐诗选》七卷，荒木荣直训，明治15年京都鸿宝堂石田忠兵卫铜版印本、25年京都川胜德次郎印本。

《唐诗选》七卷，小岛卓雄傍训，明治17年东京小岛卓雄铜版印本。

《唐诗选》七卷，铃木正男点，明治19年大冢卯三郎刊本。

《唐诗选》七卷，明治41年东京すみや书店铅印本。

《校订唐诗选》七卷，十泽玄校订，明治42年东京共同出版株式会社铅印本。

《唐诗选》七卷，昭和10年东京三教书院铅印本。

《唐诗选》七卷，中国学术研究所辑，昭和23年东京昌平堂铅印本。

以上仅是白文或仅有训点或评的本子，《唐诗选》还有相当多的评析注解本。如：

《唐诗故事》七卷，明蒋一葵注，宝历6年小川彦九郎、锢原勘兵卫刊本。

《唐诗选掌故》七卷，千叶玄之撰，明和2年京都田原勘兵卫刊、宽政5年重刊本。

《唐诗选谚解》三卷，题服部元乔撰，明和4年江户庭川庄左卫门刊本、宽政8年重刊本。

《唐诗集注》七卷，明蒋一葵注，宇野明霞编，宇野鉴校，释显常补，安永3年平安书林文林轩刊本。

《唐诗解颐》七卷补遗一卷，淡海竺显常撰，安永5年刊本、宽政12年京都田原勘兵卫刊本、明治汇文堂书店印本。

《唐诗选唐音五七言绝句合刊》，崎水刘道音、东都高田识订，安永6年刊巾箱本。

《笺注唐诗选》八卷，户崎允明笺注，山本信有校注，天明元年京都小林新兵卫刊本。

《唐诗选解》，宇野东山撰，天明3年嵩山堂刊本。

《吴吴山附注唐诗选弁蒙》七卷，明吴吴山注，宇野成之撰，宽政2年京都小林新兵卫刊本。

《唐诗选辨蒙》，宇野东山撰，宽政2年嵩山堂刊本。

《唐诗选和训》七卷，高芝撰，宽政2年嵩山房刊本、文政6年重刊本。

《唐诗选讲释》七卷，千叶玄之（芸阁），宽政2年京都小林新兵卫刊本、文化10年增补重刊本。

《唐诗选国字解》七卷，服部元乔撰，宽政2年刊本、文化11年重刊本。

《唐诗选通解》七卷，皆川淇园注，宽政6年刊本。

《头书唐诗选》七卷，昆明渊注，池龙子校，享和2年小林刊本。

《唐诗选师传讲释》七卷，千叶玄之口述，小林高英记，文化元年嵩山房刊本。

《唐诗选讲释》，南郭、玉山、筑波三先生讲说，甲午菅原世长序。

《画入译解唐诗选》七卷，大馆利一训，明治14年大阪北村宗助刊本。

《图汇讲解唐诗选》七卷，下村训贺训解，明治16年藜光堂此村彦铜版印本。

《鳌头和解画入唐诗选》七卷，大久保常吉解，明治18年春阳堂和田笃太郎铜版印本。

《唐诗选评释》八卷，森泰二郎评释，明治24年东京新进堂刊本、大正7年刊本。

《唐诗选讲义》七卷，松本谦堂（仁吉）讲，明治33年大阪积善馆版。

《唐诗选新释》七卷，久保天随释，明治42年博文馆刊本。

《头注唐诗选》七卷，积文馆编辑所编，昭和4年积文馆版。

《唐诗选详说》七卷，简野虚舟撰，昭和4年版。

《东湖先生手泽本唐诗选钞记》，中村庸编，青山书院昭和8年影印本。

《唐诗选评释》，森槐南评释，丰田穰补注，昭和13、14年东京富山房刊本。

《国译唐诗选》七卷，释清潭撰，国译汉文大成文学部第5。

《唐诗选》七卷，前野直彬注，岩波文库本，岩波书店。

《唐诗选》七卷，目加田诚，新释汉文大系，明治书院。

《唐诗选》七卷，斋藤晌注，汉诗大系本。

《唐诗选》七卷，高木正一注，中国古典选，朝日新闻社。

所以，本书在日本具有非常广泛的影响。

《李杜诗选》

[明] 张含编选

题 解

唐诗总集，明张含编选。含，字愈光，永昌卫（今甘肃省永昌县）人，正德丁卯（1507年）举人。张含之学出于李梦阳，又与杨慎交情甚深，所以其诗文都由杨慎所评定。杨慎在《禺山文集序》评价说："张子自少不喜为时文举子语，见宋人厌弃之犹腻也。其为文必弓、左，字必苍、雅。"评价很高。然而其毛病正在于此，襞积字句，缺乏熔铸运化之功，是明代雕镂堆砌一派的代表。本集专选李白、杜甫诗，其中李五卷，杜六卷。

此书无笺注，然有评语和圈点，皆朱墨套印。评语多在简端，或诗旁和诗尾，以杨慎、钟惺、刘辰翁、范德机、蒋一葵等人的为多。有凌刊朱墨本，世不多见。

此书专选李白、杜甫诗，其动机杨慎已经代为说出："吾友禺山张子愈光，自童习至白纷，与走共为诗者。尝谓余曰："李、杜齐名，杜公全集外，节抄选本，凡数十家，而李何独无之？乃取公集中脍炙人口者一百六十余首，刻之明诗亭中。"（杨慎《李诗选题辞》）可见，他在编选李白诗上下的功夫更多。

《唐音百绝》

［明］简绍芳编选

题　解

唐诗总集，明简绍芳编选。绍芳生平事迹不详。可以考知的是：他与杨慎大致同时，而且是至交。朱孟震《河上楛谈》卷二中记载："余乡简西岢绍芳，弱冠客游滇南，题诗山寺。杨升庵先生一见异之。使人物色，遂定为忘年交。凡先生出入，必引与俱。先生藏书甚多，简一览辄记。每清夜剧谈，他人不能答，简一一应如响。在滇南倡和及评校文艺，惟简为多，张愈光诸人不及也。简年几六十，西归蒙山。"费经虞《剑阁芳华集》中也说："定校慎集，绍芳为多，张愈光诸人不及也。"可见，二人关系非同寻常。

本集专门编选唐人绝句，宁波天一阁藏书楼藏有此书，但是未曾见到。

《唐诗别刻》

［明］王梦弼编选

题　解

唐诗总集，明王梦弼编选。梦弼，字惟肖，号傅岩，代州（今山西省忻州市代县）人，嘉靖十四年（1535年）进士。通兵事，所以官至兵部侍郎兼右金都御史总督陕西三边军务，并且有大功于国家。《大明世宗肃皇帝实录》卷四百五十一："御史万民英论劾新升巡抚顺天大理寺右寺丞张祉才识庸劣，不堪重镇，诏调外任用，荫工部右侍郎陆杰子光畿、兵部左侍郎兼右佥都御史王梦弼子岸为国子生。杰以督修玄岳，梦弼以总镇三边功也。改南京工部尚书马坤为南京户部尚书，追论三十二年大同弘赐等堡失事，谪镇守都督同知吴瑛、中路参将企江、指挥金事马镇等十人戍边，夺北路参将麻禄、北东路参将郭震乃、指挥王良臣等六员各俸半年，余降罚有差。"书中明载因为"梦弼以总镇三边功也"，所以其子王岸蒙荫为国子生。王梦弼年五十六时卒。

　　本集共五卷，从《唐音》一书中钞出五七言律三百六十首，单行于世，但是此书现已不见，具体情况无从考察。

《唐音翼》

[明] 冯惟讷编选

题　解

　　唐诗总集，明冯惟讷编选。惟讷字汝言，号少洲，冯裕第四子，临朐（今山东省临朐县）人，嘉靖戊戌（1538年）进士，官至江西左布政使，以光禄卿的身份离职。其家颇有人才，其兄惟健、惟敏也擅文名。本集有文献记载，如《千顷堂书目》卷三十一《总集类》："冯惟讷《唐音翼》。"但是其书则见不到。冯惟讷著述颇丰，《唐音翼》之外，还有《古诗纪》《楚辞旁注》《杜律删注》《文献通考纂要》等著作，遗憾的是大都佚失。

《百花鼓吹》

[明] 王化醇撰

题　解

　　唐诗总集，明王化醇撰。化醇字和甫，别号应峰，无锡（今江苏省无锡市）人，嘉靖中国子监生。平生著书多部，此书之外，还有《牡丹百咏》一卷，《宋元名家梅花鼓吹》二卷，《明诗梅花百咏》八卷等。

　　本集杂采唐人咏花之诗，凡三十八种。《四库全书总目提要》卷一百九十二《集部·总集类》曾著录此书，《无锡县图书馆目录》卷十三《集部·总集类》也记录无锡县图书馆有此书，但是其书至今未得一见。

《初唐诗》

[明] 樊鹏编选

题　解

　　唐诗总集，明樊鹏编选。鹏字少南，信阳（今河南省信阳市）人，嘉靖进士，尝师从何景明，尝为《中顺大夫陕西提学副使何大复先生行状》，其中有曰："（何景明）兄景晖谓鹏曰：'亡弟素爱子，子状之。'鹏自幼与先生同里，长而从学，先生尝谓梅溪公曰：'是子甚解，吾有望也。'及后，先生官京师六年，至是又五年余，始从事诗文，望先生归一讲焉。及归而竟不起。伤何如耶？方先生病笃，鹏与其侄何士、门人张诗入，执其手泣。先生曰：'死生常理，无足悲，但吾生多辛苦耳。'声尚朗朗然。"我们从本文中一可看出樊鹏与何景明情谊甚深；二可看出樊鹏也富有学养。

本集分上、中、下三卷，选诗从唐太宗起，至徐彦伯等止，专取初唐。其中卷上为五言律诗，卷中为五言排律，卷下为五言绝句、七言律诗和七言绝句。据樊鹏自己所言，本书是在他人手稿的基础之上完成的："南滇樊鹏曰：予嘉靖癸巳，督储濠梁，得关中李子西相与评古今诗。李固豪杰士，识鉴精敏，动以初唐为称，适与予契。退而编成。"（樊鹏《编初唐诗叙》）很清楚，他是取"关中李子西相与评古今诗"之诗评再加编辑而后成书的。樊氏对古诗与近体诗的认识界线分明，并且认为二者不能兼备："诗自删后，汉魏古诗为近。汉魏后，六朝滋盛，然风斯靡矣。至初唐无古诗，而律诗兴。律诗与古诗势不得不废。精梓匠则粗轮舆，巧陶冶则拙函矢，何况于达玄机神变化者哉？惟古闾里咸习歌咏，是以其教不肃而成。"（樊鹏《编初唐诗叙》）同时，他认为律诗以唐为高，尤其应当师法初唐，这一点是他编辑此书的根本动因："唐兴三宗，上倡科目，取士天下，枕籍于词章，今传者百中一二尔。然已不下百家，故后世必曰唐诗唐诗云。予尝有言，初唐诗如池塘春草，又如未放之花，含蓄浑厚，生意勃勃。大历以后，锄而治之矣。乃于披阅之余，专取贞观至开元间诗，编为三册，凡若干人，题曰《初唐诗》，而古诗不与焉。诚以律诗当于初唐求之，古诗当于汉魏求之，此则编诗意也。昔人论初唐曰：使曹、刘降体，未知孰胜。斯其知言者乎？"（樊鹏《编初唐诗叙》）其中最突出的见解是"初唐诗如池塘春草，又如未放之花，含蓄浑厚，生意勃勃。大历以后，锄而治之矣"，"诚以律诗当于初唐求之"。从唐诗学史上看，特别是从明代唐诗学史上看，樊鹏的这一唐诗学观念与明代前、后"七子"诗必盛唐的主张相左，说明他在诗学上有自己独特的见解。《百川书志》卷十九评价本书说："专取贞观至开元间编成，而古诗不与焉。"大体合实。

本书有明刻本，但是世上少见。

《琬琰清音》

[明] 黄凤翔、詹仰庇辑，朱梧批点

题　解

　　唐诗总集，明黄凤翔、詹仰庇辑，朱梧批点。三人都是福建人，其中詹仰庇为温陵（今福建省境内）人，朱梧字子琴，则为晋江（今福建省晋江市）人，嘉靖丁酉（1537年）举人。黄凤翔字鸣周，号仪庭，晋江（今福建省晋江市）人，隆庆二年（1568年）进士第二人，为八榜眼，授翰林编修，教习于内堂，后来历官吏、礼二部左侍郎，兼翰林院侍读学士，官至南京礼部尚书。参与编修《明世宗实录》，主要著作有《嘉靖大政记》《嘉靖大政编年录》《田亭草诗集》《续小学》《异梦记》等，还主持编纂了万历《泉州府志》。《泉州府志》载他"所为文尔雅深醇，著有《嘉靖大政记》《嘉靖大政编年录》"。本集共十二卷，对初唐、盛唐、中唐、晚唐四期诗人及其作品各持其平，专门选辑五七言律诗：卷一至卷六为七言律诗，卷七至卷十二为五言律诗。

　　本书有明万历刻本，并未广泛流传，现仅国立台湾大学图书馆还藏有嘉业堂藏书楼原来收藏的明万历刻本《琬琰清音》十卷。除此之外，故宫博物院图书馆和浙江大学图书馆也收藏了此书。

　　2013年，在春季古籍善本拍卖专场，天津国际拍卖有限责任公司曾拍卖明万历刻本《琬琰清音》，但是并非完璧，只有三册九卷。

《唐诗衍调》

[明] 彭辂撰

题　解

　　唐诗总集，明彭辂撰。辂字子殷，海盐（今浙江省海盐县）人，嘉靖丁未（1547年）进士，官南京刑部主事，以察典罢归。集为其子润宏所编。清四库馆臣引焦竑之言称："其于七子盛时，意气高简，不少贬以就俗。"然后指出："今观集中，多与王世贞酬答之作，体格亦近七子。"（《四库全书总目题要·彭比部集》）彭辂还有三种唐诗选本，即：《初唐祖调》《盛唐雅调》《中唐新调》，但是同《唐诗衍调》一样，今已不见。此外，还有《彭比部集》等，其中《彭比部集》被清人收入《四库全书》。本集专门编选晚唐人诗，之所以如此，是因为彭辂看中了晚唐人诗既讲兴寄，又富于情感："客问于予曰：诗至晚唐，龊龊嗫嚅，无复飞扬奋厉之思，奚以《衍调》之缉？为子既有《初唐祖调》与《盛之雅》《中之新》，不啻足矣，衍而续之，其赘疣也哉？辂曰：晚唐诸作视往撰，诚渐凡下，犹然诗也。惟宋人造意发论，不以兴趣为宗，而天下始无诗。故宋可废也，晚唐胡可废也？夫文异于诗者何？诗摹绘景色，托之兴寄，而欢娱悲悒之情态隐隐寓其中，不待显露直言也。直而言之，则失玄虚蕴藉之指，而为有韵之文矣。"（《唐诗衍调序》）同时，他又指出："晚唐之于玄虚蕴藉，不尚存十之四五乎？姑苏黄姬水曰：'诗贵真而恶伪。故知其真，虽降而为元和、开成，犹之荐绅而效委巷之谈，俚亦雅也；非其真，虽进而为天宝、开元、神龙。武德、贞观，犹之市井而拟岩廊之度，雅亦俚也。'此知诗矣。"（彭辂《唐诗衍调序》）认为晚唐诗"真"，即表现真性情，不矫揉造作。基于这一点，他特别说明自己编撰此书的目的："昔寿陵之学行于邯郸也，邯郸不能成，而并失故步，卒匍匐以返。今之山泽野老与闾塾学究辈赋资驽下，令之为钱、刘、皇甫已难之，况王、孟、高、李、杨、卢、沈、宋耶？予之是编，殆为若人设也。且寰海之内，学诗者不可胜教，葛枣异嗜，秦粤殊音，安能人人而一之？即高明英伟之士，亦有不以世代先后横于胸臆，而惟择其言之善者矣。贞元以下诸君子，其翘然著称者无论也。他吟者率雕镂艰苦，童习而白颠其间，岂无一篇半简足爱而传者？予悯其用心，故宁过而存之。"（彭辂《唐诗衍调序》）其实就是要为学诗者，特别是那些"山泽野老与闾塾学究辈"提供一个学习唐诗的范本，不求高深，但求方便易学，而晚唐诗具备这样的条件。这种认识有一定的道理，但是也有偏颇的一面。

此书版本稀少，无缘得见。

《唐雅》

[明] 张之象编选

题　解

唐诗总集，明张之象编选。之象（1496—1577），字玄超，别号碧山外史，晚年号王屋山人。嘉靖时华亭（今上海市松江区）人。其祖萱，曾为湖广参议。其父鸣谦，为顺天通判。张之象由诸生入国学，授浙江按察司知事，以吏隐自命。归益务撰著。晚居秀林山，罕入城市。卒年八十一。生平著述甚富，所著书有《剪彩》《翔鸿》《听莺》《避暑》《题桥》《猗兰》《击辕》《佩剑》《林栖》《隐仙》《秀林》《新草》诸集；所辑有《诗学指南》《韵苑连珠》《韵学统宗》《楚语》《楚范》《楚林》《楚翼》《赋林七萃》《太史史例》《史记发微》《新旧注盐铁论》《唐雅》《回文类聚》《诗纪类林》等编，夥不胜纪。（莫如忠《浙江按察司知事张公之象墓志铭》，焦竑《国朝献征录》卷八十四）

本集有明嘉靖刊本，原书当时人何良俊称其选编唐诗起自武德，迄于开元，通得诗二千余篇，分二十六卷。（何良俊《唐雅序》）清代四库馆臣亦称是书"二十六卷"，"取唐君臣唱酬之作二千余篇，分部五十有三，以类编次"（《四库全书总目题要·唐雅》）。所选诗为唐君臣唱酬之作，认为"自天宝以后，则风格渐卑，其音亦多怨思矣"（何良俊《唐雅序》），所以主要选初唐与盛唐诗人之作，对中唐、晚唐有所轻视。时人何良俊对此集评价很高："世之集唐诗者众矣。率多里巷歌谣，要非诗之本。张子特取唐君臣唱酬之作，集而刻之，其亦有康乐之感也夫。夫聆钧天之奏者，塞耳不愿巴渝之歌；观黼黻之文者，瞥目不愿茹蘆之色。自《唐雅》出，则诸集诗者可尽废矣。"（何良俊《唐雅序》）但是，认真考察，其重视初唐、盛唐，过于轻视中、晚唐的做法，还是受到明代"前七子""诗必盛唐"（《明史·李梦阳传》）的影响，不够公允。

《唐诗类苑》

[明] 张之象编选

题 解

唐诗总集，明张之象编选。本集诗作过万首，选入诗家一千多人，其规模之大，实在少见，这都是因为选者有意广选、博取，其编排体例是以类编诗，而不以诗体，全书分三十九部（大类），一千零九十四类（小类）。采用的是类书的编排方法，关于这一点张之象在《凡例》中已经说明："诗无类书，诗之有类书也，自兹刻始。盖玄超先生苦心历二十余年而就，以汉魏至六朝诗汇为一集，以初唐至晚唐诗汇为一集，总名之曰《诗纪类林》。兹刻惟唐诗，因题曰《唐诗类苑》。"总而言之是从内容分类上着眼。虽然大而全，但是不可避免的是冗而滥。编者在《凡例》中说："诗人姓名，列于题下者，以时代为次，若一题二首，先初唐而后盛唐，若一题四首，依初、盛、中、晚次第之。"可是缺漏与冗滥还是存在。总体上不仅署名紊乱、体例不一，而且作家作品归属方面也有一些错误，在编选上确实显得有些粗疏。

此书最早的版本是明万历二十九年曹仁孙刻本，现北京大学图书馆藏有此本。后来的版本主要有清顺治十六年（1659年）梅墅石渠阁刻本；清吴荣芝重辑《唐诗类苑》二百卷刻本；清戴明说刻本（从张之象《唐诗类苑》选录七千八百余首而成）；清光绪刻本；1997年4月齐鲁书社根据北京大学图书馆藏明万历二十九年曹仁孙刻本影印本等。

《全唐诗选》

[明] 李默、邹守愚编选

题　解

唐诗总集，明李默、邹守愚编选。李默，字古冲，建安（今福建省建瓯市）人，正德十六年（1521年）进士。选庶吉吉士，改户部主事。嘉靖改元，修汉代来功，拟执政封爵，公不可，执政衔之，改户部主事，升兵部员外郎。大同卒慓悍，公兑马往约束制之，不敢动。调吏部文选司，升验封司郎中。后来改户部主事。后历官兵部员外郎、吏部郎中、宁国府同知、浙江布政使、太常寺卿，随后又掌南京国子监、擢吏部侍郎、进吏部尚书兼翰林院学士、加太子少保。为人博雅有才辨，以气自豪，正直有骨气，对权倾一时的严嵩不阿附，凡有铨除，与争可否，气甚壮。但还是为严嵩、赵文华构险，下狱瘐死。后在隆庆中复官，万历中谥"文愍"。在文事上，李默也不同凡俗，《闽中理学渊源考》卷八十六说"默博学任节，矜踔奋激，言论截烈，屡蹈危机，肮脏自如。至于擘画经济，扬榷风雅，曡曡乎星贯川沛。"所以称他"发为文章，渊宏俊达，有秦汉之风"。邹守愚，字一山，莆田（今福建省莆田市）人，与李默大致同时。《千顷堂书目》载："邹守愚，《全唐诗选》十八卷。"

本集在选诗上也受到明代"前七子"的影响，重视盛唐，歧视中、晚唐。全书十八卷，选诗共一千八百首，其中五言一千零六首，七言七百九十四首。在五言之中，突出了王维，仅五绝就选入二十首，次为钱起十三首，刘长卿十二首，韦应物十首。五律突出杜甫，选入二十九首，其余比较突出的也是初、盛唐诗人的作品：王勃二十二首，王维十九首，卢照邻十六首，李白十六首，孟浩然十五首，岑参十四首，宋之问十首，刘长卿十首。五古则突出李白，选入五十一首，其他比较多的也是初、盛唐诗人：韦应物四十五首，杜甫四十一首，储光羲三十九首，陈子昂三十首，王维二十二首。七律则突出杜甫，二十三首。七古前三位是盛唐诗人：选入岑参二十五首，杜甫二十四首，李白二十一首。所以，所谓

《全唐诗选》，其实重点在盛唐。

本书有明嘉靖丁未（1547年）刻本。

《唐十二家诗》

［明］张逊业编选

题　解

唐诗总集，明张逊业编选。张逊业，字有功，号瓯江，永嘉（今浙江省永嘉县）人，除《唐十二家诗》之外，还著有《鸣玉集》《使郢集》《瓯江集》。本集按诗体编排，共选诗二十四卷，诗人十二家，即：王勃、杨炯、卢照邻、骆宾王、陈子昂、沈佺期、杜审言、宋之问、孟浩然、王维、高适、岑参，很明显，都是初、盛唐诗人，表现出重视初、盛唐而轻视中、晚唐的倾向。

其实，编辑刊刻《唐十二家诗》不始于张逊业，南宋时临安书棚陈氏刻唐人诗集，其主要即是王勃、杨炯、卢照邻、骆宾王、陈子昂、沈佺期、杜审言、宋之问、孟浩然、王维、高适、岑参之诗，到了正德年间吴下（苏州）有人仿此宋刻，于嘉靖前期重新刊印出版，这是第一版《唐十二家诗》。嘉靖三十一年（1552年），张逊业依据第一版《唐十二家诗》再加校编之后，由黄埻刊于杭州之东璧图书府。所以，张逊业之《唐十二家诗》，应该说是此书的第二版本。此版格式有所变化，卷数也改为上下二卷，编排方式也改作按照诗体进行：先五言诗，后七言诗；先古诗，后律绝。原来十二家诗集内含有的序言与散文部分也完全删掉了。此后，此书又有新版本出现：万历十二年（1584年），杨一统于白下（南京）重刊东璧图书府本，格式又有所变化。明万历三十一年（1603年）许自昌于长洲（苏州）霏玉轩重刊东璧图书府本，书名改为《前唐十二家诗》。万历年间还有张居仁所刊刻的《唐诗十二家类选》，郑能于闽城琅嬛斋重新刊刻的许自昌本《唐十二家诗》，汪应皋也曾重刊东璧图书府本。到了隆庆四年（1570年），何东序又于保州刻《十二家唐诗类选》，格式也发生了新的变化。

《唐绝雅铨》

[明] 李材编选

题　解

　　唐诗总集，明李材编选。李材，字孟诚，丰城（今江西省丰城市）人，嘉靖四十一年（1562年）进士，授刑部主事。李材平日从邹守益讲学。中进士之后，依然认为自己学问未成，于是乞假归。访唐枢、王畿、钱德洪诸人，与问难。隆庆中还朝。由兵部郎中稍迁广东佥事。材通兵事，屡败倭寇。万历之初，材历官云南按察使，因为他重视讲学，并且因毁参将署为书院，导致兵变。在此期间，他尝收孟养、蛮莫两土司以制缅甸，以功擢右佥都御史。后因为云南巡按御史劾其破蛮冒公功，逮问，材坐系十余年。后复被起用，戍镇海卫。李材所到之处，喜欢聚徒讲学，到海卫戍所，门徒更多。学者称其"见罗先生"。李材之著作，多为讲学之文，有《观我堂摘稿》十二卷、《李见罗书》、《将将纪》等，此三种书皆载入《四库全书总目提要》。

　　本书无缘得见，但是文献中有明确记载。如《南昌府志》卷六十二《艺文志》中有云："李材……按公次子李颖所撰《行略》，此外尚有《正学堂稿》四十卷……《唐绝雅铨》四卷，《博济良方》一卷。"李材本人在《唐绝雅铨序》中有言："辞之兴最为近鞭……故予削其淫哇而诠其雅正，合诸选萃之一编，仍户析之为冲雅、悲壮、凄惋、豪逸四局，俾其风律情致以类相从，以便骚人之览采。"从中可见其编选的标准是"雅正"二字，并且具体到"冲雅、悲壮、凄惋、豪逸"四个方面。

《唐诗选》

[明] 徐常吉编选

题 解

唐诗总集，明徐常吉编选。常吉字士彰，武进（今江苏省常州市）人，嘉靖四十三年（1564年）举人，授上海县教谕。万历癸未（1583年）进士，除中书舍人，迁南京户科给事中户科，最后迁浙江按察司佥事，未抵任即卒。史书载他"性好学，多蓄书籍，公余手不释卷，所著尤多"（《光绪武进阳湖县志》卷二十一）。除《唐诗选》之外，他还有《诗家要选》《古文选》《事词类奇》《毛诗翼说》《诸家要旨》等著述。

本书早已失传，难得其要领。

《唐音类选》

[明] 潘光统编选

题 解

唐诗总集，明潘光统编选。潘光统，字少承，耿杰《胡应麟〈史书占毕〉析论》称："潘光统，广东顺德。"但是其生平不详，所可知者，他是嘉靖间著名学者黄佐的门生，他的这部《唐诗类选》，也是由黄佐写的序。文中揭示出此集是经过广收博采而成的："凡唐人诗集百余家，皆究心研虑，历五寒暑，凡遗逸在《初学记》《乐府诗集》《文苑英华》《太平御览》诸书又数十家，亦皆选及无遗焉。"（黄佐《唐音类选序》）全书共二十四卷，诗二千五百六十六首，书后附遗诗七十三首和《唐音类选古今律吕考》《诗人名氏》。总的来说体类齐全，甚至联句、小词、四言诗等都收入集中。

本书有嘉靖四十三年（1564年）刻本。

《大历才子诗选》

[明] 顾起经撰

题 解

唐诗总集，明顾起经撰。顾起经，字长济，后更字玄纬，无锡（今江苏省无锡市）人，为从父可学后，浸淫坟典。史载："从可学官京师，严嵩知其才，要置直庐属为应制之文，起经逡巡，谢不能去。"（《无锡金匮县志》卷二十二）嘉靖中，顾起经以国子生谒，选授广东盐课副提举，兼署市舶。王世贞《顾参军玄纬先生志略》对顾起经生平事迹记载颇详。（王世贞《弇州史料后集》卷二十一《顾参军玄纬先生志略》，《四库禁毁书丛刊》史部49册）本集已经失传，故情形不得而知。《无锡金匮县志》卷三十九中有云："《大历才子诗选》：顾起经。"

此书早佚，难言其详。

《唐诗会选》

[明] 李栻编选

题 解

唐诗总集，明李栻编选。李栻，字孟敬，又字克俨，号怀蓝、澜子。丰城（今江西省丰城市）人，初授刑曹，多平反昭雪冤案，致使狱无冤滞。后历官维扬守，补潮阳守，转升高肇宪副，以文武全才荐晋大参，分钺端州道，至浙江按察司副使。其平生著述除本书之外，还有《趋对易说》及《武书撮要》。

本集共十卷，其选诗的主导倾向是重视盛唐，如五古，选韦应物最多，六十一首，李白四十三首，刘长卿四十一首，储光羲三十五首，杜甫三十二首，王维二十六首，岑参二十二首；七古，选李白最多，三十五首，杜甫、岑参各二十三首；五言律诗，杜甫最多，三十九首，刘长卿二十三首，王维、孟浩然各十首，岑参十六首，李白十四首；五言排律及长律，杜甫十五首，刘长卿十二首；七言律诗，杜甫二十六首，刘长卿十九首，王维十首；五绝，王维十一首，刘长卿十首。其中七绝倒是例外：最多的是刘禹锡，二十三首；其次是王昌龄、李白，各十七首。特别值得注意的是，本集有明显的辨体意识，如关于七古，李氏在《唐诗会选辨体·凡例》中说："予故择初唐王、刘、沈、宋以下诸公之作为一体，盛唐李、杜、高、岑以下诸公之作为一体，晚唐李贺以下诸公之作为一体。"表现出明显的文体意识和流派意识。再如关于五古，《唐诗会选辨体·凡例》中指出："五言古诗旧无分别，自余观之实有二派。朱子尝云：作诗不从陶、柳门中来无以发冲淡萧散之趣。盖明言之矣，然未分也。予今以悲壮雄浑者为苏、李、曹、刘一派，择唐初及李、杜、高、岑以下诸公之作实之；以冲淡萧散者为渊明一派，择张、储、王、孟、韦、柳诸公之作实之。"既提出了诗体的划分问题，也涉及了流派的问题。

本书现有明万历二年（1574年）刻本传世。

《唐律探骊》

[明] 高棅编选

题 解

唐诗总集，明高棅编选。高棅，字居丰，山阴（今浙江绍兴）人，兄闳、弟台，皆登甲科，而棅绝意仕进。高棅曾从朱纯学唐律，为后来编选《唐律探骊》打下了基础。除本集之外，高棅还有《会稽怀古集》《诗衡》《史学稗雅捷径》诸书。《绍兴府志》卷七十八《经籍志·诗总集类》载："《唐律探骊》三十卷……高廪撰。"

本书一直未得一见，可能不存于世。

《唐诗玉林》

[明] 陈寿麓编选

题　解

唐诗总集，明陈寿麓编选。陈寿麓，湖南长沙人，隆庆三年（1569年），以恩选仕兰阳丞，为官清廉。史书载他"工诗赋，为同寅所忌，挂冠归"（《长沙县志》卷二十三）。本集现已不存，但是文献中有记载。《湖南通志》卷二百五十八《艺文》十四《集部·总集类》载："《唐诗玉林》《听雨堂诗选》，长沙陈寿麓编。"《长沙县志》卷三十五《艺文目录》亦载："《唐诗玉林》《听雨堂选》《颐年草》，陈寿麓著。"此书之外，陈寿麓平生著述还有《春秋悬旨》《左传旁训》《听雨堂选》《颐年草》《家礼简要》诸集。

《唐诗四体》

[明] 施策编选

题　解

唐诗总集，明施策编选。策字懋扬，号励庵，无锡（今江苏省无锡市）人，嘉靖十九年（1540年）生。其家世代行医，施策三岁之时，其父授以诗、古文，辄领大意。隆庆五年（1571年）进士，授礼部主事，改南京吏部考功司，复补礼部，历迁太仆寺卿。后来，施策乞归，结茅大池山中，烟霞出没，与诸名硕故人为希古会、棋会、花会之属，身自为之盟主，历三十年，以寿终。

此集现已不见，但是文献中有明确记载。如《无锡县志》卷三十九《著述》："《唐诗四体》，施策。"重修《江南通志》卷一百九十二《艺文志·集部》中载："《崇正文选》《古文集遗》《唐诗四体》，俱无锡施策。"既说明《唐诗四体》一书的存在，又点出施策其他著述。

《初唐鼓吹》

[明] 萧彦编选

题 解

唐诗总集，明萧彦编选。萧彦，字思学，号念渠，泾县（今安徽省泾县）人，隆庆五年（1571年）进士，除杭州推官。萧彦通兵事，一生中多从事军务：万历三年（1575年），擢兵科给事中，后以工科左给事中阅视陕西四镇边务，寻进户科都给事中。又擢太常少卿，以右佥都御史巡抚贵州，后改抚云南，寻以副都御史抚治郧阳。既而进兵部右侍郎，总制两广军务。最后召拜户部右侍郎，寻卒。后赠右都御史，谥定肃。《明史》卷二百二十七有其传，谓其："有志行。服官明习天下事，所在见称。后赠右都御史，谥定肃。"掌兵事之暇，萧彦亦喜文事，《初唐鼓吹》即其编选。

《千顷堂书目》卷三十一《总集类》中载："萧彦：《初唐鼓吹》二卷。"惜此集至今未见。

《唐诗纪》

[明] 黄德水、吴琯编选

题 解

唐诗总集，明黄德水、吴琯编选。德水字清甫，吴郡（今江苏省苏州市）人。吴琯字邦燮，号中云，为漳浦（今福建省云霄县）人，幼承家学，年仅九岁即能为文，隆庆辛未（1571年）进士。初任婺源县令，万历五年（1577年）调任给事中，父母去世，吴琯回云霄守孝。服满，调南京吏科，到任不久即病逝，婺源百姓为之痛哭。琯编修著述颇丰，《唐诗纪》之外，《古今逸史》《古诗纪》《汉武故事》《风俗通义》等书都经过他的加工。

本集共一百七十卷，其始事者为黄德水，同时纂辑者还有陆弼、谢陛、俞体初、俞策诸人，其中吴琯为主要编选者。集中专门选录初、盛唐人诗，其中盛唐一百五十八卷，初唐只有十二卷，可见其重视盛唐的程度。方沆在《唐诗纪序》中说："古郢吴太学琯既校刻六朝以上诗纪，传之四方矣。复汇编有唐一代之业，而以初、盛诗百七十卷先之，其《凡例》一准诸《诗纪》，而属序于不佞沆。"说明本集的编选缘起，同时他还指出："谭者曰：'初、盛之外，若钱、刘、韦、柳诸家，非不脍炙人口，而不以入兹编，何也？'盖初、盛以无意得之，其调常合，中、晚以有意得之，其调常离，由无意而有意也易，自离而合也难。故言江汉者必首岷嶓，古人祭川，先河而后海，斯刻初、盛唐诗本指也。"进一步说明编选此书的主要宗旨。

本书的版本早期有明万历十三年（1585年）吴氏初刻本，后有聚锦堂藏版本，但是有改动：卷一原题"吴郡黄德水汇编，郢郡吴琯校订"，此本改作"豫章李明睿阅，海宁方天眷重订"；卷二原题"吴郡黄德水汇编，郢郡吴琯校订"，此本改作"滁阳方一元汇编，海宁方天眷重订"。其他卷重订人也有变化。

《新镌名公批评分门释类唐诗隽》

[明] 李维桢编选

题　解

　　唐诗总集，明李维桢编选。维桢，京山（今湖北省京山县）人，字本宁，其父为李裕，福建布政使。明世宗嘉靖二十六年（1547年），维桢生，隆庆二年（1568年）进士，由庶吉士授编修。李维桢天分极高，突出特点是博闻强记，当时，与同馆的许国以才学齐名，其时馆中流传这样的佳话："记不得，问老许；做不得，问小李。"万历时，《穆宗实录》成，进修撰。出为陕西右参议，迁提学副使。历河南、江西、四川参政，进浙江按察使。浮沉外僚几三十年。天启初，以布政使家居，年七十余。后值朝议登用耆旧，召他为南京太仆卿，不久改太常，维桢未赴任。闻谏官有言，辞不就。时方修《神宗实录》，给事中薛大中特疏荐之，未及用。四年四月，太常卿董其昌复荐之，乃召为礼部右侍郎，甫三月进尚书，并在南京。维桢缘史事起用，乃馆中诸臣惮其以前辈压己，不令入馆，但超迁其官。维桢亦以年衰，明年正月力乞骸骨去。又明年卒于家，年八十。崇祯时，赠太子太保。维桢为人，乐易阔达，宾客杂进。其文章，弘肆有才气，海内请求者无虚日，能屈曲以副其所望。碑版之文，照耀四裔。门下士招富人大贾，受取金钱，代为请乞，亦应之无倦，负重名垂四十年。但是，因为所作多是应酬率意之文，格调多不甚高。李维桢平生著述甚丰，除此《新镌名公批评分门释类唐诗隽》之外，还有《大泌山房文集》《史通评释》《黄帝祠额解》等多种著述传世。

　　本集常见为明萧世熙刻本，全书共四卷，卷一为天文、地理、时令、宫室、送别、寄赠酬答；卷二为留别、别业、行迈寓宿、宴会钱别、游赏登临、悲悼怀忆；卷三为寻访逢遇期待、书怀闲适感慨偶题、隐逸山居汇评、应制应试帝德、朝省寓直扈从、吊古门；卷四为僧院、道观、仙类、咏物、杂咏乐府，附六言杂咏、音乐、乐府宫怨闺情。显然，本书以题材类别编排，不以体类编次。总的说来，其评价多概念化言语，具体、深刻性不足。

《镌李及泉参于鳞笺释唐诗选》

[明] 李颐编选

题 解

　　唐诗总集，明李颐编选。李颐，字惟贞，号及泉，余干（今江西省余干县）人，隆庆二年（1568年）进士。授中书舍人。万历初，擢御史。忤张居正，出为湖州知府。迁苏松兵备副使、湖广按察使。以母丧归家守孝，起服后莅陕西，进河南右布政使，擢右佥都御史，巡抚顺天，进右副都御史，以定乱兵进兵部右侍郎。又进左侍郎。久之，进右都御史。二十九年，以工部右侍郎代刘东星管理河道。甫两月，以劳卒。赠兵部尚书。史载李颐"博习典故，负才名"（《明史》本传），所以除《镌李及泉参于鳞笺释唐诗选》之外，还有《奏议》二卷等著述。

　　本集顾名思义，是在李攀龙《唐诗选》的基础之上，重新选录而成，基本宗旨也一仍其旧。目前，此集版本有明安良榮刻本，藏于重庆市图书馆，但至今无缘得见。

《李杜诗钞述注》

[明] 林兆珂编选

题 解

　　唐诗总集，明林兆珂编选。兆珂，字孟鸣，为林富之孙，莆田（今福建省莆田市）人。万历甲戌（1574年）进士，授蒙城知县，改仪封教授，升国子监助教，转博士监丞。又升刑部主事，历员外郎中，为大司寇，历知廉州、安庆，官至安庆府知府。乞归。林兆珂引退之后，家居二十载，关门闭户，专心读书，更勤于著述。所著书在《李杜诗钞述注》之外，还有《宙合》《多识》，又有批点《左传》《檀弓》《考工》《参同契》《楚辞》、王摩诘选诗诸书，均入《四库总目》，并传于世。

此集史、志多有记载。如《兴化府·莆田县志》卷三十三《艺文志》云："林兆珂《考工檀弓述注》、《多识编》七卷、《李杜诗钞述注》、《楚词述注》。"不过现在本集已经不见久矣。

《唐诗排律辨体》

[明] 孙矿编选

题 解

唐诗总集，明孙矿编选。孙矿，字文融，号月峰，孙升幼子，万历甲戌（1574年）会试第一，当入翰林，为张居正所阻，授兵部主事，官至南京兵部尚书。著述甚丰，除《唐诗排律辨体》之外还有《今文选》《孙月峰评经》《孙月峰全集》《绍兴府志》《书画跋跋》等。

本集由书名可知其所选皆唐人排律，且有辨体文字，可惜此书至今未见，难道端详。但是，在明代，此集也受到批评，如钱谦益在《赖古堂文选序》中就指出："三曰侮经之缪，诃虞书为俳偶，摘雅颂为重复，非圣无法，则余姚孙氏矿为之魁。"批评得很严厉。

《苏州三刺史诗》

[明] 钱谷编选

题　解

　　唐诗总集，明钱谷编选。谷字叔宝，自号磬室，吴县（今江苏省苏州市）人，少孤贫，失学，迨壮始知读书。家无典籍，游文征明门下，日取架上书读之。以其余功点染水墨，得沈氏之法。晚年修葺故庐，读书其中。闻有异书，即便病中也必强起，匍匐请观。手自抄写，几于充栋，穷日夜校勘，至老不衰。钱谷能诗、工书、善画。手录古文金石书几万卷。其书行法苏轼，篆法二李，小楷法虞、欧。为人"性颇劲直，不能容人，一介不苟，烧香洗砚，悠然自得，有吴中先民之风"（钱赚益《列朝诗集小传》）。

　　本集专门选取在苏州任过刺史的韦应物、白居易、刘禹锡三人之诗，其原因是：钱谷为苏州人，而韦应物、白居易、刘禹锡在苏州任刺史之时，经常游宴赋诗，当时传为佳话，后世以为美谈，钱谷自然以为美事，所以编辑三人诗成为一集。《苏州府志》卷一百二十四《艺文三·明》载钱谷："《三国文类钞》《南北史撼言》《三刺史诗》《隐逸集》《悬磬室诗》。"《近古堂书目》卷下《唐诗类》亦载云："《苏州三刺史诗》。"遗憾的是此书难得一见。

《唐七言律选》

[明] 田艺蘅编选

题 解

　　唐诗总集，明田艺蘅编选。艺蘅字子艺，自号隐翁，钱塘（今浙江杭州）人，著名学者田汝成之子。具体生卒年不详，大约生活在明嘉靖、隆庆、万历初。艺蘅少小之时便聪明颖悟，才情不凡。十岁从其父过采石，赋诗云："白玉楼成招太白，青山相对忆青莲。寥寥采石江头月，曾照仙人宫锦船。"但是，田艺蘅"性放旷不羁，好酒任侠，善为南曲小令"（钱谦益《列朝诗集小传》丁集）。科场并不得志，晚岁才以贡为新安博士，罢归。不过史称他"作诗有才调，为人所称"（《明史》卷二百八十七《文苑三》）。《唐七言律选》只是他众多著述之一，此外还有《田艺蘅诗文集》《大明同文集》《诗女史》《田子艺集》《留青日札》等多种著述。《唐七言律选》有多种文献记载，如《浙江通志》卷二百五十二《经籍志·总集》："《唐七言律选》……田艺蘅撰。"《杭州艺文志》十《集部》六《总集类》："《唐七言律选》，明田艺蘅辑。"此外还有《千顷堂书目》卷三十一《总集类》："田艺蘅：《唐七言律选》一卷。"但是此书一直无缘得见。

《唐诗类韵》

[明] 冯琦编选

题 解

　　唐诗总集，明冯琦编选。冯琦，字用韫，一字琢庵，临朐（今山东省临朐县）人，幼颖敏绝人。年十九，举万历五年（1577年）进士，改庶吉士，授编修。预修《会典》成，进侍讲，充日讲官，历庶子。后进少詹事，掌翰林院事。迁礼部右侍郎，改吏部，寻转左侍郎，拜礼部尚书。为官，冯琦"莅政勤敏，力抑营竞"（《明史》本传），为学，冯琦"明习典故，学有根柢"（《明史》本传），主要著述有《宋史纪事本末》二十八卷，《经济类编》一百卷，《北海集》四卷，《两朝大政记》《唐诗类韵》《通鉴分解》等。《唐诗类韵》一书史籍中有明确记载，如《千顷堂书目》卷三十一《总集类》："冯琦：《唐诗类韵》。"《咸丰青州府志》卷三十三《艺文考》："冯琦：《宗伯集》八十一卷，《宋史纪事本末》二十八卷，《经济类编》一百卷，《北海集》四卷，《两朝大政记》《唐诗类韵》《通鉴分解》。"但《唐诗类韵》世所难见，至今未得一睹真容。

《唐诗所》

[明] 臧懋循编选

题　解

唐诗总集，明臧懋循编选。懋循，字晋叔，号顾渚，长兴（今浙江省长兴县）人。"幼绝颖敏，甫三岁能诵《孝经》、古诗。封公大奇之。九岁操觚，其师逊避，弗敢当其席也。日诵千言腹成笥。"（见1934年甲戌重修《臧氏族谱》载章嘉祯《南京国子监博士臧顾渚公暨配吴孺人合葬墓志铭》，又徐朔方《晚明曲家年谱》）万历庚辰（1580年），臧懋循进士，官国子监博士。但懋循"风流任诞"，虽然"官南国子博士"，可是"每出必以棋局、蹴球，系于车后。又与所欢小史衣红衣，并马出凤台门"。所以最终"中白简罢官"（见《列朝诗集小传》丁集上）。臧懋循与汤显祖、王世贞等相友善，诗、词、曲皆通，《古诗所》《负苞堂稿》《元曲选》《唐诗所》等为其代表性著作。

《唐诗所》没有受"前七子""诗必盛唐"观念的影响，选诗照顾到了中、晚唐。懋循本人在《唐诗所序》中说得明白："大抵古今作者，各笃于时，由前则为古之汉魏，由后则为唐之初、盛，举盛以概衰，习无相远，试以论马者论诗，求其神而已。余因复辑《唐诗所》若干卷，与前书合，各体类从，仍如前例，搜引厘正，力倍于前，乃敢私寓轩轾。姑以初、盛为前集，寻以中、晚为后集，以中、晚之可抑者为别集。"所以总体上较为客观。全书共十有四门，即《古乐府》《乐府系》《三言四言古诗》《五言古诗》《七言古诗》《杂体古诗》《风体骚体古诗》《五言律诗》《七言律诗》《五言排律》《七言排律》《五言绝句》《七言绝句》《阙文》，每门之内又各以题目类从。其中前集是初、盛唐人诗，中、晚唐人之诗为后集或别集。

本书有明万历三十四年（1606年）雕虫馆刻本。

《唐乐苑》

［明］梅鼎祚编选

题　解

唐诗总集，明梅鼎祚编选。鼎祚，字禹金，号胜乐道人，宣城（今安徽省宣城市）人，自幼笃志好学，饮食寝处均不废书。其父梅守德官给谏时生鼎祚，时鼎祚癯甚，二兄相继夭亡，其父更怜之。欲其焚笔砚，不欲其读书，于是匿书帐中。但鼎祚时时默诵，好学不倦，年十六廪诸生，郡守罗汝芳召致门下，龙溪王畿为当时名儒，尝呼为小友。梅鼎祚性不喜经生业，以古学自任，发为文辞，沉博雅赡，士大夫好之，式庐者日至。与王世贞、汪道昆诸巨公游，与戏剧家汤显祖更为莫逆之交，当时海内无不知有梅鼎祚。

梅氏一生著述极为丰富，《唐乐苑》只是其中之一，其他还有《古乐苑》《八代诗乘》《鹿裘石室集》《女士集》《宣乘翼》《青泥莲花记》《释文纪》《汉魏诗乘》《书记洞诠》《宛雅》《皇霸文纪》《西汉文纪》《东汉文纪》《西晋文纪》《宋文纪》《南齐文纪》《梁文纪》《陈文纪》《北齐文纪》《后周文纪》《隋文纪》等。不过《唐乐苑》则流传不广，《四库全书总目提要》著录梅鼎祚著作多达十三种，但是未及此书。好在其他史籍则有记载，如重修《江南通志》卷一百九十二《艺文志·集部》："《唐乐苑》三十卷……梅鼎祚。"《宣城县志》卷二十七《载籍》：“《唐乐苑》《鹿裘石室集》《书记洞诠》《青泥莲花记》《才鬼纪》《女士集》《宣乘翼》……并梅鼎祚著。”《宁国府志》卷二十《艺文志·书目》：“《唐乐苑》二十卷……梅鼎祚著。”不过，此书无缘得见，其详细情况不得而知。

《李杜二家诗钞评林》

[明] 梅鼎祚编选，屠隆集评

题 解

　　唐诗总集，明梅鼎祚编选，屠隆集评。屠隆（约1543—1605）字纬真，一字长卿，号赤水，别号由拳山人、一衲道人、蓬莱仙客，晚年又号鸿苞居士。鄞县（今浙江省鄞县）人，史称他“生有异才”，“落笔数千言立就”。所以“族人大山、里人张时彻方为贵官，共相延誉，名大噪”（《明史》本传）。万历五年（1577年）中进士，除颍上知县，调繁青浦。虽然他“时招名士饮酒赋诗，游九峰、三泖，以仙令自许”，但是“于吏事不废，士民皆爱戴之”（《明史》本传），后迁礼部主事。万历十二年（1584年）蒙受诬陷，削籍罢官。归里之后，屠隆“纵情诗酒，好宾客，卖文为活。诗文率不经意，一挥数纸”（《明史》本传）。

　　屠隆生平极喜著述，有《李杜二家诗钞评林》《由拳集》《白榆集》《钜文》《篇海类编》等。

　　本集有明余绍崖刻本、明万历十七年（1589年）刊本，前者比较少见。集中前是《二家诗总评》，其中多引前贤之论语，后为屠隆本人评论。接下来一为《李诗钞评》，其中包括五言古、七言古、五七言律、五七言绝；一为《杜诗钞评》包括五言古、七言古、五言律、七言律，五言排律、七言排律、五七言绝。每一诗体前皆有集评或参评。集评取前人之评，参评则加入己见。关于二家诗优劣得失之论，尤为可观。

《唐诗合选》

[明]赵完璧编

题　解

　　唐诗总集，是在杨士弘《唐音》和高棅《唐诗正声》两个唐诗选本的基础上合成的，所以署名为元襄城杨士弘选，明三山高棅选，胶东赵完璧合编。赵完璧，字全卿，号云壑，晚号海壑，胶州（今山东省诸城市）人，由岁贡生官至巩昌府通判。其著述还有《海壑吟稿》，《四库全书》已经著录。

　　本书共十五卷，诗作大都选自《唐音》和《唐诗正声》，没有统一的编撰体例，标准不一。有的根据诗体编次，有的又不依，所以总体上显得混乱。关于此书编辑缘起，赵完璧自己已有说明："诗选之难久矣。选唐诗者非一手，多寡异同，各持己见，卒无定论。……天水胡公以为伯谦主调、廷礼主格，《音》精而《声》加严焉。顾、桂二公又尝各于二集详加批评。皆遗梓天雄。余因小子慎修承乏是郡，递寄新刻，互对相观，同者过半，异者殆得无几矣。要之二公皆所以乘范而加意焉者，与其岐而二之，而烦且劳，孰若合而一之，而简且便耶？"（赵完璧《唐诗合选序》）一方面对杨士弘《唐音》和高棅《唐诗正声》作了评价，指出诗选之难；另一方面说明编辑此书的动机，主要就是求其简便。关于编辑方式和方法，赵氏也作了说明："乃于《音》集中随各名类，以《声》集参，续合者标其同，不合者标其异，无标者，其《音》之余也。虽合而犹分也。各仍不失二公原选之意。迂叟窥管何知，但谛观《音》集原始，要终拔其纯粹，撷其英华，虽采及晚唐，亦不为多。再睹《声》选，区别精详，取予严正，虽略及晚唐，亦不为少。二美混而为合选焉，不知后之览者以为何如。"（赵完璧《唐诗合选序》）虽然他自己说是合杨士弘《唐音》和高棅《唐诗正声》二书之美，"拔其纯粹，撷其英华"，但是实际效果并不十分理想，总的编排体例还是有些混乱。

　　此书有明万历十一年（1583年）赵慎修刻本。

《李杜诗选》

[明] 李廷机编选

题　解

　　唐诗总集，明李廷机编选。廷机，字尔张，号九我，晋江（今福建省晋江市）人，贡入太学，顺天乡试第一。万历十一年（1583 年）会试又是第一，以进士第二授编修。累迁祭酒。久之，迁南京吏部右侍郎，署部事。二十七年，典京察，无偏私。召为礼部右侍郎，四辞不允，越二年始受任。帝雅重廷机，命以礼部尚书兼东阁大学士，入参机务。最后加太子太保。卒赠少保，谥文节。除《李杜诗选》之外，李廷机还有《李文节集》。

　　本集文献中有记载。同治十年重刊本《福建通志》卷七十二《经籍志》：李廷机“《李杜诗选》四卷，《评选草堂诗余》六卷”。《福建续志》卷七十六《艺文志一·解诗类》：“李廷机：《李杜诗选》。”但是此书至今未见，难以言其端详。

《批选唐诗》

[明] 郝敬编选

题　解

　　唐诗总集，明郝敬编选。郝敬，字仲舆，号楚望，京山（今湖北省京山县）人，其父承健，举于乡，官肃宁知县。郝敬幼称神童，又性跅弛，尝杀人系狱。杨维桢，其父至交，救其出狱，馆于家。郝敬始折节读书，万历十七年（1589 年）中进士，历知缙云、永嘉二县，并有能声。征授礼科给事中，乞假归养。久之，补户科。后坐事，谪知江阴县。因其贪污不检，物论皆不予，遂投劾归。居家期间，郝敬杜门著书。崇祯十二年（1639年）卒。郝敬治学，以经学为主，《周易正解》《易领》《谈经》等著述，此外还有《小山草》《时习新知》等著作。治诗主要专于唐，《批选唐诗》之外，还有《批选杜工部诗》。他曾说过："诗自近体兴，而古意荒矣。为近体，则自不得不推唐人；推唐人，则自不得不依声偶，尚风骨，贵辞彩。辞彩高华，丰骨森秀，声偶雄畅，即是合作，舍此好异，自诡删前，若蒉桴土鼓也者；而绌辞彩为肤浅，薄声偶为徘倡，诋丰骨为狰狞，犹南面走而适燕，不啻远已。"（《批选唐诗题辞》）所以他编选《批选唐诗》，确实事出有因。同时，他对诗的认识也有其独特之处："……鲰生好异，别求所谓单绪微旨，不与群言伍者为独创。好人之所恶，是谓拂人之性。诗本性情，天下之耳相似也。余学为近体，近体而已矣；评唐人诗，唐人而已矣。贾贵适时，业问当家，杞宋无徵，麻冕从众。今之乐，犹古之乐也。必泰音希声，远称三百，则汉魏六朝已落下陈，何有于唐，当别置一格论，未可骑墙观也。"（郝敬《批选唐诗题辞》）其一，对诗的本质有准确的把握，强调"诗本性情"；其二，承认不同时期诗歌各自的独特性，视野较宽。

本书现有明刻本，全书按照诗体编排，批语主要是眉批，还有少量的校正或说明文字。但是从总体上看，编辑体例显得混乱：有的卷按照诗体编排，有的不按照诗体编排，各卷之中，有的是单一诗体，有的则是各体兼收，全书没有统一的编排体例。出现这样的情况，主要是本书延续杨士弘《唐音》原本就比较混乱的编排体例，没有进行必要的修改。此外，本书中的评语，主要是取自顾璘、桂天祥二家原批，自己的分析评价较少。

《唐诗选》

[明] 李攀龙编选，王稚登参评

题　解

唐诗总集，明李攀龙编选，王稚登参评。王稚登（1535—1612），字伯谷、百谷，号半偈长者、青羊君、广长庵主等。先世江阴人，后移居吴门（今苏州）。以早慧闻名，四岁便能属对，六岁善擘窠大字，十岁能诗，嘉靖末入太学，万历时曾召修国史。王稚登曾拜吴郡四才子之一的文征明为师，但是，自文征明后，风雅无定属。当此之时，王稚登重整旗鼓，主词翰之席三十余年。嘉、隆、万历年间，布衣、山人以诗名者有十数人，俞允文、王叔承、沈明臣辈尤为世所称，但是声华炬赫，以稚登为最。万历中，诏修国史，大学士赵志皋辈荐稚登及其同邑魏学礼、江都陆弼、黄冈王一鸣。有诏征用，未上，而史局罢。卒年七十余。有《王百谷全集》《吴郡丹青志》等传世。

本集是在李攀龙《唐诗选》的基础上加以批点，其主要方式一是用朱笔加批语，眉批为主，少量用旁批；一是对妙句奇语加圈或者加点。焦竑认为其评批"非惟于鳞未尽之藏得以晓畅，若乃点次安详，位置如故，则于于鳞一段苦心，庶几不磨云尔"（《唐诗选序》），大体合实。

此书有明刻王稚登参评本，还有明万历套印本传世，此本有李攀龙、王稚登、施凤来、施大猷所书四篇序、跋，均为墨迹摹刻上板，朱色套印各人姓名。

《唐诗类韵》

[明] 张可大 编选

题　解

唐诗总集，明张可大编选。可大，字观甫，应天（今江苏省南京市）人，世袭南京羽林左卫千户，万历二十九年（1601年）武进士，授建昌守备。迁浙江都司佥书，分守瓜洲、仪真，江洋大盗敛迹。后因擒拿劫贡船的贼人有功，先后升为游击、参将。之后又随总兵王鸣鹤平定西南，有功。迁刘河游击，改广东高肇参将。调浙江舟山。奉命征黎，与总兵王鸣鹤用黑番为导，捣其巢，黎乃灭。倭犯五罩湖、白沙港、茶山潭头，张可大连败之，加副总兵，掌南京锦衣卫，后升南京右府佥书。崇祯元年出为登、莱总兵官。二年冬，白莲贼余党围莱阳，可大击破之，焚其六砦，斩伪国公二人，围遂解。京师被兵，可大入卫，守西直、广宁诸门。明年，以勤王功，升都督同知。崇祯四年，升为南京右都督，未及赴任，因"吴桥兵变"，败于叛军，自尽。朝廷追赠太子少傅，谥庄节。因为可大"好学能诗，敦节行，有儒将风"（《明史》卷二百七十），所以有著作传世。

《唐诗类韵》就是张可大早年所编，全书共四卷。他曾自述其缘起："……曾记冯琢庵先生尝欲集《唐诗类韵》，以便学者诵习，而竟未卒业。予波臣也，横海楼船，似博望侯乘槎犯斗牛，取织女，支机石，景况迥异。帷幄稍闲，检缥囊所携唐律，尽校之，细为摩研，依韵类聚，御制希有，爰重丝言，名家高调，缅缅洋洋，间有倜傥大节而风什借光，喜如拱璧。盖既不以人废言，又焉得以言失人也。如羽士分步虚之余音，缁流播海潮之遗响。……杀青竟，客曰：'古有金声玉振诸类书为近时帐中秘君之类韵，庶几仿佛是欤？'予曰：'噫！客言过矣。此刻差与五车瑞韵拟耳，补琢庵先生之不逮，是鄙意也。'"大体说来是为继承冯琢庵先生未竟的事业，编辑一部"便学者诵习"的唐诗选本。

此书的编辑方法主要是"依韵类聚"，即按照诗韵编排。而其基本的编辑标准和诗学主张，他自己也作了说明。首先，他重视诗韵，强调"诗法严而韵谐"，更重视律诗之韵："诗三百篇皆乐也，乐八音皆诗也。诗法严而韵谐，而律诗之妙，又若爽籁发而清风生，谭何容易。南郭子綦谓子游曰：汝闻人籁而未闻地籁，汝闻地籁而未闻天籁。昔人论诗，遂谓汉魏晋与盛唐天籁也，大历以还地籁也，晚唐人籁也。亦未必然。诗者，吟咏性情也，有理，有意，有兴，有趣。"书名为《唐诗类韵》就是其编辑此书诗学思想的具体体现。在强调法严韵谐的同时，他也注意气格、风骨、情采："今代诸类书等，为文辞之博雅也，为长篇古风之富丽也，于律诗则糟粕矣。法严韵谐，此规矩也，若气格，若风骨，若情采，则又系乎识者之宏裁。顾世运人心，原无今古，选歌近体，总是声诗，予特就其可类者类之耳。"（张可大《唐诗类韵序》）从总体上说，他强调的是诗歌的格调论，并且说明了格调论的基本"规矩"，主要包括"法""韵""气格""风骨"等方面。

本书有明万历刻本传世。

《唐诗艳逸品》

[明] 杨肇祉编选

题　解

　　唐诗总集，明杨肇祉编选。肇祉，字锡甫，武林浙江杭州人，生活于明嘉靖、万历时期，喜讽咏唐诗，"于《名媛》《香奁》《观妓》《名花》诸篇，偶有所得"，于是选其艳逸之品就其诗所咏者，分为四种，总题名《唐诗艳逸品》。共划分为"名媛集""香奁集""观妓集""名花集"四集，每集一册，每集前都有凡例，阐明选诗范围和标准。

　　本集版本很多，笔者所见《唐诗艳逸品》为四卷，明天启元年（1621年）乌程闵一栻刻朱墨套印本。半叶八行，行十八字，四周单边，白口，白绵纸，曾为于莲客所藏，有大段于氏亲笔跋文、批校及题签。

　　明万历年间本《唐诗》四卷，首刻绘仕女版画，可能为《唐诗艳逸品》之母本。

《唐诗艳》

[明] 周诗雅编选

题　解

　　唐诗总集，明周诗雅编选。周诗雅，字廷吹，武进（今江苏省常州市）人，万历四十七年（1619年）进士，官至湖广参议。除《唐诗艳》外，还有《南北史钞》《静文堂稿》《楚汉余谈》等著述。

本集着重于"艳",专门选择唐诗清新艳丽之作。选者曾专门解释"艳"的含意:"今夫名园金谷,宝砌瑶林,称华瞩矣。艳乃在于夕露晨流、新桐初引,粉香沓杂,花气披靡,亦佳丽矣,艳乃在于苎萝一顿,远山一抹。熊膈豹臞,炙酒行车,颇豪嚼矣;艳乃在于军持之中泠,洞山之野馨。"(周诗雅《唐诗艳小叙》)显然,其"艳"既有美人、盛馔,又有山水、园林、香花,突出的是自然真纯的色彩与景色,不是偏重于女色之"艳"。而此"艳"又主要出于清新:"何也?艳未有不从清中流出者。能以其清新者,一变汉魏六朝为律绝,而古风则仍其习,排律又衍其波,使不得初唐之一反汉魏六朝之为填词,已久矣。斯又气运升降之微机,难为俗耳说,并难为作者解也。予第近取其清者,而艳在其中矣。游名园,对美人,御盛馔,都向三者之外寻讨,是余清新之所寄也。知我罪我,吾何知?"(周诗雅《唐诗艳小叙》)所以他编辑此书,就是以"清新"为标准:"或曰:'古诗言准。而唐诗言艳,得无盭乎?'嗟乎!除却新机,便是套本,心花倏灭,笔彩何传?反之,吾心不相准,何处再求古诗也。准与艳,皆以心言,即谓古之准藏艳,而唐之艳投准也。无二也,于是而选《唐诗艳》。"(周诗雅《唐诗艳小叙》)

本书有明刻本,但是未得一见。

《唐诗七言律选》

[明] 刘生和编选

题 解

唐诗总集,明刘生和编选。生和,字仲协,号环江,一说沧州(今河北省沧州市)人,另一说为渤海人,明万历三十五年(1607年)进士。官终宝庆知府。

刘生和素喜唐诗,"乃自束发以来,心颇好之,时时手《鼓吹》一编,流览寻绎"(刘生和《唐诗七言律选序》),但其发现所见之唐人诗集收罗不全,尤其近体律诗更是如此。于是他"乃始遍翻广采,删复订讹,自李、杜两大家外,得人一百二十,诗五百九十一,数与《鼓吹》亦略相当。中间裒益者盖十之三,厘为十卷"（刘生和《唐诗七言律选序》），编成此集。

大体说来，此集以元好问《唐诗鼓吹》为基础，再加以删补，同时又注意从其他唐人诗集中选取初唐诗人之作，合成此集。在选诗上有两点值得注意：一是不选李白、杜甫之作；二是特别重视中、晚唐诗人的作品。其中初唐仅选九人，诗十八首；盛唐选十人，诗二十三首；而中唐则选四十二人，诗一百六十二首；晚唐更多，选五十九人，诗三百八十八首，仅李商隐一人便选诗三十五首。其倾向性非常明显。

本书有清刻本存世。

《唐诗选纪述》

[明] 孙慎行编选

题　解

唐诗总集，明孙慎行编选。孙慎行（1565—1636），字闻斯，号淇澳，江苏武进人。幼习闻外祖唐顺之绪论，即嗜学。万历二十三年（1595年）举进士第三人，授编修，累官左庶子。数请假里居，键户息交，覃精理学。当事请见，率不纳。有以政事询者，不答。四十一年五月，由少詹事擢礼部右侍郎，署部事。后韩敬科场事发，孙慎行直言，力主罢黜韩敬，自然遭到韩敬同党的攻击，被迫辞官。熹宗继位，将孙慎行召回，官拜为礼部尚书。此后，因"红丸"事起，孙慎行上疏无效，遂以病辞官。魏忠贤组织纂修《三朝要典》，"红丸"一案，孙慎行被定为罪魁祸首。熹宗下诏将其革职，本为遣戍宁夏，然其人尚未起行，值崇祯帝继位，慎行得以赦免，命以原官协理詹事府事，孙慎行力辞不就。享年七十二岁。著有《困思钞》等。

此集有明刊本，全书共六卷，现藏于北京图书馆。

《初唐风绪笺》

〔明〕程元初编选

题 解

　　唐诗总集，明程元初编选。元初字全之，新安人，立志著书立说，以期传世。钱谦益《徽士录》中载："家累千金，妻子逸乐，弃而游四方，行不携襆被，卧不僦邸舍，终年不浣衣，经旬不洗沐，搏糒饭裹置衣袖中，以为糇粮。夏月秽臭逆鼻，闻者呕哕，元初咀嚼自如。"可见其意志之坚、搜罗之苦、用力之勤。后来，程元初闻知辽东形势危急，徒步赶到辽阳，与当地军民共同守卫要塞。奴尔哈赤将攻辽阳，人劝他离开，他不听。城陷之后，被后金军所杀。

　　本集有明刻本，共九卷，其编次方法与其他唐诗选本有所不同：以诗人生活时代之先后顺序编排，九卷中的每一卷都在前面安排总论，先从总体上概论此一时期诗人的创作活动与总体情况。对具体的篇章，则有比较详细的笺注，自己评论之外，又引用前人的评价，总体上不作泛泛之论、不穿凿附会，多有得之言。

《盛唐风绪笺》

〔明〕程元初编选

题 解

　　唐诗总集，明程元初编选，又称《唐风雅绪笺》《唐诗绪笺》。还有《初唐风绪笺》与《盛唐风绪笺》合刊者。《盛唐风绪笺》共十二卷，起自于玄宗天宝，至于大历中，没有完全囊括盛唐。其体例与《初唐风绪笺》相同。突出了王维、

孟浩然、高适、岑参、王昌龄、常建六家，所以这六家每人一卷，其他崔颢、李
颀合一卷；元结、萧颖士合一卷。每卷前加总论，概括介绍该诗人的诗歌创作风
格、特征，对读者有启发；同时有注有评，也多有见地。

　　本书有明万历刊本、清刻本。

《全唐风雅》

［明］黄克缵、卫一凤编选

题　解

　　唐诗总集，明黄克缵、卫一凤编选。克缵，字绍夫，晋江（今福建省晋江
市）人，号钟梅，民间称其为"黄五部"。生于明嘉靖二十八年（1549年）十二
月二十七日。从小便聪明机智，胆识过人。嘉靖四十年（1561年），倭寇入侵永
宁，其兄被倭寇所捉，克缵虽仅十余岁，但是却慷慨对贼，愿请代兄死，贼奇而
释之。在科举方面，黄克缵更是一路顺风：万历四年（1576年），乡试中举，万
历八年（1580年）中进士。最初任寿州知州，后擢刑部员外郎，出知赣州府，
累官山东左布政使。万历二十九年（1601年），升任右副都御史，巡抚山东。又
迁右副都御史，巡抚其地。一方面，黄克缵所到之处，惠政甚著。另一方面，他
又屡以平盗建功，于是加至兵部尚书。万历四十年（1612年），诏以故官参赞南
京机务，不料被御史李若星、魏云中所弹劾，不得已，则还家候命。居家三年之
后，才真正到任。著有《疏治黄河全书》。卫一凤，字伯瑞，阳城（今山西省阳
城县）人，万历八年（1580年）进士，授刑部主事，迁员外郎，历郎中，出守
绍兴。后升陕西副使巡陇右，补山东副使，擢应天府承，以右金都御使抚治郧
阳，又晋南京兵部右侍郎，升南京刑部尚书，改南京兵部尚书，参赞机务。此后
告归乡里，年八十四卒，子廷宪具疏请恤，赠太子少保。

　　此集共选入五言古诗二卷，七言古诗二卷；五言律诗二卷；七言律诗二卷；
五言绝句二卷；七言绝句二卷；五言排律、七言排律合为一卷。有评论，多引前
贤之语。其宗旨与高棅、李攀龙大倡盛唐之诗不同，认为初、盛、中、晚唐各有

风稚，不能"诗必盛唐"（《明史·李东阳传》）。于是，一方面对高棅、李攀龙二家所选唐诗加以删除，另一方面则选入相当数量的中、晚唐诗人之作，所以称"全唐风雅"。

本书有明万历四十六年（1618年）刻本，但是世上稀见。

《唐诗十二家类选》

[明] 张居仁编选

题　解

唐诗总集，明张居仁编选。居仁，张时泰次了，字叔广，号育华。其父以旷达闲适自许，作《实懒先生传》曰："懒送穷愁懒顾身，懒趋权贵懒干人。懒寻枯句每经日，懒作报书恒几旬。幽赏懒殊辜景物，远游懒已绝风尘。懒眠懒起情如醉，十懒先生懒是真。"（《四库全书总目提要·实懒斋诗集》）但是张居仁则一反父风，幼时便聪颖异常，勤奋好学。年仅七岁，便能吟诗作文；十八岁便举茂才，明神宗万历十七年（1589年）高中进士。后来因为受奸佞陷害，被贬为楚藩幕，当时曾随大司马李化龙征播州囚杨应龙，攻海龙囤，遂灭之。后因为积劳成疾，离开人世。因功诰封兵部职方郎中。

本集有明万历刻本，一名《唐诗类选》，所谓"唐诗十二家类选"即选择唐代王勃、杨炯、卢照邻、骆宾王、陈子昂、杜审言、沈佺期、宋之问、王维、孟浩然、高适、岑参等十二位诗人的作品，根据题材类别加以编次，分应制、扈从、早朝、怀古、咏史、游赏、登眺、宴集、赠贻、酬答、咏怀、咏物、时令、送别、留别、闺情、行役、旅思、边塞、行军、田家、隐居、仙释、寓言、哀挽等二十五类，共六卷，构成此书。

《唐乐府》

[明] 吴勉学编选

题 解

唐诗总集，明吴勉学编选。勉学，字肖愚，歙县（今安徽省歙县）人，其书堂号"师古斋"，可见嗜古之情。其家世代业商，官光禄署丞。后弃官专事刻书，在有明隆庆、万历间，为徽州府著名刻坊。总之，吴勉学博学好古，一生致力于两件事：一为搜书与刻书，经、史、子、集、丛书、类书并重，尤其在校刻医学典籍上贡献最大："广刻医书，因而获利。乃搜古今典籍，并为梓之，刻赀费及十万。"（赵吉士《寄园寄所寄》卷十一）一为编书，如《对类考注》《师古斋汇聚简便方》《唐乐府》等。

本集专选唐人乐府，总共为十八卷，卷一至卷三为郊祀乐章，卷四开始列俗乐，其编排体例大致按类为别，分类也是按照郭茂倩《乐府诗集》的方式。具体次第是：鼓吹曲辞、横吹曲辞、相和歌辞、清商曲辞，也有少量舞曲歌辞、琴曲歌辞，其中也有近代曲辞，如回波辞、被褥曲、大酺乐、昔昔盐、火凤词、如意曲、踏歌词、菩萨蛮、忆秦娥等。最后仍为新乐府辞。本书存在的问题一是只选初、盛唐乐府，而中、晚乐府则一篇不采，明显带有偏见。二是其所选之作，对新题乐府与古题乐府不加区别，体类等各个方面也无解释和说明，所以不仅简单，而且粗糙；三是没有一个统一明确的标准。清四库馆臣对此进行批评："间有小小增损，即多不当。如王勃《忽梦游仙》、宋之问《放白鹇篇》之类，皆实非乐府而滥收。而《享龙池乐章》之类乃反佚去。至诗余虽乐府之遗，而已别为一体，李白《菩萨蛮》《忆秦娥》之类，亦不宜泛载。且古题、新题漫然无别，既无解释，复鲜诠次，是真可以不作也。"（《四库全书总目提要》）

本书有清刻本存世，常见的为《四库全书》本。

《增订万首唐人绝句》

[明] 赵宧光、黄习远编纂

题 解

唐诗总集，明赵宧光、黄习远编纂。赵宧光（1559—1625）字凡夫，号广平，吴郡（今江苏省吴县）人。宧光为国学生。尝卜居寒山，著书数十种。宧光博学多才，诸门之中，尤专精字学，其《说文长笺》《六书长笺》为人所称。他擅长书法，其篆书造诣深高，草篆不同凡响，盖原天玺碑而小变焉。其人品超迈，被人称为"高士"。又精刻印。著《刻符经》《草篆》。卒年六十七。黄习远，字伯传，江苏吴县（今苏州人），明万历年间翰林学士。

原来宋洪迈所编《万首唐人绝句》编次杂乱，遗漏亦多，有鉴于此，明赵宧光、黄习远对此作了整理、增补，重新加以编纂："灵岩黄习远伯传为之窜补，重编为四十卷、目录四卷。卷中于补者注明'补'字，去者则无从查考。据其凡例所云，虽为窜乱，尚有体例，较之明人窜乱他书，犹有间焉。吴郡赵宧光凡夫寒山小宛堂为之刊定，在近时亦甚不易靓。"（刘声木《苌楚斋四笔》卷五《万首唐人绝句增删本》）具体为：芟去其谬且复者共二百一十九首，补入四唐名公共一百一人，遗诗共六百五十九首，总得一万四百七十七首。诗以人汇，人以代次，厘为四十卷。

本书有明万历年间刊本存世。

《唐人咏物诗》(明末清初)

[明] 聂先、蔡方炳、金希仁编选

题 解

　　唐诗总集，明聂先、蔡方炳、金希仁编选。聂先，先世为庐陵人，后徙居吴门。字晋人，号乐读、乐读居士，又号"那罗延窟学人"，因为其姓聂，由三个耳字组成，所以人们又称他为"三耳生"，或"三耳子"。其生卒年未详。著有《续指月录》及本集。蔡方炳（1626—1709）为昆山（江苏昆山）人，字九霞，号息关，别号息关学者。其父为明山西巡抚蔡懋德，以忠烈著称于世，方炳为学师从长洲。康熙十八年，举博学鸿儒，方炳托病不与试。平生不慕世途经济，其性嗜学，亦工诗文、书法。著述颇丰，绘有《著书图》，著有《广治平略》正续四十四卷、《增订广舆记》二十四卷、《愤助编》二卷、《铨政论略》一卷、《历代茶榷志》一卷、《长洲县志》二十二卷、《耻存斋集》（一作《耻存斋稿》，又作《愿学斋集》）二十卷等。金希仁生平不详，所可知者，与聂先、蔡方炳为同乡，亦生活于明末清初。

　　本集共选十二卷，专注于唐人咏物之作，选入初唐四十家，盛唐二十八家，中唐六十家，晚唐九十二家，此外还有宫闺八人，衲子十六人，妓流四人。作品包括五七言绝句和五七言律诗，没有其他诗体。分为天、地、水、花、草、木等部，按照音韵排列。

　　本书有清康熙十一年（1672年）刊本存世。

《唐诗选注》

[明] 李攀龙选，陈继儒笺释

题 解

唐诗总集，明李攀龙选，陈继儒笺释。陈继儒，字仲醇，号眉公、麋公。华亭（今上海市松江）人，幼时即显颖异，能属文，同郡徐阶特器重之。长为诸生，名声益显，与当时名士董其昌齐名。三吴名下士争欲得为师友。年甫二十九，取儒衣冠焚弃之。隐居昆山之阳，构庙祀二陆，草堂数椽，焚香晏坐，意豁如也。亲亡之后，继儒葬之山麓，又筑室东佘山，杜门著述，有终焉之志。侍郎沈演及御史、给事中诸朝贵，先后论荐，称许陈继儒道高齿茂，宜如聘吴与弼故事。但是，屡奉诏征用，陈继儒皆以疾辞。年八十二卒。陈继儒生平著述甚富，此书外，还有《书焦》《岩栖幽事》《建文史待》《见闻录》《妮古录》《陈眉公全集》《小窗幽记》《太平清话》《国朝名公诗选》等多部著作。

本集有明万历刻本，其中诗为李攀龙编选，笺释人为陈继儒，比较详细，但是其中所附《唐诗选附刻诸名家评说》一卷，又是高棅《唐诗品汇》前《统论》中语，相当杂乱，有后人作伪之嫌。

《唐诗选》

[明] 陆应阳编选

题 解

唐诗总集，明陆应阳编选。陆应阳，字伯生，青浦人。少时补县学生，不久被斥，于是绝意仕进。其诗宗大历。黄洪宪及许国申时行皆折节交之。"后七子"之一王世贞平素好以名笼络后进，尝誉应阳，但应阳不往。时论益以为高。同时陆应阳也善书法，其书受祝允明影响雄劲遒健，挥洒自如，传世墨迹有《自书诗卷》等。万历时修复孔宅，应阳之力居多。卒年八十有六。应阳作诗喜欢用"鸿雁"字，所以人称"陆鸿雁"。从文献记载上看，对陆应阳的评价褒贬不一。陆氏平生著述主要有《太平山房诗选》《唐诗选》《明诗妙选》《广舆记》等。

本书现已不存，但是文献可征：《松江府志》卷五十《艺文志·总类》："《唐诗选》《明诗妙选》，以上高士古塘陆应阳伯生撰。"重修《江南通志》卷一百九十二《艺文志·集部》："《唐诗选》《明诗妙选》，俱华亭陆应旸。"《青浦县志》卷二十七《艺文上》："《太平山房诗选》《唐诗选》，俱陆应阳编。"

《唐诗训解》

[明] 李攀龙编选，袁宏道校

题　解

唐诗总集，明李攀龙编选，袁宏道校。袁宏道（1568—1610），字中郎，又字无学，号石公，又号六休。公安（今属湖北省公安县）人。与兄宗道、弟中道并有才名，时称"三袁"。年仅十六即为诸生，结社城南，自己为社长，"社友年三十以下者皆师之，奉其约束不敢犯"。万历二十年（1592年）登进士第，万历二十三年（1595年）谒选为吴县知县，在任仅二年，辞去县令，在苏杭一带游山玩水，吟诗作文，忘却仕途经济。万历二十六年（1598年），因为兄宗道之催促，袁宏道只好进京，被授予顺天府（治所在北京）教授。过了两年，补礼部仪制司主事。不过，他还是没有兴趣做官，几个月后便请告归里。最后官至稽勋郎中，但是也没有多久即谢病归乡。万历三十八年（1610年）九月六日（10月20日），袁宏道卒，时年四十三岁。袁宏道才华横溢，又勤于著书，其著述主要有《袁中郎全集》《袁中郎文钞》《瓶花斋杂录》《破研斋集》等。现存之作有《潇碧堂集》二十卷、《潇碧堂续集》十卷、《梨云馆类定袁中郎全集》二十四卷、《袁中郎全集》四十卷、《广陵集》、《袁中郎文钞》一卷、《瓶花斋集》十卷、《锦帆集》四卷、《去吴七牍》一卷、《解脱集》四卷、《瓶史》、《袁中郎先生全集》二十三卷等等。

本集编次基本依照李攀龙《唐诗选》之体例和方式，共分七卷，而辅助之功颇多：不但有诗人小传，还有专门的诗评，诗内还常加训解。然而，袁宏道在本书序言中对李攀龙《唐诗选》的推崇则多少让人有些意外："坡公尝评道子画谓如以灯取影，横见侧出，逆来顺往，各相乘除。余谓于鳞之文亦然。于鳞之诗不必唐，不必不唐，至其评唐诗，则又以一人之心出没于唐人之集，以唐人之心供玩于一人之手，故着实体贴，不落权设窠臼，其温厚和平者刊录之，其理趣机局者点缀之，使习诗者开卷了然，取之初，以逸其气；取之盛，以老其格；取之中，以畅其情；取之晚，以刻其思。置唐人于诵诗者之前，无弗貌其真也；置诵诗者于唐人之侧，靡弗合其窾也。于鳞之诗，于鳞之评诗，尽之矣。其有益于诗教，顾不大欤？孔子删三百篇诗以成经，于鳞解唐诗以入经。经者，常也，不可易之义也；经者，久也，不可朽之意也。"把李攀龙编选《唐诗选》与孔夫子编次《诗三百》相提并论，这是非常罕见的。

本书的版本有明万历朝刻本《唐诗训解》七卷，全四册；万历版和刻本，共七卷，全五册；万历和刻本，共七卷，全八册，书末识曰："万历戊午（1618年）孟夏月居仁堂余献可梓。"内题：新刻李、袁二先生精选《唐诗训解》。

《唐诗归》

[明] 钟惺、谭元春编选

题 解

明钟惺、谭元春编选。钟惺，字伯敬，一作景伯，号退谷、止公居士。湖广竟陵（今湖北天门市）人。其父钟一贯，任武进（今属江苏）学训，其伯父钟一理，因为无子嗣，所以钟惺从小继给这位伯父。万历三十八年（1610年），钟惺中进士，授行人，掌管诗诣及册封事宜。稍迁工部主事，寻改南京礼部，进郎中。擢福建提学金事，以父忧归家守制。天启五年（1625年）病逝于家，享年五十二岁。其著作有《隐秀轩集》《如面谭》《诗经图史合考》《毛诗解》《钟评左传》《五经纂注》《史怀》《合刻五家言》《名媛诗归》《周文归》《宋文归》，又与谭元春合编《明诗归》《诗归》，合评《诗删》等。谭元春（1586—1637），也是湖广竟陵（今湖北天门市）人，字友夏，号鹄湾，别号蓑翁。天启七年（1627年）中孝廉，乡试解元。后来结识钟惺，两人共选唐诗，成《唐诗归》一书，在当时名声大振，影响极大，所以世称"钟谭"。又因为钟、谭二人都对公安派的浅薄文风不满，所以有意与之相对，作诗讲究奇字险韵，追求幽深孤峭的诗境，当时人称"竟陵派"。

本集共三十六卷。按照初、盛、中、晚的顺序编选唐诗，从这四个时期的选诗比例上看，仍然没有脱尽明人偏重盛唐的倾向，其中第一至第五卷选初唐诗，占五卷；第六至第二十四卷为盛唐诗，占十九卷，仅杜甫一人就占去六卷；第二十五卷至三十二卷为中唐，只占八卷；第三十三卷至三十六卷为晚唐，仅有四卷。比例之差，非常之大。此集中有评语、有圈点。评点之中还有交叉，时有精彩之见。

本书版本主要有明万历四十四年（1616年）古郡方式刻本，三十六卷；万历四十五年刊本，上海图书馆藏，十二册；明闵振业三色套印本；光绪年间石印本。上海图书馆还藏，名为《古诗归》，二十四册，一至七册为《古诗归》，八至二十四册为《唐诗归》，共五十一卷。另外还有《续修四库全书》据辽宁省图书馆藏明刻本《唐诗归》影印本。

《唐音集成》

[明] 黄绅编选

题　解

唐诗总集，明黄绅编选。黄绅，字季侯，光州（今河南潢川）人，天启二年（1622年）进士，授南宫知县，崇祯中历迁淮海兵备副使，以忧归。服除后，起临巩兵备副使，调番兵大破贼潼关原。不久以后，以右参政分守洮岷，擢陕西按察使，刚好一年便在与李自成军交战中遇难。当时，李自成劝他归降，他叱曰："潼关之战，汝我戮余也，今日肯降汝耶?"其妻王先赴井死，黄绚得间，也投井而死，明廷赠太常卿，谥"忠烈"。

一说，黄绚，字仲绚，文江（今江西省吉安县）人，约生活于明代中或中后期。（孙琴安《唐诗选本六百种提要》）

本书至今未见，所可知者，此集诗在杨士弘《唐音》的基础上编选的，删去《唐音》原书中的六十余首，增加了一千二百余首，规模超过了在杨士弘《唐音》原书。

《唐诗选》

[明] 曹学佺编选

题 解

唐诗总集，明曹学佺编选。曹学佺（1574—1646），字能始，一字尊生，号雁泽，又号石仓居士、西峰居士，侯官人，弱冠举万历二十三年（1595年）进士。历任四川右参政、按察使、广西参议，因撰《野史纪略》得罪魏忠贤党，于是其党人弹劾学佺私撰野史，淆乱国章，遂削籍，毁所镂板。巡按御史王政新，以尝荐学佺，亦勒闲住。广西大吏揣学佺必得重祸，羁留以待。事后，知忠贤无意杀之，乃得释还。崇祯初年，起广西副使，学佺力辞不就，于其所居石仓园中专心著书，为时二十载，成《石仓十二代诗选》一书，盛行于世。曹学佺本欲修儒藏与鼎立。并且采撷四库书，因类分辑，作了十余年的准备，但功未及竣，大明两京相继倾覆。南明唐王立于闽中，授学佺太常卿，不久寻迁礼部右侍郎兼侍讲学士，进尚书，加太子太保。及事败，学佺走入山中，投缳而死，年七十有四。曹学佺生平著述甚富，除此书外，还有《石仓十二代诗选》《周易可说》《书传会衷》《诗经质疑》《野史纪略》《春秋阐义》《春秋义略》《蜀中人物记》《一统名胜志》《蜀汉地理补》《蜀郡县古今通释》《蜀中风土记》《方物记》《蜀画记》

《蜀中神仙记》《蜀中高僧记》《石仓诗文集》《蜀中诗话》《宋诗选》等，其中《一统名胜志》《石仓十二代诗选》《曹大理诗文集》《曹能始先生石仓全集》现仍存于世。

本集共六十卷，与其他选本不同之处，主要有两点：一是对李白、杜甫特别重视，选李白诗最多，他自己说得清楚："予选唐诗，李集最多，而杜次之，然皆与法合也。"（《唐诗选序》）二是对唐古诗更为重视，明言："选唐诗而不入李、杜者，不重古风故也。于鳞谓'唐无古风'，识者哗之。然非观李、杜之古风，则无以见唐古风之盛，非观宋及国初之不以李、杜入选，则无以见'唐无古风'非始于于鳞之言也。"（《唐诗选序》）此外，本集也注意到"全"的问题："高氏《品汇》独得其大全，予之选亦惟仿其全者而已矣。"（《唐诗选序》）

本书有明崇祯刊本。

《类选唐诗助道微机》

[明] 周汝登编选

题　解

唐诗总集，明周汝登编选。周汝登（1547—1629），字继元，号海门，学者称"海门先生"，嵊（今浙江省嵊州市）人，万历五年（1577年）进士，初为南京工部主事，榷税不如额，谪两淮盐运判官，累官南京尚宝司卿。周汝登欲合儒释而会通之，辑《圣学宗传》，尽采先儒语类禅者以入。

本书总共六卷，有明十竹斋刻本，书内附明胡正言所撰《助道微机或问记》一卷。现今湖南省图书馆、国家图书馆皆有藏本，但皆未能见到，所以难言其详。

《李杜诗选》

[明] 池显方编选

题　解

　　唐诗总集，明池显方编选。池显方，字直夫，号玉屏子，池浴德之子。明代福建同安县厦门人，初，受知于抚军南居益。天启二年（1622年）举人，后参加应天府考试，以母老不做官。史载他"工诗文，喜山水。尝陟武彝，游秦淮，登泰岱，举山川磅礴清华之气，尽缩入毫楮间。故所作空灵飘忽，不可方物"（《同安县志》卷三十一），与钟谭唱和，海内名辈如董其昌、黄道周、何乔远、曹学佺皆折节乐与交；尤与同邑蔡复一称莫逆。平素参禅乐道，结庐于玉屏端山，延陈止止说法其中，六时与香炉、经卷为缘。著有《南参集》《玉屏集》《澹远诗集》《李杜诗选》。本集史志中有记载，如《同安县志》卷二十五《艺文志》云："池显方《晃严集》二十二卷，《李杜诗选》。"《福建续志》卷七十一《艺文志·解诗类》："池显方：《李杜诗选》。"同治十年重刊本《福建通志》卷七十二《经籍志》："《李杜诗选》，池贵方。"但是，此书今日不知存否，故难得其要。

《唐诗三集合编》

[明] 沈子来编选

题　解

　　唐诗总集，明沈子来编选。沈子来，字汝修，号明阳，吴兴人，万历八年（1580年）庚辰科殿试金榜进士，《千顷堂书目》载其著作还有《宁远山房存诗》，其他则多散佚。

　　本集由杨士弘《唐音》、高棅《唐诗正声》、李攀龙《唐诗选》三种唐诗选本按照诗体、时代顺序、诗家重新编次，诗人名下多有前贤评语，每篇作品标注了选本，最后合为一书："诸卷三集原各有分帙，今汇而合之，故随其体其时其人次为若干卷。"（沈子来《唐诗三集合编·凡例》）在一定程度上给读者带来了方便。

　　本书有宁远山房藏板，但世不多见。

《增定评注唐诗正声》

[明] 高棅原选，郭濬评点，周明辅等参订，谭元春鉴正

题　解

　　唐诗总集，明高棅原选，郭濬评点，周明辅等参订，谭元春鉴正。郭濬，字彦深，海昌（今浙江省海宁市）人。此集今可见明天启刻本，共四册，十二卷。卷十目录中特别标注增订变化，其曰"李选"者，即增入李攀龙所选之唐诗，其曰"增"者，则新增入《唐诗归》中之诗作。页眉处多辑汇明人关于唐诗之评语。

《中晚唐诗选》

[明] 张应文编选

题　解

　　唐诗总集，明张应文编选。张应文，字茂实，八九岁即善属文，长益力学，昆山监生，但屡试不第，乃一意以古器书画自娱。能书画兰竹，旁及星学，通阴

阳家言。以诸生终。本集史籍有明确记载，如《嘉定县志》卷二十八《艺文志》五《集部》下《总集类》：“《中晚唐诗选》二卷，张应文辑。”但是其书至今未见。

《唐诗选》

[明] 李攀龙原选，蒋一葵笺释

题　解

唐诗总集，明李攀龙原选，蒋一葵笺释。蒋一葵，字仲舒，号石原，江苏武进（今江苏常州）人，又尝题作晋陵人。幼时家贫无书，借书苦读，且动手抄录，不辞其苦。万历二十二年（1594年），蒋一葵中举，后历官灵川知县、京师西城指挥使，所到之处，喜访问古迹，且一一记录，官至南京刑部主事。有书斋曰“尧山堂”。其平生著述主要有《唐诗选》《尧山堂外纪》《尧山堂偶隽》《长安客话》等。

本集共七卷，对李攀龙《唐诗选》加以笺释，且时有评语，在每一种诗题之前，还有总论，说明源流演变、写作规范等等。此外，还有《统论》二章，高棅《杂论》八十二则，在评笺李攀龙《唐诗选》诸家之中，此集成就突出。

本书版本颇多，主要有：题明李攀龙编选，蒋一葵笺释，七卷，附录一卷，明刻本；题明李攀龙编选，蒋一葵笺释，陈继儒重校，七卷，附录一卷，明刻本，九行二十字，左右双边，刻工章镛；题明李攀龙选、蒋一葵笺释，明刻本，现藏于清华大学图书馆；《续修四库全书》据明版影印本。

《高以达少参选唐诗》

[明] 高以达编选

题　解

　　唐诗总集，明高以达编选。高以达生平不详，但是从本集之名可知高以达官职：明朝在各布政使下置参政、参议，时称参政为大参、参议为少参，所以高以达称"少参"，其实就是参议。同时，屠隆《高以达少参选唐诗序》一文中称"楚高以达先生"，可知其籍贯为楚地，具体哪一市、哪一县待考。又说其为人"耿介高旷，风尘表物，于世无所好，而好诗"，可知于诗学为内行。此外，有屠隆为其写序，可知其生活时代大体在明万历年间。

　　本集至今未见，不得其详，但是屠隆甚为推许，与高棅《唐诗品汇》和《唐诗正声》及李攀龙的《唐诗选》进行比较："昔高廷礼氏选《唐诗品汇》，备矣，而太滥；约而《正声》，精矣，而多遗；至李于鳞选，更加精焉，然取悲壮而去清远，采峭直而舍婉丽，重气骨而略性情，犹不无遗恨焉。"认为此集更为杰出："先生所选，精且备矣。譬如鲛人入海，所得皆珊瑚木难，淘英灵之府哉。"称本集是"后之学诗者"的"宝筏"。

《七言律准》

[明] 张玉成编选

题　解

　　唐诗总集，明张玉成编选。张玉成，字成倩，号惕弦，如皋人，明万历年间邑庠生，但是科场很不顺利，"为诸生二十年不得志于有司"（《如皋县志》卷十七）。但是，此人爱书成癖，为了买书，不惜典当衣服，家中断炊也在所不顾。平生著述主要有《七言律准》《成倩诗选》，又为万历《如皋县志》主纂。

《七言律准》有明万历年刻本。此集主要选唐人七言律诗，共四十七卷，其中包括排律一卷，论世八卷，经过很长的时间、费了很多功夫才完成："草创十年，所引诠释，上自六籍，下及百家碑版鼎铭，无不揥摭。"（《如皋县志》卷十七）书中用朱笔对作品进行精心批点，不作空泛之论。

《唐诗类钞》

[明] 徐充编选

题　解

唐诗总集，明徐充编选。徐充，字子扩，江阴（今江苏省江阴市）人，年十三补诸生，十六试京兆，以邑令王铕有秕政，上书当道。令罢。充亦镌名。此后，徐充杜门谢客，以经学教其弟亮，弟不负所望，终成进士。徐充为人清洁自守，家境贫寒，又值饥荒之年，有人馈赠却坚辞不受。为文师古，有晋唐风，善画，风格特殊。著述十余种，主要是《唐诗类钞》《正蒙解》《暖姝由笔》等。本集文献中有记载，如《江阴艺文志》卷上："《唐诗类钞》《正蒙解》……徐充（字子扩）撰。"《江阴县续志》卷十九《艺文志》："《暖姝由笔》三卷，徐充（字子扩）撰。……《唐诗类钞》《正蒙解》……"

本书多年未曾访到，不知今世存否，所以难言其详。

《唐诗画谱》

[明] 黄凤池编选，蔡元勋绘

题　解

　　唐诗总集，明黄凤池编选，蔡元勋绘。黄凤池，徽州人。后迁居杭州，开设书坊集雅斋，故号集雅斋主人。主要编辑出版画谱类图书，合刊为《集雅斋画谱》，其中特别值得注意的是两个系列：一是《梅竹兰菊四谱》，当时人陈儒题称为"四君"，即以梅竹兰菊四种花木比方正人君子之品德情操，于是流传于后世，后人便习惯称梅、兰、菊、竹为"四君子"。二是《集雅斋画谱》中有《唐诗画谱》，其实包括三谱，即《五言唐诗画谱》《六言唐诗画谱》《七言唐诗画谱》，其编辑者为黄凤池，作画者为蔡元勋，字汝佐，又字冲寰，以画《丹桂记》《玉簪记》插图和《图绘宗彝》闻名于当时。本书为集雅斋原刻，刻工为刘次泉。共约一百四十幅图，版式为单面竖幅。制作方式是：取唐人五言、六言、七言绝句各五十首，绘为图谱，而以原诗书于左方。其作书者多为当时著名书法家，如董其昌、陈继儒、俞文龙、朱杰、张凤翼等。诗、书、画三者相得益彰："广求名公书之，颙请名笔画之，各极神精，益纾巧妙。契合于绳墨规矩之中，悟会于丰神色泽之外，即九方皋之相马，牝牡骊黄均不得而泥之。"（王迪吉《唐诗画谱叙》）

　　此集版本很多，不仅在中国国内有多种版本流行，而且早已传到日本，一再翻刻：苏州集雅斋主人黄凤池万历年间刻本为原刻本，黄凤池本人编辑并刊行；明天启间黄凤池又收清绘斋二种，与集雅斋六种合印为八种画谱本；日本宽文十二年（1672年）又有复刻本；宝永七年（1710年）又添复刻本；清康熙四十九年（1710年）日本中川茂兵卫重刻八种画谱本；民国七年（1918年），日本文永堂又出铜版重刻本；民国七年（1918年），日本文永堂又据日本翻刻八种本，镌刻缩印；民国十五年（1926年），日本美术家大村西崖氏，又取万历间集雅斋原本，延请梓人伊藤忠次郎，重为摹刻。

现存《唐诗画谱》翻刻本主要散藏于中国各高校图书馆，主要是北京大学图书馆、中国人民大学图书馆、华东师范大学图书馆等。其中北京大学图书馆收藏的《唐诗画谱》版本不但多而且相当完备。经过考察，得知现存于北京大学图书馆的《唐诗画谱》是明天启刻本，全书共一函四册，已经为残本。内封面尚存，而目录已无，其内容依次为《唐诗七言画谱》和《唐诗六言画谱》。其中各谱板框均为单边，每页前幅为图，后幅为唐诗，书写者各署有款章，经过考察都是明代人。日本宽文十二年（1672年）五月所刻《唐诗画谱八种八卷》是覆刻明刻本，全书共二函五册，收罗较全：一为《五言唐诗画谱》，二为《七言唐诗画谱》，三为《六言唐诗画谱》。各画谱板框都是单边，每页右幅为图，左幅为唐诗，书写者各署款章。可见，《唐诗画谱》一书深受各代人喜爱，流传甚广。

《闽南唐雅》

[明] 徐𤊹编选，费道用、杨德周等补编

题　解

唐诗总集，明徐𤊹编选，费道用、杨德周等补编。

徐𤊹字惟起，更字兴公，博学工文，闽县（今福建省闽县）人，与其兄徐𤊾俱有文名，善草书、隶书，工于诗，风格婉丽。万历年间，与曹学佺狎主闽中诗坛，后进皆称"兴公诗派"。性嗜古，藏书达数万卷。其居处为鳌峰麓，客从竹间入，家虽环堵萧然，而牙签四围，缥缃之富，公卿王侯不能相比。𤊹为学勤谨，考据精核，自乐府至歌行及近体，无所不通。其著述主要有《徐氏笔精》《榕阴新检》《红雨楼集》《鳌峰集》《闽南唐雅》等。

费道用，字暗如，号笔山，石阡府（今贵州省石阡）人。早期科场较为顺利：明熹宗天启四年（1624年）道用中举，明思宗崇祯四年（1631年）中进士，授福建福清县知县。费道用悟性极高，接受能力很强，到福清县三个月就能听懂当地语言，市人经他看见过，便过目不忘。其为官十分廉洁，崇学奖士，多行善政。但是也因此得罪了当地的土豪劣绅，后来终因执法不徇私情，为这些人所中伤。被弹劾去职。百姓爱之，如失去父母。而上官在知道了他的廉洁后也叹息道："海口有口，福清真清矣！"公道自在人心，台臣杨鹗挺身上疏，为其鸣冤，于是朝廷还其清白，并且迁补兵部职方司郎中，转吏部考功，卒与官。道用有《碧桃轩集》，但是已失传，《黔诗纪略》中录其诗十六首。

杨德周，字齐庄，鄞县（今宁波市）人。万历壬子（1612年）举人。历官古田、高唐县知县。德周著述也比较丰富，著有诗文集《铜马编》《澹圃余纪》《金华杂识》《杜诗解》与《识随笔》等，有多种书为《四库全书总目提要》著录，长期流传。

《闽南唐雅》一集为三人成书，费道用辑，杨德周订，而徐㷑校。所录皆闽中有唐一代之诗。自薛令之以下得四十人。因为当时胡震亨《唐音统签》已出，并且广为流传，钞合较易，所以此集所载颇详。不过，秦系、周朴、韩偓，其人既一时流寓，其诗又不关于闽地，而本书一概录之，未免有借材之消。

本书可见的是《四库全书》本，即浙江汪启淑家藏本，其他版本十分少见。

《唐诗援》

[明] 李沂编选

题 解

唐诗总集，明李沂编选。李沂，字景鲁，嘉鱼（今湖北省嘉鱼县）人。万历十四年进士，改庶吉士。十六年冬，授吏科给事中。时中官张鲸掌东厂，横肆无惮。御史何出光劾鲸死罪八，并及其党锦衣都督刘守有、序班邢尚智。尚智论死，守有除名，鲸被切让，而任职如故。御史马象乾复劾鲸，诋执政甚力，帝下象乾诏狱。大学士申时行等力救，且封还御批，不报。许国、王锡爵复各申救，乃寝前命，而鲸竟不罪。外议谓鲸以金宝献帝获免。沂拜官甫一月，上疏劾东厂太监张鲸，廷杖削籍，家居十八年卒，后赠光禄少卿。

全书共二十卷，着重选盛唐诗作，加圈加点，有些诗后加评语，既有前人评语，又有自己的评价。入选作品按照诗体编排，一是五言古诗（卷一至卷六）；

二是七言古诗（卷七至卷十）；三是五言律诗（卷十一至卷十四）；四是七言律诗（卷十五至卷十六）；五是五言排律（卷十七至卷十八）；六是五言绝句（卷十九）；七是七言绝句（卷二十）。其中特别突出的是李白、杜甫、王维、孟浩然、高适、岑参等盛唐诗人。其理由也说得很清楚："诗自三百篇后莫备于唐。初唐风气虽开，六朝余习未尽。至盛唐洗濯扩充，无美不臻，统而论之：冲融温厚，诗之体也；昌明博大，诗之象也；含蓄隽永，诗之味也；雄浑沉郁，诗之力也；清新娟秀，诗之趣也；飞腾摇曳，诗之态也。上可以囊括曩贤，下可以仪型百代，谓之曰'盛'，不亦宜乎？至中晚而衰矣，至宋元益衰矣。"（李沂《唐诗援序》）

本书有柳园藏板，但至今无缘得见。

《唐诗解》

[明] 唐汝询编选

题　解

唐诗总集，明唐汝询编选。唐汝询，字仲言，华亭（上海松江区下辖县）人，出生后才五岁便成盲人，方其未盲之时，聪颖绝伦，而在乳保时，即能识字，读《孝经》成诵。目盲之后，只是默坐，听诸兄诵读而暗识之，积久，遂淹贯。婚冠既毕，年方盛壮，自己不能读书，便令昆弟辈，取六经子史以及稗官野乘，皆以耳授。颠末原委，默自诠次，纯颣瑕瑜，剖别精核。盖从章句之粗，以冥搜微纱，心画心通，没有遗漏。更善属文，尤工于诗。海内人士，踵门造谒，仲言每一晋接，历久不忘。与之商榷今古，超迈谐畅，继以篇什，语新韵协，千言百首，成之俄顷。而音吐铿然，使听者忘疲。其子侄门徒辈，从旁抄录，一字亥豕，辄自觉察，不可欺也。闲暇时出游，凡中原、吴楚之区，山川里道，皆能记忆，为客述之。钱谦益说他"旁通经史，能为诸体诗。笺注唐诗，援据该博，亦近代之一异人也"（《列朝诗集小传》丁集中"唐瞽者汝询"条），清四库馆臣评价说："以幼而失明，乃口授耳治，博通群籍，且能著书，实为亘古所稀有。"

（《四库全书总目提要》）这些评价都不是溢美之词。唐汝询虽为盲人，但是著述很多，除这部《唐诗解》之外，还有《咏物诗选》《唐诗十集》《编蓬集》等。

本集书取高廷礼《唐诗正声》、李于麟《唐诗选》二书，稍为订正，附以己意，为之笺释。唐汝询自己在此书《凡例》中明确指出："选唐诗者无虑数十种，而正法眼藏无逾高、李二家。然高之《正声》体格綦正而稍入于卑，李之《诗选》风骨綦高而微伤于刻，余欲收其二美哉。裁其二偏，因复合选之，得若干首，令观者驾格于高而标奇于李。"又说："廷礼之选，已无遗珠，故是编悉掇《品汇》之英，不复外索。"可见，此集是以高棅《唐诗正声》、李攀龙《唐诗选》二书为基础的。其选目、体例、注释各项也在《凡例》中说得清清楚楚。当然，此书的不足也是明显的，《四库全书总目提要》中说："所注实多冗芜，不尽得古人之意，亦不尽得其所出。"

本书版本比较多，万历四十三年（1615年）许周翰捐资刻本，此为初刻本。此外还有顺治十六年武林赵孟龙重刻本、云间吴绥眉的诵懿藏本、武林万笈堂藏书本等等。

《汇编唐诗十集》

[明] 唐汝询编选，蒋汉纪增释，王士祯重订

题 解

唐诗总集，明唐汝询编选，蒋汉纪增释，王士祯重订。本集按照天干顺序，分为十集。其着眼点在于诗的风格特征，之所以如此，唐汝询在《序》中说出了原因："余少习廷礼《唐诗正声》，爱其体格纯正，而高华雄浑或未之全；及读于鳞《唐诗选》，则高华而雄浑矣，犹恨偏于一而选太刻，俾秀逸者不尽收；及读伯敬《唐诗归》，则秀逸矣，而索隐钩奇，有乖风雅，字评句品，竟略体裁。是三选各有所至，而各有所未至也。"（《汇编唐诗十集自序》）目的很清楚，就是纠正高棅《唐诗正声》、李攀龙《唐诗选》、钟惺《唐诗归》在选诗风格上的偏颇，照顾到各种风格、各种流派的作品。同时，对集中作品加以笺释，并有批

语，诗人仍以唐汝询、钟惺、谭元春等人的评语为多，当然其中又下了一番功夫："复采高、李之旧评而补其缺，汰钟说之冗杂而矫其偏，庶几高之纯雅、李之高华、钟之秀逸，并显而不杂；而所谓庸者、套者、偏僻者，各加议论，以标出之，令后之来者不堕其轨辙，于诗不无小补焉。"这样，本集相对说来便精练多了。

本书版本有明天启三年（1623年）刊本，为原刊本，二函，十六册，2006年6月中国嘉德国际拍卖有限公司拍卖；清康熙二十九年（1690年）石渠东阁刊本，唐汝询原辑，蒋汉纪增释，王士禛重订，二十四册，竹纸，钤有"定武杨氏素园藏书"印。

《唐雅同声》

〔明〕朱谋㙔编选

题 解

唐诗总集，明朱谋㙔编选。朱谋㙔，字隐之，号厌原山人，又号八桂。明代宗室，为朱元璋第十六子朱权七世孙。封奉国将军，但是不长于兵事而特擅临池，以书画见称，有《书史会要续编》一卷和《画史会要》一书。这两书清《四库全书总目提要》皆著录。同时，谋㙔也善文词，喜爱唐诗。

本集共五十卷，是在《唐音》《唐诗鼓吹》《唐诗纪》《唐诗品汇》四种唐诗选本的基础之上，再进行汇选、编辑而成的，其中取法最多的还是唐汝询的《汇编唐诗十集》，对此，朱谋㙔自己说得清楚："《同声》继《汇编》而作也。广搜博采似乎过之。予幼侍先大人侧，见翻翻之暇，丹铅所及，或品题，或正讹，或注释，如《唐音》《鼓吹》《诗纪》《品汇》诸编，未尝去手，每语予曰：安得四韵大成，为诗家准绳乎？"（朱谋㙔《唐雅同声序》）而其编撰目的也就是他在序文中所说的"为诗家准绳"。本书体例上的突出特点是按照韵部编排，这一点朱谋㙔也说清楚了："是编悉准沈韵，收五七言律、五七言排律、五七言绝句，余五七言古不收者，以其转声协韵，无所统纪。""初唐、盛唐，韵皆严正，至中

唐、晚唐，韵有互用，并起结假借者，并不收入。"（《唐雅同声·凡例》）

本书的版本有明天启刊本存世，此外还有明活字本。

《唐韵清谣》

［明］卢世㴠编选

题 解

唐诗总集，明卢世㴠编选。卢世㴠，字德水，号紫房，晚号南村病叟，德州人，天启四年（1624年）进士，授户部主事。乞侍养归。服阕后，补礼部改御史。移疾趣归。甲申之变中，卢世㴠与其乡人擒斩伪牧，倡议讨贼。明灭之后，虽降清，并且起复原官，但是以疾不赴。常纵酒，顺治十年（1653年）卒，有《尊水园文集》传世。

本集专选唐人五言律诗，卢世㴠本人在与程先贞之书中自言："于唐诗中钞出五言律一编，名曰《唐律清谣》。"（《尊水园文集》卷十二）从中一可看出本集专门选取唐人五言律诗入集，二可知道本集还有一名，即《唐律清谣》。因为本集现已不存，所以其他不得而知。

《增奇集》

［明］佚名编选

题 解

唐诗总集。其编选者可能是宁献王朱权。傅增湘《藏园群书经眼录》卷十八《集部》七《总集》二："《增奇集》二十□卷，明失名人撰，存二十二卷。"但是《古今书刻》载录弋阳王府刻朱权著作书目（56种）中有此书："《唐诗正声》《史略》《史断》……《江西诗法》《琼林雅韵》《增奇集》……"

《江西历代刻书》所载书目中载弋阳王府刻朱权著作书目36种，其中也有此书："……《增奇集》、《大雅诗韵》7卷、《寿域神方》4卷、《异域志》1卷、《太古遗音》2卷、《诗谱》1卷……"所以，其编选者可能是宁献王朱权，明高皇帝朱元璋第十六子。《藩献记》中说："江右俗固质，俭于文藻，士人不乐声誉。（宁）王乃弘奖风流，增益标胜。海宁胡虚白以儒雅著名，王以延为世子师，七年告老而归，王为辑其诗文，序而传之。凡群书有系风教及博物修辞、人所未见者莫不刊。有国中所著纂数十种。经史九流星历医卜黄冶诸术皆具，古今著述之富无逾献王者。"《医统》中也写道："宁献王天性颖敏，有过人之资，经史百家诸子之书，无不该览。过门辄解奥旨而各造其妙。"所以他编辑《增奇集》也在情理之中，但是没有确证，姑志于此。

本集基本按照诗体编排：卷一至卷三为五言古诗，卷四至卷六为七言古诗，卷七收古诗一百二十一首；卷八至卷九为五言排律和七言排律，卷十至卷十二为五言律诗；卷十三至卷十五为七言律诗；卷十六至卷十八为五言绝句；卷十九至卷二十一为七言绝句；卷二十二选女子和无名氏之作。编者极力推崇唐诗，认为："诗总集三百篇之未之闻也，汉魏以降，传于世者莫唐为盛。盖其三百年间以之取士，故尚之者众，业之者力，奇材比迹而辞致蔚兴，莫不充金石而造声，吹芝兰而竞臭，盛矣哉，宜其为世所传也。"（《增奇集序》）同时，就唐诗而言，主要推崇盛唐："大抵五言致而七言舒，盛唐高而晚唐下，若诸家体裁风气之所悬又未可一日语也。"（《增奇集序》）这种认识与明代前、后"七子"大体相同。

本书未能见到原书，难言其详。

《唐诗绝句类选》

[明] 凌云编选

题　解

　　唐诗总集，明凌云编选。书中题吴兴凌云，吴兴为今浙江吴兴，但是明代名为"凌云"者多人，编选此书之凌云不好确定是哪一个。王重民《中国善本书提要·集部》载明凌氏三色印本《唐诗绝句类选》，《总评》一卷，《人物》一卷，明敖英、凌云补。王先生认为凌云当为乌程晟舍凌氏家族中人。查《凌氏宗谱》，其中有两人名凌云，不好确定是哪一个是《唐诗绝句类选》的参与者。此外，杜信孚《明代版刻综录》卷四载《唐诗绝句类选》三卷；《补唐诗绝句》一卷，《评》一卷，《人物考》一卷，明凌云编，明崇祯吴兴凌云朱墨套印本。刻书者小传："云，字汉章，归安县人，传详《明史》。"但是《明史·凌云传》中之"凌云"是明宪宗朝御医："孝宗闻云名，召至京，命太医官出铜人，蔽以衣而试之，所刺无不中，乃授御医。年七十七，卒于家。子孙传其术，海内称针法者，曰归安凌氏。"（《明史》卷二百九十九）此"凌云"与崇祯间刻书的"凌云"不像是同一个人。

　　本集专选唐人七言绝句，共四卷，基本以内容题材分类，如吊古、送别、寄赠、怀思、闺情、时序、杂咏、道释、游览、纪行、征戍、写怀、悲感、隐逸、宫词等等，与敖英的《唐诗绝句类选》大体相同，子选篇也一仍其旧。凌云自己说得清楚："是选也，以敖东谷为准，颜之以朱。后于陈钟厓处复得顾东桥选本，而敖所选者无不汇焉。其评多异人处，今别之以蓝。凡系二公所评，不标姓号。"（凌云《唐诗绝句类选·选引补记》）由于多家评语汇集，此书书眉及其他各处几乎填满，其中最高处为敖英选本批语，用朱笔；其次是顾璘评语；再次为其他几十家评语。其实本书是唐诗绝句的汇评本。

　　本书有明崇祯吴兴凌云朱墨套印本，世上不多见。

《唐诗类苑选》

[明] 戴明说编选

题　解

唐诗总集，明戴明说编选。戴明说，字道默，号岩荦，道号定园，晚年自号铁帚、行一。沧州（今山东省沧州市）人，明熹宗天启七年（1627年）科举人，崇祯七年（1634年）科进士。崇祯进士，在明朝由户部主事累迁兵科都给事中。明亡之后，降清，起初仍任原职。后历官太常寺少卿，大理寺少卿，太常寺正卿，户部右侍郎、左侍郎，都察院右都御史，河南南汝参政，广西布政使，刑部右侍郎、左侍郎，户部尚书，提督四译馆少卿，通政司右通政，太仆寺卿。诰授资政大夫。顺治十七年（1660年）辞去官职。清乾隆年间，同钱谦益等被列入《贰臣传》。戴明说工诗文，有《定园诗集》十一卷、《文集》一卷。同时，又是杰出的画家和书法家，尤精山水、墨竹。师法元代吴镇的构图和用笔，其画构图简洁明晰，竹叶纷披，疏密有致；墨色浓淡适宜，遒劲雅致。顺治乙未（1655年）仲冬，戴明说奉顺治皇帝圣旨写画，龙颜大悦，蒙赐冠裘各一，银章一颗，上镌"米芾画禅，烟峦如觌，明说克传，图章用锡"，并且赐御笔《老仙图》。著名书家王铎称他"博大奇奥，不亚于古人"。

本集共二十九卷，按照诗的题材类别编排，开始是天文地理始，最后是草木虫鱼，诗人姓名列于题下，其中包括了社会各个阶层人物的作品：从帝王权贵到公卿名士，以及羽流、衲子、宫闺、妓流等等。选诗范围极广，题材内容特别丰富，所以戴明说自己不无得意地说："……夫唐数百年，名流杰士亦略备于此矣。其字具在，读者苟能究极于环奇烂漫之所存，而泽之于忠孝温柔之旨，则是选也，亦上林甘泉之所以美，而何必'玄圃之积，乃有夜光'也耶？"（戴明说《唐诗类苑选序》）书前有目录和凡例，也便于阅读。

本书主要有两刻本，一为二十九卷，梅墅石渠阁刻本；一为三十四卷，为清顺治十六年（1659年）翼圣堂刻本。

《唐诗选》

[明] 赵士春编选

题 解

　　唐诗总集，明赵士春编选。赵士春字景之，号苍霖，晚号东田居士，为赵用贤之孙，常熟人，明崇祯十年（1637年）赵用贤孙赵士春、赵士锦崇祯十年同举进士，士春升榜进士第三人，即探花，授编修。明年，兵部尚书杨嗣昌夺情视事，未几入阁。少詹事黄道周劾之，下狱。士春上疏，直言其过，触怒崇祯皇帝，谪广东布政司照磨，士春与祖父赵用贤都是因为弹劾杨嗣昌夺情视事一事被斥，天下以为荣。后来，士春被恢复故官，终左中允。当时人因为赵士春与林兰友、何楷、黄道周、刘同升在弹劾杨嗣昌夺情视事一事上都直言敢谏，所以称之为"长安五谏"。明亡之后，赵士春隐不出仕。平素善诗文，著有《保闲堂集》二十六卷，诗十四卷。康熙十四年（1675年）十月十三日，士春因病卒于家。

　　本集为一册单行本，选诗在时代上着重中唐，诗体上重视五言。书中有跋无序，也未设目录，未表卷数。但是其眉批、尾批则比较精审，时有的当之论。有稿本存世，却难以得见。

《唐诗镜》

[明] 陆时雍编选

题 解

　　唐诗总集，明陆时雍编选。陆时雍，字仲昭，一字昭仲，桐乡（浙江桐乡市）人。其先吴兴人，后徙居桐乡之皂林。其父昌平守五云公，为隆、万间良吏。时雍于崇祯六年（1633年）癸酉为贡生。崇祯之初，下诏命大臣保举岩穴异能之士，当时雍也在被保举之列，但是最终不遇。久留京馆，馆于戴太仆家。后来正赶上戴以事被劾，时雍为证并逮之，卒于系所。陆时雍平生著述很多，其中尤为著名的是《古诗镜》三十六卷，《唐诗镜》五十四卷，又撰有《诗镜总论》。

明时还有一位陆时雍，细辨则不会混淆。《江西通志》卷六十《名宦》："陆时雍，《西江志》：字幼淳，归安人。嘉靖进士，授上高县，精勤吏事，尝建便民仓，又纂《水利志》，以便一方农事，至今赖之。累迁江西提学副使。"又《浙江通志》卷一百六十八："陆时雍，《西江志》：字幼淳，归安人，嘉靖进士，授上高县。精勤吏事，尝建便民仓，又纂《水利志》，以便一方农事，累迁江西提学副使。"还有《万姓通谱》卷一百一十一云："陆时雍，字幼淳，澄侄，嘉靖癸未进士，幼从伯兄学，终身父事之。家贫，年十八好学文，提学刘五清试其文曰：'此子他日必正色立朝。'初任知上高，以遏豪横拂当道，调永宁，俱有惠政两立生祠，升工部主事及员外郎中，时武定侯郭勋权倾中外。……当道以其节操凛然，有高山仰止之称，遂升江西提学副使。"其中关键，一是郡望不同：这里说的陆时雍是"归安人"，而编选《唐诗镜》的是桐乡人；二是这里说的陆时雍科举顺利，仕途还算顺利，做了江西提学副使，所以与一生潦倒、最后冤死狱中的桐乡陆时雍显然不是一个人。

《唐诗镜》五十四卷，本来与《古诗镜》合为一编，选诗照顾到各种诗体，同时加进作家小传，虽无笺释之类，但其评点甚为可观，有的寥寥数语便切中肯綮。其前有《总论》一篇，说明其编纂宗旨，其中关键是讲究"神韵"和"情境"："《三百篇》每章无多言。每有一章而三四叠用者，诗人之妙在一叹三咏。其意已传，不必言之繁而绪之纷也。故曰：'诗可以兴。'诗之可以兴人者，以其情也，以其言之韵也。夫献笑而悦、献涕而悲者，情也；闻金鼓而壮，闻丝竹而幽者，声之韵也。是故情欲其真，而韵欲其长也，二言足以尽诗道矣。乃韵生于声，声出于格，故标格欲其高也；韵出为风，风感为事，故风味欲其美也。有韵必有色，故色欲其韶也；韵动而气行，故气欲其清也。此四者，诗之至要也。"（陆时雍《诗镜总论》）在明人的唐诗选本中，这是比较著名的一部。

本书主要有明刻本、文渊阁《四库全书》本。台湾商务印书馆1983年影印文渊阁《四库全书》中的《唐诗镜》，是较新的版本。

《唐诗韵汇》

〔明〕施端教编选

题　解

唐诗总集，明施端教编选。施端教，字匪莪，泗州（今安徽省泗县）人，贡士，顺治十七年任，善著作，精书翰，莅任十年，荒芜辟，户口增，草昧之余，渐兴文教，升东城兵马司正。本集之外，还有《集唐》《六书指南》《啸阁文集》等著述。

本集共三十卷，采唐人近体诸诗，即五七言律诗、五七言排律、五七言绝句等入集，按照上平、下平韵编次，每种诗体之前，都有一篇序文，论述该体诗的源流演变，大抵取供集句者之用。

本书有清康熙二十年（1681年）刻本。

《唐诗选脉会通评林》

〔明〕周珽编选

题　解

唐诗总集，明周珽编选。周珽，字无瑕，海宁人，周敬之曾孙。起初，周珽曾祖父周敬，编辑《唐诗选脉》一书，还没有刊刻完毕而遭遇倭寇入境抢掠，书稿散落。事后，周珽辑缀残稿，续成是编。从诗学的角度上看，本集持论以高棅《品汇》、李攀龙《诗删》为宗。每体之中，各分初、盛、中、晚。又笺释其字句典故，名之曰"证"。发明其词意脉络，名之曰"训"。而以诸家议论及珽所自品题者标于简端，是为评林。本书笺释详尽，非同已往，有证、训、附三种："证"则笺释字句典故；"训"则着重于解释与串讲；"附"顾名思义，即将有关材料附录下来，以备参考。同时，在评点上也旁征博引，既有周敬之评，更有刘辰翁、徐祯卿、李梦阳、顾璘、杨慎、郭浚、徐献忠、何景明、蒋一葵、陈继儒、陆时雍、唐汝询、钟惺等人之评，确实广泛、丰富。此外，本集还有《凡例》《援引书目》《诗人爵里详节》《古今名家论括统论》等项，体例特别完备。

本书版本有明崇祯八年（1635年）刻本，六十卷。

《增定唐诗品汇》

[明] 董斯张编选

题　解

唐诗总集，明董斯张编选。董斯张，字遐周，乌程（今浙江湖州）人，董嗣成之弟，因其清羸善病，独行孤啸，所以自号瘦居士。遐周拙于生计，不善经营，但是唯独嗜书如命，手录不下百帙。其为学泛览百家，生平乐于交友，广交海内名士，商榷著述，结社联吟，力扶诗教，留心吴兴掌故，著述颇丰，著有《吴兴艺文补》四十八卷，《广博物志》五十卷，《吴兴备志》三十二卷。其著书甚为勤苦，伏床咯血，犹兀兀点笔。崇祯元年（1628年）卒，年仅四十三岁。

本集共三十卷，史籍中有所记载。如《湖州府志》卷五十九《艺文略》："董斯张……《古赋》一卷，《文苑英华钞》四十卷，《增定唐诗品汇》三十卷，《选采真社集》。"《南浔镇志》卷二十九《著述一》曾载此书，云："董斯张……《增定唐诗品汇》三十卷。"其编选方式主要是对高棅《唐诗品汇》进行增补。由于本书已佚，具体情形不得而知。

《唐诗广选》

[明] 凌宏宪编选

题　解

　　唐诗总集，明凌宏宪编选。凌宏宪，吴兴人，主要活动于天启年间。本集为朱墨套印，选诗在李攀龙《唐诗选》的基础上增加了三卷，总体增补数量不大。其突出特点是在简端、诗尾加入很多前人评语，并且专设了《评诗名家姓字》一项，凌瑞森与凌南荣还在跋尾处做了辑评说明。

　　本书有明末刊本。

《唐律秋阳》

[明] 谭宗编选

题　解

　　唐诗总集，明谭宗编选。谭宗，字公子，初名立卿，字九子，后更今名。晚号曼方野老，余姚人。谭宗性格孤峻，不轻易与人交往。一旦遇到俗客，他便面壁坐，不与言语。更不重财，非其人虽厚币亦却。其人多才多艺：精于六书，"自谓于六书、乐律独有神解，闻者莫能省也"（《余姚志》卷三十一）；又好填词，还善鼓琴，亦工篆刻。黄宗羲称赞他豪宕不羁，所著诗文俱有师法。后卒于扬州。谭宗著述较多，主要有《南征杂咏》《曼方初集》《唐律秋阳》。此集于文献中多有记载。如《余姚志》卷三十五《经籍·集部》："《唐律秋阳》十卷，明谭宗辑。"《余姚县志》卷十七《艺文志》下："谭宗《南征杂咏》《唐律秋阳》十卷。"

《绍兴府志》卷七十八《经籍志·诗·总集类》："《唐律阳秋》十卷，明谭宗辑。"《绍兴府志》此处误二字："阳秋"应为"秋阳"。遗憾的是此书一直无缘得见。

《唐诗近体集韵》

［明］施重光编选

题　解

唐诗总集，明施重光编选。《四库全书总目提要》中称"重光，字庆征，里贯未详"。不过，经过后来诸多学者的考证，其生平和里贯基本清楚。《山西通志》卷六十九载："施重光，代州人，参将相子。"朱保炯、谢沛霖所编《明清进士题名碑录索引》中载，施重光户籍山西振武卫，乡贯应天府溧阳，万历二十九年（1601年）二甲第三十二名进士。踪凡《论明代的汉赋评点》中又进一步："《赋珍》8卷，题'芝山施重光庆征甫撰'，明万历间刻本。施重光，字庆征，代州振武卫（今山西代县）人，万历二十九年（1601）进士。曾官刑部郎中，以刚直罢归。《赋珍》一书，可能是其在任职刑部时编纂刊刻的。"（《中州学刊》2013年第3期）当然，更清楚的是张卫平《施家族谱》序中所述："九世施重光，字庆征，号误生，别号裕吾，少有大志，秉性刚毅，于明万历年间先后中乡试19名、会试281名、殿试二甲第32名，历任户部主事、刑部郎中，封为奉政大夫。施重光生子三人，分别是应地、应圻、应堂，其中应圻、应堂为国子监生，应地为明威将军，以祖功加袭指挥金事。应圻为光禄署丞，娶妻东阁大学士王家屏孙女，与王家结为姻亲。应堂为怀来卫守备。施重光学养深厚，于万历十二年（1584年），参与编撰了万历版《代州志》。十一世施历钦为明威将军，任江南抚标坐营游击署指挥使。十二世三汲为国子监生，任蒲州训导。此后又历七世至清，并一直延续到现在。施重光之后，施家为'生生不穷'，便以施重光庭对时见到的一副对联'应历三阳首，朝天万国同'为后代子孙取名之用。如十世为应字辈，分别为应地、应圻、应堂；十一世为历字辈，为历钦；十二世为三字辈，为三汲；十三世为阳字辈，分别为阳机、阳彬等；十四世为首字辈分别为首杰、首熙、首煦、首荣、首炳等。以此类推，循环往复。"另外，徐大军先生在《〈四库全书总目〉总集类存目订补》中考证得也比较清楚："今考此编（案指《唐诗近体集韵》）各卷首题曰'芝山施重光庆征甫选'，芝山在溧阳县西80多里，旧名小茅山（参见《嘉庆重修一统志》），则知此处乃题其乡贯。施重光，字庆征。代州振武卫（今山西代县）人，明万历辛丑（1601年）进士，官至刑部郎中，以刚直罢归。撰有《主臣言》《赋征》《近体集》等，曾修《代州志》。（据《五台诗歌总集》）"所以，施重光的籍贯和主要经历现在大致可知了。

本集天津市图书馆中藏有明刻本，总共三十卷。其体例是以宋韵分隶唐律，即按照上平声15韵部和下平声15韵部编次唐人近体诗。这样编排，自然导致一些牵混，因为宋韵与唐韵不同，唐人私相歌咏者，又与官韵不同，如此牵强编排，遭到了后人的批评。清四库馆臣就指出："此书及《唐诗韵汇》均以宋韵分隶唐律，不免时有牵混，而此书之漏略，则又出《韵汇》下焉。"（《四库全书总目提要》卷一百九十三）

《中晚唐诗纪》

［明］龚贤编选

题　解

唐诗作品选集，明龚贤编选。龚贤，字半千、半亩，又名岂贤，号野遗，又号柴丈人、钟山野老，明万历四十七年（1619年）冬出生于江苏昆山渡桥镇，祖籍即江苏昆山，十一岁时，移居上元，当此之时，其祖父和父亲则迁官入川，且音讯杳无。其继母王氏未与其父前往，半千与其留寓南京。故出身贫苦，又性孤僻，为人刚正不阿。龚贤诗、书、画皆善，其画融古贯今，师法董源、巨然、李成、范宽、郭熙、米芾、米友仁、王蒙、黄公望、倪云林、王绂、沈周、文征明、文嘉、唐寅、董其昌等等，又大胆创新，开拓自己个人的独特画风。46岁以后，龚贤从扬州返回南京，"结庐于清凉山下，葺半亩园，栽花种竹，悠然自得""笔墨之暇，赋诗自适"。同时与樊圻、高岑、邹喆、吴弘、叶欣、胡造、谢荪号"金陵八家"。有《香草堂集》《画诀》《龚半千授徒画稿》等著述及诸多山水画作品传世。黄周星、周亮工、朱彝尊等对他皆备极推许。老年家仍贫苦,去世之时,殁不能具棺殓。亏得孔尚任帮助料理后事,抚其孤子,收其遗文,并且使其归葬昆山故里。

本集编辑的出发点是:冯惟讷有《古诗纪》,黄德水、吴琯有《初盛唐诗纪》,但是没有中、晚唐诗纪,所以龚贤有意弥补这一缺憾,并且遇一家便刻一家,各各首尾完具,利于寒士购求,总共六十二家。于是此集便有两种本子行世:一为秘本,共三十一家:鲍溶、张祜、赵嘏、曹唐、徐夤、郑谷、马戴、黄滔、陈陶、周朴、翁承赞、欧阳詹、欧阳衮、欧阳澥、欧阳玭、江为、窦叔向、窦常、窦牟、窦群、窦庠、窦巩、陈通方、许稷、周匡物、陈诩、潘存实、陈去疾、邵楚苌、吉中孚、张夫人。一为行本三十一家:张籍、李嘉祐、秦系、韩翃、孟郊、贾岛、温庭筠、朱文徐、杨巨源、杨衡、方干、项斯、于邺、于鹄、于濆、李洞、许棠、许琳、汪遵、裴说、朱放、畅当、熊孺登、张继、张南史、朱长文、朱湾、李郢、王贞白、朱景玄、李咸用。

本书有明末清初贞隐堂、野香堂等刊本。现国内多家图书馆有藏本,如南京图书馆有《中晚唐诗纪》六十二卷(十八册),康熙刻本;陕西师范大学图书馆有龚贤《中晚唐诗纪》四函,四十册,也是康熙刻本。

此书国家图书馆有多种版本。一为《中晚唐诗纪》,四册,康熙刻本;二为《中晚唐诗纪》(秘本)五册,即十二至十六册,康熙刻本;三为《中晚唐诗纪》(行本)十二册,为顺治元年(1644年)刻本。

《唐诗》

[明]韦际明编选

题　解

唐诗总集,明韦际明编选。韦际明,字圣俞,号彭野,明末清初晋江(今福建省晋江市)人。天启元年(1621年)副榜,授钦州判,刚满一年,便政成誉起，上官有大政，必批议，皆报可。际明性刚侃，不能趋承，御史台竟以积逋盐饷数千指为羡余，疏劾追解。际明不忍以宿负残民，抗章辨豁，益违御史意。挂冠而去，虽囊橐如洗，仍怡然自得。继之者为林有本，服其不染无愠，与道府协力代补宿逋之半。御史亦心悔，事情真相大白后。际明被升为粤省布政司理问，但是他不恋禄位，竟弃归。崇祯十七年（1644年），明廷倾覆，韦际明杜门不出。南明唐王时，韦际明又被起用，为中书科中书舍人，转户部主事。后来以病告归。韦际明平生著述极为丰富，所选之书有《唐诗》二卷、《淮南子》二卷、《东西汉书》二卷、《世说新语》一卷、《南华经》一卷、《儒道释考》三卷、《八大家》六卷、《东莱博议》一卷、《诗韵字考》一卷、《宋李刘骈语》一卷、《方孩未集》一卷、《征献录》一卷、《官制考》一卷、《明文十六名家》四卷，俱注释丹铅，节批总评。又选古文，自檀弓、公、谷、诸子、秦、汉、六朝、唐、宋、及明王、李共三卷、《左传》一卷、《史记》一卷。其自著之书有《骈语》十六卷、《燕游诗集》三卷、《粤吟》二卷、《洞游记》一卷、《经书讲义》十二卷、《四书宾岱日笺》八卷、《易解》四卷、《镜世编》六卷、《宝善编》二卷。

本集史籍中确有记载，但是此书今不易见，笔者至今无缘得见，所以难言其详。

《唐人雅音集》

[明] 阮旻锡编选

题 解

唐诗总集，明阮旻锡编选。阮旻锡（1627—1712），字畴生，僧名释超全。父伯宗，字一峰，世袭千户裔，同安人。旻锡幼孤，泛海学贾以养母。母殁后，旻锡亲自动手，背负土石将其与父合葬。性嗜茶，幼习茶书，随师在郑成功储贤馆为幕僚，善烹工夫茶，有制茶工艺。明朝灭亡之时，旻锡正当弱冠之年，慨然去诸生，师事曾樱（南明文渊阁大学士），曾传之以心性之学。阮旻锡讲习风雅，旁及道藏、释典、兵法、医卜、方技之书，靡不淹贯。遍览名山大川，尽尝天下名茶，北抵东华，托处十余年，约于康熙二十五年入武夷天心禅寺为茶僧，名超全，又名大轮，以教授生徒自给。康熙二十九年，旻锡重返厦门，卜居夕阳寮，号轮山梦庵，年八十余，卒。主要著述有《啸草集》《夕阳寮文稿》《击筑集》《谈道录》《读易阙疑》《续佛法金汤》《唐人雅音集》等。

此集史籍有记载，如民国本《同安县志》卷二十五《艺文志》："阮旻锡《四书测》《谈道录》《读易阙疑》……《唐人雅音集》。"重刊《福建通志》卷七十三《经籍志》却载此书，云："《读易阙疑》，阮旻锡撰……《唐人雅音集》……"但是，此书今已不见，所以难言其详。

《唐风定》

[明] 邢昉编选

题　解

唐诗总集，明邢昉编选。邢昉，字孟贞，一字石湖，因家近石臼湖，故自号石臼，人称刑石臼，江苏高淳人，虽家境寒微，却勤苦于学，且聪明异常：九岁能文，十六岁能诗，十九岁考入县学，二十五岁为增广生。到二十九岁之时，其诗集《蘽池草》已行于世，名振江南。但在科场则屡试不第，于是绝意仕途。崇祯十年丁丑（1637年），邢昉应邀赴杨文骢华亭幕府；十三年庚辰（1640年），与方文等人于金陵结社；十七年甲申（1644年）八月，母赵孺人逝。居母丧。明亡后，清廷屡召其为京官，邢昉辞而不就，吟诗著书。尝旅食吴门，南游瓯越，转徙金陵、北固之间。吟咏益苦，故未老而发白齿龁。至死不辍笔。卒于清顺治十年（1653年）。

本集共二十二卷。其选诗标准是不折不扣的"诗必盛唐"，既略晚唐，也略初唐，独尊盛唐，比高棅、李攀龙重盛唐、略晚唐有过之而无不及。从体例上看，本集以"正风"与"变风"两项编排：卷一至卷五为五言古诗，题为"正风定"，卷六亦为五言古诗，题为"变风定"；卷七至卷九为七言古诗；卷十至卷十一亦为七言古诗，题为"变风定"；卷十二至卷十四为五律，题为"正风定"；卷十五亦为五律，题为"变风定"；卷十六至卷十七为七律，题为"正风定"；卷十八为五言排律，推重杜甫、王维、沈佺期、宋之问、孟浩然；卷十九为五绝，题为"正风定"；卷二十亦为五绝，题为"变风定"；卷二十一为七绝，题为"正风定"；卷二十二亦为七绝，题为"变风定"。书中评语多为眉批，尾批甚少。邢昉对唐诗的认识经历了一个比较复杂的过程："……予自弱冠酷嗜两汉、曹子建诗，谬谓唐世近体，直可尽废。久之，览观晋宋所拟《十九首》、邺下之作，并北地信阳、济南诸子所拟古诗，而咤曰：'斯皆肤郛已尔，神理弗寓也。'于是稍去汉魏而事盛唐名家。久之，益酷嗜，遍及钱、刘之清婉，韩、孟之镵刻，寝能穷探旨趣，穷极原委。逾二十年，厥后客游永嘉，吴江史弱翁亦来游，与予论诗绝契。弱翁故习杜，至是乃大悔，以予说为然。迄今又十余年，弱翁已没，而予亦益老矣。"（邢昉《唐风定序》）开始时轻视唐诗，后来逐渐喜爱唐诗，并且一发而不可收，同时对诸家唐诗选本都感觉不满意。正是在这个基础之上，他用心编撰此书："平生所出入驰骤于唐人，工拙高下，炯炯有不甚瞀者。回思中岁，耽嗜以至于老其间，用志则可谓不分也。诸家选本参差纰漏，不惬于衷，爰取诸选，旁及本集，汰择删定，分别正、变，厘为二十二卷，命曰《唐风定》。"（邢昉《唐风定序》）

本书有1934年贵阳邢氏思适斋影明刻本。另外，民国邢氏思适斋又有蓝印本《唐风定》，全书二十二卷，书内有朱笔通篇批校。书前有"思适斋"、"邢氏所收善本"两印，所以此书应该是邢端自家藏本。

《唐诗鼓吹注解》

[明] 廖文炳解

题　解

唐诗总集，金元好问原选，元郝天挺注，明廖文炳解。廖文炳，号锦台，其生平不详。

本集体例一仍其旧，且将郝天挺之注全部保留。"所录皆唐人七言律诗，凡九十六家，共五百九十六首，作者各题其名，惟柳宗元、杜牧题其字，未喻何故。……顾其书与方回《瀛奎律髓》同出元初，而去取谨严，轨辙归一，大抵遒健宏敞，无宋末'江湖'、'四灵'琐碎寒俭之习，实出方书之上。"（《四库全书总目提要·唐诗鼓吹》）本集与此前相比，突出点在于注解通俗详细，易为读者接受。

本书较早的版本是明万历七年（1579年）刻本，名曰《唐诗鼓吹注解大全》，元郝天挺注，明廖文炳补注，十卷；其次是明万历二十年（1592年）郑云斋刊本，名曰《新刊唐诗鼓吹注解大全》，明廖文炳著；常见的是清顺治十六年（1659年）刊本，《唐诗鼓吹笺注》，十卷，元郝天挺注，明廖文炳解，清钱朝鼐等参校；此外还有日本内阁文库本，名曰《新刊唐诗鼓吹注解大全》。

《唐诗剩义》

[明] 黄晋良编选

题 解

唐诗总集，明黄晋良编选。黄晋良，字朗伯，一字处安，晚号东叟，闽县人，世居石鼓之莲村。晋良生而颖敏，读书穷理，务为有用之学。年仅十九，便补博士弟子；与其伯父某师友家庭，文誉远出。不过其科场则不甚得志，曾三试秋闱，但是终究未第。黄晋良为人重气节，善于帮助他人排难解纷，时人将他比作战国时期的鲁仲连。因其天赋颖敏，所以工诗、古文词，更兼长书法。"遍游齐、楚、吴、粤间，每托诗文以见志。"（《闽县乡土志》）著有《和敬堂集》。生于明万历乙卯十一月，卒于康熙己巳四月，春秋七十有五。

本集《福建通志·经籍志》载曰："《井上述古》，黄晋良撰。……《唐诗剩义》三十卷。晋良，字朗伯……"言明为三十卷。但是郑梁《处安黄君墓志铭》中则与此不同："君既抱用世之志，郁不得施，则以其精神寄之于著述，而又旁及于艺事。生平手不释卷，精研儒、释之辨。晚年，尤爱石斋先生《易学》诸书。尝作《唐诗剩义》四十卷，吟稿多至等身。"此处则为四十卷，不知孰是，因为没有见到本书，无法做准确的判断。

五、清代唐诗选本题解

《唐诗英华》

〔清〕顾有孝撰

题　解

　　唐诗总集，清顾有孝撰。顾有孝，字茂伦，吴江（今江苏省苏州市）人。为人开美，长身玉立。善谈论，喜交游。游华亭陈子龙之门，子龙死国难，有孝亦谢诸生隐去。明末吴中诗习多渐染钟、谭，有孝与徐白、潘陆、俞南史、周安、顾樵辈，扬摧风雅，一以唐音为宗。所选《唐诗英华》盛行于世。诗体为之一变。除此集外，顾有效还有《五朝诗英华》《明文英华》等传世。本书共二十二卷，专选唐人七言律诗，侧重于中、晚唐的作品，有意与明"前七子"之李梦阳"诗必盛唐"的主张相抗衡。所以集中初唐、盛唐所占比例都是二卷，中唐则占六卷，超过初、盛唐的总合；晚唐十卷，仅李商隐一人便选诗一百零四首。最后二卷取和尚、名媛和五代人之诗。从其选诗的倾向上看，就是要反拨自明以来诗重盛唐的风气。虽然钱谦益说赞美此集"不立阡陌，不树篱棘，异曲同工，分曹递奏"（《唐诗英华序》），但是实际上纯为溢美，不合实际。

　　本书有清初顾氏宁远堂刻本，吴郡宝翰楼本（八册），台北商务印书馆于1973年又据岫庐现藏罕传善本影印本。

《唐诗合选笺注》

[清] 钱谦益撰

题　解

　　唐诗总集，清钱谦益撰。钱谦益，字受之，常熟人。明万历中进士，授编修。博学工词章，名隶东林党。天启中，御史陈以瑞劾罢之。崇祯元年，起官，不数月至礼部侍郎。南明福王时先为礼部尚书，顺治三年（1646年），豫亲王多铎定江南，谦益迎降，以礼部侍郎管秘书院事。不久乞归。曾被怀疑与反清势力交往而被逮讯，诉辨后得放还，以著述自娱。乾隆时，其诗文集遭到禁毁。

　　本书刻成于康熙六年（1667年），也即钱谦益去世后的第三年，由其族孙钱曾和季振宜刻成，刻前，钱曾做了少量修订。因为清廷禁毁钱谦益之著述，所以此集刻成印行之后，不能公开再版，直至清末，才得以重刻。

　　在清军机处奏准全毁的书目中，遭禁毁的钱书还有有：《钱牧斋尺牍》《杜诗笺注》《唐诗合选》。《清史稿》卷四百八十四《文苑一·钱谦益传》云"其自为诗文，曰《牧斋集》，曰《初学集》《有学集》。乾隆三十四年，诏毁板"。本集之外，钱谦益还有《列朝诗集》等。

　　本书有明崇祯刻本。

《贯华堂选批唐才子诗》

［清］金圣叹选批

题　解

　　唐诗总集，清金圣叹选批。金圣叹（1608—1661），名采，字若采，明末清初苏州府长洲县（今江苏省苏州市）人，明诸生，入清后改名人瑞，圣叹为其笔名，批点文学古籍时所用。本来其家殷实，故幼年生活优裕，但因父母早逝，其家道中落。他为人狂放不羁，前半生在晚明末世，所以具有晚明士人自由放浪的个性气质，我行我素；其后半生在清王朝，绝意仕进。金圣叹曾因岁试作文怪诞而被黜革，后来在应科试时，他改名金人瑞，考试成绩极为突出，名列第一位，但是他无心仕途，而以读书著述为乐。顺治十七年（1660年），苏州府吴县新任县令任维初高价售粮于百姓，民怨沸腾，借顺治驾崩之机，抗议游行，同时，又有百多名秀才到孔庙哭庙，发泄对任维初等贪官的不满，并且向巡抚朱国治呈揭帖告发县令。但是，任、朱本来已经暗中勾结，狼狈为奸，合伙为虐，不但不治任维初贪腐之罪，反而逮捕哭庙秀才中的十八名主要人物，反告他们抗纳兵饷，鸣钟击鼓，蛊惑民心，聚众倡乱，震扰先帝之灵，以此为据，要求予以严惩。清廷不知就里，准其所奏，于是在顺治十八年七月十三日（1661年8月7日），将金圣叹等人处"斩立决"，法场在江宁的三山街，清史上的一大冤案就此铸成。

　　金圣叹博闻强记，博览群书，通习儒、佛、道典籍，论文尤喜附会禅理。平生尤评点古书，苏州民间称他"百批金圣叹"。当年，金圣叹称《庄子》《离骚》《史记》《杜诗》《水浒》《西厢》为"六才子书"，本来打算逐一批注，但仅完成后两种，《杜诗解》未成而遭杀身之祸。他在临终前的《绝命词》中叹道："鼠肝虫臂久萧疏，只惜胸前几本书。虽喜唐诗略分解，庄骚马杜待何如？"其著述主要有"唱经堂外书"，包括《第五才子书》《第六才子书》《唐才子书》《必读才子书》《杜诗解》《左传释》《古传解（二十首）》《释小雅（七首）》《孟子解》《欧阳永叔词（十二首）》；"唱经堂内书"，包括《法华百问》《西城风俗记》《法华三昧》《宝镜三昧》《圣自觉三昧》《周易义例全钞》《三十四卦全钞》《南华经钞》《通宗易论》《语录类纂》《圣人千案》;"唱经堂杂篇",包括《随手通》《唱经堂诗文全集》。其中大都没有完稿,或只存片断,或全佚。今传世的《唱经堂才子书汇稿》中收入他的部分作品。

本集是金圣叹为自己的儿子编选的,共选批由唐初至唐末一百四十五位诗人的五百九十五首七律。其选诗的标准,首要的是儒家的诗教,所以其《序》中说:"夫诗之为言,让也,谓言之所之也。诗之为物,志也,谓心之所之也。心之所之,必于无邪,此孔子之法也。心之所之必于无邪,而言之所之不必其皆无邪,此则郑、卫不能全删,为孔子之戚也。今也一敬遵于孔子之法,又乘之以一日之权,而使心之所之必于无邪,言之所之亦必于无邪,然则唐之律诗,其真为《三百》之所未尝有也。"(金圣叹《贯华堂选批唐才子诗序》)简而言之就是孔夫子的"诗无邪"三字。同时,他又照顾到唐代七言律诗的整体流程,所以其选诗涵盖了初唐、盛唐、中唐、晚唐各个历史阶段,编辑完整地展示了七言律诗在整个唐代的发展历程。还有,书中采用起、承、转、合的分解法,即借用八股文起承转合的分解法来解读唐诗:"诗与文虽是两样体,却是一样法。一样法者,起承转合也。除起承转合,更无文法。除起承转合,亦更无诗法也。学作文,必从破题起。学作诗,亦必从第一二句起。从第一二句起,方谓之诗,为其有起承转合也。不见人学作文,却先作中二比也。"(清顺治刻本《贯华堂选批唐才子诗》卷二)虽然不具备普遍性,但是也有其合理之处。此外,在评诗上也有独到之处,特别是对律诗的结构分析,别出心裁:"故夫唐之律诗,非独一时之佳构也,是固千圣之绝唱也,吐言尽意之金科也,观文成化之玉牒也。其必欲至于八句也,甚欲其纲领之昭畅也;其不得过于八句也,预坊其芜秽之填厕也。其四句之前开也,情之自然成文,一二如献岁发春,而三四如孟夏滔滔也;其四句之后合也,文之终依于情,五六如凉秋转杓,而七八如玄冬肃肃也。故后之人如欲豫悦以舒气,此可以当歌矣;如欲怆快以疏悲,此可以当书矣;如欲婉曲以陈谏,此可以当讽矣;如欲揄扬以致美,此可以当颂矣;如欲辨雕以写物,此可以当赋矣;如欲折衷以谈道,此可以当经矣。何也?《三百》犹先为诗而后就删,唐律乃先就删而后为诗者也。"(金圣叹《贯华堂选批唐才子诗序》)对律诗各联、各句的地位和功能作如此解释,虽有牵强之处,但是也有创新之处。当然,本书在解诗、评诗上常有穿凿附会、主观臆断之处,也是不能讳言的。

本书有顺治年间贯华堂刻本,为初本;还有有正书局版,封面题"圣叹选批唐才子诗",内题"贯华堂选批唐才子诗甲集七言律";现代有浙江古籍出版社1985年版、江苏古籍出版社1986年排印本。

《唐诗成法》

[清]屈复撰

题 解

唐诗总集,清屈复撰。其先世为蒲城望族,诗书传家,为书香门第。其高祖名模,为邑庠生。其祖父屈瑛为明礼部儒官,父亲必旦字祥门,号俭巷,生于明万历四十七年,性好读书穷理,文章品行乡里闻名,逢甲申世变,吴三桂引清兵入关,隐居乡间,布衣终生。屈复,初名北雄,后改复,字见心,号悔翁,晚号逋翁、金粟老人,世称"关西夫子"。屈复少时聪慧,八岁入私塾,师从单肃(子敬),因为学业优异,同里贡士王诜喜其才华,将长女许之,长女暴卒,王诜复以次女续配之。十九岁时应童子试,为第一名。后出游晋、豫、苏、浙、闽、粤等处,多次至京师游历。乾隆元年(1736年)曾被举博学鸿词科,但是屈复辞不就试。年至七十二岁之时,仍在北京蒲城会馆撰书,终生未归故乡。乾隆十年(1745年)春,屈复决计归其故里,但是旧疾遽发不能行,五月二十一日卒于郯城,屈来泰扶枢归葬陕西蒲城父茔,终年七十八岁。其著述主要有《弱水集》《楚辞新注》《杜工部诗评》《唐诗成法》《玉溪生诗意》(又名《李义山诗笺注》),皆乾隆刊本,后曾被列为禁书。其生平事迹见《清史列传》卷七十一、《国朝先正事略》卷三十八、《国朝耆献类征》卷四百八十、《碑传集》卷一百三十九、《鹤征后录》以及《蒲城县新志·屈复传》等。

本集共十二卷,专门选唐人五、七言律诗。其选诗依据主要是看是否有法:"初盛中晚,皆有佳什,或专选初盛,或专选中晚,此一人之偏好,非古今之通论。兹集有法者,虽中晚必登;无法者,虽初盛不录。然诗佳而无法者,未之有也。"(屈复《唐诗成法·凡例》)关于"唐人诗法"屈复的解释是:"自唐人稳顺声律,为五七言近体,而法密可学。句有偶,字有眼,篇有起结,有情有景,有四句一解，或二三五六七句一解者。此兵家之部伍行阵，其法井然。"（屈复《唐诗成法序》）所以他从法入手，选择唐人之五、七言律诗，为后学"示法"，因为"五七言律，体制于唐，法源于古。稳顺平仄，四韵成篇，起结虚实，反正抑扬，未尝立法以绳后人，而理极义当，如关石河钩，虽有贤者，千变万化，终莫能出其范围"。所以他就唐人已成之诗，论唐人已成之法，故曰"成法"。

本书版本主要有清乾隆八年（1743年）弱水草堂刻本、清嘉庆壬戌年（1802年）桐荫草堂刻本等。

《温李二家诗集》

[清] 陈堡编选

题　解

唐诗总集，清陈堡编选。陈堡，字杏坡，秀水（今浙江省嘉兴市）人，生卒年不详。本书共二册，一为唐温庭筠诗，三百三十四首；一为李商隐诗，三百六十三首。按照先古体后近体的方式安排体例。正文前有《唐书》本传和陈堡之《序》。《序》中指出：温、李诗才华典赡、句调流丽、富有色泽神韵，足以悦人之耳，夺人之目，但是也有其筋骨和根干，如木之有根干、枝叶、花蕊："古今风雅之士有不诵温、李者乎？既诵温、李，有不叹其才华之典赡、句调之流丽者乎？而无如世之诵温、李者，实未尝诵得而叹之者，亦未尝得其妙处。何也？譬诸木，然木有根干，有枝叶，有花蕊。诗之筋骨，犹木之根干也；肌肉犹枝叶也；色泽神韵犹花蕊也。天下有花蕊不生于枝叶，枝叶不本于根干者乎？知此可与论温、李二家之诗。夫温、李之在当时，已有异曲同工之赏，而比而称之矣。故至今日而擅才华，尚流丽，为足以悦人之耳，夺人之目者，亦莫不奉二家以为梯航，岂谓二家之体制果如跗萼之必不相离哉？"（陈堡《温李二家诗集序》）所以不能以华而不实视之。同时，温、李诗还有外表清疏淡约，而酝酿深厚、含味无穷的一面："余尝读二家之诗，至有极清疏淡约之句，而酝酿深厚、含味无穷、咀咏数过，得其传神用意以及本源底里所自来，不觉光泽溢于行间，鲜采生于字里。至于驱役今古、征引事实、罗珍错绣。发其绮艳者，又无论已。因不禁喟尔于学温、李者之多，而失温、李者亦不少也。人知诗之有温、李，而实不知温、李之诗不可以耳食而皮相也。推而上之，诗家乏齐名合德者，代不乏人，如初唐之沈、宋，盛唐之李、杜，中唐之元、白，夫犹是也。甚矣，温、李之诗非易窥也。"所以，陈堡认为不能简单以才华典赡、句调流丽看待温、李之诗："设徒以才华之典赡、句调之流丽目之，吾恐日事温、李而去温、李已远矣。"（陈堡《温李二家诗集序》）

本书有清康熙四十一年（1702年）秀水陈氏骏惠堂刻本。

《唐诗玉台新咏》

[清] 朱存孝编选

题 解

唐诗总集，清朱存孝编选。朱存孝，字行先，仕名象贤，号清溪，别号玉山先史、玉山牧竖。吴县（今江苏省苏州市）人。幼聪颖，好奇文，探索幽隐，与秋华沈子、青霞尤子为莫逆交。扬风扢雅，人咸目之为"城东三俊"。有孝行，曾官江西万载知县，有廉惠声。

本集仿照徐陵《玉台新咏》体例，以艳诗为准，编辑唐人艳诗，全书共十卷，卷一为初唐古诗；卷二为盛唐古诗；卷三为中唐古诗；卷四为晚唐古诗；卷五为初唐律诗；卷六为盛唐律诗；卷七为中唐律诗；卷八为晚唐律诗；卷九为初、盛唐绝句；卷十为中、晚唐绝句。所选自然皆以艳诗为准。关于编选方式和宗旨，朱存孝自己说得清楚："陈徐孝穆撰汉魏六朝艳诗十卷为《玉台新咏》，唐李康成亦撰陈、隋、唐初诗十卷为《玉台后集》。盖唐以诗取士，作者号称极盛，而艳诗之撰止于初唐，殊有不全不备之感。予不揣疏陋，因仿孝穆之例，撰自初至晚唐诗八百余首，分为十卷，仍以《玉台新咏》为名，亦犹续骚者不废三闾之义，续史者一准龙门之规云尔。"（朱孝存《唐诗玉台新咏序》）

本书有清康熙五十六年（1717年）刻板。

《唐四家诗》

[清] 汪立名编选

题　解

　　唐诗总集，清汪立名编选。汪立名，祖籍安徽歙县瞻淇人。生于康熙十八年（1679年），但其卒年不详。《歙县志》卷六《人物志·宦绩》："汪立名，号西亭，瞻淇人，由内阁中书荐升郎中，出守顺宁，再守辰州，摄兵备道事。宦辙所至，豪强敛迹，阖属肃然，尤以振兴风雅为务。"立名历仕康、雍、乾三朝，平生交游甚广，与朱彝尊、宋荦、厉鹗等著名文士皆有往来。其足迹主要在浙江、湖广一带，官至刑部郎中。著述丰富，编校《白香山诗集》，考证精确，评论允当。

　　本集专取王维、孟浩然、韦应物、柳宗元四家诗集合刻，有清康熙三十四年（1695年）刊本。全书共八卷，王、孟、韦、柳各二卷。前有自序，称四家诗为宋元人鼻祖，学宋元诗者当仍于唐诗求之。同时人尤侗对此集特别赞赏，指出："吾所不解者，以唐人选唐诗，而《箧中集》《搜玉集》《中兴间气集》不载四家一字，《河岳英灵集》《国秀集》只收王、孟，《极玄集》只收王，《御览集》《又玄集》只收韦，《才调集》兼收王、孟、韦而又不及柳，何耶？近日新城王阮亭先生所选《唐贤三昧集》，并皆佳妙，然亦有王、孟而无韦、柳，岂古人之诗各有异乎？"（尤侗《唐四家诗序》）汪立名本人对编辑此书的目的和宗旨说得相当清楚：一是强调学诗要取法乎上："良弓之子必学为箕，良冶之子必学为裘，江河百折而必朝宗于海，盖取法乎上，仅得其中。善学宋元诗者，当仍于唐诗求之，此王、孟、韦、柳四家诗所由刻也。"（汪立名《唐四家诗序》）二是认为王、孟、韦、柳四家诗是宋元人之鼻祖，学诗应该溯流穷源："宋诗无逾苏、陆，放翁极心折王辋川，自云十七八时读摩诘诗最熟，而于孟浩然诗则辨别于一句一字之精，反复赞叹不已；至若韦苏州、柳柳州，尤时时见于题记，以志向往之诚。由此推之，则四家诗固宋元人之鼻祖也；溯流穷源，敝极反本，舍四家诗将谁属哉?"(汪立名《唐四家诗序》)三是认为通过学王、孟、韦、柳四家诗可以渐入李白、杜甫之堂奥:"况乎王、孟见许于少陵,韦、柳盛称于眉山,千古同途,出门合辙,耳濡目染,由渐而几李杜堂奥不难矣,仅王、杨、卢、骆以专家名云尔哉!因刻四家诗,约略余意如此。"(汪立名《唐四家诗序》)

《唐四家诗集》

[清]胡凤丹编选

题　解

唐诗总集,清胡凤丹编选。此集现有清同治九年(1870年)退补斋刊本。胡凤丹,字樵甫,永康人,为清咸丰、同治间人。本书共二十卷:王维四卷,孟浩然三卷,韦应物十卷,柳宗元四卷。前有胡氏自撰的《唐四家诗集序》一篇,书后附有历朝诗话、辨伪考异,论述王、孟、韦、柳四家诗真伪与短长,较有价值。胡凤丹在其自序中说明自己编辑此书的原因和目的,指出:"诗称李杜,尚已。李、杜全集,脍炙人口,几于家置一编。余读全唐诗集,鸿编巨制,美不胜收。今独举王、孟、韦、柳四家之诗而裒辑之,岂阿所好哉?读《诗》至《雅》《颂》之什,雍容揄扬,可以献明堂而荐郊庙,而《风》之《春酒》《羔羊》《硕人》《蔿轴》,相与咏歌,各言其情,亦太史辖轩所必采;然则诗各不同,亦就其相类者汇之而已。若王与孟与韦与柳,其生平出处不尽相侔,而其胸襟浩落,萧然出尘,则遥遥百余年间,前后若合符节。王则以清奇胜,柳则以清俊胜,韦则以清拔胜,孟则以清远胜。每当风晨月夕,展卷长吟,如幽士深山,如佳人空谷,令人仿佛遇之。《诗》曰:'高山仰止,景行行止。'虽不能至,心窃向往之。所愿天下之读诗者,毋徒炫李、杜之名而忽视夫四子也。"(胡凤丹《唐四家诗集序》,同治九年退补斋刻本《唐四家诗集》卷首)以《诗》之雅、颂与国风的关系比李、杜与王、孟、韦、柳四家,认为这四家也有独到之处,不能忽视。同时,李、杜全集,脍炙人口,几乎家置一编,而王、孟、韦、柳四家诗则相对寂寞,所以要编辑此集。

本书有同治九年（1870年）退补斋刻本、清光绪间湖北官书局刻本等。

《唐人咏物诗》

〔清〕聂先编选

题　解

　　唐诗总集，清聂先编选，清乾隆十一年（1746年）刻本。聂先，字晋人，生卒年不详，大约生活在康熙、乾隆年间。又佛家之书《续指月录》标明编辑者也称聂先，但其为庐陵人，字乐读。江湘有《续指月录序》一文，介绍聂先其人："吴门聂子乐读者，研穷经史，复沈酣于宗门家言。继瞿公幻寄《指月录》，缉宋南渡后上下五百余年宗乘微言。钩索源流，详核世派，汇为一书。名《续指月》。噫嘻，聂子之志可为勤矣。七八年前，聂子邮是编示予曰：'佛祖慧命，不绝如线；二派五宗，法轮所寄。愿吾子为我了此弘愿。'余初不暇省，然窃笑所好之僻而志之勤也。去春来邗，吴园次先生介而造余曰：'吾得梦征，此书必待子而成。得毋非夙因乎？'余蘧然起曰：'有是哉，子之好诚僻矣，余何敢辞。'复有钟山刘觉岸先生，秦邮孙孝则先生，参互考订。于是广募檀施，鸠工庀梓，亟为刊布。第吾闻竺氏之学，以一丝不挂为上乘，万虑皆空为绝德，不立文字，不下注脚。如指月之后，话月听月，皆以月为喻。嗟乎！其可以言传耶？其不可以言传耶？其可以言传而究不可以言传耶？余皆不可得而指也。后之览者。倘即以余之所以笑聂子者还以笑余也，抑又何辞？康熙十九年正月上元日古歙弟江湘拜题于广陵之文选楼。"不知二者孰为《唐人咏物诗》的编辑者。

　　清代有多种咏物诗集问世，如康熙四十五年，圣祖仁皇帝御定《佩文斋咏物诗选》，其诗上起古初，下讫明代，共四百八十六类，又附见者四十九类。诸体咸备，庶汇毕陈，洋洋大观。《四库全书总目》赞美曰："……陈景沂有《全芳备祖》，惟采草木之什，未有搜合遗篇，包括历代，分门列目，共为一总集者。明华亭张之象始有《古诗类苑》《唐诗类苑》两集，然亦多以人事分编，不专于咏物。其全辑咏物之诗者，实始自是编。所录上起古初，下讫明代，凡四百八十六类。又附见者四十九类。诸体咸备，庶汇毕陈，洋洋乎词苑之大观也。"这是最早专门编辑咏物诗的集子之一。其他如李因笃《唐诗观澜集》评语中也涉及咏物诗："咏物之作本六义，赋体兼以比兴，如古诗《断竹》之谣，楚词《橘颂》之赋，已开朕兆。"点出了咏物诗的渊源。还有清人俞琰，也编辑出一部《咏物诗选》，其《咏物诗选自序》中，从"诗感于物"切入，指出咏物在诗歌创作中具有特别重要的地位，认为"诗学之要，莫先于咏物"："凡诗之作，所以言志也；志之动，由于物也。感于物而动，故形于言；言不足，故发为诗。诗也者，发于志而实感于物者也。诗感于物，而其体物者，不可以不工，状物者，不可以不切，于是有咏物一体，以穷物之情，尽物之态。而诗学之要，莫先于咏物矣。"同时，他有描述了中国古代咏物诗的源流演变，并且说明了自己编辑《咏物诗选》的缘由。这些都表明清人已经逐渐注意到对咏物诗的研究。但是，专门编辑唐人咏物诗的，还比较少见。所以聂先这部《唐人咏物诗》在唐诗研究史上是有特殊意义的。

本集按照初唐、盛唐、中唐、晚唐的次序编排，诗体选取五言律、七言律、五言排律、七言排律、五言绝句、七言绝句，不录五七言长歌。去汉魏六朝繁言叠叙之累，而专法唐人简净风雅之什。编者认定学诗当学唐人，若学唐人当从咏物诗学起："至究其所谓摹物入微、缀景尽致者，卒不越唐人冶范。则知咏物诸篇虽非唐人所乐擅场以标风骚之旨，而出其余技，犹足绝调千秋。兹咏物者所由不得不远法乎唐，观咏物者不得不专取乎唐也。"（聂先《唐人咏物诗序》）"今学诗者将法唐人咏物乎？抑法雁字、落花乎？知其异而求其同，斯诗派正矣。予谓欲法唐人者，先法咏物；欲得咏物之深意者，当先观兹选，其庶几乎？"虽然其说有些绝对化，但是也有其合理成分。

《唐七律选》

[清] 毛奇龄、王锡编选

题 解

　　唐诗总集，清毛奇龄、王锡编选。毛奇龄一名甡，字大可，号秋晴，一曰初晴。又以郡望称西河，萧山（今属浙江）人。四岁，母口授《大学》即成诵。总角，陈子龙为推官，奇爱之，遂补诸生。明亡，哭于学宫三日。山贼起，窜身城南山，筑土室，读书其中。康熙十八年（1679年）荐举博学鸿儒科，试列二等，授翰林院检讨，充《明史》纂修官。二十四年（1685年），充会试同考官，寻假归，得痹疾，遂不复出。奇龄淹贯群书，所自负者在经学，然好为驳辨，他人所已言者，必力反其词，挟博纵辩，务欲胜人。亦好为诗。其论诗主张以"涵蕴""能尽其才"为妙，大抵尊唐抑宋。其诗博丽窈渺，声名甚著。平生著述甚丰，《四库全书》著录其著述便有四十余种。其《西河合集》四百余卷。

　　本集是在原有的《馆选》一书的基础上编辑而成的，原书只有唐人长句律一百首，此集入选者七十五家，诗二百零六首。去《馆选》之名，而题之曰《唐七律选》。毛奇龄的观点很明确："事有由始，诗律始于唐，而流于宋元，则循流溯源，将必选唐律以定指趋，诚亦无过。"（《唐七律选序》）要旨是律诗应该以唐为准绳。据此，他对宋元以来学诗者大加批评："是以宋袭长庆，元袭大历，嘉、隆袭开、宝，皆欲递反旧习，而自趋流弊，翻就污下。彼不读书者，每称吾为宋元，不为三唐，则苏、陆、虞、赵、高、杨、张、徐原深论唐诗，极为趋步，其言不足道，而即矫枉之徒，必欲张元、白以表宋元，扬王、杜以祖何、李，皆不必然之事也。夫团扇之摈，以时器也；松筠之不坏，以不与物候相转环也。昔有择嫁者，西家富东家贫，然而东家美婿也。问女何择？则曰：吾愿西家食而东家宿。是以夏商不同治，而讲治道者则必曰：夏取其时，商取其辂。"其尊唐而卑宋的倾向非常明显。同时，他关于唐诗的评价也与宋元以来诗评家多有不同。如对于杜甫《秋兴八首》，历来人们评价甚高，如宋刘辰翁《集千家注批点杜工部诗集》卷十五："八诗大体沉雄富丽，哀伤无限，尽在言外，故自不厌。惟实小家数乃不可仿佛耳。"明张綖曰："《秋兴八首》皆雄浑丰丽，沉着痛快。其有感于长安者，但极摹其盛，而所感自寓于中。徐而味之，则凡怀乡恋阙之情，慨往伤今之意，与夫外夷乱华，小人病国，风俗之非旧，盛衰之相寻，所谓不胜其悲者，固已不出乎意言之表矣。卓哉一家之言，复然百世之上，此杜子之所以为诗人之宗仰也。"明王嗣奭《杜臆》卷八："《秋兴八首》以第一首起兴，而后七首，俱发中怀，或承上，或启下，或互相发，或遥相应，总是一篇文字，拆去一章不得，单选一章不得……'故园心'三字固是八首之纲，至第四章'故国平居有所思'，读者当另著眼。'故国思'即'故国心'，而换一'国'字，见所思非家也，国也，其意甚远，故以'平居'二字该之，而后面四章，皆包括于其中。如：人主之荒淫、盛衰之倚伏、景物之繁华、人情之逸豫，皆足以召乱；而平居思之，已非一日，故当时彩笔上干，已有忧盛危明之思，欲为持盈保治之计。志不得遂，而漂泊于此。人已白头，匡时无策，止有吟望低垂而已。此中情事，不忍明言，不能尽言，人当自得于言外也。"但是毛奇龄在此集中评价说："八首意极浅，不过'抚今追昔'四字而已。"如此之类，集中多见。《四库全书总目提要》中说："奇龄好与古人争，先舒好与今人争耳。"刘声木《苌楚斋四笔》卷七中说他"惟其生平撰述，专与宋儒相诘难"，从本集的诗评中正可印证这一点。

本书有康熙四十一年（1702年）精刻本，四卷，两册。竹纸，木刻。

《唐体肤诠》

［清］毛张健编选

题　解

唐诗总集，清毛张健编选。毛张健，字今培，号鹤汀，太仓（今江苏省太仓市）人，为贡生出身。本集在选诗上的明显倾向是重视中、晚唐而轻视初、盛唐。全书专门编选唐人七律，总共四卷，选诗人一百十二人，诗四百余首。其中卷一选刘长卿的七律最多，占二十二首；卷二选温庭筠七律最多，十三首；卷三选许浑最多，四十四首；卷四选吴融最多，十六首。初、盛唐诗人的七律，包括杜甫在内，都被等而下之。究其原因，就是因为毛张健反对明代"前七子"之一李梦阳"诗必盛唐"之论，其《丹黄余论》中明确说明了这一点："少陵出而六辔在手，纵横颠倒，无不就范已，极作者之能事矣。学者犹以其笔力高古，难以追仿。至大历诸子兴，而优柔敷愉、绵密丽切，穷锻炼之力而一归自然，极穿插之工而视若无有，盖七律之准则必以是为归。降而为元和，为开成，总不外此也。自近代历下之说起，谓古诗必汉魏，今体必初唐，徒取廓落之词，形貌之似，而不考其精神脉络之所在，故其自为诗，一篇之中，必首尾衡决，筋骨弛纵，而起伏呼应，联络收束之法胥亡矣。沿及于今，即有惩其弊者，亦但能易为尖新、饰为华缛耳。而线索已失，疵颣丛生，古人篇幅之美，竟无有知其说者，良可叹也。故余于七律略初、盛而详中、晚，盖能得中、晚之法，极中、晚之工，由此敛其才华以归于初、盛，则先河后海，岂患穷源之无自哉？"其理由主要是两点：一是认为杜甫七律"笔力高古，难以追仿"，不可学；而中、晚唐七律可学，应该以之为"七律之准则"。二是从诗法的角度出发，认为学唐诗应该由中、晚唐入而后归于初、盛唐。唐孙华在《唐体肤诠序》中说："毛子特举唐诗之章法以示人耳，非选诗也，然得此法，以读古人之诗，则何诗不有章法，何体不有章法？此又存乎读者之神明其意，触类而隅反也。"强调毛张健此选重在示法，不在选诗。

本书有清康熙间刻本，四卷，四册。

《唐七律诗钞》

[清] 曹毓德编选

题　解

唐诗总集，清曹毓德编选。曹毓德，字小亭，常熟（今江苏省常熟市）人，诸生，生平不详。

本集共四卷，共收唐诗人一百十一家，七言律诗五百五十二首。正文部分为七律之正体，后有附录，所附为七律之变体，所选诗人皆有小传。有的诗作后面有评论，如评柳宗元《登柳州城楼寄漳汀封连四州》："声调高、色泽足，直欲夺少陵之席。"但是有的没有，不统一。本集卷首有《凡例》，从中可见曹氏对唐人七律的基本看法。其一，揭示出七律从初唐到盛唐的成熟过程，认为盛唐为七律正轨，杜甫为七律之集大成者，达到巅峰状态："初唐七律，只用作台阁应制，颂体多而风雅未畅。王、李、高、岑起而六义备焉。同时若崔颢、崔曙、祖咏诸公，篇什不多，自是盛唐正轨。元次山《橘井》、独孤常州《同皇甫侍御斋中春望》，已开大历先声，又风会转移之渐也。至少陵而奄有众长，更能曲尽变化，自有七律以来，莫敢分篇而坐。"（清道光二十四年刻本《唐七律诗钞》卷首）其二，揭示出中唐七律的变化及其特色，并且对诸家七律的风格和特征做了细致的描述："七律至大历间，开、宝浑厚之风甚少矣。然选声选料，蕴藉宜人：犹古诗之太康、元嘉体也。刘随州为开元进士，本不列十子之目，要其体格，实与诸子水乳交融；又名作较多，足为领袖。自是而降，作手寥寥，刘、柳起而精神为之一振。白傅稍近甜熟，而性情深厚，气度春容，撷取英华，正复耐人讽咏，洵乎中唐一大宗也。"（清道光二十四年刻本《唐七律诗钞》卷首）其中对刘长卿、柳宗元、刘禹锡、白居易四家七律的评论有一定见地。其三，对晚唐七律给予较高的评价："诗至晚唐，各体俱不振，独七律不乏名篇。韩致尧完节孤忠，苍凉激楚之音，洵属一时无两。其时司空表圣怀忠遁迹，隐具同心，特以地分较疏，故词多纤缓。外此若吴子华之工丽。韦端己之明秀，罗昭谏之笔健气雄，分道扬镳。并属全唐后劲。"（清道光二十四年刻本《唐七律诗钞》卷首）可以看出，曹氏对晚唐七律的评价虽然有其可取之处，但是也带有个人的偏好，如其中对韩偓、司空图、吴融、韦庄、罗隐的七律评价较高，但是对李商隐、杜牧没有给予应有的关照，显然不够公允。

本书有道光二十四年（1844年）刻本，但是很少见。

《唐诗评选》

[清] 王夫之 编选

题 解

　　唐诗总集，清王夫之编选。王夫之，字而农，号姜斋，又号夕堂，或署一瓢道人、双髻外史，万历四十七年（1619年）生，在父朝聘、兄介之影响下，自幼博及群经，十四岁入县学。明思宗崇祯十五年（1642年）中举人。明亡，清兵南下，王夫之先与其兄避匿衡山，后于清顺治五年（1648年）举兵抗清，赴肇庆，任南明永历政权行人司行人。顺治末，僻居衡阳金兰乡，潜心授徒与著书。三藩乱起之后，王夫之往来于湘乡、长沙、岳阳间。晚年隐居于石船山，故自署船山病叟、南岳遗民，学者称之为船山先生。吴三桂称帝，拒不为其撰劝进表，亦不屈身仕清，以著述终老，于康熙三十一年（1692年）病逝，享年七十四岁。

　　全书共四卷，选入诗人一百五十余家，诗作约五百四十余首，既注意了大家，也注意小家。但是对韩愈、孟郊则不够公平：前者只选一首，后者一首不选。卷一为乐府歌行；卷二为五言古诗；卷三为五言律诗（附五言排律）；卷四为七言律诗。在诗体上重律诗而轻绝句，所以五、七言绝句一首不选。不过从总体上看，王夫之对各个时段的唐诗并无偏见，选诗照顾到初、盛、中、晚四个时期，没有自明代以来偏重盛唐的倾向。从其诗评中，可以看出其诗学主张和倾向。其一，推崇神韵骏发、引曳骞飞的境界，反对拘促和限制，如其卷一王绩《北山》评语中云："对仗起束，固自精贴，声韵亦务协和。乃神韵骏发，则固有可歌可行，或可入乐府。如此首前四句，句里字外俱有引曳骞飞之势，不似盛唐后人促促作辕下驹也。故七言律诗亦当以此为祖，乃得不堕李颀、许浑一派恶诗中。呜呼！知古诗、歌行、近体之相为一贯者，大历以还七百余年，其人邈绝。何怪'四始''六义'之不日趋于陋也。"其二，推崇言在而意无穷的意蕴，如卷一孟浩然《鹦鹉洲送王九之江左》评语中云："以言起意，则言在而意无穷；以

意求言，斯意长而言乃短。言已短矣，不如无言。故曰'诗言志，歌永言'，非
志即为诗，言即为歌也。或可以兴，或不可以兴，其枢机在此。唐人刻画立意，
不恤其言之不逮，是以竭意求工，而去古人愈远。欧阳永叔、梅圣俞乃推以为至
极，如食稻种，适以得饥，亦为不善学矣。襄阳于盛唐中尤为褊露，此作寓意于
言，风味深永，可歌可言，亦晨星之仅见。"其三，对诗的影射和讽谕功能比较
注意，但又反对妄臆穿凿，并且强调继承风雅传统，如卷三杜甫《野望》评语：
"诗有必有影射而作者，如供奉《远别离》，使无所为，则成呓语，其源自左徒
《天问》、平子《四愁》来；亦有无为而作者，如右丞《终南山》作，非有所为，
岂可不以此咏终南也？宋人不知比赋，句句为之牵合，乃章惇一派舞文，陷人机
智。谢客'池塘生春草'，是何等语，亦坐以讥刺，瞎尽古今人眼孔，除真有跟
人迎眸不乱耳。如此作，自是《野望》绝佳写景诗，只咏得现量分明，则以之怡
神，以之寄怨，无所不可，方是摄兴、观、群、怨于一炉锤，为风雅之合调。俗
目不知，见其有'叶落''日沉''独鹤''昏鸦'之语，辄妄臆其有国削、君
危、贤人隐、奸邪盛之意，审尔，则何处更有杜陵邪？'六义'中唯比体不可
妄，自非古体长篇及七言绝句而滥用之，则必凑泊迂窒。即间一为此，亦必借题
而不借句，如《婕好怨》《明妃曲》之类是也。既已显自命题，则但有讥非，正
当直指，何至埋头畏影效小人之弹射乎？必不获已，如投身异类之滨，寄思孤孽
之祸，犹之可也。立不讳之廷，操风人之柄，屑屑然憎影而畏日，以匿于阴，亦
艺苑之羞已。以茅塞而为诗，其不固者几何哉？"再如卷一高适《燕歌行》评
语："词浅意深，铺排中即为诽刺。此道自《三百篇》来，至唐而微，至宋而
绝。'少妇''征人'一联，倒一语乃是征人想他如此，联上'应'字，神理不
爽。结句亦苦平淡，然如一匹衣著，宁令稍薄，不容有颣。"还是强调《诗经》
的风雅传统。其四，对诗歌创作中如何处理情、景、事的关系有自己的见解，如
卷一岑参《青门歌送东台张判官》评语："情、景、事合成一片，无不奇丽绝
世。嘉州于此体中，即供奉亦当让一席也。供奉不无仗气，嘉州练气归神矣。"
强调情、景、事浑然一体。再如卷三丁仙芝《渡扬子江》评语："诗之为道，必
当立主御宾，顺写现景；若一情一景，彼疆此界，则宾主杂遝，皆不知作者为
谁。意外设景，景外起意，抑如赘疣上生眼鼻，怪而不恒矣。五言之余气始有近
体，更从而立之绳墨，割生为死，则苏、李、陶、谢剧遭剟割。其坏极于大历，
而开、天之末，李颀、常建、王昌龄诸人，或矫厉为敖辟之音，或残裂为巫鬼之
词，已早破坏滨尽，乃与拾句撮字相似。其时之不昧宗风者，唯右丞、供奉、拾

遗存元音于圮坠之余，储、孟、高、岑已随蜃蛤而化，况其余乎？故五言之衰，实于盛唐而成不可挽之势，后人顾以之为典型，取法于凉，其流何极哉？大历以降，迄今六百余年，其能不为盛唐五言律者，唯汤临川一人。夔、旷之知，固已难矣！呜呼！此讵可与沉酣贾岛、淫酗陈无己者道邪？"强调为诗必须分宾主、有主有次。其五，对作家作品的评论中，辨析异同，时有精彩之处。如卷三附五言排律宋之问《发端州初入西江》评语："沈、宋之得名家者，大要以五言长篇居胜。密润纯净，犹有典型，贤于陈子昂之敖辟远矣！沈廊庙诗贵于宋，宋迁谪诗密于沈。张说集中亦有此两种，便如孙夫人捉刀逼人，无复有静好之意。"先是沈、宋与陈子昂比较，再是沈、宋之间比较，然后连类而及于张说，识见不凡。再如卷三王维《观猎》评语："右丞于五言近体，有与储合者，有与孟合者，有深远鸿丽轶储、孟而自为体者，乃右丞独开手眼处，则与工部天宝中诗相为伯仲，颜、谢、鲍、庾之风又一变矣。工部之工，在即物深致，无细不章；右丞之妙，在广摄四旁，圜中自显。如终南之调阔大，则以'欲投人处宿，隔水问樵夫'显之；猎骑之轻速，则以'忽过''还归''回看''暮云'显之。皆所谓离钩三寸，鲅鲅金麟，少陵未尝问津及此也。然五言之变至此已极。右丞妙手能使在远者近，抟虚作实，则心自旁灵，形自当位；苟非其人，荒远幻诞，将有如'一一鹤声飞上天'，而自诧为灵通者，风雅扫地矣。是取径盛唐者，节宣之度，不可不知也。"点出王、孟与王、储同一诗派中的不同之处，又比较王维与杜甫的差别，评价比较深刻。

本书的版本问题较为复杂，因为王夫之的反清态度，最初问世的著作多次遭清廷查禁，所以在清代无法公开刊刻，直到清朝末年和民国时期，才有机会公开问世。同治四年（1865年），曾国藩、曾国荃组织人员系统地整理刊刻船山遗书，这就是《船山遗书》的金陵本。此次刊刻曾访得著多诗歌评选的钞本，并撰《船山遗书目录》，其中明确记载"《四唐诗选评》七卷"为"未刻"。同治十三年（1874年）《衡阳县志》载王夫之的诗评著作为："《八代诗选评》六卷，《四唐诗选评》七卷，《明诗选评》七卷。"从两者的记载中可以看出：《四唐诗选评》原为七卷本。但是，到了民国四年（1915年），刘人熙在长沙刊印金陵本《船山遗书》未收的王夫之著作之时，刊出的《唐诗评选》是四卷本，比原来少了三卷，不知是何时、何地散佚的。

《百家唐诗》

[清] 席启寓编选

题 解

唐诗总集，清席启寓编选。席启寓，字文夏，号约斋。苏州（今江苏苏州）洞庭山人。官工部虞衡司主事。清康熙三十八年（1699年）康熙皇帝南巡至东山，席启寓之东园成为驻跸之地。当时，康熙曾问启寓"有否官职"？启寓回奏"曾任过工部虞衡司主事"。问"为何不做"？回奏"在家养亲"。继奏"暇读唐诗，莳种兰花"。当年曾向康熙帝进新茶，并且进献四套《唐诗百家全集》、两盆兰花。平生著述主要有《唐诗百家全集》《治斋诗甲乙集》等。

本集以李白、杜甫以前诸集善本易得为由，不列开元、天宝以前诗人，专选元和以后诗人之作，以诗人登第的年代为序，共收唐大历至唐末五代诸家诗集共一百种。始自刘长卿、钱起，终于五代王周、王贞白，不仅元稹、白居易等中唐诗人作品搜罗完备，晚唐皮日休、陆龟蒙等重要诗人作品也搜罗得比较完备。席启寓在《自序》中说："盖诸家之辑者，各徇所见，务择其精；而余之所刻者，必博采所传，务求其备。"书中各集多以宋本为底本，同时又据《唐文粹》《文苑英华》《唐诗纪事》《唐诗类苑》及其他诗集版本进行校勘、补遗，用力颇多。此外，在每集之前，都有作者小传，书中还附诸家评语，体例比较完备。清叶燮在《百家唐诗序》中对此书评价较高，他首先从诗歌发展史的角度切入，一反明人李梦阳为代表的"诗必盛唐"之说，认为唐贞元、元和之间是古今文运诗运发展的一大关键："吾尝上下百代，至唐贞元、元和之间，窃以为古今文运诗运，至此时为一大关键也。是何也？三代以来，文运如百谷之川流，异趣争鸣，莫可纪极，迨贞元、元和之间，有韩愈氏出，一人独力而起八代之衰，自是而文之格之法之体之用，分条共贯，无不以是为前后之关键矣。三代以来，诗运如登高之日上，莫可复逾，迨至贞元、元和之间，有韩愈、柳宗元、刘长卿、钱起、白居易、元稹辈出，群才竞起而变八代之盛，自是而诗之调之格之声之情，凿险出奇，无不以是为前后之关键矣。起衰者，一人之力专，独立砥柱，而文之统有所归；变盛者，群才之力肆，各途深造，而诗之尚极于化。今天下于文之起衰，人人能知而言之，于诗之变盛，则未有能知而言之者。此其故，皆因后之称诗者，胸无成识，不能有所发明，遂各因其时以差别，号之曰中唐，又曰晚唐。今知此'中'也者，乃古今百代之'中'，而非有唐之所独得而称'中'者也。'中'既不知，更何知诗乎？"然后，他以此为据，充分肯定席启寓《百家唐诗》的成就："虞山席治斋虞部，壮岁官于朝，即陈情乞归养，高卧家园，以著述为己任。暇日出其箧衍所藏唐人诗，自贞元、元和以后，时俗所称为中晚唐人，得百余家，皆系宋人原本，一一校雠而付之梓。意以为是诗也，时值古今诗运之中，与文运实相表里，为古今一大关键，灼然不易，奈何耳食之徒如高棅、严羽辈，创为初盛中晚之目，自夸其鉴别，此乡里学究所为，徒见其陋已矣。今观百家之诗，诸公无不自开生面，独出机杼，皆能前无古人，后开来学。诸公何尝不自以为初，不自以为盛，而肯居有唐之中之地乎？虞部于此，不列开、宝以前，独表元和以后，不加以中晚之称，统命之曰《唐人百家诗》，以发明诗运之中天，后此千百年，无不从是以为断，岂俗儒纷纷之说所得而规模测量者哉！"说到底，就是因为《百家唐诗》"不列开（元）、（天）宝以前，独表元和以后"，重视中唐，正好与他的主张相表里。

本书有清康熙四十一年（1702年）席氏琴川书屋精写刻本，竹纸，线装，四十八册，六函；清康熙四十七年（1708年）东山席氏琴川书屋本，为仿宋刻本；民国九年（1920年）扫叶山房石印本。

《唐诗正》

[清] 俞南史、汪文桢、汪森编选

题 解

唐诗总集，清俞南史、汪文桢、汪森编选，有康熙十四年乙卯（1675年）刻本。俞南史，字无殊，一字鹿床，号鹿床山人，俞安期子。江南吴江人。明时为诸生。入清之后，南史不再举业，种植梅竹以自娱。顺治四年（1647年）避居玄墓青芝坞，朱鹤龄为作《俞无殊山居记》。工诗，当时与潘木公、史弱翁、沈君服、徐介白齐名，号"松陵五子"。同时，南史还与朱彝尊有交往。朱彝尊在《词综发凡》中记录了相与讨论编撰《词综》的诸多人士，有云："佐予讨论编纂者，汪子（汪森）而外，则安丘曹舍人升六（曹贞吉），无锡严征士荪友（严绳孙），江都汪舍人季角（汪懋麟），宜兴陈征士其年（陈维崧），华亭钱舍人葆酚（钱芳标），吴江俞处士无殊（俞南史），休宁汪上舍周士（汪文桢）、季青（汪文柏），钱塘龚主事天石（龚翔麟），同郡俞处士右吉（俞汝言），沈上舍融谷（沈皡日），缪处士天自（缪永谋），沈布衣覃九（沈岸登），叶舍人元礼（叶舒崇），李征士武曾（李良年）、布衣分虎（李符），沈秀才山子（沈进），柯孝廉翰周（柯维桢）。……镂版未竟，而钱、叶二君，相继奄逝，可为泫然！"其中就点到俞南史。南史传世之集为《鹿床稿》。

　　本集前有序文两篇，一为汪琬作，一为息庵（张大复）作。每位诗人皆有小传，选诗以盛唐为主。全书总共二十六卷，其中五言古诗七卷，七言古诗五卷，五言律诗四卷，七言律诗三卷，五言排律三卷，五言绝句一卷，七言绝句三卷。本来书中有评论，但是后来遗失。俞南史自己在《凡例》中特做说明："是选曾有批评，以便学者。因友人借观，遗失五古、五排二本，不及重评，遂悉不用。"关于编选此集的动机，其《凡例》中也说得清楚："若唐人之选《极玄》《英灵》，能知其崇尚矣，而嫌其太少，杨伯谦之《唐音》能辨其体制矣，而惜其未全；高廷礼之《品汇》能则具其气类矣，而苦其太杂，济南之选能取其声调矣，而厌其太拘；竟陵之《诗归》能得其性灵矣，而失于太纤。余于是取而正之，洗陈腐之辞，振纤弱之习，奇正工巧，虽有不同，总欲归于大雅，则是集之本意也。"言语之间，不仅说明了编撰此书的意图，也表现出高自期许。其中关键在"总欲归于大雅"，这也是其自许为"正"的内在含义。对此，汪琬在《唐诗正序》做了说明。首先，他标举风雅传统："诗风雅之有正变也，盖自毛、郑之学始。成周之初，虽以途歌巷谣，而皆得列于正。幽、厉以还，举凡诸侯夫人公卿大夫闵世病俗之所为，而莫不以变名之。正变之云，以其时，非以其人也。故曰：志微噍杀之音作而民忧思，啴谐慢易之音作而民康乐，顺成和动之音作而民慈爱，流僻邪散狄成涤滥之音作而民淫乱。夫诗，固乐之权舆也；观乎诗之正变，而其时之废兴治乱污隆得丧之数，可得而鉴也。史家所志五行，恒取其变之甚者，以为诗妖诗孽、言之不从之证。故圣人必用温柔敦厚为教，岂苟然哉？吾尝由是说以读唐诗。"接着，他又认定唐诗之雅正在开元、天宝至大历、贞元之际："开元、天宝诸诗，正之盛也，然而李、杜两家并起角立，或出于豪俊不羁，或趋于沉著感愤，正矣有变者存。降而大历以讫元和、贞元之际，典型具在，犹不失承平故风，庶几乎变而不失正者与？"最后，他揭示并且肯定俞南史等人编辑此书的目的和功绩："吾友俞子无殊偕吾宗人周士（汪文桢）、晋贤（汪森）用善诗鸣吴下，其于唐也，含英咀华，穷搜遐览，殆不知其几矣。既又差择其尤者，得若干卷，统名曰'正'。然则变者固在所不录与？三君子曰：'非也。正者吾取之，变不失正者吾又取之，其他不足以感人心、端世教，则皆吾所略也。厘其人矣，复审其音，审其音矣，复区其时，期不失古风雅之旨而已。'予于是闻而善之。三君子虽不得生成周之世，及见太师采风，与夫仲尼所以存《三百篇》之故，然而毛、郑正变之学，犹可藉是选以不亡，则三君子力也。"落脚点还是在《诗经》的雅正传统之上。

本书有康熙十四年（1675年）金闾天禄阁刊本，南京图书馆藏有此书。

《唐风采》

[清] 朱彝尊评阅，张捴选定

题 解

唐诗总集，书内题：秀水朱彝尊先生评阅，南村张捴僧持选定。张捴，字僧持，秣陵（今江苏省江宁）人，生卒年不详。当是顺治、康熙间人。

关于此集的体例和结构，其《凡例》中有明确的说明。其一，总体上全书按照诗体编排："是集以古今体为编次，首五言古一卷，次七言古一卷，次五七言律二卷，五言排律长篇二卷，七言排律一卷，五七言绝二卷，附以六言一卷，共十卷。"其二，书中每卷则按照时序编排："每卷仍以初、盛、中、晚为次第，或谓初、盛、中、晚不必并分，然亦无容混一。"全书总共十卷，兼收各体。清朱彝尊在《唐风采序》中对此集的介绍比较清楚。第一，关于书名，《序》中说："诗以'风'名，何昉乎？昉于《诗》之'国风'。气郁乎地中，噫达万窍，号而为风。诗则因志宣言，随所感触，吟咏之余，情为毕动，义本相类。自是而汉赋，而六朝，虽其风递升递降，要皆各自鸣其声。沿迄乎李唐之代，而厥风乃于以大盛。第风之为道不一，而诗之径术亦区分。诗而浑灏流转、磅礴横轶者为雄风，诗而温柔敦厚、蔼蔼可亲者为和风，诗而萧疏淡远、神韵澄彻者为清风，诗而脱手弹丸、流行自在者为轻风，诗而夷犹闲旷者、芳兰竞体者为高风，为香风，又诗而尘埃蝉蜕者、烟霞襟抱者、寒包冰怀、凛人肌骨者为仙风，为松风，为凄风。要皆可以风概之，即皆可以风别之，而风之名亦遂莫备于唐。"说明以"风"名诗昉于《诗》之"国风"，而且"风"之名莫备于唐，所以取名《唐风采》理所当然。第二，说明了编撰过程，并且以"风"为切入点，阐述唐代初、盛、中、晚四个时期诗歌的不同风貌："秣陵南村张子，闻风而起者也。积学工词章，凤登坛执耳，谓有唐一代诗可分隶一年四序。初唐若沈、宋、苏、张，含英咀华，似春之惠风；盛唐若李、杜、高、岑，顿挫悲壮，似夏之炎风；中唐若刘、韦、钱、秦，冲和雅赡，似秋之飓风；晚唐若贺险、仝怪、郊瘦、岛饥，似冬之寒风。其间有不类者，为四时间出之风，非可以例论。故总而颜之曰《唐风采》。又采有明洎本朝之工于抹月披风者并罗列之。较廷礼为约，视沧溟为详，合诗论共十一卷，就质于余。"从中可以看出，此集的编撰，发起者为张摅，合作评阅者为朱彝尊。然而称初唐诗似春之惠风，盛唐诗似夏之炎风，中唐似秋之飓风，晚唐似冬之寒风，则不免有些牵强。第三，说明选诗的基本标准，及其期许："余固善采风者也，凡四方骚雅，靡不旁搜博访，以当辎轩。兹南村之采，有志乎古，无慕乎今。唐之秽风腥风，概屏弗染，即终暴之狂风、不根之飘风、符阳之怪风，亦斥远弗录。置之案所，披衿以当之，不啻谢谧之入吾室，飕飕飔飔，泠然善也，抑余尝观《易》之巽，一阴伏二阳之下，其性能巽以入，故金象为风，又曰风以散之。故凡卦之有巽者，多言文教风俗之事。今张子唐风之采，正当圣天子稽古右文之世，风行于上，而名公巨卿又皆骚坛风雅，扶摇上媲李唐。行见四方风动，将海隅日出之地，罔不深入人髓，靡然从风。清庙明堂雅奏，咸希一道同风，远绍乎《三百》，非止《国风》而已也。余在下风，因拭目俟之矣。"从标准上看，主要是"有志乎古，无慕乎今"，并且是屏弃各种"不正之风"，而采合乎风雅之道的唐风。

本书有清顺治十七年（1660年）雨花草堂刻本、嘉庆丙辰（1796年）重镌本。

《唐贤三昧集》

[清] 王士祯编选

题　解

　　唐诗总集，清王士祯编选。王士祯（1634—1711），原名士禛，字子真、贻上，号阮亭，又号渔洋山人，人称王渔洋，新城（今山东桓台县）人，常自称济南人。五岁入家塾，六七岁读《诗经》，与其长兄王士禄、二家兄王士禧、三家兄王士祜皆有诗名，当其于顺治七年（1650年）应童子试时，县、府、道试俱为第一名。顺治十五年（1658年）中进士，二十三岁时于济南大明湖水面亭上，当集会于此的文坛名士之面，即景赋《秋柳》诗四首，闻名天下，后历任扬州推官，转侍读，入值南书房，升礼部主事，官至刑部尚书。中间曾因王五案牵连，被革职回乡。康熙四十九年（1710年），特诏官复原职，因避雍正讳，改名士正。乾隆赐名士祯，谥文简。其著述主要有《渔洋山人精华录》《蚕尾集》《池北偶谈》《香祖笔记》《居易录》《渔洋文略》《渔洋诗集》《带经堂集》《感旧集》《五代诗话》等，总共达五百余种，有诗四千余首。《四库全书总目提要》介绍了他在当时的地位和影响："当我朝开国之初，人皆厌明代王（世贞）、李（攀龙）之肤廓，钟（惺）、谭（元春）之纤仄，于是谈诗者竞尚宋元。既而宋诗质直，流为有韵之语录；元诗缛艳，流为对句之小词。于是士祯等以清新俊逸之才，范水模山，批风抹月，倡天下以'不著一字，尽得风流'之说，天下遂翕然应之。"此评大体符合实际。

　　全书分为上、中、下三卷，卷上九人：即王维、王缙、裴迪、崔兴宗、储光羲、丘为、祖咏、卢象、殷遥；卷中九人；即孟浩然、王昌龄、刘眘虚、常建、李颀、綦毋潜、王之涣、张子容、阎防；卷下二十五人：即高适、岑参、崔颢、崔国辅、陶翰、王湾、薛据、崔曙、贾至、张谓、张旭、李嶷、万楚、丁仙芝、沈千运、孟云卿、元结、元融、萧颖士、李华、梁锽、李收、薛奇章、杨谏、奚贾。前不及初唐，后不及中、晚唐，其弟子何世璂曾问曰："然则《三昧》之选，前不及'初'，而后不及'中''晚'，是则何说？是非欲人但学盛唐，而不及'中''晚'之意乎？"王士祯回答："不然，吾盖疾夫世之依附盛唐者，但知学为'九天阊阖''万国衣冠'之语，而自命高华，自矜为壮丽，按之其中，毫无生气。故有《三昧集》之选。要在剔出盛唐真面目与世人看，以见盛唐之诗，原非空壳子，大帽子话，其中蕴藉风流，包含万物，自足以兼前后诸公之长。彼世之但知学为'九天阊阖''万国衣冠'等语，果盛唐之真面目真精神乎？抑亦优孟、叔敖也。苟知此意，思过半矣。"（见《然灯记闻》）可见其意在矫正当时学盛唐诗中的弊端。姜宸英在《唐贤三昧集序》中说明了此书编撰的起因："新城先生既集古五七言诗各如干卷，复有《唐诗三昧》之选。盖选五七言者，所以别古诗于唐诗也。然诗至唐，极盛矣；开、宝以还，盛之盛者也。选《唐诗三昧》者，所以别唐诗于宋元以后之诗，尤所以别盛唐于三唐之诗也。昔夫子删诗，不斥郑卫，而《三百篇》中有淫辞，无俚辞。俚之病，主于无所不尽，既无蕴藉停蓄之意于中，则其于言也，求其依永而和声，必不得矣。夫郑声之宜放，以其淫也，然其声故在也。诗至于无所不尽而俚，将并其声而亡之，而风雅委地矣。……然今人之厌苦唐律者必曰宋诗，且以新城先生尝为之，此知其迹而不知其所以迹也。"其实质，是想把"盛唐真面目与世人看"。同时，关于本书的编辑情况，王士祯自己在其《序》中也有说明："严沧浪论诗云：盛唐诸人，惟在兴趣，羚羊挂角，无迹可求，透彻玲珑，不可凑泊，如空中之音，相中之色，水中之月，镜中之象，言有尽而意无穷。司空表圣论诗亦云：味在酸咸之外。康熙戊辰春杪，归自京师，居宝翰堂，日取开元、天宝诸公篇什读之，于二家之言别有会心。录其尤隽永超诣者，自王右丞而下四十二人，为《唐贤三昧集》，厘为三卷。不录李、杜二公者，仿王介甫《百家》例也。张曲江开盛唐之始，韦苏州殿盛唐之终，皆不录者，已入予五言选诗，故不重出也。"其中要点，一是说明选诗的标准是取"隽永超诣"，即具有"神韵"之作；二是说明体例上仿王介甫《唐百家诗选》例，不录李、杜二公，取王右丞而下四十二人；三是说明选诗的来源，主要取自《唐文粹》《河岳英灵集》《中兴间气集》。

本书初刻本为清康熙二十七年（1688年）刻本，三卷（一作二卷），即吴门书林刻本。此后在康熙间、雍正间、乾隆间、光绪间、宣统间，以及现当代，有许多刻本、抄本、重印本、影印本问世。如国家图书馆收藏就有多种版本：清康熙马思赞（素邮）二跋本，为善本；康熙间萝延斋刻本，为《十种唐诗选》附集；康熙间吴郡沂咏堂精刻本，总集《渔洋山人全集》中第三十五、三十六两册为该书；雍正间重印本，据康熙间吴郡沂咏堂精刻本；清乾隆姚鼐朱笔评点本；清同治黄鼎点阅本；乾隆间刻本，姚培谦点阅；乾隆五十二年（1787年）听雨斋刻本，清吴煊、胡棠笺注；光绪九年（1883年）翰墨园据乾隆五十二年听雨斋刻本的重梓本，三册，清吴煊、胡棠笺注，黄培芳评，书中增录黄培芳评语，并重新刊刻，当为新的版本系统；文渊阁《四库全书》刻本，据江苏巡抚采进本刊印。除此类刻本、重印本、影印本之外，国家图书馆还藏有抄本，一类是正楷书抄写，其传抄人不得其详，但是可知其抄自总集《十种唐诗选》所附《唐贤三昧集》，为善本；另一类是用行书抄写，其传抄人也不得详。此外，现当代此书也一版再版：1993年，上海古籍出版社以《四库》本为底本出版发行《唐贤三昧集》；2000年，上海古籍出版社出版新版《唐贤三昧集》；1986年，台湾商务印书馆出版发行影印本《文渊阁四库全书》，其中第1459册为《唐贤三昧集》；1997年，台湾新文丰出版公司出版发行《丛书集成三编》，其中包含《唐贤三昧集》。其他如国外的日本，也有此书出版，其中日本文化七年江户昌平坂学问所刊出《唐贤三昧集》；明治间西东书房也曾影印本书。可见本书在国内外都受到重视。

《寒瘦集》

[清] 岳端编选

题　解

唐诗总集，清岳端编选。岳端，初名蕴端，字正子，一字兼山，号玉池生、红兰室主人。清宗室，安和亲王第三子，最初被封为多罗勤郡王，康熙二十九年（1690年）降为固山贝子，康熙三十七年（1698年）又被革爵，曾奉命出塞，到漠北。岳端工诗，其诗名与其从兄博尔都不相上下。其诗《春郊晚眺》中"东风无力不飞花"句，得到著名诗人、诗评家王士禛的称赏，当时被称为"东风居士"。此外，岳端还擅画兼擅词曲，著有《玉池生稿》《扬州梦传奇》等。又尝集合苏州诸曲家，编撰《南词定律》，世称善本。

本集不分卷，总共选入唐孟郊、贾岛两家诗八十二首，其中孟诗四十四首，贾诗三十八首，分别编次。书中有岳端自己作的两篇序，前序主要说明编撰缘起，及本集命名由来："自苏东坡云'元轻白俗，郊寒岛瘦'，后之论诗者多不重元、白、郊、岛。吾独以为'寒瘦'是褒非贬。凡物莫不寒者清而瘦者古；清古，诗品之极致也。轻俗，则鄙薄之辞也。苏之论诗，可谓得其利病矣。然苏诗尝作轻俗语有甚于元、白者，吾叹其自知之难也。郊诗刓目钺心，神施鬼设，琢削而成。岛不欲以才气掩性情，特于事物理态，毫忽体认，深者寂入，峻者迥出，非庄人雅士不能窥其藩篱。然皆以苦涩为病。元、白于流便痛快中颇有佳处，而苦于浅近，吾又叹全才之难也。今吾远不及苏，虑自知之难，与其轻也宁寒，与其俗也宁瘦，因选是诗自规。集也'寒瘦'名。"（岳端《寒瘦集序》，清康熙三十八年岳端红兰室刻本《寒瘦集》卷首）话虽然很含蓄，但是其实是不同意苏轼对元、白、郊、岛的评价，认为"元、白于流便痛快中颇有佳处"。其中对孟郊、贾岛"寒瘦"之风特别欣赏，所以取为书名。其《后序》则主要说明其选诗标准："予选郊、岛二子诗，得八十二篇，序而授之梓人。有客进曰：韩愈愿东野化龙，李洞呼贾岛为佛，其见重于当代如此。且二子诗流传至今者各数百篇，是选之外，别无佳者欤？予曰：诗贵有章，而字句之法亚之，然亦不可少也。郊集《老恨》云：'无子抄文字，晚吟多飘零。有时吐向床，枕席不解听。'《寒地百姓》云：'寒者愿为蛾，烧死彼华膏。华膏隔仙罗，空绕千万遭。'《借车》云：'借车载家具，家具少于车。'《苦学》云：'如何不自闲，心与身为仇。'《秋怀》云：'病骨可划物，酸吟亦成文。'岛集《下第》云：'泪落故山远，病来春草长。'《酬姚守府》云：'柴门掩寒雨，虫响出秋蔬。'《送耿处士》云：'万水千山路，孤舟几月程。'《赠李金州》云：'岸遥生白发，波尽露青山。'凡此所举，可谓佳句矣。观其全篇，则乱杂无章，故不取也。他或章法徒整而中无佳句者，又不取。二子诗虽数百篇，其佳篇盖尽于此矣。客退，予后见杨升庵外集载孟郊'山近渐无青'等数语，贾岛'长江风送客，孤馆雨留人'一联，皆今本所无，于是知向之所谓尽者非确论也。虽然，此亦片长寸美，未得见其全篇，乌知不似前之所举句佳章乱者乎？升庵博学好古，岂亦未见其全者耶？抑亦有所去取而不尽载耶？予生百年后，而博学好古不如升庵，其不尽载者何考问焉？呜呼！二子之于是选，尽不尽其可量也哉！"（岳端《寒瘦集后序》，清康熙三十八年岳端红兰室刻本《寒瘦集》卷首）简单说来，此集选诗的标准首先是看章法，其次看字句之法。认为章法最重要，但是字句之法也不可少。所以尽管郊、岛有些诗句甚佳，但是因为"观其全篇，则乱杂无章"，所以不选。

《韩柳诗选》

[清] 汪森编选

题　解

　　唐诗总集，清汪森编选，有清刻本。汪森，清世祖顺治十年（1653年）生，字晋贤，号碧巢，浙江桐乡人。康熙年间拔贡，临桂、永福、阳朔知县，桂林府通判，调太平知府，迁知河南郑州事，官终户部江西司郎中。汪森少即工韵语，与周篔、沈进相切磋。其兄文桂、其弟文柏亦工诗，故黄宗羲称之为"汪氏三子"。尝从黄宗羲、朱鹤龄、朱彝尊、潘耒等诸名家游。曾营碧巢书屋为吟窠，筑华及堂以宴宾客，建裘杼楼以藏典籍。于是乎海内名士，舟车接于远道，诗名籍甚。晚岁家居，以著述自娱。聚书万卷，校勘不辍，以藏书、诗、词负名，编有《裘杼楼藏书目》行世。乾隆年间，开四库馆，汪森之曾孙汪汝藻献家藏图书二百七十一种。晚年辞官归田后，借朱彝尊家藏秘籍，参以己书，荟萃订补，辑有《粤西诗载》《文载》《丛语》《丛载》，称《粤西三载》。辑有《虫天志》《名家词话》等。刊刻图书数十种，所刻的图书在版心刻有"裘杼楼"三字。著有《小方壶丛稿》《桐扣词》等。世宗雍正四年（1726年）卒，享年七十四岁。

　　此集共四册，其中第一册至第三册是韩愈的诗作，第四册为柳宗元诗。书中序、目录、卷数、后记皆无，也没有文字校释之类。主要方式是圈点加批语。眉批、尾批、题下批都用朱笔，最多的是眉批。韩柳古文影响深远，一般唐诗选家都不重视两人诗作，汪森此选，可谓独具慧眼。书中载二家诗后，都有总评，较有见地，其中对韩愈的总评是："昔人所称文章，以有韵者为文，无韵者为笔。昌黎先生文起八代之衰，而其诗歌纵横排宕，力去陈言，意境为之一开，风格为之一变，李、杜以后，一人而已。自庐陵欧阳公得先生遗集，学为古文，而眉山、临川诸公一时并起，其声诗之盛，蔚然遂成大观，大抵仰范乎杜，而取径于先生者多。乃近代之论者，惑于以文为诗之说，辄以无韵之文，而掩先生之诗，甚至于河汉其言而不敢望。是犹登培塿而忘泰岱之观，听么弦而弃钧天之奏也。吾故表而出之，俾论文者知所择云。"（汪森《韩柳诗选总评》，清裘杼楼刻本《韩柳诗选》卷首）首先对韩愈诗的风格、特征、历史地位做了概括和评价，"纵横排宕，力去陈言"八字概括韩诗特色甚为精当，但是认为其地位是"李、杜以后，一人而已"则未免偏爱。对柳宗元诗的总评是："柳先生诗，其冲淡处似陶，而苍秀则兼乎谢，至其忧思郁结、纡徐凄惋之致，往往深得于楚骚之遗，亦诗歌之雄杰也。余尝谓韩、柳皆以文章称大家，人特知其无韵之文耳。然韩长于序说，而其议论之闳肆，亦时见之于诗；柳工于记，而其诗之绝胜者，亦在山水登临之际。古人之论文，未有不先乎诗者也。知此，然后可与并观韩柳诗。"（汪森《韩柳诗选总评》，清裘杼楼刻本《韩柳诗选》卷首）文中对柳宗元诗歌特征的概括和分析极有见地，"冲淡处似陶，而苍秀则兼乎谢，至其忧思郁结、纡徐凄惋之致，往往深得于楚骚之遗"数语，深得柳诗精髓，"其诗之绝胜者，亦在山水登临之际"也颇为精辟。从总体上看，他认为韩柳之诗皆为其文名所掩是非常合乎实际的，在众多选家皆重韩、柳文之际，而汪森能够关注其诗，实在难能可贵，所以，此集编辑刊刻有特殊意义。

本书有清刻本，复旦大学图书馆藏两种版本：一为汪森评《韩柳诗选》，不分卷；一为汪森评《韩柳诗选》，不分卷，一函四册，柳宗元诗独立一册。另外，还有一种稿本，不分卷。

《唐宋八家诗》

[清] 姚培谦编选

题　解

唐诗总集，清姚培谦编选，姚培谦，康熙三十二年（1693年）十一月十八日生，字平山，一字述斋，号鲍香老人、鲈香先生，诸生。性恬淡，不嗜名利，不求闻达。好读书，好交游。自云："总把友朋为性命，但逢花月更勾留。"

（《挽友》二首）因为姚氏世为金山望族，书香门第，所以自明永乐以迄清康雍，捷乡会、登仕版者六十余人。培谦本人亦识渊博，兼采汉学与宋学。雍正四年（1726年），培谦被保举，但是以居丧不赴。平生所爱主要是著书、编书、校书、刻书。著有《楚辞节注》《春秋左传杜注补辑》《经史臆见》《御制乐善堂赋注》《李义山诗集笺注》《朱子年谱》等，编有《古文研》《陶谢诗集》《唐宋八家诗》《元诗自携》等。曾与陈祖范助黄叔琳纂《文心雕龙辑注》。乾隆三十一年（1766年）春卒，享年七十四岁。

本集前有王原序，正文部分共五十二卷，选录唐韩愈、柳宗元及宋欧阳修、曾巩、王安石、苏洵、苏轼、苏辙八家诗，总计收诗二千九百首。其中《昌黎诗钞》八卷（三百七十四首）、《南丰诗钞》三卷（二百零三首）、《半山诗钞》六卷（三百零三首）、《河东诗钞》四卷（一百四十二首）、《庐陵诗钞》八卷（三百五十五首）、《老泉诗钞》一卷（二十八首）、《东坡诗钞》十八卷（一千三百三十九首）、《栾城诗钞》四卷（一百五十六首）。王原《唐宋八家诗序》首先对唐韩愈、柳宗元及宋欧阳修、曾巩、王安石、苏洵、苏轼、苏辙八家诗文进行分析和评价："有唐昌黎韩公，才本天授，而吐辞为经，匠心成矩，言不诡于圣人，道不杂于雄、况，接孟氏而辟佛老，表六经而斥百家，使及圣门，游、夏文学之科以公厕列，无不逮也。其文备古今之体例，殆如周公之制作，监二代而综百工，可以为宪百世。至于神奇变化，凤翥龙翔，自公而后，罕见其匹。诗亦兀橐奇崛，创前古所未有，而婉丽尔雅，又深得《三百篇》诗人之旨。柳河东文，其初犹未脱唐人碎琐轧屈之习，自见韩公而后，遂变而为精深醇厚，足与韩公相上下。诗严靖微眇，敛才归法，彼使才役知之流，当之犹一映也。宋之欧阳，得法于韩，而无摹拟之迹，神湛而味永，其太史公之苗裔乎？诗似太白，而风流蕴藉，不失绳检，方之太白豪变差逊，而温雅过之矣。眉山父子，各有所长。老泉卓识闳议，笔力雄骏，如项羽之战巨鹿，光武之破昆阳，山崩海立，辟易万军。诗虽不多，称其为文，亦当时诸家所不易及也。子瞻之才得之于天，非斗硕可限，经学史录，靡不淹洽；时务政术，靡不练达。见道虽不如韩之纯，而气魄力量，海涵地负，足以轶宋陵唐。滔辨不穷，原于《国策》《庄》《列》，而经济赡富未得施行，徒垂空文以见志。风流跌宕，托诸诗篇，储峙博而运用神，矢口点笔，无不奇妙，岂人力哉！栾城才不逮兄，而演迤渊渟，别有神致，对之者矜躁咸释。惟诗亦然，抱奇而不炫，砥锷而不露，不以属对纤巧为能，不以使事工切市博。坡公谓不如子由，周益公问作诗之法于陆放翁，放翁以为宜读子由诗，斯言岂欺我哉！南丰之文实而醇，临川之文严而洁，盖曾之学深于经，而王之法得于韩。曾诗淳质古淡，足为有德者之言，朱子服膺子固，因其理胜辞达，其所诣可知已。王诗峭刻，而别味在酸咸之外，非世所同耆，介甫每诮人不读书，亦其功深力到，甘苦自知，非孟浪语也。至于恃才执拗，引用匪人，此行事之失，若其文章，固横绝一世也。"其中对各家诗的评价尤有新意，如关于韩愈诗，评为"兀奡奇崛，创前古所未有，而婉丽尔雅，又深得《三百篇》诗人之旨"，欧阳修评为"诗似太白，而风流蕴藉，不失绳检，方之太白豪变差逊，而温雅过之矣"，曾巩诗评为"曾诗淳质古淡，足为有德者之言，朱子服膺子固，因其理胜辞达，其所诣可知已"。如此之类，不必悉数，把握精髓，不作套语。最后，对元明以来轻视八家诗，尤其欧、柳诗的作法提出批评："八家之文，元人素有定论，茅鹿门合而钞之，言古文者宗焉，固无异辞。独于诗，世但知重韩、苏而次欧、柳，余子概置之自刽无讥之列，至谓少陵不能文，子固不能诗，非通识也。"（王原《唐宋八家诗序》，清雍正六年遂安堂刻本《唐宋八家诗》卷首）在比较普遍重视唐宋八家文，而相对轻视八家诗的风习中，姚培谦编辑此集，有纠偏的作用。

本书有清雍正六年（1728年）遂安堂刻本。

《唐宫闺诗》

[清] 刘云份编选

题　解

唐诗总集，清刘云份编选，刘云份，淮南（指江苏淮阴，"淮南"系其旧称）人，字平胜，一字青夕。号梦香阁、野香堂、贞隐堂、玉持堂。以刊刻、销售图书为业，为清代著名书商、出版家。尤喜选刊唐诗，平生刊刻的唐诗书籍有《十三唐人诗》《中晚唐诗选》《青夕选唐诗》《八刘唐人诗集》《唐宫闺诗》等，总共编辑、刊刻唐诗子目一百六十多种，多为坊刻本。本集《四库全书总目提要》有著录，但是编辑者记载有误："《唐宫闺诗》二卷（内府藏本），国朝费密编。密有《燕峰文抄》，已著录。是编录唐代女子之作，颇有别裁，然皆习见。"其实，费密本人在《唐宫闺诗序》中已经说明是"吾友淮南刘子云份总唐一代妇人之诗为书"，四库馆臣们失之眉睫。

本书分卷上、卷下，只有二卷。其划分方式是以封建伦理道德为依据。其中长孙皇后、徐贤妃、宜芬公主、陈玉兰、刘媛、葛雅儿等皆列为上卷，因为其"品行端洁者"（刘云份《唐宫闺诗序》）；把武后、杨贵妃、姚月华、崔莺莺、杜秋娘、关盼盼、刘采春、薛涛、李冶、鱼玄机等皆列为下卷，因为其为"败度逾闲者"（刘云份《唐宫闺诗叙》）。不过在实际选诗多少方面，倒是从实际创作成就出发，所以选薛涛诗最多，八十八首；其次是鱼玄机，有四十七首；再次为上官昭容，三十二首。在费密的《唐宫闺诗序》中，这种封建伦理道德观念更为明显："吾友淮南刘子云份总唐一代妇人之诗为书……刘子合而裁之，其完妇人之行则诗载上卷，为正，其失妇人之行则诗载下卷，为余……"把妇人划分为正、余两类，前者因为"完妇人之行"，所以诗载上卷为正；后者因为"失妇人之行"，所以诗载下卷，为余。刘云份在其《唐宫闺诗叙》中首先谈的也是伦理教化问题："女子之诗，不从近世始矣。昔者圣人删定风雅，王化首于《二南》，然自天妃以下，女子所作为多。至于列国女子之诗，微善者存之，即败伦伤道之咏，亦存而不削，使正者为教，而邪者知戒焉，厥旨深哉！"显然，其选诗的目的首要的是"使正者为教，而邪者知戒"。但是也有自相矛盾之处，我们看下文："唐人尚声律，自天子至于庶人，大为江河，散为珠玑，成集而流传者云聚川行，家有其书，独女子之诗宣布甚少。近世选家，互有行本，远自上古，下逮今兹，代仅数人，人止数章，殊为不备。即余翠楼三刻，或一人而录其多篇，或多人而未载其一首，盖取其诗之工，不遑揽其全也。近因辑中晚唐人诗，遍阅诸集，念此帘幕中人兰静蕙弱，何能搦数寸之管，与文章之士竞长斗工？彼其微思别致，托物寄情，婉约可风；精神凝注，亦与白首沉吟者辉耀后世，可谓卓绝矣。忍视诸选家取此遗彼，令其珠明花艳，顾沦没于书虫竹蠹间乎？爰从雠定之次，广罗而全录之，取其品行端洁者列为上卷正集，若夫败度逾闲者列为下卷外集。以其人别之，非论其诗之工拙也，世之君子当必有会心于余指者矣。"这里一方面说"盖取其诗之工，不遑揽其全也"，似乎全以诗的工拙为标准，不顾及其他；但是另一方面又说"取其品行端洁者列为上卷正集，若夫败度逾闲者列为下卷外集。以其人别之，非论其诗之工拙也，世之君子当必有会心于余指者矣"，又说以伦理道德为准绳。前后矛盾。其实，此种诗学观念早已有之，如元辛文房《唐才子传·李季兰》中就是这样的观念，文中首先强调的就是伦理教化问题："云：'《关雎》乐得淑女，以配君子，忧在进贤，不淫其色。哀窈窕，思贤才，而无伤善之心焉。'故古诗之道，各存六义，然终归于正，不离乎雅。是有昔贤妇人，散情文墨；班班简牍。概而论之，后来班姬伤秋扇以暂恩，谢娥咏絮雪而同素；大家《七诫》，执者修省；蔡琰《胡笳》，闻而心折。率以明白之操，串徽美之诚，欲见于悠远，寓文以宣情，含毫而见志，岂泛滥之故，使人击节沾洒、弹指追念，良有谓焉。噫！笔墨固非女子之事，亦在用之如何耳。苟天之可逃，礼不必备，则词为自献之具，诗有妒情之作，衣服酒食，无闲净之容，铅华膏泽，多鲜饰之态，故不相宜矣。是播恶于众，何《关雎》之义哉？"其中关键是"《关雎》之义""后妃之德"。然后直接评论唐代女子之诗："历观唐以雅道奖士类，而闺阁英秀，亦能熏染，锦心绣口，蕙情兰性，足可尚矣。中间如李季兰、鱼玄机，皆跃出方外，修清净之教，陶写幽怀，留连光景，逍遥闲暇之功，无非云水之念，与名儒比隆，珠往琼复。然浮艳委托之心，终不能尽，白璧微瑕，惟在此耳。薛涛流落歌舞，以灵慧获名当时，此亦难矣。三者既不可略，他如刘媛、刘云、鲍君徽、崔仲容、道士元淳、薛缊、崔公达、张窈窕、程长文、梁琼、廉氏、姚月华、裴羽先、刘瑶、常浩、葛鸦儿、崔莺莺、谭意哥、户部侍郎吉中孚妻张夫人、鲍参军妻文姬、杜羔妻赵氏、张建封妾盼盼、南楚材妻薛媛等，皆能华藻，才色双美者也。或望幸离宫，伤宠后掖；或从军万里，断绝音耗；或祗役连年，迢遥风水；或为宕子妻，或为商人妇；花雨春夜，月露秋天，玄鸟将谢，宾鸿来届，捣锦石之流黄，织回文于湘绮，魂梦飞远，关山到难。当此时也，濡毫命素，写怨书怀，一语一联，俱堪堕泪。至若间以丰丽，杂以纤秾，导淫奔之约，叙久旷之情，不假绿琴，但飞红纸，中间不能免焉。尺有短而寸有长，故未欲椎埋之云尔。"也有道德尺度在里面。其他如明胡震亨，其《唐音癸签》中说："李冶、鱼玄机、薛涛，女德正同。李'远水浮仙棹，寒星伴使车'，及听琴一歌，并大历正音。薛工绝句，无雌声，自寿者相。鱼最淫荡，诗体亦靡弱。其集附见有威、光、哀三粲句，尤娉丽胜鱼，惜姓里不著。"用"淫荡"二字评价鱼玄机之诗，还是有道学先生的意味。所以，《唐宫闺诗》编辑者注重道德教化的诗学观念是有历史继承性的，远非一日之寒。

本书有清康熙梦香阁刻本，世上还流传民国影印善本，线装全一册，为四册合订本。

《善鸣集》

[清] 陆次云编选

题　解

　　唐诗总集，清陆次云编选。陆次云，字云士，号北墅，钱塘（今浙江杭州）人。其生卒年均不详，约生活于清圣祖康熙年间。先为监生，后考授州判。于康熙十八年（1679年）举博学鸿儒，未中选。次年出任河南郏县知县，以父丧归。复起知江苏江阴县，颇有德政。次云博学，又工诗文，《清诗别裁集》称其诗"本真性情出之，故语多沈着，而所选诗转在宋、元，以之怡情，不以之为宗法也"。平素风雅好客，诗酒唱酬，当时许多名士过访宴集。平生著述颇丰，有《八纮释史》四卷、《纪余》四卷、《八纮荒史》二卷、《峒溪纤志》三卷、《志余》一卷、《湖壖杂记》一卷、《北墅绪言》五卷、《尚论持平》二卷、《析疑待正》二卷、《事文标异》二卷、《澄江集》一卷、《玉山词》一卷及《圆圆传》《峒溪纤志》《峒溪纤志志余》等。

　　本集为上、下二卷，内封题为《晚唐诗善鸣集》，所以其选择范围是晚唐各家诗。其中杜荀鹤、韦庄、罗隐、沈彬、陈陶、张泌、皎然、贯休、齐己等人皆入其《五代诗善鸣集》之中，而这其中不少人经晚唐而入五代，所以总有点缺失，不完整。入选者主要是许浑、杜牧、李商隐、崔涂、郑谷、裴说、韩偓、张滨、温庭筠、陆龟蒙、皮日休、薛逢、罗邺、孙元晏等。两卷之中，上卷起自杜牧，止于薛逢；下卷起自陆龟蒙，止于孙元晏。集中选许浑诗最多，达四十首。后面依次是：李商隐二十七首；崔涂二十二首；郑谷二十一首；裴说二十首；韩偓十九首；张滨十八首；温庭筠十七首；陆龟蒙、皮日休皆为十六首；罗邺十五首；其余都是十五以下。每位诗人有小传，相当一部分诗的后面有评语，佳句妙语有圈点。关于选诗的缘起，及其选择标准等，陆次云在《善鸣集选例》中有所说明。关于起因，他说："唐诗之选多矣，其有繁而不及中晚者，《诗纪》《诗所》是也；其有简而略及中晚者，《唐诗选》《唐诗解》是也；其有不繁不简仅及中晚之二三者，《唐诗品汇》《古唐诗归》是也；其有专及中晚之七律者，《唐诗鼓吹》是也；其有并及中晚之七律者，《唐诗英华》是也；其有并及中晚之绝句者，《万首唐诗》是也。其余亦有初盛中晚杂见诸书，要艺苑所推，不足为枚举也。《诗归》有意表章中晚，然而僻矣，未足为定论也。彼专刻其一体者，亦备观而已，无所取裁也。其有略及之者，强将中晚合乎初盛，中晚之真诗未曾出也。若是，谓中晚之诗未见于天下可也。"（陆次云《善鸣集选例》，清康熙蓉江怀古堂刻本《善鸣集》卷首）说得很清楚，其主要原因是因为他看到此前的唐诗选本在对待中、晚唐诗上都有不同的缺陷，所以要加以弥补。然后又说明了自己选诗的方式和基本标准："今人之慕中晚，甚于慕初盛矣。赵恒夫先生与龚子半千有《中晚唐诗纪》一书，胡子遁叟有《戊签》一书，余得二书而并诸家之专集选焉，中晚诗于是乎大备。顾是选于诸家，有一人而仅取其数首者，有一人而或取其数十首百余首者，有一人而不录其一首者，惟以其诗之工拙为断，多寡不论焉；且平奇浓淡，惟以其人之各极其致为断；异同不论焉，遂与前此诸选迥然大异。语云：人心不同，有如其面。余云：人诗不同，有如其心。今而后俾中晚诸君子各呈其面，各见其心，余虽不善写生，而颊上三毫，亦为诸公传出矣。"（陆次云《善鸣集选例》），清康熙蓉江怀古堂刻本《善鸣集》卷首）其选诗方式，主要是从赵恒夫与龚半千的《中晚唐诗纪》、胡震亨的《唐音戊签》，以及诸家之专集中选诗。其基本标准包括两个方面：一是以其诗之工拙为断，二是以其人之各极其致为断。

本书有清康熙蓉江怀古堂刻本。

《中晚唐诗叩弹集》

［清］杜诏、杜庭珠编选

题 解

唐诗总集，清杜诏、杜庭珠编选，杜诏，字紫纶，号云川，别号浣花词客、蓉湖词隐，学者称半楼先生。江苏无锡人。生于清圣祖康熙五年（1666年），诸生，少从严绳孙、顾贞观游，得其指授。康熙四十四年（1705年），康熙帝南巡，方为诸生，于道左献迎銮词十二章，康熙帝颇许可之，特命供职内廷。尝与同人写御制《金莲花赋》，各赋纪恩诗，诏独进一词，拔置第一。旋命纂修历代诗余及词谱等书。康熙五十一年（1712年）钦赐进士，改庶吉士，以终养告归。杜诏工于诗，尤善填词。告归后卜居南垞，倡导后进，为骚雅主盟。又与道士洞泉、僧天钧订世外交，结九龙三逸社，又应洞泉之招，再续碧山吟社。其诗"略杜之形骸，而得其神俊"（《国朝名家诗钞小传》），其词"风流酝藉，词如其人，丽而则，清而峭，晏、周之流亚也"（《国朝词综》引顾贞观语）。雍正十三年（1735年），荐举"博学鸿儒"科，辞不获，会病卒。其著作有《云川阁集》《凤髓词》《浣花词》《蓉湖渔笛谱》。《中晚唐诗叩弹集》为其晚年编选。杜庭珠，字怡谷，秀水人。尚书臻之子。杜臻，历任康熙朝的吏部侍郎，工部、刑部、兵部、礼部尚书，康熙三十九年（1700年）致仕，为清廷重臣之一。

本书以明高棅《唐诗品汇》所录皆贞元以前之诗，故选录元和迄唐末诸作，凡一千余篇，以补所遗。名曰《叩弹》，取陆机《文赋》"抱景者咸叩，怀响者毕弹"语。诸人俱系以小传，卷末间有品评。其训释考证，亦颇多可采。全书正集十二卷，附续集三卷，共十五卷。专选元和、长庆以下之诗，入选三十七人，起自白居易，终于韩偓，共选诗一千余首。卷前有杜诏所写《自序》及杜庭珠所写《例言》。其选诗标准本书例言中说得清楚："是选以才调风情为主，鸿蒙既凿，风气斯开，作者既各踵事增华，读者宁能胶柱鼓瑟，唯放其才情之所至而驯造乎神韵之自然。"至于此书不选盛唐而专选中、晚唐的原因，例言中也作了说明：其一曰："唐诗选绝少善本，唯《品汇》庶称大观，然详初盛而略中晚；中晚则详贞元以前，而略元和以后。夫诗有正有变，正唯一格变出多岐（歧）。观其尽态以极妍，势必兼收而并采。是选不及元和以上者，盖以《品汇》所收，今已家弦户诵，匪谓后来居上，政恐数见不鲜云尔。"意谓盛唐已经有高棅所选的《唐诗品汇》，并且已经家谕户晓，所以此集不再选。其二曰："《品汇》以浑成含蓄为宗，是选以才调风情为主，鸿蒙既凿，风气斯开，作者既各踵事增华，读者宁能胶柱鼓瑟？唯放其才情之所至，而驯造乎神韵之自然，则此编者未必非初盛之阶梯而《品汇》之鼓吹也。递相祖述，转益多师，少陵绪言具在，若曰别设门庭，则余岂敢？"强调了本集与高氏所选的区别，又说明学唐应该"递相祖述，转益多师"，所以不能"诗必盛唐"，也要取法中唐。其三，以白居易为主要例证，说明中唐诗的特殊地位："唐人至白香山，独辟杼机，摆脱羁绁，于诸家中最为浩瀚。比之少陵，一则泰山乔岳，一则长江大河，忧乐不同，而天真烂漫未尝不同也；难易不一，而沉著痛快未尝不一也。学者熟之，可以破拘挛，洗涂泽。故是选以香山为始，所录亦独多。"其四，顺势说出选取晚唐诗的理由："晚唐古诗廖寥；五律有绝工者，要亦一鳞片甲而已。唯七言今体则日益工致婉丽，虽气雄力厚不及盛唐，而风致才情实为前此未有。盖至此而七言之能事毕矣，故此体在选中几居其半。"说明晚唐七言律具有独到的成就，突出特点是"风致才情实为前此未有"，所以也不应该忽视。

本书有清雍正刻本，今中国社会科学院文学研究所收藏此本，《四库全书存目丛书》据此影印；此外比较常见的是清康熙间采山亭刻本。最新版本有中国书店影印本。

《晚唐诗钞》

[清] 查克弘、凌绍乾、杨兆麟编选

题　解

唐诗总集，清查克弘、凌绍乾、杨兆麟编选。查克弘，海宁人，字龙耕，号可亭，太学生，中康熙庚子（1720年）科顺天副榜，选教谕，著有《十千诗坞删稿》，选《晚唐诗钞》。生于康熙丙午（1666年）五月八日辰时，卒于雍正癸卯（1723年）正月十四日卯时。配燕氏，子乾昌、师昌；侧室张氏，子昌泰。凌绍乾，字子健，浙江钱塘（今浙江省杭州市）人。康熙己卯科副榜第二。为人严气正性，矜惜名节。父病，愿以身代奉母为孝。母辛哀痛骨立，卒陨其身，闾里推为纯孝。生平博文强识，手注经史，性理诸书，有《问是》《师是》《移是》《因是》等集及《潇碧齐稿》《榕城偶吟》，行世后从祀乡贤。

本集于康熙四十二年（1703年）编成，专门选录晚唐诗人诗歌，总共二十六卷，诗人一百一十二家。但是每卷入选人数不等，各家入选作品数量不一。此书《凡例》中说得明白："杜紫微、李玉溪、温八义，三人诗允为晚唐诸家之冠，选订各有百余篇，列之卷首，共得七卷。其余诸家，即甚夥者，皆不满百首，与诸人共编之。至皮、陆之诗，奥衍弘博，另成一家，二人各选百篇，自占一卷，便读者观摹也。"其中卷一至卷二均为杜牧诗，卷三至卷四为李商隐诗，卷六至卷七均为温庭筠诗，杜牧入选诗歌数量尤多。至于为什么要专门编选晚唐诗集，三人都有说辞。凌绍乾《晚唐诗钞序》中云："海盐胡遁叟先生合有唐一代之诗，以十签部分之，其《戊签》乃晚唐以至闰唐诸人诗也。洵称巨观矣。……其专钞晚唐何也？余自去秋被放，郁郁不畅意，息影榫户于河西之竹圃。可亭承祖母重，不入闱，过从抵掌之暇，出《戊签》共读之，互有甲乙，因排纂成集也。又以为一代各有一代之诗。自汉魏而下，莫盛于唐，可知也；中之不如盛，晚之又不如中，亦可知也。匪独才力不及，其声韵格律，有递降者焉。譬之于味，初、盛五谷也，中则嘉肴脾臁也，晚则山珍海错也。以养生言，讵不知五谷之贵于嘉肴，嘉肴之急于珍错？……"其中要点是标举晚唐诗的地位，肯定其独特成就，认为这也是学唐诗时不可或缺的一部分。查克弘《晚唐诗钞序》中云："凡物之旧者，皆可以貌取，而新者不能以假为。譬之古鼎尊罍瓶盏之类，加以炼濯，饰以青黄，一旦携之入肆，盲者未辨真赝，昂其价而售之矣。至于锦绣纂组雕绘之属，非拔尤选萃，穷日月极技巧，则为之不工也。虽欲一仿佛之，庸可得欤？诗之学亦然。诗莫备于有唐三百年。自初盛之浑雄，变而为中唐之清逸，至晚唐则光芒四射，不可端倪，如入鲛人之室，谒天孙之宫，文彩机杼，变化错陈。密丽若温、李，奥峭若皮；陆，爽秀条畅若韩；薛、韦、罗，大含细入，无不凿之方心，实殿三唐之逸响，著两宋之先鞭者也。所谓锦绣纂组雕绘之属，非工力之巧者，孰克为之？若涂泽字句，摹写声律，左初盛者，未免有吴下充头之诮矣。故与其古而伪，毋宁近而真。"也是充分肯定晚唐诗的特殊成就和地位，其中要点是"实殿三唐之逸响，著两宋之先鞭者也"两句，意思是说：晚唐诗为整个唐代诗歌的殿军，又开宋诗之先河，揭示出它承上启下的历史地位。所以，选诗的理由是够充分的了。不仅如此，本书《凡例》再度重申："然自汉魏、唐宋以迄金元而后，各随风气迁流支分派别。但迩年以来，习尚颇与唐代开成、太和之间最为逼近，是选遂始晚唐。"又从当时的文学习气上，特别是诗学风尚方面找到了根据。

本书版本比较多。主要有：上海图书馆藏本，清查克弘辑，二十六卷，清康熙四十二年（1703年）栖凤阁刻本，函册纸本，目录前有凌绍乾序、查克弘序；清同治七年（1868年）雕刻本；清光绪三年（1877年）定远方氏成都刻本；清华大学图书馆藏本，此本在《清华大学图书馆藏善本书目》中有清楚的记载："晚唐诗钞二十六卷，清查克弘辑，清康熙四十二年栖凤阁刻本，八册一函。十行十九字，小字双行，字不一，白口，左右双边，版心下刻'十千诗坞'。钤'宋继偓印'。"此外还有四部丛刊本，根据康熙四十二年查克弘刻本影印而成，近年齐鲁书社缩印查克弘刻本，即四部丛刊本；上海师范大学图书馆藏本，清查克弘辑，二十六卷，清康熙四十二年栖凤阁刻本，函册纸本，此本与四库存目丛书集部所收《晚唐诗钞》二十六卷版本相同；孙星衍藏本，二十六卷，清康熙间十千诗坞刻本，书内有清代著名学者孙星衍大量补注，钤"孙印星衍"；扬州瘦西湖分馆文史研究室藏本，二十六卷，清康熙十千诗坞刻本，四册；韩国奎章阁藏本，二十六卷。

《唐诗别裁集》

［清］沈德潜撰

题　解

唐诗总集，清沈德潜撰。沈德潜，字确士，号归愚，长洲（今江苏苏州）人，乾隆元年（1736年）荐举博学鸿词科，试未入选。乾隆四年（1739年），年六十七岁方成进士，改庶吉士。乾隆七年（1742年），散馆，授编修。乾隆八年（1743年），即擢中允，五迁内阁学士。乾隆十二年（1747年），命在上书房行走，迁礼部侍郎。十三年（1748年），德潜以齿衰病噎乞休，命以原衔食俸，仍在上书房行走。十四年（1749年），复乞归，命原品休致，仍令校《御制诗集》毕乃行。十六年（1751年），乾隆南巡，命在籍食俸。二十二年（1757年），乾隆复南巡，加礼部尚书衔。二十七年（1762年），南巡，德潜及钱陈群迎驾常州，上赐诗，并称为"大老"。三十年（1765年），乾隆复南巡，沈德潜仍迎驾常州，加太子太傅，赐其孙维熙举人。三十四年（1769年），沈德潜卒，享年九十七岁。赠太子太师，祀贤良祠，谥文悫。沈德潜年少之时受诗法于吴江叶燮，论诗主格调，提倡温柔敦厚之诗教。承学者效之，自成宗派。所著有《沈归愚诗文全集》。又选有《古诗源》《唐诗别裁》《明诗别裁》《清诗别裁》等，流传甚广。

　　本集初刻于康熙五十六年（1717 年），增补重刻于乾隆二十八年（1763 年）。有乾隆间刻本和扫叶山房石印本、商务印书馆排印本等。清人俞汝昌曾撰《唐诗别裁集引典备注》二十卷，有道光间刻本。今天流行的是上海古籍出版社据重刻本加以校勘标点的排印本。全书共二十卷，选入唐代诗人二百七十余家，诗作一千九百余首，分体编排。因杜甫《戏为六绝句》中有"别裁伪体亲风雅"之句，所以名曰"别裁"。其根本目的是贯彻其"格调说"与"温柔敦厚"之诗学思想。从宗旨、体裁、音节、神韵四个层面来评诗、选诗，先审宗旨，继论体裁，继论音节，继论神韵，而一归于中正和平。把宗旨放在首位，具体说来是把"温柔敦厚"的儒家诗教放在首要的位置。所以其《唐诗别裁集序》中着重说明的也是这一方面。其一，直接强调学诗要"求诗教之本原"，编诗者有责任上溯乎诗教之本原："有唐一代诗，凡流传至今者，自大家名家而外，即旁蹊曲径，亦各有精神面目流行其间，不得谓正变盛衰不同，而变者衰者可尽废也。然备一代之诗，取其宏博，而学诗者沿流讨源，则必寻究其指归，何者？人之作诗，将求诗教之本原也。唐人之诗，有优柔平中、顺成和动之音，亦有志微噍杀、流僻邪散之响。由志微噍杀流僻邪散而欲上溯乎诗教之本原，犹南辕而之幽蓟，北辕而之闽粤，不可得也。即或从事于声之正者矣，而仍泛泛焉嘈囋丛杂之纷逐，犹笙镛琴瑟与秦筝羌笛之类并奏竟（竞）陈，而谓《韶》《英》之可闻，亦不得也。然则分别去取，使后人心目有所准则而不惑者，唯编诗者责矣。"其二，指出自明以来编选唐诗的偏颇，明确"编诗者之责"是"能去郑存雅"："顾自有明以来，选古人之诗者，意见各殊。嘉隆而后，主复古者拘于方隅，主标新者偭而先矩，入主出奴，二百年间迄无定论。而时贤之竟（竞）尚华辞者，复取前人所编秾纤浮艳之习，扬其余烬，以易斯人之耳目，此又与于岐（歧）趋之甚。而诗教之衰，未必不自编诗者遗之也。夫编诗者之责，能去郑存雅，而误用之者，转使人去雅而群趋乎郑，则分别去取之间，顾不重乎？尚安用意见自私，求新好异于一时，以自误而误人也？"其三，明确本集的编选标准和宗旨："德潜于束发后，即喜钞唐人诗集，时竟尚宋元，适相笑也。迄今几三十年，风气骎上，学者知唐为正轨矣，第简编纷杂，无可据依，故有志复古而未得其宗。因偕树滋陈子，取向时所录五十余卷，删而存之，复于唐诗全帙中网罗佳什，补所未备，月既久，卷帙遂定。既审其宗旨，复观其体裁，徐讽其音节，未尝立异，不求苟同，大约去淫滥以归雅正，于古人所云微而婉、和而庄者，庶几一合焉。此微意所存也。同志者往复是编，而因之以递亲乎《风》《雅》，如适远道者陆行之有车马，水行之有舟楫。呜呼，其或可至也哉！"其编选标准概括起来就是：先审其宗旨，复观其体裁，徐讽其音节。其宗旨是：去郑存雅。乾隆二十八年（1763年）增补重刻之时，沈德潜标举的还是"格调说"与"温柔敦厚"的诗学思想，强调的还是儒家的诗教，其《重订唐诗别裁集序》中说："新城王阮亭尚书选《唐贤三昧集》，取司空表圣'不著一字，尽得风流'、严沧浪'羚羊挂角，无迹可求'之意，盖味在盐酸外也。而于杜少陵所云'鲸鱼碧海'、韩昌黎所云'巨刃摩天'者，或未之及。余因取杜、韩意定《唐诗别裁》，而新城所取，亦兼及焉。镌版问世，已四十余年矣。第当时采录未竟，同学陈子树滋携至广南镌就，体格有遗，倘学诗者性情所喜，欲奉为步趋，而选中偏未之及，恐不免如望洋而返也。因而增入诸家：如王、杨、卢、骆唐初一体，老杜亦云'不废江河万古流'也。白傅讽谕，有补世道人心，本传所云'箴时之病，补政之缺'也；张、王乐府，委折深婉，曲道人情，李青莲后之变体也。长吉呕心，荒陵古奥，怨恧悲愁，杜牧之许为《楚骚》之苗裔也。又五言试帖，前选略见，今为制科所需，检择佳篇，垂示准则，为入春秋闱者导夫先路也。他如任华、卢仝之粗野，和凝香奁诗之亵嫚，与夫一切生梗僻涩及贡媚献谀之辞，概排斥焉。且前此诗人未立小传，未录诗话，今为补入。前此评释，亦从简略，今较详明。俾学者读其诗知其为人，抑因评释而窥作者之用心，今人与古人之心，可如相告语矣。成诗二十卷，得诗一千九百二十八章。诗虽未备，要藉以扶掖雅正，使人知唐诗中有'鲸鱼碧海''巨刃摩天'之观，未必不由乎此。至于诗教之尊，可以和性情，厚人伦，匡政治，感神明，以及作诗之先审宗指，继论体裁，继论音节，继论神韵，而一归于中正和平，前序与凡例中论之已详，不复更述。"说得很明白，就是"要藉以扶掖雅正，使人知唐诗中有'鲸鱼碧海''巨刃摩天'之观"，并且再次对《前序》的精神和宗旨做出归纳："诗教之尊，可以和性情，厚人伦，匡政治，感神明"，作诗、选诗都要"先审宗指，继论体裁，继论音节，继论神韵，而一归于中正和平"。此外，本集还有几点值得注意：一是尊唐卑宋。《凡例》中说得明白："诗至有唐，菁华极盛，体制大备。学者每从唐人诗入，以宋元流于卑靡，而汉京暨当涂、典午诸家，未必概能领略，从博涉后，上探其原可也。览唐诗全秩，芟夷烦猥，裒成是编，为学诗者发轫之助焉。……"其编辑此集，自然是对清初以来宋诗派的一种批判。二是推重李、杜。其《凡例》中也有所说明："唐人选唐诗，多不及李、杜。蜀韦縠《才调集》收李不收杜，宋姚铉《唐文粹》只收老杜《莫相疑行》《花卿歌》等十篇，真不可解也。元杨伯谦《唐音》，群推善本，亦不收李、杜。明高廷礼《正声》，收李、杜浸广，而未极其盛。是集以李、杜为宗，玄圃夜光，五湖原泉，汇集卷内，别于诸家选本。""是集以李、杜为宗"七字，明白无误。同时对其他一些大家也比较重视，《凡例》中说："五言古体，发源于西京，流衍于魏晋，颓靡于梁陈，至唐显庆、龙朔间，不振极矣。陈伯玉力扫俳优，直追曩哲，读《感遇》等章，何啻在黄初间也。张曲江、李供奉继起，风裁各异原本阮公。唐体中能复古者，以三家为最。过江以后，渊明诗胸次浩然，天真绝俗，当于语言意象外求之。唐人祖述者，王右丞得其清腴，孟山人得其闲远，储太祝得其真朴，韦苏州得其冲和，柳柳州得其峻洁，气体风神翛然埃壒之外。"可见，王维、孟浩然、韦应物、柳宗元四大家也是本集编选的重点。我们应该看到的还有：本集在重点选录王维、李白、杜甫、岑参、韦应物、韩愈、白居易、李商隐等大家名家的诗外，也照顾到面的问题，选录不少小家的作品。视野比较宽广，注意到不同时期、不同流派和不同体裁的作品，入选的题材和风格也较为丰富多样，大致反映了唐代诗歌创作的基本面貌。同时书中评注简明厄要，方便读者理解诗意。所以，本集是影响很大的唐诗选本。

《唐音拔萃》

[清] 袁栋编选

题　解

唐诗总集，清袁栋编选。袁栋，字国柱，一字漫恬，号玉田，别署玉田仙史，生于康熙三十六年（1697年），吴江人，诸生。但是科场不顺，屡举不捷。四十多岁后弃绝科举，潜心著述。能诗，有诗集《漫恬诗钞》四卷、词集《漫恬诗余》一卷。尤好戏曲，有《陶朱公》《赚兰亭》《江采蘋》《姚仲平》《郑虎臣》《鹅笼书生》《白玉楼》《桃花源》等作品，乾隆年间辑为《玉田乐府》。其笔记杂著《书隐丛书》多处涉及戏曲。其他著述有《唐音拔萃》五卷、《四书补音》四卷、《漫恬文存》一卷、《礼记类谋》五十六卷、《陶笙吟稿》一卷以及《漫恬时艺》《漫恬外集》《大学改本考》等。乾隆二十六（1761年）年卒，享年六十五岁。

本集有眉批，无笺注、校释之类，按照诗体编排，卷一为五古，卷二为七古，卷三为五律，卷四为七律、六言律诗、五言排律、七言排律，卷五为五绝、六言绝句，卷六为七绝。袁栋《唐音拔萃序》中首先阐述唐诗的历史地位："诗自风雅骚歌、汉魏六朝以至于唐，其体极备，而其气象最为发皇。下至宋、元、明，即极其窈眇洁净，总不能越唐之范围。是唐诗者，乃古今诗运之中流砥柱也。学诗者由唐诗而上溯夫汉魏，下逮夫宋、明，唐音其津筏乎？顾唐诗之传者本有千家，今则止存其半而已。其精者单词片语，已足发人遐思，非然者，连篇累牍无庸也。一人之诗，有刻苦之作，亦有不经意之作。刻苦固佳，然有因之反戾者；不经意似不佳，然有出乎自然者，故诗不可一概而论也。"认为唐诗为"古今诗运之中流砥柱"，上承汉、魏，下启宋、明，所以《唐音》是学诗者的"津筏"。但是，此序最重要的价值还不在这里，而在于袁栋对唐诗分期问题的认识和他所提出的选诗标准："余尝论之，时不论初盛中晚，格不论平奇浓淡，唯其是而已。是者何？理明、格高、调响、韵胜者是矣。理不明，极其华赡，见弃风雅；格不高，不入卑俚，即形浅俗；调不响，风不咽蝉，难振林表；韵不胜，一览无余，言外寡味。理明则背驰者不与焉，格高则卑靡者不与焉，调响则晦涩者不与焉，韵胜则粗豪者不与焉。去此四者，何晚之不可为中盛乎？何浓之不可追韦柳乎？初有浑厚气象，而俳偶绮缛未尽脱六朝故智；晚有纤脓合度处，而粗率乃开宋元恶习；中、盛羌为斋皇，然亦纯驳不一，深浅攸殊。即以杜论，亦有浅率不足法处，学杜者震其名而恕之，且从而效之。嘻！亦误矣。"关于唐诗的分期问题，有"三唐说"，有"四唐说"，各自延续很长时间，其实并不十分科学，对此，早就有人提出不同意见。如明末清初，金圣叹《答敦厚法师》中说："初唐、盛唐、中唐、晚唐，此等名目，皆是近日妄一先生之所杜撰。其言出入，初无准定。今后万不可又提置口颊，甚足以见其不知诗。"认为这是人为划界，不符合实际，不利于了解唐诗的真实发展状况。吴乔《围炉诗话》中也谈到这一问题："或问曰：初、盛、中、晚之界如何？答曰：商、周、鲁之诗同在《颂》，文王、厉王之诗同在《大雅》，闵管、蔡之《常棣》与刺幽王之《旻》《宛》同在《小雅》，述后稷、公刘之《豳风》与刺卫宣、郑庄之篇同在《国风》，不分时世，惟夫意之无邪，词之温柔敦厚而已。如是以论唐诗，则初、盛、中、晚，宋人皮毛之见耳。不惟唐人选唐诗，不分人之前后，即宋、元人所选，亦不定也。自《品汇》严作初、盛、中、晚之界限，又立正始、正宗以至旁流、余响诸名目，但论声调，不问神意，而唐诗因以大晦矣。"批评宋人"三唐说"是"皮毛之见"，明高棅《唐诗品汇》划分为初、盛、中、晚之"四唐说"更不合理。袁栋对此也有所论列，其《唐音拔萃序》（见上）已论之。他的贡献，不仅在于纠正"三唐说""四唐说"的偏颇和局限，更主要的是他提出了新的诗学标准，即"理明、格高、调响、韵胜"四点，以此来衡量诗歌艺术表现的高下，具有特殊的价值和意义。

本书有稿本存世，但是十分少见。

《闻鹤轩唐诗选》

[清] 卢龁、王溥编撰

题　解

唐诗总集，清卢龁、王溥编撰。卢龁，字继侯；王溥，字性如，皆为钱塘（今浙江省杭州市）人，其生平事迹皆待考，大体可知他们的生活时代约在清雍正、乾隆年间。本集专门选取近体格律诗五言律诗、七言律诗、五言排律、五言绝句、七言绝句，范围只限于初、盛唐诗人的作品，总共十七卷。各卷的分配是：卷一至卷六为五言律诗，卷七至卷十为七言律诗，卷十一为五言排六韵诗，卷十二为五言排六韵八韵诗，卷十三为五排十韵至二十韵，卷十四为五言排律，卷十五至卷十六为五七言绝句，卷十七为七言绝句。诗后皆有笺注和评语，多从艺术角度入手，评其作法，疏其用意，稽其出处。对用典和章法结构等问题尤为关注。杭世骏对《闻鹤轩唐诗选》一书的编辑进行评价："钱唐卢先生继侯独忧之，选初盛律绝数百篇，为承学者示之鹄，评其作法，疏其用意，稽其出处，沨沨乎上接乎汉魏，而讨源于雅颂，自贞观以迄开元，百年之间，鸿庥伟绩，开国承家之盛业，略可见焉。余于诗道茫无所得，骈枝交叶、俪青妃白之工巧，壹不能与世争，独于风格气息之间，辨之甚微，而嗜之甚笃。继侯之选，与余融若水乳，用意勤而取法高，如三宗七制，历百世而不可祧，学诗者奈何以他姓乱之乎?"因为本集专门选取初、盛唐诗人的作品,与杭世骏的主张互为表里,所以杭氏便大加赞美。

本书有清乾隆庚戌(1790年)闻鹤轩藏板。

《唐音审体》

[清] 钱良择编撰

题 解

唐诗总集,清钱良择编撰。钱良择,字玉友,号木庵,为监生。性倜傥,好游历,曾随大吏出使海外,后又出使塞外绝域,足迹几乎遍天下。又喜交游,所到之处以诗酒与名士相结交。康熙十七年(1678年)与刘廷玑等读书于北京无倦轩,又交惠周惕、查慎行等。后皈依佛门。工诗,除此集之外,还有《抚云集》《出塞纪略》。

本书《例言》明确说明其选诗之法:尊其创格,存其面目,汰其熟调。"创格"即新体制、新形式,"面目"即诗家的独特风格和个性,"熟调"即前人旧有的形式和格调。同时,《例言》对其他一些具体问题也有原则性说明:"是编但释其文义而已。然有不必释者,诗义本自了然,无烦赘也。有不宜释者,微辞妙旨,可以意会,不可言传,强为之解,则索然无味也。有略释者,长篇指其章法,短作抉其命意,不须琐琐及字句也。有详释者,古辞奥义,章析句解。前人有说据,则据之,前人无说可据,间以己意参之,务求辞义贯通,所谓以意逆志也。有特释者,取从来疑案而发明之,此千百中之一二也。"其中关键是"务求辞义贯通,所谓以意逆志也"。全书共二十卷,卷一至卷二为古题乐府诗,共一百五十七首,突出李白、杜甫,二人各选十五首。卷三新乐府辞,四十七首,突出元稹、白居易,二人各占七首。卷四至卷八为古诗,即四言古、五古、齐梁体、七古。其中四言选取韩愈、韦应物、顾况三家,各一首;五古一百十三首,突出李、杜,李白二十三首,杜甫十五首;齐梁体十首,白居易四首,王勃二首,温、李、沈、宋各一首;七古五十七首,突出李、杜和李商隐,杜甫十九首，李白十首，李商隐七首。卷九至卷十八为律诗，其中五言律诗一百八十七首，突出杜甫、李商隐，杜甫四十首，李商隐十一首；应制诗四十首，突出宋之问，选七首；省试诗四十二首，喻凫、白行简各二首，其余皆一首；五排六十首，突出杜甫、李商隐，杜甫十八首，李商隐八首；五绝一百二十五首，突出王维、李白，王维十八首，李白八首；六言取韩翃、刘长卿二家，各一首；七律一百七十首，突出杜甫、李商隐，杜甫五十四首，李商隐三十七首；七言排律只取杜甫、李商隐二家，各一首；七绝二百二十五首，突出李商隐与元、白等中晚唐诗家，其中李商隐二十一首，元稹二十首，白居易十三首，刘禹锡、杜牧各十首。卷十九为古赋，卷二十为律赋。以赋作入诗集，其实是对汉人班固等"赋者古诗之流"的理解不深所至。

本书特别值得注意的还有其诗体论部分，在中国古代诗学史上，对如此众多的诗体进行如此深入地论述还不多见。其中一些见解别有新意。诗体论中先是《各体总论》："汉惠帝时，夏侯宽为乐府令，始以名官。至武帝以李延年为协律都尉，诏司马相如等赋诗合乐，固有乐府之名。自汉以迄唐五代，凡乐皆诗也。唐史臣吴兢作《乐府古题要解》二卷，传其解，不传其诗。宋太原郭茂倩作《乐府诗集》一百卷，删订详明，集古今乐府之大成。然所载郊庙燕射歌辞，乃朝廷承祭祀飨宾客所用，非诗人可无故拟作，其题皆吴氏所不载也。所载古题乐府诗，有鼓吹、铙歌、横吹、鼓角、相和、平调、清调、瑟调、楚调、清商、吴声、舞曲、琴曲、杂曲之分，或为军中之乐，或为房中之乐，所用不同，音节亦异。又分隋唐杂曲为近代曲辞，以别于古，而不列之新乐府，以其皆有所本，皆被于乐，与古不异也。唐世乐皆用诗，然已稍变其格，如今体二韵四韵诗，皆叶宫商，此前代所未有也。至于拟古之作，其文往往与古辞异同，意当时诗人即未必能歌，而皆谐音节，故但用其题，谐其声，而不必效其式。五代以后，乐不用诗，乐府音节，举世失传，其名仅存，其声盖不可考。自宋迄今，诗人所为乐府，但以章句体裁仿佛古人，未敢信其可被管弦也。有明之世，李茶陵以咏史诗为乐府，文极奇而体则谬。李于麟以割截字句为拟乐府，几于有辞而无义。钟伯敬谓乐府某篇似诗，诗某句似乐府，判然分而为二，自误误人，使后学茫然莫知所向，良可慨也。"重点说明乐府诗体制的发展与变化，突出说明其由诗乐一体到诗从音乐中独立出来的过程：唐世"但用其题，谐其声，而不必效其式"。五代以后，"乐不用诗，乐府音节，举世失传，其名仅存"。自宋迄清，"诗人所为乐府，但以章句体裁仿佛古人"。下面则具体论述新乐府、四言五言古诗、齐梁体、七言古、五言律、律诗五言应制、律诗五言长韵、律诗五言联句、律诗六言、律诗七言四韵、律诗七言长韵、律诗七言绝句等十多种诗歌体制。

其一，《新乐府论》："太原郭氏曰：'新乐府者，皆唐世之新歌也。以其辞实乐府，而未尝被于声，故曰新乐府也。元微之病后人沿袭古题，唱和重复，谓不如寓意古题，刺美见事，犹有诗人引古以讽之义。近代唯杜甫《哀江头》《悲陈陶》《兵车》《丽人行》等，率皆即事名篇，无复倚傍。乃与白乐天、李公垂辈谓是为当，不复更拟古题矣。'愚按：少陵《丽人行》及前后《出塞》，郭氏列之古题中。其《哀江头》等篇，元相略举一二，他诗类此者正多，少陵新乐府或不止是，不知《乐府诗集》何以止载五首？然杜集不标乐府之名，郭氏去唐未远，当必有考。《文苑英华》分乐府、歌行为二，以少陵《兵车行》、白傅《七德舞》等列之歌行中。《英华》分类，恐不如郭氏分体之精也。"阐述唐代新乐府的体制特征，特别推尊杜甫的乐府诗。

其二，《古诗四言五言论》："太白谓诗五言不如四言，以其近古也。然唐人四言诗绝少，录之仅得三首，五言诗始于汉元封，盛于魏建安，陈思王其弁冕也。张、陆学子建者也，颜、谢学张、陆者也，徐、庾学颜、谢者也。其先本无排偶；晋，排偶之始也；齐梁，排偶之盛也；陈隋，排偶之极也。齐永明中，沈约、谢朓、王融创为声病，一时文体骤变。谢玄晖、王元长皆没于当代，沈休文与是时作手何仲言、吴叔庠、刘孝绰等并入梁朝，故通谓之齐梁体。自永明以迄唐之神龙、景云，有齐梁体，无古诗也。虽其气格近古者，其文皆有声病。陈子昂崛起，始创辟为古诗，至李、杜益张而大之，于是永明之格渐微。今人弗考，遂概以为古诗，误也。"阐述四言、五言诗的演变流程，特别是对五言诗自建安到唐代的发展和演变阐释得非常清楚，其中对陈子昂和李白、杜甫的贡献评价公允客观。

其三，《齐梁体论》："陈拾遗与沈、宋、王、杨、卢、骆时代相同，诸家皆有律诗，盖沈、宋倡之。古诗止拾遗独擅，余皆齐、梁格也。"揭示齐梁体在唐代的状况，标举陈子昂的特殊成就。

其四，《古诗七言论》："七言始于汉歌行，盛于梁。梁元帝为《燕歌行》，群下和之，自是作者迭出，唐初诸家皆效之。陈拾遗创五言古诗，变齐梁之格，未及七言也。开元中，其体渐变，然王右丞尚有通篇用偶句者，旋乾转坤，断以李、杜为歌行之祖。李、杜出，而后之作者不复以骈俪为能事矣。歌行本出于乐府，然指事咏物，凡七言及长短句不用古题者，通谓之歌行，故《文苑英华》分乐府、歌行为二。"描述出七言古诗的演变轨迹：始于汉，盛于梁，始变于陈子昂，渐变于开元中，李、杜扭转乾坤，达到巅峰状态。

其五，《律诗五言论》："律诗始于初唐，至沈、宋而其格始备。律者，六律也，谓其声之协律也，如用兵之纪律、用刑之法律，严不可犯也。齐梁体二句一联，四句一绝，律诗因之，加以平仄相俪，用韵必双，不用单韵。唐人律诗，间有三韵、五韵、七韵、九韵者，偶然变格，不过百之一耳。上下句相黏缀，以第二字为准，仄平平仄为正格，平仄仄平为偏格，自二韵以至百韵，皆律诗也。二韵谓之绝句，六韵以上谓之长韵。冯班曰：'律诗多是四韵。'古无明说。尝推而论之：联绝黏缀，至于八句，首尾胸腹，俱已具足。如正格二联，平平相黏也，中二联仄仄相黏也，至二转而变有所穷，则已成篇矣。自高棅《唐诗品汇》出，人遂不知绝句是律诗，棅又创排律之名，益为不典。古人所谓排比声律者，排偶栉比，声和律整也。乃于四字中摘取二字，呼为排律，于义何居？古人初无此名，今人竟以为定格而不知怪，可叹也！"阐述五言律诗的形成和发展过程，着重介绍其体制特征和构成要素，对明人高棅创排律之名提出批评，认为"不典"。

其六，《律诗五言应制论》："唐人自沈、宋而后，应制皆律诗也。五言七言，用韵多少，虽无定格，未有以古调歌行应制者，盖取其庄重也。较之寻常言志之作，律虽同而辞不同。应太子曰应令，应诸王曰应教，其体亦相类。今分应制诗别为一体。至于唐初所用齐梁体，后世应制不复用，可不具论。"专门介绍唐代应制五言律的发展、演变和体制特征，并且做了类别上的划分。

其七，《律诗五言长韵论》："初唐诸家长律诗，对偶或不甚整齐，第二字或不相黏缀。如胡、钟正书，犹略带八分体，至右军而楷法大备，遂为千古立极。诗家之少陵，犹书家之右军也。少陵作，而沈、宋诸家可祧矣。故五言长韵、七言四韵律诗，断以少陵为宗。"描述五言长律的发展、成熟的过程，推尊杜甫在此体上的特殊成就，认为五言长韵、七言四韵律诗当以杜甫为宗。

其八，《律诗五言联句论》："汉武帝《柏梁》诗，人赋七字，联句之祖也。唐人联句多五言，有人赋一韵者，有人赋几韵长短不齐者。唯韩、孟《城南作》，自起句后，先对一句，次出一句，彼此交互，工力悉敌，极联句之能事矣。"介绍律诗五言联句的形成与发展、成熟的过程，标举韩愈、孟郊的成就和地位。

其九，《律诗五言绝句论》："二韵律诗，谓之绝句，所谓四句一绝也。《玉台新咏》有古绝句，古诗也。唐人绝句多是二韵律诗，亦不论用韵平仄，其辨在于声韵，古今人语音讹变，遂不能了了。其第二字或用平仄平仄，或用仄平仄平，不相黏缀者，谓之折腰体。五言、七言皆然。宋人有谓绝句是截律诗之半者，非也。"阐述五言绝句的形成和发展过程，着重介绍其体制的演变状况。

其十，《律诗六言论》："六言诗声促调板，绝少佳什。"指出六言诗的弊病，从而揭示出该体衰落的原因。

其十一，《律诗七言四韵论》："七言律诗始于初唐咸亨、上元间，至开、宝而作者日出。少陵崛起，集汉魏六朝之大成，而融为今体，实千古律诗之极则。同时诸家所作，既不甚多，或对偶不能整齐，或平仄不相黏缀。上下百余年，止少陵一人独步而已。中唐律诗始盛。然元、白号称大家，皆以长篇擅胜，其于七言八句，竟似无意求工。钱、刘诸公，以韵致自标，多作偏枯，格中二联，或二句直下，或四句直下，渐失庄重之体。义山继起，入少陵之室，而运以积丽，尽态极妍，故昔人谓七言律诗莫工于晚唐。然自此作者愈多，诗道日坏。大抵组织工巧，风韵流丽，滑熟轻艳，千手雷同。若以义求之，其中竟无所有。世遂有'开口便是七言律诗，其人可知矣'之诮，非七言律诗不可作，亦作者不能挺拔自异也。以命意为主，命意不凡，虽气格不高，亦所不废。意无可采，虽工弗尚。所谓宁为有瑕玉，勿为无瑕石，盖必深知戒此，而后可言诗。愿与未来学者共勉之！"阐述七言律诗的形成、发展及演变过程，推尊杜甫、李商隐在七律方面的巨大贡献，认为杜为七律的集大成者，为"千古律诗之极则"；李商隐七律得杜甫之精髓，又以工丽见长，"尽态极妍"，美不胜收。同时，又特别介绍了七言律诗的创作法门，其中关键是"以命意为主"。

其十二，《律诗七言长韵论》："七言长律诗，唐人作者不多，以句长则调弱，韵长则体散，故杰作尤难。"介绍了七言长律的体制特征，揭示唐代此体成就不高的基本原因。

其十三，《律诗七言绝句论》："绝句之体，五言七言略同，唐人谓之小律诗。或四句皆对，或四句皆不对，或二句对、二句不对，无所不可。所稍异者，五言用韵不拘平仄，七言则以平韵为正，然仄韵亦非不可用也。其作法则与四韵律诗迥别，四韵气局舒展，以整严为先；绝句气局单促，以警拔为上。唐人名作，家弦户诵者，绝句尤多。其'离合''叠字'诸体，近于儿戏，然古人业有此格，不可不知。"着重介绍五言绝句与七言绝句的异同，及其与五言律、七言律的差别，对"离合""叠字"等变体绝句提出批评。

从上书内容可知，钱良择的《唐音审体》，不仅是标举唐诗佳作、提供诗歌创作的典型范例，而且对唐诗体制作了比较全面的介绍和阐释，为人们深入了解唐诗，提供了方便。在中国古代诗学史、特别是唐代诗学史的研究上具有重要意义。

本书有清康熙四十三年（1704年）昭质堂刻本，二十卷；此外还有《花薰阁诗述》本、道光二十二年海虞顾氏家刻本、光绪九年常熟鲍氏刻本和《清诗话》本等。本人所见为清乾隆赵氏家学抄本，十八卷，赋二卷，毛装十一册，纸本，有蒋智由、李文藻跋。

《唐诗析类集训》

[清] 曹锡彤编撰

题　解

唐诗总集，清曹锡彤编撰。曹锡彤，字省斋，望江（今安徽省安庆市）人，生卒年待考，根据此书刊刻情况，大体可以判断其为清咸丰、光绪年间人。本书所选诗体比较广泛，包括古体、今体、乐府、骚体、杂言古体、杂言变律等，没有偏执。时段上照顾到初、盛、中、晚各个时期。全书共二十八卷，有题解、注释，前有序，后有跋，体例比较健全，"注凡七易稿"（见《唐诗析类集训跋》），所以是精心编辑之书。曹锡彤本人在《序》中说："今读《全唐诗》，略其繁芜，集其精美，编次者数百体，更注者廿四年，共辑为若干卷。不敢自是，诚欲与天下之理性情者互相证也。"通读此书之后，应该肯定的是：编者之言不虚。同时，还必须说明，本书前面的《序》非同一般，比较集中地显示出编者的诗学观。值得注意的是如下几个方面：

其一，对诗歌本质的认识。《序》中说："诗以理性情。盖圣贤之教人，与人之学为圣贤，其义一也。《书经》谓：'诗言志，歌永言。'则虞夏浚其源。《诗经》有风、雅、颂、赋、比、兴，则商周别其派。此万世诗义之准。至《古诗十九首》，按时在汉代之间，《文选》二十卷，分类自献诗以下。两汉三国六朝，作者递起，而迄唐为大备。其体各有防焉。"（曹锡彤《唐诗析类集训序》）他继承了中国古代传统的诗学观，认为诗的本质是"言志"，而《诗经》之风、雅、颂、赋、比、兴，则是"万世诗义之准"。

其二，对各类诗体源流演变的认识。《序》中说："三言起于夏侯湛，四言起于帝舜《庸歌》，五言起于苏武、李陵，六言起于谷永，七言起于汉武帝，九言起于高贵乡公，此诗之以字计者，一字谓之一言也。汉魏以前诸书但讲音声，晋以后始讲韵。韵书之最先者，莫如魏李登《声类》。晋吕静仿其法，作《韵集》。齐周颙始著《四声切韵》。梁沈约有《四声》一卷。古诗句多，则多转韵，其韵无过数十字，汉魏以上皆然。而汉末《古诗为焦仲卿妻作》凡一百七十余韵，至唐乃有长篇韵数十且百余。自韵学渐兴，每篇止用一韵，韵不忌重用，至隋唐始忌，然唐亦间用之矣。《琴操》则文王始为之，骚体则屈原始为之，乐府则汉武始为之。拟古之作自陆机始，拗体之作自吴均始，律诗之作自沈佺期、宋之问始，次韵之作自柳宗元、元稹、白居易始。汉武作《柏梁台》，诏群臣能为七言者上坐，帝曰'日月星辰和四时'，梁王曰'骖驾驷马从梁来'，联句由是兴焉。孔融诗曰'渔父屈节水潜匿'，方作郡姓名字离合也，离合由是兴焉。齐竟陵王《郡县诗》曰'追芳承荔浦，揖道信云邱'，县名由是兴焉。又梁元帝《药名诗》'戍客恒山下，当思衣锦归'，药名由是兴焉。晋傅咸有《回文反复诗》二首云'反复其文者，以示忧心展转也，"悠悠远迈独茕茕"是也'，由是反复兴也。晋温峤有《回文虚言诗》云'宁神静泊，损有崇亡'，由是回文兴焉。梁武帝云'后牖有朽柳'，沈约云'偏眠船舷边'，由是叠韵兴焉。《诗》云'蟏蛸在东'，又曰'鸳鸯在梁'，由是双声兴焉。至四声诗、三字离合、全篇叠韵双声之作，则陆龟蒙、皮日休所为也。他如鲍照之'建除''数名'，梁简文帝之'卦名'，陆惠晓之'百姓''古五杂俎''两头纤纤'之属，亦无不具焉。唯沈炯之'六甲''十二属'，梁元帝之'鸟名''龟兆'，蔡黄门之'口字'，唐人多鄙而不为，此所以削之久也。"（曹锡彤《唐诗析类集训序》）文中揭示了三言、四言、五言、六言、七言、九言、乐府、律诗、次韵、联句、离合、县名、药名、反复、回文、叠韵、双声、四声诗、三字离合、全篇叠韵双声等诸多诗体的来源，并且特别说明了诗的律化过程。

其三，阐明唐诗与《诗》《骚》的继承关系，及其特殊的历史地位。《序》中说："元稹以为《诗》讫于周，《离骚》讫于楚，是后《诗》之流为二十四，名赋、颂、铭、赞、文、诔、箴、诗、行、咏、吟、题、怨、叹、章、篇、操、引、谣、讴、歌、曲、词、调，皆诗人六义之余，此虽题号不同，而悉谓之诗。大抵前代所有者，至唐润色之；前代未有者，至唐增广之。诗体由经而古，由古而杂，由杂而律，盖其类尽于此矣。乃知唐诗非徒发言为诗之谓诗，而取义于经之谓也。观圣制奉和，昉经之《赓歌》，张九龄诗'元首咏康哉'是也；都督边州，昉经之《出车》，苏许公诗'当看劳还日'是也；开元万国周旋，犹经之荡平正直，张燕公诗'王道固无偏'是也；宪宗圣寿无疆，亦犹经之天保九如，杨巨源诗'南山同圣寿'是也；至于衰朝晚代之讴思，迁客骚人之感慨，亦庶几合于经义焉。夫删诗善述，孔子以雅言传之；说诗有法，孟子以逆志得之。圣贤皆断以义，使人得性情之正而已。李白《古风》诗曰'希圣如有立'，有自附于孔子之思。杜甫《上韦相》诗曰'邹鲁莫容身'，有自托孟子之意。韩愈《石鼓歌》曰'方今太平日无事，柄任儒术崇邱轲'，更有合而折衷于孔孟之怀，亦以教不可诬而学不容废耳。"（曹锡彤《唐诗析类集训序》）认为后世诗体皆源于《诗》《骚》，其发展过程是"诗体由经而古，由古而杂，由杂而律"。而唐诗作为格律诗的极致也"取义于经"，与儒家经典有不可分割的关系。

可见，曹锡彤的诗学观是儒家的诗学观，所以他在《序》的开头开宗明义："诗以理性情。盖圣贤之教人，与人之学为圣贤，其义一也。"

本书常见的是清光绪八年（1882年）刻本。

《唐宋诗举要》

[清] 高步瀛编撰

题 解

唐宋诗总集，清高步瀛编撰。高步瀛，字阆仙，又署阆轩，私谥贞文。河北霸县人，清光绪二十年（1894年）举人。曾师从桐城派古文大师吴汝纶先生。清时历任定兴书院山长、保定畿辅大学堂教习、学部图书局主编。辛亥革命后，任教育部佥事、教育部编审处主任，此后兼住北京师范大学、女子师范大学、辅仁大学教授，以及奉天萃升书院、保定莲池书院讲师。高步瀛学问渊博，文章隽秀。学者将其所著《古文辞类纂笺证》等书称为学问之渊海，考据之门径。日本学者把他的考据与广东黄节（字晦闻）的诗学、桐城吴闿生（字北江）的古文并称为"中国三绝"。平生著述主要有《吴氏孟子文法读本笺》《国文教范笺注》《古今体诗约选笺注》《唐宋诗举要》《唐宋文举要》《汉魏六朝文选》《明清文选》《古今辞类要注》《文选李注义疏》《古文辞类纂笺证》《史记举要笺证》《周秦文举要笺证》《两汉文举要笺证》《魏晋文举要笺证》《汉魏六朝诗举要笺证》《赋学举要笺证》《古文范注》《讲大集日记》《古礼制研究》等。

本集按照诗体安排体例，共选唐诗六百一十九首，计八十四家。宋诗一百九十七首，计十七家。其中五言古诗一卷、七言古诗二卷、五言律诗一卷、七言律诗二卷、五言长律一卷、绝句一卷，分为五言、七言两类，总共八卷。具体安排是：卷一为五言古诗，卷二为七言古诗，卷三也是七言古诗，卷四为五言律诗，卷五为七言律诗，卷六也是七言律诗，卷七为五言长律，卷八为绝句。比较而言，唐诗占主要地位，六百一十九首，诗人八十四家；宋诗只有一百九十七首，只有十几家，其中还附金人元好问。在唐代诗人中，也突出重点，其中李白、杜甫两人的作品选得最多，约两千余首。因为高步瀛受业于桐城派后期代表人物吴汝纶，所以其诗学思想不可避免地带有桐城派色彩，注释和评论之时，引用的多是刘大櫆、姚鼐、方东树以至曾国藩、吴汝纶等人的诗论。当然，其中也引用了王士禛、沈德潜等人的评论。总体上是将历代文人对唐宋诗的评述以及唐宋诗歌作品中涉及的典章制度、名物训诂、历史掌故和地理沿革的考订汇辑一起，为人们解读唐宋诗提供了极大的便利。

还应该注意的是此集对几种主要诗体的源流演变进行了探讨，并且对创作方法与规范也有所论列，其实有分体诗歌小史的意味。

其一，五言古诗。书中说："五言古诗，当探源《三百篇》而取法汉魏。《古诗十九首》，钟记室称其'惊心动魄，一字千金'，殆非后人所能企及。建安而后，雄浑沉郁，曹、阮为宗；冲淡高旷，渊明为隽。宋齐以来，渐趋绮丽。而精深华妙，大谢称工；沉奥惊创，明远独擅。太白低首于玄晖，少陵托怀于庾信，各有其独到者在也。唐初犹沿梁陈余习，未能自振。陈伯玉起而矫之，《感遇》之作，复见建安、正始之风。张子寿继之，涂轨益辟。至李、杜出而篇幅恢张，变化莫测，诗体又为之一变。韩退之排空硬语，雄奇傲兀，得杜公之神而变其貌。本编所录，以三家为主，而王、孟、韦、柳，风神远出，超以象外，又别为一派，亦并录之。王阮亭论诗以神韵为主，于唐五古取陈、张、李、韦、柳五家，而不及杜、韩，偏矣。倪如昔人所讥'未掣鲸鱼碧海中'者乎？宋人五言古诗又远逊于唐，惟录欧、王、苏、黄数家，以见崖略云尔。"（高步瀛《唐宋诗举要》五言古诗小引）既阐述了五言古诗的源流、演变，又提出典型范式，此外还对唐、宋两代五言古诗进行比较，以见其高下。其中关于唐代五言古诗流变过程的阐述尤为精采。

其二，七言古诗。书中说："唐初七言，亦沿六朝余习，以妍华整饰为工。至李、杜出而横纵变化，不主故常，如大海回澜，万怪惶惑，而诗之门户以廓，诗之运用益神。王、李、高、岑虽各有所长，以视二公之上九天、下九渊，天马行空，不可羁络，非诸子所能逮也。盛唐而后，以昌黎为一大宗，其力足与李、杜相埒，而变化较少。然雄奇精奥，实亦一代之雄也。李昌谷诗，前人但称其险怪，吾友吴北江评之，精意悉出，惜卷狭不能多录，仅取数首以公同好。白傅平夷，恰与相反，而精神所到，自不可没，故亦录之。宋诗录欧、王、苏、黄数家。欧、王各有其工力，而苏之御风乘云，不可方物，殆如天仙化人，而不善学者，或流于轻易。山谷字字精炼，力绝恒溪，其精者直吸杜公之髓。陆放翁豪放有余，而气稍犷矣。兹编所录，以李、杜、韩、苏、黄为主。金源之诗，遗山褎然称首，并附录。昔姚惜抱论文曰：学之善者神合焉，善而不至者貌似焉。学诗亦然。夫学古人而仅貌似，下矣，然犹胜于汪洋而无范者。"（高步瀛《唐宋诗举要》七言古诗小引）首先描述七言古诗在唐代的演变轨迹，突出李白、杜甫、韩愈、李贺、白居易几人的贡献，认为李、杜在此体上登峰造极，无与伦比，兼及宋人欧、王、苏、黄数家，当然于宋最推崇的还是苏轼。同时，编者特别谈到如何师古的问题，强调"神合"，不能"仅貌似"，颇有启发意义。

其三，五言律诗。书中说："自休文论诗，倡言声病，子山有作，音调益谐。逮至唐贤，遂成律体。拾遗、修文，结体沉雄，延清、云卿，制句工丽，皆开元以前之杰也。盛唐以来，尤美不胜收。如王、孟之华妙精微，太白之票姚旷逸，皆能自辟蹊径，启我后人。而杜公涵盖古今，包罗万象，又非有唐一代所能限者，中唐以来，各标风格，而气已靡矣。姚惜抱谓晚唐五律有望见前人妙境者，转贤于长庆诸公，但就隽思警句而言耳，若精光浩气，则眇然不可复得。五代以还，益趋琐屑，故宋杨、刘诸公以玉溪生矫之，其弊也流于饤钉。欧阳永叔、梅圣俞代兴，乃归大雅。王介甫之思深韵远，尤获我心。然伟丽变为清新，浑厚沦于镂刻，有宋一代之诗遂与唐分道扬镳矣。方虚谷《律髓》采辑甚丰，然往往因人存诗，亦一蔽也。兹编所录，以李、杜、王、孟四家为主，其他但存崖略。小人之腹，惟求属餍，囊括全美，谢弗能焉。"（高步瀛《唐宋诗举要》五言律诗小引）先述五言律诗的形成过程，再述该体在唐、宋两代的演变情况，特别指出此体在宋代的新变:"伟丽变为清新""浑厚沦于镂刻"。

其四,七言律诗。书中说:"七言今体昌于初唐,至盛唐而极。王摩诘意象超远,词语华妙,堪冠诸家,辅以东川,附以文房,堂堂乎一代宗师矣。至杜公五十六言横纵变化,直欲涵盖宇宙,包括古今,又非唐代所能限。义山、致尧继轨于前,山谷、后山蹑步于后,然皆得其一体。简斋蹩躠,竭力以追,才力稍弱,有时近俗,'一祖三宗'之号弗克膺也。裕之感慨身世,时或有合,至于出神人化,固诸子望而莫逮,然源渊所在,犹不失为薪火之传尔。香山华赡,妙合自然,足以轰动流俗,自成一派,然不善学之,流为滑易。东坡天纵之才,虽用其格调,而灭迹飞行,远出其上,特无坡之才而强为学步,亦惟见举鼎绝膑而已。放翁豪放雄秀,不失为南宋作家,而颣唐粗犷,有时而见,披沙拣金,真宝乃出。其他唐宋名家,指不胜屈,略存其要,聊备衢尊之一勺云。"(高步瀛《唐宋诗举要》七言律诗小引)先述唐代七言律诗的发展与演变,主要介绍王维、杜甫、白居易、李商隐几人的成就,特别推崇杜甫之作;然后描述宋代七言律诗的发展与演变状况,着重肯定苏轼的特殊成就,对不善学苏者进行批评。

其五,五言长律。书中说:"五言长律(明人亦曰排律),作者颇夥,然不能以颢气驱迈,健笔抟捖,则与四韵无大异,不过衍为长篇而已。杜老五言长律,开合跌荡,纵横变化,远非他家所及。择录十章以为模楷,他家不复预焉。至七言长律最为难工,作者亦少,虽老杜为之,亦不能如五言之神化,他家无论也。故不复录。"(高步瀛《唐宋诗举要》五言长律小引)首先介绍五言长律,独推杜甫;其次论及七言长律,认为"最为难工",即使杜甫也难有佳作。

其六,绝句。书中说:"绝句当以神味为主。王阮亭之为诗也,奉严沧浪水中著盐及羚羊挂角无迹可寻之喻,以为诗家正法眼藏,而李、杜之纵横变化,所谓'巨刃摩天扬'者,不敢一问津焉。后人讥其才弱,亶其然乎!然用其法以治绝句,则固禅家正脉也。盖绝句字数本既无多,意竭侧神枯,语实则味短,惟含蓄不尽,使人低回想像于无穷焉,斯为上乘矣。盛唐摩诘、龙标、太白尤能擅长,中唐如李君虞、刘宾客,晚唐如杜牧之、李义山,犹堪似续,虽其中神之远近、味之厚薄亦有不同,而使人低回想象于无穷则一也。杜子美以涵天负地之才,区区四句之作,未能尽其所长,有时遁为瘦硬牙杈,别饶风韵,宋之江西派往往祖之。然观'锦城丝管'之篇,'岐王宅里'之咏,较之太白、龙标,殊无愧色,乃叹贤者固不可测。有谓杜公之诗,偏于阳刚,绝句以阴柔为美,非其所宜者,实谬说也。今约录唐宋诸家五言七言各若干篇,合为一卷,以殿兹编云。"（高步瀛《唐宋诗举要》绝句小引）首先强调绝句的写作要领：以"神味为主"，以"水中著盐及羚羊挂角无迹可寻"为"诗家正法眼藏"，然后标举盛唐王维、李白、王昌龄、杜甫，中唐如李君虞、刘宾客，晚唐如杜牧之、李义山诸人之作，突出的还是李、杜，后人难"问津焉"。

所以，读此书时，不仅要注意编者对具体诗作的注释，还要细读编者的这几则诗体小引。

本书有1959年中华书局上海编辑所排印本、1978年上海古籍出版社重印本，均有删减。

《唐诗快》

[清] 黄周星编撰

题　解

唐诗总集，清黄周星编撰。黄周星，本姓周，名星，字九烟，又字景明，改字景虞，号圃庵、而庵，别署笑苍子、笑苍道人、汰沃主人、将就主人等，晚年变名黄人，字略似，别署半非道人。湖南湘潭人，生于上元（今南京），父黄老，向执役国子监，其家素贫。有楚黄孝廉周逢泰，寓金陵，结纳四方名士，买秦淮名妓为妾，妾生女，与他家易一子以为己出，是为九烟，即黄老所生次子也。九烟颖异绝群，八岁能文，时有神童之目。孝廉所延塾师，皆不当其意，以故天性倨侮，常有藐易一世之意。崇祯六年（1633年），周星登癸酉科顺天乡试中举，十三年（1640年）中庚辰科进士，十六年（1643年）授户部主事，具疏复姓。明年南都陷，遂弃家，更名黄人，字略似。流寓长兴，五迁至南浔之马家港，卖文自给。周星工诗文、篆隶，通音律，擅作戏曲，好结社与文人游，在杭州集"寻云榭社"，广陵集"木兰亭社"，金陵集"古欢社"，以诗酒廋词相娱。黄周星好猜谜，有"谜坛宗匠"之称，所著《廋词》为灯谜与酒令结合的典型佳作，颇得当时文人喜爱。曾与书商汪象旭合作，推出《西游证道书》。康熙十九年（1680年）有人以博学鸿儒荐，但周星避不赴，迫之，乃叹曰："吾苟活三十七年矣，老寡妇其堪再嫁乎？"遂于五月五日，自撰《墓志铭》及《解脱吟》《绝命词》，效屈原投江，遇救得免，家人劝慰，然死志愈坚。六月望后，夜复赴水，又为人救免。至七月十七日夜半，乘间赴蹈清流，防者觉而奔救之，公乃自绝饮食，至二十三日而卒，时年七十。墓葬马家港长生桥畔。其《解蜕吟》自序："今岁在庚申，予年七十矣。念世事之都非，叹年华之易尽。与其苟活，不如无生。昔傅奕铭曰：傅奕青山白云人也，以醉死。予慕其风，以为醉死殊胜饿死。但自铭，则当曰诗人黄九烟之墓耳。以兹含笑而入地，何异厌世而上化。聊为解蜕之狂吟，当获麟之绝笔。"周星著述颇多，其著有《夏为堂集》《制曲枝语》。其所撰之传奇《人天乐》，杂剧《惜花报》《试官述怀》，今仍存于世。

本集是黄周星晚年编撰，其《唐诗快自序》中有云："仆生不辰，穷愁怫郁，倔强支离，虽幸窃早岁之科名，无救于中年之贫贱。生平著述等身，积稿满屋，曾未得一遇彭宣、侯芭其人者，与之从容而坐论焉。兹年届古稀，始勉成此一书。"同时其编成也比较仓促："昔人评选诸书，类皆涛涛岁月，多或逾纪，少亦数年，而余以旅馆刺促，势难持久，乃自季春迄秋杪，匆匆竣役，诚可谓殚竭心力。"（黄周星《选诗略例》）那么，为什么取名《唐诗快》？编者自己做了解释："仆今者《诗快》之选，则不惟其世，而惟其人，不惟其人，而惟其诗，又不惟其诗，而惟其'快'。于中厘为三集，曰《惊天》，曰《泣鬼》，曰《移人》。移人则人快，惊天则天快，泣鬼则鬼亦快。而且，人快，则移人者尤快；天快，则惊天者尤快；鬼快，则泣鬼者尤快。盖一快而无不快也。其为选，则虚公平直，毫不敢以偏见参之，不拘浓淡浅深，惟一以性情断之。"（黄周星《唐诗快自序》）其中关键是唐诗"移人则人快，惊天则天快，泣鬼则鬼亦快。"所以"不惟其诗，而惟其'快'"。

本集中更为值得注意的是对唐诗的分期问题有自己的见解："唐之一代，垂三百祀，不能有今日而无明日，不能有今年而无明年，则不能有一世而无二世。于是武德不得不降而开元，开元不得不降而大历，大历不得不降而元和、长庆，元和、长庆不得不降而天佑（祐）。五季者，此理势所必至也。"随后又曰："夫初、盛、中、晚者，以言乎世代之先后可耳，岂可以定诗人之高下哉？且如天地间树声泉响，鸟语虫吟，凡有耳者闻之，未有不欣然以喜，或悄以悲者。朝闻亦然。暮闻亦然，一岁闻之，至岁岁闻之亦然。彼泉树虫鸟之音，岂尝有初、盛、中、晚哉？……仆极服袁石公之论曰'文章之气一代薄一代，文章之妙一代盛一代。古有不尽之情，今无不写之景，其盛处正其薄处也，然安得因其薄而掩其妙哉？'故仆以为初、盛、中、晚之分，犹之乎春、夏、秋、冬之序也。四序之中，各有良辰美景，亦各有风雨炎凝，欢赏恒于斯，怨咨恒于斯，不得谓夏劣于春、冬劣于秋也。况冬后又复为春，安得谓明春遂劣于今冬也？……"说穿了，就是不同意按照初、盛、中、晚来确定唐诗之盛衰与高下，只能以此来说明时间的先后。认为唐诗在初、盛、中、晚各个时期各有各的特色，各有各的独到之处，"犹之乎春、夏、秋、冬之序也"。

"不得谓夏劣于春、冬劣于秋也"。首先，应该说此说有一定的合理之处，但是也不能说唐诗在初、盛、中、晚各个时期都是等量齐观的，绝对平均是没有的。另外，集中选诗多是中、晚唐的作品，其中原因，黄周星也早有说明："中、晚之人本多于初、盛，人多则诗多，诗多则选安得不多？"看来是客观原因造成的：中、晚诗人多，所以作品就多。全书共三集、十六卷，卷一为《惊天集》，古今诗合在一起，主要选李白、李贺、韩愈、卢仝、刘叉等人之诗，其中以李贺诗最多，有五首，足见其推崇。卷二至卷三为《泣鬼集》，古今诗合在一起，其中杜甫的诗最多，有二十一首。《移人集》则复杂得多，各卷皆以诗体划分，顺序是五言古诗、七言古诗、五言律诗、七言律诗、五言排律、五言绝句、七言绝句。其中五言古诗、七言古诗、五言律诗、七言律诗、五言排律各体，杜甫诗作入选最多。五言绝句李白最多，十一首；七言绝句白居易、曹唐各二十一首，最多。出人意料的是曹唐不仅七言绝句与白居易并列第一，而且七言律诗入选之数仅次于杜甫，选有十三首，说明编选者还是有个人偏好的。

本书清康熙二十六年（1687年）书带草堂刻本，十六卷。

《唐律消夏录》

[清] 顾安编选、何文焕增评

题　解

唐诗总集，清顾安编选、何文焕增评。顾安，诗评家，字小谢，吴中（今江苏省苏州市）人。其生卒年不详。但是根据其《自序》，可知此书编成于乾隆二十一年（1756年），那么由此推断，顾安当为康熙、乾隆时期人。何文焕为乾隆年间嘉善人，字少眉，号也夫，诸生。有《无补集》。又编有《历代诗话》，共收二十七种诗话。清人刘声木曾指出："国朝以'消夏'名书者，仍有中吴顾小谢□□安编辑唐诗，成《丙子消夏录》五卷，止园心香石屋自刊，写字圈点本，无年月。"（刘声木《苌楚斋五笔》卷五）可见，此集初名为《丙子消夏录》。乾隆二十七年（1762年），嘉善人何文焕重刻顾安此书，加进了自己的评论，改名为《唐律消夏录》，但是扉页上则题作《唐诗消夏录》。书前有顾安与何文焕的序文，无笺释，有评语，分双行夹评和尾批。专选唐人五言律诗，总共五卷。对初、盛唐五言律诗更为重视，所以其卷一到卷四全为初、盛唐人诗，王维十一首，最多；宋之问、张九龄各十首，次之；沈佺期八首，陈子昂、杜审言、岑参各七首。相比之下，中、晚唐诗只有一卷，韩、柳、元稹、刘禹锡诸名家一首不选。

顾安对诗的本质与功能有清醒的认识，其《自序》中说："诗者，人心自有之感触与人声自有之节奏，圣人特宣导之，鼓荡之，俾其发皇昭越，唱叹咏绎，因以惩其邪思，创其逸志，归之于温厚和平之域，所以维世教者，初非窅邈恍惚与夫雕绘剪刻之谓也。故《关雎》好色而不淫，《小雅》怨悱而不乱，虽以《离骚》之恢诡谲怪，交互纬缊，而终不失乎事父事君之旨。汉魏以降，审言赴节，因心撞口，而淳风未漓，元声斯在。洎乎晋宋，以及陈隋，离质即文，分水加乳，及其弊也，在乎春光竞艳，而秋实坠亡。"（顾安《唐律消夏录序》）要点是"惩其邪思，创其逸志，归之于温厚和平之域"，关键是"维世教"三字。

关于编辑此书的宗旨，其《自序》中也有说明："有唐代兴，陈、杜诸公相继而起，莫不牢笼庶物，陶铸性情，刊落浮靡，旋归诚实。且意以基之，法以运之，词以达之，阐载籍未发之奇，挟天地自然之秘，于以承流骚雅，示则来兹。此如以水土象物者然：盖意犹水也，词犹土也，词与土为有质，意与水为无形。以意贯词，犹之乎以水渗土，水胜则污，土胜则亢；意胜则流，词胜则窒，必也水土均而词意备，庶不至有污、亢、流、窒之患。乃水土均矣，又必以调和揉搓、比重增减之法，应之于手，然后仙佛鬼怪、鸟兽虫鱼皆能毕肖其形状；词意备矣，又必以沉郁顿挫、开合跌荡之法，运之于心，然后欢愉恬适、困苦忧愁皆能曲写其情愫。是故仰观俯察，辨志原心，即于寤寐饮食之间，以尽达化穷神之妙，士媚女说，春哀秋悲，以至安常处悲，刺作怨张，莫非言志永言之正，而又能因物比兴，触类通情，取左右以逢原，无入焉而不得者，此古人之命意也。沉以固其根，郁以养其气，顿以缓其局，挫以作其势。其开也俊鹘摩霄，其合也饥鹰攫物，其跌荡也神龙腾掷于波间，孤鸿灭没于天际。移形换步以深其变化，旁行侧出以局其纵横者，此古人之立法也。意匠相合，缘情绮靡，措一语而求合乎旨归，练一字而务得其理趣，且文从字顺而不至于率易，诘盩晕兀而不至于晦蒙，清吟幽唱而不至于寒俭，探珠采玉而不至于繁缛，句以意熔，章以法变者，此古人之修词也。"（《顾安《唐律消夏录序》》）概括起来就是阐发古人"命意、立法、修词"之道。

同时，顾安还进一步揭示当时诗学之弊端，兼及此书的编辑过程："无如后之论诗者以诗观诗，而规模隘矣；以诗学诗，而知识卑矣。复有诐辞邪说，唱导其间，指掠影希光为妙境，认一知半见为全潮，高明者坠入于空虚莽荡之中，沉潜者拘牵于尺寸锱铢之内，曰唐曰宋，逐影追风，而人心之真切与天机之鼓动者，不能维持长养，疏通调剂，以自得其性情之正，反从而屈抑之，削伐之，是以若彼其濯濯也。况法之不明，了无依据，设有妙意，不能自达，而所达者，又非其意也。于是黄茅白苇，但见平芜，死水断岗，何堪凭眺？描情写景，累牍连章，假作清新澹远之言，故为诘曲萧疏之句，而究其所存，鲜无知见。又其甚者，饾饤奇字，荟蕞异闻，斗叶骈枝，剽腥割采，观其拉杂之状，有同裨贩之夫，以至古人种种苦心，湮没殆尽，亦犹夫象物既成之后，观者但见金碧丹铅辉煌夺目者，皆其土之所为，而不知其水之所在，即一切调和揉搓、比量增减之法，亦不复过而问焉。毋怪乎温柔敦厚之旨日亡，卤莽支离之说日炽，转求而转晦，愈趋而愈远，则亦徒委于气运之不齐、古今之不逮而已矣。予弱冠时，读唐人诗集，少有所见。继为饥寒凌夺，不复措意。今将老矣，学殖荒落，每一念及，为之痒痒也。丙子夏，予抱疴杜门，二三知己旦暮过从，酒杯茗碗之余，间取唐人诗集，稍为论次，晰其端绪，探其本根。虽才识庸劣，未足以穷幽阐奥，然于古人命意之法、修词之道，亦能标指一二。倘好学深思者果能于此少加意焉，因小识大，由粗及精，以自得其性情之正，而不为诐辞邪说之所陷惑，则循流溯源，承骚接雅，当必有大力者负之而趋矣。中吴顾安题于广止园之心香石屋。"（《顾安《唐律消夏录序》》）关于诗学之弊，他主要揭示当时学诗者不讲命意、不重立法、不精心修词，特别在法度上弊病更深。从其叙述编辑过程可以看出，此集是他接近老年时编辑的，并且再次强调要点是"晰其端绪，探其本根""于古人命意之法、修词之道，亦能标指一二"。

另外，本书在评点作家作品的同时，对五言律诗的体制特征及其创作方法、规范等都有所论列，其中有几点不容忽视。

其一，将五言律诗与七言律诗、绝句进行比较："五律为唐人始创，叶以四声，限以八韵。较七律则字少，苦于急促；较绝句则句多，苦于宽缓。而初、盛诸公，却能于急促处见安顿，于宽缓处见紧凑，四十字中字字关合，句句勾连，妙意游泆于楮间，余音缭绕于笔底。精深简练，故不觉其多；变化纵横，故不觉其少。而五言之能事毕矣。"（顾安《唐律消夏录》批语）一方面说明创作五言律诗的难度，另一方面推崇初、盛唐诗人在五言律诗创作上的成就。

其二，从创作方法和评点方式入手，谈五言律诗："五律局法不同，大概有二：一立意，一即事。立意者，于题中另立己意以抒写也；即事者，即题中所有之意以抒写也。立意诗必有主句，主句在上，则下面句句皆要回顾，因局立法，无定形也。即事诗有用主句，有不用主句。用主句者，其法同上，唯应制、咏物与兴会率然之作，间或不用主句，然层次、照应诸法亦断不舛错也。今于主句处用'○○'，关合处用'○'，旁侧及点缀处用'、'以识之。所录诸诗，止就友朋问及者，论说以示豪却耳，非谓唐人好诗尽在于此，谅读者自能通之也。"（顾安《唐律消夏录》批语）先谈的是从创作的角度指出五言律诗的布局方法；着重谈的是立意和即事问题，强调"立意诗必有主句"，即事诗、唯应制、咏物与兴会率然之作，间或不用主句，但是必须讲究层次、照应诸法。后面谈的是评点之中的标识问题，强调的是主句标识和关合处标识问题。

其三，对初唐五言律诗进行分析和评价："初唐诗有最难看处，以其字句平常而意思深厚也。如沈之'少妇''良人'两句，宋之'江浦''洛桥'两句，杜之'旌旗''箫吹'两句，沉而不浮，郁而不发，其端倪却露在上下两句间，草蛇灰线，俾读者自悟。古人之所谓'沉郁'者在此，非若后世艰深之字、隐晦之义，而以为沉郁也。诗中唯沉郁最难，而于五言律中为最难。"（顾安《唐律消夏录》批语）不难看出，此处编者着力推崇的是沈佺期、宋之问的五言律诗，指出其特点是"字句平常而意思深厚"，主体风格是"沉郁"，认为"诗中唯沉郁最难，而于五言律中为最难"，由此可见沈、宋之难能可贵。

其四，对初、盛唐五言律与中、晚唐五言律进行比较、分析："五律至中、晚，法脉渐荒，境界渐狭，徒知练句之工拙，遂忘构局之精深。所称合作，亦不过有层次、照应、转折而已，求其开合跌荡、沉郁顿挫如初、盛者，百无一二。然而思深意远，气静神闲，选句能远绝夫尘嚣，立言必近求乎旨趣，断章取义，犹有风人之致焉。盖初盛则词意兼工，而中晚则瑕瑜不掩也。"（顾安《唐律消夏录》批语）一方面说明中、晚唐五言律的总体成就不及初、盛唐，另一方面也承认中、晚唐五言律的独特成就，其突出特点是"思深意远，气静神闲"，与初、盛唐之"开合跌荡、沉郁顿挫"迥然有别。

可以看出，顾安虽然也注重初、盛唐诗，但是与明代"前七子"诗必盛唐的观点还是有区别的，不是那么偏激。

本书有清乾隆二十七年（1762年）何文焕刻本。今人施蛰存先生有北山楼藏本，钤印：施蛰存藏书记（朱）。其为清乾隆写刻本，线装二册，白棉纸。

《唐诗矩》

[清]黄生编撰

题　解

唐诗总集，清黄生编撰。黄生，字孟扶，原名瑄，又名起溟，因其自以为钟灵秀于黄山白岳，故号白山。清初歙县人。明诸生，明清易代之后，曾在蒋超督学府中任幕僚二年，后即一直隐居著述。所交王炜、龚贤、屈大均辈皆知名之士。黄生博学多识，好小学，精通训诂，复工书画，善诗文。曾撰《字诂》《义府》，考论经、史、子、集，钻研文字声义之奥，开徽州考据学先河。支伟成在《清代朴学大师列传》中说他"僻处于岩阿村曲之中，非如清初诸大师之广涉博览，切磋交通。乃不假师承，无烦友质，上下古今，钩深致远，声音回转，训诂周流，反胜于诸人之犹有所沾滞焉。综厥学业之绩，品谊之醇，确乎坚贞。亮哉！"其平生著述主要有《字诂》《义府》《黄生文稿》《三礼会编》《三传会篇》《载酒园诗话评》《唐诗摘钞》《杜工部诗说》《一木堂诗稿》等。

本集有民国师古堂丛刻本，只收录五律二百余首。但是，安徽大学徐定祥先生所见之稿本则不仅有五律，而且还有七言律诗、绝句。另外，艾殊仁《徽州得书记——黄生〈唐诗矩〉稿本》载："康熙中清稿本《唐诗矩》四册，天都黄白山选评。竹纸，无格，旧装。书成于康熙二十二年黄生六十一岁时，按五言、七言绝律分，以初中盛晚唐为篇。书内有三种以上异色朱笔评注，可知当初书成后曾经反复检阅评注。中有黄生白文小印，内文小楷颇工，可一窥黄氏书法风貌。书出皖中故家，据售者言得自谭渡，原主人或系黄氏后人。同得者尚有康熙三十五年（1696年）一木堂原刊初印本《杜诗说》半部，小字亦颇可观。想是遗民心态作祟，黄生撰《唐诗矩》时已是康熙中叶，书内'玄'字却全不避讳。而晚十余年版刻的《杜诗说》中却连'胡''虏'也已缺末笔。"此本应该是最早刻本。

今存民国师古堂丛刻本前有俞寿沧《唐诗矩序》，说明此书取名的由来及其动因："黄山此选仅录五律，盖取其格整而易摹也。矩也，标立意、谋篇、琢句、炼字、运典、选韵、言情、绘景、叙事诸法，而四始、五际、六义、八病之说已椠括其中，亦矩也。"周学熙《周氏师古堂书目提要》中对此书编选标准及其方式也有说明："清黄山著。山徽州人，乾隆时殿撰。是书专选唐人五言律诗，取其词意格调最便初学仿摹者，详加注释，分初、盛、中、晚四集，虽约而精，可导学诗初步。寿沧曾引申其意而序之。""词意格调最便初学仿摹"为此书编选的基本标准，"分初、盛、中、晚四集"则是其基本结构。全书初、盛、中、晚分四集，所选诗前专门标明格式，每集之后又有总评，书后还附有《五言律摘句》。其初唐总评云："六朝人密于炼字而疏于炼句，至格调未暇讲也。初唐炼字不及前人之刻，炼句不及后人之变，然变古为律，矩实之用，则摧廓之功不得不推诸子耳。"（黄生《唐诗矩》初唐总评）说明初唐律诗的体制特征及其历史地位。其盛唐总评曰："诗家以盛唐为正宗，谈诗者无不曰雄浑、曰整密、曰秀润、曰高华，此盛唐也。然所谓雄浑者，雄而又浑；整密者，整而又密；秀润者，秀而又润；高华者，高而又华。乃今之学步者，雄而不浑，则其失为粗；整而不密，则其失为疏；秀而不润，则其失为率；高而不华，则其失为俗。粗也、疏也、率也、俗也，盛唐人无是也，乃学者方习而不察，执而不破，曰吾为盛唐，是徒袭优孟之面目，究未出世，可叹也。"（黄生《唐诗矩》盛唐总评）首先说明盛唐诗的总体风格和特征，继而揭示当时学盛唐诗的偏颇，颇中要害。其中唐总评云："盛唐遣词最严密，中唐则以松而见趣。晚唐用意最尖刻，中唐则以朴而存法。前有所继，后有所开，气运升降之交，未易语其故也。"（黄生《唐诗矩》中唐总评）此处采取比较之法，辨析、说明盛唐、中唐、晚唐诗各自的特征，比较精审。

《唐诗观澜集》

[清] 李因培编选

题 解

唐诗总集，清李因培编选。李因培，字其材，号鹤峰，云南晋宁县锦川里（今上蒜乡下石美村）人。幼时，其父口授四书五经、《左传》《国语》及《庄子》等，入塾后成绩常名列前茅，人称之为"小先生"。九岁随母迁居昆明，十岁应童试，补博士弟子员。乾隆三年（1738年）中举，因其家贫，无力上京应试。乾隆十年（1745年），得友人资助，进京应试，中进士，改庶吉士，散馆授编修。乾隆十三年（1748年），特擢翰林院侍讲学士，督山东学政。乾隆十四年（1749年），再擢内阁学士。乾隆十八年（1753年），署刑部侍郎，兼顺天府尹。乾隆二十九年（1764年），授湖北巡抚，后移湖南、福建等省。后因隐瞒属下亏欠库帑事发，因培下刑部论斩决，上命改监候。秋谳入情实，赐自尽。因培工诗文，才思敏捷，善应对。与文学家袁枚友善，调任江苏学政之时，常与之诗酒唱酬，游山玩水。袁枚尝筑"随园"于金陵，广征楹联而未有如意者，遂择王羲之《兰亭集序》中"此地有崇山峻岭，茂林修竹"之句为上联，因培取《左传·鲁昭公十二年》中文，以"其人读三坟五典，八索九丘"对之，一时许为"绝对"。其平生著述有《滇诗略》《云南通志》《晋宁州志》《李氏诗存》《滇贤生卒考》《唐诗观澜集》等。

本集书前有沈德潜和李因培的序文、《凡例》《唐人小传》。书中专选唐人应制应试之作，共二十四卷，每首诗后都加笺注，好句加圈，有些诗还有旁批和尾批。沈德潜《唐诗观澜集序》中对此书评价很高，其中关键是"援据古典，一一确凿"八个字。就其评论而言，有几则颇具诗学价值：

其一曰："五言四韵，自齐梁以来，已有此体，然虽讲声病，而古律未分，时多轶出。唐初气格已成，而或叶或否，未为定式。逮于沈、宋，始为划分。开元、天宝之间，元宗倡于上，燕、许、李、杜、王、孟诸人，以沉博宏丽之才，冲融高洁之度，和于下，金和玉节，情往兴来，斯为最矣。钱、刘之俦，不少杰作，建中、贞元，雕章间出。元和而后，此风遂稀。盖与运会为升降焉。大抵为此体者，选字蜚声，铢两悉称，又贵以雄浑俊逸之气行之，使声振篇中，神动简外，乃称极则。中、晚非无作者，而其气体工力，相去正远。"（李因培《唐诗观澜集》卷六评语）阐述五言律诗的形成与演变过程，推崇盛唐之作，认为此期五言律诗为此体之最，同时又归纳出五言律诗的写作方法与规范，标举"声振篇中，神动简外"的境界，称之为五律"极则"。

其二曰："唐承隋制取士，永徽而后兼用诗赋。其诗自进士大科及府州小试，命题限字，率以六韵，号曰试律。其初绳墨甫设，律细格严，才大之伦，不免俯循矩蒦，而真气轶出，体格反高。泊乎中叶，士子剿窃拮扯，渐成习径，浸久浸衰，亦风会之递变也。"（李因培《唐诗观澜集》卷十五评语）着重分析和介绍进士科举中考试五言律诗的体制特征及其结构方式，指出中唐以后此体的弊端。

其三曰："厥体于起处必将题字一一清出，谓之破题。或虚按，或明点，或首联分疏，则次联浑写，或首联原起，则次联分疏，相题繁简，以为节制，多不过两联而止。中间实发题蕴，虚实相间，深浅相生，或合或分，随心成矩，要在典切工妙，腴而不肤，炼而不涩，使声振篇中，气流句外。至于结处，概多寄托，又须浑涵缥缈，余味曲苞。……其六韵之外，间有八韵者，或由有司所限，或为士子所增；至四韵，则率皆官限。尚有仄韵一门，当时谓为齐梁体。"（李因培《唐诗观澜集》卷十五评语）专门介绍和分析五言律诗的写作方法，点明基本的准则和归范。

其四曰："咏物之作本六义，赋体兼以比兴，如古诗《断竹》之谣，楚词《橘颂》之赋，已开朕兆。汉魏以来，蜥蜴之占，豆箕之咏，不过一时指类，无关吟讽。齐梁而下，篇什遂夥。唐初太宗，尤多此体，臣下效之，至开、宝极盛。然为此体者，每患扯典敷词，俨同类对，而真气不属，贻讥刻楮。至张曲江始含神托讽，意味深长。及工部出，而后状难状之情，如化工肖物，出有入无，寄托遥深，迥非寻常蹊径。厥后唯韩、孟尚有遗音，元、白、温、李已趋纤俚，下此则自郐矣。"（李因培《唐诗观澜集》卷二十一评语）着重分析和介绍咏物诗的发展情况，细致入微，颇有启发性。尤其关于唐代咏物诗的分析更为客观。

本书有清乾隆二十四年（1759年）刊本，二十四卷。笔者所见即为此本。

《唐五律偶钞》

[清] 翁方纲编撰

题 解

　　唐诗总集，清翁方纲编撰。方纲（1733—1818），字正三，一字忠叙，号覃溪，晚号苏斋，直隶大兴（今属北京市）人，乾隆十七年（1752年）进士，选庶吉士，授编修。擢司业，累至内阁学士。先后典江西、湖北、顺天乡试，督广东、江西、山东学政。嘉庆元年（1796年），预千叟宴；四年（1799年），左迁鸿胪寺卿；十二年（1807年），重宴鹿鸣，赐三品衔；十九年（1814年），再宴恩荣，加二品卿，年八十二矣；二十三年（1818年），卒。方纲精研经术，尝谓考订之学，以衷于义理为主，《论语》曰"多闻"、曰"阙疑"、曰"慎言"，三者备而考订之道尽。又能诗善文，擅长金石考证之学，其书法亦以遒劲浑厚见长。尤善隶书，与刘墉、梁同书、王文治齐名，并称"翁、刘、梁、王"，又与刘墉、铁保、永瑆并称"清四大书家"。马宗霍《书林藻鉴》称"覃溪以谨守法度，颇为论者所讥；然小真书工整厚实，大似唐人写经，其朴静之境，亦非石庵所能到也。"其著述主要有《两汉金石记》《经义考补正》《春秋分年系传表》《十三经注疏姓氏考》《汉石经残字考》《粤东金石略》《复初斋诗集》《复初斋文集》等。

　　本集为一册，没有目录及序跋。上海图书馆藏本题为《唐五言律读本》，其下有小字"覃溪题签"，钤"覃溪草稿"之印。不过此书各卷之卷首则皆题《唐五律偶钞》。稿本卷首有翁方纲关于唐五言律诗评语十多条，书中用朱笔批评、圈点。其《凡例》中云："乙亥秋冬间，与山阴胡稚威征君论诗，尝取高廷礼《品汇》中卢纶等十才子之作，益以刘随州、韦苏州诸家五律抄一册以归。回首十年矣，今略删订钞人。"末又题曰："乙酉秋八月，书于羊城试署。"据此可知此书成于乾隆三十年（1765年）。其《例言》包括多项内容，第一，谈本集的编辑问题："曩钞《唐人七律志彀集》六卷，凡二百首，杜诗至七十首，志杜也。

五律则杜之篇什愈多，虽钞其尤佳者，亦尚居唐贤十六七，竟专读之可耳。李供奉亦绝调也。故用荆公《百家选》之例，不钞李、杜。"（翁方纲《唐五律偶钞·凡例》）说明此集不选李白、杜甫五言律的原因，主要是仿照王安石《唐百家诗选》的先例，因为李、杜专有选集，应该读其专集，所以此处总集编可省去不选。第二，谈五言律诗的演变问题："初唐五律，格本齐梁，调沿徐、庾，而且平仄不尽粘联，字句未经变化。即如沈、宋、燕、许诸公朝庙之和章，园林之应制，以开词场之径户则可，以为五律正位则未也。曩日读杜五律，如开卷'东郡趋庭日'一篇，尚不敢奉为杜之至者，况初唐乎？"（翁方纲《唐五律偶钞·凡例》）主要说的是五言律诗从齐、梁到盛唐的发展、变化，认为初唐时期的五言律诗还没有成为五律正宗，更没有完全成熟。第三，谈如何学杜甫的问题："学人才力增长，一往豪迈壮浪之气，固从杜、韩得之，然诗人温柔敦厚以教，必不可直蹈粗硬一派。窃谓学杜宜先看盛唐诸公，而王右丞蕴藉高秀，实少陵之开先也。右丞五律，在诸家中尤为冠绝，此虽偶钞数首，可略见一斑矣。"（翁方纲《唐五律偶钞·凡例》）认为学杜甫不宜直接入杜，五律应该"先看盛唐诸公"，特别是王维之作。第四，谈盛唐五律的特色："盛唐诸公所以高于中晚唐者，不动声色，而无坚不入；不著议论，而无义不包。无他，其气厚。杜公五律全在沉郁顿挫，开辟万古，此与阮亭先生所讲神韵迹似不同，而其实则一。所谓神韵，非音调摇曳、缥缈铿锵之谓也。昔闻阮亭在扬州时，曾有《唐人五七言律神韵集》之选，惜其刻本不传矣。"（翁方纲《唐五律偶钞·凡例》）认为盛唐五律特色在于"不动声色，而无坚不入；不著议论，而无义不包"，简而言之是"气厚"，并且概括了杜甫五律最突出的特色是"沉郁顿挫"。第五，着重阐述中、晚唐时期的五言律诗："大约十才子以降，微嫌平易，即如元、白名家，不能讳其屡也。逮至咸通十哲之伦，益复繁芜寡要，司空表圣谓'近而不浮，远而不尽'，或庶几乎？而其所自作，可采者却自无多。晚唐唯杜樊川、李义山天然风骨，温则去之远矣。若温'鸡声茅店月，人迹板桥霜'，又曰'高风汉阳渡，初日郢门山'，固有识共赏也。"（翁方纲《唐五律偶钞·凡例》）揭示出中、晚唐五言律诗的变化，成就不及盛唐，但是杜牧、李商隐的作品则有不俗的成就，具有"天然风骨"，非其他人可比。第六，谈编辑此书的相关问题："愚既志在杜，而复为此钞者，诚以人之怀抱，非可以一途限之。昔有明皇甫子安兄弟，从中唐脱胎，正复何减古人？且后人之于唐贤，虽一韵之工，一事之巧，亦未尝不可师法，况全篇之委婉顿挫乎？唯是古人仁兴多端，体格亦异。如李特进之咏物，元相之生春，李赞皇之平泉杂怀，姚少监之武功诸咏，非无丽句，而鄙意姑舍是焉。"（翁方纲《唐五律偶钞·凡例》）重点说明的是：自己虽然于诗志在杜甫，但是也考虑到转益多师，注意吸取诸家之长。同时，选诗也要全面考虑，照顾到各个方面。

本书有稿本，上海图书馆收藏此本，一册，不分卷，翁方纲手定稿本，书中有翁氏朱笔圈点及批语。

《试体唐诗》

［清］毛张健编选

题　解

唐诗总集，清毛张健编选。此集共分四卷，诗二百十九首，所选为唐人五言试体诗，按照类别编排，共有颂述、天文、时令、地理、花木、金玉、音乐、鸟兽、杂题、应制、早期、寓直等十五类。在其《自序》中，毛张健首先将唐以诗取士和后世以八股取士进行比较："唐以诗取士，学者童而习之，自府试、省试以上，及乎朝庙应制之作，莫不有取于诗，故人才蔚兴，凡卓然可称者不下数百家，后之为诗者，舍唐则蔑由取法焉。盖上悬之为功令，有以鼓舞天下之士，俾习之者专而传之久且远者如此也。近代制科专尚时文，其始盖亦取阐扬先圣贤之意，以为修己治人之助。迨沿之既久，士多以苟且幸获为事，其于圣贤之意，终未能讲明而切究之也，特为功令所束，不得不殚其心力于斯，间有一二瑰异之士，欲从事于诗者，父兄必动色相戒，以为疏正业而妨进取。卒其所谓时文者，体与古文异，虽佳亦不能传之久远，故士甫释褐，即弃若敝屣。而所谓朝庙应制之作。究不能不取乎诗，凡充翰苑之选者，当宁必以诗相课责。夫不习之于平时，而责之于一旦，求如古人之卓然可称也，不亦难乎！"强调唐以诗取士政策的合理性和优长，揭示出八股取士的弊端。在此基础上，明确指出编辑此书的目的："今天子注意风雅，集有唐一代之诗刊布天下。乙未会试后，朝议欲于闱中兼命诗题，而以唐之五言六韵为准，意欲与时文相辅而行，使学者习之有素，以为异日朝庙之用也。不知此议何以不果行。予曰：行也，以天子鼓舞之盛心，与名公卿育人才之至意，使朝庙无取乎诗则已，苟有取乎诗，不责之闱中而何责？不取法于唐而何法？此余《试体》之所为编也。试诗仅一体耳，然长不病冗，而短不病促，段落之起伏、章法之照应，胥于是焉在，可以扩之为五七言长篇，而敛之为五七言八句。学者习之，以为应时传世之具，莫善于此。若其制之必行与否，则主持风雅者之事，而非予之所敢问也。"（毛张健《试体唐诗序》）认为科举考试应该考诗。而诗体就应该是以唐之五言六韵为准，取法于唐。之所以要编辑此书，正是为这一点做准备。

同时，在《试体唐诗杂说》部分，毛张健还专门就试体诗的体制、章法、结构等问题进行阐述。

其一曰："五言不专六韵，唐初应制诸诗可考。试必以六韵者何？盖权乎长短之宜，而取其中以为式也。间有八韵四韵者，传作寥寥，而六韵为多，诚试体之准则。学者神明其法，则虽或有体制长短之异，而权度既得，可以应之有余矣。"（毛张健《试体唐诗杂说》）强调五言诗虽然有四韵，有八韵，但是试体诗应该以六韵体制为准则，因为体制长短适宜，"可以应之有余"。

其二曰："局法者，规矩也，诗文以及百工技艺，莫不由之。而今之为诗者，语尚好句，则轩眉而喜，叩以法则默然，此非心畏其难，即漫持一不必然论，宜其卤莽决裂与古人相谬戾也。夫为室必先栋梁，栋梁弗具，榱桷莫施。为服必事缝纫，缝纫弗完，彩绣奚附？故予于分合照应处，辄觊缕言之，盖欲竭其愚忠，为才人墨士进刍荛之一得，并为诗道绝续计耳。"（毛张健《试体唐诗杂说》）指出试体诗必须讲究规矩和法则，按照五言律诗固有的章法、结构进行创作，不能随意为之。

其三曰："诗气骨取高古，次体制取端庄，又神味取深远，又辞章取典雅，然在应试之作，有不可以此说拘者。盖试道多采古人成语或集事为题，则一句中便有数义，最难简括。如《夜雨滴空阶》，'雨'是主意，又要切阶，又要切夜；《尚书都堂瓦松》，'松'是主意，脱瓦不得，脱堂不得，势必交互串插为工，故有巧而不伤雅者。此之不可不知也。"（毛张健《试体唐诗杂说》）指出作诗的要领：首先是气骨取高古，其次体制取端庄，再次神味取深远、辞章取典雅。但是又特意指出试体诗有其特殊性，所以不能完全受此拘束。

其四曰："法止有一，局乃万千，局变而法亦变矣，或前分而后合，或前合而后分；或前虚而后实，或前实而后虚；或分合互用，或虚实相错。有一联中一句承上，一句起下者；有一句中承上起下者；有后段之意，暗伏于前者；有前段之意，发明于后者；有正意已足，而以旁衬虚衍为事者；有分列数条，错综互见，而以一笔收束完成者。要知至变之中，有不变者在。全篇既定，多一联则太冗，少一联则太促，恰好一十二句，岂非结构之善则乎？苟中无把握，则顾此失彼，左支右诎，求其串合浑成难矣。"（毛张健《试体唐诗杂说》）着重讲的是试体诗的章法、结构、章句、段落、前后、虚实、分合、照应之法，其中关键是"局变而法亦变""至变之中，有不变者在"。阐述得比较详细，有利于后学。

沈德潜所写的《试体唐诗序》，主要从两个方面入手：第一，从儒家的传统诗教出发，阐述以诗试士的问题："诗之教大矣。成周盛时，采之国史，掌之太师，荐之清庙明堂，播之祈年饮蜡，虽田夫野叟，妇人竖子，莫不能诗，迨其后诗教寝衰。至有唐用以取士，则先王之遗意犹有存者。而必限之以声律，束之以偶比，盖所以纳天下瑰伟闳达之才于规矩准绳之内，使平其心，和其志，以形容盛德而润色太平，非苟焉已也。余尝综其前后而论之，初、盛以前，体裁巨丽，队仗整严，而或沿陈隋浮曼之习。中、晚以后，琢句追章，刻画工致，而渐开五季佻巧之风。"一方面，沈德潜肯定唐人以诗取士符合儒家的诗教传统，"平其心，和其志，以形容盛德而润色太平"，达到了诗的教化作用；另一方面，也指出了中、晚唐以后试体诗的弊病，主要是"琢句追章"，开"佻巧之风"。第二，对毛张健这部书进行评价："顾宋、元以来，选试帖者无虑数十家，而求其精且当者，则断推娄东毛鹤汀先生本。先生诗学深邃，其所自著固已入唐贤之室而啐其藏。尝校《唐体》《杜诗》诸编，莫不自具手眼，而《试体》一选，于章句、段落、前后、虚实、分合、照应之法，剖示尤详，询后学之金针宝筏也。"先赞其人，后赞其书，其中"《试体》一选，于章句、段落、前后、虚实、分合、照应之法，剖示尤详"等语确实把握住了《试体唐诗》一书的主要特色，不是简单的溢美之词。

本书有清康熙丙申（1716年）刊本，书前有毛张健的《序》和《杂说》，还有沈德潜所写的《试体唐诗序》。书中有笺注，有评语。

《唐人试帖》

[清] 毛奇龄编撰

题　解

　　唐诗总集，清毛奇龄编撰。本书专门选编唐人试帖诗，总共有四卷，毛氏在所选的每首唐诗之后都加注释与评点，不仅在诗句中用双行夹批、在诗末用尾批，而且使用"破题""承题""中比""后比"等字样来提挈章法、落实题意，完全进入了八股文的格套。书前有毛奇龄所写之《序》，而此集中选诗则出乎意料：选入书中的唐人试帖诗多是一般作者，名家极少。如杜甫、高适、岑参、刘禹锡、杜牧等大家之作竟然一首不选。

　　毛奇龄在其《唐人试帖序》中说明了自己编辑此书的缘起："当予出走时，从顾茂伦家得《唐人试帖》一本，携之以随，每旅闷，辄效为之，或邀人共为之，今予诗卷中犹存试律及诸联句诗，皆是也。……康熙庚辰，士子下第后相矜为诗，曰：吾独不得于试事已矣，安见外此之无足以见吾志者，必欲就声律咨询可否？不得已出向所携《唐试帖》一本，汰去其半，授同侪之有学者，稍与之相订，而间以示人。"由此文可知，毛奇龄之《唐人试帖》原来是从顾茂伦家得之，后来因为清廷进士科举也考试帖诗，所以便对《唐人试帖》进行删削和订正，刊刻面世。

　　同时，《序》中还专门对试帖诗和八股文提出自己的看法："夫诗有由始。今之诗，非《风》《雅》《颂》也，非汉魏六朝所谓乐府古诗也，律也。律者专为试而设。唐以前诗，几有所谓四韵、六韵、八韵者，而试始有之。唐以前诗，何曾限以三声、四声、三十部、一百七部之官韵，而试始限之。是今之所谓诗律也、试诗也。乃人曰为律，曰限官韵，而试问以唐之试诗，则茫然不晓，是诗且不知，何论声律？且世亦知试文八比之何所防乎？汉武以经义对策，而江都、平津、太子家令并起而应之，此试文所自始也，然而皆散文也。天下无散文而复其句、重其语、两叠其话言作对待者。惟唐制试士，改汉魏散诗，而限以比语，有破题，有承题，有颔比、颈比、腹比、后比，而然后以结收之。六韵之首尾，即起结也。其中四韵，即八比也。然则试文之八比视此矣。今曰为试文，亦目为八比，而试问八比之所自始，则茫然不晓，是试文且不知，何论为诗？夫含齿戴发而不知其为生人，不可也，知为生人而不知生人之有心，尤不可也。夫为诗为文，亦何一非心所为，而乃有其心而不审所用？诗有性情，人实不解，而至于八比，则敷词贴字，而并不得有心思行乎其间。今毋论试诗紧严，有制题之法，有押韵之法，有起承开合、颔颈腹尾之法，而即以用心论，穷神于无何之乡，措思宵渺，虽备极工幻，具冥搜之胜，而见之而颐解目触，一若有会心之处遇于当前，夫乃所谓诗也。则是一为诗，而饱食终日无事他求，即道路忧患，犹将藉之以抒怀，况文心霏霏，又乌能已？"（毛奇龄《唐人试帖序》，《西河集》卷五十二）文中首先指出律诗就是试帖诗，产生于唐，"专为试而设"。然后论述八股文的来源及其体制的演变。指出试文起源于汉，原来是散文；而在唐以试帖诗取士的影响下，也限以比语，有破题，有承题，有颔比、颈比、腹比、后比，而然后以结收之，于是便形成了八股格式。所以，毛奇龄认定八股文与诗帖诗一脉相承，这种认识确实是比较有见地的。

本书有康熙四十年（1701年）刊本，四卷。

《应试唐诗类释》

［清］臧岳编选

题　解

唐诗总集，清臧岳编选。臧岳，濮阳人，居聊城，康熙四十七年（1708年）举人，官淄川县教谕。其著述有《淄川县志》、《明文小题传薪》八卷（康熙、乾隆、嘉庆、道光皆有刊本）、《闻式堂古文选释》八卷、《应试唐诗类释》十九卷等。本书共选录了唐代诗人二百四十四家，应试诗三百余首，分"乾象类""岁时类""坤舆类""人事类""礼仪类""音乐类""文苑类""武功类""宫室类""服御类""珍宝类""飞禽类""走兽类""虫鱼类"等多种类别。卷首列有《应试唐诗备考》一目，主要考释"试帖有六韵八韵四韵二韵之不同""押韵有用韵字不用韵字或平仄之不同""试帖为八比之始""唐取士之制"四个问题，极有助于读者了解科考制度和试帖诗体例。同时，每首诗后的"注释"部分分成题解、附考、音注、质实、疏义、参评、阙疑等七个项目，与同类书籍相比，确实详尽、完整的多。其中《应试唐诗备考》中对应试唐诗体制、结构等方面的分析和介绍特别明晰："唐制试士，改汉魏散诗，而限以比偶。有首韵以破题，有颔联以承题，有颈联以转合题面，有腹联以实发题义，有后联以开拓之，有结句以收束之。是试帖之首尾，即时文之起结；试帖之中四韵，即八比之格式也。人知八比起于宋代，而不知八比已昉于唐时矣。唐以前试士，未有摘经书句命题者，有之自试帖始。如《行不由径》《言行相顾》之类，是以'四子书'命题也；如《闰月定四时》《西戎即叙》之类，是以《尚书》命题也；如《震为苍莨竹》《洛出书》之类，是以《周易》命题也；如《七月流火》《笙磬同音》之类，是以《毛诗》命题也；如《律中应钟》《东风解冻》之类，是以《礼记》命题也。时文之胚胎在此矣。"（臧岳《应试唐诗备考》）一方面介绍了应试唐诗的体制、结构、基本写作规范，另一方面又揭示出八股文与应试唐诗之间的特殊关系，认为八股文源于唐之试帖诗。

本书版本颇多。今所见最早版本为清康熙、雍正间（1662—1735）刻本，藏于北京师范大学图书馆，一函四册，附《应试唐诗备考》一卷，有叶之荣序；北京师范大学图书馆还藏有另一种《唐诗类释》，十九卷，《备考》一卷，清代刻本，线装，一函四册，没有标明具体刊刻时间；北京大学图书馆也藏有《应试唐诗类释》十九卷，《备考》一卷，为清代锡环堂刻本，八册，一函，也没有标明具体刊刻时间。而时间记载比较明确的是乾隆刻本。乾隆年间此书最早的版本应为乾隆元年（1736年）古吴三乐斋刻本，六册开本，书前附有《备考》，现为陕西师范大学图书馆所藏；此年还有另外一种版本，即一函八册本，现南开大学有此藏本。接下来有乾隆二十二年（1757年）刻本，一函六册，线装，十九卷，现在藏于北京大学图书馆。乾隆二十四年（1759年）金陵三乐斋刻本。乾隆二十六年（1761年）三乐斋重刻本，只有十五卷，现藏于首都图书馆。乾隆二十七年（1762年）刻本，十九卷，一函八册；本年还有英德堂重刻本，一函四册，现藏于河南大学图书馆。乾隆二十八年（1763年）三乐斋刻本，十九卷，一函八册，现藏于清华大学图书馆；本年又有重刻本，三乐斋藏版，六册，现藏于武汉大学图书馆。乾隆三十三年（1768年）刻本，《备考》一卷，一函四册，书序后有三乐斋长篇牌记，现藏于北京大学图书馆。其他尚有三乐斋重刻本，一函六册，现藏于河南大学图书馆。同时还有三乐斋刻本，一函八册，藏于吉林大学图书馆。乾隆三十九年（1774年）又有衣德堂重刻本，八册，藏于山东师范大学图书馆；本年又有重镌本，即衣德堂藏版，一函六册，现藏于陕西师范大学图书馆。之后还有乾隆四十年（1775年）重刻本，三乐斋藏版，四册；同样在此年的还有三乐斋刻本，一函六册，现藏于中国人民大学图书馆，封面镌"乾隆四十年重镌""三乐斋藏板"。此书不仅国内所存版本众多，国外存本亦有不少，如美国哈佛燕京图书馆藏有此书，十九卷，二函八册，清乾隆间锡环堂刊本；美国俄亥俄州立大学图书馆亦有同样藏本。可见，臧岳此书版本众多，流布甚广，影响深远。

《唐人试律说》

[清] 纪昀编选

题　解

唐诗总集，清纪昀编选。纪昀，字晓岚，一字春帆，晚号石云，道号观弈道人。清雍正二年（1724年）六月生，直隶献县人。纪昀四岁开蒙，十一岁随父入京，二十一岁中秀才，乾隆十九年（1754年）进士，改庶吉士。散馆授编修。再迁左春坊左庶子，京察，授贵州都匀府知府。高宗以昀学问优，加四品衔，留庶子。寻擢翰林院侍读学士。前两淮盐运使卢见曾得罪，昀为姻家，漏言夺职，戍乌鲁木齐。释还，上幸热河，迎銮密云。试诗，以土尔扈特全部归顺为题，称旨，复授编修。乾隆三十八年（1773年），清廷开四库全书馆，大学士刘统勋举昀及郎中陆锡熊为总纂。从《永乐大典》中搜辑散逸，尽读诸行省所进书，论次为《提要》上之，擢侍读。上复命辑《简明书目》。坐子汝传积逋被讼，下吏议，上宽之。旋迁翰林院侍读学士。建文渊阁藏书，命充直阁事。累迁兵部侍郎。《四库全书》成，表上。上曰："表必出昀手！"命加赉。迁左都御史，再迁礼部尚书，复为左都御史，迁礼部尚书，仍署左都御史。疏请乡、会试

《春秋》罢胡安国传，以《左传》本事为文，参用《公》《穀》，从之。嘉庆元年（1796年），移兵部尚书，复移左都御史。嘉庆二年（1797年），复迁礼部尚书。十年（1805年），协办大学士，加太子少保。卒，赐白金五百治丧，谥文达。纪昀平生以个人名义著述不多，只有《阅微草堂笔记》《唐人试律说》等几种，其学术成就主要见于《四库全书》。阮元曾说过："高宗纯皇帝命辑《四库全书》，公总其成。凡六经传注之得失，诸史记载之异同，子集之支分派别，罔不抉奥提纲，溯源彻委。所撰定《总目提要》，多至万余种，考古必衷诸是，持论务得其平。"（阮元《纪文达公遗集序》）张维屏说得更直接："或言纪文达公（昀）博览淹贯，何以不著书？余曰：文达一生精力，具见于《四库全书提要》，又何必更著书！"（张维屏《国朝诗人征略》卷三十五）

本集有清乾隆庚辰（1760年）刊本，一册，只有几十首，不分卷，诗也不按作者生活时代的先后顺序排列，应该是随说随录，随手点勘。书前有纪昀自己写的序，书后有其外甥马葆善和纪昀的跋文各一篇。纪昀在《唐人试律说序》中自己介绍说："诗至试律而体卑，虽极工，论者弗尚也。然同源别派，其法实与诗通，度曲倚歌，固非古乐，要不能废五音也。迩来选本至夥，大抵笺注故实，供初学者之剽窃。初学乐于剽窃，亦遂纷然争购之。于钞袭诚便矣。如诗法何？……若夫入门之规矩，则此一册书略见大意矣。是书也，体例略仿《瀛奎律髓》，为诗不及七八十首，采诸说不过三两家，借以论诗，不求备也。诗无伦次，随说随录，不更编也。其词质而不文，烦而不杀，取示初学，非著书也。持论颇刻，核欲初学知所别择，非与古人为难也。管窥之见，不过如此，如欲考据故实，则有诸家之书在。"（《纪昀《唐人试律说序》，《纪文达公遗集》卷九》）主要说明此书的编撰过程、目的，及其体例问题，也标明他对试帖诗的观点，认为"诗至试律而体卑"。其外甥马葆善在《跋》中也介绍说："己卯之春，葆善从舅氏读书阅微堂，于时科举增律诗，舅氏授经之余，亦时以是督葆善。……因举案上唐诗律，句句字字为葆善标识，葆善敬录藏之。积半岁余，得若干首，重请舅点勘，缮写成帙，以备遗忘，且以公之同志者。是岁中元前三日葆善谨识。"更具体地揭示出本书产生的缘起：起初是纪昀教自己的外甥学诗的记录，后经整理成书。纪昀在《跋》中又说："此书以己卯六月脱稿，从游诸子偶以付梓。七月中，余往山西典乡试，诸子亦匆匆入闱，未及校正，坊人率尔印行。今岁偶复阅之，字多讹误，因重为点勘。又随笔更定十余处，字数无多，易于剞劂，遂再刊此本，而识其本末于后。庚辰九月，昀又书于绿意轩。"说明此集后来又经过他自己亲手校勘过。同时，纪昀在其《唐人试律说序》中还特别谈到律诗的创作问题，指出了具体的方法和步骤："为试律者，先辨体，题有题意，诗以发之，不但如应制诸诗惟求华美，则襞积之病可免矣。次贵审题，批窾导窽，务中理解，则涂饰之病可免矣。次命意，次布格，次琢句，而终之以炼气炼神。气不炼则雕镂工丽，仅为土偶之衣冠；神不炼则意言并尽，兴象不远，虽不失尺寸，犹凡笔也。大抵始于有法，而终于以无法为法；始于用巧，而终于以不巧为巧。此当寝食古人，培养其根柢，陶镕其意境，而后得其神明变化、自在流行之妙，不但求之试律间也。"（《纪昀《唐人试律说序》，《纪文达公遗集》卷九）其中要点是：作试律诗应该先辨体，次审题，再次命意、布格、琢句。而最终是要"炼气炼神"，其具体途径是"寝食古人，培养其根柢，陶镕其意境"。比较具体地说明了写作试律诗的方法和路径，具有特殊的诗学意义。

《唐人小律花雨集》

[清] 薛雪编选

题 解

唐诗总集，清薛雪编选。薛雪（1661—1750）字生白，号一瓢，又号槐云道人、磨剑道人、牧牛老朽。吴门（今江苏省苏州市）人，以医名世，因母患湿热之病，乃肆力于医学，技艺日精。尝选辑《内经》原文，成《医经原旨》六卷，著《湿热条辨》《膏丸档子》《伤科方》《薛一瓢疟论》等。后人有编辑其《薛生白医案》《扫叶庄医案》等，行于世。薛雪不仅精于医道，而且能诗善文，工书画，善拳技。有《周易粹义》《医经原旨》《一瓢斋诗存》《一瓢诗话》《唐人小律花雨集》《唐人小律花雨续集》等著述传世。

本集专门选取唐人七言绝句，其依据是："古今诗体不一，独取七言绝句者何也？诗乃绝学，必须悟入七言绝句，乃学人初地功夫于此会得，头头是道也。"全书总共五百首，分上、下二卷。卷上主要选元稹、白居易、刘禹锡、王昌龄、李白、雍陶之七言绝句。但是最重视的是中唐，选元稹诗最多，达二十四首；其次白居易，十六首；再次刘禹锡，十三首。而盛唐王昌龄仅选十二首，李白只选九首，其他除雍陶八首之外，都在八首以下。卷下则突出了晚唐，着重点在李商隐、杜牧、韩偓、韦庄、温庭筠，其中选李商隐七绝最多，达五十四首；其次是杜牧，三十一首；再次是韩偓二十四首、韦庄二十一首、温庭筠十四首，其他皆十首以下。关于此集的编撰缘起，薛雪本人在《唐人小律花雨集叙》中说："余生于今，行开第七帙矣。旧学都荒，樗散于绳斤之外，然犹好有韵之文，未尝去手。一日偶阅《万首唐人绝句》，病其拉杂漫收，略无旨趣。夫七绝者，小律也。善学者由此而遍及诸体，上溯诸家，以窥风雅。若舍是而他图，未见其能诗也。其可忽乎？因取有唐一代之诗，于小律中拔其尤为隽永者，得诗五百篇，汇为一集，读之宛如天花雨空，各各妙香新好，非殷红莪绿所能仿佛，故名之曰《唐人小律花雨集》，以见一代之风，从初至晚，有不期然而然之妙。意之所之，声亦至焉；情之所感，境亦会焉；兴观群怨，无所不可。非其音韵悠扬，丰神骀宕，词浅味深，令人吟绎不尽者，则置之。余老矣，不敢自私，请以质诸同心，庶几哲者无讥、迷者有逮云尔。乾隆十有一年，岁次丙寅上元日，书于我读斋中。"（薛雪《唐人小律花雨集叙》，乾隆江都薛氏刻本《唐人小律花雨集》卷首）首先，因为编者对洪迈《万首唐人绝句》不满，认为其"拉杂漫收，略无旨趣"，所以便动手自编。同时，编者认为七绝是学诗的门径，"善学者由此而遍及诸体，上溯诸家，以窥风雅"，这是其编选此集的又一动因。此外，文中还说出了编选的基本标准，即"音韵悠扬，丰神骀宕，词浅味深，令人吟绎不尽者"。薛雪的朋友叶长扬为此集写有一序，《序》中云："余友薛君一瓢能文章，娴骑射。医学、绘事，又其余也，而生平所笃好者独于诗，辨其源流，明于历代正变升降之故，上自风骚，以讫汉魏六朝唐宋诸家，论说所至，元元本本，殚见洽闻，屈、宋、李、杜而下，若昌黎，若玉溪、太原，若樊川、昌谷，若东坡，尤其脍炙于口而不释者也。……向选《全唐正雅集》以行于世。近复以《万首唐人绝句》之选之泛滥而无旨趣也。择其意味隽永、声韵悠扬者，节为五百首，名曰《花雨集》，俾学诗者知所从入之路，实足以嘉惠后进，以昭示来兹，余尤心折焉。"介绍薛雪之才能与学识，尤推崇其诗学造诣，同时也介绍了本集编撰的缘起，并且特别指出其选诗标准是"择其意味隽永、声韵悠扬者"。

本集中薛雪的《唐人小律花雨集赘言》也颇有诗学价值。其中几则值得玩味。如："唐诗之有选本，自唐人始，迨于今不下数十家。既操选笔，各具手眼，虽有微疵，未可轻议。所不能为之掩者，俗本所广《万首唐人绝句》也。"

（薛雪《唐人小律花雨集赘言》，乾隆江都薛氏刻本《唐人小律花雨集》卷首）表明对前人唐诗选本的基本态度，总体上比较谨慎。再如："昔人著作，皆有所感发，凡合乎风人之义者，自有一种不可及处。故《三百篇》不废《桑中》、《淇上》之诗，正不必过尊庄重，矫斥艳冶，反失取裁之旨。"（薛雪《唐人小律花雨集赘言》，乾隆江都薛氏刻本《唐人小律花雨集》卷首）强调诗歌创作的基本原则：有所感发，合乎风人之义。其他如："诗学必有悟解，方能入手，不然即穷搜二西，淹贯三通，欲历风雅藩翰，何啻数仞宫墙？"（薛雪《唐人小律花雨集赘言》，乾隆江都薛氏刻本《唐人小律花雨集》卷首）指出"悟解"在诗学方面的重要性，认为不能"悟解"，就不能入手。相比之下，《赘言》中的"六妙"之说更有价值："诗有六义，人尽知之；中有六妙，人不知也。何为六妙？即所谓丰、神、境、会、气、韵是也。丰者，丰采；神者，神理；境乃得境；会乃会心；气是气度；韵则该乎风韵温柔，音节悠扬，立意敦厚，体制停匀，非若运会之运不由学力所造者也。合乎六义，兼乎六妙，不独唐人诗中有之，自宋及今，未尝无此佳作，特患具眼不到耳。世有同心，会当续订。"（薛雪《唐人小律花雨集赘言》，乾隆江都薛氏刻本《唐人小律花雨集》卷首）所谓"六妙"，就是诗的丰、神、境、会、气、韵六点，具体说就是丰采，神理，得境，会心，气度，该乎风韵温柔、音节悠扬。认为"合乎六义，兼乎六妙"是诗歌创作的至高境界。此外，《赘言》中再次强调编辑此集的动机："是集恐诗道沦胥，沿洄不返，故为之另开捷径，直达康衢，非敢勇于自是，轻侮古人。要知思深旨远，无不从别裁伪体、转益多师中得来，决不在句雕字琢间求之也。"强调编辑本集是为学诗者"另开捷径，直达康衢"。其具体路径就是"别裁伪体、转益多师"，走杜甫的诗学道路。

本书有清乾隆十一年（1746年）扫叶庄藏板。

《唐人小律花雨续集》

[清] 薛雪编选

题　解

　　唐诗总集，清薛雪编选。此前薛雪于乾隆十一年（1746年）编撰《唐人小律花雨集》，此集是其《续集》，共选诗三百篇，不分卷，无评点，无笺注，依旧按照《唐人小律花雨集》中《赘言十二则》的原则，君王、后妃及杜甫之诗一首不选。续选之唐诗，也都是七言绝句，以中、晚唐诗人作品为重点，其中比较突出的是王建、李商隐、杜牧、白居易、张籍等。其中李商隐入选作品最多，十一首；其次杜牧，十首；再次白居易、张籍，两人各九首。而盛唐李白——唐代七言绝句最杰出的作者居然与元稹、张祜并列，入选诗作才七首。此集也有薛雪自撰之《序》，其文曰："愚编《花雨集》成，偶于南国吟社中与诸同人试背，更有所记忆者，不拘次第，随笔录出。或多至数十篇，或竟不能及数篇者，各各背讫，恰得三百篇，无奇焉，反复吟绎，律和声永，语多警策，若以之嗣刊，大可号为《花雨续集》。是时吟社诸人同声唱云：'唐人小律除君王、后妃及杜少陵不敢去取外，可谓无憾矣。盍并梓之，毋致如元人见梦于秀野操瓠之日也。'愚不能抑其说，遂以授之剞劂氏。"说明了续编此集的原委与始末，从中可以看出《续集》在体例和宗旨等方面与前集没有多大差别。

《唐人万首绝句选》

[清] 王士禛编选

题　解

　　唐诗总集，清王士禛编选。王士禛（1634—1711），原名王士禛，后因避清世宗雍正讳而改。字子真、贻上，号阮亭，又号渔洋山人，人称王渔洋，谥文简。山东新城（今山东桓台县）人，士禛幼慧，即能诗。顺治十二年（1655年）进士，授江南扬州推官。侍郎叶成格被命驻江宁，按治通海寇狱，株连众，士禛严反坐，宽无辜，所全活甚多。康熙三年（1664年），总督郎廷佐、巡抚张尚贤交章论荐，内擢礼部主事，累迁户部郎中。康熙十一年（1672年），典四川试，母忧归，服阕，起故官。后改翰林院侍讲，迁侍读，入南书房，后迁刑部尚书。康熙四十三年（1704年），坐王五、吴谦狱罢。又发谦托刑部主事马世泰状，士禛以瞻徇夺官。康熙四十九年（1710年），上眷念诸旧臣，诏复职。五十年（1711年），卒。士禛于诗为有清一代宗匠，创"神韵说"，与朱彝尊并称，继钱谦益而主盟诗坛。为诗未脱明七子摹古余习，各体兼作，工于七绝。又精金石篆刻，善鉴书、画、鼎彝。其书法以高秀为特征，有晋人风范。平生主要著述有《渔洋山人精华录》《蚕尾集》《池北偶谈》《香祖笔记》《居易录》《渔洋文略》《渔洋诗集》《带经堂集》《感旧集》《五代诗话》等。

　　本书总共七卷，编选涵盖初唐、盛唐、中唐、晚唐各个时期，共选入唐代诗人二百六十四家，诗作八百九十五首。书前有《序》和《凡例》，没有笺注，也无评点。其诗学倾向表现于选诗之中，集中对王维、李商隐绝句尤为推重：五言绝句，选入王维之作最多，共二十二首，而作为唐代诗人最突出代表的李白才选八首。七言绝句，最重视李商隐，选入三十八首，居于首位。其他如杜牧、王建各三十一首，刘禹锡二十七首；而作为七绝圣手的王昌龄才二十六首，李白则只有二十首。书前的《序》中，说明了编撰此集的起因和过程："渔洋山人撰宋洪氏《唐人万首绝句》，既成或问曰：先生撰《唐人绝句》意何居？应之曰：吾以厄唐乐府也……余少习是书，惜其踳驳，久欲为之刊定，而未暇也。归田之五载，为康熙戊子，乃克成之，而以问答之语即次为序。"其《凡例》中也谈到编撰此书的原因："元汶阳周氏撰《三体唐诗》，不专绝句，明新都杨氏撰《唐绝增奇》，非唐人之全，元（宋）赵章泉、涧泉选《唐绝句》，其评注多迂腐穿凿……余为此选，亦以补周氏、杨氏之所未及，而为赵氏一洗肤陋之见云尔。"一则认为宋洪氏《唐人万首绝句》"踳驳"，二则因为"元汶阳周氏撰《三体唐诗》"和"明新都杨氏撰《唐绝增奇》"所选不全，还有"赵章泉、涧泉选《唐绝句》"之评注"多迂腐穿凿"，所以要选此集以补之、正之。其《带经堂诗话》卷七曾谈到了编撰此书的情况："予次康熙戊子一岁之作为《蚕尾后集》……是岁予年七十有五，笃老矣，目昏眵不能视书，唯大字本略可辨识。偶案上有宋洪景卢氏《唐人万首绝句》旧板本，乃日取读之，两月而毕，于是撰录其尤者凡九百余首，以继《文粹》《诗选》之后。"据此可知本书是其年老体衰之时编辑而成，其心可嘉。本书之《序》，不仅谈及此书的编辑问题，同时也论及其他诗学问题，其中特别值得注意的是关于绝句与乐府的相关问题。

其一，阐述乐府诗的来源："乐府之名，其来尚矣。世谓始于汉武，非也。按《史记》，高祖过沛，诗三侯之章，又令唐山夫人为《房中之歌》。《西京杂记》又谓戚夫人善歌《出塞》《入塞》《望归》之曲。则乐府实始汉初。武帝时增《天马》《赤蛟》《白麟》等十九章，以李延年为协律都尉，集五经之士，相与次第其声，通知其意，而乐府始盛。其云武帝者，托始焉尔。东汉之末，曹氏父子兄弟雅擅文藻，所为乐府悲壮奥崛，颇有汉之遗风。降及江左，古意浸微，而清商继作，于是楚调、吴声、西曲、南弄杂然兴焉。"（王士禛《唐人万首绝句选序》）

认为乐府始于汉武帝时期的惯常说法是错误的，以实际作品为证，说明"乐府实始汉初"。

其二，阐释乐府与绝句之关系："逮于有唐，李、杜、韩、柳、元、白、张、王、李贺、孟郊之伦，皆有冠古之才，不沿齐梁，不袭汉魏，因事立题，号称乐府之变。然考之开元、天宝已来，宫掖所传，梨园弟子所歌，旗亭所唱，边将所进，率当时名士所为绝句尔。故王之涣'黄河远上'、王昌龄'昭阳日影'之句，至今艳称之；而右丞'渭城朝雨'流传尤众，好事者至谱为阳关三叠。他如刘禹锡、张祜诸篇，尤难指数。由是言之，唐三百年以绝句擅场，即唐三百年之乐府也。"（王士禛《唐人万首绝句选序》）首先指出唐代诗人在乐府诗方面的成就，揭示出乐府诗在体制方面的变化，然后论述唐人绝句的成就和地位，并且特别指出：唐人绝句，就是唐代的乐府。

此外，本集虽然在每首诗后置评，但是其《凡例》中对唐代名家绝句则有所论列，其中不乏精解，如关于唐人五绝，《凡例》中说："五言，初唐王勃独为擅场，盛唐王裴、辋川唱和，工力悉敌，刘须溪有意抑裴，谬论也。李白气体高妙，崔国辅源本齐梁，韦应物本出右丞，加以古澹，后之为五言者，于此数家求之，有余师矣。"对王勃、王维、李白等人五绝的成就和特色做了概括，认为他们是后人师法的对象。关于唐人七绝，《凡例》中说："七言，初唐风调未谐，开元、天宝诸名家无美不备，李白、王昌龄尤为擅场。昔李沧溟推'秦时明月汉时关'一首压卷，余以为未允。必求压卷，则王维之'渭城'，李白之'白帝'，王昌龄之'奉帚平明'，王之涣之'黄河远上'其庶几乎？而终唐之世绝句，亦无出四章之右者矣。中唐之李益、刘禹锡，晚唐之杜牧、李商隐四家，亦不减盛唐作者云。"阐述唐代七绝的发展和演变，又对初、盛、中、晚唐七绝进行分析和比较，认为李白、王昌龄"尤为擅场"，并且以作品为例，加以说明。

当然，王氏的观点还不能被普遍接受。如清四库馆臣在《四库全书总目提要》中，一方面对本书进行了全面的评价，另一方面也对王士禛的这一观点提出不同的意见："《唐人万首绝句选》七卷（内府藏本）国朝王士禛编。洪迈《万首唐人绝句》，务求盈数，蹖驳至多。宋仓部郎中福清林清之真父钞取其佳者，得七言一千二百八十首，五言一百五十六首，六言十五首，勒为四卷，名曰《唐绝句选》，见于陈振孙《书录解题》。盖十分之中，汰其八分有奇。然其书不传，无由知其善否。士禛此编，删存八百九十五首，作者二百六十四人，更十分而取其一矣。其书成于康熙戊子，距士禛之没仅三年，最为晚出。又当田居闲暇之时，得以从容校理，故较他选为精审。然其序谓以当唐乐府，则不尽然。乐府主声不主词，其采诗入乐，亦不专取绝句。士禛此书，实选词而非选声，无庸务为高论也。"此前，关于唐人绝句及其相关问题，也有人关注，如宋之洪迈《万首唐人绝句》、林清之《唐绝句选》、柯梦得《唐贤绝句》、刘克庄《唐五七言绝句》《唐绝句续选》、时少章《续唐绝句》、周弼《三体唐诗》，明宋棠《唐人绝句精华》、敖英《类编唐诗七言绝句》、杨慎《绝句辨体》、张含《唐诗绝句精选》、简绍芳《唐音百绝》、凌云《唐诗绝句类选》等，不仅编辑作品上有了较好的体系，而且理论上也达到了一定上的水平。如明敖英《类编唐诗绝句序》："唐初，诗变《选》而律，而绝句者又律之变，视律尤难焉。盖其韵约而句鲜，序缀无法则冗，转换无力则散，易之则格卑，深之则气郁，直致之则味短，局而执之则落色相，不抑扬不开阖则寡音响，不足以感动千古则不可以风，故曰视律尤难焉。昔在宋季，章泉、涧泉二老相与选唐诗绝句一百一十，叠山翁从而注之，可谓异代赏音，然诗家尤病其决择过严，而于李、杜大家而或遗。予暇日忘其谫陋，复取诸家绝句分类选之，得三百一十首，而谬加批点。每遇花月良宵、风雨芳昼，佳客不来，悠然独酌，则命儿辈高歌数首，以畅幽怀。予倚微酣，击节和之，不觉形神俱爽，陶陶融融，其美有不可以语人者矣。"（敖英《类编唐诗绝句序》，《明文海》卷二百二十）论述绝句的由来，阐释绝句的创作方法和规范，与律诗相比较，说明其创作难度。虽然其观点不可能尽善，但是也为后人提供了借鉴。再如明施垲宾在《唐七言绝选叙》中说："诗之律变而绝也，五流而七也，其义备于《三百篇》，'黄鸟于桑'始基之；其源出于乐府，《挟瑟》《乌栖》为之嗣响。故其声可弦可歌可酣可泣。南山叩角，易水击节，大风歌沛中，虞兮悲垓下，七言之作莫此为先。厥后，李青莲《清平三调》淋漓紫禁，实唐三百年一人。维王龙标差堪伯仲，而《从军行》遂足压卷，然高常侍与王并州犹欲夺席而坐，微露于旗亭赏酒，俾龙标不得独步，则绝亦未易之也。故其语短意长，欲断不断，若洞箫之声，袅袅乎余音。情溢词流，愈隽愈永，若浔阳江上之琵琶，坐湿青衫。至抑扬宛转、起伏回环之妙，若念奴绕梁之音，大娘之舞剑，凌风上下。嗣是作不一家，选不一律。……夫合律而取绝，未五而先七，其得韵语之胜者哉，当一部鼓吹可也。"（施垲宾《唐七言绝选叙》）阐述七言绝句的源流演变，分析其体制特征和风格特色，其中对唐人李白、王昌龄的七言绝句尤其推崇，也表现出不凡的见识。可见，王士禛关于绝句的论断，是在前人的基础上作出的，有的是其独得，有的是吸收前人的成果。

本书的版本最早应该是清雍正十年退补斋刻本，此后有多种版本，如《四库全书》本；清光绪金陵书局精刻本《唐人万首绝句选》七卷，一函，全二册；

光绪丁酉年（1897年）金陵书局汇刻印行本，存卷一至卷三，一厚册；民国十年（1921年）线装，全二册，布面函存，扫叶山房版；民国二十八年（1939年）上海商务印书馆排印本；齐鲁书社2009版。

《全唐诗》

[清] 彭定求、沈三曾、杨中讷、汪士铉、汪绎、俞梅、
徐树本、车鼎晋、潘从律、查嗣瑮等奉敕编校

题　解

　　唐诗总集，清康熙四十四年（1705年），彭定求、沈三曾、杨中讷、汪士铉、汪绎、俞梅、徐树本、车鼎晋、潘从律、查嗣瑮等奉敕编校。本集是清康熙四十四年三月，清圣祖玄烨第五次南巡至苏州时，命江宁织造曹寅主持编修的诗歌总集。此年五月，在曹寅的主持之下，于扬州开局修书，参加校刊编修者主要是以上十人。以明胡震亨有《唐音统签》、清季振宜有《唐诗》为底本，又旁采碑、碣、稗史、杂书之所载，拾遗补缺，自康熙四十四年五月起，至次年十月止，仅用一年多的时间，全书即编成奏上。康熙皇帝在《全唐诗序》说："得诗四万八千九百余首，凡二千二百余人，厘为九百卷。"其实"九百卷"是准确的，但是"诗四万八千九百余首，凡二千二百余人"则有误，经过认真核查，该书共收诗四万九千四百零三首，句一千五百五十五条，作者共二千八百七十三人。其中有传记的诗家为一千八百九十三人，无考诗家三百五十三人。全书首列帝王、后妃之作，次为乐章、乐府，以下按年代先后列其他作家，其作品大致分体裁编排。书末附有唐五代词。它是中国规模最大的一部诗歌总集。

　　本集前有康熙皇帝所写《全唐诗序》一文，文中先对唐诗做总体性的概述："诗至唐而众体悉备，亦诸法毕该，故称诗者必视唐人为标准，如射之就彀率，治器之就规矩焉。盖唐当开国之初，即用声律取士，聚天下才智英杰之彦，悉从事于六艺之学，以为进身之阶，则习之者固已专且勤矣。而又堂陛之赓和，友朋之赠处，与夫登临谦赏之即事感怀。劳人迁客之触物寓兴，一举而托之于诗。虽穷达殊途，悲愉异境，而以言乎摅写性情，则其致一也。夫性情所寄，千载同符，安有运会之可区别？而论次唐人之诗者，辄执初、盛、中、晚，岐分疆陌，而抑扬轩轾之过甚，此皆后人强为之名，非通论也。"认为唐代以诗取士的政策

促成诗歌的繁荣，并且指出诗的主体功能是"摅写性情""千载同符"，对强分初、盛、中、晚的"四唐说"提出批评。然后转到本书的编写："自昔唐人选唐诗，有殷璠、元结、令狐楚、姚合数家，卷帙未为详备。至宋初，撰辑《英华》，收录唐篇什极盛，然诗以类从，仍多脱漏，未成一代巨观。朕兹发内府所有《全唐诗》，命诸词臣合《唐音统签》诸编，参互校勘，搜补缺遗，略去初、盛、中、晚之名，一依时代分置次第。其人有通籍登朝、岁月可考者，以岁月先后为断；无可考者，则援据诗中所咏之事，与所同时之人系焉。得诗四万八千九百余首，凡二千二百余人，厘为九百卷。于是唐三百年诗人之菁华，咸采撷荟萃于一编之内，亦可云大备矣。夫诗盈数万，格调各殊，溯其学问本原，虽悉有师承指授，而其精思独悟，不屑为苟同者，皆能殚其才力所至，沿寻风雅，以卓然自成其家。又其甚者，宁为幽僻奇谲，杂出于变风变雅之外，而绝不致有蹈袭剽窃之弊，是则唐人深造极诣之能事也。学者问途于此，探珠于渊海，选才于邓林，博收约守，而不自失其性情之正，则真能善学唐人者矣。岂其漫无持择，泛求优孟之形似者，可以语诗也哉！是用制序卷首，以示刻《全唐诗》嘉与来学之旨，海内诵习者，尚其知朕意焉！康熙四十六年四月十六日。"（爱新觉罗·玄烨《全唐诗序》）主要说明的是编撰的起因、过程、规模、体例、宗旨等。《序》后接着的是《凡例》，更具体地说明了编撰体例、方法等：

一、唐高祖赐秦王诗云："圣德合皇天，五宿连珠见。和风拂世民，上下同欢宴。"见于《册府元龟》，明胡震亨谓唐初无五星联聚之事，疑其伪托，今删去。断自太宗始，且一代文章之盛，有所自开。

一、序次，首诸帝，次后妃，次宗室诸王，次公主宫嫔，略依唐史序例。至南唐吴越闽蜀诸国主，附诸王之后，妃附宫嫔之后。

一、郊庙乐章及乐府歌诗，分载各集者，仍汇编一集，以存一代乐制。

一、唐人新乐府，虽见郭茂倩《乐府诗集》，但一时纪事所作，非当时公私常奏之曲，既已各载本集，应删。

一、无爵里世次可考者，另编。

一、唐人有正集者，既自成卷，其或诗止数首，不能成卷者，另编。其或虽不成卷，而可以相附者，如崔涤、崔液附崔湜，王勔附王勃之类，并附入集后。

一、释道外国名媛仙鬼诗，各另编。

一、联句分载各集，未免冗复，应另编一集。至于柏梁赓和，分载诸帝集中，不必编入。

一、填词同谣谚酒令蒙求，另编。

一、唐人世次前后，最为冗杂，向来别无善本。《全唐诗》及《唐音统签》，亦多讹谬。应以登第之年为主，其未曾登第，及虽登第而无考者，以入仕之年为主；处士则以其卒岁为主；若更无卒岁可考，则就其赠答唱和之人先后附入。其他或同赋一体，或同应省试，并以类相从，不必仍初、盛、中、晚之旧，割裂年代，前后悬殊。

一、六朝人诗，误收入《全唐》者，如陈昭及沈氏、卫敬瑜妻、吴兴神女之类，并应刊正。

一、六朝人诗，原集误收，如吴均《妾安所居》、刘孝胜《武陵深行》误作曹邺诗，薛道衡《昔昔盐》误作刘长卿诗之类，并应刊正。

一、唐并无其人，而考其诗乃六朝人作，如杨慎即陈阳慎，沈烟即陈沈炯，概删。

一、唐并无其人，而误认题中字为撰人姓氏者，如上官仪集中《高密公主挽词》作高密诗；亦有其人姓名在诗题中，而误认为撰人者，如王维集中《慕容承携素馈见过》诗作慕容承诗之类，概删。

一、《唐音统签》，有道家章咒、释氏偈颂二十八卷，《全唐诗》所无，本非歌诗之流，删。

一、诗前小传，但略序其人历官始末，至于生平大节，自有史传，不必冗录。

一、诗集有善本可校者，详加校定。如善本难觅，仍照《全唐》《统签》旧本，以俟考正。

一、《全唐诗集》，或分体，或分类，或编年，止缘唐人撰集及宋人校刻，体例不一，当时缮写，悉依所见本集，今仍照《全唐》写本。其太冗杂者，略为诠次，不必更张。

一、《全唐诗集》，有一诗而互见数集者，止于题下注一作某诗。若确有考据可以定其为何人之诗，若司空图乐府误入崔橹集之类，则删彼归此，不必互见。

一、《全唐诗》有一人一诗，而多一二句则入古诗，少一二句便入律诗，如张说《偃松篇》之类；亦有同此诗而增减一二句并换题者，如李白《白云歌》之类，应附注一诗之末，不必重出。

一、集外逸诗，或见于他书，或传之石刻，应旁加搜采，次第补入，以成全书。

一、古词止五七言绝句，故《柳枝》《竹枝》《浪淘沙》诸作，《花间》《尊前》二集，皆收入词类。但清平调、欸乃曲之类，止于七绝，应兼存以备一体。至于七绝之外，别有长短句调者，应将七绝概删，以省繁复。

一、词家相传，吕岩《梧桐影》，乃当时所作，《全唐》未收，既应补入。至于他作，乃乩师所录，传授承讹，有不谐调者，亦删去。

上面所述，总共是二十三条，其内容主要是断限、次第、另存、另编、世次前后、别朝诗作误收入《全唐》者、道家章咒、释氏偈颂、诗前小传写法、诗集有无善本的处理方式、对以前体例不同的全唐诗集的处理办法、一诗而互见数集的处理方式、集外逸诗处理方式、古词的处理办法、词家相传与乩师所录之词的处理方式等，看起来还是比较清楚的。书成之后，四库馆臣在《四库全书总目》中给予很高的评价："至于字句之异同，篇章之互见，根据诸本，一一校注，尤为周密。得此一编，而唐诗之源流正变始末厘然。自有总集以来，更无如是之既博且精者矣。"（《四库全书总目提要·全唐诗》）其中"自有总集以来，更无如是之既博且精者矣"之说，未免过誉，但是也事出有因。因为是"御定"，所以当时、当朝者不敢批评，也不宜批评。其实，上述体例具体操作起来是相当困难的，事实上到具体编撰之时，总体上贯彻和执行得并不令人满意。所以，《全唐诗》编成刊布之后，人们逐渐发现里面的问题很多。虽然当时很多人引而不发，可是，随着环境的变化、时间的推移，批评的意见便不断公开出来。归纳起来，本书存在的明显问题有这样几点：其一，诗家和作品的统计不够准确，康熙皇帝为《全唐诗》所作序中，说"得诗四万八千九百余首，凡二千二百余人"，其实得诗应该是四万九千四百零三首，句一千五百五十五条，诗人二千八百七十三家。其二，校勘问题多，许多诗题及诗句错误没有校出。其三，所收之诗皆不标出处，后人阅读、使用无法考核。其四，小传中诗人的先后顺序存在不少混乱，年辈错位较多。其五，诗作有误收别朝者、有本朝而张冠李戴者，主要是没有认真考订。其六，过于依赖明胡震亨《唐音统签》、清季振宜《唐诗》本，没有博及群书，使很多诗作被遗漏了。存在这些的主要原因，一是时间仓促，这样一部卷帙浩繁的大书，在一年多的时间内就编撰完成，时间是远远不够的。二是人手太少，才十几人。三是主观原因，主要是编撰者们采取了走捷径的办法：此书初、盛唐部分利用了《唐诗纪》的成果，而其他部分则利用胡震亨的《唐音统签》、季振宜的《唐诗》，省去了很多工夫；同时又把原版书中附有的说明、注明出处的部分统统删去，改成"一作某"，这样很多问题无从查考、核对了。书的质量自然受到很大的影响。

　　本书版本主要有：清康熙四十六年（1707年）内府精刻本、扬州诗局刻本，二本皆为九百卷，一百二十册，分装十函；光绪十三年（1887年）上海同文书局石印本，归并成三十二卷；1960年，中华书局据扬州诗局本断句排印；上海古籍出版社影印康熙扬州诗局本；1992年，湖北人民出版社约王启兴等人对清编《全唐诗》进行了整理校勘，于2001年1月在全国古籍整理出版规划领导小组资助下出版《校编全唐诗》，全书分上、中、下三册，简体横排，新式标点符号标点，以人立目，或以类诗立目，不分卷，每册前列有该册目录，下册附有作者、篇目索引，这是目前较为完善的《全唐诗》版本之一。

《御选唐诗》

[清] 爱新觉罗·玄烨御选

题　解

　　唐诗总集，清爱新觉罗·玄烨御选。本集共三十二卷，是在康熙皇帝命编《全唐诗》九百卷之后进行的。名义上是"御选"，但是实际操作者则是手下的臣子，所以书内题曰：总阅，陈廷敬；校勘官，励廷仪、蒋廷锡、张廷玉、赵熊诏。此外，缮写、监造、纂注、校录等又有四十五人。不过，关于此书的编撰缘起等，康熙所写的《御选唐诗序》中倒是说得清楚。其一，他从儒家诗教的角度出发，进行说明："古者六艺之事，皆所以涵养性情，而为道德之助也，而从容讽咏、感人最深者，莫近于诗。故虞廷典乐，依永和声。帝亲命焉成周时，六义领在乐官，而为教学之先务。自《三百篇》降及汉魏六朝，体制递增，至唐而大备，故言诗者以唐为法。其时选本如《河岳英灵》《中兴间气》《御览》《才调》诸集，其所收择，各有意指，而观者每有不遍不该之叹。"（爱新觉罗·玄烨《御选唐诗序》）由儒家的诗教观引入唐诗的编辑整理问题，表现的是政治家的诗学立场。不仅如此，《序》的结尾部分阐明编撰宗旨、标准时又指出："孔子曰：'温柔敦厚，诗教也。'是编所取，虽风格不一，而皆以温柔敦厚为宗，其忧思感愤、倩丽纤巧之作，虽工不录，使览者得宣志达情，以范于和平，盖亦用古人以正声感人之义。记有之：'君子在车则闻銮和之音，行则鸣佩玉，是以非辟之心，无自而入也。'审此，而朕之寄意于诗，与刊布是编之指，俱可得而见矣。"（爱新觉罗·玄烨《御选唐诗序》）显然，其选诗标准和尺度主要是"以温柔敦厚为宗"，立脚点还是儒家诗教观。同时，其编撰目的也在于此，所以文中说："审此，而朕之寄意于诗，与刊布是编之指，俱可得而见矣。"关于本书的体例和编撰过程，《序》中也有明确的说明："朕万几余暇，留意篇什，广搜博采，已刻《全唐诗集》，而自曩昔披览，尝取其尤者汇为一编，古风近体各以类相从，计三十二卷。盖讨索贵于详备，而用以吟咏性情，则当挹其精华，而漱其芳润。每当临朝听政、巡行猎狩之余，展卷留连，未尝不悠然而有得也。因命儒臣，依次编注，朕亲加考订，一字一句，必溯其源流，条分缕析，其有征引讹误及脱漏者，随谕改定。逾岁告成，因付开雕，以示后学。"（爱新觉罗·玄烨《御选唐诗序》）可以看出，此集是在《全唐诗》的基础上再行筛选而成的，其体例是按照类别安排，包括古体和近体格律诗，规模是三十二卷，整理方式更为精细：依次编注，康熙皇帝亲加考订，一字一句，必溯其源流，条分缕析，其有征引讹误及脱漏者，随谕改定。比《全唐诗》下的功夫大多了。

四库馆臣在《四库全书总目提要》中对此书评价更高："惟我圣祖仁皇帝，学迈百王，理研四始，奎章宏富，足以陶铸三唐。故辨别瑕瑜，如居高视下，坐照纤微。既命编《全唐诗》九百卷，以穷其源流。复亲标甲乙，撰录此编，以正其轨范，博收约取，漉液镕精。譬诸古诗三千，本里闾谣唱，一经尼山之删定，遂列诸六籍，与日月齐悬矣。"（《四库全书总目提要·御选唐诗》）把此集之编撰与孔夫子编次《诗三百》之事相提并论，认为可以"与日月齐悬矣"，显然是过度溢美，但是出于编撰者为君王，评价者为臣子，这样的评价也是出于不得已而为之。同时，这里面对《御选唐诗》体例的介绍还是可取的，颇有参考价值。

本书的版本主要有：康熙五十二年内府刊朱墨套印本，总共三十二卷；《四库全书》本，三十二卷、《附录》三卷。

《全唐诗钞》

[清] 吴成仪 编撰

题 解

唐诗总集，清吴成仪编撰。吴成仪，名金，字景华，康熙四十年（1701）生。《休宁璜源吴氏族谱》："成仪，名金，字景华，太学生，生康熙辛巳九月二十四日。"其父吴铨，郑伟章先生《文献家通考》载："吴铨，字容斋，号璜川，生于徽州歙县之璜源，随其父侨居松江，老而自松江迁苏州渎川望信桥……生卒年未详，雍正时为江西吉安太守。归田后于渎川筑遂初园，因怀旧之思题其读书处曰璜川书屋。架上万卷，皆秘籍也。是时载酒问奇而来者，如惠栋辈，皆吴下知名士，遂以'璜川吴氏'著名于时……当时璜川书屋有两书最为珍奇，一为北宋本《礼记》单疏足本，一为《前汉书》……卒后，书稍散佚。《前汉书》以后归当道呈进，入《天禄琳琅书目》；《礼记》则归曲阜孔荭谷家，世遂不得复见。"可见，吴成仪出生于书香门第，沈德潜说他"性耆风雅，以唐为好"是有根据的。

本集在体例上以科第前后、生卒年岁为次序，编列唐代诗人的作品，总共九十六卷，诗作数千首，包括正文八十卷，补遗十六卷，不分初、盛、中、晚，突出大家、名家，其中选入李白、杜甫、王维、孟浩然、高适、岑参、刘禹锡、白居易、王昌龄等人之作多达百首以上。同时，搜罗也相当全面，如填词、谣谚、酒令、谐谑、谶记、蒙求、占辞，皆有所载。吴成仪自己在《全唐诗钞序》中说："《全唐诗》荟萃各家，搜求殆遍，而览者厌苦其繁，读未终卷，辄弃去。余山居多暇，恒喜把玩，以穷一代之流变，然至中、晚间冗沓庸陋处，亦复病其芜杂，因稍事甄录，列置研北，不觉已盈数千首，其可诵者略尽于是，而源流正变，亦概可见已。友人张子策时见而欣赏，相与编次成帙，儿子泰来请付剞劂，以质世之覃精风雅者。余不能禁，遂书以弁其首。"可见，本集是在《全唐诗》的基础上，与友人张子策共同完成的，起因是厌苦《全唐诗》太多太繁，又有冗沓、庸陋、芜杂之处，所以另行编选，又加甄录，成此一集。

著名诗论家沈德潜对此书评价颇高："吾友吴子景华性嗜风雅，以唐为好，从《全唐诗》中抉择其尤，历几寒暑，共得九十余卷。专于赋景，略于言志者，弗尚如也。发凌厉峭急之音，失温柔敦厚之义者，弗尚也。唯托意远深，寄情雅正，兴趣蕴含、神采焕发，合乎六义之遗者取焉。"（沈德潜《全唐诗钞序》）其中关键是"托意远深，寄情雅正，兴趣蕴含、神采焕发，合乎六义之遗者"数语，其实说出了本书选诗的标准。最后，沈氏还称此集"为学者之津逮"。

本书有乾隆璜川书屋精写刻本，湖北省图书馆有藏。

《全唐诗逸》

[日本] 河世宁撰

题 解

唐诗总集，日本河世宁撰。市河世宁（1749—1820），世称河世宁，又名市河宽斋。原名山濑新平，字子静、嘉祥，号西野、半江、宽斋，自称"小左卫门"，上野人，日本宽延二年（1749年）生于江户（今东京）（据日本揖斐高《市河宽斋略年谱》），其生活时期主要在于日本江户幕府（1603—1867）时代。河世宁自幼喜读儒家经典，明和四年（1767年），出任川越藩，二十八岁到江户，于宽政三年（1791年）任富山藩校教授，文化八年（1811年）归江户，文化十年（1813年），河世宁自赴长崎，不久复归江户。七十二岁卒。其主要著作有《日本诗纪》《全唐诗逸》《三家妙绝》《陆游考实》《陆诗意注》《诗家法语》《北里歌》《古五绝》《谈唐诗选》《随园诗钞》《宽斋先生遗稿》等。日本文化元年（1804年），市河世宁仔细检索《千载佳句》《文镜秘府论》《游仙窟》等中日古代文献，从中考证出中国清代康熙年间编辑的《全唐诗》中所遗漏的唐人诗作，编成此书，名为《全唐诗逸》。本书共三卷，收入《全唐诗》中所遗漏的唐人诗七十二首，诗句二百七十九句，补入《全唐诗》中所遗漏的唐代诗人八十二家。此书约于清代嘉庆年间传入我国，鲍廷博将其收入《知不足斋丛书》，日本大正九年（1920年）所刊的《日本诗话丛书》也收录了《全唐诗逸》。如今，中华书局校点本《全唐诗》卷末和上海古籍出版社影印本《全唐诗》末皆附录此集。

本书前有淡海竺常之《序》，后有翁广平、管庭芬两篇跋。正文中有双行夹注，有考证文字，有的诗人名下有小传，还选出个别佳句，从体例上看，显得比较杂乱。翁广平《全唐诗逸跋》记其获得此书的经过，并且介绍了此集的基本情况，其中不乏赞美之言："……是书亦曾采入《艺文志》，且幸清溪之能成父志，使吾党得见所未见之书，诚大快事也。遂识数语于其后。道光三年癸未立夏后十日，吴江翁广平海琛氏跋。"管庭芬《全唐诗逸跋》则在赞扬的同时，指出其书之不足："倭国之人，能读中华千卷之诗，并知其诗中之存佚，诚不愧为海外潜确之士矣。但其中摘句，每误杂宋元人所作，且多不可解悟之题。……时同治二年，岁在癸亥，芷翁管庭芬酌蒲觞识于清溪老屋。"对此书进行介绍的还有日人淡海竺常，其《全唐诗逸序》中有云："上毛河子静有慨于此也，著《全唐诗逸》三卷，夫然后所谓沧海无遗珠者非耶？大抵典籍之亡于彼而存于我者，在佛书太多，然不广行世。近世太宰氏所校古文《孝经》，流入西华，新安鲍廷博再刻而行之，作序赏之。今使斯书亦流而西，则岂复不刮目而观之哉！子静名世宁，为昌平学都讲，博雅尚志，亦尝著《日本诗纪》五十卷，其有功于艺文，不独斯书云。"（淡海竺常《全唐诗逸序》，中华书局本《全唐诗》附）文中先概述了日本遣唐使、留学生与中国唐代文人墨客之间的交往，以及日本所保留的中华文化典籍的情况，然后介绍《全唐诗逸》的编撰及河世宁其人，使读者对此书有了进一步的了解。

本书有《丛书集成初编》本，商务印书馆民国二十五年（1936年）十二月出版。

《唐宋诗醇》

[清] 爱新觉罗·弘历敕编

题 解

　　唐诗总集，为清爱新觉罗·弘历敕编，选李白、杜甫、白居易、韩愈、苏轼、陆游六家诗，共四十七卷。其中卷一至卷八选李白诗，卷九至卷十八为杜甫诗，卷十九至卷二十六为白居易诗，卷二十七至卷三十一为韩愈诗，卷三十二至卷四十一为苏轼诗，卷四十二至卷四十七为陆游诗。为什么要选此六家？乾隆皇帝在《唐宋诗醇·凡例》中说："唐宋人以诗鸣者指不胜屈，其卓然名家者犹不减数十人。兹独取六家者，谓惟此足称大家也。大家与名家，犹大将与名将，其体假正自不同。李杜一时瑜亮，固千古希有。若唐之配白者有元，宋之继苏者有黄，在当日亦几角立争雄，而百世论定，则微之有浮华而无忠爱，鲁直多生涩而少浑成，其视白、苏较逊。退之虽以文为诗，要其志在直追李、杜，实能拔奇于李、杜之外。务观包含宏大，亦犹唐有乐天。然则骚坛之大将旗鼓，舍此何适矣？"（《唐宋诗醇·凡例》）理由很清楚：只有这六家"足称大家"，代表唐、宋诗的最高水平。各家前有总评，各篇后常有编者、前人、清人评语及史料等。其评语之中，有的引前贤评语，有的引本朝人评语，后者如朱鹤龄、黄生、吴昌祺、沈德潜等。关于此集的编撰缘起，乾隆皇帝在《唐宋诗醇序》中也有所说明："文有唐宋大家之目，而诗无称焉者，宋之文足可以匹唐，而诗则实不足以匹唐也。既不足以匹，而必为是选者，则以《唐宋文醇》之例，有《文醇》不可无《诗醇》，且以见二代盛衰之大凡，亦千秋风雅之正则也。《文醇》之选，就向日书窗校阅所未毕，付张照足成者。兹《诗醇》之选，则以二代风华，此六家为最，时于几暇偶一涉猎，而去取评品皆出于梁诗正等数儒臣之手。夫诗与文岂异道哉？昌黎有言：'气盛，则言之短长与声之高下皆宜。'然五三六经之所传，其以言训后世者，不以文而以诗，岂不以文尚有铺张扬厉之迹，而诗则优游餍饫，入人者深，是则有《文醇》，尤不可无《诗醇》也。六家品格与时会所遭，各见于本集小序。是编汇成，梁诗正等请示其梗概，故为之总叙如此。乾隆十五年庚午夏六月既望四日。"（爱新觉罗·弘历《唐宋诗醇序》）其实，说得直接一点，一是因为先有《唐宋文醇》，受其启发和影响，自然想到要编撰《唐宋诗醇》与之匹配。用乾隆皇帝的话说就是："而必为是选者，则以《唐宋文醇》之例，有《文醇》不可无《诗醇》。"二是乾隆皇帝从政治教化角度出发，认为儒家经典以言训后世，不以文而以诗，因为"文尚有铺张扬厉之迹，而诗则优游餍饫，入人者深"，所以"有《文醇》，尤不可无《诗醇》也"。理由还比较充分。此书的价值，不仅在选诗和诸多评语之中，也表现在各家小序之中。总共六条小序，对唐、宋六位诗人的评价自有其可观之处。

序一曰："有唐诗人至杜子美氏，集古今之大成，为风雅之正宗，谭艺家迄今奉为矩矱，无异议者。然有同时并出，与之颉颃上下，齐驱中原，势钧（均）力敌，而无所多让，太白亦千古一人也。夫论古人之诗，当观其大者远者，得其性情之所存，然后等厥材力，辨厥渊源，以定其流品。一切悠悠耳食之论，奚足道哉！李、杜二家，所谓异曲同工，殊涂（途）同归者，观其全诗可知矣。太白高逸，故其言纵恣不羁，飘飘然有遗世独立之意。子美沉郁，其言深切著明，往往穷极笔势，尽乎事之曲折而止。白之遇明皇也，出于特知，金銮召见，待以殊礼，虽遭谗毁，犹赐金遣归，得以遨游齐、鲁、吴、越之间，浮沉诗酒，放浪湖山，其诗多汗漫自适，近于佯狂玩世者。子美年将四十。始以献赋除官，其后崎岖兵间，穷愁蜀道，流离转徙，几不自存，故其发于声者多沉痛哀切之响。此二家之所以异也。若其蒿目时政，疾心朝廷，凡祸乱之萌，善败之实，靡不托之歌谣，反复慨叹，以致其忠爱之志。其根于性情，而笃于君上者，按而稽之，固无不同矣。至于根本风骚，驰驱汉魏，撷六籍之菁华，扫五代之靡曼，词华炳蔚，照耀百世，两人又何以异哉！论者不察，漫置轩轾于其间，是犹焦明已翔于寥廓，而罗者犹视夫薮泽也。善乎韩愈氏之言曰：'李杜文章在，光焰万丈长，不知群儿愚，那用故谤伤，蚍蜉撼大树，可笑不自量。'彼元稹、苏辙、王安石之流得无愧此言乎？太白尝言：'齐梁以来，艳薄斯极，沈休文又尚以声律，将复古道，非我而谁？'故其所作，摆脱骈丽旧习，轶荡人群，上薄曹、刘，下凌沈、鲍，朱子以为圣于诗者，盖前贤亦重之矣。今略举两家之同异及其远大之旨，知太白之与子美，并称大家而无愧者如此。至有谓李、杜当日名相埒而相忌，其诗有交相讥者，此犹末流倾轧之心，不可以语君子之知交也。"（爱新觉罗·弘历《唐宋诗醇·陇西李白诗序》）虽然是李白小序，但是论述过程则多将李、杜对比，通过这样的对比，突出各自的风格和特色："太白高逸，故其言纵恣不羁，飘飘然有遗世独立之意。子美沉郁，其言深切著明，往往穷极笔势，尽乎事之曲折而止。"总体上认为李、杜"异曲同工，殊涂（途）同归"，反对在李、杜之间强分优劣、漫置轩轾。

序二曰："昔圣人示学诗之益，而举要惟事父事君，岂不以诗本性情，道严伦纪？古之人一吟一咏，恒必有关于国家之故，而藉以自写其忠孝之诚。夫然，故匹夫委巷之歌，皆得参清庙明堂之列。凡其用意深切，极之讽刺怨诽无所不有，而卒无悖乎臣子之义也。自汉迄唐，诗律愈密，诗体愈卑。其体格之日卑，正由性情之日薄。盖诗变而骚，形貌固殊，情致不减。诗变而赋，则铺词盛而寄兴微，扬厉繁而规讽鲜。唐代诗人有作，大抵挹词赋之余波，失骚雅之遗意，其不足以仰追《三百》，毋亦枝叶具而本实先拨乎？风雅不绝，李、杜勃兴，其才力雄杰，陵轹古今，瑜亮并生，实亦未易轩轾。自元微之著论，始先杜而后李。顾其所以推尊子美，只就词调、格律言之，则太白之分道扬镳者固自有在。此徒以诗言诗，而未探夫作诗之本，宜论者多有异同也。夫子美以疏逖小臣，旋起旋踬，间关寇乱，漂泊远游，至于负薪拾梠，饘糒不给，而忠君爱国之切，长歌当哭，情见乎词。是岂特善陈时事，足征诗史已哉？东坡信其自许稷、契，或者有激而然，至谓其一饭未尝忘君，发于情止于忠孝，诗家者流，断以是为称首。呜呼！此真子美之所以独有千古者矣。予曩在书窗，尝序其集，以为原本忠孝，得性情之正，良足承《三百篇》坠绪。兹复订唐宋六家诗选，首录其集而备论之。匪唯赏味其诗，亦藉以为诗教云。"（爱新觉罗·弘历《唐宋诗醇·襄阳杜甫诗序》）如此评价杜甫，纯粹从儒家诗教的目的出发，认为"圣人示学诗之益，而举要惟事父事君""以诗本性情，道严伦纪""必有关于国家之故""自写其忠孝之诚"，以此为依据，一方面批判后世诗人对传统儒家诗教的背离，另一方面则侧重赞美杜甫，充分肯定其作诗之本在于"发于情止于忠孝""原本忠孝，得性情之正，良足承《三百篇》坠绪"，一言以蔽之：以诗表达忠孝之情。认为"此真子美之所以独有千古者矣"。苏试《王定国诗集叙》中有云："太史公论诗以为《国风》好色而不淫，《小雅》怨诽而不乱。以余观之，是特识变风、变雅耳。乌睹诗之正乎？昔先王之泽衰，然后变风发乎情。虽衰而未竭，是以犹止于礼义，以为贤于无所止者而已。若夫发于情，止于忠孝者，其诗岂可同日而语哉？古今诗人众矣，而杜子美为首，岂非以其流落饥寒，终身不用，而一饭未尝忘君也欤？"所以，乾隆此评，其实只是苏轼评杜的翻版。

序三曰："唐人诗篇什最富者，无如白居易诗。其源亦出于杜甫，而视甫为更多。史称其每一篇出，士人传诵，鸡林行贾售其国相，诗名之盛，前古罕俪矣。且夫居易，岂徒以诗传哉？当其为左拾遗，忠诚謇谔，抗论不回。中遭远谪，处之怡然。牛、李构衅，绝无依附。不以婵娟逢时，不以党援干进，不以坎壈颠踬而于邑无憀，自非识力涵养有大过人者，安能进退绰有余裕若是？洎太和、开成之后，时事日非，宦情愈淡，唯以醉吟为事，遂托于诗以自传焉。其与元微之书云志在兼济，行在独善。讽谕者，意激而言质；闲适者，思淡而辞迂。作诗指归具见于此。盖根柢六义之旨，而不失乎温厚和平之意，变杜甫之雄浑苍劲而为流丽安详，不袭其面貌而得其神味者也。而杜牧讥其'纤艳淫媟，非庄人雅士所为'。夫居易之庄雅孰与牧？牧诗乃'纤艳淫媟'之尤者，而反唇以訾居易乎！宋祁据以立论，抑亦惑之甚者。《冷斋夜话》所载乐天每作诗，令老妪解之，解则录之，不解则又复易之，亦属附会之说，不足深辩。尝考居易同时素相牴牾者，莫如李德裕。德裕每屏其诗不观，刘禹锡以为言，德裕曰：'吾于斯人不足久矣，览之恐回吾心。'此正欧阳修所谓'虽其怨家仇人，不能少毁而掩蔽之'者也。兹集之选，芟其体之重复、词之浅易者，约存若干首，全集佳篇殆尽于此。居易生平出处，亦略见于此，彼耳食者或犹加诋毁焉。韩愈不云乎：'蚍蜉撼大树，可笑不自量。'何损于香山居士欤？"（爱新觉罗·弘历《唐宋诗醇·太原白居易诗序》）对白居易其人其诗做了高度评价。论其人，着重肯定其"志在兼济，行在独善"的胸怀，"不以婵娟逢时，不以党援干进，不以坎壈颠踬而于邑无憀"的品质。论其诗，认为源出于杜甫，继承儒家诗教传统，所以"不失乎温厚和平之意"，所不同者，杜甫诗"雄浑苍劲"，而白居易诗"流丽安详"，学杜"不袭其面貌而得其神味"。此序的特色是对杜牧关于白居易的评价进行批评，进一步为白居易张本。

序四曰："韩愈文起八代之衰，而其诗亦卓绝千古。论者常以文掩其诗，甚或谓于诗本无解处。夫唐人以诗名家者多，以文名家者少，谓韩文重于韩诗，可也，直斥其诗为不工，则群儿之愚也。大抵议韩诗者，谓诗自有体，此押韵之文，格不近诗，又豪放有余，深婉不足，常苦意与语俱尽。盖自刘攽、沈括时有异同，而黄鲁直、陈师道辈遂群相訾謷，历宋元明异论间出。此实昧于昌黎得力之所在，未尝沿波以讨其源，则真不辨诗体者也。夫六义肇兴，体裁斯别。言简而意该，节短而韵长。含吐抑扬，虽重复其词，而弥有不尽之味，此风人之旨也。至于二雅三颂，铺陈终始，竭情尽致，义存乎扬厉而不病其夸，情迫于呼号而不嫌其激，其为体迥异于风，非特词有繁简，其意之隐显固殊焉。千古以来，宁有以少含蓄为雅颂之病者乎？然则唐诗如王、孟一派，源出于风，而愈则本之雅颂，以大畅厥辞者也。其生平论诗，专主李、杜，而于治水之航、磨（摩）天之仞，慷慨追慕，诚欲效其震荡乾坤，陵暴万类，而后得尽吐其奇杰之气。其视清微淡远，雅咏温恭，殊不足以尽吾才，然偶一为之，余力亦足以相及，如《琴操》及《南溪》诸作具在，特性所不近，不多作耳。而仰攻者顾执多少之数，以判优绌之数乎？拟桃源为乐土，而辄谓洪河、太华之骇人；求仙佛之元虚，而反以圣贤经天纬地为多事。此其说固不待智者而决也。今试取韩诗读之，其壮浪纵恣，摆去拘束，诚不减于李；其浑涵汪茫，千汇万状，诚不减于杜。而风骨峻嶒，腕力矫变，得李、杜之神，而不袭其貌，则又拔奇于二子之外，而自成一家。夫诗至足与李、杜鼎立，而论定犹有待于千载之后，甚矣，诗道之难言也！然元稹固尝推杜而抑李，欧阳修又主退之不主子美。李、杜已然，在愈故应不免。彼自鸣自息者，又乌足与深辨哉。兹集所登，为古诗者什八，为律诗者什二，盖愈诗偏以古胜，此自有定论也。联句之盛，前此未有，以非一人所得专美，姑置不录。若夫集外遗诗，如《嘲鼾睡》《辞唱歌》，浅俚丑恶，假托无疑，直应削去，而不容列诸集中者也。"（爱新觉罗·弘历《唐宋诗醇·昌黎韩愈诗序》）先述韩愈诗名为其文名所掩，次叙诸家对韩愈不公正的评价，极力为韩愈辨白，并且搬出《诗经》来作为理论根据，说"愈则本之雅颂，以大畅厥辞者也"，颇有强词夺理的意味。又认为韩愈之诗"壮浪纵恣，摆去拘束，诚不减于李；其浑涵汪茫，千汇万状，诚不减于杜""而风骨峻嶒，腕力矫变，得李、杜之神，而不袭其貌，则又拔奇于二子之外，而自成一家"。但是认为韩愈"诗至足与李、杜鼎立"则未免过誉。

序五曰："诗自杜、韩以后，唐季五代，纤佻薄弱，日即沦胥。宋初杨亿、刘筠、钱惟演之徒，崇尚昆体，只是温、李后尘。嗣是苏舜钦以豪放自异，梅尧臣以高淡为宗，虽志于古矣，而神明变化之功少未有。能骖驾杜、韩，卓然自成一家，而雄视百代者，必也其苏轼乎？轼之器识学问，见于政事，发于文章，史称'言足以达其有猷，行足以遂其有为，节义足以固其有守'，皆志与气为之也。惟诗亦然，地负海涵，不名一体。而核其旨要之所在，如云'我诗虽云拙，心平声韵和'，此轼自评其诗者也；'作诗熟读《毛诗》《国风》《离骚》，曲折尽在是'，此轼自以其所得教人者也。且夫'精深华妙'，则苏辙称之矣；'公如大国楚，吞五湖三江'，则黄庭坚称之矣；'天才宏放，宜与日月争光'，则蔡绦称之矣；'屈注天潢，倒连沧海，变眩百怪，终归浑雅'，则敖陶孙称之矣。前之曹、刘、陶、谢，后之李、杜、韩、白，无所不学，亦无所不工，同时欧阳、王、黄犹俱逊谢焉，洵乎独立千古，非一代一人之诗也。而陈师道顾谓其初学刘禹锡，晚学李太白，毋乃一知半解欤？但其诗气豪体大，有非后哲所易学步者。是以元好问论诗有云：'只知诗到苏黄尽，沧海横流却是谁？'又云：'苏门果有忠臣在，肯放坡诗百态新！'盖非用此为讥议，乃正以见其不可模拟耳。其与轼并世之人漫为评论者，如张舜民有'仔细检点，不无利钝'之言，而杨时至谓其'不知风雅之意'。后来严羽更以其自出己意，为'诗之大厄'，创大言以欺世，夫岂可为笃论哉！是编所录，抱菁拔萃，审择再三，殆无遗憾。其生平丰功亮节，与夫兄弟朋友过从离合之迹，及一时新法之废兴，时事之迁变，靡不因之以见。诗凡五百余首，古体则五言稍多于七言，近体则七言数倍于五言，要归本于六义之旨，亦非有成见也。"（爱新觉罗·弘历《唐宋诗醇·眉山苏轼诗序》）从诗歌发展史的角度切入，深刻揭示出苏轼在诗学史上的意义："骖驾杜、韩，卓然自成一家，而雄视百代。"高度概括其诗的风格特色："地负海涵，不名一体"，其要在于"心平声韵和"。然后又对历史上对苏轼的正、反评价进行剖析，对其人其诗大加肯定。但是最后的落脚点还是纳入到儒家诗教："要归本于六义之旨。"

序六曰："《三百篇》之后，自楚骚汉魏六朝以至于唐，而诗之变尽矣。变有必极，则所就亦以时异。故宋人继唐之后，不规规模拟前人，要以自成一家而止。然其体制虽殊，而波澜未尝二也。耳食之流未窥古人门户，于一代大家横生訾议，而不善学者又徒袭其声貌，亦两失之矣。宋自南渡以后，必以陆游为冠，当时称大家者曰'萧、杨、范、陆'，杨万里则曰'尤、萧、范、陆'。至刘克庄乃曰'放翁学力似杜甫'，又曰'南渡而下，放翁故为一大宗'。朱子与徐赓载书：'放翁诗读之爽然，近代惟见此人为有诗人风致。'今诸家诗具在，可与游匹者谁也？观游之生平，有与杜甫类者。少历兵间，晚栖农亩，中间浮沉中外，在蜀之日颇多。其感激悲愤、忠君爱国之诚，一寓于诗，酒酣耳热，跌荡淋漓，至于渔舟樵径，茶碗炉熏，或雨或晴，一草一木，莫不著为咏歌，以寄其意。此与甫之诗何以异哉！诗至万首，瑕瑜互见，评者以为譬之深山大泽，包含者多，不暇剪除荡涤，非如守半亩之宫，一木一石，可屈指计数，可谓知言矣。若捐疵颣，存英华，略纤巧可喜之词，而发其闳深微妙之指，何尝不与李、杜、韩、白诸家异曲同工，可以配东坡而无愧者哉！兹所存者，仅逾二十之一，直使天青木响，水落石出，其有以破拘士之见，而守剑南门户者亦知所取则也夫！"（爱新觉罗·弘历《唐宋诗醇·山阴陆游诗序》）先从诗歌发展、演化历史的角度，评价陆游诗的历史地位，认为"宋自南渡以后，必以陆游为冠"。接下来又广征诸家之评，探索陆诗渊源，认为其生平"有与杜甫类者"，其诗"感激悲愤、忠君爱国之诚，一寓于诗"，也与杜甫诗相类。最后的结论是："何尝不与李、杜、韩、白诸家异曲同工，可以配东坡而无愧者哉！"从诗学史的角度来看，若论贡献，陆游与东坡不能相提并论，乾隆皇帝之评有失公允。

清四库馆臣对此书做了全面的评价之后，大加赞美："论诗一则谓归于温柔敦厚，一则谓可以兴观群怨。"简而言之就是以教化为先。并且据此批评宋人"不解温柔敦厚之义，故意言并尽，流而为钝根"，颂扬此书"以孔门删定之旨，品评作者，定此六家，乃共识风雅之正轨"。纵观其分析和评价，当然不免溢美，作为臣子也不得不如此，不过其中对六家诗风格特征的概括及其渊源分析，还是有可观之处的。

本书较早的版本是乾隆二十五年（1760 年）江苏翻刻本。其他还有若干种，如《四库全书》本，删去钱谦益的评语；光绪七年（1881 年）浙江翻刻本，此本扉页上刻有"光绪七年辛巳季秋之月浙江巡抚臣谭钟麟敬谨摹刻"二十余字。

《二冯先生评阅〈才调集〉》

［清］冯舒、冯班撰

题　解

唐诗总集，清初冯舒、冯班二人所撰，由此得名。冯舒字己苍，号默庵，又号癸巳老人；冯班为冯舒之弟，字定远，号钝吟，兄弟二人为海虞（今江苏省常熟市）人。在诗学观念上，冯舒推尊杜牧，冯班推尊温庭筠、李商隐，而韦縠之《才调集》选诗以晚唐为主，中唐次之，盛唐较少，初唐亦少。所选诗人之中，盛唐突出李白，中唐推崇白居易、元稹，晚唐尤以温庭筠、韦庄、杜牧、李商隐四家诗为多，与二冯诗学观念向相近，所以二人专门对此书加以评阅和批点，后来由其从子冯武刊刻问世。

本书的版本有宛委堂发兑本、《四库全书》本。此外，又有纪昀《删正二冯先生评阅才调集》本。

《唐诗绝句英华》

[清] 梁无技编撰

题 解

唐诗总集，清梁无技编撰。梁无技，番禺人，贡生，号南樵，八岁之时，其母口授唐诗百首，无技皆能记诵。平生长于诗文，有《南樵初集》传世。本书有康熙南樵草堂藏板，总体上版本甚少。书中包括五绝五卷，初、盛、中、晚各为一卷，此外衲子、名媛、仙鬼为一卷，初唐则只有一、二首，盛唐突出李白，选入二十一首，中唐以钱起为首，选诗二十七首，晚唐则选崔道融诗最多，共选十首。七绝九卷，也分初、盛、中、晚，与五绝分类相同，但是重点在中、晚，所以选入这两个时段的七绝更多。初唐只有杜审言选入三首，其他只有一、二首；盛唐还是突出李白，选入七绝三十九首，为第一；中唐突出王建、白居易，前者五十多首，后者四十多首；晚唐重点在曹唐，选诗三十七首；衲子重齐己，名媛重薛涛，仙鬼重湘妃庙女。书中没有笺注和评点。

《唐诗定编》

[清] 金是瀛、宋庆长撰，黄俞、钱芳标参订

题 解

唐诗总集，清金是瀛、宋庆长撰，黄俞、钱芳标参订。金、宋皆为云间（今上海市松江区）人，金是瀛字天石，宋庆长字简臣，其生活年代在明末清初。全书共十四卷，无评论和注释，只有作家小传。编排上先古体，后今体。其中卷一至卷三为五言古诗，初唐十九家，突出了陈子昂，选诗十八首；卷四至卷六为七言古诗，共七十四家，突出了李白、杜甫二人，杜甫选诗三十六首，李白选诗三十五首；卷七至卷八为五言律诗，虽然多达一百二十四家，但是突出的是杜甫、王维，其中杜甫选诗四十二首，王维选诗二十六首；卷九为七律，共七十四家，重点在盛唐诗人，其中杜甫选诗最多，达到二十八首，其次刘长卿，选诗十四首，再次为王维，选诗十三首；卷十至卷十一为五言排律，共七十七家，重点在盛唐，其中刘长卿最多，选诗十三首，其次宋之问、杜甫，每人选十首，再次为王维、李白，前者九首，后者八首；卷十二为五言绝句，共一百零二家，重点在王维、李白，王维选诗十四首，李白选诗十二首；卷十三至卷十四为七言绝句，共一百零九家，突出的是李白和王昌龄，其中李白选入二十一首，王昌龄选入十九首。从选诗倾向上可以看出：金是瀛、宋庆长二人显然受到明代李攀龙《唐诗选》的影响，特别重视盛唐。

本书有宋氏家藏本，书前有王光承所作之《序》及吴骐所作之《唐诗定编叙》。从吴《叙》中可知编撰此书费时之多："简臣宋子幼即从事于诗，见天石所选，辄汇辑考订，斟酌损益，积二十年录成一书。"从王《序》可见用功之勤："近者天石、简臣复取平日所选唐诗，与苍水、葆酚更加雠考，每欲登下一篇，四子必咏再三而后定，其详其慎如此。"

《广唐贤三昧集》

[清] 文昭编撰

题　解

　　唐诗总集，清宗室文昭编撰。文昭（1680—1732），字子晋，号紫幢，又号芎婴居士、北柴山人、桧栖居士，为镇国公百绶之子。在康熙三十八年（1699年）应乡试之时，文昭因为用了《庄子》语句而被放居，于是辞俸家居，学道作诗，有《紫幢轩诗》三十二卷流传。此外，文昭又通绘事，取法陈淳，长于花卉写生。有《八旗画录》《清画家诗史》《读画辑略》等书传世。

　　文昭是清初诗坛领袖王士禛的入室弟子，所以他把王士禛的《古诗笺》中的唐人之诗辑出来，再与其《唐贤三昧集》《万首唐人绝句选》《十种唐诗选》等书合并在一起构成此书。因此，本书的编撰在一定程度上体现了王士禛的诗学观念。

　　本书有清康熙刊本。

《唐人千首绝句》

[清] 许人华撰

题　解

　　唐诗总集，清许人华撰。许人华生活在清初，字之光，高阳（今河北省高阳县）人。

　　本书有传万堂刊本，没有评语和注释，共分四卷。卷一所选为五言绝句和六言绝句，其中五言绝句突出王维、李白、王昌龄三人，各选十二首；六言虽然选入八家诗，但是突出了王维，选五首。卷二至卷四为七绝。卷二着重突出的是王昌龄、李白二人的诗作，其中王昌龄选入三十四首，最多；李白选入二十四首，为第二。卷三突出王建、白居易、刘禹锡，其中以王建为最多，五十首；白居易其次，三十四首；刘禹锡第三，三十二首。卷四突出李商隐、杜牧二人之作，其中李商隐选入二十首，最多；杜牧选入十九首，仅差一首。

《碛砂唐诗》

[清] 盛传敏、王谦纂释

题　解

唐诗总集，宋周弼原选，元释圆至注，清盛传敏、王谦纂释。盛传敏、王谦为清初文士，传敏字讷夫，昆山（今江苏省昆山市）人，曾师事太仓陈瑚，多才多艺，通晓象纬、兵农、礼乐，好酒，工诗。曾从军闽中，不久弃去，漫游各地，足迹几遍天下。王谦，字太冲也是昆山（今江苏省昆山市）人。

本书有清康熙十九年（1680 年）刻本，共三卷。其中七言绝句、七言律诗、五言律诗各一卷。书中纂释较为详备，态度也比较客观、公允：首先，不掠人美，书中对元释子圆至的原注都特别加以标明，自己的纂释也标识明确，附于原注之后，其述评作品、考证诗人生平等，大都比较确切，时有精审之见。所以，编撰者自己在《例言》中说："纂释或从略，或阙疑，不欲一一求详、一一求信者，不敢以文害辞而欲以意逆志耳。"仔细考查全书，可以看出此论并非虚语。

《唐三体诗评》

[清] 何焯评点

题　解

　　唐诗总集，宋周弼原选，清何焯评点，有眉批、尾批、旁批，以及圈、点、校正，皆用朱墨。"三体"指七绝、七律、五律。何焯在《唐三体诗评》卷末跋中说："《鼓吹》《三体》二编，嘉靖以前童儿皆能倒诵，如宋人读郑都官诗也。自王、李盛，而几庶无能举其名者。然所论诗法，亦多阴窃伯敬余唾云。"《唐三体诗》本是南宋周弼编的一部唐诗选本，专选五律、七律、七绝"三体"，每种体裁下按作法分为诸体，每体前有解说，后附诗例。宋以后经过多人整理，版本比较复杂。今人陈斐《〈三体唐诗〉版本考》(《齐鲁学刊》，2010年第2期)一文，对此书在我国的流传情况做了比较详细的梳理："《三体唐诗》成书于淳祐十年（1250），原本无注，或为'四卷'。大德九年（1305），圆至注付梓，方回为序。今存元刊《唐三体诗说》二十一卷本，应当最接近圆至注原貌。后来又有残缺的二十卷本刊行。元以后，我国版刻的《三体唐诗》主要为圆至注二十卷本系统。至大二年（1309），又有裴庾为《三体唐诗》作注。裴庾注是独立的注本，还是在圆至注的基础上而作，难以判定。但至少在元代，已出现了两种既有圆至注，又有裴庾注的注本：《诸家集注唐诗三体家法》(简称"集注本")和《增注唐贤绝句三体诗法》(简称"增注本")，皆三卷。这两种注本元以后在我国失传，赖日本翻刻本知其原貌。清康熙年间，出现了两种删改圆至注二十卷本而成的新注本：盛传敏、王谦《碛砂唐诗》三卷和高士奇《唐三体诗》六卷。高氏本被收入《四库全书》。后何焯据明内府刊圆至注二十卷本还原，评批朗润堂刊高氏本。何氏批校本于光绪十二年（1886）由泸州盐局朱墨套印出版。"现在常见的就是光绪十二年春泸州盐局刊本。书内题曰："汶阳周弼伯敬选，高安释圆至天隐注，钱塘高士奇澹人辑，长洲何焯屺瞻评。"可以看出，此书之成是何焯在高士奇重辑《唐三体诗》基础上进行的评点与校勘。所以书中高士奇之序、周弼之《凡例》、释圆至之注都保留下来了。此外，书前有桂阳夏时写的《校刊唐贤三体诗序》，书后还有何焯之《后记》和海宁钱保塘之《后记》。

《〈才调集〉笺注》

[清] 吴兆宜笺注

题 解

唐诗总集，清吴兆宜笺注。吴兆宜，字显令，江苏吴江人，吴兆骞之弟，其生卒年不详，初考大约生活在清圣祖康熙年间。为诸生，亦善属文，平生著述颇丰，尤其所注文集颇多，如注徐孝穆、庾子山二集，又注《玉台新咏》《才调集》及《韩偓诗集》，都有特殊参考价值。《清史稿》卷一百四十八记载：周庾信《开府集笺注》十卷，吴兆宜撰；陈徐陵《孝穆集笺注》六卷，吴兆宜撰；《玉台新咏笺注》十卷，吴兆宜撰。

本书十卷，四册，河间纪氏阅微草堂藏本，此本保留了韦縠原序，并且有吴兆宜之子吴根臣和同乡李澄的跋文各一篇，此外，还保留有一篇《题记》。

《放胆诗》

[清] 吴震方撰

题 解

唐诗总集，清吴震方撰。震方字青坛，石门（今浙江省崇福镇）人，康熙十八年（1679年）进士，官至监察御史。后罢归。康熙四十二年（1703年），圣祖南巡，吴震方以所辑《朱子论定文钞》进呈，康熙皇帝赏其才学，故得以复职，且御书白居易诗以赐。因摘诗中"晚树"二字以名其楼。其著述除此书外，还有《读书正音》《晚树楼诗稿》《岭南杂记》《朱子论定文钞》等。

本书有清康熙四十四年（1705年）本，但是今世已不多见。本书分上、下二卷，所选之诗皆为五、七言长篇，有些诗后面有评语，但是都无笺注。从其选诗倾向上看，比较重视中唐的韩愈和王建。所以，其上卷选杜甫、李白、任华、王昌龄、元结、韩愈、轩辕弥明、柳宗元、张籍、孟郊、李贺、卢仝、刘乂等十三家，其中特别突出韩愈，选诗二十二首，超过李白、杜甫等人，为最多；下卷选白居易、元稹、刘禹锡、杜牧、李商隐、王建、戴叔伦、卢纶、刘言史、张碧、李涉、卢肇、郑嵎、皮日休、陆龟蒙、司空图、吴融、崔珏、薛逢、赵搏、苏拯、詹敦仁等二十二家，特别突出的是王建，选诗十二首，为最多。

《唐诗录》

[清] 王昶撰

题　解

唐诗总集，清王昶撰。昶字德甫，号述庵，又号兰泉，江苏青浦（今属上海市）人。其祖籍原本为浙江之兰溪，明季迁至朱家角定居。早年，王昶广交海内诗人。其中特别值得注意的是，他与王鸣盛、吴泰来、钱大昕、赵升之、曹仁虎、黄文莲友善，并称为"吴中七子"。乾隆十九年（1754年），王昶登进士第，归入选班。二十二年（1757年），帝南巡，召试之时，王昶为第一名，授内阁中书，充军机章京。三十二年，察治两淮运盐提引，前盐运使卢见曾坐得罪，昶尝客授见曾所，至是坐漏言夺职。三十七年（1772年）随云贵总督阿桂入四川九年，平定大小金川，功任吏部员外郎。四十三年（1778年）由通政副史升大理寺卿，四十四年（1779年）授左副都御史，四十五年（1780年）改江西按察使，同年免职。官至刑部右侍郎。王昶好金石之学，著有《金石萃编》一百六十卷；又善诗、词、文，有《明词综》《国朝词综》《春融堂集》《湖海诗传》《湖海文传》四十六卷等书传世。

本书之末标明完成时间是："乾隆五十九年，岁次甲寅清和，青浦述庵王昶初稿终。"版本是考祥书屋本，为钞本，未标卷数，共十五册，今世已经难得一见。选诗包括古诗、近体，附有作家小传，诗中虽然有注释，但是极少，个别处引入前人评语。

《唐律清丽集》

[清] 徐曰琏、沈士骏撰

题　解

唐诗总集，清徐曰琏、沈士骏撰。徐曰琏字商征，吴县（今江苏省苏州市）人。沈士骏字文声，元和（今属江苏省苏州市）人。全书分应制、应试、酬赠、纪述四门。以"清丽"为选诗标准，所以书口题作《清丽集》。唐诗自四韵至百韵，均有选录。选诗于初、盛唐为多，中、晚唐少，最为推重者为杜甫，所以选诗最多，总体上以初、盛唐为正宗，基本沿袭明人高棅的诗学观念。从历史上看，清乾隆二十二年（1757年）春，乡试、殿试皆不考经判，而改试五言八韵唐律。其实这便基本等同于唐代的试帖诗。这种诗体是唐代科举制度下进士科考所采用的一种诗歌样式，其体裁一般以五言六韵十二句的长律为定式，也有放宽至八韵或紧缩至四韵者，诗题与韵字由考官限定，其思想内容则要求紧扣题意，其通篇结构更要求完整严密，用韵则更不能出韵，平仄也更要协调。有明一代直至清康熙初期，皆以八股取士为主。但是到了康熙中叶，朝议便有人对单试八股文提出批评，认为其文不能反映应试者的文学修养与实际才能，当时本来就有加试试帖诗的主张，虽然不了了之，但是已经引起人们对唐人试帖诗的注意，并且在坊间开始学习、研究。据《清史稿·选举志一·学校条一》记载："乾隆初，覆试兼用《小学》论。中叶以后，试书艺、经艺各一。增五言六韵诗。"乾隆二十二年（1757年）更"诏剔旧习、求实效，移经文于二场，罢论、表、判，增五言八韵律诗"；又在"四十七年，移置律诗于首场试艺后"。如此一来，选读唐人试帖诗之风蓬勃兴起，大量选本应时而出，其中如张尹之《唐人试帖诗钞》四卷（乾隆二十二年刻本），王锡侯之《唐诗试帖详解》十卷，恽鹤生、钱人龙合编之《全唐试律类笺》十卷，张桐孙之《唐人省试诗笺》三卷，范文献、黄达、王兴谟合编之《唐人试帖纂注》四卷补编一卷，钟兰枝之《唐律试帖笺释》等，都于乾隆年间刊行于世。由试帖诗又变本加厉，扩展到选录唐人五言长律，徐曰琏、沈士骏编的《唐人五言长律清丽集》六卷，蒋鹏翮的《唐诗五言排律》三卷，梁国治的《唐人五排选》五卷，沈廷芳、陆谦编的《唐诗韶音笺注》五卷；还有把应试诗与应制诗合选合刊在一起的，如李因培选评、凌应曾注的《唐诗观澜集》二十四卷，周京、王鼎等编的《唐律酌雅》七卷，陶元藻辑评的《唐诗向荣集》三卷等，于乾隆二十二至二十五年间刊刻于世。这样，从康熙中叶的八种到乾隆时期的十八种，前后共二十六种唐试帖诗选本流行于世，可见当时唐试帖诗之盛。其实这还不包括没有流传下来的部分选本，可以想见康、乾之际，科举制度的改革，对唐诗选本的巨大影响。徐曰琏、沈士骏二人选集辑的《唐律清丽集》正是适应科举考试试帖诗的产物。所以，编者一方面在内封题曰："沈归愚先生定，吴县徐商征、元和沈文声同辑。"另一方面又在旁边特别指出："是集专选唐五言长律，备场屋馆阁之用，评注详悉，校订无讹，翻刻必究。"

本书为六卷本，清乾隆二十二年年吴郡徐氏刊本。其中每卷第一行题为《唐人五言长律清丽集》，应是全名；而封面页则题作《唐律清丽集》，为书名。

《评定〈唐诗楷〉》

[清] 陶元藻撰

题 解

唐诗总集，清陶元藻（1716—1801）撰。元藻，字龙溪，号篁村，晚又号凫亭，其先世由江西南昌迁浙江会稽（今浙江绍兴），至高祖辈迁萧山。元藻为乾隆贡生，但是屡试棘闱不售，困于场屋，后弃举业，曾历游燕、赵、齐、鲁、扬、粤、瓯、闽等地。能诗文，兼工书画，颇负盛名。游京师之时，曾题诗于旅壁，为袁枚所赏识，专为其作《篁村题壁记》。乾隆二十二年（1757年）春，两淮盐运使卢见曾举红桥修禊，集名士七十余人分韵赋诗，其中包括厉鹗、沈大成、惠栋、郑燮等人，陶元藻顷刻间成十章，一时称"会稽才子"。此后不久归籍，在杭州西湖建泊鸥庄，闭门著述，历时三十余载，卒年八十有六。除此书外，尚有《全浙诗话》五十四卷，《凫亭诗话》四卷，《越谚遗编考》五卷，《泊鸥庄文集》十二卷，《越画见闻》三卷，《唐诗向荣集》三卷等等，可见其著述之丰。

《绍兴府志》卷七十八《经籍志·诗·总集类》记载："《评定〈唐诗楷〉》十卷，陶元藻撰。"据此可知本书为十卷本，但是笔者至今无缘得见。

《读雪山房唐诗钞》

[清] 管世铭撰

题　解

唐诗总集，清管世铭（1738—1798）撰。世铭，字缄若，号韫山，江苏阳湖（今江苏武进）人，乾隆四十三年（1778年）进士，授户部主事。累迁郎中，充军机章京。因其深通律令，故凡谳牍多世铭主奏。屡从大臣赴浙江、湖北、吉林、山东按事。虽然大学士阿桂特别赏识管世铭，并且非常倚重他，但是时值和珅用事，世铭不得尽其才，嘉庆三年（1798年）去世。其著述不仅为《读雪山房唐诗钞》三十卷，还有《韫山堂诗文集》传世。

从体例上看，本书"仿王新城《古诗选》及删定洪氏《唐人万首绝句》之例，取源流大旨及鄙意之偶有所得者"（《读雪山房唐诗钞序》），编选唐诗三千九百首。《清史稿》卷一百四十八《艺文》四《总集类》记载此书为四十卷，有清嘉庆刻本、光绪刻本（笔者所见清光绪十二年（1886年）湖北官书处刊本为三十卷，应该是残本），所选诗主要是五言古诗、七言古诗、五言律诗、七言律诗、五言排律、五言绝句、七言绝句。本书虽然主体上没有脱离中国传统儒家诗教的套头，"凡为诗人之所当吟讽及有裨于诗学者，宜无不在"（《自序》），所以其同乡好友赵怀玉说他所选"无悖乎四始六义之旨"（赵怀玉《读雪山房唐诗钞序》）但是，此书在唐诗批评史上有比较突出价值。其一，备唐诗一代之大观，该三百年之正变。管世铭自己在《自序》中说明自己编撰此书的目的就是"广之专集与各家选本，以及诗话、小说、丛书所载，苟有可采，莫不掇拾，意在备一代之大观，该三百年之正变"。从其实际成书的效果上看，可以说基本达到了预定目标，唐诗几百年的风貌确实得到比较充分的反映。其二，梳理出古体、近体诗歌发展、演变的历史，实际上是各体诗歌小史，这主要体现在本书的《凡例》上。在《凡例》中，编者对各种诗体的源流正变都作以阐述，如《七古凡例》："唐七言古诗，整齐于高、岑、王、李，飘洒于太白，沉雄于少陵，崛强于昌黎，盖犹七雄之并峙也。前之王、杨、卢、骆，后之元、白、张、王，则宋、卫、中山之君也。韩翃、卢纶，王、李之附庸；昌谷、樊南，退之之属国也。惟李、杜，则昌黎而外，盖莫敢问津焉。"等同于唐代七言古诗小史。再如《五古凡例》："五言肇兴至唐，将及千载，故其境象尤博。即以有唐一代论之：陈、张为先声，王、孟为正响。常建、刘眘虚几于苏、李天成，李颀、王昌龄不减曹、刘自得。陶翰慷慨，喜言边塞；储光羲真朴，善说田家。岑嘉州峭壁悬崖，峻不得上；元次山松风涧雪，凛不可留。串供奉襟情偶悦，集建安、六代之成；杜员外气韵沉雄，尽乐府古词之变。韦、柳以澄澹为宗，钱、李以风标相尚。韩、孟皆戛戛独造，而涂畛又分；乐天若平平无奇，而裨益自远。其他一吟一咏，各自成家，不可枚举。於戏，其极天下之大观乎！"这是五言古诗小史，而且短小精悍，易于把握。其三，

倡导创新精神。书中对在诗歌风格上的创新倾向特别推崇，强调独特性。编者在《七古凡例》中说得明白："一人作一面目，王、李、高、岑、太白所能也。一篇出一面目，王、李、高、岑、太白所不能也。杜工部七言古诗，随物赋形，因题立制，如怒猊抉石，如香象渡河，如秋隼抟空，如春鲸跋浪，如洞庭张乐，鱼龙出听，如昆阳济师，瓴甓皆震，如太原公子，褐裘高步而来，如许下狂生，蹀躞掺挝而至。千态万状，不可殚名，悲喜无端，俯仰自失，观止之叹，意在斯乎？"《七律凡例》中也特别强调这一点："七言律诗，至工部而曲尽其变。盖昔人多以自在流行出之，作者独加以沉郁顿挫。其气盛，其言昌，格法、句法、字法、章法，无美不备，无奇不臻，横绝古今，莫能两人。十子而降，多成一副面目，未免数见不鲜。至刘、柳出，乃复见诗人本色，观听为之一变。子厚骨耸，梦得气雄，元和之二豪也。其次则张水部，风流蕴藉，不失雅音。杨少尹情致缠绵，抑又其次也。善学少陵七言律者，终唐之世，惟李义山一人。胎息在

神骨之间，不在形貌，《蜀中离席》二篇，转非其至也。义山当朋党倾危之际，独能乃心王室，便是作诗根源。其《哭刘蕡》、《重有感》、《曲江》等诗，不减老杜忧时之作。组织太工，或为挦家藉口。然意理完足，神韵悠长，异时西昆诸公，未有能学而至者也。"所以洪亮吉评价《读雪山房唐诗钞》之时说："今观侍御之所选，一人有一人之面目，一人有一人之性情，各不相肖，始各极其工。"此外，本书在诗歌批评方法上注意形象化，多以比喻出之；又注意结合作家作品，不为空言等等，也是可称道之处，此处不再赘述。

《闻鹤轩初盛唐近体诗读本》

[清]卢麰、王溥撰

题　解

唐诗总集，清卢麰、王溥撰。卢麰，字继侯；王溥，字性如；两人皆为钱塘（今浙江省杭州市）人，其生活时代当为雍正至乾隆后期。此书之名并不统一，胡定在序中称《闻鹤轩近体评释》，杭世骏在序中称《闻鹤轩唐诗选》，而清乾隆庚戌（1790年）闻鹤轩藏板封面为《闻鹤轩初盛唐近体读本》，内则题为《唐诗近体评释读本》。

本书主要整理方式为圈点、评论和笺注，评语中经常引用陈德公之语，如评苏味道《正月十五夜》之时，书中云："陈德公先生曰：三、四故是爽笔。'秾李''落梅'工切，便极见妍姿。结语得'金''玉'字小对，弥足增致；他处金玉缬黄、藻丽堆垛者，又复无致。此所须辨矣。"从总体上看，其评点多集中在章法结构与艺术风格几方面。全书总共十七卷，选诗范围是初、盛唐近体诗，其次序为：卷一至卷六为五言律诗，卷七至卷十为七言律诗，卷十一为五言排六韵诗，卷十二为五言排六韵八韵诗，卷十三为五排十韵至二十韵，卷十四为五言排律，卷十五至卷十六为五七言绝句，卷十七为七言绝句。可以看出，其有关唐代诗学的主体倾向与明代前、后"七子"推尊盛唐诗的观念相近。

本书有清乾隆三十五年（1770年）刻本。

《唐诗别裁集引典备注》

[清] 俞汝昌注

题　解

　　唐诗总集，清俞汝昌注。本书常见版本有有清道光丁酉（1837年）白鹿山房刊本、清道光富春堂刻本、清光绪二十四年（1898年）上海观澜阁石印本8册（1函）。俞汝昌，字乃凡，吴郡（今江苏省苏州市）人，其生平事迹不详，当为清嘉庆、道光年间人。沈德潜编撰《唐诗别裁集》，大受世人推重，有多种注本问世，比较而言，俞汝昌的这部《唐诗别裁集引典备注》是其中特别好的注本，所以为人们所称赏。阮元称赞说："喜其征引之详，考订之备，学之者数典不忘，开卷有益，由此日沉酣于唐人，不致为客气偏胜者所诱，则此注为力也大矣。"（《唐诗别裁集引典备注序》）叶绍本赞曰："吴门俞乃凡先生博学好古，于载籍无所不通，而尤好读唐诗，以是诗非注不明，爰搜辑诸家，详为诠释，字疏句栉，灿若列眉，由是读诗者得因其糟粕而悟其精华，灼然于指事类情而不疑于穿凿附会。"（《唐诗别裁集引典备注序》）今人朱自清特别指出："唐诗可用沈氏《唐诗别裁集》，此书有俞汝昌引典备注，是正统派选本。"（朱自清《说诗》）所以，《唐诗别裁集引典备注》一书的价值是不容忽视的。

《注释〈唐诗三百首〉》

［清］孙洙原选，李盘根注释

题　解

　　唐诗总集，清孙洙原选，李盘根注释，刻本极少，有清咸丰庚寅（1860年）三元堂刻本。孙洙的《唐诗三百首》问世以后续选之作与注释之作较多。其一，续选之作据粗略统计，古代有清于庆元《唐诗三百首续选》，光绪四年北京龙文阁刻本；今世有《新选唐诗三百首》，人民文学出版社1980年版；马茂元、赵昌平《新编唐诗三百首》，1985年岳麓书社刊行；吴战垒《唐诗三百首续编》，1990年安徽文艺出版社刊行等。这些续选之作应该说各有自己的标准和宗旨，所以也各有成就和特色，不过，实践证明，都不能代替孙洙的《唐诗三百首》。其二，注释之作更多一些，古代主要有这样几种：清李盘根《注释唐诗三百首》，有清咸丰庚寅（1860年）三元堂刻本；清章燮《唐诗三百首注疏》，有常州宛委山庄本、光绪十年湖南学库山房校刊本等；清陈婉俊注《唐诗三百首补注》，有光绪十一年四藤吟社本，此本被认为最为精审之作。近、现代则有近人喻守真《唐诗三百首详析》，中华书局1984年初版；今人朱大可《新注唐诗三百首》，上海文化出版社1958年3月出版；金性尧《唐诗三百首新注》，上海古籍出版社1980年出版；台湾严一萍《唐诗三百首集释》，台湾艺文印书馆1991年1月出版；台湾黄永武、张高评合著《唐诗三百首鉴赏》，台湾黎明文化事业公司1986年印行；王步高《唐诗三百首汇评》，东南大学出版社1997年版。此外，今人朱迵远、毕宝魁曾于上世纪九十年代合著《唐诗三百首译注评》。可见，《唐诗三百首》从古到今一直是人们非常关注的唐诗选本，也是流传最广的唐诗选本之一。

　　本书在体例上基本保持孙洙《唐诗三百首》的原貌，并且保留了孙洙的《唐诗三百首题辞》以及其旁批，书前还有倪一擎写的序和《凡例》对注释和《凡例》进行说明，但是没有分卷，是以诗体编次，其具体编排顺序是：五言律、七言律、五言绝句、七言绝句、五言古诗、七言古诗。

《唐诗近体》

［清］胡本渊撰

题　解

　　唐诗总集，清胡本渊撰。胡本渊，字静夫，号愚溪，上元（今南京）人。早有文名，诗、书、画皆工，兼通子、史，尝困诸生者四十年，乾隆五十七年（1792年）举于乡，嘉庆元年（1796年）成进士，官国子监学正。本书之外，还有《金陵诗征》，又编辑《子史精华辑要诗赋题解》四卷、《子史辑要诗赋续编》四卷。

　　本书有同治七年（1868年）木樨山房刻本，光绪二年（1876年）刻本，光绪十七年（1891年）刻本。胡本渊编撰此书的目的是想为初学诗者提供法门："初学读诗，必以有唐一代为法门，近体又其入门之先者也。由近体而入古，由唐之古上溯汉魏之古，以寻诗教之源，非可一朝一夕求矣"（端木采《唐诗近体跋》）。当时孙洙的《唐诗三百首》已经风行天下，但是胡本渊认为孙洙之书对近体唐诗选入不足，所以他专门选唐代的五言律诗、五言绝句、七言绝句、七言律诗、五言排律，编成此集，意思是要对孙洙的《唐诗三百首》作些补充。其整理方式是评注、旁批、圈点三种。全书共分四卷，其次第是：卷一为五言律诗，卷二为五言绝句、七言绝句，卷三为七言律诗，卷四为五言排律。其中五律突出杜甫选入四十首，其次王维、李白各十首；其他如孟浩然、岑参各六首。五言绝句和七言绝句则突出王维、李白、王昌龄，其中五言绝句王维、李白各二首；七言绝句中，李白四首、王昌龄三首。七律突出杜甫、白居易、李商隐三人，其中杜甫七律最多，选入三十二首；其次白居易，选入九首；再次李商隐，选入八首。五言排律着重于沈佺期、周存，两人各选二首，其余仅一首入选。

·302·

《唐诗正声》

[清] 马允刚编撰

题　解

　　唐诗总集，清马允刚编撰。马允刚，字见一，号雨峰，乾隆举人，工诗，善书，嘉庆十六年（1811年）为定远厅同知。十七年（1812年）创建班城书院，亲为生员讲学，督教素严。后官至池州知府。

　　本集总共四十七卷，是从康熙本《全唐诗》中摘录出来的，按照初唐、盛唐、中唐、晚唐的时间顺序编辑，兼收乐府古律各体，诗人按照生卒年先后顺序排列。书前有《唐诗正声序》，文中首先对此前的唐诗选本进行概要式的评价："诗莫盛于唐，唐以诗取士，学者攻之，遂造其极。古今之选唐诗者不下数百家，大要不过由初、盛、中、晚分其时，乐府古律别其体；崇大家者以初盛为宗，采风调者惟中晚是尚，台阁多冠冕之词，山林多寒瘦之语，咏物尽形似之妙，述情写哀乐之真，至于大圣人可兴可观可群可怨、事父事君之旨，则漫无考证。于《三百》垂教之意、六义明经之训，毫无关焉。因使搜奇逞博之流，以多文为富，以美丽相矜，藻采缤纷，声韵铿锵，混先王之教于下里巴人，夷儒者之学于佳人才子，诗教之失其正，由来久矣。"总体上认为此前的唐诗选本各取所需，各偏所好，但是没有遵循孔夫子诗可兴、可观、可群、可怨、事父、事君之旨，脱离了儒家的诗教之本。然后叙述自己编辑此集的过程，以及本书体例、标准等等："仆自束发受书，搜罗四十余年，其求教于乡前辈与四方交游擅风雅之名者，无不求其言论以证吾一得。近于唐贤，觉稍有以窥其阃奥，因于公事之暇，取《全唐诗》本摘而录之，仍循初盛中晚分其时，乐府古律别其体。或为台阁之咏，或为山林之词，或为缘物起兴，或为即事述情，或崇厥体裁，或尚其才调，而总以其言之有关于人心风俗，陈时事者不失忠厚，言得失者寓其劝惩，宣上德而非佞幸之词，达下情而无乖离之语，即寄情风月而非徒放浪，托言花鸟而别有隐含，使读之者玩其辞，索其意，皆本于性情之正、好恶之公。虽其人亦不尽为忠贞，俱属醇儒；而其诗绝不涉于淫荡，不流于怨乱，不以人废言可也。至于大家之中，亦有其体不正大，词不庄严，为当时游戏之作者，亦概从删焉。"（《唐诗正声序》，清嘉庆二十一年耘经堂刻本《唐诗正声》卷首）书中各诗没有笺注和评点，但是在有些诗人的作品最后，加上一段总评。如卷二十二在李绅诗后评曰："李公垂诗，陈事言情，和平详尽，无虚响，无浮艳，其叙述时事与生平遭遇，怨而不乱，处富贵而不淫，处贫贱而不移，能得《小雅》之遗意者，读之可悟持身涉世之道。若刘禹锡则愤激矣。并钞之，可以辨二贤之优劣。"不人云亦云，确实为有得之言。再如卷二十四在刘禹锡的诗后评曰："刘梦得与元、白同时齐名而稍亚元、白，白香山甚推重之。至后论诗者，则不但不亚于元，反过之。诗有豪气而沉著，不似元之轻，亦异于柳宗元也。"评价中肯，见解独特。

本书有清嘉庆二十一年（1816年）耘经堂刻本。

《李杜韩白四家诗》

[清] 马允刚编撰

题　解

唐诗总集，清马允刚编撰。此书前有马允刚本人写的《刻唐李杜韩白四家叙》，落款为："诰授奉政大夫，陕西汉中府定远同知，甲子丁卯戊辰庚午四科乡试同考官，直隶开州马允刚见一氏撰。"选取唐代著名诗人李白、杜甫、韩愈、白居易四家之诗。《叙》中主要论述编选此集之由："唐李、杜、韩、白四家诗独刻之，何也？盖以四家均有不可小觑，混同于唐诸家者也。前人论之曰：李，诗中之仙；杜，诗中之圣。韩昌黎曰：'李杜文章在，光焰万丈长。'是李、杜之独高于诸家，人知之矣。而韩以文著，不以诗名；白则使老妪可解，世因有'元轻白俗'之议，乌可以配李杜哉？尝论之，韩诗流传不多，其《答崔立之书》曰：'今之所以举进士与应博学者，其所为可无学而能。'盖自有不沾沾于对偶声律以投时好为能者。今读其集，其立意用笔、抒写性情景物之处，其阔大处似李，其沉实处似杜，其光焰诚有不减李、杜者，学者特因其语多生硬，不似他家之顺适，故读者少耳。而其用意实有足羽翼《三百篇》者，不但文起八代之衰已也。至于白，诚为易晓，而究其用意，上关国家，下达里巷，其悯时病俗、安贫乐道、好贤嫉恶、望治忧乱之心时时流露，不独《新乐府》诸篇能以上表开国之盛德，下陈时政之得失也。广哉大哉，亦实非唐诸家所可及者！况李、杜、韩、白，前人早有此称，故遵其说而独刻之；亦使读诗者有所主而不至入于浮靡浅率，徒为吟风弄月之技也。是为叙。"（马允刚《刻唐李杜韩白四家叙》，耘经堂刻本《李杜韩白四家诗》卷首）其中李白与杜甫不消多说，关键是"四家"中为什么会选韩愈、白居易？一是因为韩愈"其阔大处似李，其沉实处似杜，其光焰诚有不减李、杜"，"其用意实有足羽翼《三百篇》"；白居易之诗"上关国家，下达里巷，其悯时病俗、安贫乐道、好贤嫉恶、望治忧乱之心时时流露，不独《新乐府》诸篇能以上表开国之盛德，下陈时政之得失"。二是因为"李、杜、韩、白，前人早有此称"，此集是"遵其说而独刻之"。

《唐人七律志彀集》

[清] 翁方纲编撰

题　解

唐诗总集，清翁方纲编撰。此书除了批语中时有精解之外，其《凡例》内容也相当丰富，涉及到此集的各个方面，特别可观。

其一，关于此集取名之缘由，文中云："昔王阮亭司寇尝举刘吏部公㦤之言曰：七律较五律多二字耳，其难什倍，譬如硬弩，只到七分，若到十分满，古今亦罕矣。此语诚道尽七言律诗秘妙。兹集颜以'志彀'，盖取诸此。"（翁方纲《唐人七律志彀集凡例》，上海图书馆藏稿本《唐人七律志彀集》卷首）很清楚，此集之名，原来是受王士祯有关七律的言论启发而产生的。

其二，关于七言律诗的写作，文中说："诗到七律，著不得一毫矜才使气。须要全体融结，静细深稳，真乃良、平失智，贲、育失勇；而又必有雄厚高浑之气，运以沉郁顿挫。兼此二者，致为难到。然由前之论，出自洗伐功深，自臻纯诣；由后所云，沉郁顿挫之妙，则殆由天授，非可学而至也。"（翁方纲《唐人七律志彀集凡例》，上海图书馆藏稿本《唐人七律志彀集》卷首）

阐述七言律诗的写作要领和方法，推崇"沉郁顿挫"的境界，并且认为此种境界"殆由天授，非可学而至"。

其三，《凡例》中最突出的是对杜甫七言律的评价和分析。一则曰："曩者论七言律诗，自然、浑成二者，煞是难兼。一意专要自然，便乍难浑成；若极力学浑成，又难得自然。自然、浑成俱有者，古今唯一杜子美耳。他人虽亦有兼到之时，终觉杜之自然浑成又与他人不同。元遗山《论诗绝句》云：'沈宋横驰翰墨场，风流初不废齐梁。'初唐律句，其气宇吞吐间，自有肇开一代之势；若直以此为正法眼藏，将有俟焉。略取其格高韵足之作，抄一小卷。开、宝诸公，堂堂旗鼓，王、李、高、岑，卓然杰出，而王、李尤为大雅之作。初唐之后，工部之前，固应有此一段高唱，尚恨篇什不多耳。崔司勋一二篇流传人口，亦巨制也。合为盛唐诸公一卷。"（翁方纲《唐人七律志彀集凡例》，上海图书馆藏稿本《唐人七律志彀集》卷首）首先阐明七言律诗难以兼备自然、浑成的境界，认为只有杜甫兼有这两点。然后将初唐、盛唐诸家七律与杜甫进行比较，进一步证明杜甫七律"古今唯一"的独特成就。二则曰："七律至杜公，千古一人而已，录为一卷。杜公而后，鲜有能接武者。上元、宝应之间，刘文房最为作手，当时有钱、郎、刘、李之称。长卿曰：'郎士元，李嘉祐焉得与余齐名？'盖其自负如此，然于钱，则未敢有间言也。仲文秀骨天成，实无多让。二公在盛唐之末，中唐之初，继往开来，皆一代作手也，唯气体渐趋平易，边幅亦日就单窘。延至十才子，格稍降矣，然观其佳作，犹令人想见高曾。今取二公诗冠于第四卷首。"（翁方纲《唐人七律志彀集凡例》，上海图书馆藏稿本《唐人七律志彀集》卷首）首先论定杜甫七言律诗在历史上的地位，认为是"千古一人而已"。然后论述杜甫之后盛唐后期与中唐时期诗人的七律创作状况，虽然指出各自的成就，但是认为这些诗人的七律皆不能与杜甫相比。三则曰："杜公七律，天地间元气、古今人之性情皆在其中，学七律者定须奉此为圭臬。若论诗，则初不限以一格，如后来东坡七律，抑又绝不践迹矣。但以既从事于此体，自应标举正位，刊落旁门，今就《全唐诗录》七律择之又择，不嫌其少，亦复不求其备。存此意以进读宋元，庶乎知所别裁云尔。"（翁方纲《唐人七律志彀集凡例》，上海图书馆藏稿本《唐人七律志彀集》卷首）标举杜甫七言律诗"天地间元气、古今人之性情皆在其中"，认为作七言律诗应该以杜律为"圭臬"，此为"正位"，要"刊落旁门"。四则曰："王敬美有言：今人作诗，但要真才实学，本性求情，且莫理论格调。此言最善。如窦叔向《与表兄话旧》之类，何尝规仿盛唐、摹范子美乎？若'王濬楼船下益州''城上高楼接大荒'诸什，平心而论，亦即中唐时之《秋兴》《古迹》《黄鹤楼》，□□风所趋，不可强也。然遽以此为笼罩今古，上接杜陵，则正未敢信，故宁阙焉。"列举中唐刘禹锡、柳宗元等人的名篇与佳句，承认其成就和价值，但是认为还是不能与杜甫相提并论。五则曰："自刘随州而下，以至中晚名辈，无不学杜，然须俟其人气力能到，方许问津。故终唐之世，迄无入室者。晚唐新声靡靡，独李义山七律以韵逸□柔，移宫换羽，几于得杜一斑，此须在篇章骨节间辨之耳。特别于晚唐诸人，录为一卷。"（翁方纲《唐人七律志彀集凡例》，上海图书馆藏稿本《唐人七律志彀集》卷首）分析和介绍中、晚诗人学习杜甫七律的情况，认为没有登堂入室之人，虽然李商隐七律成就较高，但是其学杜也"几于得杜一斑"。究其原因，认为是气力未到。

其四，《凡例》中还论及唐代各个时期众多诗人的七言律诗。如："约而论之，中唐六七十年之间，韦、柳以五古擅长，七律非其专家。白公自有妙处，而究非高格。卢纶等十子中，韩君平殊有风致，皇甫茂正时多隽永。外此，则刘宾客斐擅誉矣，其为白公最赏之句，则诚不可解。都略采为一卷。"（翁方纲《唐人七律志彀集凡例》，上海图书馆藏稿本《唐人七律志彀集》卷首）专门论述中唐时期的七律创作，重点对韦应物、柳宗元、白居易、刘禹锡，以及"大历十才子"的七律创作进行分析，但是总体上评价不高。再如："小杜清才，晚唐首选。温虽与李并称，其实'波生野水雁初下，风满驿楼潮欲来''回日楼台非甲帐，去时冠剑是丁年'数联之外，妙篇寥寥不多见，总之骨力屡耳。自余陆龟蒙、皮日休、韩偓、吴融、罗隐、郑谷、方干辈，概少风骨。且如司空图、马戴，在晚唐中尚为杰出，而七律却无佳什，其亦限于风会，不能自主耳。许浑、赵嘏以下，略摘一二，为一小卷。"纵论晚唐诗人的七言律诗，推重杜牧，誉之为"晚唐首选"；肯定司空图、马戴，认为此二人"在晚唐中尚为杰出"。同时对温庭筠以及陆龟蒙、皮日休、韩偓、吴融、罗隐、郑谷、方干等人的七律也进行专门评价，总体上认为他们的通病是骨力不足。

显然，翁方纲对中、晚唐诗人的七言律诗评价不高，他看中的主要是盛唐人的作品，特别是杜甫的七律。

本书现藏于上海图书馆，六卷，二册，为翁方纲手定稿本，题签为《唐七言律读本》，翁氏于题下书双行小字："志觳集上，覃溪题签。"又于其题签下方钤"覃溪草稿"印。除题签为《唐七言律读本》之外，每卷之卷首皆题为《唐人七律志觳集》，其主要整理方式是用朱笔圈点，同时加有批语。

《七言律诗钞》

[清] 翁方纲编撰

题　解

　　唐诗总集，清翁方纲编撰，清乾隆四十七年（1782 年）翁氏复初斋自刻本。本集共十八卷，四册，收唐、宋、金、元四朝七言律诗七百六十七首，诗人一百零九家。按朝代编列，先唐诗，八卷；次宋诗，六卷；次金诗，二卷；再次元诗，二卷。其中唐诗是在《唐人七律志觳集》的基础上增删而成，不过诗人、诗作的编选已经有所变化了。因为此集兼收宋、金、元诗，所以在凡例中也增加了对宋、金、元诗的评述。此集之中，除通过选诗以选达旨之外，其《凡例》也颇有诗学价值，对后世认识和了解唐、宋、金、元四朝诗颇有启发意义。

　　其一，总论七律原始及选诗起始："古今文章之变，朴极而谐。乐府七言，余波绮丽，若总持《芳树》《江都》乐歌，与初唐七律竟无分别。《选诗拾遗》云：'七言律体，已具于隋。'然犹未知其昉于陈也。愚钞此体，始自初唐，亦先河后海之义尔。"（翁方纲《七言律诗钞凡例》，乾隆四十六年刻本《七言律诗钞》卷首）认为七律一体，起源于陈之乐歌；而其编选七律作品则起始于初唐。

　　其二，总论唐人七律："元遗山《论诗绝句》云：'沈宋横驰翰墨场，风流初不废齐梁。'初唐律体，气宇吞吐间，自有肇开一代之势；若直以此为七律之正，将有俟焉。今略取其格高韵足者，抄一小卷而已。初唐所抄，既寥寥数篇，或谓当并盛唐为一卷。愚意不然。盖钞诗之义，当以风会为主，乃可监观古今文章次第推移、文质相生之渐。近日有刻阮亭司寇唐律《神韵集》者，其钞择之精否姑勿论，第以全唐止六卷，而中唐忽析为二卷，又无说以处之，愚所不敢也。古人卷帙多寡原无限断，故宁别为一卷，以见唐初风会之大概。开、宝诸公，堂堂旗鼓，王、李、高、岑数家卓然杰出，而右丞尤为大雅之作。初唐之后，工部之前，固应有此康庄正路。今钞盛唐诸家为一卷。七律至杜公，千古一人，钞为一卷。杜公而后，接武为难。上元、宝应间，刘文房、钱仲文最为有名，延及十才子，格稍降，气体亦稍单弱矣。今钞中唐诸家一卷，以著流派相沿之所自。王敬美有言：'今人作诗，但要真才实学，本性求情，且莫理论格调。'此言最善。如窦叔向《与表兄话旧》之类，何尝规仿盛唐、模范子美乎？若'王濬楼船'一篇，当时诸公推为绝唱，平心而论，亦如中唐时之《秋兴》《古迹》《黄鹤楼》矣；风气所趋，不能强也。然而此间有合离焉，有升降焉，分刌微茫，不可以目论矣。昔新城司寇每戒人勿看白诗，此以格调论耳。愚故曰：新城所云神韵，即何、李所云格调之别名也。是以新城又曰东坡七律不可学，亦与此同旨。诗至白公，无一笔不提，无一笔不变，而皆于平实出之。附以元相，合钞一卷。杜律至矣，可惜者太白清才逸气，不得于七律发之耳。愚意谓后来能借太白仙笔发为七律者，东坡也。然晚唐出一杜樊川，亦殆庶几焉。豪荡感激，竟不拘拘绳尺，然天地间云行水流，何非法哉？钞小杜一卷。自刘随州而下，以逮于中晚，名辈无不学杜，然须俟其人气力能到，方许问津，故终唐之世迄无入室者。晚唐新声靡靡，独李义山七律，以韵逸手柔，移宫换羽，遂有登堂哜藏之叹，此正在骨节间辨之，钞义山一卷。晚唐自樊川、玉溪外，几于异曲同声。温虽与李齐称，特以并列'三十六体'耳，非匹敌也。韩致光哀音怨乱，不害其为丹山雏凤。钞晚唐诸家为一卷。"（翁方纲《七言律诗钞凡例》，乾隆四十六年刻本《七言律诗钞》卷首）论述唐人七律，关照到初、盛、中、晚各个时期，着重分析其发展与演变。关于初唐七律，翁氏认为"有肇开一代之势"，但还不是"七律之正"，所以抄一小卷而已，目的是见唐初风会之大概、"观古今文章次第推移、文质相生之渐"。对于盛唐七律，翁氏给予更多的关注，一方面标举王、李、高、岑数家为"卓然杰出"，并且称王维七律为"大雅之作"，但是重点是从史的角度切入，推举杜甫七律，认为"七律至杜公，千古一人"，所以专为一卷。论及中唐，首先对刘长卿、钱起及"大历十才子"、刘禹锡等人的七律创作进行评价，指出其"格稍降，气体亦稍单弱"，揭示出七律由盛唐到中唐的演变状况；然后简要介绍白居易的七律创作，揭示其"平实"的特色；又转过来对李白未能在七律方面发其"清才逸气"至为感叹。接下来论述中、晚唐人师法杜甫七律的状况，总体上认为没有入室者，只有晚唐李商隐之七律可以算作"登堂"。分析其中原因，认为是气力未到。此外，对杜牧、温庭筠、韩偓等人的七律也有论列，肯定其独特之处。

其三，纵论唐、宋诗之演变："唐人诗，虽气之盛衰，格之高下，万有不同，然波澜意度自成其为唐音，故为古今诗道之通途，风人之正脉。况七律创始自唐，其堂庑规矩，开启后来，尤鼓箧祭菜之义，后来有祧唐祖宋者，皆非正也。然人之心思笔力，变化日新，词源所辟，盈科放海，天地之精华，事理之血脉，遂不得不放出有宋诸家矣。有诗人之诗，有才人之诗，有学人之诗，齐梁以降，才人诗也；初盛诸公，诗人诗也；杜则学人诗也。然诗道至于杜，又未尝不包括诗人才人矣。迨中晚诸家，而斯事又离而为三，至于晚唐五代，求其适于大道者，盖无有也。中唐之际，独一韩文公起衰式靡，排齐梁之蝉噪，然其神力全在古体，而七律未暇及焉。直至半山、东坡，乃能精微合拍，亦由建隆逮于熙、丰，郁积百年而发之。经曰：'温柔敦厚，诗教也。'又曰：'君子以言有物。'以此思之，亶其难乎！"（翁方纲《七言律诗钞凡例》，乾隆四十六年刻本《七言律诗钞》卷首）首先肯定唐诗的典范地位，认为是"古今诗道之通途，风人之正脉"；同时又肯定宋诗的创新之功，认为"变化日新，词源所辟"，"不得不放出有宋诸家"。然后对齐、梁至唐的诗人进行分类，认为齐、梁至隋之诗为"才人诗"，初、盛唐之诗为"诗人诗"，杜甫之诗为"学人诗"；又特别强调杜甫之诗集"学人诗""诗人诗""才人诗"于一体的特殊地位。以此为标准，衡量中唐、晚唐，以至于宋代诗人之诗，指出杜甫之后的韩愈有所创造，只是七律没有达到标准；只有宋代的王安石、苏轼"精微合拍"。翁氏此说，通过杜甫、韩愈，再到王安石、苏轼，将唐、宋两代诗归为一脉相承的体系，重在说明诗人由才子到诗人，再到学者的转变，并由此导致才子之诗到诗人之诗，再到学人之诗的变化。而翁氏最为推崇的境界则是集"学人""诗人""才人"为一体，也即经济、才性、学问三者融合为一的诗家——这就是杜甫、韩愈、王安石、苏轼一类人，其中以杜甫为最高典范。显然，这已经把唐、宋诗学纳入到翁氏融义理、考据、词章为一体的"肌理说"的轨道。

其四，总论宋诗："宋初不离唐末面目，犹之唐末不离齐梁余习。东坡云：'五代文章付劫灰，升平格律未全回。故知前辈宗徐庾，数首风流似玉台。'有慨乎其言之也。吴孟举钞有宋一代之诗，从《小畜集》发轫，其谓风会何矣。今专论七律，则直从半山起。一笔孤行而拔地倚天者，半山也。其不及香山、玉溪处，亦正在此。此一卷之钞，固为读者计乎？屈注天潢，倒连沧海，空山无人，水流花开。七律至此，直以仙笔行之，大矣哉！未之有也。钞苏诗一卷。山谷晚年自定其诗，即洪、李所编内外集也。然古体以内集为至，而律则外集为多。钞黄诗一卷。自杜公已有俳谐吴体之作，晚唐诸人仅于句中平仄微见互换，非此例也。至山谷而矫之过甚矣。然终非诗之正调。今略采其不至过甚者。宋初诸作，尚有规拟唐人格调者，存之以见津逮源流耳。余则东都诸贤，大半苏黄一脉，惟米襄阳稍别。都钞为一卷。粘联之不拈者，惟初唐不能尽拘，后来则断不可假借矣。若韵之假借，如庚、青竟与真、文同用，北宋诸家盖已有之。滥觞之渐，所当早辨。至于篇中复字，则宋元诸家，实多失检。今第去其太甚者而已。宋之南渡，得一陆放翁，洋洋挥洒，平生万篇，择其尤者，钞为一卷。而碎金屑玉，割爱不少。附摘句于卷末。新城司寇论七律，于唐则数右丞、东川、少陵、义山，于宋则数放翁，此后则遂数及空同、沧溟。可见新城时时有盛唐格调在心目间也，然亦可见放翁诗是从格调来者。吾亦岂能以格调为粗迹哉！南渡作家以尤、杨、杨、范、陆并称，又以萧、杨、范、陆并称，尤、萧、杨、范皆非陆敌。南宋诸家格高韵远，可上接香山，下开放翁者，其惟茶山乎？方纲在史馆，钞茶山七律一卷以归，时时讽诵，盖其精诣，政恐放翁有不能到者，不特当日师友之谊屡形于寤叹也。自山谷以下，后来语学杜者，率以后山、简斋并称。然而后山似黄，简斋则似杜，后山近于黄而太肤浅，简斋近于杜而全滞色相矣。虽云较后来之空同苍老有骨，而其为假冒则一也。诚斋诗什之富不减放翁，白石推许虽至，然俚俗过甚，渐多靡靡不振之音，半壁江山所以日即于孱弱矣。自茶山以下，钞南宋诗一卷。"（翁方纲《七言律诗钞凡例》，乾隆四十六年刻本《七言律诗钞》卷首）此数则之中，首则论唐末五代至北宋初期以七律为代表的诗歌的演变状况，指出其突出特点是"不离唐末面目"；继而着重论述王安石、苏轼、黄庭坚三人之诗，特别推崇的是王安石、苏轼二人，认为王氏七律"一笔孤行而拔地倚天"，独标风韵；苏轼则"屈注天璜，倒连沧梅""直以仙笔"为七律，别开生面，前所未有。对黄庭坚之作，虽然承认其创新之处，但是也批评其"矫之过甚""非诗之正调"。此后又述及北宋其他诗人，以及七律体制的变化：一则指出苏、黄之诗对后世的影响："东都诸贤，大半苏黄一脉。"只有米芾是个例外；一则指出北宋诗人在"粘联""复字"等方面的弊病。之后，翁氏的目光集中于南宋，首先论述陆游诗的成就和地位，连类而及于尤、杨、范、萧诸家，其中最为推崇的还是陆游；接下来论述宋人学杜的问题，特别指出陈师道、陈与义学杜之弊："后山（陈师道）近于黄而太肤浅，简斋（陈与义）近于杜而全滞色相矣。"说到底，没有学得精髓。最后对比陆游、杨万里七律，指出杨不如陆之处是杨

"俚俗过甚，渐多靡靡不振之音"。

其五，总论金代七律："《中州集》虽盛称辛敬之，然于七律则独推服李长源。长源苍莽雄浑，超宋接唐，一代巨手也。推此以谈，则岂有遗山而选《唐诗鼓吹》之理哉？以此为遗山先鞭。钞金源诸公为一卷，而以长源弁之。酒酣以往，读遗山七律，唾壶欲碎矣。钞遗山一卷。"对于金代诗人之七律，翁氏只标举二人：一为李长源，赞为"超宋接唐，一代巨手"；一为元好问，高度赞美其作品的感人力量："读遗山七律，唾壶欲碎矣。"

其六，总论元人七律："然而此事未有不从读书来者，优而柔之，餍而饫之，杜公所云读破万卷，下笔有神，渊乎微乎，其道园乎？夫然后理学词学一以贯之。钞虞诗一卷。元人七律，自虞道园而外，惟松雪格律精整，尝谓七律不宜多用虚字，又尝为道园改'天星'二字，道园服之。新城司寇谓松雪尚稍有俗气，亦正以其格调精整故耳。王梧溪虽生动有余，而肌理深密或不足，然舍此更无多可录者。昔人论七律作家，谓代不数人，人不数首，盖诸体中难之难者也。钞元人一卷。"此处直露其"肌理说"本质，以杜甫之言为据，强调理学、词学合而为一，并且以此为标准评价虞集之作，赞美其诗"优而柔之，餍而饫之"；同时又标举赵孟頫，点到王梧溪，推尊赵诗"格调精整"，但是指出王诗"肌理深密或不足"。

其七，说明不选明人七律的原因："以渔洋、竹垞二先生论诗之精，而不能不心服李空同七律。杜陵云'别裁伪体，转益多师'。愚此钞置明诗不论者以此。"因为王士禛、朱彝尊心服明人李梦阳之七律，所以"此钞置明诗不论"，理由有点牵强，其实还是他论诗宗宋取唐的观念起了作用。

所以，此一七律选本，从选诗到论诗，都可以看出其"肌理说"的痕迹。

本书有清乾隆四十七年（1782年）翁氏复初斋自刻本。

《精选七律耐吟集》

[清] 梅成栋编撰

题　解

　　唐诗总集，清梅成栋编撰。成栋，字树君，号吟斋，天津人。嘉庆庚申（1800年）举人，与庆云人崔旭同出学者张船山的门下，遂使张"一日得二诗人"，与崔旭并称为"燕南二俊"。能诗，工书，善画兰竹。但举进士则屡次受挫，惆怅之余，尝寄诗张船山说："桃李门墙开遍了，东风何日到梅花？"张船山以诗答曰："莫向东风羡桃李，梅花已作杏花看。"道光六年（1826年）于天津水西庄结成"梅花诗社"，集元、明、清乡人诗为《津门诗钞》。成栋宅心仁厚，《天津县志》载，道光十五年（1835年）津门大旱，民困已极，梅成栋乃请于王执轩观察，"劝捐赈米，设四厂，分男、妇，一日领五日之粮，一人代五人之数，查有旧族不便赴厂者，辄送米于其家"。《续天津县志》又载其"亲党中孤寡赖以举活者若干家，故交子弟赖以存活者若干人"。又与邑人侯肇安、王天锡等倡立辅仁书院，前后主讲书院十年。道光十六年（1836年）受聘于大名知府陶渠，助陶纂辑《畿辅诗传》，主持天雄书院。后来被选授永平府训导，后卒于任。其平生著述较丰，著有《欲起竹间楼诗文集》《吟斋笔存》《树君诗钞》等；辑有《津门诗钞》《四书讲义》《管见篇》《精选七律耐吟集》等。

　　本集广选唐、宋、元、明、清诸家七言律诗，总共一百多首，加有评语，多是自己直接感受，非泛泛之论。如评李商隐《无题》"相见时难别亦难"："刻骨镂心之词。千秋情语，无出其右。"再如评许浑《咸阳城东楼》："一片铿锵，如金铃千百齐鸣。"都是自己的阅读心得。书中有《精选七律耐吟集弁言》，总论七言律诗，说明编辑此书的相关事宜："诗之为道，情景不真，未足感人；色采不华，未足娱目；音节不响，未足快聪。而七律一体，九重声调，义取歌咏，非音中宫商，按弦合拍，未易抑扬感叹，耐人吟诵也。其格创始于唐，至少陵而锻炼尽致，无美不包。但唐贤句崇深厚，意近渊深，不善规摹，或失沉闷，犹学宋者易清枯，学元者易纤靡也。栋于初学，尝譬之曰：音节之秘，如陶器然，一罅之窍，扣之音哑；若锦瑟然，一弦未适，众丝不协；五十六字中，一字纰缬，全首不畅。故尝广采唐宋元明四代诗，合国朝诸家，摘其字字精敲，通体浏亮，雄健而不伤径率，凄越而勿流噍杀，耐人百回吟，不厌十日思者，共得百余首，抄为一帙，便于吟玩。倘能逐首逐句逐字味音响以溯声情，久而久之，摇笔而来，自无嘶丑之病，檀板敲而清歌可按，七律一途，无不丝丝入扣矣。"（清道光十八年金鹅山房刻本《精选七律耐吟集》卷首）由诗之情景、色采、音节入手，论述七言律诗的体制特征和写作规范。然后标举杜甫七律，着重论述如何师法唐人的问题。正是出于为初学者提供门径，所以编辑此集。其中也谈到编辑方式、体例、标准等等事项，对人们了解此书颇有帮助。

　　本书有清道光十八年（1838年）金鹅山房刻本。

《唐诗三百首》

[清]孙洙编选

题　解

　　唐诗总集，清孙洙编选。孙洙，康熙五十年（1711年）生，字临西，号蘅塘，晚号蘅塘退士，江苏无锡人。自幼家贫，但聪明好学。乾隆九年（1744年）中举，十一年出任江苏上元（今江宁）县学教谕。十六年（1751年）进士及第，后历任顺天府大成县知县、直隶卢龙县知县、江宁府学教授等职。其主要著述有《蘅塘漫稿》《排闷录》《异闻录》等，四十三年（1778年）卒。

　　本书按照诗体编排，共选六种诗体：卷一五言古诗，卷二七言古诗，卷三七言古诗，卷四七言乐府，卷五五言律诗，卷六七言律诗，卷七五言绝句，卷八七言绝句。最后为跋。其中五言古诗三十三首，乐府七首；七言古诗二十八首，乐府十四首；五言律诗八十首，七言律诗五十首，乐府一首；五言绝句二十九首，乐府八首；七言绝句五十一首，乐府九首，共三百一十首。五言古诗和乐府，七言古诗和乐府，两项总数差不多。五言律诗的数目超出七言律诗和乐府很多；七言绝句和乐府却又超出五言律诗和乐府很多。全书总共选入诗人七十七家，重点突出杜甫、王维、李白、李商隐几位大家之作。其中杜甫诗最多，三十八首；王维次之，二十九首；李白又次之，二十七首；李商隐诗二十二首。此集定稿于乾隆二十九年，清咸丰二年（1852年）以小石山房刻本问世，是影响最大的唐诗选本。上元女史陈婉俊云："《唐诗三百首》，为蘅塘退士定本，风行海内，几至家置一编。"本书流传甚广，版本也相当多。原书有注释和评点，当出于编者之手。注释只注事，简要得当，但不释义。书中有评语，在诗的行旁，多半指点作法，说明作意，偶尔也品评工拙。有句圈和连圈，不加读点和密点。后来道光十四年（1834年），浙江省建德县人章燮鉴给本书作注，成《唐诗三百首注疏》一书。内有诗人小传，有事注，有意疏，并明作法，引评语；其中李白诗用王琦《李太白集注》，杜甫诗用仇兆鳌《杜诗详注》，原书的旁评也保留。增补了一些诗作，不过诗家则没有增加。从体例上看驳杂不纯，不免繁琐、疏漏、附会等毛病。但是书中有"子墨客卿"（名翰，姓不详）的校正语十余条，都确切可信。对于初学者来说，应该肯定这是一部有益的书。此书现在常见的是两种刻本：一为原刻本，一为坊刻本，有句圈，书眉增录各家评语，并附道光丁酉（1837年）印行的江苏金坛于庆元的《续选唐诗三百首》。此外还有两种版本值得注意：一个是商务印书馆铅印本《唐诗三百首》，根据蘅塘退士的原本而未印评语；另一个是世界书局石印《新体广注唐诗三百首读本》，每诗后有"注释"和"作法"两项。"注释"注事比原书详细些，兼释字义，但是也有错误。"作法"兼说明作意，还得要领。卷首有"学诗浅说"，简明易懂。书中批点方式不一：绝句有连圈，其他只有句圈；绝句连圈处也跟原书不同，为后人所加。

关于此书的编选动机，孙洙在《唐诗三百首序》中说得明白："世俗儿童就学，即授《千家诗》，取其易于成诵，故流传不废。但其诗随手掇拾，工拙莫辨，且止五七律绝二体，而唐宋人又杂出其间，殊乖体制。因专就唐诗中脍炙人口之作，择其尤要者，每体得数十首，共三百余首，录成一编，为家塾课本。俾童而习之，白首亦莫能废，较《千家诗》不远胜耶？谚云：熟读唐诗三百首，不会吟诗也会吟。请以是编验之。"（孙洙《唐诗三百首序》，中华书局版《唐诗三百首》卷首）很清楚，其动因是见于原来的通俗古诗读本《千家诗》选诗标准不严，体裁不备，体例不一，所以要另选一书取而代之，其标准也说得明白，就是选择"唐诗中脍炙人口之作"，并且还有"择其尤要者"入书。事实上，本书刊行后，不仅达到了编者的基本目的，而且其流传之广、影响之大，其他所有唐诗选本都望尘莫及，也是编者生前始料不及的。究其原因，大略有三：其一，趣味性。本书选诗大都是脍炙人口之作，有趣味性，容易引起少年儿童的兴趣。其二，可读性。其注释、评语，特别是章燮鉴《唐诗三百首注疏》本使本书更加适应了少年儿童的接受能力、理解能力，可读性强。其三，长短适宜。所选诗体多比较短，主要是五言绝句和七言绝句、五言律诗和七言律诗，多是四句诗和八句诗，占总数的三分之二还多，短小精悍，便于少年儿童把握。其四，数量适中。所选之诗既突出了大家和名篇，又照顾到唐代各个时期，三百首之数恰到好处，编者是否暗承《诗三百》之衣钵？不能完全否认，此前的唐诗选本，很多都是大学问家所选，但是各有偏好，多出于自己的性情，所以难以像《唐诗三百首》这样便于普及，便于初学。清四库馆臣在《四库全书总目提要》中说得好："诗至唐，无体不备，亦无派不有。撰录总集者，或得其性情之所近，或因乎风气之所趋，随所撰录，无不可各成一家。故元结尚古淡，《箧中集》所录皆古淡；令狐楚尚富赡，《御览诗》所录皆富赡；方回尚生拗，《瀛奎律髓》所录即多生拗之篇；元好问尚高华，《唐诗鼓吹》所录即多高华之制。盖求诗于唐，如求材于山海，随取皆给，而所取之当否，则如影随形，各肖其人之学识。自明以来，诗派屡变，论唐诗者亦屡变，大抵各持偏见，未协中声。"（《四库全书总目提要·御选唐诗》）孙洙《唐诗三百首》不以自己兴趣爱好为依据，而以儿童需要为准则，这是此书流传广、影响大的最重要原因之一。

《唐诗三百首近体》

［清］胡本渊撰

题　解

唐诗总集，此书一名《唐诗近体》。名为《唐诗三百首近体》者，标张锡麟编撰；名《唐诗近体》者，标胡本渊撰。胡本渊，字静夫，号愚溪，清上元（今南京）人，书香门第，为胡任舆曾孙。当年，胡任舆于康熙二十年（1681年）举乡试第一，成为解元。朱彝尊赞曰："气体高华，此人必魁天下。"果然，胡任與后来科场顺利：于康熙三十三年参加会试，为第二名；廷试第一，授修撰、充日讲官。康熙三十六年（1697年）丁丑会试，任同考官，后官至翰林院侍讲。但是，胡本渊在科场上却不顺利，困诸生者四十年，直到乾隆五十七年（1792年）举于乡，嘉庆元年（1796年）才成进士。本渊平生工书、画，亦能诗，有《金陵诗征》传世，辑有《子史精华辑要诗赋题解》《子史辑要诗赋续编》《唐诗三百首近体》。张锡麟，字尔苪，生活于清朝乾隆年间，龙溪（今龙海）人，后居厦门双莲池之上，自号'池上翁'。屡试不第，乃放情山水，以吟咏自娱。另外，发现张锡麟有《槼园诗钞》，不分卷。民国刻本一册拍品原装，白纸印制，开本敞阔，较少见。

本集按照诗体类别编排，加评注、旁批、圈点。全书共收五言律诗、五言绝句、七言绝句、七言律诗、五言排律五种近体诗歌体制，总体分为四卷，突出杜甫、李白、王维三人之作，没有平均分配。其中卷一为五言律诗，卷二为五言绝句和七言绝句，卷三是七言律诗，卷四为五言排律。五律以杜甫为最多，选入四十首；王维、李白次之，各选入十首；孟浩然、岑参又次之，各选入六首；其他如许浑入选五首，剩下的都是在五首以下。五言绝句，王维、李白并重，各选二首；其余则皆选一首。七言绝句最重李白，选入四首；其次王昌龄，选入三首；其余都是一首。七言律诗主要重视杜甫、白居易、李商隐三人：首推杜甫，选入三十二首；其次白居易，选入九首；再次李商隐，选入八首。五言排律较重视沈佺期、周存，两人各选二首；其余则都是一首。

此书清光绪二年（1876年）刊本前有端木采写的《跋》，《跋》中首先指出学诗的路径和法门："由近体而入古，由唐之古上溯汉魏之古，以寻诗教之原。"然后指出蘅塘退士《唐诗三百首》的局限：近体诗选得太少，"即李、杜诸名作未免限于数而不多录也"。于是编辑这部《唐诗三百首近体》，以补其失。

但是，清光绪十一年嘉阴堂刻本《唐诗三百首近体》标撰人则为张锡麟，卷首载《唐诗三百首近体序》，其言曰："初学读诗，必以有唐一代为法门，近体又其入门之先者也。由近体而入古，由唐之古上溯汉魏之古，以寻诗教之原，非可一朝一夕求矣。昔蘅塘退士先生有《三百选》之选，久矣人奉一编，以为圭臬矣。第兼古体为峡，古诗既少，近体诸选势亦不得不俭，此即李、杜诸名作未免限于数而不多录也。兹选仍《三百》旧例，古诗则另为一编，而五七律近体得录之稍广。至绝句，仅择其尤者，略登数十首以为楷式。合之得三百二十余首，美虽不备，而唐人之精华未尝不萃于此。学者以是为始基，而吟咏之、咀含之久，当谐于音律，得其正声，谐于体裁，不入纤巧矣。况由此充之，又非可一编限也。如谓金针之度无逾于此，而他皆有所不及，则惧矣。古诗亦三百余篇，以俟继出。"（张锡麟《唐诗三百首近体序》）内容大体一致，很多语句原封不动抄自胡本渊本。对此，端木采在光绪二年（1876年）刊本之《跋》语中特别作了说明："乡先辈胡愚溪先生原本下有门人张兆攒、兆东校刊氏。张锡麟者，两张先生从子也，攘此书为己有，砍去先生名、序及书，皆窜己名，并其两从父名亦铲去，荒悖甚矣。且此书久为里塾诵习，自锡麟窜名窃书，并匿其板，乡中不见此书垂四十年。甲子克复后，曾文正师开书局，江宁观察江右桂公得此板重印，流布邦人，士欣复见焉。而锡麒之攘窃未有为公言者。先师金若洲夫子为先生及门弟子，采于先生有私淑之谊焉。义不当默，请于观察更正之，并详志，以谂来学。"这样，事情的真相便非常清楚了。此外，将两书正文再加比对，一般无二，所以，经过仔细考察，张本为盗抄者无疑。

《唐诗三百首续选》

〔清〕于庆元编撰

题　解

唐诗总集，清于庆元编撰，有清代道光年间刊本。于庆元，嘉庆十七年（1812年）生，字贞甫，号复斋。虽家境贫，但是聪慧好学。年少时，师从朱虹舡学诗。又曾师从许琳。许称许他"文则胎息八家，诗则步武三唐，即目为不易才"（《续选唐诗三百首序》）。不过，于庆元在科举和仕途上都不得意，最后仅以附贡试用训导。平生著书主要有《复庵诗抄》《心简斋集录》《唐诗三百首续选》等。约于同治三年（1864年）卒。

于庆元自撰《续唐诗三百首例言十则》，从中可见本书编撰原委。其要则是这样几点：其一，编撰缘起："自来选唐诗者每失之于繁杂，惟蘅塘退士所编《三百首》最为简。当其有未备者，僭仿其例，编为《续选》。"认为蘅塘退士《唐诗三百首》有不完备之处，所以编撰此集进行补充。其二，编撰标准："是编首严纪律，继标神韵，终及才调，总期别裁伪体，一归雅正。共得诗三百二十首，其纤佻、轻薄、淫俚之作，概从删汰。"其中关键一是要合乎格律规则，二是要有"神韵"，三是要"雅正"。其三，其他具体事项："唐诗全帙中多有一诗而两人互见者，兹编悉从完本。诗中用字，诸本互异，兹从其意义之长者。两选中共一百二十五家，特按其时代集为姓氏小传，皆本确有考据者录入，其有疑讹者，虽见别本，俱从阙如。小传及诗并评论，俱折衷先辈，非敢参以管见也，尚望海内大雅匡以不逮云。……况唐诗笺释尤难，少陵、义山二集聚讼纷纷，迄无定论，兹选自维谫陋，不敢妄诠，以俟博雅君子。"大体说来是关于"一诗而两人互见""用字诸本互异"、入小传的标准、评论办法等问题的处理办法和原则，总体上看，处理问题比较谨慎。

许琳在《续选唐诗三百首序》中首先论述编诗者的责任："圣人论诗，由兴、观、群、怨而归于事父、事君，所以使人各得夫性情之正而已。有唐三百年，自李、杜、王、孟以迄韩、柳、元、白，降至晚季诸家，虽所尚各殊，要不外乎斯旨。特审别体裁，俾趋正轨，是在编诗者之责焉。"着重强调编诗、论诗都要"审别体裁，俾趋正轨"，"正轨"是什么？介绍儒家的传统诗教，具体说来就是"由兴、观、群、怨而归于事父、事君"，最后落实到"使人各得夫性情之正"。之后着重论述和评价蘅塘退士《唐诗三百首》和于庆元《唐诗三百首续选》两书："近今所行唐诗诸选，当以蘅塘先生所编《三百首》为最善本。第限于篇幅，名作多遗，学者不能无憾。今春读《礼》任城寓中，润州于生复斋请业于余。寻论之余，文则胎息八家，诗则步武三唐，即目为不易才。继出其所《续选三百首》以相质。阅之，简括精当，体裁一出于正。凡原选所遗名作，兹已悉登。且前列诗人小传，于初、盛、中、晚，升降源流，亦已略备，不禁叹为实获我心，而允为学诗者导夫前路矣。复斋髫岁时即受知于朱虹舡学使，闻去冬龚季思学使欲以选贡待之，而复斋以负米山左未及与试。其为学深纯而行修谨，他日所造必有卓卓可见者，尤余之所深望也。是为序。"（许琳《续选唐诗三百首序》，清道光刊本《唐诗三百首续选》卷首）文中一方面指出蘅塘退士编撰《唐诗三百首》的成就，另一方面也指出其不足，主要是"限于篇幅，名作多遗，学者不能无憾"。这便于于庆元《唐诗三百首续选》张本，证明其编撰此书的必要性。对于庆元《唐诗三百首续选》的评价，分两个层面：一是高度评价其人，称其"文则胎息八家，诗则步武三唐，即目为不易才""其为学深纯而行修谨，他日所造必有卓卓可见者"；二是评其书，赞其简括之精、体裁之正、选诗之全、升降源流之备，"允为学诗者导夫前路"。总体评价是相当高的。

本书有清道光刊本。

《唐诗合选详解》

[清] 刘文蔚编撰

题 解

唐诗总集，清刘文蔚编撰。文蔚，字伊重，又字豹君，号楠亭，浙江山阴人，贡生。清乾隆四十三年（1778年）进士，刘文蔚与沈翼天、姚大源、刘鸣玉、茅逸、童珏、陈芝图七人，皆一时名士，同郡结社联吟，称"越中七子"。有《石帆山人诗集》《重订诗学含英》《唐诗合选详解》。

此集基本是按照诗体安排结构，选入的诗体依次为五言古诗、七言古风、五言绝句、七言绝句、五言律诗、七言律诗、五言排律、应试五言排律。各种诗体前皆引诗评家们对此种诗体的评语，如王世贞、钟惺、沈德潜等人的评语比较常见。各诗皆有题解和注释，与后世之笺注和讲解大体相同。全书总共十二卷，从选诗比例上看，比较重视初、盛唐。如卷一的五言古诗中，侧重于杜甫、李白、陈子昂、王维：杜甫最多，选十首；李白次之，选六首；陈子昂、王维又次之，各选三首。但是中唐则只选钱起、韦应物、柳宗元三家诗，晚唐则一首不选。卷二为七言古风，突出的是杜甫、李白：杜甫最多，选七首；李白次之，选六首。中唐只取张籍、柳宗元、钱起三家，而晚唐则一首未入。卷三为五言绝句，突出李白、王维、杜甫，李、王各选六首；杜甫次之，选三首。晚唐只有崔道融、李商隐、韩偓三家入选。卷四为七言绝句，侧重王昌龄、李白、王维、杜甫等人：王昌龄最多，选八首；李白次之，选七首；王维、贾至、岑参、杜甫、李益、刘禹锡又次之，各选二首。而中唐诗人白居易、钱起、刘长卿等名家竟然一首没有。卷五为五言律诗，偏重李白、王维、孟浩然、杜审言。其中最多的是李白，选诗二十一首；王维、孟浩然次之，选诗各六首；杜审言又次之，选诗五首。中、晚唐诗人之作皆少于此数。卷六也是五言律诗，特别突出杜甫，选诗三十六首，晚唐只选了于良史、李昌符二家诗，也只是一人一首而已。卷七为七言律诗，更是推重盛唐，其中特别突出杜甫、王维、李颀三人：杜甫最多，选诗二十四首；其次王维，选诗四首；再次李颀，选诗三首。晚唐只选李商隐、李频二家，每家也仅有一首。白居易、元稹等中唐名家，竟然一首没有。卷八为五言排律，突出的是王维、李白、高适、岑参、宋之问。其中王维最多，选诗三首；其次是李白、高适、岑参、宋之问四人，各选诗二首。中唐只取钱起、刘长卿入选，每人也仅仅选入一首，晚唐诗人则无一人入选。情况不同的是卷九至卷十二，这四卷所选之诗皆为应试的五言排律，所以编者还考虑到历史实际，主要选蒋防、元稹、白行简、郑谷、张仲素、薛能、张率、徐敞、张随、张籍、黄滔、刘得仁、公乘亿等中、晚唐诗人的作品。齐召南在《唐诗合选详解序》中对此集作了评价，先赞刘文蔚之才学及编辑《诗学含英》之成就，次述《唐诗合选详解》的编撰方式、体例等等，最后作出很高的评价，称其"考核典雅，注释详明""章句间条分缕析，得其肯綮，诚足为学诗者之五律金科"。总体上有些过誉。

本书有同治戊辰（1868年）新镌本。内封面题："同文堂发兑，右文堂藏板。"

《唐八家诗钞》

[清] 陈明善编撰

题　解

唐诗总集，清陈明善编撰。有清乾隆己丑（1769年）新镌本。明善字亦园，又字服旃，常州（今江苏省常州市）人，约生活于清乾隆年间。袁枚《随园诗话》卷七："常州陈明善，字亦园，乡居甚富，家有园亭，性好吟咏。《种蔬》云：'闲种半畦蔬，芳叶纷满目。天意答小勤，盘餐遂余欲。'亦清才也。锡山邵辰焕主其家。有《柳枝词》云：'前溪烟雨后溪晴，桃叶桃根惯送迎。谁似小红桥畔柳，系依画舫过清明？'亦园忽有仕宦之志，尽卖其田，出仕远方，家业荡然，园归他姓。余为诵白傅诗曰：'我有一言君应记，世间自取苦人多。'"其"亦园"取自其家园名，此园在常州之北，起初，百丈乡徐墅有座"亦园"，乃陈明善之祖父陈国柱构筑。陈明善不仅首倡"唐八家"而追崇之，且详校"四书"精刊之，名《亦园四书》。此园由陈家三代人，用去数十年时间建成，陈明善曾云："独是吾祖创之，吾父式廓之，迨于明善，三世矣，而仅乃落成一园之不易。若是矧夫创业开先，诒谋垂后，其艰其慎，更何如耶。爰书以示后人，志勿授云。"

本书选唐李白、杜甫、王维、孟浩然、韦应物、韩愈、柳宗元、李商隐八家诗。关于其动因，陈明善在《唐八家诗钞序》中说得比较清楚："渔洋山人撰《三昧集》，后欲更选李供奉、杜拾遗、王右丞、孟襄阳、韦左司、韩吏部、柳柳州、李玉溪八家诗为一集而未果。严樵川曰：'学诗以识为主，立志须高，入门须正。立志不高，一自退屈，即有下劣诗魔入其肺腑，入门不正，头路既差，愈骛愈远，终是野狐外道，不可救药。'呜呼！诚确论也。人不学诗则已，学诗而求入门，舍三唐无由也；入门而正，舍李、杜、王、韦诸家无由也。渔洋之欲选此八家也，殆即严氏之意与？明善园居多暇，取八家诗汇钞若干卷，为自课本。请正于沈归愚、庄养恬两师，皆许可，谓当公诸同学，因付梓云。武进陈明善书于亦园之书巢。"（陈明善《唐八家诗钞序》）

一则王士祯曾有编选李白、杜甫、王维、孟浩然、韦应物、韩愈、柳宗元、李商隐八家诗之意愿而未果，此集则继其志；二则尊宋严羽《沧浪诗话》之诗说，认为学诗"立志须高，入门须正"，若求入门，必由唐诗；入门而正，应该由李白、杜甫、王维、孟浩然、韦应物、韩愈、柳宗元、李商隐八家诗而入。这就是此集编选的基本动因。全书共选入诗作一千七百四十六首，依次是：李白四百一十三首，杜甫四百七十八首，王维二百二十一首，孟浩然八十一首，韦应物一百十一首，柳宗元六十五首，韩愈二百零三首，李商隐一百七十四首。清陈明善在《唐八家诗钞例言》中分数则对相关问题作了说明，此处择其要者加以介绍：一则曰选编过程和方法："钞八家诗，始于丙戌首春，成于戊子夏日，稿凡三易，至慎重也。较之全集，多则钞十之六七，少亦四五，虽不敢谓决择之精，而八家之杰作大篇，亦略尽于此矣。"选编时间是自康熙四十五年（1706年）春起，至康熙四十七年（1708年）夏止，三易其稿乃成。其方式是精选大家名作，在各自全集中所占比例多则十之六七，少亦十之四五。二则曰李、杜诗的编选问题："杜诗广大包涵，无所不有。同时并出、势均力敌者，李供奉一人而已。元微之先杜后李之说，不必附和也。钞李诗若干首，杜诗若干首。"阐明不遵元稹先杜后李之说，选诗李、杜并重，但是，实际上还是杜多于李，书中选杜甫诗四百一七十八首，而李白则选四百一十三首。三则探王维、孟浩然、韦应物、柳宗元四人诗之源，附带说明其诗作编选问题："归愚诗云：王、孟、韦、柳，原本陶公。右丞有其清腴，襄阳有其闲适，左司有其冲和，仪曹有其峻洁，皆学焉而得其性之所近。今钞王诗若干首、韦诗若干首、孟诗若干首、柳诗若干首。"尊沈德潜之说，认为王、孟、韦、柳之诗源出晋人陶渊明，有一定道理，但是不够全面。四则谈韩愈诗风及其与李、杜诗之关系："昌黎诗神奇变幻，壮浪纵恣，顾侠君所谓入李、杜之室，而不袭李、杜之貌者。或谓其文工于诗，或诮其以文为诗，均非笃论。钞韩诗若干首。"揭示出韩愈诗的基本风貌，从顾侠之说，认为韩愈"入李、杜之室，而不袭李、杜之貌"。五则论李商隐诗及其作品编选问题："义山诗高华典丽，音韵缠绵，宜荆公叹其善学者杜也，八叉同时，瞠乎后矣。钞李诗若干首。"点出李诗善学杜甫，并且认为李商隐诗成就高于温庭筠。六则说明各家有些作品不选的原因："李集《笑矣乎》《悲矣乎》《怀素草书赞》，杜集《虢国夫人》诗，王集《闺人赠远》，孟集《春情》，韩集《嘲鼾睡》《辞唱歌》等篇，皆赝作也，概不钞入。"指出李白、杜甫、王维、孟浩然、韩愈的个别作品是赝品，所以没有选。七则专门说明有些杜甫诗没有入选的原因："杜诗如'屏开金孔雀，褥隐绣芙蓉''御史新骢马，参军旧紫髯''公子调冰水，佳人雪藕丝''江上小堂巢翡翠，苑边高塚卧麒麟''穿花蝴蝶深深见，点水蜻蜓款款飞''昼引老妻乘小艇，晴看稚子浴清江''老妻画纸为棋局，稚子敲针作钓钩''新添水槛供垂钓，故著浮槎替入舟''不忿桃花红胜锦，生憎柳絮白于锦'等句，七古如《徐卿二子歌》《逼仄行》《病后过王倚饮赠歌》《徒步归行》；五律如《奉陪郑驸马韦曲二首》《奉赠严八阁老》《留别贾严二阁老》；长律如《赠韦左丞丈济》《赠比部萧郎中十兄》《上韦左相二十韵》；七律如《腊日奉和贾至舍人早朝》《曲江对酒》等篇，养恬师云，此为宋人滥觞，学之近俗，虽脍炙人口，不必钞也。从之。"从庄存与之说，认为前述杜甫之诗为宋人滥觞，学之近俗，所以不选。其偏见于此可见。八则谈韩愈联句诗问题："昌黎联句，累牍连篇，有伤诗品，然枵腹者不忘饾饤，因存之；至《石鼎诗》，本非韩作，不必附会。"主要说明韩愈此类作品的留存原因，有些道理。九则说明对前人评点、笺释的处理方式："坊刻诗集，评点、笺释为多，是集只录原注，余皆省却，见浅见深，随时领会，不敢妄加一字。"基本作法是只录原注，其余评点、笺释都删掉了。

书前有沈德潜《唐八家诗钞序》，文中首先介绍本集的编选问题，说明陈明善是承王士禛之志编撰此书，并且说明其编撰方式。其次对李白、杜甫、王维、孟浩然、韦应物、韩愈、柳宗元、李商隐八家诗风格特征进行分析和概括，据此得出结论："八家之诗，洵可概一朝之诗也。服膺以之自课，亦以之行远。艺林中或喜习专家，或并习八家，用功深者，其收名也远。习专家者，可成名家；习八家者，何不可成大家？是钞也，有以补从前选体所无有，以成渔洋未成之志，有以开后来选家搜诗之法，斯亦诗坛盛事也矣。"一曰八家之诗可以代表有唐一朝之诗，一曰学习这八家，可以成大家。最后表达自己的期待："抑予又有为服膺请者：宋代有苏子瞻之天才奔放，金银铜锡熔冶一炉；陆务观之志在复仇，古体沉雄，近体工稳；金人有元遗山之遭时变乱，登临凭吊，声与泪俱，皆可续八家之后者。付之剞劂，膺其有同心乎？"（沈德潜《唐八家诗钞序》）希望将来能有人专门编撰苏轼、陆游、元好问之诗，这几人也是师法对象。

书前还有庄存与《唐八家诗钞序》，其文先述此前唐诗选本之得失，以及陈明善继王士禛未成之志、编撰此书的过程，次赞此集"决择之精""用意之精""识别之确"，认为可以与高棅的《唐诗品汇》《唐诗正声》并垂久远。

本书有乾隆三十四年刻本。

《求志居唐诗选》

[清] 陈世镕 编撰

题 解

唐诗总集，清陈世镕编撰。陈世镕，字大冶，一字雪楼，安徽怀宁（安徽省怀宁县石境乡踏水桥）人，乾隆五十二年（1787年）生，自幼聪颖，九岁即能诗能文，其父令他作《雁字诗》，世镕应声便出妙句："不作人间字，长留天上文。"待其十四岁之时便有佳作《迎江寺塔》，其中有句云："江心一片影，终古不随流。"此后科场比较顺利，嘉庆十八年（1813年）陈世镕拔贡，二十一年（1816年）中举，授婺源教谕。道光三年（1823年）后入安徽巡抚陶澍门下，道光五年（1825年）参与编纂《怀宁县志》，道光七年（1827年）旅苏期间参与编修《泰州志》，道光十五年（1835年），中进士，后历任陇西知县、岷州知州、凉州古浪知县。约于同治十一年（1872年）卒。其著述主要有有《周易廓》二十四卷、《书说》四卷、《诗说》六卷、《礼说》三卷、《春秋说》四卷、《学庸俟》三卷、《论语俟》三卷、《孟子俟》一卷、《易学支流》二卷、《求志居诗集》二十卷、《文集》十六卷、《求志居唐诗选》八十二卷、《皖江三家诗钞》四卷、《求志居时文》二卷等。

本集共八十二卷，有作家小传、圈点、评语，但是没有笺注。体例上是按照诗体编次，对古诗比较重视，所以一改君主帝王居首的常见体式，卷一把韩、柳古诗放在首位，卷二列唐太宗、唐玄宗诸人之诗，这样的作法，实在少见。至于其他相关问题，此书专门有《求志居唐诗选琐说》，一一做了说明。

其一，关于编选宗旨，文中说："唐诗之有选，自殷璠、高仲武而后，无虑数十百家，好尚不同，弃取各异。讲格律者或矢在脬肛，谈性情者多流于率易。不知二者相须为用，离之两伤，无性情则为优孟偃师，无格律则为腐土湿鼓。是选意无偏主，兼收并蓄，总以质而不俚，婉而成章，无戾于温柔敦厚之旨，可以为兴观群怨之资，宗指斯在。"总的编撰原则是"是选意无偏主，兼收并蓄"，宗旨是"无戾于温柔敦厚之旨，可以为兴观群怨之资"。

其二，对唐诗分期问题的阐释："治世之音啴缓而和平，衰世之音趣数而纤细。文章关乎国运，虽上哲亦潜移而不自知，此初盛中晚之分，若天实为之界限也。孔子取'二南'，不删曹、桧；录《鹿鸣》《文王》，不黜《民劳》《祈父》。是选荟萃三百年作者，盛则为宣豫导和，衰则为忧时闵俗。境地既别，感发自殊，要期不强笑以为欢，不饰哀而佯哭，何分时代，各有千秋。后人断断格调，谓某联在神龙以前，某句落大历以后，此等习气，无异夏虫语冰，所望同志一切破除。"总体上肯定唐诗划分为初、盛、中、晚四个时期，因为这是"国运"所致，并且"各有千秋"，所以对这四期唐诗不能有所偏执。

其三，阐明解诗之法："孟子曰：'王者之迹熄而诗亡，诗亡然后《春秋》作。'诗与史相为表里，故知小序《狡童》刺忽，《墓门》刺陀；晦翁必欲翻然反之，非笃论也。第风人之旨，比物连类，主文谲谏，未易窥寻，要在知人论世者得诸意言之表。是选遇有疑滞，略取时事疏通证明，以意逆志，要必由是说而后安。穿凿附会，则无所取。"推崇孟子之说，表明其解诗采取"知人论世"、"以意逆志"之法。

其四，对宋、明诗家解诗之法进行评价，揭示诗之本质功能："诗话兴而诗道厄。宋明人意识自障，议论横生，每于一代之中标举数首，一人之集摘取数篇，拾道韫之唾余，仰钟嵘之溲泄，诗家原本，概乎未窥。《虞书》曰：'诗言志。'《小序》曰：'诗者，志之所之也，情动于中而形于言。'当其情景适会，意兴忽来，天机之动不能自知。至于意有惨舒，词有工拙，亦视其人才分所至，各不相掩，何烦千载以下，操玉尺以量甲乙哉！是选不欲学者锢其灵源，故于诸说一概不登，廓清之功比于武事。"批评宋、明诗评家们割裂作品，摘篇、摘句的批评方式，强调诗家原本是"言志"与抒情。

其五，对唐诗的名篇、名句提出自己的看法："诗有万口传诵，自今观之不满人意者。如襄阳之'气蒸云梦泽，波撼岳阳城'，后人以配子美。然实意尽句中，境象亦复狭小。子美《送翰林张司马南海勒碑》'诏从三殿去，碑到百蛮开'，殊为凡近。'野馆深花发，春帆细雨来'，预计前途景物，水陆并举，虽粤中花盛，海上雨多，不免滞于句下。收语'不知沧海上，天遣几时回'，乃似送人迁谪矣。至贾岛'僧敲月下门'，以偶'鸟宿池边树'，更索然无味；昌黎诱进，特欲使反墨归儒耳。是选于此等处，去取不肯苟同，非敢轻议前贤，亦示学者当自具手眼，勿徒随人作计。"对孟浩然的《望洞庭湖赠张丞相》、杜甫的《送翰林张司马南海勒碑》、贾岛的《题李凝幽居》等传世名篇提出批评，认为"不满人意""索然无味"，确实有些偏执。

其六，从多个层面说明本集的编选问题。一是谈选诗原则："阮公《咏怀》八十余首，昭明仅取十七，后人读之，觉只此已足，不必更求其全。盖选者之精神，与作者之怀抱遥相印证，使彼自为去取，亦必心念所选之外，可以就删，故无割裂之伤，而有剪裁之妙。是选于射洪《感遇》、太白《古风》、工部《出塞》、白傅《秦中》等篇，皆窃取斯义，虽未必马群遂空，亦私意骊珠无漏。学者如存见少，则全诗具在，无妨纵观。"明言"不必更求其全"，只求"与作者之怀抱遥相印证"。二是对诸多名家、大家进行评价，并且说明对其作品的处理方式："王、孟、高、岑，各张一军，莫能相下；李、杜则牛耳并执，陵轹群雄，然亦桓文节制之师。至昌黎，则横骛别驱，千汇万状。《孟东野失子》《陆浑山火》等作，皆前此诸公所未有，然实奇而不诡于正。若《南山》与杜《北征》，气体本不相入，何优劣之较哉？今故退居补编，《月蚀诗》则列于附录，以备一体，不欲导学者堕入恶道。高廷礼《唐诗品汇》区别等差，不可谓非诗家正轨。然而有得有失，未能悉餍人心，方领矩步，法外之意，盖未窥也。文章之妙，变化无方，惟心通造化者挥斥八极，非有涂辙可寻。唐一代惟太白、少陵、退之、香山为得此意，故是选所采最多。余如射洪、曲江、东川、达夫、右丞、嘉州、襄阳、左司，清规雅裁，亦甄录略具。其孰为大家，孰为名家，则俟学者自领。间有评论，各附本篇之下。智过于师，方堪传授，不立语言文字，愧谢未能。"主要谈的是对王维、孟浩然、高适、岑参、李白、杜甫、韩愈、白居易诸名家诗的取去问题，虽然他说"是选意无偏主，兼收并蓄"，但是实际上还是重视李、杜，其次韩愈。其理由是其作品"变化无方""心通造化""挥斥八极，非有涂辙可寻"，所以"是选所采最多"。（陈世镕《求志居唐诗选琐说》，清道光二十五年刻本《求志居唐诗选》卷首）

本书常见的有清道光二十五年刻本。

附录一　唐代唐诗别集题解

《寒山子诗集》

[唐] 僧寒山子、丰干、拾得撰

题　解

　　唐诗别集，唐僧寒山子、丰干、拾得撰，唐朝议大夫使持节台州诸军事守刺史上柱国赐绯鱼袋闾丘胤编辑。关于寒山子，史籍记载有所不同：《四库全书总目提要》中说："案寒山子，贞观中天台广兴县僧。居于寒岩，时还往国清寺。丰干、拾得则皆国清寺僧也。世传台州刺史闾邱允遇三僧事，踪迹甚怪。"这一记载表明寒山子是初唐时期人。但是，宋时《太平广记》引《仙传拾遗》曰："寒山子者，不知其名氏。大历中，隐居天台翠屏山。其山深邃，当暑有雪，亦名寒岩，因自号'寒山子'。"表明他是中唐时期人。此外，明姚广孝《寒山寺重兴记》中也说寒山子为中唐时期人："唐元和中，有寒山子者，不测人也。冠桦皮冠，著木履，被蓝缕衣，掣风掣颠，笑歌自若，来此缚茆以居。暑暍则设茗饮，济行旅之渴。"两种说法，莫知孰是。

　　此集最早编辑者传为唐人闾丘胤，是他令寺僧道翘寻寒山平日于竹木石壁上及人家厅壁所书，得三百余首。又取拾得土地堂壁上所书偈言，并纂集成卷。丰干则仅存房中壁上诗二首。允自为之作序。《唐书·艺文志》载寒山诗入释家类，作七卷。此集后来多次重刻。莫友芝《邵亭知见传本书目》卷十二："《寒山子诗集》二卷，附《丰干拾得诗》一卷，唐寒山子僧、丰干、拾得撰。明吴明春刻。万历己卯王宗沐刻。明天台僧永乐丙申重刻宋淳熙己酉沙门志南编本，题《天台三圣诗集》。"《四库全书总目提要》著录本为明新安吴明春所校刻，并为一卷，以拾得、丰干诗别为一卷附之。

《孟浩然集》

[唐] 孟浩然撰

题　解

　　唐诗别集，唐孟浩然撰，天宝年间宜城王士源编辑。有诗二百一十八首，分为四卷。王士源对其诗评价甚高，认为："文不按古，匠心独妙。五言诗天下称其尽美矣。"皮日休《郢州孟亭记》中评价其诗曰："先生之作，遇景入咏，不拘奇抉异，令醒醒束人口者，涵涵然有干霄之兴，若公输氏当巧而不巧者也。"又说孟诗"与古人争胜于毫厘也"。晁公武《郡斋读书志》卷十七著录《孟浩然诗》一卷，称："所著诗二百一十首，宜城处士王士源序次为三卷，今并为一。又有天宝中韦绦序。"陈振孙《直斋书录解题》卷十九著录《孟襄阳集》三卷，说"宜城王士源序之，凡二百十八首，分为七类，太常卿韦绦为之重序"。王士源在原序中介绍了《孟浩然集》的编辑经过："（浩然卒于）开元二十八年……年五十有二。……凡所属缀，就辄毁弃，无复编录……乡里购采，不有其半，敷求四方，往往而获。……今集其诗二百一十八首，分为四卷。"当然，此集编辑中，也有不够严谨之处，宋人洪迈就怀疑其《示孟郊》诗时代不合，非其作品（《容斋随笔》）；清四库馆臣怀疑《长安早春》《同张将军蓟门看灯》两首的真实性（《四库全书总目提要·孟浩然集》）。

《李太白集》

[唐] 魏颢 编

题　解

　　唐人所编《李白集》主要是三个本子。其一，魏颢本，最早的《李白集》，为二卷本。其编次方式为："首以赠颢作、颢酬白诗，不忘故人也；次以《大鹏赋》、古乐府诸篇，积薪而录；文有差互者，两举之。"（魏颢《李翰林集序》）其缘起是："颢平生自负，人或为狂，白相见泯合，有赠之作，谓余：'尔后必著大名于天下，无忘老夫与明月奴（李白子）。'因尽出其文，命颢为集。"其编此集时间是唐肃宗上元末（761年）"安史之乱"后，本来李白作品经过大乱之后，章句荡尽，但是魏颢在上元末年于绛地偶然得之，于是编次成书。其二，李阳冰本。唐代宗宝应元年（762年）李阳冰为宣州当涂令，李白在临终前托李阳冰为其集作序，编次其作品。李阳冰在《草堂集序》中说明了编次情况："自中原有事，公避地八年，当时著述，十丧其九，今所存者，皆得之他人焉。"《新唐书·艺文志》有简单记载："李白《草堂集》二十卷，李阳冰录。"不过宋人乐史、宋敏求皆言《草堂集》为十卷，而《新唐书·艺文志》则为二十卷，不知孰是。其三，范传正本。唐宪宗元和十二年（817年）范传正在《李公新墓碑》中写道："文集二十卷，或得之于时之文士，或得之于宗族，编辑断简，以行于代。"然而，唐人魏颢、李阳冰、范传正三人所编次的李白集，现在都已失传，所能见到的，多是宋人重辑的，以及元、明、清人在宋本基础上再行编辑的。

《杜工部小集》

[唐] 杜甫撰，樊晃编

题　解

　　唐诗别集，唐杜甫撰，樊晃编。樊晃，唐润州句容（今属江苏）人，开元二十八年（740年）进士及第，又中书判拔萃科。大历间，任硖石主簿，又曾任祠部、度支员外郎。玄宗天宝中，为汀州刺史，转兵部员外郎。代宗大历时任润州刺史。与诗人刘长卿、皇甫冉等交游，均有诗相唱和。其诗律清奇，文辞丰赡，闻名于当时。殷璠《丹阳集》、芮挺章《国秀集》皆选其诗入集。樊晃曾收集杜甫诗编辑《杜甫小集》，并且作《杜工部小集序》，人称杜甫身后第一知己。《唐文拾遗》称："晃，德宗朝润州刺史，历度支、兵部员外，湖阳人。"《全唐诗》存收樊晃诗一首，断句一联。

　　《杜工部小集》收录杜诗二百九十首，各以事类为六卷，一般认为此集为杜诗集本之祖，在杜甫诗歌研究方面具有特殊的意义。

《储光羲诗》

[唐] 储光羲撰

题　解

　　唐诗别集，储光羲撰，初编于唐时，但编辑者无考。唐人顾况为序，称此集七十卷，《唐志》载其集也称七十卷。后来其文多散佚，但其诗五卷则流传于世。此外，唐时殷璠编辑《丹阳集》之时，曾收入储光羲之诗。清代四库馆臣对储光羲诗歌进行了精要的概括和分析："其诗源出陶潜，质朴之中有古雅之味。位置于王维、孟浩然间，殆无愧色。殷璠《河岳英灵集》称其'削尽常言，得浩然之气'，非溢美也。"（《四库全书总目提要·储光羲诗》）大体说来，此评比较客观。

《常建诗》

[唐] 常建撰

题　解

唐诗别集，唐常建撰。常建（708—765），字号不详，有说是邢台人或说长安（今陕西西安）人，开元十五年（727年）与王昌龄同榜进士，曾任盱眙尉。建为人性格孤僻耿直，不肯攀附权贵，不和名场通声气，不结交达官贵人，只与王昌龄有文字唱酬，所以仕途失意，不得升迁，于是来往山水名胜，过着一个很长时期的漫游生活，后隐居于鄂州武昌（今属湖北）。其诗多为五言，常以山林、寺观为题材，也有部分边塞诗。在唐代诗人中，其诗虽然数量并不算多，但是成就很高，影响颇大，声名亦远。

常建诗集的版本较多：其一，唐五代时期的一卷本。与常建同时代人芮挺章编选《国秀集》，收常建诗一首《戏题湖上》。稍后的殷璠在《河岳英灵集》中一方面为常建鸣不平，说"高才无贵士"；一方面其《河岳英灵集》在选诗之时，二十四家诗人、总数诗歌二百三十四首诗中，首选常建诗十五首（实际上是十六）首，超过李白诗的入选数量。《新唐书·艺文志四》著录《常建诗》一卷，应该是唐五代流传下来的常建诗集的初期本，虽然不知是常建自己编辑还是别人编辑，但是唐时其诗已经编辑成集该是合乎逻辑的。后来宋人晁公武《郡斋读书志》卷一七载："《常建集》一卷。右唐常建也。开元十五年进士。欧阳永叔尝爱'竹径通幽处，禅房花木深'之句，乃建诗也。"陈振孙《直斋书录解题》卷一九载："《常建集》一卷。唐盱眙尉常建撰。"马端临《文献通考》卷二三一《经籍考》五十八："《常建诗》一卷。"该书卷二四二《经籍考》六十九亦言：

"常建集一卷。"且曰:"陈氏曰:唐盱眙尉常建撰。"元代辛文房《唐才子传》载:"建,长安人。开元十五年与王昌龄同榜登科。大历中授盱眙尉。……集一卷,今传。"明代焦竑《国史经籍志》也著录常建诗一卷。所以,这是自唐以来常建集的第一个版本系统,即一卷本系统。其二,常建集在宋代多次重新编撰与刊行,其版本主要有陈起、陈思父子经营的书坊所刻的书棚本(南宋临安棚桥北睦亲坊陈宅书铺和棚北大街陈解元书籍铺),析为二卷本;宋刻本,亦为二卷本;《四家诗集》本(海源阁《楹书隅录》所著录),亦为二卷本;还有一《唐十子诗》本,亦为二卷本;《唐十子诗》本,此为三卷本。其三,明代是常建诗集刊刻与传抄最多的时代,主要有铜活字本(刊于明初正德年间)、明抄《唐百家诗》本与《唐人诗》本(源于铜活字本)、《唐音统签》本(胡震亨综合前代诸本编辑而成)、浮玉山房本(源出《四家诗集》本)、明抄《唐四十七家诗》本(据宋书棚本抄)、明刊本(源出宋刻《四家诗集》本)、《十家唐诗》本(毕懋谦刻,源出宋书棚本)、《十九家唐诗》(毕效钦以《十家唐诗》本为基础,又增入九家,源出宋书棚本)、嘉靖间王准所刻《唐十子诗》本(源出宋本《唐十子诗》)、汲古阁本(源出宋本《唐十子诗》)。其四,清代常建集版本也为数不少,主要有季振宜稿本(以汲古阁本为底本,据他本校)、《全唐诗》本(在季稿本和统签本的基础上编排而成)、《四库全书》本(系江苏巡抚采进汲古阁刻本)、高迻阁本(海源阁第三代主人杨葆彝所编)、吴慈培抄本(吴慈培抄汲古阁《唐六名家集》本)。今天比较常见的是三卷本《常建诗集》和两卷本的《常建集》。

《杼山集》

[唐] 僧皎然撰

题 解

唐诗别集,唐僧皎然撰,吴兴刺史于頔编辑。皎然,字清昼,吴兴(今浙江湖州)人。俗姓谢,宋灵运之十世孙。初入道,肄业杼山,与灵彻、陆羽同居妙喜寺。羽于寺旁创亭,于癸丑岁癸卯朔癸亥日落成,湖州刺史颜真卿名以"三癸",皎然赋诗,时称"三绝"。中唐贞元八年(792年),按照集贤殿御书院的指令,吴兴刺史于頔编辑此集,并且为之作序,序中说:"贞元壬申岁,余分刺吴兴之明年,集贤殿御书院有命征其文集,余遂采而编之,得诗笔五百四十六首,分为十卷,纳于延阁书府。上人以余尝著《诗述》论前代之诗,遂托余以集序。辞不获已,略志其变。"文中说得清楚:本集共十卷,收入诗作五百四十六首。后来辛文房《唐才子传》、清代《四库全书总目提要》所记皆为十卷本。今存《杼山集》的版本主要有影抄宋本《昼上人集》系统和明柳金补宋本《杼山集》系统。影抄宋本目前常见的是四部丛刊本,该本虽有脱误,但仍基本保持了本来面目。

《白氏长庆集》

[唐] 白居易撰

题 解

唐诗别集,唐白居易撰。居易,字乐天,晚号香山居士,祖籍太原(今属山西),后迁居下邽(今陕西渭南),遂为下邽人。少时家境贫困,了解民间疾苦。贞元十六年(800年)进士,后中书判拔萃科、才识兼茂明于体用科。在朝期间,关心治乱,直言敢谏。与元稹并称"元白",倡导"新乐府运动",主张"文章合为时而著,歌诗合为事而作",以诗歌补察时政,泄导人情。宰相武元衡遇刺,率先上疏,请急捕凶手,以越职言事贬为江州司马。此后,历任忠、杭、苏诸州刺史,有善政。会昌二年(842年)以刑部尚书致仕,居洛阳,时与刘禹锡唱和,世称"刘白"。其讽喻诗以《秦中吟》《新乐府》等作品为代表,坚持"辞质而径,言直而切,事核而实,体顺而肆",揭露政治黑暗,反映人民痛苦。其感伤诗以《长恨歌》《琵琶行》为代表,叙事曲折,寄托深微,艺术成就很高。其闲适诗、杂律诗,或抒写闲情逸致,或描绘田园风光,或提出社会问题,也有许多优秀之作。其词多是短调,有《忆江南》《长相思》等,并与刘禹锡唱和。有《白氏长庆集》。

此集为白居易诗文合集。其初集为白居易自编。居易曾自写其集，分置僧寺。其中大和九年置东林寺达二千九百六十四首，勒成六十卷；开成元年置于圣善寺者三千二百五十五首，勒成六十五卷；开成四年置于苏州南禅院者凡三千四百八十七首，勒为六十七卷：皆题为《白氏文集》。开成五年置于香山寺者凡八百首，合为十卷，则别题为《洛中集》。穆宗长庆四年（824年）元稹作《白氏长庆集序》，序中说："尽征其文，手自排纂，成五十卷，二千一百九十一首。"又称："明年当改元长庆，讫于是，因号曰《白氏长庆集》。"所以，此集初集成于长庆末、宝历初。宝历以后之诗文均编为《续集》，实为袭其旧名。后来宋刻本有题为《白氏文集》，但是今天所见宋人之目录如晁公武《郡斋读书志》、尤袤《遂初堂书目》、陈振孙《直斋书录解题》，均作《白氏长庆集》。

《白氏文集》

[唐] 白居易编

题　解

此集最早为白居易自编。当年，白居易自杭州刺史还，排纂其文，成五十卷，号《长庆集》，浙东观察使元稹为之序。又成《后集》二十卷，自为序。此集后来于宋、明、清皆有翻刻本，但是祖本是唐本。

《李长吉歌诗》

[唐] 杜牧编

题 解

唐诗别集，唐杜牧编。李贺是唐代的杰出诗人，其诗以奇为突出特征，当时韩愈对其诗特别推崇。然而对李贺诗的评价，还是杜牧生动而又深刻："云烟绵联，不足为其态也；水之迢迢，不足为其情也；春之盎盎，不足为其和也；秋之明洁，不足为其格也；风樯阵马，不足为其勇也；瓦棺篆鼎，不足为其古也；时花美女，不足为其色也；荒国陊殿，梗莽邱垄，不足为其怨恨悲愁也；鲸吸鳌掷，牛鬼蛇神，不足为其虚荒诞幻也。盖《骚》之苗裔，理虽不及，辞或过之。《骚》有感怨刺怼，言及君臣理乱，时有以激发人意。"这是由唐至今的定评。

《元氏长庆集》

[唐] 元稹撰

题 解

唐诗别集，唐元稹撰。元稹，字微之，河南人。聪警绝人，年少有才名。元和初对策第一，官左拾遗。长庆初，监军崔潭峻方亲幸，以稹歌辞进，帝大悦，擢祠部郎中、知制诰，后历官中书舍人、翰林学士、同中书门下平章事、武昌节度使，卒。稹长于诗，与白居易名相埒，天下传诵，号"元和体"。穆宗在东宫，妃嫔近习皆诵之，宫中呼为元才子。平生与白乐天最密，虽骨肉未至，爱慕之情，可欺金石，千里神交，若合符契，唱和之多，无逾二公者。凡所为诗，有自三十、五十韵乃至百韵者。江南人士，传道讽诵，流闻阙下，里巷相传，为之纸贵。《元氏长庆集》之初集为元稹本人编辑。元稹在《与白居易书》中说得明白："河东李明府景俭在江陵时，僻好仆诗章。……仆因撰成卷轴。其中有旨意可观而词近古往者为'古讽'，意亦可观而流在乐府者为'乐讽'，词虽近古而止于吟写性情者为'古体'，词实乐流而止于模象物色者为'新题乐府'。声势沕顺，属对稳切者为'律诗'，仍以七言、五言为两体；其中有稍存寄兴与讽为流者为'律讽'……艳诗百余首。……自十六时至是元和七年，已有诗八百余首……凡二十卷……昨行巴南道中又有诗五十一首。文书中得七年已后所为向二百篇。"起初诗便有二十卷，再加巴南道中有诗五十一首，文书中得七年以后所为向二百篇，数量非常可观。清代《四库全书总目提要》著录《元氏长庆集》时，为六十卷、《补遗》六卷。其基本构成是：从一卷到八卷前半为古诗，八卷后半至九卷为伤悼诗，十卷至二十二卷为律诗，二十三卷为古乐府，二十四卷至二十六卷为新乐府，二十七卷为赋，二十八卷为策，二十九卷至三十一卷为书，三十二卷至三十九卷为表状，四十卷至五十卷为制诰，五十一卷为序记，五十二卷至五十八卷为碑志，五十九卷至六十卷为告祭文。实际上是诗文合集。

《追昔游集》

[唐] 李绅撰

题　解

唐诗别集，唐李绅撰。李绅（772—846），字公垂，亳州（今属安徽）人，生于乌程（今浙江湖州），长于润州无锡（今属江苏），中书令李敬玄之曾孙，父李晤，历任金坛、乌程、晋陵（今江苏常州）等县令，携家来无锡，定居梅里抵陀里（今江苏无锡东亭长大厦村）。但李绅幼年丧父，由母教以经义。早年曾在润州无锡惠山寺读书。贞元二十年（804年）李绅再次赴京应试，未中，寓居元稹处。曾为元稹《莺莺传》命题，作《莺莺歌》，流传后世。元和元年（806年）中进士，补国子助教。此后曾一度离京至金陵，入节度使李锜幕府。因不满李锜谋叛而下狱。李锜被杀后获释，回无锡惠山寺读书。元和四年（809年）赴长安任校书郎，此时与元稹、白居易交游，甚为相得，作《乐府新题》20首，已佚。后历官翰林学士。元和十四年（819年）升为右拾遗，后卷入牛李党争。长庆四年（824年）被贬为端州（今广东肇庆）司马。太和七年（833年），李德裕为相，任浙东观察使，开成元年（836年）任河南尹，历任汴州刺史、宣武军节度使、宋亳汴颍观察使。开成五年（840年）任淮南节度使。不久入京拜相，官至尚书右仆射门下侍郎，封赵国公。居相位四年。后又出任淮南节度使。会昌六年（846年）病逝扬州，终年74岁，归葬于故乡无锡。赠太尉，谥文肃。绅为人短小精悍，于诗特有名，号"短李"。与李德裕、元稹同时，称"三俊"。

　　本集于唐文宗开成三年（838年）由李绅自己编成，其《追昔游集序》中云："追昔游，盖叹逝感时，发于凄恨而作也。或长句，或五言，或杂言，或歌或乐府、齐梁，不一其词，乃由牵思所属耳。起梁溪，归谏署，升翰苑，承恩遇，歌帝京风物，遭谗邪，播历荆楚，涉湘沅，逾岭峤荒陬，止高安，移九江，泛五湖，过钟陵，溯荆江，守滁阳，转寿春，改宾客，留洛阳，廉会稽，过梅里，遭谗者再，宾客为分务，归东周，擢川守，镇大梁，词有所怀，兴生于怨。故或隐显不常其言，冀知者于异时而已。开成戊午岁秋八月。"从此文之中，我们既了解到其诗创作的缘由，又可以看到其作品在体制上的特点：各体兼作，丰富多采，"或长句，或五言，或杂言，或歌或乐府、齐梁，不一其词"。其后此书传本多以三卷行世。如宋陈振孙《直斋书录解题》："《追昔游编》三卷　。唐宰相李绅公垂撰。皆平生历官及迁谪所至，述怀纪游之作也。"宋晁公武《郡斋读书志》："李绅《追昔游》三卷。右唐李绅公垂也。"《四库全书总目提要》："《追昔游集》三卷（浙江范懋柱家天一阁藏本），唐李绅撰。"

《长江集》

[唐] 贾岛撰

题　解

唐诗别集，唐贾岛撰。贾岛（779—843），字阆仙，一作浪仙，范阳（今河北涿州市）人。早年为僧，名无本。入京师，曾跨驴吟"鸟宿池边树，僧敲月下门"，炼"推""敲"不决，误冲京兆尹韩愈车骑，韩愈为之定"敲"字。还俗，累应举不第。文宗时因诽谤贬长江主簿，人称贾长江。后任普州司仓参军。其诗常描写荒凉枯寂之境，抒发愁苦幽独之情，颇多寒苦之辞。造语新奇，刻苦求工，自称"二句三年得，一吟双泪流"。与孟郊并称"郊岛"，苏轼评之为"郊寒岛瘦"。与姚合并称为"姚贾"，对宋"永嘉四灵"和江湖派有较大影响。

贾岛的《长江集》刊刻和传抄的本子比较多。从最初的贾岛自编到后来他人的刊刻、传抄，经过了漫长的历史过程，大体上经过唐本、宋本、明本、清本几个阶段，总的趋势是逐渐完善的。

一、唐本。岛贬长江主簿前曾亲手整理过自己的诗作，《题青龙寺》诗云："碣石山人一轴诗，终南山北数人知。"胡应麟《少室山房笔丛·经籍会通一》曰："凡书，唐以前皆为卷轴，盖今所谓一卷，即古之一轴。"无可《吊从兄岛》诗云："蜀集重编否，巴仪薄葬新。青门临旧卷，欲见永无因。"宋人龚鼎《贾浪仙祠堂记》云："凡为编次其诗者二人，许彬者谓之《小集》，而天仙寺浮屠无可谓之《天仙集》。"

无可与岛同时。许彬于岛为晚辈，《严州图经》卷二记其僖宗中和三年尚在婺州幕职任上，时岛下世已近四十年。《天仙集》唐宋史传和书志均未著录，《小集》三卷见于《崇文总目》、《新唐书·艺文四》。

二、宋本。首先，宋初对贾岛诗集进行整理。宋人龚鼎《贾浪仙祠堂记》云："（岛）卒于会昌三年，凡为编次其诗者二人，许彬者谓之《小集》，而天仙寺浮屠无可谓之《天仙集》。当时之人有可名者，岛俱请之赞。"但是经宋人之手，集名始成为《长江集》。高宗绍兴二年，王远为长江县贾岛祠堂诗碑写的《后序》如此解释道："浪仙范阳人，数千里贬官佐邑于此，迁普州司仓参军以卒，犹目其平生诗曰《长江集》。盖仲卿之志在于桐乡，意其千秋百世之后，精爽灵游常在乎明月之山，凡水之湄也。"这一方面说明《长江集》成于宋人之手，另一方面又说明本集命名为《长江集》是根据贾岛生前的意愿。《长江集》编成后，在宋代有多种版本。其一，蜀刻本。北宋时期成都刻《长江集》十卷。清何焯跋明抄本《贾长江诗集》云："蜀本出于后人掇拾，反杂以他人之作，如《才调集》中所载《早行》、《老将》诸篇，足为出格，顾在所遗，它可知矣。《寄远》一篇亦《才调集》所载者，胜荆公《百家选》，则就蜀本录之者耳。"此本当为贾岛诗之最早刻本。宋晁公武《郡斋读书志》："贾岛《长江集》十卷。右唐贾岛阆仙也。诗共三百七十九首。《唐书》称岛'范阳人，初为浮屠，名无本。后从韩愈，遂去浮屠，举进士，累举不第。文宗时，坐飞谤，谪长江主簿。会昌初，终普州司仓参军'。今长江祠堂中有石刻，大中九年墨制也。"此本当为蜀刻本。其二，遂宁本。即宋遂宁府刻《贾长江集》十卷。《直斋书录解题》一九记载："《贾长江集》十卷，唐长江尉范阳贾岛阆仙撰。韩退之有《送无本》诗，即其人也。后返初服……本传所载如此。今遂宁刊本首载大中墨制……与传所称诽谤不同。"此本北京图书馆藏。其三，书棚本。即南宋临安府棚北大街陈宅书籍铺刻《贾浪仙长江集》十卷。清季振宜《季沧苇藏书目·延令宋版书目》中著录："《贾浪仙长江集》十卷，三本。"清黄丕烈跋毛抄本《贾浪仙长江集》十卷有云："嘉庆戊辰秋，钱唐何梦华携（阮）云台中丞所藏宋刻《贾长江集》有抄补者，借校一过。其书为泰兴季振宜藏本，后归延令张氏三凤堂。毛氏所抄未必出此，故前之《墓铭》后之《传》皆阮本所无而毛独有。余又藏一旧抄本，何义门先生跋云：'后得张氏所藏书棚本再校，止改《登楼》落句一"比"字耳。'"可见是同一本。此本藏于北京图书馆。其四，宋无名氏本，即南宋后期无名氏刻《贾浪仙长江集》十卷。何焯当年曾有一明抄本《贾长江诗集》上下卷，集中只收二百首近体诗。何焯于书后跋云："庚寅春借毛斧季从赵玄度所藏宋本对校者又校，凡改三字。焯又记。"黄丕烈跋明奉新本《贾浪仙长江集》七卷，载曰："宋刻本藏扬州阮氏，其毛抄景宋藏余家。余曾借宋刻校景宋，所差毫厘矣。此外又有旧抄，为义门学士手校，无古诗，序次亦多不同。何以张氏书棚本校。张氏本即阮本也，余因借校知之。"因为宋无名氏本与书棚本文字相差甚微，所以今人齐文榜经过详细论证，认为此本当为书棚本的翻刻本（《〈长江集〉版本源流考述》，见《文献》季刊1999年第1期）。

三、明本。明代《长江集》版本也比较复杂。

其一，有奉新本，即明江西奉新县刊《贾浪仙长江集》七卷分体本。《百川书志·集部·唐集类》有著录。丁丙《善本书室藏书志》卷二十五中载："此书七卷，尾有'奉新县刊'四字，乃江西本。卷一五古、卷二、三五律、卷四五排、卷五七律、卷六五绝、卷七七绝。"清沈增植有跋曰："《长江集》通行本十卷，此独七卷，自非唐本之旧。然以明仿宋本相校异同夥多，而此本与彼所注字合者十得八九，则此为《长江集》别本，宋世故两刻并行也。"此本藏上海图书馆。

其二，仿宋本，即明仿宋刻《唐贾浪仙长江集》十卷。因为四部丛刊初编收此书影印本，所以流传甚广。

其三，《中唐十二家诗集》本《唐贾浪仙长江集》十卷，此本为明嘉靖二十九年毗陵蒋孝刻，其前有薛应旗序、蒋孝自序。傅增湘《藏园群书经眼录·集部六》云："《中唐十二家集》七十七卷，明蒋孝辑，明嘉靖二十九年毗陵蒋孝刊本，十行二十字。"此集，上海图书馆有藏本。

其四，上海图书馆所藏《唐贾浪仙长江集》十卷本，关于其刊刻时间，书内藏签上已经标明："明正德嘉靖间刊本。"

其五，复旦大学本。复旦大学图书馆亦有一贾岛集藏本，其封面题"《贾长江集》十卷"六字，卷端题"《唐贾浪仙长江集》卷第一"十个字。

其六，朱本。即明万历壬子朱之蕃校刻的《广唐十二家诗》本《唐贾浪仙长江集》一卷。

其七，八家诗本。明毛晋汲古阁刻《唐人八家诗》本《长江集》十卷。

其八，汲古阁刻《四唐人集》本《长江集》十卷。

其九，毛抄本。明毛晋父子藏安愚道人手抄《贾浪仙长江集》十卷。丁丙《善本书室藏书志》卷二十五："贾集宋刻每页二十行，行十八字，藏扬州阮氏，汲古影宋本则藏士礼居，盖即书棚本也。"其实，汲古影宋本即毛抄本。

其十，北京图书馆藏张抄本，即明张敏卿抄《贾浪仙长江集》十卷。书的附录之后有陶世济题款："崇祯乙亥岁五月观。"下方又钤"世济"朱文方印一枚。卷末何焯跋云："此册真钝吟老人所点，流转入郡中一人手。沈生颖谷知余慕，从老人议论，用白金二十铢购以见赠。"

其十一，明抄本，即明无名氏抄《贾长江诗集》上下卷，现藏于北京图书馆。卷末有何焯跋语二条，其二云："此抄缺处皆与宋本同。后又得张氏所藏书棚本再校，止改《登楼》落句一‘比’字耳。焯又记。”

四、清本。清代《长江集》版本也比较多。

其一，席本，即康熙四十一年洞庭席氏琴川书屋刻《唐诗百名家全集》本《贾浪仙长江集》十卷。今人齐文榜经过详细论证，认为此本当录自汲古阁刊《四唐人集》本《长江集》（《〈长江集〉版本源流考述》，见《文献》季刊1999年第1期）。

其二，《全唐诗》本。康熙敕修《全唐诗》所收《贾岛诗》四卷。规模空前，总计共收诗四百二题、四百四首，残句四，分编四卷。文字校对也较为精细。

其三，四库全书本，收《长江集》十卷。《四库全书总目提要·长江集》称录自“浙江汪启淑家藏本”。

其四，清无名氏本。无名氏翻刻席氏《唐诗百名家全集》本《唐贾浪仙长江集》十卷。

其五，畿辅本。光绪五年定州王灏谦德堂刊《畿辅丛书》本《长江集》十卷，附集一卷。

除上述各本之外，还有北京图书馆藏清无名氏抄本《贾浪仙长江集》七卷分体本、日本江户时代中御门正德五年乙未（1715年，清康熙五十四年乙未）刻《贾浪仙长江集》十卷，三册。现藏于南京图书馆，进一步表明贾岛《长江集》流传之广、影响之深。

《丁卯集》

［唐］许浑撰

题 解

唐诗别集，唐许浑撰，该诗集最初为诗人自编。许浑，字用晦，一作仲晦，润州丹阳（今属江苏）人。武后朝宰相许圉师六世孙。文宗大和六年（832年）李珪榜进士，先后任当涂、太平令。因浑少时苦学劳心，有清羸之疾，至是以伏枕免。久之，起为润州司马。大中三年（849年），拜监察御史，但又因病乞归，后复出仕，任润州司马。历虞部员外郎，转睦、郢二州刺史。晚年归丹阳丁卯桥村舍闲居，买田筑室，暇日缀录所作，自编诗集，因其所居为丁卯桥村舍，故名其诗集为《丁卯集》。

关于《丁卯集》的版本问题，长期没有定论。宋人贺铸在其所见《丁卯集》本中跋云："按浑自序，集三卷，五百篇。"但此前《新唐书·艺文志》作二卷。晁公武《读书志》亦作二卷。陈振孙《书录解题》注云蜀本有《拾遗》二卷。后之《续集》，当即陈氏所谓《拾遗》，为后人改题。其《续补》及《集外遗诗》，又后人掇拾增入。然而晁公武自称他得许浑《丁卯集》完本，五百篇，止二卷。其篇数虽合，但是卷帙不同。明毛晋汲古阁刊本亦二卷，诗仅三百余篇，疑即晁氏所见之本。现存《丁卯集》版本主要有明汲古阁刻本、《四部丛刊》影宋写本。涵芬楼影印宋蜀刻本，多拾遗二卷。较为完备者为《唐诗百名家全集》，其正集二卷外，尚有《续集》一卷，《续补》一卷、《集外遗诗》一卷。

《樊川文集》

[唐] 杜牧撰

题　解

唐诗别集，唐杜牧撰。杜牧（803—852），字牧之，号樊川居士，京兆万年（今陕西西安）人，宰相杜佑之孙，杜从郁之子。唐文宗大和二年（828年），杜牧中进士，年仅二十六岁。初授弘文馆校书郎，后官江西观察使幕，转淮南节度使幕，又入宣歙观察使幕，历任史馆修撰，膳部、比部、司勋员外郎，又任黄州、池州、睦州刺史，最后为中书舍人。牧之晚年居长安南樊川别墅，故后世称"杜樊川"，有《樊川文集》传世。

《樊川文集》为其甥裴延翰编。杜牧在世时就已经嘱托裴延翰，而且书名都已定好："我适稚走于此，得官受俸，再治完具，俄及老为樊上翁。既不自期富贵，要有数百首文章，异日尔为我序，号《樊川集》。"裴延翰应命编辑此集，收入诗、赋、传、录、论、辩、碑、志、序、记、书、启、表、制等文类，分为二

·343·

十编，合四百五十首，题为《樊川文集》。

《李群玉集》

[唐] 李群玉撰

题　解

　　唐诗别集，唐李群玉撰，并编辑成集。群玉，字文山，澧州人。喜食鹅，好吹笙，于书善《急就章》。清才旷逸，不乐仕进，专以吟咏自适，其诗遒丽，其文体丰妍。杜牧游澧之时，劝其赴举，亲友更强之赴举，一上即止。裴休观察湖南时，爱其才，厚礼延致之郡中，尝勉之曰："处士被褐怀玉，浮云富贵，名高而身不知，神宝宁久弃荒途，子其行矣。"大中八年（854年），以草泽臣来京，诣阙上表，自进诗三百篇。此时裴休已经入相，与令狐绹荐之。授弘文馆校书郎。未几，乞假归，过洞庭，殁于洪井。

　　本集见于李群玉《进诗表》及令狐绹荐状、郑处约所行制词。群玉自称歌行、古体、今体七言、今体五言四通，合三百首。唐时以一通为一卷。今本三卷。已与《表》不合。又《表》称三百首，而今本《正集》仅一百三十五首，《外集》亦仅一百一十三首，合之不足三百之数。今所见之本虽仍以歌行、古体今体七言、今体五言分目，而已兼得官以后之诗，所以，已经不是当年李群玉奏进的原本了。

《李义山诗集》

[唐] 李商隐撰

题 解

唐诗别集，唐李商隐撰。李商隐（约813—约858），字义山，号玉溪生，又号樊南生，原籍怀州河内（今河南沁阳），祖辈迁荥阳（今河南郑州荥阳市）。令狐楚奇其才，使游门下，授以文法，待之甚厚。唐文宗开成二年（837年）高锴知贡举，令狐楚与锴交厚，奖誉甚力，遂擢进士。又中拔萃，楚又奏为集贤校理。楚出，王茂元镇兴元，素爱其才，表掌书记，以子妻之。除侍御史。茂元本将家子，李德裕素遇之，当德裕秉政之时，擢王茂元为河阳帅。而李德裕与李宗闵、杨嗣复、令狐楚仇怨甚深。商隐既为茂元从事，宗闵之党便大薄之。在令狐楚子令狐绹为员外郎时，认为李商隐背恩，尤恶其无行。不久，王茂元卒，李商隐来游京师，久不得调。大中元年（847年），给事中郑亚廉察桂州，请商隐为观察判官、检校水部员外郎。大中初，白敏中执政，令狐绹在内署，共排李德裕，逐之。亚坐德裕党，亦贬循州刺史。商隐随亚在岭表多年。后来入朝，京兆尹卢弘正奏署掾曹，令典笺奏。明年，令狐绹作相，李商隐虽屡次上书陈情，但是令狐绹始终不省。大中三年（849年）九月，卢弘正镇徐州，又从为掌书记。府罢入朝，复以文章干绹，乃补太学博士。会河南尹柳仲郢镇东蜀，辟为节度判官、检校工部郎中。大中末，仲郢坐专杀左迁，商隐废罢，还郑州，未几病卒。

唐时李商隐诗集的编辑情况已经难以考察。宋代李商隐诗的编辑情况大体有二：其一，单独成集，如《新唐书·艺文志》称李商隐有《玉溪生诗》三卷。《崇文总目》著录《李义山诗》三卷，《玉溪生赋》一卷，《樊南四六甲集》二十卷，《樊南四六乙集》二十卷。这是李商隐诗已经单独成集的记载。其二，诗文合集。宋陈振孙《直斋书录解题》："《李义山集》八卷、《樊南甲乙集》四十卷。"《樊南甲乙集》为李商隐骈体文集，而《李义山集》八卷应该是诗文合集，但是没有点明。宋晁公武《郡斋读书志》则解说清楚："李商隐《樊南甲集》二十卷、《乙集》二十卷，又《文集》八卷。……今《樊南甲》《乙集》皆四六，自为序，即所谓繁缛者。又有古赋及文共三卷，辞旨恢诡，宋景文序传中称'谲怪则李商隐'，盖以此。诗五卷，清新纤艳，故《旧史》称其与温庭筠、段成式齐名，时号"三十六体"云。'"其中"李商隐《樊南甲集》二十卷、《乙集》二十卷"，为李商隐骈体文。指出"《文集》八卷"，与宋陈振孙《直斋书录解题》"《李义山集》八卷"相同，又特别点出"诗五卷"，说明《李义山集》是诗文合集，即取古赋及文共三卷，诗五卷，正好八卷，合成《李义山集》。陈振孙《直斋书录解题》卷十九《诗集类》上有载"《李义山集》三卷"，表明其诗集在宋代也有三卷本行世。

《禅月集》

[唐] 释贯休撰，昙域编

题　解

唐诗别集，唐释贯休撰，其门人昙域编。贯休，字德隐，俗姓姜氏，婺州兰溪县（今浙江省兰溪市）人。其家传儒素，代继簪裾。贯休聪明颖悟，七岁时便投和安寺圆贞禅师出家为童侍。日念《法华经》一千字。数月之内，念毕兹经。精修之暇，更相唱和。渐至十五六岁，诗名益著，远近皆闻。年二十岁，受具足戒。自此之后，诗名益隆，远近闻名。乾化二年（912年）终于所居，世寿八十一岁。《全唐文》小传有云："昙域，贯休弟子。精大小篆，重集许慎《说文》。"

本集为贯休门人昙域用心编辑而成："暇日或勋贤见访，或朝客见寻，或有念先师一篇两篇，或记三句五句，或未闲深旨，或不晓根源。众请昙域编集前后所制歌诗文赞，日有见问，不暇枝梧。遂寻检稿草，及暗记忆者，约一千首，乃雕刻成部，题号《禅月集》。"（《禅月集序》）有诗约一千首，未明卷数。宋陶岳《五代史补》："贯休有文集四十卷，吴融为之序，号《西岳集》，行于世。"写明四十集。书名页有所不同，为《西岳集》。《文献通考》别载《宝月集》一卷，亦云贯休作，今已不传。辛文房《唐才子传》卷十曰："有集三十卷，今传。"清代《四库全书总目提要》著录所见的《禅月集》为二十五卷,《补遗》一卷。可见其在流传过程中屡有变动。

《罗昭谏集》

[唐] 罗隐撰

题 解

唐诗别集,唐罗隐撰。隐字昭谏,余杭(今属浙江)人,一说是新登(今浙江桐庐)人,太和七年(833年)生。自号"江东生",秉性聪敏,诗文超群,有"江东才子"之称。不过,罗隐在科场上极不得意,屡次受挫:唐宣宗大中十三年(859年),罗隐进京应进士试,但是连续七年不第。懿宗咸通八年(867年),罗隐自编其文为《谗书》,虽然声名很大,但是更为当朝所憎恶,所以罗衮赠诗说:"谗书虽盛一名休。"然而罗隐还是没有丧失科举与仕进的愿望,又参加了几次进士科考试,前后应试十多次,自称"十二三年就试期",但是最终还是榜上无名,故史称其"十上不第"。罗隐本名横,就是因为十次考进士,没有登第,所以改名为隐。黄巢起义爆发后,罗隐为避战乱,隐居九华山,僖宗光启三年(887年),五十五岁的罗隐归乡,依吴越王钱镠,历任钱塘令、司勋郎中、给事中等职。五代后梁开平三年(909年)去世,终年七十七岁。

罗隐著述达十六种之多,不过现存者不多,主要有诗集《甲乙集》十二卷,《谗书》五卷,《两同书》二卷,《妖乱志》一卷,《罗隐启事》一卷,《吴越掌记集》十四篇以及杂著十二篇。其他诸集,或散佚或全亡。罗隐之作最初为其自编,晁公武《郡斋读书志》卷十八称:"作诗著文,以讥刺为主。自号'江东生'。其集皆自为序。"但是原编多已失传。今时可见者有如下著本:

一、《甲乙集》十卷本,及其复刻本。

据晁公武《郡斋读书志》卷十八云罗隐"其集皆自为序",可见罗隐诸集皆为自编。兹将今存罗隐诸集之版本源流梳理如下:

其一,《甲乙集》十卷系统。明清两代重要的《甲乙集》版本今存者有:其一，明常熟毛晋汲古阁依宋刻本所刊《唐人八家诗》十卷本；其二，明抄十卷本，清人方尔谦校并跋，现藏国家图书馆善本部；其三，清初抄本十卷，拾遗一卷，现藏国家图书馆善本部；其四，清康熙四十一年洞庭席氏琴川书屋《唐诗百名家全集》本，有补遗一卷；其五，康熙四十五年成书之《全唐诗》罗隐集十一卷本。

以上诸本均来自宋本。只是个别文字在翻刻与传抄中有误。

二、《甲乙集》三卷与《谗书》五卷合刻本。此类为罗隐诗文综合版本系统。起初为明万历中姚士麟重辑、屠中孚校刊的五卷本，《甲乙集》三卷，《谗书》两卷；清抄本《罗昭谏集》十四卷，将所合并的诗四卷依通行本《甲乙集》重新析为十卷而成，附补遗一卷，为江南丁氏八千卷楼藏书，今藏于南京图书馆。

三、其他。上面两个版本系列之外，还有《谗书》五卷本、《两同书》二卷本、《妖乱志》一卷本。《妖乱志》宋代所传三卷本已佚，今存一卷，题《广陵妖乱志》，后来翻刻本有明万历翻刻《虞初志》本、《合刻三志》本、宛委山堂《说郛》本、《五朝小说》本、《唐人说荟》本、《唐代丛书》本、《说库》本、文钞本、屠本、张本、《全唐文》本。诸本大都辑自《太平广记》，清末缪荃孙采善本收入《藕香零拾》，又辑逸文一卷。如今常见的本子是：《谗书》五卷、《甲乙诗集》三卷（李守信跋明抄本），《唐人八家诗》本十卷（明常熟毛晋汲古阁刊），《罗昭谏江东集》（明万历中姚士麟重辑、屠中孚校刊），《罗昭谏集》（康熙九年张瓒瑞榴堂刻本），《唐诗百名家全集》本（康熙四十一年洞庭席氏琴川书屋）。

《浣花集》

[唐] 韦庄撰，韦蔼编

题　解

唐诗别集，唐韦庄撰，庄弟韦蔼编。

韦庄，字端己，汉族，长安杜陵（今陕西省西安市附近）人，盛唐诗人韦应物之四世孙。少孤贫力学，才敏过人，但是却屡试不第。广明元年（880年），韦庄四十五岁，在长安应举之时，黄巢军陷长安，战乱之中，与弟妹失散，且本人应举不第。中和二年（882年）韦庄赴洛阳。三年（883年）春，韦庄已四十八岁，作《秦妇吟》，写黄巢军陷长安之时的乱象，声名大振。后避乱江南，后于五十八岁再回长安应试，直到乾宁元年（894年）才中进士，任校书郎。后来，李询为两川宣谕和协使，召为判官，奉使入蜀，归朝后升任左补阙。天复元年（901年），韦庄已六十六岁，入蜀为王建掌书记。天祐四年（907年），朱温篡唐，韦庄力劝王建称帝，建正式称帝后，庄为左散骑常侍，判中书门下事，官终吏部侍郎兼平章事，谥文靖。韦庄诗词兼善，与温庭筠齐名，并称"温韦"。

此集是其弟于唐昭宗天复三年（903年）编辑，因为屡经战乱，"简编俱坠，惟余口诵者，所存无几"，一方面抄录剩余草稿，一方面书写出留存在记忆中的作品，编辑成五卷本诗集。因为韦庄在四川成都浣花溪寻得杜工部旧址，其草堂虽然芜没已久，但是柱砥犹存。有时又重加修整，结茅为一室，所以便以"浣花"为名，即《浣花集》。

《韩内翰别集》

[唐] 韩偓撰

题　解

唐诗别集，唐韩偓撰。韩偓（842—923），乳名冬郎，字致光，号致尧，晚年又号玉山樵人。陕西万年县（今樊川）人。生于唐会昌二年（842年），自幼聪明好学，大中五年（851年）秋末，李商隐离京赴梓州（州治在今四川三台）入东川节度使柳仲郢幕府，韩偓才十岁，就能够在别宴上即席赋诗，才华惊动一座。大中十年（856年），李商隐返回长安，重诵韩偓题赠的诗句，回忆往事，专门写了两首七绝酬答，即《韩冬郎即席为诗相送一座尽惊他日余方追吟"连宵侍坐徘徊久"之句有老成之风因成二绝寄酬兼呈畏之员外》，其一曰："十岁裁诗走马成，冷灰残烛动离情。桐花万里丹山路，雏凤清于老凤声。"唐昭宗龙纪元年（889年），韩偓中进士，初在河中镇节度使幕府任职，后入朝历任左拾遗、左谏议大夫、度支副使、翰林学士。梁龙德三年（923年）病逝于南安葵山（又名黄旗山）山麓的报恩寺旁房舍。

关于《香奁集》作者问题，有不同意见。史籍中最早将《香奁集》列为韩偓之作的，是《新唐书》，本书卷六十《艺文志》四载："《韩偓诗》一卷，又《香奁集》一卷。"此后陈振孙《直斋书录解题》卷一九、《苕溪渔隐丛话》前集卷二三引《遁斋闲览》、葛立方《韵语阳秋》卷五、许顗《许彦周诗话》，元辛文房《唐才子传》卷九、方回《瀛奎律髓》卷七，还有清《四库全书总目提要》、吴任臣《十国春秋》卷九五《韩偓传》等，均以《香奁集》为韩偓作。但是，早就有人怀疑，如宋沈括就有所怀疑，其《梦溪笔谈》卷十六："和鲁公（凝）有艳词一编，名《香奁集》，凝后贵，乃嫁其名为韩偓，今世传韩偓《香奁集》乃凝所为也。凝生平著述，分为演纶、游艺、孝悌、疑狱、香奁、篆金六集。自为《游艺集序》云：'予有香奁、篆金二集，不行于世。'凝在政府，避议论，讳其名，又欲后人知，故于《游艺集序》述之，此凝之意也。予在秀州，其曾孙和惇家藏诸书，皆鲁公旧物，末有印记甚完。"但是证据不够充分。后来还有人怀疑，不过证据也嫌不足。

关于此书的编辑，宋人叶梦得曾言："偓在闽所为诗，皆手自写成卷，嘉祐间裔孙奕出其数卷示人，庞颖公为漕，取奏之，因得官。诗文气格不甚高，吾家仅有其诗百余篇。世传别本有名《香奁集》者，《唐书·艺文志》亦载其辞皆闺房不雅驯。或谓江南韩熙载所为，误以为偓，若然，何为录于《唐志》乎？熙载固当有之，然吾所藏偓诗中亦有一二篇绝相类，岂其流落亡聊中姑以为戏，然不可以为训矣。"（见马端临《文献通考》卷二百四十三）此说认为本集乃韩偓自己编辑。有人认为非韩偓自编，但是证据还嫌不足。

同时，关于本集的卷数也记载不一：

其一，较多的是一卷说。《新唐书·艺文志》："《韩偓诗》一卷，又《香奁集》一卷。"郑樵《通志略·艺文志》："《韩偓诗》一卷，又《香奁》一卷。"晁公武《郡斋读书志》："《韩偓诗》二卷，《香奁集》一卷。"震钧作《香奁集发微》用汲古阁本，载"《翰林集》三卷，《香奁集》一卷"。

清瞿镛《铁琴铜剑楼藏书目录》卷十九云："《翰林集》一卷，《香奁集》一卷（旧抄本）。题'翰林承旨行户部侍郎知制诰万年韩偓致尧撰'。《香奁集》后有《无题》诗四首，《浣溪沙》词二首，《黄蜀葵赋》《红芭蕉赋》二首。此从宋刻本影写，不名'内翰别集'，亦不注'入内廷后诗'五字。"

其二,二卷说。如宋陈振孙《直斋书录解题》:"《香奁集》二卷,《入内廷后诗集》一卷,《别集》三卷。"

其三,还有三卷说。如钱曾《读书敏求记》又著录《韩偓诗集》一卷,《韩内翰香奁集》三卷;吴汝纶评注本《韩翰林集》三卷、《香奁集》三卷,复有《补遗》一卷。

《唐风集》

[唐] 杜荀鹤撰

题 解

唐诗别集,唐杜荀鹤撰。本集的编辑,《唐才子传》称是顾云编辑:"与太常博士顾云初隐一山,登第之明年,宁亲相会,云撰集其诗三百余篇,为《唐风集》三卷,且序以为:'壮语大言,则决起逸发,可以左揽工部袂,右拍翰林肩,吞贾喻八九于胸中,曾不芥蒂。或情发乎中,则极思冥搜,神游希夷,形兀枯木,五声劳于呼吸,万象贪于抉剔,信诗家之雄杰者矣。'"不仅说出编者,而且说明了规模:三卷,诗三百余篇收入诗集。但是清代四库馆臣则定为杜荀鹤自编:"此集乃其初登第时所自编。诗多俗调,不称其名。"(《四库全书总目提要》)孰是孰非,难以定论。

《唐英歌诗》

[唐] 吴融撰

题　解

唐诗别集，唐吴融撰。吴融，字子华，越州山阴（今浙江绍兴）人。唐宣宗大中四年（850年）生，融初力学，富于辞调，才思敏捷，颇负时望。唐昭宗龙纪元年（889年）进士及第。曾随宰相韦昭度讨蜀，表掌书记，累迁侍御史，后来曾一度去官，流落于荆南。其后又被起用，召为左补阙，拜中书舍人。天复元年（901年）受命于御前起草诏书，顷刻而就，甚得昭宗激赏，进户部侍郎。冬，变乱发生，昭宗被宦官韩全诲等劫持到凤翔（今陕西宝鸡），融本忠于昭宗，然扈从不及，去客阌乡。天复三年（903年）正月，昭宗返回长安，吴融召还翰林，迁承旨，本年卒，享年五十四岁。

《吴融诗集》最早应该是在晚唐时编成。本集在由唐至宋的版本史籍中多有记载：《新唐书·艺文志》："吴融诗集四卷，又制诰一卷。"《直斋书录解题》卷十九："《唐英集》三卷。唐翰林学士吴融子华撰。融与偓皆龙纪元年进士。"《宋史·艺文志》："吴融赋集五卷。"马端临《文献通考》："《唐英集》三卷。陈氏曰：唐翰林学士吴融子华撰。与偓皆龙纪元年进士。"《天禄琳琅书目续编六》亦有宋椠本著录，题《唐英歌诗》，馆臣记云："书三卷。揭衔翰林学士承旨银青光禄大夫行在尚书户部侍郎知制诰上柱国汉阳县开国男食邑三百户。……首有'允文''枢密之章'二印，盖宋虞允文家藏，至明入上元焦氏（弱侯），又一印不可辨。"清·钱曾《读书敏求记》卷四："《吴融英歌诗》三卷：余生平所见子华诗，宋椠本，唯此本，宜宝护之。"但是这些记载中的《吴融诗集》版本多已散佚。现存版本，主要有这样几种：其一，明朱之蕃校，万历戊午金陵朱氏刊《晚唐十二名家诗集》本，第八卷为《吴融集》，现藏于台湾国家图书馆善本书库；其二，明代毛晋编，虞山毛氏汲古阁刊《唐人四集》本，有《唐英歌诗》，现藏于台湾国家图书馆善本书库；其三，明抄《唐四十七家诗》本，《唐英歌诗》三卷，藏于北京图书馆；其四，明抄《唐四十四家诗》本，《唐英歌诗》三卷，亦藏于北京图书馆；其五，《文渊阁四库全书》本，《唐英歌诗》三卷，现亦藏于北京图书馆；六，清初抄《百家唐诗》本，《吴融诗》不分卷，现亦藏于北京图书馆；其七，清代席启寓辑，康熙席氏琴川书屋刻《唐诗百名家全集》本，《唐英歌诗》三卷（以下简称席本），现亦藏于北京图书馆。

　　吴融在诗学主张上继承传统的诗教观，重视诗歌的教化功能，这一点在其《禅月集序》中有明显的表现，本文开头就说："夫诗之作者，善善则咏颂之，恶恶则风刺之。苟不能本此二者，韵虽甚切，犹土木偶不生于气血，何所尚哉！自风雅之道息，为五言七言诗者，皆率拘以句度属对焉。既有所拘，则演情叙事不尽矣。且歌与诗，其道一也。然诗之所拘悉无之，足得于意。取非常语，语非常意，意又尽则为善矣。"强调诗歌应该是"善善则咏颂之，恶恶则风刺之"，其实就是要为政治教化服务。依据这一观念，他对唐代诗歌进行分析和评价，首先，他从正面肯定李白和白居易的诗歌创作，指出："国朝为能歌诗者不少，独李太白为称首。盖气骨高举，不失颂咏风刺之道。厥后白乐天为讽谏五十篇，亦一时之奇逸极言。昔张为作诗图五层，以白氏为广大教化主，不错矣。"他之所以肯定李白之诗，关键是李白诗歌"不失颂咏风刺之道"，其实就是儒家诗教中特别强调的诗歌"美刺"功能；肯定白居易，是因为其诗有"讽谏"作用。然后他对李贺以及后来的晚唐诗风提出批评："至于李长吉以降，皆以刻削峭拔飞动文彩为第一流，而下笔不在洞房蛾眉神仙诡怪之间，则掷之不顾。迩来相教学者，靡漫浸淫，困不知变。呜呼！亦风俗使然。君子萌一心，发一言，亦当有益于事。矧极思属词，得不动关于教化？"其中要害问题是"不关教化"。文章最后赞美贯休的诗作："沙门贯休，本江南人。幼得苦空理，落发于东阳金华山。机神颖秀，止于荆门龙兴寺。余谪官南行，因造其室。每谈论未尝不了于理性。自是而往，日入忘归。邈然浩然，使我不知放逐之感。此外商榷二雅，酬唱循环，越三日不得往来，恨疏矣，如此者凡期有半。上人之作，多以理胜，复能创新意，其语往往得景物于混茫之际。然其旨归，必合于道。太白、乐天既殁，可嗣其美者，非上人而谁？丙辰岁，余蒙恩诏归，与上人别。袖出歌诗草本一，曰《西岳集》，以为尽矣。窃虑将来作者，或未深知，故题于卷之首。时己未岁嘉平月之三日。"为什么会赞美这位沙门中人呢？关键就是他作诗"必合于道"，而且是能够继承李白、白居易诗歌创作倾向的人物，所以吴融肯定地说："太白、乐天既殁，可嗣其美者，非上人而谁？"

《云台编》

［唐］郑谷撰

题 解

　　唐诗别集，唐郑谷撰。郑谷（约851—约910），字守愚，袁州宜春（今江西宜春市袁州区）人，父史。幼聪颖，自骑竹之年即会赋诗。及冠，应进士举，凡十六年不第。僖宗广明元年（880年）黄巢入长安，谷奔西蜀。直到唐僖宗光启三年（887年）才中进士。昭宗景福二年（893年）授京兆鄠县尉，迁右拾遗补阙、右拾遗，又转任都官郎中，人称"郑都官"。长于诗，与当时诗人薛能、李频更相唱和，又与张乔、许棠等交游，世称"咸通十哲"。此外，还与诗僧齐己唱和，因其助敲诗句有点石成金之效，故齐己称为"一字师"。在其诗作中，以《鹧鸪》一首尤为著名，故又称"郑鹧鸪"。约于天复三年（903年）前后，归隐宜春仰山书屋，后来卒于北岩别墅。死后安葬在宜春城北。

　　本集为郑谷自编，其时在唐昭宗乾宁四年（897年），名为《云台编》，郑谷在《序》中说："乾宁初，上幸三峰，朝谒多暇，寓止云台道舍，因以所记或得章句，缀于笺毫。或得于故侯屋壁，或闻于江左近儒，或只省一联，或不知落句。遂拾坠补遗，编成三百首，分为上中下三卷，目之为《云台编》。"《新唐书·艺文志》载谷所著有《云台编》三卷、《宜阳集》三卷。今《宜阳集》已佚。唯此编尚存，所录诗约三百首。

　　郑谷在《云台编序》中曾自述自己的学诗经历："谷勤苦于风雅者，自骑竹之年，则有赋咏。虽属对声律未畅，而不无旨讽。同年丈人古川守李公朋、同官丈人马博士戴，尝抚顶叹勉，谓他日必垂名。及冠则编轴盈笥，求试春闱，历干于大匠。故少师相国太原公深推奖之。故薛许昌能、李建州频不以晚辈见待，预于唱和之流，而忝所得者多。游举场凡十六年，著述近千余首，自可者无几。登第之后，孜孜忘倦，甚于始学也。丧乱奔离，散坠略尽。"从中可知其诗有重视讽喻的特征，同时也可以看出当时的诗家对他的推重。此《序》还谈到本集的编辑过程："乾宁初，上幸三峰，朝谒多暇，寓止云台道舍，因以所记或得章句，缀于笺毫。或得于故侯屋壁，或闻于江左近儒，或只省一联，或不知落句。遂拾坠补遗，编成三百首，分为上中下三卷，目之为《云台编》。所不能自负初心，非敢矜于作者。乾宁甲寅三月望郑谷自序。"（郑谷《云台编序》）显然，其诗有不少曾散落各处，此集是重新收集编成的，不可能完整。

《白莲集》

[唐] 释齐己撰，门人西文编

题　解

唐诗别集，唐释齐己撰，门人西文编。齐己，唐僧人，本姓胡，自号衡岳沙门，潭州益阳（今湖南益阳市）人。齐己早失怙恃。七岁颖悟，为大沩山寺司牧，往往抒思，取竹枝画牛背为小诗。耆夙异之，遂共推挽入戒。风度日改，声价益隆。齐己平生游江海名山，登岳阳，望洞庭，又来长安数载，遍览终南、条、华之胜。去世后，其门人西文编其诗集，得八百一十篇，勒成十卷，题为《白莲集》。本集前九卷为近体，后一卷为古体。古体之后又有绝句四十二首，可能是后人采辑附入。

《咏史诗》

[唐] 胡曾撰

题　解

唐诗别集，唐胡曾撰，唐咸通中人陈盖注，米崇吉评注。胡曾，邵阳（今属湖南）人。唐文宗开成四年（839年），"少负才誉，文藻煜然"（《宝庆府志》）"天分高爽，意度不凡"（《唐才子传》），但出身寒微，尝自言："某荜户庸人，荷衣贱子，道惭墨妙，业愧笔精。效枚叟之文章，虽怜七岁；感潘生之岁月，已叹二毛。失路肠回，迷邦足刖，蚁栖培塿，蛙伏潢洿。……诚宜世弃，敢望时来，方嗟碌碌之生，忽忝戈戈之幸。朽株委地，永甘夫子之捐；枯骨凝尘，岂料昭王之市。"（胡曾《剑门寄上路相公启》）。咸通中，曾举进士不第，滞留长安。咸通十二年（871年），路岩为剑南西川节度使，召为掌书记，凡剑南节度使衙门的奏折和公文，多出自胡曾之手，曾草书答南蛮，即《答南诏牒》，南诏王骠信心悦诚服，为大唐声威所慑服，送其子入唐为人质，罢兵和好。乾符元年（874年），复为剑南西川节度使高骈掌书记。乾符五年，高骈徙荆南节度使，又从赴荆南，后终老故乡。有《安定集》十卷，《咏史诗》三卷，通观所作，以咏史诗为其所长。皆题古君臣争战、废兴尘迹。经览形胜、关山亭障、江海深阻，一一可赏。陈盖，《唐才子传》称"咸通中人"。米崇吉亦咸通时人。

关于陈盖其人是否为唐人曾有争议，但是赵望秦先生在《唐代咏史组诗考论》作了考证："《唐才子传》谓注者陈盖为晚唐咸通时人，当为可信。"证据有四：一是注文中避唐帝名讳，如"代"、"预"等；二是注文中某些地名为唐地名，如《番禺》注引"岭南邕府"，指邕管经略使府，宋已改为广南路；三是注文中一些职官乃属唐制，而非宋有，如《居延》注引"胪鸿卿"为唐代官制，宋已废置，《官渡》注引"知留后"为中唐官制，宋代无此；四是注文所引史料大量摘引《春秋后语》一书，即晋孔衍《春秋后国语》，至五代、宋时已佚。此外，赵望秦又从避讳与所引书考米崇吉亦是晚唐人，与陈盖同时。通观各家之说，当以赵先生之论为是。

本集初为一卷（见《唐才子传》），至宋则有三卷本行世。《铁琴铜剑楼藏书目录》卷十九载："《新雕注胡曾咏史诗》三卷（影钞宋本）。题：'前进士胡曾著述并序，邵阳叟陈益诗，京兆郡米崇吉评注并续序。'"《四部丛刊》三编："《新雕注胡曾咏史诗》三卷，唐胡曾撰。陈盖注。上海涵芬楼影印常熟瞿氏铁琴铜剑楼藏影宋钞本。"但是《四库全书总目提要》著录则不同："《咏史诗》二卷（编修汪如藻家藏本），唐胡曾撰。"可知此集经不同时代翻刻后，版本有异。

胡曾在《剑门寄上路相公启》一文中曾这样描述自己的人生经历："某荜户庸人，荷衣贱子，道惭墨妙，业愧笔精。效枚叟之文章，虽怜七岁；感潘生之岁月，已叹二毛。失路肠回，迷邦足刖；蚁栖培塿，蛙伏潢洿。……诚宜世弃，敢望时来；方嗟碌碌之生，忽忝戈戈之幸。朽株委地，永甘夫子之捐；枯骨凝尘，岂料昭王之市。……既蒙蜀顾，敢望秦留。即遂面走鹿头，背驰鹑首……不知剑阁之艰，岂觉刀州之远。……曾实惭孤陋，叨沐招延，郑驿将穷，燕台渐近。那能倚马，妄窃攀龙！仰天上之程途，已亲台席；指人间之歧路，尚感客星。披雾非遥，拜尘在即。"（《全唐文》八百十一）由此可知其出身寒微，求进之路也相当坎坷。此文当是其干谒之作。

附录二 宋代唐诗别集题解

《分类补注李太白集》

［宋］杨齐贤集注，元萧士赟删补

题　解

　　唐诗别集，宋杨齐贤集注，元萧士赟删补。齐贤，字子见，字圣玲，春陵（今湖北枣阳南）人。齐贤自幼聪敏，记忆力超群，七岁能文，被称为神童；十七岁中秀才，十八岁中举人，南宋宁宗庆元五年（1199年）中进士。史籍载他颖悟博学，试制科第一，再举贤良方正，官通直郎。其著作主要有《青莲诗选》《进卷八略》《周子年谱》《蜀枢集》《李太白诗注》等，其中《李太白诗注》（二十五卷）尤为人所重，自宋至元、明以来，此本是最通行的李诗注本，《四库全书总目提要》对此书评价很高："杜甫集自北宋以来注者不下数十家，李白集注宋、元人所撰辑者，今惟此本（指杨本）行世而已。"士赟字粹可，宁都人，宋辰州通判萧立之之子。笃学工诗，与吴澄相友善。所著有《诗评》二十余篇及《冰崖集》。

　　宋、元人所撰辑李白集注，今唯此本行世。清康熙中，吴县缪曰芑翻刻宋本《李翰林集》，前二十三卷为歌诗，后六卷为杂著。但是与此本相较，明细不同：此本前二十五卷为古赋、乐府、歌诗，后五卷为杂文。且分标门类，与缪本目次不同。虽然原书有无序跋已不可考。但是所辑得注文皆以"齐贤曰"、"士赟曰"互为标题以相区别之，所以可以认定为宋杨齐贤集注、元萧士赟删补。

《九家集注杜诗》

[唐] 杜甫撰，宋郭知达编

题　解

　　唐诗别集，唐杜甫撰，宋郭知达编。知达，蜀人，曾官于福顺（今四川富顺县），又于南宋孝宗淳熙八年（1181年）前后任郡守。其《杜工部诗集注序》中说："大书锓版，置之郡斋，以公其传。……淳熙八年八月，成都郭知达谨序。"从这里我们可以确认此集是他任郡守之时编辑刊刻，时间是南宋孝宗淳熙八年，又可以确认他是成都人，其《杜工部诗集注》三十六卷为宋蜀本，但是其初刻本已亡佚。

　　根据周采泉先生《杜集书录》一书所考论，在郭知达《九家集注杜诗》之前，宋时已经有杜集全集校勘笺注类传本十七家二十三种，即：王洙编《杜工部集》二十卷；王洙编、王琪校《杜工部集》二十卷；黄伯思《校定杜工部集》二十二卷，杂注二卷；王得臣《增补杜工部诗》四十九卷；王洙《王内翰注杜工部集》三十六卷；鲍慎由《注杜诗文集》二十卷；赵子栎《杜诗注》（卷不详）；蔡兴宗《重编少陵先生集》二十卷；薛苍舒《补注杜工部集》（卷不详）；薛苍舒《杜诗补遗》五卷；薛苍舒《续注补遗》八卷；薛苍舒《杜诗刊误》一卷；赵彦材《赵次公集注杜诗》五十卷；赵彦材《新定杜工部古近体诗先后并解》二十六卷；鲁詹《杜诗传注》十八卷；鲁訔《编次杜工部集》十八卷；徐宅《门类杜诗》二十五卷；鲍彪《少陵诗谱论》（卷不详）；吴若《杜工部集》二十卷；师尹《杜诗详注》（卷不详）；杜田《注杜诗补遗正谬》十二卷；杜田《杜诗博议》（卷不详）；卞大亨、卞圜《卞氏集注杜诗》三十卷。郭知达《九家集注杜诗》后出，充分利用了这些便利条件，站在前人的肩上，对王得臣、邓忠臣、薛梦符、杜田、鲍彪、师民瞻、赵彦材等七家注杜文献进行筛选和删削，适当吸收，又选取了黄庭坚、苏轼、胡仔、王深父、范元实等五家杜诗评论，所以其材料的丰富性不言而喻。同时，郭氏又加进了自己的注释，并且在辑佚的基础之上进行校勘，所以其价值是多方面的。《四库全书总目提要》对此集评价比较高："此书集王洙、宋祁、王安石、黄庭坚、薛梦符、杜田、鲍彪、师尹、赵彦材之注，颇为简要。"又特别指出："知其别裁有法矣。"

《黄氏补注杜诗》

[宋] 黄希原编，其子黄鹤续成

题　解

唐诗别集，宋黄希原编，其子黄鹤续成。黄希，字梦得，宜黄人。登进士第，官至永新令。其子黄鹤，字叔似。著有《北窗寓言集》，今已久佚。本集成于南宋宁宗嘉定九年（1216年），原名《补千家集注杜工部诗史》，起初由黄希开始，以一种南宋书坊的分体集注本作底本，在旧注之上进行补注。但是，他没有完成便去世了。其子黄鹤承父遗志，继续补注，积三十余年之力最后完成。书中凡原注皆称"某曰"，其父子之补注则称"希曰"、"鹤曰"以加区别。总的体例是按年编诗，所以先以《年谱辨疑》为首，作为编辑纲领。集中杜诗都按照所作岁月注于篇下，时间和线索比较清楚。其中钩稽辨证，也颇具苦心。但是其中有相当多的地方牴牾不合，甚至"牵合其一字一句，强为编排，殊伤穿凿"（《四库全书总目提要》），宋代许多唐诗注本，特别是杜诗注本都存在类似问题，归纳起来主要是这样几种：一曰伪造故事，二曰傅会前史，三曰伪撰人名，四曰改窜古书，五曰颠倒事实，六曰强释文义，七曰错乱地理。由于这些问题的存在，书的质量受到严重影响，后人也多有批评。

《高常侍集》

［唐］高适撰

题　解

唐诗别集，唐高适撰。高适（约700—约765），盛唐诗人。字达夫，渤海蓨（今河北景县）人。少贫寒，潦倒失意。天宝八年（749年）进士，授封丘尉。十一年辞官，客游河西，入哥舒翰幕，为掌书记。安史之乱后，曾任淮南、西川节度使，官至散骑常侍，封渤海县侯，世称"高常侍"。其诗以边塞诗成就为最高，风格悲壮而浑厚，与岑参并称"高岑"。有《高常侍集》。

此本内"廓"字阙笔，避南宋宁宗嫌名，所以当为庆元南宋以后本，为宋版无疑。此集总共诗八卷、文二卷，为诗文合集。《郡斋读书志》："《高适集》十卷，《集外文》一卷，《别诗》一卷。"《唐才子传》卷二："今有诗文等二十卷。"莫友芝《郘亭知见传本书目》卷十二："《高常侍集》十卷，唐高适撰。"总体上各代传本卷数不一。

《刘随州集》

［唐］刘长卿撰

题　解

唐诗别集，唐刘长卿撰。因为集中注意避宋高宗讳，可知为南宋人编辑刊刻。自宋以来版本颇多。宋刻《刘文房集》现只有残本，半页十三行，行二十一字。存五至十卷，凡六卷。明代版本较多：有明弘治戊午余姚韩明校刻本，明弘治耿申李士修刻本；明活字本，十卷；明韦祀谟刻本，八卷。清康熙中，席氏刻《唐百家诗》本十卷，《补》一卷。《四库全书》本为邹炳泰家藏本，共十一卷，即诗十卷，文一卷。

《钱仲文集》

[唐] 钱起撰

题　解

　　唐诗别集，唐钱起撰。钱起，字仲文，吴兴（今浙江湖州市）人。早年数次赴试落第，唐天宝十年（751年）如愿以偿，中进士，并且一鸣惊人：其省试之时的诗作《省试湘灵鼓瑟》中末二句"曲终人不见，江上数峰青"，奇妙非常，广为传诵，称为绝唱。乾元年间（758—760），初为秘书省校书郎、蓝田县尉，与王维时相过从，有诗酬答。后任司勋员外郎、考功郎中、翰林学士等。因曾任考功郎中，故世称"钱考功"，与韩翃、李端、卢纶等号称"大历十才子"。

　　钱起诗，《新唐书·艺文志》著录"钱起诗一卷"。晁公武《郡斋读书志》卷十七《别集类》上著录其诗为二卷。陈振孙《直斋书录解题》卷十九《诗集类》上著录则为《钱考功集》十卷，并说"蜀本作《前》《后集》十三卷"。这个十卷本即为宋、元以后流传的本子，其起始时期应该是宋代。元辛文房《唐才子传》卷四："集十卷，今传。"《四库全书总目提要》："其集《唐志》作一卷，晁公武《读书志》作二卷。今本十卷，殆后人所分。"四部丛刊影印明活字本《钱考功集》十卷，亦为此本。由此可见，十卷本为钱起诗集的主要传本。

《韦应物集》

[唐] 韦应物撰，宋王钦臣编

题　解

唐诗别集，唐韦应物撰，宋嘉祐中王钦臣编。韦应物（737—792），长安（今陕西西安）人。其家族主支自西汉时已迁入关中，定居京兆，自汉至唐，衣冠鼎盛，为关中望姓之首。《旧唐书》中有言："议者云自唐已来，氏族之盛，无逾于韦氏。其孝友词学，承庆、嗣立为最；明于音律，则万石为最；达于礼仪，则叔夏为最；史才博识，以述为最。"应物早年豪纵不羁，横行乡里，乡人苦之。但却于十五岁时便为唐玄宗近侍，出入宫闱，扈从游幸。"安史之乱"爆发后，玄宗奔蜀，韦应物也因此流落失职。但是也因为这一变故，促使他立志读书，并且少食寡欲，认真修炼。"安史之乱"平定以后，韦应物又步入仕途，历任洛阳丞、京兆府功曹参军、鄂县令、比部员外郎、滁州和江州刺史、左司郎中、苏州刺史，贞元七年退职。世称韦江州、韦左司或韦苏州。此后他没有得到新的任命，寄居于苏州无定寺，不久就客死他乡，享年约在五十五六岁左右。韦应物是山水田园诗派诗人，后人每以"王孟韦柳"并称。传世之作有《韦江州集》十卷，《韦苏州诗集》两卷，《韦苏州集》十卷。《四库全书总目提要》著录的是十卷本《韦苏州集》，基本按照内容和类别编次，具体体例为：一赋，二杂拟，三燕集，四寄赠，五送别，六酬答，七逢遇，八怀思，九行旅，十感叹，十一登眺，十二游览，十三杂兴，十四歌行。总共十四类，五百七十一篇。

《刘宾客文集》

[唐] 刘禹锡撰，宋人宋敏求编

题　解

　　唐诗别集，唐刘禹锡撰，宋人宋敏求编。刘禹锡（772—842），字梦得，洛阳（今属河南）人，祖籍中山（今河北定州市）。贞元九年（793年）进士，登鸿词科。参加王叔文集团的"永贞革新"，失败后被贬为连州刺史，未及到任，再贬朗州司马，此后曾任连、夔、和、苏、汝、同诸州刺史，所到之处，关心人民疾苦，颇有政绩。后任太子宾客，加检校礼部尚书衔，世称刘宾客、刘尚书。其政治讽刺诗常用寓言手法，对权臣刻画可谓入木三分；其怀古诗意味深长，技巧纯熟，《西塞山怀古》《金陵怀古》《乌衣巷》等皆是名篇；注意吸取民歌营养，《竹枝词》《杨柳枝词》《浪淘沙》等，朴素优美，清新自然，健康活泼，情趣盎然；《再游玄都观绝句》，在讽刺之中也表达了始终不屈的斗争精神。白居易称之为"诗豪"。亦能词，曾依白居易 [忆江南] 填词。有《刘梦得文集》。

　　宋敏求本《刘宾客文集》为三十卷，《外集》十卷。史籍所载也多是如此。如宋陈振孙《直斋书录解题》："《刘宾客集》三十卷、《外集》十卷。"宋晁公武《郡斋读书志》："《刘禹锡集》三十卷，《外集》十卷。"《四库全书总目提要》："《刘宾客文集》三十卷，《外集》十卷。"不过，辛文房《唐才子传》卷五则曰："有集四十卷，今传。"可能是不同时代翻刻方式不同造成的。

《张司业集》

[唐] 张籍撰，[宋] 张洎编辑

题　解

　　唐诗别集，唐张籍撰，宋张洎编辑。张籍（约766—约830），其郡望为苏州吴地（今江苏苏州），先世移居和州，遂为和州乌江（今安徽和县乌江镇）人。籍性诡激，能为古体诗，有警策之句传于时。贞元初年，张籍与王建同在魏州学诗，后回和州。贞元十二年（796年），孟郊至和州，访张籍。十四年（798年），籍北游，因孟郊而与韩愈相识。愈时为汴州进士考官，遂荐籍，德宗贞元十五年（799年），张籍进士及第。元和元年（806年）调补太常寺太祝，与白居易交游，诗文创作彼此影响。因为任太祝十年，张籍患目疾，故人称"穷瞎张太祝"。元和十一年（816年），张籍转国子监助教，后又迁秘书郎。长庆元年（821年），因韩愈之荐，为国子博士，迁水部员外郎，又迁主客郎中。大和二年（828年），迁国子司业。故世称张水部、张司业。张籍长于乐府古风，与王建自成机轴，绝世独立。在元和年间，同元稹、白居易相互唱和，为海内宗匠，人谓其诗"元和体"。

　　本集乃张洎初编，仅得四百余篇。初名《木铎集》，凡十二卷。后宋人汤中以诸本校定为《张司业集》八卷，刻于平江。但是晁公武《郡斋读书志》卷十七则云："其集五卷，张洎为之编次。"元辛文房《唐才子传》卷五云："有集七卷，传于世。"陈振孙《直斋书录解题》卷十九："《木铎集》十二卷，张洎所编。钱公辅名《木铎集》，与他本相出入，亦有他本所无者。《张司业集》八卷、《附录》一卷，汤中季庸以诸本校定，且考订其为吴郡人。魏峻叔高刻之平江，续又得《木铎集》，凡他本所无者，皆附其末。"《四库全书总目提要》著录版本为明万历中和州张尚儒与张孝祥《于湖集》合刻本。尚儒称购得河中刘侍御本，又参以朱兰嵎太史金陵刊本，得诗四百四十九首，并录《与韩昌黎书》二首，订为八卷。大体说来，经过几代翻刻与重新编辑，各本自然不同。

《孟东野集》

[唐] 孟郊撰，宋人宋敏求编

题　解

　　唐诗别集，唐孟郊撰，宋人宋敏求编。孟郊（751—814），字东野，湖州武康（今浙江德清）人。曾隐居嵩山，与韩愈结为至交。贞元十二年（796年）进士，后任溧阳县尉，任中以吟诗为乐，荒废公务，以至被罚半俸。郑庆余任为水陆转运判官，后因母死去官。郑庆余又奏为参谋，试大理评事，未到任便死去。张籍私谥为"贞曜先生"。其诗以五古为多，内容大多是倾诉穷愁孤苦，感情深挚动人，也有反映现实、揭露藩镇罪恶、关心人民疾苦之作。艺术上不蹈袭陈言，擅长白描，不用典故，造语新奇，但有过于求奇求险的倾向。与韩愈并称"韩孟"，与贾岛都以苦吟著称，又多苦语，并称"郊岛"，苏轼评为"郊寒岛瘦"，有《孟东野诗集》。

　　孟郊集在宋代有多种版本，主要有：王尧臣等撰《崇文总目》卷十二："孟郊诗五卷。"欧阳修等撰《新唐书》卷六十《艺文志》："《孟郊诗集》十卷。"郑樵《通志》卷七十："孟郊诗集十卷。"晁公武《郡斋读书志》卷十七："孟郊诗集十卷。"陈振孙《直斋书录解题》卷十六："《孟东野集》十卷。"苏颂《苏魏公集》卷五十一："《孟东野集》十卷。"总体上看，宋初刻本，卷数不一，家家自异，五花八门。但是，到宋敏求之手，经过他的整理与编辑，情况大为改观，其《孟集后序》中说得清楚："东野诗，世传汴吴镂本，五卷一百二十四篇。周安惠本十卷，三百三十一篇。别本五卷，三百四十篇。蜀人蹇濬用退之赠郊句纂《咸池集》二卷，一百八十篇。自余不为编秩，杂录之，家家自异。今总括遗逸，摘去重复，若体制不类者，得五百一十一篇，厘别乐府、感兴、咏怀、游适、居处、行役、纪赠、怀寄、酬答、送别、咏物、杂题、哀伤、联句十四种，又以赞、书二系于后，合十卷。嗣有所得，当次篇益诸。"所以，孟郊集能够有较为完整的本子，宋敏求居功至伟。宋以后，在明、清两代，孟郊集又生出多种版本。其中明代著录的主要有：高儒《百川书志》（嘉靖十九年编成）卷十四：
"孟东野诗十卷。"朱睦㮮《万卷堂书目》卷四："孟东野诗集十卷。"焦竑《国史
经籍志》卷五："孟郊诗十卷。"祁承㸁《澹生堂藏书目》集部上："孟东野集，
八卷，二册，孟郊又一部十卷。"胡震亨《唐音癸签》卷三十著录："孟郊诗十
卷。"见于清代著录的主要有：徐乾学《传是楼书目》卷四："孟东野集十卷。"
永瑢等撰《四库全书总目提要》卷一百五十："《孟东野集》十卷。"杨绍和《宋
存书室宋元秘本书目》卷四："北宋本孟东野诗集，十卷，四册一函。"丁立中
《八千卷楼书目》卷十五："孟东野集十卷，唐孟郊撰，明刊本、席氏刊本。"张
之洞《书目答问》集部曰："孟东野集十卷，唐孟郊，席氏本、汲古阁本及明闵
刻本。"

《鲍溶诗集》

[唐] 鲍溶撰，宋曾巩编

题　解

唐诗别集，唐鲍溶撰，宋曾巩编。鲍溶，字德源，其生卒年、籍贯不详。中
唐时期诗人，与韩愈、李正封、孟郊友善。元和四年（809年）进士。

《鲍溶集》，宋时史馆书旧题云《鲍防集》五卷，《崇文总目》叙别集亦如
此。宋曾巩据《唐文粹》《唐诗类选》考证之。又以欧阳修本参校，增多三十三
篇。合旧本共二百三十三篇，厘为六卷，总题为《鲍溶诗集》。

《笺注评点李长吉歌诗》

[唐] 李贺撰，宋吴正子笺注、刘辰翁评点

题 解

唐诗别集，唐李贺撰，宋吴正子笺注、刘辰翁评点。正子其人及其生平事迹，目前尚无确切考证。《四库全书总目提要》中说："正子则不知何许人。近时王琦作《李长吉歌诗汇解》，亦称正子时代、爵里未详。考此本以辰翁之评列于其后，则当为南宋人。又《外集》之首，注称'尝闻薛常州士龙言'云云。士龙为薛季宣字。据《书录解题》，季宣卒于乾道九年。则正子亦孝宗时人矣。"考定吴正子为南宋人，具体说是南宋孝宗时人。刘辰翁，字会孟，庐陵人。年十七，登陆象山之门。年二十四，补太学生。宋景定三年（1262年），刘辰翁年二十九，于廷试对策，忤贾似道，被置于丙第，大受贬抑，以亲老请濂溪书院山长。后江万里、陈宜中荐居史馆，又除太学博士，固辞不受。宋亡后，刘辰翁托方外以归，从此隐居不仕。元大德元年（1297年）卒，享年六十六岁。

《笺注李长吉歌诗》为李贺诗的第一个注本，正集四卷，《外集》一卷。吴正子本人笺注，刘辰翁评点列于其后。吴氏笺注"但略疏典故所出，而不一一穿凿其说，犹胜诸家之淆乱"（《四库全书总目提要》）。而刘辰翁论诗，在评杜诗之时，有"舍其大而求其细"（《四库全书总目提要》）的弊病。但是评李贺诗则无此病。所以清代四库馆臣给予高度评价："辰翁论诗，以幽隽为宗，逗后来竟陵弊体。所评杜诗，每舍其大而求其细。王士祯顾极称之。好恶之偏，殆不可解。惟评贺诗，其宗派见解，乃颇相近，故所得较多。"

《姚少监诗集》

[唐] 姚合撰

题　解

　　唐诗别集，唐姚合撰。合，字大凝，少即耽书，识圣人之旨。行止无违道，动必中礼。登元和十一年（816年）进士第。调武功主簿，又为富平、万年二县尉。宝应中历监察殿中御史、户部员外郎，出为荆、杭二州刺史。后为户、刑二部郎中，谏议大夫，陕、虢观察使。开成末，终于秘书少监。然诗家皆谓之姚武功，其诗派亦称武功体。会昌二年壬戌夏五月，以目疾辞官，颐养于私第。本年冬十二月寝疾，旬余，是月廿有五日乙酉，卒于靖恭里第，享年六十有六。在姚合墓志出土之前，关于他的记载有的不详，有的错误。其中特别需要纠正的是两点：其一，姚合与姚崇之关系。陈振孙《直斋书录解题》："《姚少监集》十卷。唐秘书少监姚合撰。崇之曾孙也。"《新唐书·姚崇传》："曾孙（姚）合、（姚）勖。合，元和中进士及第，调武功尉。"计有功《唐诗纪事》："合，宰相崇曾孙，登元和进士第，调武功主簿，世号'姚武功'。"辛文房《唐才子传》卷六："合，陕州人，宰相崇之曾孙也。以诗闻。"《全唐诗》卷四百九十六姚合小传："姚合，陕州硖石人，宰相崇曾孙。"《四库全书总目提要》："合，宰相崇之曾孙也。登元和十一年进士第。"这些史籍都明载姚合为姚崇曾孙。而《旧唐书》卷九六《姚崇传》云：姚崇"玄孙（姚）合，登进士第，授武功尉，迁监察御史，位终给事中"。《册府元龟》卷一百三十一《帝王·延赏二》：唐宝历"二年（826年）四月，以姚元崇玄孙、前京兆府富平县尉合为监察御史"。这两书又载为玄孙。其实，无论是说曾孙还是玄孙都错了，《唐故朝请大夫秘书监礼部尚书吴兴姚府君墓铭并序》明载："公讳合，字大凝。惟姚氏由吴郎中讳敷，始渡江居吴兴。五世至宋渤海太守五城侯讳裡之，生后魏祠部郎中讳滂。七世至我唐初巂州都督、赠吏部尚书、长沙文献公讳善意。文献公生宗正少卿赠博州刺史讳元景，即开元初中书令、梁国文贞公之母弟，而公之曾王父也。汝州别驾讳算，公之王父也。相州临河令、赠右庶子讳闻，公之烈考也。"可见，姚合实为姚崇之玄侄孙，曾孙、玄孙皆为讹传（参见姚旭元《洛阳新发现唐朝著名诗人姚合墓志》）。其二，姚合嫁女于李频之事。人们熟知的是《新唐书》卷二百三《文艺下·李频传》的记载："李频，字德新，睦州寿县人。少秀悟，逮长，庐西山，多所记览。其属辞，于诗尤长。与里人方干善。给事中姚合名为诗，士多归重，频走千里丐其品，合大加奖挹，以女妻之。"但是这也是讹传。《唐故朝请大夫秘书监礼部尚书吴兴姚府君墓铭并序》明载："公娶相州内黄丞范阳卢公肇之女，生一子一女。子曰罩；女适进士、河东节度推官、试协律郎太原郭图。别女二人，俱稚年。"很清楚：姚合一女嫁太原郭图，其他两女在姚合去世之时还是童年，更不会有嫁频之事（参见姚旭元《洛阳新发现唐朝著名诗人姚合墓志》）。此集唐本已经不见，所见者为宋人所编，编者无考。《四库全书总目提要》著录本即宋本，明末著名藏书家、出版家毛晋所刻，晋跋称此为宋时浙本，尚有川本，编次小异。又称得宋治平四年王颐石刻《武功县诗》三十首，其次序字句皆有不同。此集之体例绝非唐人所有，实为宋人重编本。

《徐正字诗赋》

[唐] 徐寅撰

题　解

唐诗别集，唐徐寅撰。宋时其族孙徐师仁编辑。徐寅，字昭梦，莆田县延兴里人，年少之时便博通经史，博学多才，尤其长于诗赋，享有"锦绣堆"的美名。其作品《人生几何赋》《斩蛇剑》《御沟水》等，远播渤海诸国，其人竟以金书列为屏障。不过，声名颇高的徐寅，在科场上却很不得意，虽然屡举进士，但是都名落孙山。经过多次挫折之后，直到唐乾宁元年（894年），才登进士第，为第一名，成为状元。但是，因为梁太祖要其改写其《人生几何赋》中"三皇五帝不死何归"一句，而徐寅云"臣宁无官，赋不可改"，于是被削去名籍。一日，徐寅又于醉后言语不慎，触犯朱温之忌讳，使之怒形于色。后徐寅作《游大梁赋》以示好，赋中有"千金汉将（韩信），感精魄以神交；一眼胡奴（李克用），望英风而胆落"句，深得朱全忠欢心，于是赠他绢五百匹。然而，徐寅终究内心不安，东归闽中，居于延寿溪边，以游钓为事。后闽王审知礼聘入幕，官秘书省正字。五代时，与翁承赞、黄滔等同佐王审知，被聘为书记官。后唐同光元年（923年），李克用之子李存勖为后唐国主，因为当年徐寅曾在讨好朱温的《游大梁赋》中贬其父为"一眼胡奴"，所以要闽王诛杀徐寅。王审知不忍，但是也不再引见徐寅了，徐寅便辞官归隐家乡延寿里，在十多年游钓生活后，卒于家。有《探龙集》《钓矶文集》《雅道机要》等著述传世。《全唐诗》收入其诗二百六十七首，编为四卷。《全唐文》《唐文拾遗》收其赋各一卷。其《斩蛇剑赋》《御沟流水赋》《人生几何赋》等还流传到日本、朝鲜等国。宋时，其族孙徐师仁编辑其诗赋，成《徐正字诗赋》。

关于此集的编辑过程，徐师仁在《唐秘书省正字先辈徐公钓矶文集序》中说得清楚："师仁家故有赋五卷，《探龙集》五卷，正字自序其后。又于蔡君谟家得《雅道机要》一卷。又访于族人及好事者，得五言诗并绝句，合二百五十余首，以类相从，为八卷，并藏焉。"序后署明此集的编辑时间为"建炎三年（宋高宗年号，1129年）"。此文一方面说明了徐集最初的编辑情况，另一方面也透露出最初的徐集是诗文合集。刘克庄《跋徐先辈集》中说："友人徐君端衡出其十一世祖唐正字公羍文集，又纂辑公遗事及年谱以示。南渡初，公族孙著作佐郎师仁作集序，有《雅道机要》一卷，得于蔡君谟家者，今皆不传。所传者律赋及《探龙集》各五卷，诗八卷而已。"这便又进了一步，不仅说明了编辑情况，而且说明了徐集中诗、文各自的卷数。到了元代，徐寅裔孙徐玩《钓矶文集序》又揭示了文集整理的新情况："予尝观旧谱载十二代著作佐郎赐紫鱼袋师仁公所著《文集序》云……既有其序，时必有集，今皆亡失，故常郁郁不乐，凡对族人，惟以不得其文为忧。至延祐丁酉岁，叔父司训公于洛，如金桥林必载家，得诗二百六十余首；复于己亥岁族叔祖道真公遗赋四十篇，不胜欣慰，合而宝之，后则屡求未能再得。……今则据其所得诗赋，暂编成卷，装潢类诸谱谍。"又云："钓矶乃归隐适意处号也。"重新整理后的徐集，还是诗文合集。

附录三　金、元唐诗别集题解

《杜诗学》

［金］佚名

题　解

唐诗别集，编者待考。本集约流行于金代，金元好问有《杜诗学引》一文，指出："乙酉之夏，自京师还，闲居嵩山，因录先君子所教与闻之师友之间者为一书，名曰《杜诗学》。子美之传志年谱，及唐以来论子美者在焉。"据此可知，《杜诗学》一书是确实存在的，遗憾的是我们今天难以见到，可能已经失传。

《集千家注杜诗》

佚名

题　解

唐诗别集，不著编辑者名氏，或为高楚芳编选。高楚芳，据刘辰翁之子刘将孙《高楚芳墓志铭》所载，其家与刘辰翁颇有渊源："高氏派汴，来自吉水，归仙分泰溪，又从嘉林徙至橘山十一世。始大，及事朱南山、文丞相、吾先君子须溪先生。"而高楚芳本人也颇为不俗："芳所名崇兰，字楚芳，眉宇有俊意，自少即洒脱颖异。在师不烦橘山加意择所从。……喜交乡大夫先生，无不得其爱重。里名辈困乏，时而周之。"通过此墓志铭可知，高楚芳，名崇兰，字楚芳，号芳所，安成人。生于宝祐乙卯（1255年）四月二十四日，卒于元至大戊申（1308年）八月七日，年五十四，刘辰翁门人。得益于师承，高楚芳诗学素养较高，又记录了刘辰翁有关杜诗的评论，于是删存宋人杜诗旧注，去其泛滥无稽，留其确当精要，并于杜诗句下、句旁加入刘辰翁批点，而成《集千家注批点杜工部诗集》。因为用力甚勤，去取精当，受到好评。刘辰翁之子刘将孙称赞说："是本净其繁芜，可以使读者得于神，而批评剽掇，足以灵悟，固草堂集之郭象本矣。楚芳于是注，用力勤，去取当，校正审，览他本草草，藉吾家名以欺者甚远，相之者吾门刘郁云。"（《新刊杜诗序》，《永乐大典残卷》卷九百五引刘将孙《养吾集》）

《杜律注》

[元] 虞集编选

题　解

唐诗别集，旧本题元虞集撰。虞集（1272—1348），字伯生，号道园，人称邵庵先生，南宋丞相允文五世孙也。曾祖刚简，为利州路提刑，有治绩。父汲，黄冈尉。宋亡，侨居临川崇仁，与吴澄为友，澄称其文清而醇。虞集三岁即知读书，后其父汲挈家趋岭外，干戈中无书册可携，其母杨氏口授《论语》《孟子》《左氏传》、欧苏文，闻辄成诵。及还长沙，就外傅，始得刻本，此时虞集已尽读诸经，通其大义。其外祖杨文仲世以《春秋》名家，而族弟参知政事栋，明于性理之学，杨氏在室，即尽通其说，故集与弟槃，皆受业家庭，出则以契家子从吴澄游，授受具有源委。成宗大德初，以荐授大都路儒学教授，历国子助教、博士。仁宗时，虞集迁集贤修撰，除翰林待制。文宗即位，虞集累除奎章阁侍书学士，并且领修《经世大典》。虞集当时名满天下，与揭傒斯、柳贯、黄溍并称"元儒四家"；其诗则与揭傒斯、范梈、杨载齐名，人称"元诗四家"。有《道园学古录》《道园遗稿》传于世。

本集专门编注杜甫律诗，共一百四十九首，卷首有杨士奇写的序。当时，经李东阳及清代四库馆臣考证，此集非虞集所编，认为"实出张伯成手，特后人假集之名以行耳"（《四库全书总目提要》）。不过，虞集虽然不是此集初编者，但是应该是下过功夫的，不能说完全没有关系。

《杜诗纂例》

[元] 申屠致远编选

题　解

唐诗别集，元申屠致远编选。致远，字大用，其先为汴京（今河南开封）人，后当金朝末年，随父迁东平寿张（今山东阳谷一带）。致远肄业府学，与李谦、孟祺等齐名。元世祖南征之时，尝驻兵小濮，荆湖经略使乞寔力台赏识其才干，于是荐为经略司知事。在军中谋划机务，累官淮西江北道肃政廉访司事，行部至和州，得疾卒。申屠致远为人清修苦节，耻事权贵，聚书万卷，名"墨庄"。其主要著作有《忍斋行稿》四十卷，《释奠通礼》三卷，《杜诗纂例》十卷，《集验方》十二卷，《集古印章》三卷等。

本集在史籍中有载，如《千顷堂书目》卷三十一："申屠致远《杜诗纂例》十卷。"《元史》列传五十七："所著《忍斋行稿》四十卷，《释奠通礼》三卷，《杜诗纂例》十卷，《集验方》十二卷，《集古印章》三卷。"但是其书至今未见。虞集在《杜诗纂例序》中说本集于杜甫诗中"取其一篇、一联、一句、一字，可以类相从者，录之以为《纂例》"，可知其体例是按类别划分，而且有的取全诗，有的取一联，有的取一句，有的甚至取一字，这在杜诗选集中是比较特殊的。对此，虞集的评价是："然则五言、七言之句，固可以例尽也。至若一字之例，譬如橐之鼓、篪之吹、户之枢、虞之机，虚而能应，动而有则，变通转旋，实此焉出，类而数之，不已备乎！"肯定其详备。因未见其书，不好置评。

《重刊李长吉诗集》

［金］赵衍刻

题　解

唐诗别集，为元代蒙古宪宗六年赵衍刻。赵衍，字昌龄，号西岩，北平（即平州，今河北卢龙）人。为金朝进士，辽勋臣赵思温十二世孙。其为学师从龙山居士吕鲲，时间长达十五年。在燕京地区活动时间也较长，交游甚广，其中特别值得注意的是他与耶律铸为至交，曾为其父耶律楚材撰写墓志铭，又曾担任其子耶律希亮的老师。

本集以宋人司马光"所藏旧本"为底本，重加校定，今有《四部丛刊》影金本《李贺歌诗编》，上有赵衍之序。

附录四　明代唐诗别集题解

《类笺王右丞集》

〔明〕顾起经编选

题　解

　　唐诗别集，明顾起经编选。起经，字长济，又字元纬，无锡人，嘉靖中以国子监生官广东盐课副使。顾起经曾编选《大历才子诗选》。此集则专门编选一人之作。

　　本集将王维诗集按照类别，重新编排。其中五言古诗划分十一门，七言古诗分六门，五言律诗分十一门，五言排律分八门，五言绝句分七门，七言绝句分五门。对各个门类的诗作都作了笺注，并且在句下附刘辰翁的评语。此外，书中还有王维本传、年谱。后面还附外编、遗诗及同咏、赠答、画评之类。存在的问题是区别繁碎，强为割裂。

《李诗钞述注》

〔明〕林兆珂编选

题　解

　　唐诗别集，明林兆珂编选。兆珂有《李杜诗钞述注》，而此集则以李白诗单行。其守衡州时，曾刻《杜诗钞述注》。此其守安庆时所刊。本集分体选编李白诗，每篇首先笺释故实，之后加以阐发，其中也对事实有所考订，本意欲超萧士赟、张齐贤所编李白诗集。但是，人们却褒贬不一，同时人黄履康称赞此书"传其神之所至"，"诚千古所独喻者"，"为艺海绳筏，青莲不朽，先生功亦不朽"。而清四库馆臣则曰："注李诗者自杨齐贤、萧士赟后，明林兆珂有《李诗钞述注》十六卷，简陋殊甚。胡震亨驳正旧注，作《李诗通》二十一卷。"（《四库全书总目提要·李太白诗集注》）并且在《李杜诗钞述注》一书的提要中一一指出其错误。

本书现在常见的有万历二十七年（1599年）安庆初刻本、天启衡阳刻本。

《李翰林分体全集》

[明] 刘少彝编选

题　解

唐诗别集，明刘少彝编选。少彝即刘世教。世教字少彝，海盐（今浙江海盐）人。万历二十八年（1600年）中乡试，谒选授闽清令。闽清县处山中，居无城郭，土多不毛，于是世教教民种木棉，纺织于是乎兴济。为政期间精吏治而有政声。但因其妻则通贿不禁，于是休归。世教为诗取法唐音，尤好李杜之诗，为文仿六朝骈俪之体，又工行草尺牍，著有《研宝斋集》，编辑《赋纪》一百卷。

本集有感于其他人所刻李白、杜甫诗集"苍素溷淆，玄黄杂遝，笺注训诂，人自为政，蒙茸猥琐，犹疥厉、虮虱"，所以"正其舛讹，定其真赝，芟薙其重复庞杂，品列昭分，诸体各以类从"（王稚登《李翰林分体全集序》），其体例总体以古、近诸体划分，但是先后顺序仍本编年，古赋和杂文也按照此法编排。其中诗主要是古体诗、近体律诗和绝句，各以类从，而删长短句之目。此集在校释方面下了很多功夫：他人集误入者，黜之；其确为二家所作而偶遗者，收之。其本古体而误入律，及二家自注误入目中，若字句之讹、音释之谬者，更之；其诸家注与评不尽佳，可笔则笔之，可削则削之。校雠，几无纤微憾，而要领莫重于分体。

同时，刘世教对李白与杜甫诗歌的不同特征及其成因也有自己独特的认识，他说："陇西（李）趋《风》，《风》故荡跌出于情之极，而以辞群者也；襄阳（杜）趋《雅》，《雅》故沉郁入于情之极，而以辞怨者也。趋若异而轨无勿同，故无有能轩轾之者。"（刘世教《合刻李杜分体全集序》）如果稍加分析，可以看出其论诗主要是以儒家的传统诗学观为依规。此外，刘世教在治印方面也颇有鉴识能力，其《吴元定印谱序》中有云："昔在嘉靖中，吴文氏兄弟以博雅故，旁及兹艺，最为有声。其上足曰王君幼和。余不及见文氏兄弟，而少时曾一再从幼和游。幼和年七十，老矣，犹鼓刀如壮夫，大都圆美工致，若胜国赵文敏诸私印耳。即文氏兄弟所流传者，率多类是，夫非典型文敏然邪？自《印薮》出，而人始知秦、汉遗法。"不难看出，他是治印的行家里手，不然，不会具有这样识力。

《李诗选》

［明］张愈光编选

题　解

唐诗别集，唐李白作，明人张愈光编选，明杨慎有序，有"张氏家塾，明嘉靖二十四年"字样，明天启乌程闵映壁刻。张愈光，名含，云南永昌人，正德丁卯（1507年）举人，有《禹山集》传世。本集共选李白诗一百六十余首，刻之明诗亭。其选刻因由，同时人杨慎有专门介绍："吾友张子愈光，自童习至白纷，与下走共为诗者。尝谓余曰：李杜齐名。杜公全集外，节抄、选本，凡数十家。而李何独无之？乃取公集中脍炙人口者一百六十余首，刻之明诗亭中，属慎题辞其端云。"（杨慎《李太白诗题辞》）显然，张愈光有感于当时杜甫之诗流传甚广，各种版本很多，而李白之诗则相对受到冷落，所以专门寻取李白诗歌刻于诗亭。

《杜诗捃》

[明] 唐元竑编撰

题　解

唐诗别集，明唐元竑编撰。元竑，字远生，一作祈远，乌程（今浙江湖州）人。万历戊子（1588年）举人。元竑为人颇重气节，明亡之后，如伯夷叔齐，不食而死，论者以"首阳饿夫"比之。

唐元竑对杜诗的地位有清醒的认识："诗始于《三百篇》而终于杜，杜之后无诗乎？曰：有。有其曰终者，何也？不使后之人得加于杜也。曷为不使后之人得加于杜？曰：杜备矣，说在季子之观乐业，观止矣，是故杜之后有诗而诗终于杜也，犹诸《三百篇》之前有诗而诗始于《三百篇》也。"（唐元竑《杜诗捃自序》）承认杜诗已经集大成，达到完备的阶段，为诗之"观止"。那么，他为什么要编辑此书呢？

目的在于拾遗："是故吾始捃《三百篇》而终捃杜。捃者何？拾遗也。述杜者百家矣，百其喙，杜一而已，未读而多之，读已少之，曰犹有憾。古之人也，耕于斯，获于斯，如京如坁，保无滞穗遗秉哉？后起者惜焉，人遗之已，拾之，犹愈坐而啼饥乎？故捃之道于获为仅矣，寡妇之利也，又多乎哉？而曰有憾，何也？曰有作者之言，在言不尽意，吾求和其意已难矣，吾与彼均述也，每人而合之不能也。"（唐元竑《杜诗捃自序》）说穿了，意思就是：尽管解杜、说杜者多，但是还是不能没有遗漏，不能穷尽，所以需要拾遗补缺。同时，他还从如何学杜的角度进行说明："先师鼓琴，习其声焉，想其志焉，见其为人焉，黮然而黑，颀然而长，不披图而得之，吾不能于是乎？言必有稽，稽者旁稽也，无可稽，即稽诸作者之言，言如是意不如是，则是作者如是，述者不如是也，安在能述乎？故曰：毋剿说，毋雷同，伯兮叔兮，相调若五味，然将以间待哺之口，曰可而已矣，何取梁丘为也。夫有余思与不足思取以为吾，苟志朝饱而望其腹于聚禄，不若其手所自给者也。则是捃说也，众人皆惰我独勤，众人皆乏我独赢，岂捃说哉？于是有端木氏者逆林类于陇端，曰何乐而拾穗，则将谢曰：子姑归而质诸师，吾闻其语矣，吾得之而不尽者也。"（唐元竑《杜诗捃自序》）其中关键是强调独立思考，"毋剿说，毋雷同"，不能人云亦云。应该说，他的这种学习态度是非常可取的。

本书有崇祯刻本，卷端题吴兴唐元竑远生父著，男彦扬校，前有唐元竑自序。九行十九字，白口，左右双边，《四库全书总目提要》称此书为四卷，但是崇祯刻本则不分卷。

《读杜愚得》

［明］单复撰

题 解

唐诗别集，明单复撰。单复，字阳元，一云名复亨，嵊县（今浙江嵊州）人。明洪武四年（1371年）举怀才抱德科，为汉阳河泊官，该书于洪武壬戌（1382年）成稿，但是起初计划刻印未果，后由江阴朱氏（善继，善庆）兄弟刊印行世。从总体上说，本集是编年类注本，突出倾向是注意知人论世、知世论诗："以序次其诗，且以见游历用舍之实。考究地理时事，以著其当时所闻所见之实及用事之妙"（《读杜愚得·凡例》）。为此，书中在宋人所编杜甫年谱的基础上，重新加以编订，着重介绍诗人所处时代与社会背景、政治大势、军事大事、重要人物的活动、社会大事、主要亲友之要事，不仅杜甫的主要生平事迹尽收眼底，而且其大量作品都有系年。同时，还广泛搜集宋人的诗话、笔记，以及明人的相关材料，解释具体作品，并且注意甄别前人的成果，不是兼收并蓄。当然，书中较多的还是单复自己的评论，有的是对作品的直接评点，有的是对前人评论的辩证。不能否认，其作品系年，以及对作品的解释和评论都有不当之处，但是从总体上看，此集中对《杜子年谱》体例之创新，对杜甫生平事迹系年之发明，对杜诗采用集注之形式，知人论世、知世论诗之方法等都有超越前人之处，总体成就不能否定，清代四库馆臣们所谓"是编冠以新定年谱，亦未免附会。其笺释典故，皆剽掇千家注，无所考证。注后隐括大意，略为训解，亦循文敷衍，无所发明"等批评，未免太过苛薄。

《杜诗通》

[明] 张綖选注

题　解

　　唐诗别集，明张綖选注。綖，字世文，高邮（今属江苏）人。其先陕之合水（今属甘肃，址在庆阳东）人。其高祖文质仕元，元灭降明，官为原职，入京之后，择高邮为终养之地。到张綖这一代，已经是第五代。张綖生于成化二十三年（1487年）二月二十二日（《张南湖先生诗集》之卷末附录一卷），七岁读书通大义，口占为诗，时出奇句。十三遭父丧，哀毁如成人。正德癸酉（1513年）举人，后屡挫科场，八试进士不第，谒选为武昌通判，官至光州知州。于嘉靖癸卯五月五日卒，得年五十有七。平生著述有《南湖诗集》《诗余图谱》等。

　　此书前有江西左布政使侯一元序，书后有张鸣鸢跋。编成之后，刊行于世则费时甚久：先是于嘉靖三十年（1551年），有临海举人胡子正借录，未刊行；后十年，迨其子张守中巡视浙东学校之时，有秀才胡承忠献出此集抄录本，张守中于是才托进士张鸣鸢、侯一麟校正，最后于隆庆六年（1572年）刊行于世。本集批点杜诗三百一十一篇，每首先明训诂名物，后诠作意。清四库馆臣对此书的评价是："颇能去诗家钩棘穿凿之说，而其失又在于浅近。……大抵顺文演意，均不能窥杜之藩篱也。"（《四库全书总目提要》）

《杜律意注》

〔明〕赵统编撰

题 解

　　唐诗别集，明赵统编撰。统字伯一，陕西临潼人，嘉靖十四年（1535年）进士，官至户部郎中，著有《骊山集》四十卷。

　　本集专门诠释杜甫七言律诗，并且把杜甫拗体七律放在首位，首先诠释，称为老杜之粗律。书中对虞注杜诗多有校正，但是没有考证。总体上对声律之学不甚谙熟。所以清代四库馆臣对此集评价不高，认为："全然不解声调者。所诠释亦皆臆度，不甚得作者之意。《凡例》称所见杜诗惟虞注二卷，故虽颇有所校正，而漫无考证。"（《四库全书总目提要》）

《杜诗钞述注》

〔明〕林兆珂编撰

题 解

　　唐诗别集，明林兆珂编撰。本集对杜甫诗分体选注，总共十六卷，是兆珂在守衡州刊刻的。他博撷群书，对杜集中解释未备者，增加注释，并且不时附以己见。不过，在选诗和注释上也存在明显的问题，清代四库馆臣对此有所批评："然甫诗全集凡一千四百余首，巨制名章，往往不录。而于《杜鹃行》《虢国夫人》二诗，向因黄鹤、陈浩然二本误入者，反并登选。其《秦州杂诗》二十首，则仅录八首。《游何氏山林》十首，则仅录六首，竟以'其一'、'其二'标写次第，似原诗止有此数，尤不可解。至注中援引事实，多不注出典。"这一批评，应该说比较客观。

《杜律意笺》

[明] 颜廷榘编撰

题　解

唐诗别集，明颜廷榘编撰。廷榘，字范卿，自号陋巷生、赘翁、桃源渔人，明永春始安里（今福建省石鼓镇桃场村）人，嘉靖三十七年（1558年）贡授九江府通判，后调补大宁都司断事，迁大宁都司、岷府长史辅导，世称颜国史或颜长史、桃陵公、桃陵先生。颜廷榘善诗、工书、能画，尤其在书法上造诣甚深，楷、行、草、隶、篆皆精。当时著名诗人黄克缵对他有比较全面的评价，言其书"颜精草隶，称笔下龙蛇"，其诗"衣钵少陵，而时出入于中唐者也"（《数马集》卷二十七《跋李怀素所藏黄孔昭、颜范卿诗画卷》）。万历三十九年（1611年）卒。有《匡庐唱和集》《楚游草山堂近稿》《燕南寓稿》《丛桂堂集》《杜律意笺》等著述。

本集取以意逆志之义，选取杜甫七言律诗一百五十一首，先用疏释，次加证引。当然，其注其解也有不当之处。

《杜诗分类》

［明］傅振商编选

题　解

　　唐诗别集，明傅振商编撰。傅振商（1573—1640），字君雨，自号养拙叟，汝阳（今河南汝阳）人，万历丁未（1607年）进士，选庶吉士，改御史，按畿南，累迁右副都御史，又迁南京兵部右侍郎。为人清正，时魏党怀宁侯孙荫毒军蠹民，道路以目，傅振商不畏其势，上书劾之。按察京城南部之时，摄畿辅学政，为造就人才，创立三座书院，即"恒阳书院"、"国士书院"、"天雄书院"，颇有声名。神宗时，补大理寺丞，转右少卿，迁太常寺卿，巡抚南赣。崇祯时，官至兵部尚书。为官清正廉洁。以病乞休还乡，自号"养拙叟"。卒年六十八，赠太子太保，谥庄毅。《杜诗分类》一书之外，其著述还有《爱鼎堂文集》《缉玉录》《古论元箸》《四家诗选》《蜀藻幽胜集》等。康熙《汝阳县志》卷九《人物志（下）》有传。

　　在明代，此集有三种版本：一为万历四十一年傅振商刻本，书口下有刻工名姓，四周双边，白口，半页，十行，行二十字，北京图书馆藏有此本。二为以万历四十一年傅振商刻本为底本，清顺治八年杜漺重修本，其行款与傅振商刻本相同，上海图书馆、北京大学图书馆等藏有此版。史载杜漺，字子濂，号湄村，为山东滨州人。顺治四年（1647年），杜漺中进士，官至河南参政。三为万历四十六年刻本，四周双边，半页，十行，行二十字，白口。辽宁省图书馆、南京图书馆等藏有此版。本集编撰之缘起，傅振商自己说得清楚，一是出于对杜甫其人其诗的景仰："予日与《少陵集》对，服膺其诗，更论其人，益羡能重其诗。"二是对此前各种注本不满意："每厌注解本属蠡测，妄作射覆，割裂穿凿，种种错出。是少陵以为诠性情之言，而诸家反以为逞臆妄发之的也，何异以败蒲藉连城，以鱼目缀火齐乎？"基于这后一点，他对杜诗进行重新整理："因尽剔去，使少陵本来面目如旧，庶读者不从注脚盘旋，细为讽译，直寻本旨，从真性情间觅少陵性情之薪火不灭，少陵固旦暮遇之也。聊从旧分类汇政，以便观览，因属杀青，以公同好。"（傅振商《杜诗分类序》）删去繁琐的注释，将杜诗分类编排，以便读者直接把握原作，不受他人误导，"细为讽译，直寻本旨"。其实，杜诗分类，始于王洙《千家注》，傅振商此编是在《千家注》的基础之上小为更定，并无太大的改进。

《杜诗解》

[明] 杨德周编撰

题　解

唐诗别集，明杨德周编撰。《四库全书总目提要》称："德周字齐庄，鄞县（今宁波）人。万历壬子举人。官高唐县知县。"一说："字南仲，一字孚先。晚年字齐庄，号紫凝。鄞县人。万历四十年（1612年）举人……历官金华县儒学救教谕、古田知县、高唐州知州。隆武二年（1646年）任尚宝司卿，次年卒。"（见钱茂伟《国家、科举与家族：以明代宁波杨氏为中心的考察》）

本集主要是杜诗评论汇编，借鉴蔡梦弼《草堂诗话》之意，又推而广之。但是分类比较琐屑，嗜博而考证不精。《四库全书总目提要》中评之曰："然分类不免于琐屑。其最不检者，如八卷补注例第一条云：'韩昌黎曰："人各有能有不能，抑而行之，必发狂疾。"故杜云"束带发狂欲大叫"。如此注，那得不补'云云。是杜诗乃用韩语，天下宁有是事。"批评比较中肯。

《杜律注评》

[明] 陈与郊编撰

题　解

　　唐诗别集，明陈与郊编撰。与郊原姓高，字广野，号禹阳、玉阳仙史，亦署高漫卿、任诞轩，海宁（今属浙江）人。雅好戏曲，工于乐府。万历甲戌（1574年）进士，官至太常寺少卿。二十四年（1596年），与郊上疏乞归乡里，获准后隐居盐官隅园，潜心于著述。编撰之作主要有《黄门集》《考工记辑注》《檀弓辑注》《苹川集》《隅园集》《古名家杂剧》《古今乐考》《杜律注评》外等，此外有杂剧五种，今存三种：《昭君出塞》《文姬入塞》《袁氏义犬》，传奇四种：《宝灵刀》《麒麟罽》《鹦鹉洲》《樱桃梦》。

　　本集主要是对元代张性《杜律演义》略施评点。每首诗都有旁批，此外有注文。其中取法宋人刘辰翁的《绪论》，采摘甚多。

《华阳集》

[明] 顾端编选

题　解

　　唐诗别集，唐顾况撰。顾况（生卒年不详），字逋翁，号华阳真逸（一说华阳真隐），晚年自号悲翁，苏州海盐横山人（今在浙江海宁境内），至德二载（757年）登进士第。建中二年（781年）至贞元二年（786年），为润州刺史、镇海军节度使韩滉幕府判官。贞元三年，经李泌荐引，入朝为著作佐郎。贞元五年，贬饶州司户参军。晚年隐居茅山。此集为明人顾端编选。端，况裔孙，于明万历中衷顾况诗文成三卷，末附况子非熊诗十余首。

《李贺诗解》

[明]　曾益编注

题　解

唐诗别集，明曾益编注。益，字子谦，一说谦六，号鹤岗，山阴（今绍兴）人。清黄虞稷《千顷堂书目》卷三十二："曾益注《昌谷集四卷》（浙江山阴人）。"明王思任《李贺诗解序》中亦言："益字谦，亦越之山阴人。"史籍载曾益能诗、工书、善画。本集在解诗上特别用心，首先是博及群籍，经、史、子、集，以及稗官小说无不广泛搜集，文献特别丰富。同时，又极为精心，极思苦吟。李维桢在《李贺诗解序》中称赞说："会稽曾谦氏取长吉诗为之注释，自六籍子史、六朝汉魏稗官小说，无所不捃摭，极思苦吟，别无外嗜，阿嬰所谓呕心乃已。是以只字片语，必新必奇，若古人所未经道，而实皆有据案，有原委，古意郁浡其间。其庀蓄富，其裁鉴当，其结撰密，其锻炼工，其丰神超，其骨力健，典实不浮，整蔚有序，虽诘曲幽奥，意绪可寻，要以自成长吉一家言而已。"当然，其所用文献，尤其稗官小说难免有牵强附会之弊。

《梨岳集》

佚名

题　解

唐诗别集，明正统本，不知编者。此集总共选诗一百九十五首，比《全唐诗》所载少八首。其中《送刘山人归洞庭》一首，卷中两见，惟起二句小异。又《秋宿慈恩寺遂上人院》诗，误作《送宋震先辈赴青州》。题与诗两不相应，概而言之，不及席氏《唐百家诗》本之完善。

《曹唐诗》

[明] 蒋冕编

题　解

唐诗别集，明蒋冕编，并附于曹邺诗集之后。蒋冕（1462—1532），字敬之，一字敬所，号湘皋。其兄蒋升，为南京户部尚书，以谨厚称。冕于明宪宗成化十三年（1477年）举乡试第一，为解元；更为荣耀的是，成化二十三年（1487年）冕与兄蒋升同登进士，选庶吉士，声闻天下。其后，在相当长的时间内，蒋冕在仕途上比较顺利：弘治十三年（1500年），冕任司经局校书；武宗正德中，冕累官至吏部左侍郎，改掌詹事府，典诰敕，进礼部尚书，仍掌府事；到了正德十一年（1516年）二月，冕更以礼部尚书兼文渊阁大学士的身份进入内阁，进入权力的中心。十二年（1517年）冕加太子太傅，十四年（1519年）扈帝南征还，加太子少傅兼太子太傅、户部尚书、谨身殿大学士。正德十六年

（1521年），武宗皇帝驾崩，蒋冕在特殊时期有所作为，助杨廷和协诛江彬。但是到了嘉靖三年（1524年），形势逆转：当时蒋冕已经官至内阁首辅，可是在议大礼时，因反对世宗为生父立庙被夺职削官。最后卒于家。蒋冕为官之余刻苦读书、著书。有《湘皋集》《琼台诗话》等传世。

本集以曹邺诗为主，末附《曹唐诗》一卷。《唐书·艺文志》载邺集三卷，但是仅二卷。

曹唐诗在《唐书·艺文志》中也载为三卷。蒋冕寻求其原本未得，于是搜诸选本，裒成一卷附之曹邺诗后。清代四库馆臣们对曹邺诗评价不高，认为"其诗乃多怨老嗟卑之作。盖坎壈不遇，晚乃成名。故一生寄托，不出此意"，"皆无深致"。（《四库全书总目提要·曹祠部集》）

《甫里集》

[南宋] 叶茵编

题　解

唐诗别集，唐陆龟蒙撰，早期为南宋叶茵编。叶茵（1199—?），字景文，笠泽（今江苏苏州）人。当初也曾出仕，但是"十年不调"，对仕途心灰意冷，于是退居邑同里镇，取杜甫诗"洗然顺所适"句意筑顺适堂。与徐玑、林洪等隐逸诗人相唱和。其作品有《顺适堂吟稿》五卷。

本集在叶茵所编辑之时为一百七十一首，合《笠泽丛书》《松陵集》二书所载四百八十一首，共六百五十二首。原来编为十九卷，并有附录，总为二十卷。当时由林希逸为序，刊版置于义庄。后来经过了明人重新编辑、整理：一是明成化二十三年（1487年），昆山严景和重新刊刻，在附录之中又增加胡宿所撰《甫里先生碑铭》一篇，陆钶作序；二是万历四十三年（1615年），松江人许自昌又取严本重刻，在附录中续增范成大《吴郡志》一条、王鏊《姑苏志》一条，其余诗十三卷、赋二卷、杂文四卷，则皆依旧编次。清代浙江汪汝瑮家藏本就是这一万历年间刻本，总体依然是二十卷，只是附录中了几条材料。今天我们所能见到的，主要是这一版本。

《温飞卿集笺注》

[明] 曾益编选，顾予咸补辑

题　解

　　唐诗别集，明曾益编选，顾予咸补辑，其子嗣立重订。曾益生平见前"《李贺诗解》题解"。顾予咸，字小阮，长洲人。顺治四年（1647年）进士。官至吏部考功司员外郎。嗣立字侠君，康熙五十一年（1712年）进士。由庶吉士改补中书舍人。此集在曾益编选、顾予咸补辑之后，注释谬讹颇多，所以顾嗣立重加订正，考据非常详核，较旧本有很大进步。但是问题也比较明显，主要是书中大量引白居易、李贺、李商隐诗为注，说明温庭筠语句之出处，有些不免绝对化。对此，清代四库馆臣批评说："然多引白居易、李贺、李商隐诗为注，虽李善注《洛神赋》'远游履'字引繁钦《定情诗》为证，古人本有此例；然必谓《夜宴谣》'裂管'字用白居易'翕然声作如管裂'句，《晓仙谣》'下视九州'字用贺'遥望齐州九点烟'句，《生祺屏风歌》'银鸭'字用商隐'睡鸭香炉换夕薰'句，似乎不然，是亦一短也。"（《四库全书总目提要·温飞卿集笺注》）应该说抓住了要害。

《玄英集》

[明] 方廷玺编

题　解

　　唐诗别集，明嘉靖年间方廷玺编。方廷玺，字信之，号南岑，歙县人，嘉靖十四年（1535年）至十七年（1538年）为山阴知县。（《山阴峡山何氏家谱》）钱谦益《列朝诗集》载："歙方廷玺为县令，《题白水寺诗》：'石径逢僧一话间，白云深处不知远。松阴日午茶烟起，不有客来僧更闲。'"

　　最早编辑、刊刻方干诗集的应该是其外甥杨弇和门僧居远，其弟子孙郃作《方元（玄）英先生传》，中云："及（先生）卒，弇编其诗，请舍人王赞之为序。"王赞《元（玄）英先生诗集序》曰："吴、越固多诗人，未有新定方干擅名于杭、越，流声于京、洛。夫干之为诗，镂肌涤骨，冰莹霞绚；嘉肴自将，不吮余隽；丽不葩纷，苦不棘癯。当其得志，倏与神会，词若未至，意已独往。予为儿时，得生诗数十篇，心独好之。生时尚存，地远莫克相见。其后生名愈藉，为诗者多能讽之，而生殁矣。今年遇乐安孙郃于荆，早与生善，出示所作《玄英先生传》，且曰：与其甥杨弇泊门僧居远收掇其遗诗，得三百七十余篇，析为十卷。欲余为之序，冀偕之不朽。先是丹阳有南阳张祜，差前于生。其诗发言横肆，皆吴越之遗逸。予尝校之：张祜升杜甫之堂，方干入钱起之室矣。"宋陈振孙《直斋书录解题》卷十九著录《玄英集》十卷，称"唐处士新定方干撰"。而晁公武《郡斋读书志·别集类中》载《方干诗集》则著录一卷，数字有异。南宋尤袤的《遂初堂书目》则分别著录有《方雄飞集》《方干集》，但是未言卷数。所以，在宋代，方干之诗集舛误肯定不少。其后流传既久，其佚阙者更多。

　　本集于明嘉靖十六年（1537年），由方干裔孙廷玺重刊，只分八卷，诗三百七篇。总体篇目与唐时辑本差别不大。清代的《全唐诗》，搜罗放失，增为三百四十七篇。但与赞《序》中所载初本原数终究不相符合，而且有一些误收作品，如《送道上人游方》《新秋独夜寄戴叔伦》等，后人已经考证出非方干的作品。

《黄御史集》

[唐] 黄滔撰

题　解

　　唐诗别集，唐黄滔撰。浙江汪启淑家藏崇祯刻本。此集最早的记载为《唐书·艺文志》，志中载《黄滔集》十五卷，又《泉山秀句》三卷。后来均散佚。此本卷首有杨万里及谢谔《序》，说明此集在宋代曾有人整理。杨万里《序》中说："（滔裔孙）永丰君自言此集久逸，其父考功公始得之，仅数卷而已。其后永丰君又得诗文五卷于吕夏卿之家，又得逸诗于翁承赞之家，又得铭碣于浮屠、老子之宫。"其实这就是淳熙初刻本。后来到明正德年间再刻，万历年间三刻，崇祯年间四刻，此即崇祯刻本，也即《四库全书总目提要》所著录的浙江汪启淑家藏本。

附录五　清代唐诗别集题解

《王右丞集笺注》

〔清〕赵殿成注

题　解

　　唐诗别集，清赵殿成注。殿成字松谷，仁和人。对于王维其人其诗的整理和研究，他是下了很大功夫的。其一，他从总体上对王维之诗作过评价，其言曰："《传》称诗以道性情，人之性情不一，以是发于讴吟歌咏之间，亦遂参差其不同，盖有不知所以然而然者。唐之诗，传者几百家，其善为行乐之词，与工为愁苦之什相半。虽于性情各得所肖，而求其不悖夫温柔敦厚之教者，未易数数觏也。右丞崛起开元、天宝之间，才华炳焕，笼罩一时；而又天机清妙，与物无竞，举人事之升沉得失，不以胶滞其中。故其为诗，真趣洋溢，脱弃凡近，丽而不失之浮，乐而不流于荡。即有送人远适之篇，怀古悲歌之作，亦复浑厚大雅，怨尤不露。苟非实有得于古者诗教之旨，焉能至是乎。"（赵殿成《王右丞集笺注序》）肯定王维之诗缘于情而又"不悖夫温柔敦厚之教"。其二，对其他人否定王维其人其诗的错误言论进行过批评："乃论者以其不能死禄山之难，而遽讥议其诗，以为萎弱而少气骨：抑思右丞之服药取痢，与甄济之阳为欧血，苦节何殊？而一则竟脱于樊笼，一则不免于维萦者，遇之有幸有不幸也。普施拘禁，凝碧悲歌，君子读其辞而原其志，深足哀矣。即谓揆之致身之义，尚少一死，至于辞章之得失何与，而亦波及以微辞焉。毋乃过欤？"（赵殿成《王右丞集笺注序》）认为王维并没有屈节事敌，其诗也不缺少气骨，与其他忠烈之士相比，所处环境不同，守节的方式有异。其三，指出前人对王维诗歌的阐释、评价不够准确，没有把握精髓："又古今来推许其诗者，或称趣味澄夐，若清流贯达；或称如秋水芙蕖，倚风自笑；或称出语妙处，与造物相表里之类，扬诩亦为曲当。若其诗之温柔敦厚，独有得于诗人性情之美，惜前人未有发明之者。诗注虽有数家，颇多舛凿，至于文笔，类皆缺如。"（赵殿成《王右丞集笺注序》）说得简洁一点，就是认为其他人没有抓住王诗"温柔敦厚"和"诗人性情之美"两个要点。所以，赵殿成便自己动手，重新整理王维的诗文："鄙心有所未尽，爰是校理旧文，芟柞浮蔓，搜遗补逸，不欲为空谬之谈，亦不敢为深文之说，总期无失作者本来之旨而已。独是能薄材谫，读书未广，纵有一隅之见，譬之管窥筐举，所得几何。幸而生逢圣世，文教诞敷，炳炳麟麟，典籍于今大备。而博物洽闻之彦，接武于兰台麟阁之间，可以折中而问难。行将访其所未知，订其所未合，以定斯编之阙失。其或有雌霓谬呼，金根妄易，薪歌延濑之未详者，苟有见闻，克以应时改定，是固区区之志焉矣。"（赵殿成《王右丞集笺注序》）从体例上看，此集按体编排，分为古体诗六卷、今体八卷，所选之诗皆为宋元刘辰翁评本所载。另外，从别本所增者，及他书互见者，则为外编一卷；其文又分为十三卷。书后则附有《唐书》本传、诗评、画录、年谱等。此书于前人编注王维集之舛误疏漏，多有订正补充，用力甚勤，初定稿于雍正六年，成书于乾隆元年，历时八年之久。既博采前人之注，又广征同时诸友之见。所以，本书总体成就高于此前各家注本，为王集之善本。

《李太白诗集注》

[清] 王琦编撰

题　解

　　唐诗别集，清王琦编撰。琦，字琢崖，钱塘人。李白诗集在唐有魏颢《李白集》、李阳冰所编《草堂集》、范传正编辑《李白集》，宋代有乐史编辑《李翰林集》、宋敏求编辑《李白集》、曾巩编辑《李白诗集》、宋杨贤集注和元萧士赟删补的《分类补注李太白集》，明有林兆珂《李诗钞述注》等多种版本。王琦则参核诸本，重加编定，重为编次、笺释，并增附录六卷，全书共三十六卷，其中卷三十一至卷三十六系附录。因为博取前人之长，又精心编撰，所以此书总体成就超过前人，受到好评。如齐召南在其《李太白集辑注序》中赞曰："今得此编，持论平正，其辑三家，去短从长，援引本本原原，斟酌至慎。"杭世骏在《李太白集辑注序》亦云："载庵早鳏，阒处如退院老僧、空山道士，日研寻于二氏之精英，以其余事而为是书，足以发太白难显之情，而抉三家未窥之妙。"其他如赵信亦曰："载庵穷半生之精力，以成此书，一注可以敌千家。李、杜光焰，并昭耀于两间，有功后学，良非浅鲜。"（赵信《李太白集辑注序》）读过此书，确实感觉这些评价皆非虚语。

《最录李白集》

[清] 龚自珍编撰

题　解

唐诗别集，清龚自珍编撰。本集选录李白诗一百二十二篇，对于其编撰过程，龚自珍自己有所说明，其言曰："龚自珍曰：《李白集》，十之五六伪也：有唐人伪者，有五代十国人伪者，有宋人伪者。李阳冰曰：'当时著述，十丧其九，今所存者，得之他人焉。'阳冰已为此言矣。韩愈曰：'惜哉传于今，泰山一毫芒。'愈已为此言矣。刘全白云：'李君文集家有之，而无定卷。'全白贞元时人，又为此言矣。苏轼、黄庭坚、萧士赟皆非无目之士，苏、黄皆尝指某篇为伪作，萧所指有七篇，善乎三君子之发之端也。宋人各出其家藏，愈出愈多，补缀成今本。宋人皆自言之。委巷童子，不窥见白之真，以白诗为易效。是故效杜甫、韩愈者少，效白者多。予以道光戊子夏，费再旬日之力，用朱墨别真伪，定李白真诗百二十二篇，于是最录其指意曰：庄、屈实二，不可以并，并之以为心，自白始。儒、仙、侠实三，不可以合，合之以为气，又自白始也。其斯以为白之真原也已。次第依明许自昌本。"（《最录李白集》，上海人民出版社《龚自珍全集》第三辑）从其介绍中可知，此集之编定，是因为龚氏认为《李白集》掺进伪作太多，所以自己重新辨别真伪，经过辨别，选定这一百二十二篇，按照明许自昌本《李白集》的次第安排体例结构。从实际效果和影响上看，其所编之集之所以流传较广，恐怕主要在于书中对李白的评价之语，特别是"庄、屈实二，不可以并，并之以为心，自白始。儒、仙、侠实三，不可以合，合之以为气，又自白始也"数语，最为后人称道，实在是精当不移之论。

《钱注杜诗》

[清] 钱谦益笺注

题　解

唐诗别集，唐杜甫撰，清钱谦益笺注。本集二十卷，是钱谦益精心结撰之作，从明崇祯六年（1633年）开始，到清康熙二年（1663年）去世前夕完成，用时三十余年，可见用力之大。该书综合钱谦益早年的《读杜随笔》《读杜小笺》《读杜二笺》，体例上是按体分编，而在一体之中，大体按照时序编年。其中卷一至卷八是杜甫的古体诗，共选诗四百一十五首；卷九至卷十八后为杜甫的近体诗，选诗一千零九首；卷十八后附诗四十八首；卷十九与卷二十是文与赋。书前有两序：一为季振宜序，一为钱谦益序：前者专门说明此集之刊刻与出版原委；后者说明笺注问题。之后是钱谦益的注杜略例，说明此集的体例、笺注方式与方法。书后附元稹《杜君墓系铭》、《旧唐书·文苑传》、樊晃《杜工部小集序》、孙仅《赠杜工部诗集序》、王洙《王内翰序》、王琪《后记》、胡宗愈《成都新刻草堂先生诗碑序》、吴若《杜工部集后记》、《少陵先生年谱》、诸家诗话、唱酬题咏等资料。

本集最突出的特色是创新，其表现一是运用多种方法对杜诗进行综合性研究，所以，其观点较之以前的研究更为全面、客观；二是以史证诗，即通过对杜诗涉及的历史典章、地理、事实等的笺注考证，探讨作者的思想和作品的意旨。所以本书有开风气的地位和作用。其实，钱谦益对注杜诗是相当谨慎的，他说："余为《读杜笺》，应卢德水之请也。孟阳曰：何不遂及其全？于是取伪注之纰缪、旧注之踳驳者，痛加绳削，文句字义，间有诠释；藏诸箧衍，用备遗忘而已。吴江朱长孺，苦学强记，冥搜有年，请为余摭遗决滞，补其未逮。余听然举元本畀之。长孺力任不遗，再三削稿，余定其名曰‘朱氏补注’，举陆务观‘注诗诚难’之语，以为之序，而并及天西采玉门求七祖二条，以道吾所以不敢轻言注杜之意。今年长孺以定本见视，亟请锓梓，仍以椎轮归功于余。余蹴然不敢当，为避席者久之。”说到底，就是认为注杜很难，所以自己“不敢轻言注杜之意”，自己注杜，完全是因为别人之请，不得已而为之。虽然其中有谦虚的成分，但是主体上说的应该是事实。由己及人，他还对当时人注杜中存在的问题进行分析和批评：“盖注杜之难，不但如务观所云也。今人注书，动云吾效李善。善注《文选》，如《头陀寺碑》一篇，三藏十二部，如瓶泻水。今人饾饤拾取，曾足当九牛一毛乎？颜之推言：观天下书未遍，不得妄下雌黄。何况注诗，何况注杜！少陵间代英灵，目空终古。占毕儒生，眼如针孔，寻扯字句，割剥章段，钻研不出故纸，拈放皆成死句，旨趣滞胶，文义违反。吕向谓善注未能析理，增改旧文，唐人贬斥，比于虎狗凤鸡，宁可用罔，复蹈斯辙？”（钱谦益《钱注杜诗序》）

　　把当时注杜诗的弊端揭示得非常清楚，也抓住了要害。自然，他也说明了自己注杜诗的过程及其注释方法等相关问题：“族孙遵王，谋诸同人曰：草堂笺注，元本具在，若《玄元皇帝庙》《洗兵马》《入朝》《诸将》诸笺，凿开鸿蒙，手洗日月，当大书特书，昭揭万世，而今珠沉玉锢，晦昧于行墨之中，惜也。考旧注以正年谱，仿苏注以立诗谱，地里姓氏，订讹斥伪，皆吾夫子独力创始，而今不复知出于谁手，佚也。句字诠释，落落星布，取雅去俗，推腐致新，其存者可咀，其阙者可思。若夫类书谰语，掇拾补缀，吹花已萎，哕饭不甘，虽多亦奚以为？今取笺注元本，孤行于世，以称塞学士大夫之望；其有能补者续者，则听客之所为。道可两行，罗取众目，瑜则相资，颣无相及，庶几不失读杜之初指，而亦吾党小子之所有事也。余曰：有是哉！平原有言：‘离之则双美，合之则两伤。’此千古通人之论也。因徇遵王之请，而重为之序，以申道余始终不敢注杜之意。”（钱谦益《钱注杜诗序》，上海古籍出版社校点本《钱注杜诗》卷首）关于注杜诗的过程、动因，他还是强调是应他人之请；关于注释方法，他指出要点，即“考旧注以正年谱，仿苏注以立诗谱，地里姓氏，订讹斥伪”，“句字诠释，落落星布，取雅去俗，推腐致新”等。客观地说，由于钱氏本身诗学造诣高深，又下了很大功夫，所以《钱注杜诗》在整体成就上确实超过前人和时人。

《杜诗详注》

[清] 仇兆鳌注

题 解

唐诗别集，唐杜甫撰，清仇兆鳌注。仇兆鳌，原名从鱼，字沧柱，号知几子、四明先生，晚号章溪老叟，崇祯十一年（1638年）生，浙江鄞县（今宁波鄞州区）人。崇祯十六年（1643年），年仅六岁的仇兆鳌便入私塾，从骆宝权先生学。顺治三年（1646年），仇兆鳌九岁之时，又从陆可前先生学。康熙二十四年（1685年）进士，选庶吉士，散官授编修。康熙四十三年，以呈进所撰《杜诗详注》而受知康熙帝，遂命总裁纂修《方舆程考》，升授翰林院检讨。此后，仇兆鳌历侍讲学士、侍读学士、内阁学士、礼部侍郎、吏部侍郎、翰林院学士等职。兆鳌少从黄宗羲游，论学以蕺山为宗，为黄宗羲十八高弟之一，又为清代浙东学派的重要成员之一。主要著述有《参同契集注》《四书说约》等。清张维屏《国朝诗人征略》卷十五有云："仇兆鳌，字沧柱，浙江鄞县人，康熙二十四年进士，官至吏部侍郎。《杜诗详注》，仇兆鳌撰，援据繁富，无千家诸注伪撰故实之陋习。核其大局，可资考证者为多。"

《杜诗详注》亦称《杜少陵集详注》，此集乃仇兆鳌花费二十多年的心血与精力，广搜博采，多次增补，最后成书。全书共计一百三十万余字，二十五卷，实为杜甫诗的集注和集评。其中卷一到卷二十三为诗，总共一千四百三十九首；最后二卷为文、赋。以朱鹤龄所编《杜甫年谱》为依据，稍加增删，按照年代顺序编次。其注释方法是：在每首诗题下先指明写作时间和地点，然后再进行诠释，先明其大意，再串解其字词，有的加入评论。广征博引，搜求古今，其所援引不下百家，其中尤以赵次公、黄鹤、王嗣、钱谦益、朱鹤龄诸家为多。不仅自己注解诠释，更辑录各家评论，如大量征引他人别集、杂著、诗话、笔记，凡是涉及杜诗的评论，尽力收取。书后附录，如诸家论杜、咏杜、杜集诸本之序跋等，也极为丰富，并且具有重要的参考价值。此集应该说是杜诗注本的集大成之作。

仇兆鳌在《杜诗详注序》中从多个角度说明此书的编撰事宜。首先，对自唐以来各家论杜诗的方式与方法进行分析："臣观昔之论杜者备矣，其最称知杜者莫如元稹、韩愈。稹之言曰：'上薄《风》《骚》，下该沈、宋，铺陈终始，排比声韵，词气豪迈而风调清深，属对律切而脱弃凡近。'愈之言曰：屈指诗人，工部全美，笔追清风，心夺造化，'天光晴射洞庭秋，寒玉万顷清光流'。二子之论诗，可谓当矣。然此犹未为深知杜者。论他人诗，可较诸词句之工拙，独至杜诗，不当以词句求之。盖其为诗也，有诗之实焉，有诗之本焉。孟子之论诗曰：'颂其诗，读其书，不知其人，可乎？是以论其世也。'诗有关于世运，非作诗之实乎。孔子之论诗曰：'温柔敦厚，诗之教也。'又曰：'可以兴观群怨，迩事父而远事君。'诗有关于性情伦纪，非作诗之本乎。故宋人之论诗者，称杜为诗史，谓得其诗可以论世知人也。明人之论诗者，推杜为诗圣，谓其立言忠厚，可以垂教万世也。使舍是二者而谈杜，如稹、愈所云，究亦无异于词人矣。"一则指出元稹、韩愈论杜"犹未为深知杜者"，认为论杜诗，"不当以词句求之"。二则强调当以孔子、孟子论诗之法论杜诗，所以对宋人论定杜诗为"诗史"、明人称杜甫"诗圣"的作法加以肯定。接着，着重分析杜甫诗歌创作的同时性："甫当开元全盛时，南游吴、越，北抵齐、赵，浩然有跨八荒、凌九霄之志。既而遭逢天宝，奔走流离，自华州谢官以后，度陇客秦，结草庐于成都瀼西，扁舟出峡，泛荆渚，过洞庭，涉湘潭。凡登临游历，酬知遣怀之作，有一念不系属朝廷，有一时不恫瘝斯世斯民者乎？读其诗者，一一以此求之，则知悲欢愉戚，纵笔所至，无在非至情激发，可兴可观，可群可怨，岂必辗转附会，而后谓之每饭不忘君哉！"说明杜甫的诗歌创作上一直心系朝廷，关注民生，个人遭际与国家、民族命运息息相关，所以论杜、评杜必须遵从孟子"知人论世"之法、孔子之诗教观方能得其精髓。最后着重说明自己此书评杜、解杜的方法和原则："若其比物托类，尤非泛然。如宫桃秦树，则凄怆于金粟堆前也。风花松柏，则感伤于邙山路上也。他如杜鹃之怜南内，萤火之刺中宫，野苋之讽小人，苦竹之美君子，即一鸟兽草木之微，动皆切于忠孝大义，非他人之争工字句者，所可同日语矣。是故注杜者必反覆沉潜，求其归宿所在，又从而句栉字比之，庶几得作者苦心于千百年之上，恍然如身历其世，面接其人，而慨乎有余悲，悄乎有余思也。臣于是集，矻矻穷年，先挈领提纲，以疏其脉络，复广搜博征，以讨其典故。汰旧注之楦酿丛脞，辩新说之穿凿支离。夫亦据孔孟之论诗者以解杜，而非敢凭臆见为揣测也。第思颛蒙固陋，纰漏良多，幸逢圣世作人、文教诞兴之日，从此益扩见闻，以补斯编之阙略，是又臣区区之愿尔。"其中最根本的一条就是"据孔孟之论诗者以解杜，而非敢凭臆见为揣测也"。其次是"挈领提纲，以疏其脉络，复广搜博征，以讨其典故。汰旧注之榰酿丛脞，辩新说之穿凿支离"。

此书编成之后，仇兆鳌在《进书表》中，再次就相关问题进行说明，一是对杜甫诗的历史地位和特征进行分析和概括："伏以尼山六籍，风雅垂经内之诗；杜曲千篇，咏歌作诗中之史。上承三百遗意，发为万丈光芒。前代词人，于斯为盛；后来作者，未能或先。自国风降为《离骚》，《离骚》降为汉魏，渊源相接，体制日新。晋宋以还，陶、谢之章特古；齐梁而下，阴、何之句斯工。其余月露风云，但知流连光景，虽有唱酬赠答，奚足陶冶性灵。迄乎三唐，专攻诗学，溯贞观作人之盛，至开、宝右文之时，蔚起人材，挺生李、杜。李豪放而才由天授，杜混茫而性以学成。昔人谓其上薄风骚，下该沈、宋，言夺苏、李，气吞曹、刘，掩颜、谢之孤高，杂徐、庾之流丽，千古以来，一人而已。"其结论是：杜甫其人在诗史上为"千古以来，一人而已"，其诗"笃于伦纪，有关君臣父子之经；发乎性情，能合兴观群怨之旨"，"敦厚温柔，托诸变雅变风之体；沉郁顿挫，形于曰比曰兴之中"。二是指出以往诸家注杜、评杜之弊："后之解杜诸家，非不各据心力，意本浅也，而凿之使深，事本近也，而推之使远。引征古典，但泝流而忘源；采撦稗官，犹得此而遗彼。从前注解，不下百家；近日疏笺，亦将十种。或分类，或编年，今昔互有同异；于分章，于解句，纷纷尚少指归。世言不读万卷书，不行万里地，皆不可以读杜，岂知'文章千古事，得失寸心知'，杜已自注其诗乎！"关键是指出其方法不当，所以未得神髓。三是说明自己的注杜、解杜之法："臣于退食余闲，从事少陵诗注。本文先释，依欧氏之解《诗》；故实附详，仿江都之注《选》……伏惟少陵诗集，实堪论世知人，可以见杜甫一生爱国忠君之志，可以见唐朝一代育才造士之功，可以见天宝、开元盛而忽衰之故，可以见乾元、大历乱而复治之机。兼四始六义以相参，知古风近体为皆合。"主体上是按照儒家诗学观、遵从知人论世的原则注杜、解杜。为了更清楚地说明自己的编撰思想，仇兆鳌还专门列出《杜诗凡例计二十则》，具体内容如下：

一、杜诗会编。自唐刺史樊晃首编杜少陵诗集，行于江右。至宋，王介甫为鄞令，得未见者二百余篇。嗣后王原叔取中秘藏本及旧家流传者，定为一千四百五篇。黄伯思校本，则有千四百四十七篇。蔡傅卿《草堂诗笺》，取后来增益者，如卞圜、吴若、员安宇、裴煜辈所收，别为逸诗一卷。今依年次补入，不另置卷末，便省览也。

二、杜诗刊误。坊本多字画差讹。蔡兴宗作《正异》，朱文公谓其未尽，如"风吹沧江树"，"树"当是"去"，乃音近而讹。"鼓角满天东"，"满"当是"漏"，乃形似而讹。当时欲作考异，未暇及也。近日朱长孺采集宋元诸本，参列各句之下，独称详悉。然犹有遗脱者，如《何氏山林》诗"异花开绝域"，当是"来绝域"，于"开拆"不犯重。《送裴尉》诗"扁舟吾已就"，当是"吾已僦"，于"就此"不相重。如《冬深》诗"花叶随天意"，当是"惟天意"，于"随类"不相重。如《送王侍御》"况复传宗近"，当是"宗匠"，于"近野"不相重。如《诸葛庙》"巫觋醉蛛丝"，当是"缀蛛丝"，于上句"穿画壁"方称。《王彭州》诗"东堂早见招"，当是"东床"，于"河汉"、"夫人"等语相合。如《秋兴》诗"白头今望苦低垂"，与"彩笔昔曾干气象"本相工对，刻本误作"吟望"。《呀鹘行》"强神非复皂雕前"，与"紧脑雄姿迷所向"，字无复出，而刻本误作"迷复"。又如《遣意》诗"宿雁聚圆沙"，当是"宿鹭"。《草堂即事》诗"宿鹭起圆沙"，当是"宿雁"。鹭雁各有时候，彼此两误也。今或依他注改正，或据臆见参定。至于上下错简、句语颠倒者，如《古柏行》"君臣已与时际会"二句，当在"云来"、"月出"之下。如《姜少府设鲙》"偏劝腹腴愧年少"二句，当在"落砧"、"放箸"之下。如《过吴侍御宅》"仲尼甘旅人"二句，当在"闭口"、"叹息"之下。如《郭代公故宅》"精魄凛如"二句，当在顾步涕落之下。如《梦李白》《赠苏涣》《呈聂耒阳》诸诗，各有颠错之句，今皆订正，文义方顺。

三、杜诗编年。依年编次，方可见其平生履历，与夫人情之聚散，世事之兴衰。今去杜既远，而史传所载未详，致编年互有同异。幸而散见诗中者，或记时，或记地，或记人，彼此参证，历然可凭。间有浑沦难辩者，姑从旧编，约略相附。若其前后颠错者，如《投简咸华诸子》本属长安，而误入成都。《遣愁》诗、《赠虞司马》本属成都，而误入夔州。如《冬深》《江汉》《短歌赠王司直》皆出峡后诗，而误入成都夔州。如《回棹》《风疾舟中》本大历五年秋作，而误入四年。今皆更定，庶见次第耳。

四、杜诗分章。古诗先有诗而后有题，朱子作《集传》，每篇各标诗柄，乃酌小序而为之。杜诗先有题而后有诗，即不须再标诗柄矣。唯一题而并列三五首，或多至一二十首者，每首各拈大旨，又有题属托物寓言，亦须提明本意，仿《集传》例也。

五、杜诗分段。《诗经》古注，分章分句。朱子《集传》亦踵其例。杜诗古律长篇，每段分界处，自有天然起伏，其前后句数，必多寡匀称，详略相应。分类千家本，则逐句细断，文气不贯。编年千家本则全篇浑列，眉目未清。兹集于长篇既分段落，而结尾则总拈各段句数，以见制格之整严，仿《诗传》某章章几句例也。

六、内注解意。欧公说诗，于本文只添一二字，而语意豁然。朱子注诗，得其遗意，兹于圈内小注，先提总纲，次释句义，语不欲繁，意不使略，取醒目也。其有诸家注解，或一条一句，有益诗旨者，必标明某氏，不敢没人之善，攘为己有耳。

七、外注引古。李善注《文选》，引证典故，原委灿然，所证之书，以最先者为主，而相参者，则附见于后。今圈外所引经史诗赋，各标所自来，而不复载某氏所引，恐冗长繁琐，致厌观也。其有一事而引用互异者，则彼此两见，否则但注已见某卷耳。

八、杜诗根据。集中古风近体，篇帙弘富。昔人谓五古、七律入圣，五律、七古入神。盖其体制之精，上自风骚汉魏，下及六朝四杰，各有渊源脉络也。兹于每体之后，备载名家议论，以见诗法所自来，而作者苦心亦开卷晓然矣。若五七言绝句，用实而不用虚，能重而不能轻，终与太白、少伯分道而驱。

九、杜诗褒贬。自元微之作序铭，盛称其所作，谓自诗人以来，未有如子美者。故王介甫选四家诗，独以杜居第一。秦少游则推为孔子大成，郑尚明则推为周公制作，黄鲁直则推为诗中之史，罗景纶则推为诗中之经，杨诚斋则推为诗中之圣，王元美则推为诗中之神。诸家无不崇奉师法，宋惟杨大年不服杜，诋为村夫子，亦其所见者浅。至嘉隆间，突有王慎中、郑继之、郭子章诸人，严驳杜诗，几令身无完肤，真少陵蟊贼也。杨用修则抑扬参半，亦非深知少陵者。兹集取其羽翼杜诗，凡与杜为敌者，概削不存。

十、杜诗伪注。分类始于陈浩然，元人遂区为七十门，割裂可厌。又广载伪苏注，古人本无是事，特因杜句而缘饰首尾，假撰事实，前代杨用修，力辩其谬妄。邵国贤、焦弱侯往往误引。凌氏《五车韵瑞》援作实事。张逊可又据《韵瑞》以证杜诗，忽增某史某传，辗转附会矣。吴门新刊《庾开府集》亦误采《韵瑞》，皆伪注之流弊也。今悉薙芟，不使留目。

十一、杜诗谬评。蔡梦弼注本，删去伪注，最为洁净。但参入刘须溪评语，不玩上下文神理，而摘取一字一句，恣意标新，往往涉于纤诡，宋潜溪讥其如醉翁呓语，良不诬也。后来钟谭论诗，亦蹈须溪之流派，全无精实见解，故集中所采甚稀。

十二、历代注杜。宋元以来，注家不下数百。如分类千家注所列姓氏尚百有五十人。其载入注中者，亦止十数家耳。其所未采者，尚有洪迈之《随笔》，叶梦得之《诗话》，罗大经之《玉露》，王应麟之《困学记闻》，刘克庄、楼钥之文集。元时全注杜诗者，则有俞浙之《举隅》，七律则有张性之《演义》，五律则有赵汸之《选注》。明初有单复之《读杜愚得》，嘉靖间有邵宝之《集注》，张綖之《杜通》《杜古》及《七律本义》。他若天台谢省之《古律选注》、山东颜廷榘之《七律意笺》、关中王维桢之《杜律颇解》、海宁周甸之《会通杜释》、闽人邵傅之《五律集解》、楚中刘逴之《类选》、华亭唐汝询之《诗解》，各有所长。其最有发明者，莫如王嗣奭之《杜臆》。而王道俊之《博议》、郑侯升之《卮言》、杨德周之《类注》，俱有辩论证据，今备采编中。

十三、近人注杜。如钱谦益、朱鹤龄两家，互有同异。钱于《唐书》年月、释典道藏、参考精详。朱于经史典故及地里职官，考据分明。其删汰猥杂，皆有廓清之功。但当解不解者，尚属阙如。若卢元昌之《杜阐》，征引时事，间有前人所未言。张远之《会粹》，搜寻故实，能补旧注所未见。若顾宸之《律注》，穷极苦心，而不无意见穿凿。吴见思之《论文》，依文衍义，而尚少断制剪裁。他如新安黄生之《杜说》、中州张溍之《杜解》、蜀人李长祚之《评注》、上海朱瀚之《七律解意》、泽州陈家宰之《律笺》、歙县洪仲之《律注》、吴江周篆之《新注》、四明全大镛之《汇解》，各有所长。卢世㴶之《胥钞》、申涵光之《说杜》、顾炎武、计东、陶开虞、潘鸿、慈水姜氏，别有论著，亦足见生际盛时，好古攻诗者之众也。

十四、杜赋注解。少陵诸赋，廓汉人之堆垛，而气独清新，开宋世之空灵，而词加典茂，亦唐赋中所杰出者。其《三大礼赋》，有东莱、长孺二注。《封西岳》一赋，朱注尚未详尽。兹于四赋，多所补辑。若《雕》《狗》两赋，则出自新注云。

十五、杜文注释。古人诗文兼胜者，唐惟韩、柳，宋惟欧公、大苏耳。且以司马子长之才，有文无诗，知兼美之不易矣。少陵诗名独擅，而文笔未见采于宋人，则无韵之文，或非其所长。集中所载墓志，尚带六朝余风，惟《祭房相国文》，清真恺恻，卓然名篇。其代为表状，皆晓畅时务，而切中机宜。朱氏辑注已明，惟间附评释而已。

十六、诗文附录。新旧《唐书》本传，互有详略，要皆事迹所关，固当并载。其诸家序文，具述原委，为历世所珍重。又唐宋以后题咏诗章，及和杜、集杜诸什，皆当附入。而诸家评断见于别集凡有补诗学者，并采录末卷，犹恐挂漏蒙讥，尚俟博采以广闻见焉耳。

十七、少陵大节。贺兰进明，不救睢阳之围，致一城俱陷。忠如张、许，为贼所害，进明之罪，上通于天矣。后又密谮房琯，甫上疏力救，遂至贬官。其《出金光门》诗云："近侍归京邑，移官岂至尊。无才日衰老，驻马望千门。"临去而尚惓惓，与孟子三宿出昼之意，千载同符。此公生平事君交友立朝大节也。

十八、少陵旷怀。太白狂而肆，少陵狂而简。其在成都，结庐枕江，与田夫野老相狎荡，便有傲睨一切、侮玩不恭之意。初寓长安，得钱沽酒，时招郑虔，后去夔州，举四十亩果园赠与知交，毫无顾恋。此与谪仙之千金散尽者，同一磊落襟怀。宜其诗品迥出寻常。

十九、少陵谥法。公负挺出之才，济时之志，拾遗半载，郎官遥受，宦途之偃蹇极矣。迨旷世以还，宋真宗读江上之诗而深加称赏，蜀献王至草堂之地而作文致吊，其风流儒雅，能感发后代之帝王。考元顺帝至正二年，尝追谥文贞，此实褒贤盛事，增韵文坛。公所谓"千秋万岁名，寂寞身后事"者，其亦差不寂寞矣。

二十、少陵逸事。杜公精灵，千载不没。诵《花卿歌》而瘥久疟之人，解《八阵》诗而入眉山之梦。宋时病夫，目不知书者，忽吟子美诗句，见于程叔子之记述。四月十八日游草堂者，从来不逢阴雨，得于蜀父老之传闻。又雍熙间，彭城刘景真游华清宫，梦明皇与子美谈诗，尤为奇怪。录此以见其气亘江山，神游天壤也。

读此二十则，《杜诗详注》一书的编撰思想、宗旨、体例、方法等等便可了然于心，所以当以此书门径视之。

本书成书于清康熙三十二年（1693年），刻印于清康熙四十三年（1704年）。

《杜诗镜铨》

[清] 杨伦笺注

题　解

　　唐诗别集，清杨伦笺注。伦，字西木，一字敦五，又字端叔，号罗峰、诗南、可庵，阳湖（今江苏武进）人。乾隆十二年（1747年）生，年十五以国子监生应省试训导，倡醉吟诗社，著有《小兰亭文集》《乐志轩诗草》。配蒋孺人，故里中望族蒋金式之曾孙女。杨伦《九柏山房诗集》卷十《闵处士贞画维摩诘像》诗中小注云："余生时先太孺人梦人口绣佛一躯。"杨氏为乾隆四十六年（1781年）进士，官广西荔浦县知县。晚年曾主讲江汉书院，门下多尊信之。其诗得力于少陵，与孙星衍、洪亮吉、徐书受等唱酬最富。

　　此书以编年为序诠解杜甫诗，其体例为：于诗句之下附词语注释，于行间或者栏楣之上作章法、字法之评；于篇末附简评。编撰之中，参考由宋至清各家注本，详加校勘，博采诸家之长，又融入自己的心得，注意知人论世，依据时代、历史、地理等背景条件阐释作品主旨及其产生时间，注释评价皆不穿凿附会，也不繁琐考证，在诸多校注本中颇有特色。他在《凡例》中说："诗贵不著圈点，取其浅深高下，随人自领。"又说："杜诗笺注纷挐，是非异同，多所抵牾，使阅读靡所适从。兹择其善者定归一解，搜讨实费苦心，其义可参用者，亦从附载。至旧解或俱未惬意，则间以鄙见附焉。"（《杜诗镜铨·凡例》）郭绍虞评曰："以精简著称。不穿凿，不附会，不矜奇，不逞博，而平正通达，自使少陵精神跃然纸上。"（《杜诗镜铨·前言》）为阅读杜诗常用读本。此书有清刻本三种、民国刻本十种，最近刻本有1957年四川人民出版社重印成都志古堂刻本，中华书局上海编辑所1962年出版排印本，全二册。本人所见为清同治十一年（1872年）望三益斋刊本，即《杜诗镜铨》二十卷，线装一函六册。书的目录之后有吴学恕朱笔题跋一则云："岁次庚申，奉檄承乏长芦清河盐务，正月假归省亲，二月初仍旋差次，携耷叟所赐蜀刻《杜诗镜铨》一部，公余岑寂点读，都凡二十卷，文集二卷。从夏历二月二十九日始，至五月二十七日毕。除小建两日，共八十七日。匆匆点读，尚有未彻悟处。亟应再讽诵一通，以补阙疑。五月二十七日风雨夕挑灯书志。吴学恕缕丹。"杨伦本人在《杜诗镜铨序》中云："余自束发后，即好诵少陵诗，二十年来，凡见有单词只字关于杜诗者，靡不采录，于旧说多所折衷。年来主讲武昌，闲居无事，重加排纂，义有抵滞，至忘寝食，不觉豁然开明，若有神相之者，凡阅五寒暑，始获成书。"说明了编撰此书的缘起及其过程。在《杜诗镜铨·凡例》中，他又作了多项说明，其一曰："诗以编年为善，可以考年力之老壮，交游之聚散，世道之兴衰。诸本编次互有不同，是本详加校勘，使编次得则诗意易明。如《重题郑氏东亭》定为乱后作，《有感》五首当编广德二年春之类，皆特为更正。……杜公一生忧国，故其诗多及时事。朱注于新、旧《唐书》及《通鉴》等考证最详，其间有漏略处，更为增入。"在实际的编撰过程中，他也确实是按照这一原则行事的，如《杜诗镜铨》卷十一《有感五首》下有云："此诗或编在广德元年之春，事迹既多不合，或编在是年冬，方当蕃寇猘狂，乘舆播越，岂宜有'慎勿吞青海'语，且此时而欲议封建，则亦迂矣。详其语意，当是收京后广德二年春作。盖吐蕃虽退，而诸镇多跋扈不臣，公复忧其致乱，作此惩前毖后之词。未几仆固怀恩遂引吐蕃、回纥入寇，亦已有先见。所谓编次得，则诗意自明者也。"读过之后，确实感到"诗意易明"。

本书问世之后颇得好评。

如吴棠《重刻杜诗镜铨序》："《杜诗镜铨》二十卷，杨西疏先生撮各家笺注，爬罗抉剔，博采而得所折衷。俾杜公惓惓忠爱之隐，节解章疏，洗发呈露，秋帆尚书以为少陵功臣，洵非虚语，余诵之心折久矣。"王昶《湖海诗传》评曰："撰《杜诗镜铨》，实能照见古人心髓。"潘清《挹翠楼诗话》评曰："《杜诗镜铨》向来注杜者，皆不能如其精当。"张惟骧撰、蒋维乔补《清代毗陵名人小传》："（杨伦）尝读杜诗，病笺释之驳杂，乃详为考究，成《杜诗镜铨》一书，最为精核，世共推之。"其中毕沅《杜诗镜铨序》更从多个角度入手，进行评价。其一，谈自己注杜诗的意见，认为"后人未读公所读之书，未历公所历之境，徒事管窥蠡测，穿凿附会，刺刺不休，自矜援引浩博，真同痴人说梦"，所以他说杜甫"其诗不可注，亦不必注"。其二，指出后世注杜诗之弊，认为由于注杜人多，反倒使杜诗之本旨晦涩难懂了，所以杜诗"不可无注"了。其三，专门论证、评价杨伦之《杜诗镜铨》，一方面介绍杨伦的学问修养、此书的编撰过程及自己阅读的经过，另一方面着重推介此书，认为此书"将各家注杜之说，勘削纰缪，荡涤芜秽，俾杜老之真面目、真精神洗发呈露，如镜之不疲于照，而无丝毫之障翳"，"抉草堂之精髓，求神骨于语言文字之外"，许之为"词坛之正的，少陵之功臣"，评价确实很高。

《杜诗说》

[清] 黄生撰

题　解

唐诗别集，清黄生撰。黄生（1622—1696），字扶孟，一字黄生、房孟、生父。其号为白山、黄白山樵，别号冷翁。此外，又自号莲花外史，歙县人。其为明季诸生，明亡后，长期隐居不仕，吟啸于山林，专心于学术。其人工诗文，善书画，博学多才，平生著述相当丰富。

黄生著此书的动因，主要是他看到前人注杜的问题较多，突出的是："不能通知作者之志，其为评论注释，非求之太深，则失之过浅，疏之而反以滞，抉之而反以翳，支离错连，纷乱胶固，而不中窾会。"（黄生《杜诗说序》）因此出现"杜公之真面目，蔽于妄注者不少"的现象，所以，他本人力求通过自己的研究，能纠正前人的谬说，揭示杜诗真正的内涵，最终目的是"于杜公之志无憾"（《杜诗说序》）。本书一方面在疏通厘清杜诗字、句、章法方面下了很大功夫，同时，又在此基础上，采取了"以意逆志"与"知人论世"相结合的阐释方法解读杜诗，颇有创新之处。

本书有一木堂本，刻于清康熙三十五年（1696年）。

《读书堂杜诗注解》

[清] 张溍撰

题　解

　　唐诗别集，清张溍撰。张溍，字上若，磁州（今河北邯郸磁县）人。生于明天启元年（1621年），生而颖悟，年十二补博士弟子员。顺治九年（1652年）进士，官翰林院庶吉士。性至孝，轻于仕宦经济，以母病乞归，家居二十年，不事交游，闭门读书，尤喜杜诗。尝荟萃古人格言懿行，教诲子弟。又辑其父遗书，编辑《云隐堂集》三十卷，行于世。又有《澹宁集》十卷。康熙十七年卒，享年五十八。《碑传集》卷四十三有传。

　　此集为诗文合集，以明长洲许自昌刻《集千家注杜诗》为底本，删节其注之冗复芜杂者。每诗之下有评语与圈点，其注多己注，亦采他人如钱谦益、朱鹤龄之笺注。从时间上看，应该是其晚年家居所作，共注解杜诗一千四百五十四首、杜文二十八篇。始自顺治六年，成于康熙十二年，用时二十四载，五易其稿乃成。此集有清康熙三十七年（1698年）张氏读书堂刻本，十二册，二十卷，又有文集注解二卷、杜工部编年诗史谱目一卷。宋荦在《杜诗注解·序》中评论说："原注能疏瀹千家之蹖驳，弃瑕而存瑜。评点往往独标新隽，间亦伙助以近代诸名人，可谓粹诸家之长而擅其胜者。韩愈氏有言：用功深者其收名也远。则是书之传亡疑。"阎若璩在其《杜诗注解·序》中也对此书给予较高评价："先生灵心慧眼，标新抉异，其措辞尤温润静好，读其书，每想见其为人，于旧注不苟同，亦不尽废，斑斑然错落于行间。……先生自颜堂曰'读书'，著述寝处于中者廿余年。"

《杜诗会粹》

[清] 张远撰

题　解

唐诗别集，清张远撰。此集现有日本早稻田大学图书馆藏康熙刻本、文蔚堂刻本和有文堂刻本。张远（1632—约1694），字迩可，号梅庄，又号云崿，萧山（今浙江省杭州市萧山区）人。明崇祯五年（1632年）生，此时正当明清易代之际，张远早年虽读书进学，希图进取，但是一直没有机会，所以大半生潦倒于下层，直到康熙二十一年（1682年），五十一岁的张远才以贡生赴廷试。康熙三十三年（1694年），已经六十三岁的张远才被选为缙云县教谕。本书在体例上，模仿朱鹤龄《杜工部诗集辑注》的体例，按照编年排列作品；在注释方法上沿袭明人的作法，对长篇作品采取分段分层注释，又于各端之后略述诗中大意，全诗注释完毕之后，再加上总结性的评语，时有独到之处。总体上突出特点和独到之处在于征引文献全面，挖掘史料深入，几进于"无一字无来处"之境界，体现了"会粹"的特点。

《杜诗论文》

[清] 吴见思撰

题　解

唐诗总集，清吴见思撰。见思，字齐贤，武进人，著有《杜诗论文》《杜诗论事》《史记论文》。清人廖燕在《金圣叹先生传》中说："先生（指金圣叹）

没，效先生所评书如长洲毛序始、徐而庵，武进吴见思、许庶庵为最著，至今学者称焉。"可见其名望及影响。本集五十六卷，主要诠释杜诗之作意。清代研究唐诗，特别是杜诗的著作很多，其基本模式是"释典"、"考据"、"引事"、"寻事"等。吴见思此书有自己的特色，主要是视野较宽，方法多样，经常从多个层次入手，解析诗歌作品的语言特点、结构方式等等，既关注布局谋篇问题，又注意遣词造句问题，总体上看，其点评比其他人更为详细，有助于读者领悟杜诗的内蕴。今有北京师范大学图书馆藏《杜诗论文》五十六卷，两函十六册，清康熙十一年（1672年）江苏常州岱渊堂刻本。白口，左右双边。卷端题名后列"吴兴祚伯成定、武进吴见思齐贤注、宜兴潘眉元白评、武进董元恺舜民参"。

本书有方育盛跋并录方拱乾批注《杜诗论文》版，现藏于国家图书馆。方育盛在题跋中有云："先大人阅杜诗，凡数绝编矣。品题丹黄，无不精核，若神会少陵然。此则己丑春日批以训小子者，书载行笥，廿余年矣。拈签时有脱落，今客芝山，公余之闲，敬照底稿，誊录清册，以便时时翻诵云。"

《杜诗阐》

[清] 卢元昌撰

题　解

唐诗别集，清卢元昌撰。卢元昌，字文子，华亭（今上海松江）人，清初人，其生平事迹不详。《嘉庆松江府志》卷五六在介绍茅起翔之时，涉及到卢元昌："茅起翔，字旦弋，金山卫人。有声几社中，与卢元昌等操选政者四十年，一时知名之士群相引重。晚岁筑奇松阁，读书以终其身。当时文社中有茅、沈、胡、卢之目，沈谓子凡，胡谓椀珠，卢谓文子，茅则旦弋也。"元昌好学，治学严谨，著有《左传分国纂略》传世。《清诗别裁集》选有卢元昌的一首《哭箕儿》，中有四句云："翻教衰祖为严父，休道无儿幸有孙。白首未抛苦海累，黄昏孰问寝门温？"从中知其中年经丧子之痛。其《杜诗阐》一书自序中有云："犹忆余丁壮盛，沉溺于鸡林之业者垂二十年。"又可知他长时间以贩书为业，是一名书商。

本书共三十三卷，始于康熙四年（1665年），终于康熙二十一年（1682年），费时十七年。其动因是他不满以往的杜诗注本，认为杜诗有的因注而显，有的因注反晦。造成这种状况的原因，他认为一是训诂太杂，二是讲解太穿凿，三是援引太繁。与此相反的注本，又为肤浅凡庸之词。本书的编撰体例是以作品产生的时间先后为序，逐次排列，不分古体近体，少数诗篇之系年特殊处理。其主要宗旨是阐释杜诗本意，所以名为《杜诗阐》。但是此书本身问题也很突出，对此，《四库全书总目提要》有所批评，说"其注如《四书讲章》，其评亦如时文批语"。读此书之后，确实有这样的感觉，总体上是以评八股文的方式评论杜诗，太过程式化。

《杜律疏》

［清］纪容舒撰

题　解

唐诗别集，清纪容舒撰。容舒，字迟叟，纪昀之父，康熙二十四年（1685年）生，直隶献县（今河北献县）人。出身书香门第，祖父纪钰，十七岁补博士弟子员，后入太学，才学曾受皇帝褒奖。其父纪天申，监生，做过县丞。纪容舒非常重视读书，遗训尚留"贫莫断书香"一语。纪容舒于康熙五十二年（1713年）为恩科举人，历任户部四川、山东二司员外郎，邢部江苏司郎中，云南姚安府知府，为政有贤声，故纪昀又尊称其为姚安公。诰封奉直大夫，晋封中宪大夫，累赠光禄大夫、兵部左侍郎、都察院左都御史、礼部尚书。纪容舒为人嗜书好学，又博闻强记，精于考订、音韵之学。撰有《唐韵考》五卷、《玉台新咏考异》十卷，均收入《四库全书》。《杜律疏》八卷本，《钦定皇朝文献通考》《四库全书总目提要》中书名均作《杜律疏》。《清史稿·艺文志四》则作《杜诗疏》。当以《杜律疏》为是。

本书共分八卷，卷一至卷六为五言律诗，卷七至卷八为七言律诗，对所选之诗字字句句皆作诠释。最初书名为《杜诗详解》，但是后来发现所解都是律诗，所以改名为《杜律疏》。《四库全书总目提要》中说："《杜律疏》八卷（洗马刘权之家藏本）国朝纪容舒撰。容舒有《唐韵考》，已著录。此书因顾宸所撰《辟疆园杜诗注解》繁碎太甚，又多穿凿，乃汰其芜杂，参以己意，以成是编。初名《杜诗详解》。其后以所解皆律诗，又字字句句备为诠释，体近于疏，因改今名焉。"关于此书原委所述颇详。

《读杜心解》

[清] 浦起龙撰

题　解

唐诗别集，清浦起龙撰。浦起龙，字二田，号孩禅，自署东山外史，晚号三山伧父，时称山伧先生，康熙十八年（1679年）生，无锡人。起龙幼时不善言语，口讷，但是喜欢读书。康熙三十七年（1698年）考中秀才。但是翌年乡试，则不幸落第。更有甚者，此后困顿场屋长达三十多年，屡屡受挫，直到雍正七年（1729年）才中举，雍正八年（1730年）中进士，雍正十一年（1733年）授扬州府学教授，不过，因其父病故，未能赴任。雍正十二年（1734年），浦起龙应邀赴云南昆明担任五华书院的山长（即院长）。乾隆二年（1737年）归故乡无锡。乾隆四年（1739年）出任苏州府学教授，主紫阳书院。乾隆十年（1745年），以年老辞官归里，乾隆十五年（1750年），应无锡知县王镐之邀，与同邑华希闵、顾栋高等共修《无锡县志》。乾隆二十七年（1762年）卒，享年八十三岁。浦起龙一生喜书，更善于读书，所以其平生著述颇丰，不仅有《读杜心解》《史通通释》《酿蜜集》《不是集》，更有七十九卷的《古文眉诠》。

本集是浦起龙困顿场屋、在乡坐馆之时所撰。当时他厌倦八股，深喜杜甫诗，于是潜心研究、考索，积十几年之心得，于康熙六十年夏开始撰写《读杜心解》，于雍正二年（1724年）写成。全书共二十四卷，共收诗一千四百五十八首，文赋及他人唱酬诗则散附于有关各诗之后。书中对每首诗均作了详细的注释及校注，其编纂体例是诗文混排，寓编年于分体之中，并将杜甫的文赋散附于相类的诗篇之后。其中诗是分体编排：卷一为五言古诗，下面又分子卷六；卷二为七言古诗，下面又分子卷三；卷三为五言律诗，下面又分子卷六；卷四为七言律诗，下面又分子卷二；卷五为排律，下面又分子卷五，其中包括五排四子卷、七排一子卷；卷六为绝句，分子卷二，其中上卷为五言绝句，下卷为七言绝句。

本书最突出的特色是在注杜方面不同以往：其一，注杜不作繁琐征引、考证，简化引文，熟事皆省，以简练见长。其二，解杜方面采取时文批点的方式概括诗作的段落大意，取孟子"以意逆志"之法，阐释作品本意，颇能窥探诗人心态志趣，因而见解颇多，独出心裁。《四库全书总目提要》对此书作了比较全面的评价，一方面肯定其成就："其间考订年月，印证时事，颇能正诸家之疏舛。"另一方面也指出其不足："起龙是编，则于分体之中又各自编年，殊为繁碎。""而句下之注，漏略特甚。篇末之解，缴绕亦多。又诠释之中，每参以评语，近于点论时文，弥为杂糅。"

此书有多种版本，清雍正二年（1724年）锡山浦氏宁我斋刻本，雍正十年（1732年）静寄东轩刻本，道光间苏州文渊堂刻本，道光间重庆善成堂刻本。1961年，中华书局根据雍正二年至三年浦起龙宁我斋刻本出版了标点铅印本，陈毅题署书名，共三册；1974年，台湾大通书局又据1961年中华书局点校本影印，即《杜诗丛刊》本；1999年，齐鲁书社据辽宁大学图书馆藏清雍正二年至三年浦氏宁我斋刻本影印，即《四库全书存目丛书》本。本书还有稿本传世，但不多见。另外还有徐恕录鲁一同批点《读杜心解》一书，现藏于湖北省图书馆，卷首上"墓系"尾页处有题为"彝记"等朱笔题识称："庚午十二月命儿子钞录，偶有所见，即记上方，名以别之。"其他还有朱方蔼批点《读杜心解》，现藏于复旦大学图书馆。

《白香山诗集》

[清] 汪立名编

题　解

　　唐诗别集，唐白居易撰，清汪立名编。对汪立名其人，《四库全书总目提要》在《钟鼎字源》一书的提要中云："立名，号西亭，婺源人。官工部主事。"但《民国歙县志》卷六《人物志·宦绩》："汪立名，号西亭，瞻淇人，由内阁中书荐升郎中，出守顺宁，再守辰州，摄兵备道事。宦辙所至，豪强敛迹，阖属肃然，尤以振兴风雅为务。"两者不一。清末民初朱彭寿《稿本清代人物史料三编·皇清人物考略》："汪立名，字西亭，安徽婺源人。"经考证，汪立名之父为汪与图，为歙县人：彭定求《南畇文稿》卷七《诰封奉直大夫羲斋汪太翁墓志铭》记载："翁讳与图，字河符，号羲斋，又称双梧老人，徽州歙县籍也。汪氏自唐越国公始居新安，至宋浚公迁章岐，二世楫公登嘉熙己亥进士，五传为翁之高祖锡公，曾祖一吾公讳守道，祖玉房公讳应珍，歙庠生，考公量公讳士度，封内阁中书舍人。乡饮大宾，妣方孺人，继妣姚孺人。"说明其籍为"徽州歙县籍也"。又载汪与图崇尚白居易，并且说明汪立名为其次子："翁方届耆龄，遂以就闲为乐，筑小园于居宅之后，凿池垒石，杂树花竹，亭馆数椽，双梧当门，迥隔城市嚣尘，尝邀余辈数友盘桓啸咏其间……以香山白傅为宗，因授全集于水部君，令之较辑重镌，四方见者皆以为艺林善本。云，水部君当圣驾南巡时，拜御书之赐，捧归堂上，翁喜动颜色，谆勖以服官尽职之义，趋之北行。久之，水部君补营缮任时，切白云亲舍之慕，因请假归觐……子五人，长立王，太学生，蚤卒；次立名，工部营缮，清吏司主事；次立元，候选兵马司指挥；次立文，太学生，蚤卒；次立均，太学生……"所以，关于汪立名之籍贯为"徽州歙县"，更为可信。

　　此集取《长庆集》中之诗，又补入白居易宝历以后所作之诗而成。其前可以称"长庆"，而其后又不应以"长庆"概之。所以，考虑到香山乃白居易归老之地，所以名为《白香山诗集》。书中参互众本，重加编次，定为《长庆集》二十卷、《后集》十七卷、《别集》一卷。又采摭诸书为《补遗》二卷。而以新定《年谱》一卷、陈振孙旧本《年谱》一卷、元稹《长庆集序》一篇并《旧唐书》本传一篇冠于其首。又采诸书之有关居易诗者，列各笺注于其下。康熙四十二年（1703年）编成，有朱彝尊、宋荦作序。

汪氏曾将白居易与韩愈并提，分析二人之诗与杜甫诗之关系："昔人谓大历后以诗名家者靡不由杜出，韩之《南山》，白之讽谕，其最著矣。就二公论之，大抵韩得杜之变，白得杜之正，盖各得其一体而造乎其极者。故夫贯穿声韵，操纵格律，肆厥排比，终不失尺寸，少陵而下，亦莫如二公。自后山妄斥昌黎，已非通论，至香山诗辞旨虽主于畅达，要自刻意陶浣而出之，使人不复能寻其斤斫之迹，当时尤多好之者。方牛、李之隙，赞皇且憾及香山，每束其诗不观，刘宾客以为言，则曰见便令人爱，将回吾心矣。憾之者犹若此，好之者宜何如也。呜呼，岂非庐陵所谓怨家仇人不能少毁而掩蔽之乎？"认为白、韩之诗皆出自杜甫，是杜甫之后最杰出的诗人："韩得杜之变，白得杜之正，盖各得其一体而造乎其极者。"（《白香山诗集序》）同时，他还专门对其他人关于白居易不公正的评价进行批驳："乃世多谬指浅率不经意语为白体，甚者且拾东坡诔友之辞，至以轻俗同讥，抑又过矣。"（《白香山诗集序》）认为将白居易诗评为"浅俗"是过分、不正确的。此外，他还为白居易鸣不平："今海内风雅骎骎起，唐集旧本，先后流布，注《韩集》凡五百家，白诗日在人口，独无披榛莽而埽芜秽者，徒以公诗视唐人独富，辟如营丘浚壑，则日求增拓为快，若黄河千里，望洋而叹，但能考星宿于图经，而不暇躬溯其源流之分合也。"要点是，韩、白同为杜甫之后最杰出的诗人，可是两者的待遇却不公平：韩愈诗集有五百家流布，而白居易诗集则很少问津。有鉴于此，他才动手编辑白居易的诗集："自惟荒陋，无所窥见，窃尝习闻于先生长者之言，既不敢附和，而又重惜其误，若目之尘翳当去，务复其旧而已。世之好公诗者，必将辨焉。康熙壬午余月古歙汪立名序。"（《白香山诗集序》）并且强调其编辑准则是"务复其旧"，即务必恢复原貌。《四库全书总目提要》著录此集，并且有比较详细的评价。

《香山诗钞》

[清] 杨大鹤编

题 解

　　唐诗别集，清杨大鹤编。杨大鹤，字九皋，号芝田，江苏武进人，康熙十八年（1679年）进士，官至左春坊左谕德。编有《香山诗钞》《剑南诗钞》，还曾与修《渊鉴类函》。此书为清康熙四十年（1701年）刻本，六册，二十卷，依据明马元调所刊《白氏长庆集》本再加选录。按照诗体编排，依五言古体与今体、七言古体与今体的顺序编次，而没有按照马元调所刊《白氏长庆集》本所分门目，选诗仅为马元调本的十之三四。从总体价值上看，此集还不能与汪立名编《白香山诗集》四十卷、《附录》《年谱》二卷相比。

《王司马集》

[清] 胡介祉校刊

题 解

　　唐诗别集，唐王建撰。此本为清人胡介祉所校刊，共有古体诗二卷、近体诗六卷。王建（约767—831）字仲初，颍川（今河南许昌）人。早岁家道衰微，年少之时即离家寓居魏州乡间。二十岁前后，与张籍相识，并一道从师求学，开始乐府诗的写作，声名远播。大历十年（775年）登进士第，贞元十三年（797年），王建心怀抱负，辞家从戎，北至幽州，南至荆州等地，经过边塞军旅生活的历练，并且写了一些以边塞战争和军旅生活为题材的诗篇。后来回到长安，与张籍、韩愈、白居易、刘禹锡、杨巨源等均有往来。四十岁以后出仕，但是官职低微，只是任县丞、司马之类，故世称王司马。王建尤工乐府，与张籍齐名，时称"张王乐府"。有宫词百首，尤为人传诵。诗集十卷。

《王建集》最初的版本应该是在唐五代时编辑，《崇文总目》著录："《王建诗》二卷。"这是在晚唐五代结集的《王建诗》，流传到北宋。另外，《新唐书·艺文志四》著录有："《王建集》十卷。"虽然未有传本存世，但也是晚唐五代王建诗集的传本。可惜的是，我们目前还没有弄清二卷本《王建诗》和十卷本《王建集》是王建自编，还是其他人编辑。到了宋、元、明、清各个时期，王建诗集的刊刻与流传更广，宋元时期主要有十卷本、书棚本、八卷本、元抄本等；明代更多，主要有蓝玉藏本、刘成德本、柳大中抄本、蒋孝《中唐十二家诗集》本、朱之蕃《中唐十二家诗集》本、汲古阁《六唐人集》本、朱幼平抄本、胡震亨《唐音统签》本、《唐四十七家诗》本、冯抄甲本、冯抄乙本、明抄本等十几种版本；清代主要有清抄本、《百家唐诗》本、胡介祉谷园刻本、席启《唐诗百名家全集》本、季振宜《全唐诗稿本》、《全唐诗》本、《四库全书》本、吴慈培抄本，其中吴慈培抄本最为完备。

《笺注李义山诗集》

[清] 朱鹤龄编

题　解

唐诗别集，又名《李义山诗注》，清朱鹤龄编。朱鹤龄，字长孺，号愚庵，别号松陵散人，江苏吴江（今苏州）人，明神宗万历三十四年（1606年）生，颖敏好学，明诸生。明亡之后，隐居家乡，专心著述，与顾炎武、钱谦益、吴伟业、万斯同、徐乾学等有往来。平时，鹤龄行不识途路，坐不知寒暑，人或谓之愚，于是自号愚庵。清圣祖康熙二十二年（1683年）卒，终年七十八岁。其著述主要有《愚庵诗文集》、《读左日钞》十四卷、《禹贡长笺》十二卷、《春秋集说》二十二卷、《诗经通义》二十卷、《易广义略》四卷、《尚书埤传》十七卷传世。

朱鹤龄对李商隐其人、其诗有深刻的理解和认识。对其人，朱鹤龄评价很高，并且极力为其辩白："嗟乎！义山盖负才傲兀，抑塞于钩党之祸，而传所云'放利偷合，诡薄无行'者，非其实也。……吾观其活狱弘农，则忤廉察；题诗《九日》，则忤政府；于刘蕡之斥，则抱痛巫咸；于乙卯之变，则衔冤晋石。太和东讨，怀积骸成莽之悲；党项兴师，有穷兵祸胎之戒。以至《汉宫》《瑶池》《华清》《马嵬》诸作，无非讽方士为不经，警色荒之覆国，此其指事怀忠，郁纡激切，直可与曲江老人相视而笑，断不得以放利偷合、诡薄无行嗤摘之者也。"其主要观点就是反对其他人对李商隐人格的否定，即所谓"放利偷合，诡薄无行"之论，认为李商隐为人一方面"负才傲兀"，另一方面"指事怀忠，郁纡激切"，为忠正之士。

同时，他又在李商隐诗歌题材内容方面为其辩白，批驳"义山之诗，半及闺阃"的荒谬之论："或曰：义山之诗，半及闺阃，读者与《玉台》《香奁》例称，荆公以为善学老杜何居？"（朱鹤龄《笺注李义山诗集序》）为此，他从多方面为李商隐张本：一方面，他以《诗经》和屈原《离骚》为据，进行批驳："予曰：男女之情，通于君臣朋友，《国风》之蝤首蛾眉、云发瓠齿，其辞甚亵，圣人顾有取焉。《离骚》托芳草以怨王孙，借美人以喻君子，遂为汉魏六朝乐府之祖。古人之不得志于君臣朋友者，往往寄遥情于婉娈，结深怨于蹇修，以序其忠愤无聊、缠宕往往之致。"（朱鹤龄《笺注李义山诗集序》）认为从《诗经》和屈原《离骚》，到汉魏六朝乐府，"托芳草以怨王孙，借美人以喻君子"是传统的表现方法，"古人之不得志于君臣朋友者，往往寄遥情于婉娈"，即借男女之情写君臣朋友之意。然后又结合李商隐所处的特殊环境加以分析："唐至太和以后，阉人暴横，党祸蔓延，义山厄塞当途，沈沦记室。其身危，则显言不可，而曲言之；其思苦，则庄语不可，而谩语之。计莫若瑶台琼宇、歌筵舞榭之间，言之可无罪，而闻之足以动。其《梓州吟》云：'楚雨含情俱有托'，早已自下笺解矣。吾故曰：义山之诗，乃风人之绪音，屈宋之遗响，盖得子美之深而变出之者也，岂徒以征事奥博、撷采妍华，与飞卿、柯古争霸一时哉！学者不察本末，类以才人浪子目义山，即爱其诗者，亦不过以为帏房呢蝶之词而已。此不能论世知人之故也。予故博考时事，推求至隐，因笺成而发之，以复于先生，且以为世之读义山集者告焉。"（朱鹤龄《笺注李义山诗集序》）通过分析李商隐在"牛李党争"中所处的艰难处境，说明他的诗"其身危，则显言不可，而曲言之；其思苦，则庄语不可，而谩语之"，表面上是男女之情，其实另有隐情，就像李商隐自己在诗中所说的"楚雨含情俱有托"。

对李商隐诗进行注释，由来已久。宋代蔡绦《西清诗话》载宋刘克曾笺注李商隐诗，元代袁桷《清容居士集》载郑潜庵编《李商隐诗选》，明代唐觐《延州笔记》言张文亮曾注李商隐诗。遗憾的是，这些注本或选本皆已失传。时至明末，释道源开始尝试为李商隐诗作注。清人王士禛《论诗绝句》中有云："獭祭曾惊博奥殚，一篇《锦瑟》解人难。千秋毛郑功臣在，尚有弥天释道安。"其中"释道安"即释道源，为李商隐诗歌注释之一大功臣。当然，其注也有不尽如人意之处，用四库馆臣的话说就是："然其书征引虽繁，实冗杂寡要，多不得古人之意。"（《四库全书总目提要·李义山诗注》）但是，朱鹤龄正是在释道源注本的基础上进行注释、整理的，一方面删去了一部分，比例不大；另一方面又增补了许多，成为早期的完整注本。大体说来，其整理主要是以"知人论世"为基本的理论原则，对李商隐诗歌进行了富有深度的分析和解释：其一，结合晚唐特殊的政治时局解释李商隐的诗歌；其二，选取李商隐诗歌中有代表性的政治诗解释其人的思想情怀与诗中意蕴；其三，将李商隐诗歌的解读与李商隐生活时代的政局及其身世结合起来。所以，这一注本的成就是不容否定的。此本行世之后，人们逐渐发现其中也存在疏漏和谬误，所以后来的程梦星、姚培谦、冯浩诸家，大抵以朱鹤龄本为蓝本，补正其阙误。

本书常见的版本是清同治九年萃文堂刊本。